Jane Corry
The Lies We Tell – Niemand ist ohne Schuld

PIPER

Jane Corry

THE LIES WE TELL

Thriller

Aus dem Englischen
von Peter Beyer

PIPER

Mehr über unsere Autorinnen, Autoren und Bücher:
www.piper.de

Wenn Ihnen dieser Thriller gefallen hat, schreiben Sie uns unter Nennung des Titels »The Lies We Tell – Niemand ist ohne Schuld« an *empfehlungen@piper.de*, und wir empfehlen Ihnen gerne vergleichbare Bücher.

Inhalte fremder Webseiten, auf die in diesem Buch hingewiesen wird, macht sich der Verlag nicht zu eigen und übernimmt dafür keine Haftung. Wir behalten uns eine Nutzung des Werks für Text und Data Mining im Sinne von § 44b UrhG vor.

Dieser Roman ist ein fiktives Werk. Namen und Charaktere sind der Fantasie der Autorin entsprungen, und jedwede Ähnlichkeit mit tatsächlichen Ereignissen oder Personen, ob lebendig oder tot, ist rein zufällig.

Deutsche Erstausgabe
ISBN 978-3-492-31917-1
November 2023
© Jane Corry 2021
Titel der englischen Originalausgabe:
»The Lies We Tell«, Viking, Penguin Books Ltd, London 2021
© der deutschsprachigen Ausgabe:
Piper Verlag GmbH, München 2023
Redaktion: Eva Wagner
Satz: Fotosatz Amann, Memmingen
Gesetzt aus der Minion
Druck und Bindung: CPI books GmbH, Leck
Printed in the EU

*Für meine Familie, insbesondere meinen Vater,
Michael Thomas, der meine Liebe zum Lesen förderte
und sein Motto »Gib einfach dein Bestes«
an mich weitergab.*

Regen.
Die Art, bei der dir die Haare am Kopf kleben.
Langeweile.
Die Art, bei der du dafür SORGEN WILLST,
   dass etwas passiert.
Andere Leute lachen.
Die Art, bei der du mit einstimmen willst.
Um gemocht zu werden.
Was immer du dafür tun musst.

SARAH

Freddie sollte mittlerweile zu Hause sein.

»Um Mitternacht, keine Sekunde später«, hatte ich mit ihm vereinbart. Ihn angefleht, genauer gesagt.

Darauf hatten wir uns nach einem kurzen Disput geeinigt, bevor unser Sohn in seiner Denim-Jeans im Used-Look, schmuddeligen Sportschuhen und einem fadenscheinigen weißen T-Shirt, auf das er mit rotem Filzstift I HATE THE WORLD gekritzelt hatte, hinausgestürmt war. Ohne Jacke, obwohl es März ist.

Warum in aller Welt macht die Kälte Teenagern nichts aus?

Ich bin vorhin kurz eingenickt, obwohl ich eigentlich hatte wach bleiben wollen. Meine Aufmerksamkeit habe ich völlig auf das Geräusch unseres einzigen Kindes eingestellt, das auf Zehenspitzen oder stampfend die Treppe heraufkommen würde, je nach Hormonpegel des fast Sechzehnjährigen.

Aber die Leuchtziffern auf meinem Wecker auf dem Nachttisch zeigen mir, dass es schon 2:53 Uhr ist. Die Angst schlägt mir auf den Magen. Wo steckt er? Und warum hat er keine Nachricht geschickt?

Ich sende ihm eine Textnachricht: *Alles okay?*

Natürlich kommt keine Antwort.

Ich taste im Dunkeln nach meinen Hausschuhen, schiebe mich um die Umzugskartons mit der Aufschrift *Schlafzimmer* herum und tappe zum Schiebefenster hinüber. Ich werde mein bisheriges Zuhause vermissen, trotz allem. Draußen, in der ruhigen Straße im Norden Londons, in der wir wohnen, werfen die Laternen orangefarbenes Licht auf die Schlaglöcher, in denen das Wasser steht und die »in Kürze« zu beseitigen die Stadtverwaltung versprochen hat. Es ist der niederschlagsreichste Frühling seit fünf Jahren, verkündeten sie im Radio. Weit und breit keine Menschenseele in Sicht. Nicht einmal ein Auto fährt vorbei.

Ich krieche wieder unter die Bettdecke und überlege, was ich tun soll. So spät dran war Freddie noch nie. Es widerstrebt mir, Tom zu wecken – aber wenn nun etwas passiert ist? Ich beuge mich über meinen Mann. Er schläft mit dem Rücken zu mir, und seine Schultern heben und senken sich in einem gleichmäßigen Rhythmus, der perfekt zu seinem Charakter passt. Er hat, natürlich, einen Schlafanzug an, wie immer, seit ich ihn kenne. Der, den er heute Nacht trägt, hat blaue und weiße Streifen. Das Bettzeug riecht noch leicht nach dem Sex des vergangenen Abends – der Art von schnellem Verkehr, den wir alle Jubeljahre mal praktizieren, wie um uns selbst zu beweisen, dass es uns miteinander noch gut geht.

Das würde es womöglich auch, wenn Freddie nicht wäre.

Schuldbewusst verdränge ich diesen Gedanken. Nein, ich werde ihn nicht wecken. Das würde nur wieder in einem Streit enden. Außerdem werden die Umzugshelfer morgen früh hier eintrudeln, um alles in ihrem Wagen zu verstauen, bevor wir dann mit ihnen wegfahren. Das ist unser Neuanfang. Ich will ihn nicht vermasseln.

Ich versuche, im Lichtschein meiner Taschenlampe ein bisschen zu lesen. Unser gemeinsames Schlafzimmer ist das einzige Zimmer im Haus, das noch nicht komplett zusammengepackt ist. Ich war bis spät am Abend mit Einpacken beschäftigt und habe dann nur aus purer Erschöpfung aufgehört und mir vorgenommen, früh aufzustehen, um den Rest zu erledigen. Außerdem ist es tröstlich, noch ein wenig vertraute Umgebung zu haben. Ich hasse dieses unangenehme Gefühl, wenn ein

Haus kein Zuhause mehr – oder noch nicht – ist, weil es halb ausgeräumt oder erst halb eingerichtet ist. Schon in meinen Jugendjahren hatte ich es irgendwann satt, ständig meine Habseligkeiten von einem Ort zum anderen zu schleppen. Aber dieses Mal, so sage ich mir, wird es sich auszahlen.

Das muss es auch. Wenn das jetzt kein Neuanfang wird, was dann?

Auf meinem Nachttisch, neben dem Wecker, liegen ein wackeliger Stapel von Romanen, Zeitschriften, Kunstbüchern und eine Gedichtsammlung (*Other Men's Flowers*), die mich normalerweise beruhigt. Auf Toms Seite liegt bloß ein Buch mit kryptischen Kreuzworträtseln für Fortgeschrittene. Auf der ersten Seite steht eine Widmung: *Für Dad. Frohe Weihnachten. In Liebe, Freddie.* Ich musste die Handschrift fälschen, weil unser Sohn »keinen Bock hatte«, ein paar Worte zu schreiben. Ich musste das erbärmliche Buch sogar selbst besorgen.

Ich versuche, nicht auf die Uhr zu schauen, denn ich habe das Gefühl, wenn ich es nicht tue, wird Freddie nach Hause kommen, und ich habe ich mir umsonst Sorgen gemacht. Aber ich kann nicht anders.

3:07 Uhr.

Die letzten beiden Ziffern machen es noch viel schlimmer, denn jetzt ist bereits die nächste Stunde angebrochen. Von Sorgen gepeinigt kann ich die Schrift auf der Seite, die ich lesen will, nur verschwommen sehen.

Plötzlich ärgert es mich, dass mein Mann tief und fest schläft, während ich diejenige bin, die Panik schiebt. Andererseits: War das nicht schon immer so? Er verkörpert die vernünftige, pragmatische Hälfte unserer Ehe. Und ich? Ich bin diejenige, deren Fantasie dem Verstand oft übel mitspielt.

Was angesichts meiner Vergangenheit nicht verwunderlich ist.

»Tom«, sage ich und stupse ihn dabei an. »Freddie ist immer noch nicht zu Hause.«

Er ist sofort hellwach. Mein Mann ist der Typ, der sofort, wenn der Wecker schrillt, die Beine über die Bettkante schwingt, damit er zur Arbeit gehen kann. Er ist augenblicklich putzmunter, so als hätte jemand einen An/Aus-Knopf in seinem Inneren gedrückt. Ich brauche immer etwas Zeit, um morgens die Welt zu begrüßen, am liebsten mit den Händen um eine Tasse heißen, gesüßten Tee. Aber kein Zucker, immer Honig. In den letzten paar Jahren bin ich umsichtiger geworden mit dem, was ich zu mir nehme. Vielleicht ist das ein Anzeichen des mittleren Lebensalters.

»Wie spät ist es?«, fragt er.

»Drei Uhr durch.« Meine Stimme klingt wie ein panisches Gequieke. »Er hat versprochen, bis Mitternacht zurück zu sein.«

»Pah! Dieser Junge hält seine Versprechen doch nie.«

»Dieser Junge«, sage ich mit angespannter Stimme und rutsche von ihm weg an meine Bettkante, »ist unser Sohn. Er hat einen Namen.«

Ein wütendes Schnauben durchdringt die Dunkelheit. »Nun, er hört nicht auf ihn, oder? Er hört auf gar nichts. Ehrlich, Sarah. Du lässt Freddie alles durchgehen. Wie soll er jemals etwas lernen, wenn du ihm keine Grenzen setzt?«

Ich! Warum ist es immer meine Schuld? Außerdem liebt Freddie mich. Alle Teenager testen bei ihren Eltern die Grenzen aus, nicht wahr? Das gehört dazu, damit sie ihre Unabhängigkeit finden.

Ich staple meine beiden Kissen übereinander und lehne mich zurück. An Schlaf ist nicht mehr zu denken. »Ja, ich weiß. Aber wenn wir zu streng mit ihm sind, könnten wir uns entfremden, und dann könnte er so enden wie ...«

Ich halte inne. Jetzt herrscht richtig dicke Luft zwischen uns. Wir wissen beide, was der jeweils andere gerade denkt.

»Wenn wir zu streng mit ihm sind«, greife ich den Faden wieder auf, »könnte er rebellieren.«

In Toms Stimme schwingen gleichermaßen Herablassung und Spott mit. »Ist es denn nicht genau das, was er jetzt gerade tut? Ihr habt euch auf einen Zeitpunkt geeinigt, bis zu dem er zu Hause sein muss. Und er hat sein Versprechen nicht eingehalten. Wie er es immer tut.«

»Ich weiß. Aber Teenager zu sein ist nicht einfach. Das musst du doch noch wissen.«

»Das tue ich. Aber ich habe mich nicht so verhalten wie er.« *Oder wie du.*

Dieser letzte Satz schwebt zwischen uns im Raum, mein Mann muss ihn gar nicht aussprechen. Aber die Andeutung ist da, laut und deutlich. »Da wir jetzt wach sind«, fährt er fort, »kann ich ihn auch anrufen.«

Anrufen? Freddie wird wütend, wenn ich das tue. »Das ist peinlich, wenn ich mit Freunden abhänge«, schimpft er. »Schick mir einfach eine Textnachricht, Mum.« Aber das habe ich schon, und er hat nicht geantwortet.

Als Tom die Lampe auf seinem Nachttisch einschaltet, schirme ich mir die Augen ab.

Ich sehe meinen Mann an, als wäre er jemand, der mir fremd ist. Dieser große, eulenhafte Mann mit sandfarbenen Haaren und einem natürlich blassen Teint, der gerade nach seiner Brille mit dem rundem Stahlgestell und nach seinem Handy neben dem Buch mit den kryptischen Kreuzworträtseln tastet. Nicht zum ersten Mal fällt mir auf, wie sehr er in den letzten Jahren gealtert ist. Wie die Dinge liegen, sind wir durch unsere verspätete Elternschaft im Schnitt älter als viele der anderen Paare auf den Elternabenden. Vor allem Tom. Würde er mehr Verständnis für Freddie aufbringen, wenn er jünger wäre?

Er stößt einen frustrierten Laut aus. »Der Anruf geht nur auf die Mailbox. Mit wem ist er eigentlich unterwegs?«

Ich werfe einen Blick auf das Display meines Handys, falls Freddie mir in der kurzen Zeit, seit ich das letzte Mal nachgeschaut habe, eine Nachricht geschickt hat. Hat er aber nicht.

»Mit einem Freund.«

»Aber mit welchem?«

»Ich weiß es nicht«, gebe ich zu und knete meine Hände. »Er wollte es mir nicht sagen.«

»Du hättest darauf bestehen sollen. Oder dir zumindest die Nummer dieses Freundes geben lassen sollen.«

»Er wollte nicht damit rausrücken.« Meine Erklärung kommt fast wie ein Schrei daher.

Es ist eine Tatsache. Freddie erzählt mir mittlerweile kaum noch etwas über sein Privatleben. Seit der Party hat er niemanden mehr mit nach Hause gebracht. Es ist nicht mehr so wie damals, als er klein war und ich der Mittelpunkt seiner Welt. Er ist jetzt fast erwachsen. Fünfzehn und drei Viertel. Fast schon ein Mann. Einen Teenager in Verlegenheit zu bringen, ist eines der schlimmsten Vergehen, die eine Mutter begehen kann. Ich wollte ihn nicht vertreiben.

»Aber was ist, wenn du über Nacht nicht nach Hause kommst?«, hatte ich gefragt und mich dabei an das letzte Mal erinnert, als er bei einem dieser sogenannten »Kumpels« übernachtet hat, ohne vorher Bescheid zu sagen. Am nächsten Morgen war ich aufgewacht, in Panik geraten und wollte gerade den Notruf wählen, als er vor der Tür stand. Sie hatten Musik gehört und waren dabei »eingeschlafen«.

»Das *werde* ich auch nicht«, hatte er bissig erwidert. »Mir bleibt nur noch eine Nacht hier. Ihr zwingt mich, mit euch wegzuziehen. Lasst mich wenigstens dieses eine Mal noch ein bisschen Spaß haben. Hör auf, dir Sorgen zu machen.«

Aber dafür habe ich jetzt einen Grund. Ist er bei demselben unbekannten »Kumpel« wie beim letzten Mal? Oder liegt er irgendwo sterbend in einem Straßengraben?

»Ich werde noch eine Runde schlafen«, sagt Tom. »In drei Stunden und fünfzig Minuten muss ich aufstehen und zur Arbeit.«

Das stimmt. Obwohl wir umziehen, geht Tom wie immer zur Arbeit. Und schon ist er wieder eingeschlafen, atmet wieder gleichmäßig. Einfach so.

Ich lasse mich zurück in die Kissen fallen, die Augen halb geschlossen, und frage mich, wie viel Zeit ich Freddie noch einräumen soll, bevor ich die Polizei rufe. Was würden die Beamten unternehmen, wenn ich sie informiere? Es gibt wahrscheinlich Hunderte von Teenagern in unserem grünen Teil von Nordlondon, die zu spät nach Hause kommen. Die meisten werden unbeschadet zurückkehren. Aber was, wenn unser Junge einer von denen ist, die Pech haben? Angenommen, ich wache auf und höre im Radio, dass wieder ein Teenager erstochen wurde? Erst letzte Woche war einer auf der Titelseite unserer Lokalzeitung abgebildet. Er schaute traurig drein, so als wüsste er, dass er bald sterben würde. Es erinnerte mich an dieses eine Gedicht von Yeats über einen irischen Piloten, der seinen Tod vorausahnte. Das körnige Foto zeigte seltsam buschige Augenbrauen, die fast aussahen wie die eines Erwachsenen, der er aber nie werden würde.

Aus dem Erdgeschoss ist Hundegebell zu vernehmen – Jasper, unser schokoladenbrauner Labrador. Ich springe aus dem Bett, schnappe mir meinen Morgenmantel und eile die Treppe hinunter. Jemand hämmert an die Haustür. Ist es die Polizei? Es hat einen Unfall gegeben. Freddie ist überfahren worden. Er hat Drogen genommen.

Zitternd öffne ich die Tür.

Er ist es! Trotz seiner äußeren Erscheinung schlägt mein Herz vor Erleichterung höher. Unser Sohn ist klatschnass. Er schaut zu Boden, die schwarzen Locken auf der linken Seite sind vom Regen platt gedrückt. Die Haare auf der anderen Seite sind kurz rasiert – das hat er letzte Woche selbst gemacht. Er trägt eine Jeansjacke, die ich noch nie an ihm gesehen habe.

»Tut mir leid«, sagt er und schiebt sich an mir vorbei. »Hab meinen Schlüssel verloren.«

Schon wieder? Das ist schon das dritte Mal in diesem Jahr. Ich muss es den neuen Hausbesitzern mitteilen, obwohl sie wahrscheinlich sowieso die Schlösser austauschen lassen werden. Was wird Tom dazu sagen? Ich beschließe, es ihm noch nicht zu sagen. Das Wichtigste ist, dass unser Junge heil nach Hause gekommen ist.

Die Erleichterung schlägt in Wut um. »Du hattest versprochen, pünktlich zu sein ...«, beginne ich.

»Ich sagte doch, dass es mir leidtut, oder?«

»Du stinkst nach Bier. Wie viel hast du intus?«

»Nicht viel.«

»Vier Pints?«, hake ich nach.

»Bitte, Mum. Lass es gut sein.«

»Nichts Hochprozentiges?«

»Ich sagte doch, lass es gut sein!«

Irgendetwas stimmt hier nicht. Anstelle des sonst üblichen trotzigen, bösen, jugendlichen Blicks sieht Freddie verletzlich aus. Niedergeschlagen. Seine dunkelbraunen Augen, ein Spiegelbild der meinen, sind gerötet. Er hat geweint. Er hat seit Jahren keine Tränen mehr vergossen. Nicht einmal nach der Party.

»Was ist passiert?«, frage ich, während er schon die Treppe hinaufgeht.

Ich folge ihm nach oben, aber er ist schon in seinem Zimmer und hat von innen den Riegel vorgeschoben, den er letztes Jahr unbedingt hatte einbauen lassen müssen. »Bitte lass mich rein, Liebling!«, flehe ich.

»Geh weg, Mum. Mir geht's gut.«

»Woher hast du die Jacke?«, frage ich.

»Jemand hat sie mir geliehen. Sie ist nicht *geklaut,* wenn es das ist, was du wissen willst.«

Letztes Jahr hatte es einen Vorfall gegeben. Freddie war in einer Jeans zu Hause aufgetaucht, an der ein Sicherheitsetikett aus Plastik hing und auf der noch das Preisschild klebte. Er hatte behauptet, der Verkäufer müsse vergessen haben, das Etikett zu entfernen. »Und warum wurde dann nicht der Alarm ausgelöst?«, hatte ich wissen wollen. Es endete mit einem heftigen Streit, in dem er mir vorwarf, ihm nicht zu glauben. Ich marschierte mit ihm zurück in den Laden, wo sich herausstellte, dass er die Jeans tatsächlich gekauft hatte und dass der Verkäufer wirklich vergessen hatte, das Etikett zu entfernen. Offenbar hatte die Alarmanlage am Ausgang an diesem Tag nicht funktioniert.

Ich warte eine Weile und flehe ihn dann an, mit mir zu reden, aber er gibt keinen Ton mehr von sich.

Schließlich gehe ich nach unten, um das Licht auszumachen, und schlüpfe anschließend neben Tom zurück ins Bett.

»Ist Freddie wieder da?«, murmelt er.

»Ja.«

Er dreht sich um, wendet mir den Rücken zu. »Dann ist ja alles in Ordnung.«

Aber das ist es nicht. Mein Mutterinstinkt sagt mir, dass etwas *ganz und gar nicht* in Ordnung ist. Ich weiß bloß nicht, was.

»Ich werde morgen früh mit ihm reden«, fügt mein Mann hinzu. Binnen weniger Sekunden schnarcht er wieder.

Ich warte, um sicherzugehen, dass er auch wirklich schläft. Dann steige ich aus dem Bett und schleiche mich auf Zehenspitzen zu Freddies Zimmertür. Sie steht offen. Er ist nicht in seinem Zimmer. Panik macht sich in mir breit, aber dann sehe ich das Licht, das aus dem Badezimmer dringt. Er sitzt auf dem Badewannenrand, hat immer noch die klatschnasse Jacke an. Sie steht offen, und ich sehe, dass sein T-Shirt jetzt rot und nicht mehr weiß ist. Eine Schrecksekunde lang denke ich, es ist Blut, aber dann erkenne ich, dass die rote Tinte seines handgekritzelten Slogans I HATE THE WORLD vom Regen verwaschen wurde.

Ihm laufen Tränen über das Gesicht. Er zittert wie Espenlaub, atmet geräuschvoll und gibt röchelnde Laute von sich.

So habe ich ihn noch nie erlebt.

»Freddie«, flüstere ich, trete vor und nehme ihn in die Arme. Ich warte darauf, dass er mich abschüttelt, aber das tut er nicht.

»Was ist denn los?«

Keine Antwort. Er schluchzt weiter. Ich nehme sein Gesicht in die Hände, will meinem Sohn in die Augen sehen. »Was ist?«, frage ich noch einmal.

Wieder erwarte ich, dass er mich von sich stößt, mir mit seiner üblichen jugendlichen Verachtung zu verstehen gibt, dass mich das nichts angeht. Stattdessen bricht er nun völlig zusammen.

»Mum«, bringt er tränenerstickt hervor. »Ich habe jemanden getötet.«

»Du hast *was?*«, flüstere ich, während mir ein Schauer über den Rücken läuft. Blitzartig taucht das Gesicht einer jungen Frau vor mir auf.

Nein! Helft mir!

Sein Blick ist verängstigt. So wie damals, als er noch ein Kind war und das erste Mal nachsitzen musste und wir in die Schule kommen mussten, um die Sache für ihn zu klären. Aber das hier jetzt ist schlimmer. Das hier darf einfach nicht wahr sein.

»Ich habe jemanden getötet«, wiederholt er.

Nein! Emily!

Ich bin dermaßen schockiert, dass ich nichts herausbringe. Meine Gedanken überschlagen sich.

Das kann er einfach nicht getan haben. Nicht mein lieber,

sanftmütiger Junge, den zu empfangen ich mich so wahnsinnig bemüht hatte. Ja, natürlich macht er gerade eine schwierige Phase durch. Das geht den meisten Teenagern so. Aber doch nicht Mord oder Totschlag. Nicht das kaltblütige, vorsätzliche Beenden des Lebens eines anderen Menschen. Das kann mein Freddie nicht.

Schließlich schaut er auf und blickt über meine Schulter, hat etwas gesehen. Ich drehe mich um. Dort steht Tom.

»Du hast jemanden getötet?«, wiederholt mein Mann. Seine Augen funkeln vor Wut, Entsetzen, Abscheu. Dann schiebt er sich an mir vorbei und packt Freddie am Kragen seiner pitschnassen Jacke, um ihn zu sich hochzuziehen. »Was zum Teufel meinst du damit?«

»Tu ihm nicht weh!«, kreische ich.

»Dann soll er mir verdammt noch mal sagen, was hier vor sich geht!«, verlangt Tom.

»Ich kann es nicht«, schluchzt Freddie.

»Doch, das kannst du«, brüllt Tom und stößt ihn von sich.

Mein Mann war schon immer der strengere Elternteil, aber so wie jetzt habe ich ihn noch nie erlebt. Er hat die Fäuste erhoben, und sein Nacken ist angespannt. Instinktiv stelle ich mich zwischen die beiden.

Freddies Stirn ist zerfurcht. Vor Wut oder vor Schmerz? Schwer zu sagen. »Ich sagte, ich kann nicht, oder?«, brüllt er.

»Aber das musst du!«, schreie ich. »Das ergibt doch alles keinen Sinn.«

»Das liegt daran, dass er lügt. Begreifst du das nicht, Sarah?«

»Tust du das, Freddie?«, flehe ich. »Sag uns einfach die Wahrheit. Wir helfen dir da durch.«

Freddie wirft mir einen Blick zu. Seine jetzt versteinerten Züge sind von Qualen geprägt. Und auch von Hass. »Wir?«, wiederholt er. »Ich glaube nicht, dass Dad mir da durchhelfen wird.«

Toms Miene ist versteinert. »Ich helfe niemandem, der das Gesetz gebrochen hat.«

»Nicht einmal deinem eigenen Sohn?«, fragt Freddie.

Ich schaue die beiden Männer an, die es in meinem Leben gibt, und lasse meinen Blick vom einen zum anderen schweifen. Nichts von alldem fühlt sich real an. Es ist, als würde ich einen Film anschauen.

»Nicht einmal meinem eigenen Sohn«, bestätigt mein Mann. »Wenn du mir nicht genau erklärst, was du angestellt hast, händige ich dich der Polizei aus.«

Tom geht zur Tür. »Wo gehst du hin?«, frage ich, kenne die Antwort jedoch schon.

»Was glaubst du wohl? Ich rufe die Polizei.«

Freddie fängt an zu heulen wie ein Tier. Unten an der Treppe stimmt Jasper in das Heulen ein, als wolle er so sein Mitgefühl ausdrücken.

Die Polizei? Mein Herz, das mir ohnehin schon heftig in der Brust schlägt, tut dies jetzt noch lauter und stärker, und mir ist, als drohe es, zu platzen.

Helft mir!

»Nein!«, schreie ich und ergreife Toms Pyjamaärmel. »Warte.«

Mein Mann starrt mich an. Es ist, als würde auch er sich fragen, wer ich bin, so wie ich mich vorhin gefragt habe, wer er ist.

»Sarah«, sagt er langsam, als würde er mit einem Kind reden, dem man etwas Einfaches erklären muss. »Verstehst du denn nicht? Es ist das Einzige, was wir tun können.«

Aber das stimmt nicht.

Ich werde es nicht zulassen.

Es darf nicht noch einmal passieren.

Nicht mit meinem Jungen. Meinem kostbaren einzigen Sohn. Ich würde alles tun, um ihn zu retten. Und damit meine ich wirklich *alles*.

SARAH
Crown Court in Truro

»Erheben Sie sich«, sagt der Gerichtsdiener.

Wir stehen verunsichert auf. Fragen uns, was als Nächstes passieren wird. Überwältigt von diesem riesigen Raum mit seinen Großbildschirmen an den Wänden, seinen Reihen breiter Schreibtische, auf denen sich Akten stapeln, den grimmig dreinschauenden Männern und Frauen mit Perücken und den Geschworenen, die in diesem Moment mit einer Mischung aus Unbehagen und Selbstgefälligkeit hereingeschritten kommen. Sie tragen nicht nur die Verantwortung, über die Zukunft des Angeklagten zu entscheiden, sondern auch über die all jener, die mit ihm in Verbindung stehen.

Zum Beispiel ich. Eine Mutter. Eine Mutter, die ihren Sohn liebt. Eine Geschiedene.

Dass ein Gerichtssaal so aussehen könnte, hatte ich nicht gedacht. Er ist total modern eingerichtet. Diejenigen, die man sonst so im Fernsehen sieht, sind alt, mit holzgetäfelten Wänden, einem streng dreinblickenden Richter und einem verängstigten, hinter einem offenen Pult kauernden Angeklagten.

Dieser hier sieht eher aus wie ein schicker Sitzungssaal. Die Richterin ist eine Frau mittleren Alters. Sie trägt rosa Lippenstift und eine lilafarbene Robe mit roter Schärpe, was die Strenge ihrer grau-weißen Perücke jedoch kaum mildert.

Doch die einzige Person, die mich interessiert, ist der junge Mann mit dem ängstlichen Blick, der in einem Glaskasten eingesperrt ist und wie benommen vor sich hin starrt.

Mein mütterlicher Instinkt drängt mich dazu, ihn zu trösten, ihm meine Arme um die Schulter in seiner leicht zerknitterten Anzugjacke zu legen. Ihm zu sagen, dass ich ihm, natürlich, glaube. Aber da ist noch ein anderer Teil in mir, der mich krank vor Abscheu macht.

Als die Staatsanwältin in ihrem Eröffnungsplädoyer damit beginnt, den Fall aufzurollen, schließe ich angesichts der Schwere des Vergehens die Augen. Meine Gedanken schweifen zurück.

Nicht zurück zu der Nacht, in der Freddie so spät im Regen nach Hause kam und die Jacke eines anderen trug. Sondern noch weiter zurück. Zu dem Tag, an dem ich seinen Vater kennenlernte. Als alles begann.

Zumindest sehe ich das so. Tom mag das anders sehen.

Und Sie womöglich auch.

Erster Teil

TOM UND SARAH

TOM

1 Vegetarisches Risotto. Das war das erste Gericht, das Sarah für mich zubereitet hat. Ich hasse Reis, denn im Internat wurden wir praktisch damit zwangsernährt. Das galt vor allem während der Ferien, wenn ich weiter dortblieb, weil mein Vater im Ausland zu tun hatte. Damals hatte ich das ohne zu fragen akzeptiert. Das mit dem Im-Ausland-Arbeiten meine ich. Den Rest nicht.

»Wusstest du, dass Reis das Grundnahrungsmittel von mehr als der Hälfte der Weltbevölkerung ist?«, hatte ich Sarah an jenem ersten Abend gefragt. Mir war bewusst, dass ich mir dabei die Brille abnahm und dann die Gläser sorgfältig putzte, bevor ich sie wieder aufsetzte. Das tat ich immer, wenn ich nervös war.

Sarah schaute auf den Teller auf ihrem Schoß hinunter, als hätte ich gerade ihre Kochkünste kritisiert. Dann schaute sie wieder zu mir hoch, mit einem fast kindlichen Ausdruck im Gesicht, der in mir die Frage aufwarf, wie alt sie eigentlich war. Ich hatte aus eigener Erfahrung gelernt, dass es schwierig ist, das Alter einer Frau zu erraten, und dass eine falsche Schätzung großes Unheil anrichten kann. Man muss äußerste Vorsicht walten lassen.

»Wirklich? Ich hoffe, es schmeckt dir«, sagte sie.

Sie trug einen weiten, blau-weiß gepunkteten Rock, und während sie sprach, schwangen ihre außergewöhnlich dicken, rosa und blauen Haarsträhnen zu beiden Seiten ihres Kopfes hin und her. Das war eine seltsame Kombination mit ihren klobig wirkenden braunen Schnürschuhen von Doc Martens, wie sie, glaube ich, hießen – aber so etwas war in den Neunzigern in Mode. Sie lagen neben ihr auf dem Boden, nachdem sie sie lässig weggekickt hatte.

Ich musste mich sehr beherrschen, um sie nicht ordentlich nebeneinanderzustellen.

Stattdessen zwang ich mich dazu, die hart gewordenen Reisklumpen herunterzuwürgen. »Köstlich«, erwiderte ich, obwohl ich es verabscheue zu lügen. Wenn man im Internat beim Schwindeln erwischt wurde, bezog man bei der morgendlichen Versammlung zur Andacht auf dem Podium vom Rektor Prügel. »*Wilkins! Raufkommen! Sofort!*« Schließlich war es ein katholisches Internat – zu lügen bedeutete, dass man in der Hölle schmoren musste.

Vielleicht rührte meine Abneigung gegen das Lügen aber auch von den plumpen Halbwahrheiten meines Vaters her, wie lange er nach – oder vor – dem Tod meiner Mutter, als ich acht Jahre alt war, schon eine Beziehung mit meiner späteren Stiefmutter hatte.

Wir saßen uns im Schneidersitz auf Sitzsäcken vor dem elektrischen Kamin in Sarahs Einzimmerappartement gegenüber. Ich hatte noch nie auf einem Sitzsack Platz genommen, und um ehrlich zu sein, fiel es mir schwer, das Gleichgewicht zu halten.

Koordination war noch nie meine Stärke gewesen. Sport ebenso wenig, wie mir mein reizbarer Sportlehrer deutlich gemacht hatte. Mein amblyopes linkes Auge – die meisten nannten es »träges Auge« – erschwerte es mir, heranfliegende Bälle deutlich auszumachen. Ich hasste jede Sekunde des Sportunterrichts. Tatsächlich war das einzig Annehmbare, was aus der Schulzeit geblieben war, mein Freund Hugo. Der einzige Mensch, der mich verstand.

»Woher kommst du?«, fragte ich, nachdem ich mir einen weiteren Bissen Risotto heruntergequält hatte.

Sarah schenkte mir wieder eines ihrer schönen Lächeln. Es erhellte ihr Gesicht und machte es mir aus irgendeinem Grund unmöglich, den Blick von ihr abzuwenden. Normalerweise war ich für so etwas nicht empfänglich, aber es ließ sich einfach nicht leugnen. Ihre Augenbrauen, so fiel mir auf, waren ziemlich buschig und hätten bei einem anderen Menschen aufdringlich wirken können. Die ihren hingegen rahmten diese wunderschönen braunen Augen so ein, dass sie wie eine mathematische Gleichung zueinander zu passen schienen.

»Ich komme aus ziemlich einfachen Verhältnissen, um ehrlich zu sein«, bekannte sie und legte den Kopf schief, während sie sprach. Ihr Hals, so bemerkte ich, war sehr lang und dünn.

»Wir waren zu fünft«, fuhr sie fort. »Ich habe noch zwei Schwestern und zwei Brüder. Aber wir leben jetzt überall verstreut. Wir wuchsen in einer Siedlung mit Sozialwohnungen in Kent auf und besuchten die örtliche Gesamtschule. Aber wir waren damals glücklich und wurden geliebt. Das ist eigentlich alles, was man im Leben braucht.«

Trotz der Siedlung mit Sozialwohnungen und der Gesamtschule – was ich beides nie erlebt hatte – kam ich nicht umhin, sie zu beneiden. Mir fiel aber auch ihr Gebrauch des vorbehaltlichen »damals« vor »wir waren glücklich und wurden geliebt« auf.

Als ich ihr später schließlich erzählte, was im Internat passiert war, zeigte sie sich schockiert. »Wenn ich mal Kinder habe«, bekannte sie und zog diese kräftigen Augenbrauen zusammen, »würde es mir im Traum nicht einfallen, sie fortzuschicken. Und ich würde jeden umbringen, der Hand an sie legt.«

Wenn man ihre schlanke Figur betrachtete, würde man nicht glauben, dass Sarah einer Fliege etwas zuleide tun könnte. Aber zu jenem Zeitpunkt ahnte ich schon, dass sie in ihrem

Inneren in gewisser Weise knallhart war. Sie war anders als alle anderen Frauen, denen ich bisher begegnet war.

Zunächst einmal steckte ein kleiner silberner Knopf in ihrem rechten Nasenflügel. Außerdem hielt sie ihr Besteck zwischen Daumen und Zeigefinger, anstatt Letzteren über Messer und Gabel zu halten, wie man es mir beigebracht hatte. Aber ich war von dieser Frau fasziniert. Sie betrachtete die Welt auf eine völlig andere Art und Weise als alle anderen, die ich kannte. Sie nahm Dinge wahr, wie den Gesang einer Amsel oder die Farbe des Himmels, wenn er für mich grau aussah, sie mir aber erklärte, es sei eine Mischung aus Grün, Mauve und Rosa. Und dann war da noch die körperliche Seite. (Dies zu erwähnen ist mir fast peinlich. Meiner Meinung nach ist Sex, ähnlich wie Geld, etwas, über das man nicht einfach so spricht.) Aber ich konnte nicht aufhören, auf diese glatte, makellose Haut und diese unglaublichen Wangenknochen zu starren, die mich so sehr an die meiner Mutter erinnerten. »Deine Haut sieht aus, als wäre sie aus Samt«, sagte ich zu ihr, das weiß ich heute noch. Ein Teil von mir – eine Seite, von der ich gar nicht wusste, dass ich sie hatte – wollte mit dem Finger über Sarahs Gesicht streichen, um zu sehen, ob es sich auch so anfühlte.

Mein Vater war in dem Monat, bevor ich Sarah kennenlernte, gestorben. Aber ich wusste, was er gesagt hätte, falls er Gelegenheit bekommen hätte, sie kennenzulernen: »Sie ist nicht gerade eine von uns, oder?«

Dass ich mich damals in Sarah verliebte, lag zum Teil auch daran, *dass* sie einen anderen Hintergrund hatte. Was hatte mir meine traditionelle Erziehung eingebracht? Nichts als Kummer.

Alles, was ich wollte, war, geliebt zu werden und eine richtige Familie zu gründen. Eine mit Frau und Kindern. Mit Arabella hatte ich den traditionellen Weg eingeschlagen. Das hatte nicht geklappt. Vielleicht war dies also meine Chance, mit einer

Frau zusammenzuleben, die anders ist als alle anderen, die ich bisher getroffen hatte.

Sarah und ich lernten uns an einem kühlen Frühlingsabend bei einem Zeichenkurs »für Anfänger und solche mit Vorkenntnissen« kennen. Ich gehörte der ersten Kategorie an. Hugo hielt es für einen großen Scherz, als ich mich anmeldete.

»Zeichnen? *Du?*«, kicherte er. »Du hast nicht den Hauch einer künstlerischen Ader in dir, Wilkins.«

Ab und zu nannte er mich beim Nachnamen, wie wir es im Internat getan hatten. Ich beschloss, es ihm nicht gleichzutun. Das war keine Zeit, die ich mir in Erinnerung rufen wollte.

»Wenn du mich fragst, solltest du dich lieber an deine Zahlen halten«, fügte er hinzu.

Da hatte er nicht ganz unrecht. Zahlen waren nicht nur sicheres Terrain, sie waren in meinem Beruf auch lukrativ. Aber ich hatte damit keine Frau gefunden. Ich war fünfunddreißig. Hugo, ein Banker, und seine Frau Olivia hatten zwei Kinder, deren Patenonkel ich war. Obwohl ich nicht gerade der Vatertyp war, hatte ich langsam die Nase voll von Kommentaren wie »Immer noch nicht sesshaft geworden?« oder »Wenn du nicht aufpasst, endest du noch als eingefleischter Junggeselle mit einer Vorliebe für das Überprüfen von Haltbarkeitsdaten«. Wäre ich heute wieder ein junger Mann, würde ich mir nicht so viele Sorgen über meinen Status als Junggeselle machen. Aber damals in den Neunzigern war es noch üblicher, jung zu heiraten.

Wie bereits erwähnt, hatte ich geglaubt, Arabella könnte diejenige welche sein. Arabella, die als persönliche Assistentin in einem renommierten Auktionshaus arbeitete und in einer Duftwolke Chanel und mit Perlenketten behängt um mich herumschwebte, wie um zu suggerieren, dass sie auf der Stelle Ja sagen würde.

Natürlich fühlte ich mich geschmeichelt. Keine sonst hatte jemals auch nur im Entferntesten Interesse an mir gezeigt. Ich hatte immer noch die Hänseleien aus Schulzeiten in den Ohren: »*Kannst du nicht geradeaus sehen, Wilkins?*« Später, bei den Oberstufentanzbällen, bekam ich von jedem einzelnen Mädchen, das anzusprechen ich den Mut aufbrachte, einen Korb.

Als ich dann also Arabella kennenlernte – durch ihren Bruder, der mit mir an der Uni gewesen war – und sie zustimmte, mit mir auszugehen, konnte ich mein Glück kaum fassen. Wir gingen fast vier Jahre lang miteinander.

Trotzdem hegte ich immer noch Zweifel. Woher sollte man wissen, ob jemand die richtige Person zum Heiraten war, vor allem, wenn man sich, wie ich, mit dem »schönen Geschlecht« nicht besonders gut auskannte? Als ich dann endlich beschloss, ihr einen Antrag zu machen, wies sie mich ab – mit einer Nachricht auf meinem Anrufbeantworter.

»*Es tut mir leid, Tom. Ich glaube, wir passen nicht zusammen.*«

Beflügelt von etwas, das ich für Leidenschaft hielt, marschierte ich sofort äußerst empört hinüber zu ihrer Wohnung in Pimlico. »Was meinst du mit ›nicht zusammenpassen‹?«, fragte ich sie.

Sie hatte den Anstand, verlegen dreinzuschauen. »Versteh mich nicht falsch, Tom, aber du bist zu berechenbar. Du lebst nach dieser Routine, die niemand ändern darf. Es ist, als wärst du noch immer im Internat. Du bist zu bieder, um etwas im Leben zu wagen. Ich will *mehr* als das.«

Wie sich herausstellte, hatte Arabella bei einem Mädelsurlaub in Cornwall einen Surfer kennengelernt. Einen reichen Surfer, selbstverständlich, der obendrein auch noch ein Strandhotel besaß. Und weg war sie. Ihre Heiratsanzeige erschien ein paar Monate später in der *Times*.

Plötzlich schien Arabella die perfekte Frau gewesen zu sein, die ich mir dämlicherweise hatte durch die Lappen gehen lassen. Meine frühere »Friss oder stirb«-Einstellung zur Ehe kam mir jetzt kurzsichtig vor. Ich hatte nie wirklich so etwas wie eine richtige Familie gehabt. Und wenn ich so weitermachen würde im Leben? Was, wenn ich am Ende ganz allein dastehen würde, ein mürrischer Single, der sich nur für Zahlen und Routine interessierte? Der Typ Mann, dessen Nachruf im *Daily Telegraph* mit den Worten »Er starb unverheiratet« endete und es den Lesern überließ, ihre eigenen Schlüsse zu ziehen.

Arabellas Abfuhr schmerzte noch immer, als ich, nachdem ich ausnahmsweise früh Feierabend gemacht hatte, einen Spaziergang unternahm. Dabei stieß ich auf ein Plakat, das für einen Zeichenkurs in dem Kulturzentrum in meinem Viertel in Hackney warb, wo ich vorausschauend ein Reihenhaus mit drei Schlafzimmern gekauft hatte, bevor die Gegend gentrifiziert wurde. Der Kurs startete noch am gleichen Abend und sollte gleich beginnen. Es war etwas völlig anderes als alles, was ich bisher gemacht hatte. *Zu bieder, um etwas im Leben zu wagen.*

Ich würde Arabella das Gegenteil beweisen. Und Hugo auch.

»Dritter Raum links«, sagte die junge Frau am Tresen. »Sie sind knapp dran, also können Sie hinterher bezahlen.«

Ich nahm an einem mit Zeitungen ausgelegten Tisch Platz. Sarah fiel mir sofort ins Auge. Alles andere wäre auch kaum möglich gewesen. Nicht nur, weil sie die Dozentin war, sondern weil sie mit ihren knallroten Lippen, ihrem weiten, gepunkteten Rock und diesen rosa und blauen Strähnen in ihrem dunklen, geflochtenen Haar so aussah, als wäre sie auf dem Weg zu einer Kostümparty. Aber was sie wirklich hervorstechen ließ, war ihr Lächeln. Es war ein breites, sonniges Lächeln, das bei jedem anderen ausgesehen hätte wie das eines Clowns. Bei ihr hingegen wirkte es einfach umwerfend.

Vielleicht lag es daran, dass ich nicht besonders viele Menschen kenne, die so bereitwillig lächeln. Die Mimik meiner Kolleginnen und Kollegen kommt dem am nächsten, wenn sie mit ihren Zahlen zufrieden sind und ihnen ein selbstgefälliges Grinsen über das Gesicht huscht. Vielleicht ist es bei mir genauso. Aber Sarahs Lächeln erfüllte mich innerlich. Ich fühlte mich zugleich warm, behaglich und voller Hoffnung. Ich konnte mich nicht erinnern, mich nach dem Tod meiner Mutter jemals so gefühlt zu haben. Sie hatte genau so ein Lächeln gehabt.

Dann wurde meine Aufmerksamkeit auf eine alte Frau gelenkt, die hinter einem Paravent hervortrat und ein Tuch um sich geschlungen hatte. Hatte dieser Kurs eine Art römisches Thema? Zu meinem Erstaunen und Entsetzen ließ sie das Tuch zu Boden fallen und enthüllte Schwabbelröllchen und Hängebrüste mit schrecklichen Falten. Ich musste wegschauen.

Alle anderen machten sich sofort mit dem Kohlestift, den wir neben einem A4-Blatt ausgehändigt bekommen hatten, ans Werk. Nur ich wusste nicht, wo ich anfangen sollte. Mit der linken Brustwarze? Mit einem Bein? Ich war völlig überfordert. Also griff ich zu einem Lineal aus der »Kunstkiste«, die gerade herumgereicht wurde, und begann, sie zu vermessen.

War der armen Frau denn nicht kalt? Und was, wenn sie hungrig war oder auf die Toilette musste? Woran in aller Welt dachte sie, während sie in dieser Pose auf einem Stuhl hockte und ins Leere starrte?

»Mir ist aufgefallen, dass Sie von unserem Motiv etwas überrascht gewesen zu sein schienen«, sagte Sarah etwa zwanzig Minuten später über meine Schulter, als sie schließlich zu mir kam.

Ich versuchte, lässig zu klingen. »Eigentlich dachte ich, das hier wäre ein Stillleben-Kurs. Sie wissen schon. Blumen und Früchte. So was in der Art.«

Sie lachte, aber es klang nicht unfreundlich oder verächtlich an, sondern eher wie ein fröhliches Bimmeln. »Sie wären überrascht, wie vielen anderen es genauso geht.« Dadurch fühlte ich mich ein wenig besser. Dann wurde ihre Stimme ernster. »Der menschliche Körper ist aber wahrlich ein Kunstwerk, finden Sie nicht?«

»Er ist auch ein Zahlenrätsel«, erwiderte ich. Wir betrachteten beide die eckigen Formen auf meinem Blatt, die ich sorgfältig gezeichnet hatte, um die verschiedenen Körperpartien der alten Frau zu erfassen.

»Leonardo da Vinci und Picasso waren dieser Meinung«, erklärte sie, als wäre ich einer der Auszubildenden bei der Arbeit, der einen kleinen Fehler gemacht hatte und ermutigt werden musste. »Aber meiner Meinung nach ist das Schöne bei einem Akt, dass das Modell nichts verbergen kann. Er oder sie ist entblößt. Zumindest äußerlich. Das zwingt den Künstler dazu, unter die Oberfläche zu schauen, um die Seele zu erfassen. Das ist es, was ein Porträt wirklich ausmacht.«

So hatte ich das noch nie gesehen. »Aber wie mache ich das?«, wollte ich wissen.

»Lassen Sie sich von Ihrem Instinkt leiten.«

Instinkt?

»Ich weiß nicht, wie«, murmelte ich. Es war ein Fehler gewesen, hierherzukommen. Das wurde mir jetzt klar.

»Haben Sie was dagegen, wenn ich Ihnen ein bisschen zur Hand gehe?«

Ihre Finger schlossen sich um die meinen und führten den Kohlestift. Genau in diesem Moment durchfuhr es mich wie bei einem Blitzschlag. Es war wirklich so, als hätte sie mir einen Stromschlag verpasst. Ich konnte es nicht begreifen. Diese Frau war einfach nicht mein Typ. Und doch …

»Sehen Sie?«, sagte sie. »Sie mussten nur hier eine kleine Kurve beschreiben und dann hier …«

»Bei Ihnen sieht das so einfach aus«, sagte ich, bemüht, nicht auf ihren wunderschönen Schwanenhals zu starren, auch wenn er durch einen billig wirkenden Anhänger, den sie ständig berührte, während sie sprach, ein wenig verschandelt wurde.

Meine Dozentin trat zurück, als wolle sie mich begutachten. Ich fühlte mich ein wenig unbehaglich. »Jeder hat seine individuellen Stärken. Was sind Sie von Beruf?«

»Ich bin Versicherungsmathematiker.«

Fragend legte Sarah den Kopf schief. Ich registrierte, dass sie eine hohe, glatte Stirn hatte, die sie ziemlich königlich aussehen ließ. »Was macht man da?«

Diese Frage war mir schon so oft von Branchenfremden gestellt worden, dass ich meine Antwort wie aus dem Effeff beherrschte. »Im Wesentlichen ist meine Aufgabe, die Wahrscheinlichkeit und das Risiko zukünftiger Ereignisse zu berechnen, um ihre finanziellen Auswirkungen auf ein Unternehmen und seine Kunden zu prognostizieren.«

Sie brach in Gelächter aus. »Wie bitte?«

Ich fühlte mich von ihrer Erheiterung leicht gekränkt. »Es ist wirklich sehr nützlich. Ich kann meinen Kunden zum Beispiel helfen, dahinterzukommen, wie lange sie wahrscheinlich noch zu leben haben, damit sie die passende Lebensversicherung abschließen können.«

»Ich habe noch nie jemanden getroffen, der so etwas macht. Also, wie lange haben *Sie* denn noch zu leben?«

Diese Frage hatte mir noch nie jemand gestellt. »Ich weiß es nicht.«

»Was mich angeht, würde ich es gar nicht wissen *wollen*«, sagte sie leichthin. »Ich glaube, man sollte im Hier und Jetzt leben. Das ist viel wichtiger als Geld.«

Dann schien sie plötzlich zu bemerken, dass ihre Hand immer noch auf meiner ruhte, und zog sie zurück. Ich fühlte mich dadurch kalt. Leer. Ich konnte nicht einmal antworten, indem ich erwiderte, dass Versicherungen zu den wichtigen Dingen im Leben gehörten, die die Leute zu ihrem eigenen Nachteil ignorieren, denn Sarah war bereits zum nächsten Schüler weitergegangen, beugte sich über ihn und machte motivierende Vorschläge. Ich spürte einen lächerlichen Anflug von Eifersucht.

»Zeit für eine Pause!«, rief sie später. »Maude, schenk dir doch einen Tee ein, ja? Können Sie alle in zehn Minuten wieder loslegen?«

Ich war von Sarahs Fürsorge beeindruckt. Die alte Frau stand auf und wickelte sich, neben ihrem Stuhl stehend, in das Tuch, bevor sie zur Thermoskanne watschelte. Es war mir unmöglich, sie nicht mit einer Art entsetzter Faszination zu betrachten. Wie viel bekam sie dafür? Es musste doch bestimmt einfachere Wege geben, Geld zu verdienen.

Während der nächsten Stunde schaute ich immer wieder zu Sarah hinüber, nahm ihre Erscheinung in mich auf, sah zu, wie sie die anderen beriet und unterstützte, beobachtete ihre Hilfsbereitschaft. Sie ermutigte jeden mit einem positiven Satz, etwa: »Mir gefällt, wie Sie diesen Schatten gezeichnet haben«, oder einem kleinen Ratschlag wie: »An Ihrer Stelle würde ich hier noch ein bisschen Mauve hinzufügen.« Es schwang Sanftheit darin mit, aber auch Zähigkeit. Etwas, das besagte: »*Ich kann für mich selbst eintreten.*«

Vor allem aber war es ihre körperliche Präsenz: diese kindlichen Zöpfe, die schlanken nackten Arme, die wunderschönen braunen Augen. Es mag wie ein Klischee klingen, aber Sarah zu betrachten, fühlte sich an wie eine Droge (nicht, dass ich jemals welche genommen hätte), die mich immer süchtiger machte, je länger sich die Zeiger der Wanduhr weiterdrehten.

Am Ende des Kurses, als ich meine Skizze total verpfuscht hatte, ging ich zu ihr. »Es tut mir leid«, sagte ich. »Ich glaube, Aktzeichnen ist nichts für mich.«

Sie warf mir einen absolut süßen, verständnisvollen Blick zu, der mich erneut an meine Mutter erinnerte. »Wollen Sie es nicht noch einmal versuchen?«

»Nicht wirklich.«

Ich konnte ja wohl kaum hinzufügen, dass mich die schlaffen Brüste des Modells abstießen und mir die Schmiererei nicht gefiel, die die Kohle auf meinen Händen hinterlassen hatte.

»Ich finde es schade, Sie zu verlieren.«

Dann hörte ich die Worte aus meinem Mund kommen, bevor ich sie zurücknehmen konnte. »Würden Sie mit mir essen gehen?«

Ich wartete darauf, dass sie antwortete, ich solle mich verziehen. Keine Frau würde mit einem Mann ausgehen, den sie gerade erst kennengelernt und mit dem sie kaum ein paar Worte gewechselt hat, oder? Keine wohlerzogene Frau, jedenfalls.

Oder war das der Punkt? Vielleicht hatte ich Sarah eingeladen, weil wir so grundverschieden waren. Um zu beweisen, dass ich nicht der langweilige Kauz war, den Arabella verschmäht hatte.

»In Ordnung«, sagte sie beiläufig.

Hatte ich sie richtig verstanden?

»Aber mir wäre es lieber, wenn Sie zu mir nach Hause kämen, statt auszugehen«, fuhr sie fort. »Ich habe noch Essen übrig, und es wäre Verschwendung, es wegzuwerfen. Ich hasse Verschwendung, Sie nicht auch? Besonders, da so viele Menschen auf der Welt hungern.«

Ich meinte gar nicht heute Abend, hätte ich fast erwidert. Ich meinte irgendwann. Nächste Woche vielleicht. Diese Woche, wenn es sein muss. Oder auch nie, um ehrlich zu sein, denn ich hatte damit gerechnet, dass sie mir einen Korb geben würde. Aber diese ungewöhnliche Frau hatte Ja gesagt. Und, noch wichtiger, sie meinte *jetzt.*

»Bei Ihnen?«, sagte ich und bemühte mich dabei, selbstbewusst zu klingen. »Klar.«

»Toll!«, sagte Sarah. Da war es wieder, dieses sonnige Lächeln, das mir eine seltsame innere Leichtigkeit bescherte. »Ich wohne nicht weit weg. Es sind bloß vierzig Minuten zu Fuß. Ach so, Sie mögen doch vegetarisches Risotto, oder?

Ich schluckte schwer. Wie hätte ich ihr in diesem Moment sagen können, dass mir schon beim Gedanken an Reis übel wurde? Nicht nur einfach wegen des Geschmacks aus meiner Internatszeit. Sondern auch wegen dem, was danach passiert war.

SARAH

2 Tom war echt nicht mein Typ. Wäre nicht gerade der Jahrestag gewesen, dann hätte ich nicht einmal zu einem Date Ja gesagt. Aber ich wollte und konnte an diesem Abend nicht allein sein. Der Schmerz war immer noch spürbar, jede Minute, jeden Tag. Jahrestage sollten da eigentlich keinen Unterschied machen, doch sie tun es, finden Sie nicht auch? Also war ich dankbar für Gesellschaft – nein, ich sehnte sie mir förmlich herbei. Ich erinnere mich noch so genau an den Abend, als würde er sich in diesem Moment vor mir auf der Kinoleinwand abspielen.

»Was ist das für ein Geruch?«, fragte Tom, nachdem ich ihm vorgeschlagen hatte, er solle mit zu mir kommen, statt mich in ein Nobelrestaurant auszuführen. Ich wusste, dass es nobel sein würde, denn dieser Typ mit seinem Akzent und seinen schicken, steifen Klamotten war eindeutig aus der Oberschicht. Aber die Vorstellung, dass alle Leute um uns herum über belanglose Dinge plappern würden, machte mich wahnsinnig. Vor allem an diesem Tag.

Außerdem machte ich mir *wirklich* Sorgen, das Risotto wegwerfen zu müssen. Ich konnte es nicht ertragen, Essen wegzuwerfen, ich kann es bis heute nicht. Ich war schon zu oft hungrig gewesen.

»Der Geruch?«, griff ich Toms Frage auf. »Der kommt von den Räucherstäbchen.«

Ich beobachtete, wie er das Chaos in sich aufnahm. Hätte ich geahnt, dass ich jemanden mit nach Hause nehmen würde, dann hätte ich vorher ein bisschen aufgeräumt. Auf den Stuhllehnen hing Wäsche zum Trocknen, überall lagen Skizzen herum, und in der Spüle stapelten sich die schmutzigen Teller. Außerdem hätte ich die Fenster öffnen sollen, um den Grasgeruch auszulüften.

Jetzt waren wir allein, fernab des Kurses, und ich bekam Gelegenheit, meinen Gast genauer zu betrachten. Ich registrierte seine Größe und seine langgliedrige Figur, so wie ich es getan hätte, um einen Akt von ihm zu zeichnen. Man ist sich dessen womöglich nicht bewusst, aber die meisten Künstler tun das, wenn sie jemandem zum ersten Mal begegnen.

Tom Wilkins war nicht mein üblicher Typ. Zunächst einmal hatte er kurzes, hellblondes Haar und eine Haut, die babyweich und sehr sauber aussah. Ich vermutete, dass er auch im übertragenen Sinne clean war, auch wenn man das nicht immer erkennen kann. Er hatte die Angewohnheit, ständig seine Hände nervös zu kneten. Das fand ich ziemlich süß. Schon unterwegs hatte er mir erzählt, dass er keinen Alkohol trank und »scharf« auf Mozart sei. Den Namen kannte ich natürlich, aber ich hatte noch nie Musik von dem Kerl gehört.

»Ich mag Pearl Jam«, sagte ich ihm.

»Reden wir jetzt über Essen?«

»Sehr witzig.«

Er runzelte die Stirn. »Warum?«

Dann begriff ich, dass er seine Frage ernst gemeint hatte. »Pearl Jam ist der Name einer Band.« Ich brach in Gelächter aus. »Wo hast du denn bis jetzt gelebt?«

»Mal überlegen«, sagte er und zählte an seinen Fingern ab. »Ich bin in London aufgewachsen. Danach war ich auf dem Internat in Somerset. An der Universität in Reading, und jetzt wohne ich wieder in London.«

»Ich habe dich nicht nach deiner Lebensgeschichte gefragt. Ich habe bloß einen Witz darüber gemacht, dass du Pearl Jam nicht kennst.«

»Ach so?«, fragte er und runzelte die Stirn.

War dieser Typ wirklich so? Doch mein Instinkt sagte mir, dass dieser große, linkisch wirkende Mann mit seiner ganz langsamen, bedächtigen Art zu sprechen jedes Wort ernst meinte. Dieser Tom redete Klartext. Er nahm alles, was ich sagte, für bare Münze. Das war erstaunlich erfrischend.

Er konnte auch witzig sein und über sich selbst Scherze machen. »Siehst du das?«, fragte er und deutete dabei auf sein linkes Auge, mit dem er ein wenig zu schielen schien. Wir saßen einander gegenüber auf Sitzsäcken und aßen das Risotto, das ich diese Woche schon zweimal aufgewärmt hatte. Es schien ihm aber zu schmecken, denn er schlang es so schnell herunter, dass jede Gabel voll kaum eine Sekunde in seinem Mund gewesen sein konnte. Mir war es ein wenig peinlich, dass ich ihm keinen Nachschlag anbieten konnte.

»Als ich Kind war, nannten sie es träges Auge«, fuhr er fort und blickte leicht verschämt drein. »Aber ich war nie träge. Vielmehr war ich sehr pflichtbewusst. Immer schon.«

Sein Auge störte mich nicht sonderlich, obwohl klar war, dass er es als Makel empfand und das Thema auf den Tisch bringen wollte. Ich bewunderte das.

»Der medizinische Begriff ist Amblyopie«, fügte er hinzu. »Sie betrifft zwei bis drei Prozent aller Kinder. Wenn sie früh genug erkannt wird, kann sie behandelt werden. Aber die Oberin hat eine Behandlung bei mir abgelehnt.«

»Oberin? Warst du im Krankenhaus?«

»Nein. Sie war im Internat für die sogenannte Seelsorge zuständig.« Dann stieß er so etwas wie »Boh!« aus, als ob sie sich nicht besonders um die Seelen gesorgt hätte.

Meine Mutter hatte mich umsorgt. »Lächeln, Sarah!«, forderte sie mich immer auf, wenn sie mich fotografierte. »Zeig mir dein wunderschönes Lächeln.« Damals hatte unser Leben idyllisch gewirkt. Aber ich kannte es ja auch nicht anders.

Wenigstens fragte Tom mich nicht allzu viel nach meiner Vergangenheit. Stattdessen schluckte er alle Geschichten, die ich ihm über das Aufwachsen in einer großen, glücklichen Familie auftischte. Hätte er die Wahrheit gekannt, dann wäre es nie zu einem zweiten Date gekommen.

»Wie ist es dazu gekommen, dass du dich auf Aktzeichnen spezialisiert hast?«, wollte er von mir wissen.

Ich zuckte mit den Schultern. »Als ich an der Kunstakademie studierte und mich dafür interessierte, bat mich mal jemand, Modell zu sitzen.«

»War es dir nicht peinlich, deine …?« Er hielt inne, als ob er sich zu sehr schämte, den Satz zu beenden.

»Meine Kleidung abzulegen? Nein. Warum sollte es? Der menschliche Körper ist eine großartige Konstruktion. Er ist dafür geschaffen, gezeigt zu werden.«

»Aber warum steht oder sitzt jemand Modell?« Er runzelte die Stirn, als wäre er ein kleines Kind, das eine Erklärung braucht. »Ich meine, es kann ja nicht viel einbringen.«

»Man soll es vielleicht nicht glauben, aber Maude sagt, dass ihr jeder noch so kleine Betrag hilft. Außerdem mag sie die Gesellschaft.«

Danach schwieg er eine Weile, als würde er über diese Erklärung nachsinnen.

»Ich habe mich gefragt, ob ich vielleicht …«, begann er, als wir mit dem Essen fertig waren. Dann stockte er.

»Ja?«, fragte ich und beugte mich vor, um ihn zu ermutigen.

War das denn nicht der Grund, warum ich ihn mit nach Hause genommen hatte? Ich brauchte jemanden oder etwas, um die Erinnerungen aus meinem Kopf zu verbannen. Schlaftabletten funktionierten nicht. Alkohol machte mich mürrisch. Stattdessen versuchte ich, den ganzen Aufruhr in mir zu verbergen, indem ich viel lächelte. Das half mir, mir selbst vorzugaukeln, alles wäre in bester Ordnung. Dass ich einer jener Glückspilze wäre, die ohne Probleme durch das Leben segelten.

»Ich habe mich gefragt, ob ich dein schmutziges Geschirr abwaschen könnte.«

War es wirklich das gewesen, was er hatte vorbringen wollen? Oder war er im Begriff gewesen, Sex vorzuschlagen, und hatte dann den Mut verloren? »Oh! Nein, keine Sorge.« Ich zuckte mit den Schultern. »Ich erledige das später.«

Er runzelte die Stirn. »Wusstest du, dass sich die Anzahl der Bakterien in zwanzig Minuten verdoppeln kann, wenn Essensreste auf den Tellern zurückbleiben?«

»Machst du Witze?«

»Nein. Das ist eine Tatsache.«

Dieser Mann war wie eine wandelnde, pingelige Enzyklopädie. Er fing an, mich zu nerven. Aber ich konnte an jenem Abend unmöglich allein sein. Das konnte ich einfach nicht. Also deutete ich in Richtung des Spülbeckens, das bereits voll mit Müslischalen und schmutzigen Bechern stand, die mir auch als Farbtöpfe dienten. »Tu dir keinen Zwang an.«

»Zwanghaft bin ich sowieso schon«, sagte er mit ausdrucksloser Miene. »Verrat mir, wo du das Spülmittel aufbewahrst.«

»Ehrlich gesagt, ist es mir ausgegangen.«

Ich fügte nicht hinzu, dass ich Tassen und Teller normalerweise einfach mit klarem Wasser abspüle, auch wenn das Wasser kalt ist, weil ich kein Geld für den Gasautomaten habe.

»Dann ziehe ich mal los und kaufe welches. Wo ist der nächste Laden?«

Das war's. Noch mehr konnte ich nicht ertragen. Alles, was ich wollte, war Sex.

Ich ging auf ihn zu, stellte mich auf die Zehenspitzen, schlang meine Arme um seinen Hals und zog sein Gesicht sanft zu mir herunter. »Küss mich!«, flehte ich. »Bitte.«

Er sah mich an, als hätte ich ihm einen Heiratsantrag gemacht. »Bist du sicher? Wir kennen uns doch gar nicht richtig.«

Das ist doch genau der Punkt!, hätte ich am liebsten geschrien. Ich brauchte Ablenkung, keine Bindung.

»Ich habe noch nie jemanden wie dich getroffen, Tom«, sagte ich. Das konnte ich mit Fug und Recht behaupten.

»Das liegt daran, dass ...«

Was immer er jetzt noch hatte sagen wollen, ließ ich ihn nicht sagen, weil ich selbst die Initiative ergriff. Seine Lippen waren warm. Halb hatte ich damit gerechnet, dass er mich von sich stoßen würde, aber das tat er nicht. Stattdessen war seine Zunge viel geübter, als ich es erwartet hatte. Nur eine Person hatte mich zuvor so geküsst. Es waren lange, tiefe Küsse, bei denen er mit der Zunge tief in meinem Mund versank und die ewig andauerten. Er nahm meinen Kopf in beide Hände. Das gab mir das Gefühl, begehrt zu werden. Etwas Besonderes zu sein.

Tom Wilkins war nicht mein Typ! In keiner Weise. Aber etwas an seinem Kuss änderte das alles. Mein Körper stand in Flammen. Und mein Kopf ebenfalls.

Er beugte sich zu mir herunter, um mehr zu bekommen. Es war, als wären unsere Lippen magnetisch miteinander verbunden.

»Ich werde jetzt gehen«, sagte er schließlich. Erneut kam Panik in mir auf.

»Willst du nicht über Nacht bleiben?«

»Doch, Sarah. Natürlich wünsche ich mir das. Aber erst, wenn wir uns besser kennen.«

»Bitte bleib doch.« Ich konnte das hysterische Schluchzen nicht aus meiner Stimme verbannen. »Ich möchte jetzt nicht allein sein.«

Er zögerte. Ich spürte, dass ich einen Nerv bei ihm getroffen hatte.

»Nur, wenn ich auf dem Boden schlafe«, sagte er dann bedächtig.

»Sei nicht albern. Wir sind doch zwei Erwachsene.«

»Genau. Sex ist kein Stück Konfekt, das man einfach so kostenlos probieren kann. Es ist etwas, das man sich mit Liebe verdienen muss.«

Nun fühlte ich mich bevormundet. »Dann geh doch!«, wäre ich fast herausgeplatzt.

Dann umfasste er mein Gesicht wieder mit beiden Händen. »Ich werde bleiben. Aber wir müssen noch etwas klären. Die sogenannten Räucherstäbchen. So dumm bin ich nicht, Sarah. Wenn wir uns wiedersehen wollen, musst du aufhören, Marihuana zu rauchen.«

Ich hätte ihm erzählen können, dass ich es gar nicht getan hatte, sondern dass früh am Tag ein Nachbar vorbeigekommen war, um mich zu warnen, dass wieder einmal eingebrochen worden war, und er sich dabei einen Joint angezündet hatte. Aber ich hatte das Gefühl, dass Tom mir nicht glauben würde. Die Ironie dabei ist, dass es eins der wenigen Male an diesem Abend gewesen wäre, an dem ich ihm die Wahrheit gesagt hatte.

Wie auch immer, dachte ich bei mir, es gab da ein gewisses Gleichgewicht zwischen etwas zu »gestehen«, das ich nicht getan hatte, und über die schreckliche Sache zu schweigen, die ich getan *hatte*. Auf den Tag genau vor zehn Jahren.

»Okay«, hörte ich mich sagen.

»Nimmst du auch Stärkeres?«, wollte er wissen.

»Natürlich nicht.«

Er schien mir zu glauben.

»Welche Zahl ist deine Glückszahl?«, fragte ich ihn plötzlich.

»Glückszahl?« Er sah verwirrt aus. »Wie kann eine Zahl Glück bringen?«

»Aber jeder hat doch eine! Meine ist die Zwei.«

Dass dies auch Mums Glückszahl gewesen war, erwähnte ich nicht. Sie sagte immer, es läge daran, weil es nur uns zwei gab. Sie und mich.

»Bitte. Such dir eine aus«, drängte ich.

Er schüttelte den Kopf, lachte aber. »Na gut. Zwei.«

»Das ist die richtige Antwort!«, sagte ich. Mein Herz schlug schneller. Es war ein Zeichen. Das musste es einfach sein.

In dieser Nacht hatte ich die üblichen Albträume. Türen schlugen zu. Menschen schrien. Ich bekam keine Luft ...

Aber statt schweißgebadet aufzuwachen, nahm ich vage wahr, dass mir jemand sagte, alles sei »in Ordnung«.

Als ich am nächsten Morgen aufwachte, war Tom schon verschwunden.

An seiner Stelle lag eine Flasche mit grünem Spülmittel, daneben ein Zettel. Seine Schrift bestand aus sehr deutlichen Großbuchstaben, alle in exakt der gleichen Größe.

ICH WOLLTE DICH NICHT WECKEN, UM DEINE
HANDYNUMMER ZU BEKOMMEN. ABER WIR
SEHEN UNS JA NÄCHSTE WOCHE IM KURS.
DANKE FÜR DAS ABENDESSEN. ICH HOFFE,
DASS ICH DICH DAS NÄCHSTE MAL BEWIRTEN
DARF.

Und obwohl Tom Wilkins das genaue Gegenteil von mir war, und zwar in mehr Hinsichten, als er ahnte, konnte ich es einfach nicht erwarten.

Der Regen hat jetzt aufgehört.
Die Nacht ist pechschwarz.
Keine Sterne.
Das ist gut.
So wird man nicht so leicht entdeckt.
Halt den Kopf unten, sage ich mir.
Geh schnell.
Verspäte dich nicht.

TOM

3 Zahlen, stets das einzig Beständige in meinem Leben, wurden in der Woche nach jenem vegetarischen Risotto zur Qual für mich. Sie zählten sich in meinem Kopf eigenständig herunter.

Sechs Tage und zwölf Stunden, bis ich Sarah mit dem sonnigen Lächeln wiedersehe.

Sechs Tage und fünf Stunden.

Fakten, die mir schon immer lieb gewesen waren, ließen es mir schwummrig werden.

Sie ist nicht dein Typ.

Ihr habt nichts gemeinsam.

Ich will mit ihr schlafen.

Ihr Lächeln lässt mich innerlich strahlen.

Sie raucht Marihuana.

Ich war schon seit dem Internat gegen Drogen. Seitdem hatte ich mir geschworen, immer das Richtige zu tun. Diese selbst auferlegte Regel galt nicht nur für die Einnahme von Drogen, sondern für das Leben im Allgemeinen. Ich musste mich unter Kontrolle haben. Sonst könnte ich einen weiteren schrecklichen Fehler begehen.

Was also tat ich da mit einer Frau wie Sarah Vincent?

»Dich hat es schlimm erwischt, Wilkins«, erklärte Hugo, als ich es ihm erzählte. Er war mein bester Freund. Oder, um genauer zu sein, mein einziger Freund. Unsere Freundschaft hatte im Alter von acht Jahren begonnen, als er der einzige Schüler im Internat gewesen war, der mich nicht wegen meines

Auges hänselte. Und dann war da natürlich noch diese andere Sache. Die, über die wir nie sprachen.

Hugo und Olivia hatten mich zum Abendessen eingeladen, aber mein jüngstes Patenkind war noch nicht im Bett und das Essen noch nicht fertig. Das war ärgerlich, denn ich war hungrig. Ich war dazu erzogen worden, dass Pünktlichkeit gleichbedeutend mit Höflichkeit ist.

»Warum warten?«, fuhr er fort. »Du weißt doch, wo sie wohnt. Überrasch sie einfach mit einem Blumenstrauß.«

»Ich habe es dir doch schon gesagt«, betonte ich. »Auf den Zettel hatte ich geschrieben, ich würde sie beim nächsten Kurstermin wiedersehen.«

»Du kannst deine Meinung doch ändern«, schaltete sich Olivia ein, die gerade mit ihrer jüngeren Tochter auf dem Arm die Treppe herunterkam. Instinktiv dachte ich, dass das Kind mittlerweile schon längst hätte schlafen sollen.

»Nein, kann ich nicht«, verkündete ich, peinlich berührt, weil sie unser Gespräch mitgehört hatte. »Es steht schon so in meinem Tagebuch.«

»Tagebücher können geändert werden, Tom«, sagten sie wie aus einem Munde. Das hatte ich bei verheirateten Paaren schon öfter bemerkt: Sobald sie diese Ringe am Finger tragen, reden sie, als wären sie eine Person.

Drei Tage und zwei Stunden.
Ein Tag und sieben Stunden.
Acht Stunden.
Eine Stunde.

Ich hatte vorsichtshalber eine frisch gebügelte Jeans und einen neuen braunen Rollkragenpullover eingepackt, damit ich mich vor dem Zeichenkurs im Büro umziehen konnte. Beim letzten Mal war ich dort der einzige Anzugträger gewesen. Die anderen Schülerinnen und Schüler hatten schlampige Jeanslatzhosen getragen, die so aussahen, als wären sie schon einige Zeit nicht mehr gewaschen worden. »Grunge-Look«, nannte man das, glaube ich.

»Sie sehen gut aus«, sagte eine der Auszubildenden, die gerade in den Aufzug stieg, als ich das Büro verließ.

Gut? Mit diesem Adjektiv bezeichnet zu werden, hat mir noch nie etwas bedeutet. Es kann das genaue Gegenteil von dem bedeuten, was es eigentlich heißen soll.

Solche Worte können irreführend sein. Darüber hatten wir letzte Woche auf dem Treffen gesprochen. Das Treffen, zu dem ich jeden Mittwochabend ging, unter allen Umständen.

Während ich mich auf den Weg zum Kulturzentrum machte, zählte ich meine Schritte. *Elf, zwölf, dreizehn.* Das war ein Trick, den ich in der Schule gelernt hatte, wenn ich auf etwas wartete, das ich entweder unbedingt wollte oder aber fürchtete.

AKTKURS FÄLLT WEGEN KRANKHEIT AUS

Ich starrte den Zettel auf der Tür an. Ich hatte mich doch hier mit Sarah verabredet. Aber jetzt sah es so aus, als würde ich sie nicht treffen. Diese Vorstellung war wie ein Schlag in die Magengrube.

Dann las ich den Zettel noch einmal. Die Formulierung war ausgesprochen unklar. Bedeutete sie, dass andere Schüler krank geworden waren und dadurch nur eine niedrige Teilnehmerzahl zustande kam? Oder war Sarah selbst unpässlich?

Ich fragte die junge Frau am Empfang.

»Ein fieses Grippevirus macht die Runde«, informierte sie mich. »Sarah kam vorhin herein. Sie sah furchtbar aus und musste wieder gehen. Sie ist gleich nach Hause gegangen.«

Normalerweise ging ich Viren aus dem Weg. Allein schon, wenn man mit der U-Bahn fährt, besteht eine große Gefahr, sich etwas einzufangen. Aber irgendwie war gesunder Menschenverstand offenbar nicht so wichtig wie üblich. Handeln war angesagt, sagte ich mir. Zitronen. Honig.

Ich wusste noch ganz genau, wo Sarah wohnte, nämlich in einem Wohnblock mit ehemaligen Sozialwohnungen. Mittlerweile waren diese, wie sie mir bei meinem Besuch erklärt hatte, auf dem freien Wohnungsmarkt vermietet worden. Ihre Wohnung war gar nicht wirklich ihre. Sie gehörte einer Freundin, die nach Indien gegangen war, um dort ein Yoga-Retreat zu betreiben. Sie hatte das alles so erzählt, als wäre es völlig normal.

Die Eingangstür des Wohnblocks stand offen. Das machte keinen besonders sicheren Eindruck auf mich. Ich machte mich auf den Weg durch den schmalen Korridor zu ihrer Wohnungstür. Vor der Tür stand ein aufgebocktes Fahrrad, um dessen Korb Plastikblumen gewickelt waren. Es gab keinen richtigen Türklopfer oder gar eine Klingel. Also klopfte ich mit den bloßen Fingerknöcheln.

»Ja«, rief eine matte Stimme.

Ich hatte mir so sehr gewünscht, dass Sarah zu Hause war, dass ich mit dem Gegenteil gerechnet hatte. Mein Herz pochte mir in der Brust, als ich auf den nackten Dielen auf der anderen Seite Schritte hörte. Dann ging die Tür auf, und eine völlig veränderte Sarah schaute zu mir hoch. Ihr Haar fiel ihr offen auf die Schultern. Sie hatte kein Make-up aufgelegt, nicht einmal den roten Lippenstift. Der Raum war dunkel, aber trotzdem konnte ich erkennen, dass sie einen schmuddeligen schwarzen Trainingsanzug im Schlabberlook und einen Pullover trug und diesen billig aussehenden Anhänger um den Hals hängen hatte.

Trotzdem sah sie wunderschön aus.

»Komm mir nicht zu nahe!«, warnte sie mich hustend. »Ich habe irgendwas Scheußliches.«

Dass ich standhaft blieb, war ein Zeichen für meinen Zustand. »Ich bin jetzt hier, also sind die Viren, die du dir eingefangen hast, bereits in meinen Organismus gelangt«, erklärte ich.

Sie wirkte verunsichert.

»Ich habe Honig und Zitronen mitgebracht«, sagte ich hastig. »Lass mich dir ein Heißgetränk zubereiten.«

»Du kannst kein Wasser heiß machen. Es gibt keinen Strom.«

»Das ist ja furchtbar. Hast du den Stromversorger schon angerufen?«

»Die haben ihn mir abgestellt, weil ich nicht zahlen konnte«, gestand sie. »Und auf dem Gasherd kann ich nicht kochen, weil ich gerade kein Geld für den Gasautomaten habe.«

Kein Wunder, dass es in der Wohnung eiskalt war. Ich hätte ihr natürlich Geld für den Automaten leihen können, aber das hätte das Problem mit dem Strom nicht gelöst.

»Komm mit zu mir«, sagte ich entschlossen und überraschte mich damit selbst. »Die Wohnung ist in diesem Zustand nicht das Richtige für dich. Es ist hier ja nicht einmal sicher. Jeder kann in diesen Wohnblock hineinspazieren.«

Sie legte eine Hand an den Türrahmen, als müsse sie sich abstützen. »Ich fühle mich nicht fit genug, um irgendwohin zu gehen.«

Ich hatte gelernt, mich zuerst auf die praktische Seite einer Situation zu konzentrieren und die emotionalen Aspekte erst später zu klären. »Du kannst nicht hier in der Kälte hocken bleiben, sonst geht es dir noch schlechter. Ich rufe ein Taxi. Bitte warte hier. Ich bin in einer Minute zurück.«

Ich rechnete damit, dass sie sagen würde, sie könne sich mir unmöglich aufdrängen und kenne mich nicht gut genug, um mir in meine Wohnung zu folgen. Stattdessen breitete sich ein Ausdruck der Dankbarkeit auf ihrem Gesicht aus.

»Danke«, sagte sie und lächelte. »Du bist mein Retter in der Not.«

Ich war überrascht, festzustellen, wie gut sich das anfühlte.

Während sie mein Reihenhaus aus den 1950er-Jahren mit seinen drei Schlafzimmern und dem gepflegten Vorgarten mit der Buchsbaumhecke, die ich jeden Sonntag stutzte, in sich aufnahm, weiteten sich Sarahs Augen sichtlich. Ich hatte das Glück gehabt, es aufgrund einer Zwangsenteignung erwerben zu können. Der Immobilienmakler hatte Hackney als »aufstrebende« Gegend beschrieben und damit recht behalten. Der Wert der Immobilie war bereits um siebzehn Prozent gestiegen. »Es ist hübsch«, sagte sie.

Hübsch? So hatte ich das noch nie gesehen.

»Danke«, sagte ich, als wir ankamen, und gab dem Taxifahrer den genauen Fahrpreis, den ich bereitgehalten hatte. »Ich bin sehr damit zufrieden.«

Sarah bekam wieder einen Hustenanfall, sodass ich sie stützte, als wir die drei Stufen zur Haustür hinaufstiegen.

Sobald wir das Haus betreten hatten, drehte ich den Thermostat der Zentralheizung auf dreiundzwanzig Grad, drei höher als meine übliche Einstellung. Vor uns erstreckte sich das Schachbrett-Fliesenmuster des Bodens im Flur. Einige Fliesen waren bei meinem Einzug gesprungen, aber ich hatte sie bald ersetzen lassen. Unvollkommenheit hatte ich noch nie gemocht. Das ist ein weiterer Grund, warum mich mein Auge so sehr stört.

»Wow!«, staunte Sarah und beäugte mein Haus auf eine Art und Weise, die ich unter normalen Umständen als unverschämt empfunden hätte. »Das ist ja ein Palast, Mann!«

Dann schaute sie mich so eindringlich an, wie ich es vielleicht mit einem jüngeren Angestellten bei der Arbeit im Rahmen seiner halbjährlichen Beurteilung getan hätte. »Es *ist* doch dein Haus, oder veräppelst du mich etwa?«

Ich war mir nicht ganz sicher, wie ich das verstehen sollte. »Ich habe eine Hypothek dafür aufgenommen«, sagte ich. Ich hätte hinzufügen können, dass ich sie in exakt zwanzig Jahren und einem Monat abbezahlt haben würde, wenn sich mein Gehalt weiter so erhöhte, wie ich es prognostiziert hatte. Ehrlich gesagt, war ich ziemlich stolz darauf.

»Und jetzt«, fügte ich hinzu, »stecken wir dich ins Bett, ja?«

Sie begann zu kichern. Dann zu husten. Dann kicherte sie wieder. »Ich dachte, du machst so etwas erst, wenn du jemanden besser kennst.«

»So habe ich das nicht gemeint«, erwiderte ich rasch. »Ich will mich nur um dich kümmern.«

Mittlerweile lehnte sich Sarah an mich, als würde sie sonst jeden Moment auf dem Fliesenboden zusammensacken. Ich hob sie hoch. Sie war schwerer, als sie aussah. Ich trug sie die Treppe zum Obergeschoss hinauf und legte sie behutsam auf meinem Bett ab, das ich wie immer gemacht hatte, bevor ich zur Arbeit gegangen war. Die beiden anderen Schlafzimmer waren unmöbliert. Es erschien nicht sinnvoll, sie einzurichten, da ich nie Gäste empfing.

»Willst du dich umziehen?«, fragte ich. »Du könntest eines meiner Hemden zum Schlafen anziehen.« Dann wurde ich rot. »Ich werde währenddessen aus dem Zimmer gehen.«

»Du bist ein guter Mann, Tom«, sagte sie und sah mit diesen großen braunen Augen zu mir hoch. Ihr Lächeln war zwar nicht mehr ganz so breit wie zuvor, war aber immer noch da.

Guter Mann? Wenn sie nur wüsste.

»Das ging aber zackig«, witzelte Hugo, als ich ihm davon erzählte, dass Sarah bei mir wohnte.

Es war Sonntagmorgen, und wir spielten Tennis auf einem der Hallenplätze des Clubs. Ich hatte ihn das ganze Jahr über einmal pro Woche gebucht. Auf den Außenplätzen zu spielen war angesichts des Wetters nicht verlässlich. Leider muss ich sagen, dass Hugo auch nicht immer zuverlässig war, seit er Vater geworden war. Wenn Olivia eine anstrengende Nacht mit den Kindern verbracht hatte, ermöglichte er es ihr, sich hinzulegen, und übernahm die Kinder. In diesem Jahr hatte er unsere Tennisverabredungen schon fünfzehnmal abgesagt.

»Sie braucht jemanden, der ihr zur Hand geht«, fügte ich hinzu und warf den Ball hoch in die Luft.

»Natürlich braucht sie das! Wie ist der Sex? Nein, erzähl es mir nicht. Ich kann es mir schon denken. Dein Gesichtsausdruck erinnert mich an meinen, als ich während meines Auslandsjahrs eine Affäre mit diesem Hippiemädchen in Kalifornien hatte. Weißt du noch, wie ich dir davon erzählt habe?«

»Ja. Mehrmals.«

»Es war der Wahnsinn«, fuhr er fort, als hätte ich nichts gesagt. »Sie hat Dinge getan, von denen ich nicht zu träumen gewagt hätte.«

»So ist das nicht«, fiel ich ihm ins Wort. »Ich habe es dir doch gesagt. Sie hat Grippe. Ich kümmere mich nur um sie, solange sie krank ist.«

Er trat weiter zurück, um aufzuschlagen. »Dann wirst du dich anstecken. Komm eine Zeit lang nicht vorbei, ja? Die Kinder könnten es sich einfangen. Dann können wir überhaupt nicht mehr schlafen.« Der Ball zischte an mir vorbei. »Das Spiel geht an mich, Kumpel.«

Danach meldete ich mich eine Zeit lang nicht mehr bei Hugo. Stattdessen konzentrierte ich mich auf die Arbeit und kümmerte mich um Sarah. Ihre Grippe war hartnäckig. Sie musste sowohl die Kurse für die nächsten beiden Wochen absagen als auch die anderen Kurse, die sie vor Ort gab, um »über die Runden zu kommen«.

»Wenn ich nicht arbeite, werde ich auch nicht bezahlt«, erklärte sie, als sie zum dritten Mal versuchte, aufzustehen.

»Das macht nichts. Ich sagte ja, ich kümmere mich um dich.«

»Aber du kennst mich doch kaum.«

»Mir kommt es so vor, als würde ich dich schon immer kennen.« Die Worte drangen mir über die Lippen, ohne dass ich darüber nachgedacht hatte. Sie überraschten mich total.

»Ich weiß, was du meinst«, flüsterte sie leise.

Eine seltsame Wärme machte sich in mir breit. Fast so, als hätte ich einen warmen Pullover übergezogen.

Die Tage verstrichen, und allmählich verhielt ich mich, als wäre ich nicht mehr ich selbst. Das war sowohl beunruhigend als auch auf seltsame Weise angenehm. Ich ging sogar in ein Geschäft für Damenmode und kaufte, wenn auch mithilfe einer Verkäuferin, Unterwäsche und zwei Nachthemden.

»Das ist sehr nett von dir, aber normalerweise trage ich im Bett nichts«, erklärte Sarah, als ich ihr die Wäsche überreichte.

Das hatte ich zwar schon vermutet, aber ich wollte ihr Respekt erweisen. Die Wahrheit war, dass wir, entgegen Hugos Vermutung, noch keinen Sex gehabt hatten. Natürlich wollte ich es. Mein Körper brannte vor Verlangen, nur so konnte ich es ausdrücken. Ich war nicht imstande, den elektrischen Schlag zu vergessen, der mich durchzuckt hatte, als sie zum ersten Mal ihre Hand auf die meine gelegt hatte. So etwas hatte ich noch nie empfunden.

Zugleich aber wollte ich nicht, dass Sarah dachte, ich hätte sie zu mir mitgenommen, um sie auszunutzen. Deshalb hatte ich unten auf dem Sofa geschlafen. Außerdem war sie krank.

Zum Glück ging es ihr ein paar Tage später besser. »Heute fühle ich mich richtig gut«, sagte Sarah, als ich mit einer Tasse Tee hereinkam.

Sie stützte sich auf einen Ellbogen. Ihre schönen, glänzenden schwarzen Haare mit den rosafarbenen und blauen Strähnen hingen ihr offen bis über die Schultern, und trotz ihrer Behauptung von vorhin, sie schliefe nackt, trug sie eines der Nachthemden, die ich gekauft hatte, nämlich das blassblaue mit dem »herzförmigen Ausschnitt«, wie die Verkäuferin ihn beschrieben hatte. Ich fragte mich, ob sie es tat, um mir zu gefallen. Ihre braunen Augen glänzten nicht mehr vor Fieber. Und, was am wichtigsten war: Ihr wunderbares Lächeln war zurückgekehrt.

»Ich denke, ich kann jetzt wohl wieder in meine Wohnung zurück«, sagte sie und legte den Kopf schief, so wie sie es immer tat. Sie erinnerte mich an das Bild einer Frau in einer Ausstellung der Präraphaeliten, zu der mich Arabella in die Royal Academy geschleppt hatte. »Vielen Dank, dass du dich um mich gekümmert hast.«

Vor diesem Moment hatte es mir gegraut.

»Ich will nicht, dass du gehst«, sagte ich.

»Ich auch nicht.« Sie stand auf, trat ans Fenster und schob es hoch, um frische Luft hereinzulassen. »Die Rosen draußen auf dem Platz blühen.«

»Wirklich?«

»Ja! Sieh doch nur!« Vor Aufregung erhob sie ihre Stimme. »In allen Farben! Meine Favoriten sind diese aprikotfarbenen dort. Welche magst du am liebsten?«

Darüber hatte ich noch nie nachgedacht. Statt auf ihre Frage zu antworten, räusperte ich mich, denn meine Kehle fühlte sich unerklärlicherweise wie zugeschnürt an. »Als ich vorhin ›Wirklich?‹ sagte, meinte ich damit nicht, dass die Rosen auf dem Platz blühen. Ich meinte damit, dass ich nicht will, dass du gehst.«

»Ja«, sagte sie und drehte sich um. »Ich auch nicht.«

Ich war so perplex, dass ich nicht wusste, was ich sagen sollte.

Sie legte sich wieder ins Bett – in mein Bett – und rollte sich zusammen wie ein Kätzchen. »Du musst doch die Nase voll haben von diesem Sofa«, sagte sie und lächelte.

»Es ist ziemlich bequem.« Dass ich lange recherchiert hatte, bevor ich mich für dieses Design entschied, erwähnte ich nicht.

Dann streckte Sarah die Hand nach mir aus. »Ich will dich«, sagte sie einfach.

Mein Gehirn war auf diesen Moment nicht vorbereitet, obwohl ich es mir natürlich schon so oft vorgestellt hatte, dass ich aufgehört hatte, zu zählen.

Dann ergriff Sarah meine Hand und führte sie zu sich.

Mein erster Gedanke war, dass dies ziemlich forsch von ihr war. Mein zweiter – besorgniserregender – war, dass Sarah mich im Bett bestimmt nicht besonders interessant finden würde. Es war ja nicht so, als hätte ich viel Erfahrung, abgesehen von Arabella.

Doch Sarah schien es nichts auszumachen, als sie langsam damit begann, mich auszuziehen, jeden Knopf meines Hemdes mit einer langsamen Bedächtigkeit, die sich fast neckend anfühlte, öffnete und mich dann mit sanften Küssen liebkoste, die immer drängender wurden, während sich unsere Körper ineinander verschlangen.

»Das war toll«, sagte sie danach, als wir uns wieder in die Kissen zurücklegten. »Wie war es für dich?«

»Auch toll«, gab ich verlegen zurück. Wie ich schon erwähnte, über Sex spreche ich nur ungern.

Ich kann nur sagen, dass ihr das, was ich tat, zu gefallen schien. Und das machte mich an. Es gab mir Selbstvertrauen.

»Ich liebe deinen Körper«, sagte sie und streichelte mich. Ich ertappte mich dabei, wie ich mit meinem Zeigefinger die Konturen ihrer rechten Brust nachzeichnete. Dann berührte mein Finger etwas darunter, das rund und hart war. »Das ist ein Muttermal«, erklärte sie. »Als ich es untersuchen ließ, sagte mir der Facharzt, dass es manchmal auch dritte Brustwarze genannt wird. Im Mittelalter wurde es wohl als Zeichen der Hexerei angesehen. Stell dir das bloß mal vor. Ich wäre vielleicht auf dem Scheiterhaufen verbrannt worden!« Sie lachte.

Das war so eine Sache bei Sarah. Man wusste bei ihr nie, was sie als Nächstes tun oder sagen würde.

War das Liebe – konnte es das wirklich sein? War es das, was in den Songs als »Liebeskrankheit« besungen wurde, gegen die »man nichts unternehmen« könne? Wie mein Vater musste auch ich immer die Kontrolle ausüben. (Auf diese Eigenschaft bin ich nicht stolz, aber es ist eine Tatsache. Es hilft mir, mich sicher zu fühlen.) Und doch konnte ich mir ein Leben ohne Sarah nicht mehr vorstellen, obwohl wir uns doch erst vor Kurzem kennengelernt hatten.

Ich nahm nie wieder an einem ihrer Zeichenkurse teil, weil ich es nicht ertragen konnte, zu sehen, dass die Frau, die ich liebte, sich über einen anderen Mann beugte, um ihm Ratschläge zu geben. Stattdessen hatte ich Abendessen für sie vorbereitet, wenn sie nach Hause kam. Natürlich nie etwas mit Reis.

»Das ist lecker«, sagte sie immer, aß aber nie besonders viel. »Als ich ein Kind war, waren unsere Mahlzeiten ein bisschen Glückssache«, erklärte sie. »Deshalb habe ich meistens keinen großen Appetit.« Dann schob sie mir ihren Teller zu. »Iss meine Portion auf. Du weißt doch, wie sehr ich Verschwendung hasse, nicht? Manchmal habe ich Albträume über Verhungern.«

Ich streckte meine Hand über den Mahagoni-Esstisch aus, den ich nach meinem Einzug in einem Antiquitätengeschäft erworben hatte. »Du musst dir jetzt keine Sorgen mehr machen. Ich bin ja da.«

Ihr Lächeln schwand dahin. »Aber ich kann doch nicht für immer hierbleiben, oder?«

»Nun, natürlich nicht für immer. Das kann niemand. Aber du kannst so lange bleiben, wie du möchtest.«

»Wirklich?«

»Ich würde es nicht sagen, wenn ich es nicht auch so meinen würde. Außerdem, ist deine Freundin denn nicht wieder aus

Indien zurück?« Sie hatte dies neulich abends schon erwähnt und dass sie sich eine Wohnung würde suchen müssen. Ich hatte sie auf der Stelle fragen wollen, ob sie bleiben wolle, war jedoch zu schüchtern gewesen.

Ihre Augen leuchteten. »Lass uns feiern! Wir könnten Schlittschuhlaufen gehen.«

»Schlittschuhlaufen? Warum das denn?«

»Weil es Spaß macht! Ich werde es dir beibringen.«

Ich war mit der Vorstellung aufgewachsen, dass »Spaß« etwas Selbstgefälliges ist. »Der einzige Weg, es im Leben zu etwas zu bringen«, hatte mein Vater immer gesagt, »ist, hart zu arbeiten.«

Außerdem: Wie sollte ich mit einer Koordination wie der meinen Schlittschuhlaufen?

»Bitte versuch es«, bettelte sie mit diesem Lächeln.

Ich konnte es ihr nicht abschlagen. Ein paar Tage später fuhren wir zum *Queens* in Bayswater. Es war bitterkalt, und es wimmelte von extrem versierten Eisläufern.

»Ich fürchte, ich bin nicht besonders gut darin«, sagte ich, nachdem ich siebenundzwanzigmal in einer halben Stunde gestürzt war.

Sie half mir auf die Beine. »Wenigstens hast du es probiert. Ich bin stolz auf dich.«

»Wirklich?«

»Ja.« Sie zog mich an sich und vergrub ihr Gesicht an meiner Brust. Ich legte die Arme um sie und nahm ihren Geruch in mich auf. Wer *war* diese Frau?

Nach dem Mittagessen machten wir einen Spaziergang an der Themse. »Eines Tages«, sagte sie verträumt mit Blick auf die Boote, »würde ich gerne an Bord von einem dieser Boote hier gehen und lossegeln. Du nicht auch?«

»Nein«, sagte ich entschieden. »Ich bin glücklicher an Orten, die ich kenne.«

Auch unsere politischen Ansichten waren unterschiedlich.

»Was hältst du von den Republikanern?«, fragte Sarah, als sie mich an einem Wochenende beim Frühstück die *Financial Times* lesen sah. Bill Clinton war gerade zum Präsidenten gewählt worden.

»Ich finde, es gibt vieles, das für sie spricht«, sagte ich.

Dies führte zu unserem ersten Streit. »Einigen wir uns darauf, dass wir uns nicht einig sind«, sagte Sarah danach.

Und zu meiner Überraschung funktionierte das auch. Streitereien mit Arabella hatte ich immer als bedrohlich empfunden. Sarah hingegen fand, dass »Streit gesund sein kann, weil er uns die Augen für die Sichtweise des anderen öffnet«.

Wir begannen, abwechselnd Wochenendausflüge zu planen. Sarah liebte Kunstgalerien, vor allem solche, in denen moderne Gemälde ausgestellt waren, die für mich so aussahen, als wären sie von Kindern gemalt worden. Mir war das *Natural History Museum* lieber oder das *Victoria and Albert Museum* mit seinen eindeutigen Objektbeschreibungen. Außerdem führte ich Sarah in die Oper ein.

Ein Außenstehender hätte uns mit Sicherheit nicht für ein Paar gehalten. Sie rauchte – allerdings nie etwas anderes als Tabak und nie in meinem Haus. Sie trank auch gern und konnte jeden Abend eine halbe Flasche Weißwein trinken, ohne auch nur beschwipst zu sein. Sie trug nun nicht mehr die Nachtwäsche, die ich ihr gekauft hatte, als sie krank gewesen war. Stattdessen verlegte sie sich wieder darauf, nackt zu schlafen, von diesem alten Anhänger einmal abgesehen.

»Willst du ihn nachts nicht abnehmen?«, fragte ich.

Sie umklammerte ihn mit ängstlichem Blick, als könnte ich in Versuchung geraten, ihn ihr zu entreißen. »Nein. Niemals.«

Warum, fragte ich nicht. Es ging mich ja auch nichts an. Außerdem, wenn ich damit anfing, ihr zu viele persönliche Fragen zu stellen, konnte sie das Gleiche mit mir machen.

»Ich muss mittwochs immer lange arbeiten«, sagte ich.

»Das ist in Ordnung«, sagte sie. Ich redete mir ein, dass wir beide das Recht hatten, Geheimnisse zu bewahren.

Als ich dann aber eines Tages zufällig durch einen Park in der Nähe von Sarahs ehemaliger Wohnung spazierte, entdeckte ich einen Zettel an einem Geländer mit einem vom Regen verschmierten Foto. DAMENRAD ABHANDENGEKOMMEN. Es war identisch mit jenem Rad, das vor Sarahs Wohnung gestanden hatte, als sie krank gewesen war, und von dem ich vermutet hatte, dass es ihrer Freundin gehörte. Ich erkannte es an den Plastikblumen am Korb. Allerdings war der Name, der auf dem Zettel stand, nicht der ihrer Freundin. Der hatte Lydia gelautet, doch das Fahrrad vermisste jemand namens Anita.

»Das kann nicht dasselbe sein«, erklärte Sarah, als ich danach fragte. »Es gibt jede Menge, die genauso aussehen.«

»Willst du nicht sicherheitshalber mal bei Lydia nachfragen?«

»Nein. Ich weiß, dass sie ihres noch hat, weil ich sie neulich damit gesehen habe.«

»Davon hast du mir gar nichts erzählt.«

Sarah sah mich mit seltsamer Miene an. »Ich kann dir nicht jede Kleinigkeit sagen, Tom. Wo ist das Problem?«

Ich war mir nicht sicher. Ich fühlte mich einfach unwohl.

Am nächsten Tag rief mich Hugo auf der Arbeit an. Ich hatte seit jenem Tennisspiel nichts mehr von ihm gehört und wusste sofort, dass etwas nicht stimmte.

»Chapman schreibt seine Memoiren«, erklärte er. »Sie werden im nächsten Frühjahr veröffentlicht.«

Ich hatte jahrelang gebangt, diesen Namen wieder zu hören. Aber jetzt, da er fiel, konnte ich es kaum glauben.

»Es wird bestimmt rezensiert werden«, fügte Hugo hinzu. »Chapman ist jetzt ein hohes Tier.«

Daran brauchte er mich nicht zu erinnern.

»Wir wissen nicht, ob er uns erwähnt«, sagte ich.
»Man munkelt, er wolle alles auspacken.«
»Scheiße!«
Ich fluche so gut wie nie.
»Was werden wir unternehmen?«, fragte ich.
»Das versuche ich noch zu klären.«
»Hast du es Olivia gesagt?«
»Ja.« Hugos Stimme klang brüchig. »Sie war schockiert, aber auch erstaunlich unterstützend. Bist du noch mit Sarah zusammen?«
»Ja.«
»Nun, wenn das so bleiben soll, würde ich ihr erzählen, was passiert ist, bevor es ans Licht kommt.«

Ein kalter Schauer überlief mich. Gerade als ich eine Frau gefunden hatte, die ich wirklich liebte – und die mich zu mögen schien –, holte mich meine Vergangenheit ein.

Ein Auto bespritzt mich.
Ich strecke den Mittelfinger hoch.
Die Bremslichter gehen an.
Scheiße.
Ich habe dem Fahrer ans Bein gepinkelt.
Ich biege scharf links ab.
In eine Gasse.
Ich schaue mich um.
Nichts.
Ich hole wieder Luft.
Und biege nach rechts ab.
Er wartet auf mich.

SARAH

4 Ich fühlte mich beschissen wegen des Fahrrads. Das müssen Sie mir glauben. Die Wahrheit war, dass es unabgeschlossen am Geländer vor dem Kulturzentrum gestanden hatte. Es war der Tag, bevor ich richtig krank wurde, aber schon spürte, dass da etwas im Anmarsch war. Ich wollte bloß noch so schnell wie möglich ins Bett kriechen, also stieg ich spontan auf und radelte nach Hause. Ich würde es morgen zurückbringen, sagte ich mir. Aber ich wachte mit hohem Fieber auf, und um ehrlich zu sein, hatte ich das mit dem Fahrrad vergessen, bis Tom es ansprach.

Da ich ihm nicht sagen konnte, dass ich es mir ohne Erlaubnis der Besitzerin ausgeliehen hatte, gab ich vor, es sei ein anderes. Es war auch nur eine Kleinigkeit im Vergleich zu den anderen Dingen, von denen Tom nie etwas erfahren durfte.

Er war anders als alle anderen, die ich je getroffen hatte. Ich meinte es ernst, als ich sagte, dass der Sex mit ihm toll war. Das hatte ich nicht erwartet. Es war ein Feuerwerk. Nicht nur Windräder oder Wunderkerzen, sondern das ganze verdammte Programm! Abgefeuerte Raketen, aus denen sich silberne und goldene Regentropfen ergossen.

Warum, weiß ich nicht. Ich spürte, dass er keine Erfahrung hatte. Vielleicht war das ja der Grund – ich hatte schon zu viele Männer gehabt, die genau wussten, was sie wollten. Tom hingegen schien im Einklang mit dem zu sein, was *ich* wollte.

Das Wichtigste aber war, dass Tom ein anständiger, ehrlicher Mann war. Eines Tages gingen wir die Straße entlang, und er fand eine Fünfpfundnote auf dem Bürgersteig. Ich an seiner Stelle hätte gedacht, es sei mein Glückstag, doch er ging direkt zum Kiosk in der Nähe und fragte, ob jemand Geld verloren hatte. Da sich niemand gemeldet hatte, steckte er den Schein stattdessen in eine Spendendose auf dem Tresen.

»Irgendwann in der Zukunft«, sagte er zu mir, nachdem wir zweimal innerhalb von sechs Stunden miteinander geschlafen hatten, »möchte ich eine eigene Familie haben.«

Ich war noch nie einem Mann begegnet, der das gesagt hatte, nachdem er wenige Wochen mit mir zusammen war. Da, wo ich vorher gewohnt hatte, war ich sogenannte »Baby Daddys« gewöhnt – Männer, die Frauen schwängerten, aber weder für sie noch ihre Kinder aufkommen wollten.

»Wie steht es mit dir?«, fragte er.

»Sicher. Eines Tages.«

Ich war damals noch nicht einmal dreißig, schätzte also, dass mir noch viel Zeit blieb. Außerdem schüchterte mich die Verantwortung ein. Gleichzeitig aber gefiel mir die Vorstellung, Teil einer richtigen Familie zu sein.

Dann kam Tom eines Tages mit einer dieser »versteinerten Mienen« von der Arbeit nach Hause.

Als ich diesen grimmigen Gesichtsausdruck erblickte, wusste ich, dass etwas im Busch war. Vielleicht war er verärgert, weil ich alle meine Kunstsachen verstreut auf dem Boden herumliegen gelassen hatte. Wenn Tom einen Fehler hatte, dann war es seine ausgeprägte Pingeligkeit.

»Ich muss dir etwas sagen«, verkündete er, nahm seine Brille ab und putzte die Gläser, bevor er sie wieder aufsetzte.

Das hatte ich kommen sehen. Er wollte, dass ich ging. Ich würde mir eine neue Wohnung suchen müssen. Lydia, die mir ihre Wohnung während ihrer Reise unentgeltlich zur Verfügung gestellt hatte, war mittlerweile wieder zurückgekehrt, also musste ich dort raus. Ich verdiente nicht genug, um mir eine eigene Wohnung leisten zu können. Ich würde mich bei der Sozialhilfe anmelden müssen ...

»Können wir nicht erst mal etwas essen?«, schlug ich vor, auf Zeit spielend. »Ich habe Käsenudeln gemacht. Sie stehen im Ofen.«

»Bitte, Sarah. Es ist wichtig.«

Er führte mich an der Hand zum Sofa. Das Ding hatte ich nie gemocht, Leder ist mir zu kalt. Er setzte sich auf die andere Seite und sah mich an. Hatte er es herausgefunden? Nein. Das konnte er nicht. Oder doch?

»Als ich im Internat war«, begann er vorsichtig, »gab es da einen Jungen, der ...«

Er hielt inne. Damit hatte ich nicht gerechnet.

»Der was?«, fragte ich.

»Den wir schikanierten. Wenn ich ›wir‹ sage, meine ich damit meinen Freund Hugo und mich.«

Meine Haut kribbelte. Ich wandte keine Gewalt an. Und Tom war auch nicht der Typ dafür. Oder etwa doch? Es heißt, es seien immer die Ruhigen.

»Körperlich oder geistig?«, fragte ich, während sich mein Herzschlag beschleunigte.

Er schaute weg. »Ein bisschen von beidem. Wir haben ihn geschnitten, und wir haben seinen Kopf ins Klo gesteckt.«

Ich stand vom Sofa auf und setzte mich auf den Boden. So fühlte ich mich wohler. Es half mir, klarer zu denken. »Warum?«

Nach wie vor schaute er mich nicht an.

»Weil eine Gruppe von Lehrern uns immer ... schikanierte«, erklärte er hastig. »Der Junge, demgegenüber wir uns hässlich verhielten, hieß Chapman. Er wollte, dass wir diese Lehrer beim Rektor melden, aber Hugo und ich dachten, er würde es dann abstreiten und uns der Lüge bezichtigen, was die Sache nur noch schlimmer gemacht hätte. Also haben wir Chapman unter Druck gesetzt, bis er sich bereit erklärte, zu schweigen. Wir waren erst zehn ...«

Seine Stimme kam als Würgen heraus.

Damit hatte ich nicht gerechnet. »Das ist ja furchtbar«, flüsterte ich und stand auf. Ich wollte ihn noch mehr fragen und ihn in die Arme nehmen, aber irgendetwas ließ mich innehalten.

Jetzt sah er mich an. Seine Augen waren gerötet und blickten verängstigt. Draußen plärrte eine Sirene. Die hörte man hier oft. Sie machten mich immer nervös. Sie verklang, aber das Geräusch hallte in meinem Kopf weiter.

»Heute ist er ziemlich berühmt und schreibt gerade seine Memoiren, die nächstes Jahr veröffentlicht werden«, fuhr Tom fort. »Ich habe gehört, dass er auch seine Zeit im Internat miteinbeziehen und Leute namentlich nennen will. Wahrscheinlich wird er erwähnen, dass Hugo und ich ihn furchtbar behandelt haben. Was werden die Leute von mir denken?«

»Hör zu«, sagte ich, »wenn es dazu kommt, sagst du einfach, dass du ja noch ein Kind warst.«

»Ich wusste, dass es falsch war.« Er kniff die Augen zusammen, als würden sie schmerzen. »Ich war zu verängstigt, um das Richtige zu tun. Ich dachte, mein Vater würde mir vorwerfen, dass ich schwach sei. Dass große Jungs nicht weinen.«

»Wirklich?«

»Ich wusste, dass du es nicht verstehst. Wie solltest du auch?« Seine Stimme klang wütend. »Du bist ja auch in einer großen, glücklichen Familie aufgewachsen, in der so etwas nicht vorkommt.«

»Meine glückliche Familie«, platzte ich heraus. »Das stimmt nur bis zu einem gewissen Punkt. Ich habe mit meiner Mutter in einer Kommune gelebt. Meinen Dad habe ich nie kennengelernt.«

»Eine Kommune?« Er zog seine sandfarbenen Augenbrauen

hoch. Ich hatte in der Vergangenheit schon alle möglichen Reaktionen darauf erlebt, also war ich nicht überrascht. Manche Leute sind schockiert, andere fasziniert, einige wenige neidisch.

»Eigentlich war es ganz gut organisiert.« Als die Erinnerungen in mir hochkamen, konnte ich mir ein Lächeln nicht verkneifen. »Wir lebten in Wohnwagen auf dem Landgut eines Bauern in Kent. Er ließ uns kostenlos dort stehen, im Gegenzug halfen wir ihm, sein Land zu bearbeiten. Es war ein wunderschöner Ort.«

Für einen Moment wurde ich wehmütig. »Ich hatte eine Menge Freunde, wir waren alle wie Brüder und Schwestern. Wir hatten Hühner und Hunde. Abends saßen wir zusammen, sangen und spielten Gitarre. Ich habe immer mitgesungen.« Meine Stimme wurde weicher, während mir Mums Worte durch den Kopf gingen. »*Du hast eine Stimme wie ein Engel, Sarah!*«

Dann spürte ich, wie mir ein Schauer über die Arme lief. Eine innere Stimme sagte zu mir, ich sollte lieber den Mund halten, aber ich redete einfach weiter. »Dann ...«

Das war der schwierige Teil. Ich hatte noch nie mit jemandem darüber gesprochen. Nicht einmal mit Emily. Doch wenn es mit Tom und mir etwas Ernstes werden sollte, musste er zumindest einen Teil der Wahrheit erfahren.

»Meine Mum kam bei einem Autounfall ums Leben, als ich acht war. Eine ihrer Freundinnen passte gerade in unserem Wohnwagen auf mich auf, als die Polizei kam und es uns mitteilte.«

Er wirkte schockiert. »Das ist ja furchtbar.«

Ich nickte und beeilte mich, weiterzuerzählen, um zu den darauf folgenden Ereignissen zu kommen, bevor mich der Mut verließ. »Der Sozialdienst wurde eingeschaltet. Letztendlich nahm mich die Schwester meiner Mum auf. Sie und ihr Mann hatten keine eigenen Kinder und auch keine Erfahrung, wie sie mit mir umgehen sollten.«

Nun kam der ganze alte Schmerz hervor. Ich versuchte es zu verhindern, aber Tom hatte einen so freundlichen »Ich höre zu«-Ausdruck auf dem Gesicht, dass ich nicht aufhören konnte. Außerdem – hatte er mir denn nicht auch von seiner eigenen schwierigen Zeit erzählt?

»Sie waren streng und grausam. Ich musste getrennt von ihnen essen, weil sie meinten, ich würde zu viel plappern. Meine Tante zerstörte das einzige Foto, das ich von Mum hatte. Sie sagte, es müsse aus Versehen mit in die Wäsche gekommen sein, aber ich wusste, dass sie es mit Absicht getan hatte, denn ich bewahrte es immer unter meinem Kopfkissen auf.«

»Du hast Mum ertränkt! Du hast sie ertränkt!«
»Sei nicht so ein dummes Mädchen. Es war nur ein Foto.«

Es war so schön, dies mit dem Mann zu teilen, den ich liebte. Mein Herz fühlte sich wirklich leichter an.

Tom runzelte die Stirn. »Warum hast du mir dann vorher eine andere Geschichte erzählt?«

Meine Erleichterung verwandelte sich in ein eisiges Gefühl in der Brustgegend. Tränen brannten mir in den Augen.

»Weil es Wunschdenken war«, gestand ich und bemühte mich, weiterzulächeln. »Als ich aufwuchs, war die einzige Möglichkeit, damit umzugehen, so zu tun, als wäre das alles nicht passiert. Ich stellte mir dann vor, dass ich ältere Brüder und Schwestern gehabt hätte, die mich beschützten und liebten. Auf dem Rückweg von der Schule stellte ich mir vor, dass meine Mum noch am Leben war. Dass wir in einem richtigen Haus leben und sie auf mich warten würde ...«

Ich berührte meinen Anhänger, so wie ich es immer tue, wenn ich aufgelöst bin. Ich stellte mir dann immer vor, dass meine Mum mir von dort, wo sie war, Mut schickt.

»Den Anhänger hat Mum immer getragen. Sie hat ihn selbst gemacht.«

»Und deshalb nimmst du ihn nicht ab«, sagte er.

Ich nickte. Aber statt es dabei zu belassen, fuhr ich fort. »Die Sache ist die ... Da gibt es noch etwas.«

Ich schluckte den Kloß in meiner Kehle hinunter. »Nach der Schule ging ich auf die Kunstakademie, aber im zweiten Jahr ging dann alles schief.«

»Inwiefern?«, fragte er sachte.

Nein, wurde mir klar. Das hier war ein großer Fehler. Ich spürte plötzlich, dass er das, was ich im Begriff war, zu gestehen, nicht verkraften würde. Ich durfte nicht riskieren, Tom zu verlieren. Ich musste mir schnell etwas anderes ausdenken. Wenn man eine Geschichte erzählen will, die überzeugend klingt, sollte man die Wahrheit mit ein paar Lügen spicken. Das war eine Lektion, die ich im Laufe der Jahre gelernt hatte.

»Wie ich schon sagte«, fuhr ich rasch fort, »mein Onkel und meine Tante waren sehr streng. Das hat mich ein bisschen rebellisch gemacht, als ich an der Akademie meine Freiheit bekam. Ich ging bis spät in die Nacht mit Freunden aus und lernte nicht genug. Ich bin bei den Prüfungen durchgerasselt und habe keinen Abschluss.«

Bildete ich mir das nur ein, oder sah er wirklich erleichtert aus? Vielleicht hatte er ja mit etwas viel Schlimmerem gerechnet.

Wenn ja, hatte er völlig recht.

Er streichelte tröstend meine Hand. »Aber du bist jetzt eine talentierte Künstlerin.«

»Machst du Witze?«, platzte ich heraus. »Ich verkaufe kaum eines meiner Werke. Meine Lehrtätigkeit hält mich gerade so über Wasser. Wärst du nicht gewesen, als ich krank war und kein Geld verdienen konnte, weiß ich nicht, was ich getan hätte. Wenn du beschließt, dass du nicht willst, dass ich hier länger wohne, dann ...«

»Heirate mich«, sagte er, nahm mein Gesicht in die Hände und zog mich zu sich heran.

Was? Hatte ich richtig gehört?

»Aber wir kennen uns doch erst seit drei Monaten.«

»Ich weiß. Aber ich meine es ernst. Bitte. Ich habe noch nie jemanden wie dich getroffen, Sarah. Ich liebe dich.«

Die letzten Worte kamen wie ein Stöhnen heraus. Es verschlug mir die Sprache. Damit hatte ich nicht gerechnet.

Dann – vielleicht waren es die Nerven – begann ich zu kichern.

Toms Gesicht fiel in sich zusammen. Sofort wurde mir klar, dass ich falsch reagiert hatte.

»Bitte entschuldige«, sagte ich. »Ich wollte nicht lachen. Das passiert mir manchmal, wenn ich nicht weiß, was ich tun soll.«

Er runzelte die Stirn. »Es ist meine Schuld. Ich habe dich zu sehr gedrängt.«

»Nein«, log ich. »Es ist schon gut. Ich fühle mich geschmeichelt.«

Erneut fuhr ein Einsatzwagen mit plärrender Sirene vorbei.

»Ich bin es nicht gewohnt, Gefühle zu zeigen wie du.« Er wischte sich mit dem Handrücken den Schweiß von der Stirn. »Ich bin überfordert, Sarah.«

»Ich weiß. Und dafür liebe ich dich.«

»Liebe?«, wiederholte er. »Du liebst mich auch?«

Wie sollte ich das jetzt zurücknehmen? Außerdem liebte ich ihn vielleicht ja wirklich. Er war so gut zu mir. So liebevoll. So nett. Und es gab bei uns beiden Dinge in der Vergangenheit, über die wir nicht sprechen wollten. Allerdings hatte ich ihm noch nicht einmal die Hälfte von meinen erzählt.

»Das tue ich, aber es tut mir leid, Tom, ich kann dich nicht heiraten.«

Sein Gesicht war von Enttäuschung gezeichnet. »Warum nicht?«

Das konnte ich nicht erklären. Denn wenn ich es täte, würde

er aus meinem Leben verschwinden. Und ich wollte, dass dieser Mann bleibt. Das wollte ich wirklich.

»Vertrau mir einfach«, sagte ich.

TOM

»Erheben Sie sich«, sagt der Gerichtsdiener und unterbricht meine Gedankengänge.

Die Verhandlung wird unterbrochen.

Die Anwälte flattern umher wie schwarze Krähen, jonglieren mit Dokumenten und flüstern Kollegen hastig Kommentare zu.

Ich schaue auf die Geschworenen hinunter, die sich gerade zurückziehen. Es sind mehr Frauen als Männer. Ist das nun gut oder nicht? Schwer zu sagen.

Unsere Leben liegen in ihren Händen. So wie ein anderes Leben vor all den Jahren.

Ich frage mich, ob Sarah dasselbe denkt. Sie sitzt am anderen Ende der Zuschauertribüne. Ich schaue zu ihr hinüber. Sie hat eine andere Frisur. Ist sie innerlich noch dieselbe?

Ist das irgendwer von uns noch?

Vermutlich nicht.

Wie sollten wir das auch sein, nach allem, was passiert ist?

TOM

5 Seit Hugo mir erzählt hatte, dass Chapman seine Memoiren schrieb, war ich noch nervöser als sonst. Ich konnte nicht aufhören, auf mein Telefon zu schauen, das in der obersten Schublade lag.

Immer noch nichts.

Dann, drei Minuten bevor ich an einer Führungskräftekonferenz teilnehmen sollte, schaute ich erneut nach.

Schlechte Nachrichten bezüglich Chapman. Ruf mich an.

Ich war versucht, mich auf die Herrentoilette zurückzuziehen, aber diesen Anruf konnte ich nur in absoluter Privatsphäre tätigen. Er konnte meine Karriere ruinieren.

»Tom!«, rief mein Chef. »Wir gehen jetzt in den Seminarraum.«

Erst als die Besprechung eine Stunde und sechsundfünfzig Minuten später beendet war, konnte ich mit gutem Grund mein Handy und das Sandwich mit geriebenem Cheddar und dünn geschnittenen Gurken herausholen, das ich mir vor der Arbeit gemacht hatte. Dann machte ich mich auf den Weg in den Park.

Hugo ging sofort dran.

»Was ist passiert?«, wollte ich wissen.

Seine Stimme war leiser als sonst. »Chapman ist tot. Er hat sich erschossen.«

»Was?«

In meinem Kopf drehte sich alles. Mir wurde schwindlig vor Entsetzen. Aber die schreckliche Wahrheit war, dass ich ein Gefühl der Erleichterung verspürte. Ich schämte mich dafür.

»Hat er …?«

Ich brachte den Satz nicht zu Ende. Doch Hugo wusste genau, was ich wissen wollte.

»Hat er über uns gesprochen, bevor er es getan hat? Ich weiß es nicht. Ich habe nur eine Eilmeldung gehört. Wir werden abwarten müssen, bis die ganze Geschichte in die Zeitungen kommt.«

In diesem einen Augenblick stellte ich mir vor, wie mein ganzes Leben den Bach runterging. Jeder würde es erfahren. Auf der Arbeit, Sarah, die Mittwochsgruppe …

»Hat's offenbar im Wochenendhaus auf dem Land getan, während seine Frau und die Kinder in London waren«, fuhr Hugo fort. Er klang jetzt unbeteiligter, so als ob er sich von seinen Gefühlen distanzierte. »Hat sich in den Kopf geschossen.«

Vor meinem inneren Auge tauchte das Bild eines blassen, schlaksigen Schuljungen mit einem erschrockenen Ausdruck im Gesicht auf. Ich musste mich übergeben. Eine Mutter, die mit ihrem Kind vorbeiging, warf mir einen angewiderten Blick zu.

»Das war unsere Schuld«, stotterte ich und wischte mir den Mund ab. »Wenn wir ihm nicht verboten hätten, es jemandem zu sagen …«

»Hör auf«, sagte Hugo entschieden. »So was darfst du nicht denken. Sie hätten ihn zum Schweigen gebracht. Vielleicht hätten sie uns sogar alle unter einem anderen Vorwand des Internats verwiesen. Das waren andere Zeiten damals. Das weißt du doch.«

Er hatte recht, aber deswegen fühlte ich mich auch nicht besser.

»Hast du es deiner Sarah erzählt?«, fragte er.

»Das meiste.«

»Nicht alles?«

»Nein. Sie hat nicht nachgefragt.«

In diesem Moment schnüffelte ein Hund an meinen Fußknöcheln. Sein Besitzer kam auf mich zu, vermutlich, um ihn an die Leine zu nehmen. Ich stand auf und ging weg.

»Du glaubst doch nicht, dass Olivia Sarah etwas davon erzählen wird, oder?«, fragte ich.

»Wie sollte sie?«, spottete Hugo. »Wir sind ihr ja noch nie begegnet.«

»Aber wenn ich sie euch vorstelle, könnte es zum Gesprächsthema werden.«

»Das bezweifle ich. Außerdem werden sie wohl kaum Busenfreundinnen werden, oder?«

Insgeheim war ich seiner Meinung, aber seine Bemerkung ärgerte mich. »Warum nicht?«

»Es sind zwei sehr unterschiedliche Frauen.«

Ich spürte, wie in mir eine Gereiztheit gegenüber meinem alten Freund hochkochte.

»Ich habe sie gefragt, ob sie mich heiraten will«, stieß ich verwegen hervor.

Stille breitete sich aus. »Bist du noch dran?«, fragte ich.

»Ja.«

»Sie hat mir einen Korb gegeben.«

»Auch gut.«

»Wie meinst du das?«

»Nun, ihr kennt euch kaum, und selbst wenn ihr es tätet, ihr seid so verschieden wie Tag und Nacht!«

Ich fühlte mich in die Defensive gedrängt. »Wie du selbst gesagt hast, du bist ihr noch nie persönlich begegnet.«

»Ich habe genug von dir gehört.«

»Gegensätze ziehen sich manchmal an.«

»Wenn es ums Heiraten geht, sind gemeinsame Werte und ähnliche Hintergründe wichtig«, sagte Hugo mit Nachdruck.

»Nach dem, was du mir erzählt hast, wird sie dich nie richtig verstehen.«

Genau das hätte mein Vater auch gesagt, wenn er noch leben würde. Bei meiner Mutter aber hatte ich das Gefühl, dass sie verständnisvoller gewesen wäre. Plötzlich merkte ich, dass ich ohne nachzudenken zur Waterloo Bridge gegangen war.

»Weißt du was, Hugo, ich werde Sarah alles erzählen. Ich will keine Geheimnisse mehr zwischen uns.«

»Wenn du das tust, reitest du mich mit rein.«

»Sie würde es nie jemandem erzählen.«

Hugo klang jetzt panisch. »Ich hoffe, du hast recht. Und wenn du unbedingt heiraten willst, dann lern sie wenigstens vorher erst einmal richtig kennen. Du musst dir sicher sein, dass sie dich nicht nur wegen deines Hauses und deines Geldes angeln will … Tom? Bist du noch dran?«

Ich legte auf. Hugos Warnungen in Bezug auf Sarah schmerzten. Er hatte unrecht. Hatte ich mir denn nach dem Internat nicht immer vorgenommen, das Richtige zu tun? Ich konnte niemanden heiraten, ohne ehrlich zu sein.

Als ich nach Hause kam, saß Sarah in der Küche auf dem Boden, umgeben von Leinwänden und Pinseln. Sie mochte es, so zu arbeiten, und auch wenn ein Teil von mir dieses Chaos nicht mochte, bewunderte ein anderer Teil sie dafür.

»Ich muss dir etwas sagen«, begann ich. »Komm und setz dich hierhin«.

Sie trat auf mich zu. »Was ist denn los?«

Ich drückte sie an mich. Mir wurde schmerzlich bewusst, dass dies vielleicht das letzte Mal sein würde, dass wir dies taten. Ich fuhr ihr mit der Hand durch die Haare. Sie hatte sich seit heute Morgen kleine rosafarbene und hellblaue Perlen hineingeflochten. »Da ist etwas, das ich dir erzählen muss.«

Während ich sprach, spürte ich zu meinem Entsetzen, wie mir Tränen über die Wangen liefen. »*Große Jungs weinen nicht«*, konnte ich meinen Vater sagen hören, als ob er hinter mir stehen würde.

»Tom!« Sarah nahm mein Gesicht in die Hände. Ich schaute ihr in ihre großen, braunen, vertrauensseligen Augen. »Was ist passiert?«, fragte sie leise. »Du machst mir Angst. Bist du krank?«

»Es ist wegen Chapman«, schluchzte ich.

»Der Junge aus dem Internat?«

»Er hat sich das Leben genommen.« Ich holte tief Luft. »Er hat sich erschossen, weil er missbraucht wurde. Ich und er und Hugo. Es war einer der Lehrer. Er zwang uns immer nach dem Essen, in sein Zimmer zu kommen. Keiner von uns ist je wirklich darüber hinweggekommen.«

So. Die Worte waren so herausgeschossen wie die Kugel, die Chapman sich in den Kopf gejagt hatte.

So hatte ich noch nie geweint, nicht einmal, als meine Mutter gestorben war.

»Scht!«, machte Sarah, nahm mich in die Arme und wiegte mich hin und her.

»Du denkst nicht schlecht von mir?«, schluchzte ich.

»Natürlich nicht. Es war nicht deine Schuld. Nichts davon ist deine Schuld.«

Mir wurde warm ums Herz. Hugo hatte unrecht. Diese Frau *verstand* mich.

Keinem von uns beiden war nach Essen zumute. Stattdessen gingen wir ins Bett. Nicht, um Sex zu haben, sondern um uns in den Armen zu halten, während ich weiterweinte. Es war, als ob der ganze alte Schmerz endlich herausflutete. Als ich morgens aufwachte, hatte ich für einen Moment vergessen, was geschehen war. Das Fenster war einen Spalt geöffnet. Ich konnte einen Vogel zwitschern hören, dessen Gesang den morgendlichen Verkehr übertönte. Und dann, als es mir wieder einfiel, bekam ich einen furchtbaren Schreck. *Hat's im Wochenendhaus auf dem Land getan. Hat sich in den Kopf geschossen.*

Sarah beugte sich über mich, wobei ihr langes, dunkles Haar gegen ihre Brüste schwang. »Ich habe es mir anders überlegt.«

Jähe Angst durchfuhr mich. »Du willst mich verlassen?«

»Nein. Ich will dich doch heiraten.«

»Aus Mitleid?«

»Nein. Weil du ein guter Mann bist, Tom. Und ich möchte den Rest meines Lebens mit dir verbringen.« Dann wirkte sie nervös. »Es sei denn natürlich, *du* hast es dir jetzt anders überlegt.«

Ich schlang die Arme um sie und nahm diese außergewöhnliche Frau in mich auf. »Das habe ich nicht.«

Ich stieg aus dem Bett und sank auf ein Knie. Es war mir nicht einmal peinlich, dass ich nur mein Pyjamaoberteil anhatte. »Sarah. Willst du mir die Ehre erweisen, meine Frau zu werden?«

»Ja«, sagte sie. »Ich will.«

Dann lächelte sie ihr wunderbar sonniges Lächeln, nahm mein Gesicht in die Hände und zog mich zu sich hoch. »Ich möchte, dass wir viele, viele Kinder bekommen. Eine Fußballmannschaft, um genau zu sein! Und du wirst der beste Vater der Welt sein! Ich weiß es.«

Das würde ich. Das würde ich wirklich. Mein Herz schlug höher bei dem Gedanken, wie ich unseren Kindern das Rechnen beibringen, sie zu Kricketspielen mitnehmen, für sie da sein würde. Ich stellte mir vor, wie ich ihnen abends eine Geschichte vorlesen würde und wie ich Sarah an der Hand halten würde, während wir zusahen, wie sie am Ende des Schuljahrs Preise in Empfang nahmen. So wie ich es getan hatte – bloß ohne jemanden im Publikum, den ich liebte.

Die Elternschaft würde mir die Chance geben, ein neues Leben zu beginnen. Ich würde es nicht so vermasseln, wie mein Vater es getan hatte.

Ich musste es richtig machen.

Wie schwer konnte das denn schon sein?

SARAH

6 Es war an der Zeit, neu anzufangen. Eine andere Sarah zu werden. Die Vergangenheit ein für alle Mal hinter mir zu lassen.

»Ich will keine große Hochzeit«, sagte ich, als wir begannen, über die Vorbereitungen zu sprechen. »Ich habe niemanden, den ich einladen kann.« Ich dachte daran, wie glücklich Mum gewesen wäre, auch wenn ich mich daran erinnerte, dass sie sagte, sie glaube nicht an die Ehe.

Bildete ich mir das nur ein, oder sah ich da tatsächlich einen Ausdruck der Erleichterung auf Toms Gesicht?

»Wie wäre es nur mit Hugo und Olivia auf dem Standesamt?«, schlug er vor. »Und ihren Kindern als Brautjungfern?«

Ich war nicht gerade begeistert gewesen von Hugo und seiner Frau, nachdem sie uns kurz nach Toms Antrag zu einem »Küchenabendessen« eingeladen hatten.

»Tom sagt, du bist Künstlerin«, hatte Olivia geschwärmt, während wir die Gemüseterrine aßen, die eigens wegen mir gemacht wurde, weil ich kein Fleisch aß. (Das sagte sie in einem fast ungläubigen Ton.) »Wie *wunderbar*.«

»Es ist meine Leidenschaft«, hatte ich darauf geantwortet und mich gefragt, welches Messer und welche Gabel ich eigentlich benutzen sollte, denn auf beiden Seiten meines Untersetzers lagen jeweils drei davon. »Aber es ist auch das Einzige, was ich kann, also kenne ich es nicht anders.«

Sie hatte mich mit einem süffisanten Lächeln bedacht. »Ich war früher im Marketing tätig, hörte aber auf, als ich schwanger wurde. Es ergab finanziell keinen Sinn, dass wir beide arbeiten, wegen der Kosten für die Kinderbetreuung. Außerdem wollte ich den Kindern meine ganze Aufmerksamkeit schenken.«

Das galt vermutlich auch für Hugo, um den sie einen Wirbel machte wie um ein Baby, ihm Essen vorsetzte und ihn nicht ein einziges Mal bat, mitzuhelfen. Er war genau die Art von Mann, die ich nicht ausstehen konnte. Aber da ich mittlerweile wusste, was er und Tom durchgemacht hatten, konnte ich ihrer beider Verbundenheit verstehen.

Anfangs hatte ich Olivia mit ihren atemberaubenden rotblonden Haaren und ihrem cremig-pfirsichfarbenen Teint als »perfektes« Hausmütterchen, Ehefrau und Mutter abgetan. Doch als Hugo später am Abend über die Arbeit der Regierung schimpfte, verdrehte Olivia mir gegenüber die Augen. Vielleicht steckte ja mehr in dieser Frau, als ich gedacht hatte.

»Was meinst du?«, fragte Tom in diesem Moment.

»Wie bitte?«

Für einen Moment war ich in Gedanken wieder in Olivias Haus gewesen und hatte mich gefragt, was Emily wohl von ihr gehalten hätte. Emily hatte immer nur das Beste in jedem Menschen gesehen.

»Ich dachte an eine Hochzeit in kleinem Kreis, nur mit Hugo und Olivia und den Mädchen als Brautjungfern«, sagte er ein wenig gezwungen.

»Perfekt«, antwortete ich und stand auf, um Toms glänzende Kaffeemaschine aus Edelstahl anzustellen, die so aussah, als hätte sie mehr als ein durchschnittliches Monatsgehalt gekostet.

»Lass mich das machen«, sagte er hastig. Ich merkte, dass er es nicht mochte, wenn ich seine Sachen anfasste. Vielleicht lag es aber auch daran, dass ich es nicht gewohnt war, umsorgt zu werden.

»Aber sag ihnen bitte, dass wir kein Hochzeitsgeschenk wollen.« Ich stellte mich auf die Zehenspitzen, um meine Arme um seinen Hals zu schlingen. »Du bist alles, was ich brauche«, fügte ich hinzu. »Und wenn du einen Ehevertrag abschließen willst, ist das auch okay für mich.«

Hugo hatte das während des Abendessens in der Küche erwähnt, scherzhaft, doch ich wusste, dass er es ernst meinte.

»Blödsinn«, sagte Tom in seinem forschen Ton. »Was meins ist, ist auch deins.«

»Nur, wenn du dir sicher bist.«

»Das bin ich.« Er nahm seine Brille ab und polierte die Gläser. Das tat er oft, wenn er seine Ansicht vorgetragen hatte und nicht weiter darüber diskutieren wollte. »Also, wohin wollen wir in den Flitterwochen fahren?«

»Können wir auf die Scilly-Inseln fahren?«, fragte ich. »Meine Mutter hat immer davon geschwärmt. Als ich Kind war, hat sie mich einmal dorthin mitgenommen.«

Fast konnte ich jetzt hören, wie sie mir davon erzählte. »Wir sind mit Freunden zur Küste getrampt, um eine Fähre zu nehmen«, hatte Mum berichtet und bei der Erinnerung daran gelächelt. »Du warst noch klein.«

Da ich nicht wusste, was »trampen« bedeutete, musste sie es mir erklären. Erst als ich älter war, ging mir auf, dass so etwas mit einem Kind im Schlepptau vielleicht nicht gerade vernünftig gewesen war.

»Das ist wirklich süß«, sagte er und beugte sich über den Tisch, um meine Nasenspitze zu küssen. »Genau wie du.«

Süß? Süß hatte mich noch nie jemand genannt.

Die Hochzeit fühlte sich nicht real an. Ich trug ein luftiges cremefarbenes Kleid, das ich mir aus hübscher Seide und Spitze, die ich auf dem Markt entdeckt hatte, selbst geschneidert hatte. Während der kurzen Zeremonie wartete ich ständig darauf, dass jemand hereinstürzte und Tom steckte, was ich getan hatte. Aber es kam niemand. Ich wusste, dass auch er nervös war, weil in den Wirtschaftsseiten ein kleiner Artikel über Chapmans Suizid gestanden hatte. Aber darin wurde nichts erwähnt von einem Buch, das er geschrieben hatte. Auch Tom oder Hugo kamen darin nicht vor.

Die kleine Clemmie und ihre Schwester Molly konnten letztendlich doch keine Brautjungfern sein. Sie hatten beide Bauchweh, und Olivias Mutter kümmerte sich um sie. Auch wenn ich sie noch gar nicht kennengelernt hatte – bei meinem einzigen Besuch hatten sie geschlafen –, schienen sie reizende Kinder zu sein.

»Ich hoffe, es geht ihnen gut«, sagte ich besorgt zu Tom. »Ich hatte einen Blinddarmdurchbruch, als ich zwölf war.«

Ich hörte die Stimme meiner Tante in meinem Kopf. »*Ich kann den Arzt an einem Samstag nicht mit einfachem Bauchweh belästigen. Du musst schon bis Montag warten.*«

Bis dahin war es zu spät gewesen.

Die Erinnerung ließ mich erschaudern, und ich verdrängte sie aus meinem Kopf. Die schlechten Zeiten waren jetzt vorbei. Das hier war mein ganz neues Leben.

Tom schenkte mir zur Hochzeit eine wunderschöne Halskette, die seiner Mutter gehört hatte.

»Es sind echte Diamanten«, versicherte er mir.

Verdammte Scheiße!, dachte ich und starrte sie wie gebannt an. Ich bemühte mich, nicht laut zu fluchen, denn Tom mochte das nicht. »Sie ist umwerfend«, sagte ich. »Das ist sie wirklich.« Ich berührte meinen Hals. »Aber ich trage schon den Anhänger meiner Mutter.«

Seine Augen blickten wie die eines kleinen Jungen, dem gesagt worden war, dass er etwas nicht tun darf. »Das verstehe ich«, sagte er, auch wenn seine Miene etwas anderes besagte. »Aber ich dachte, du trägst sie vielleicht bei besonderen Anlässen.«

»Natürlich. Danke.« Ich legte sie mir zusätzlich zu dem Anhänger an. »Ich finde, sie passen gut zusammen, meinst du nicht?«

In einer Ehe, so sagte ich mir, mussten Kompromisse eingegangen werden. Das war ich ihm schuldig, nach dem, was ich getan hatte.

Hinterher aßen wir vier in einem noblen Londoner Hotelrestaurant zu Mittag. So etwas hatte ich in meinem ganzen Leben nicht einmal annähernd erlebt. Die Kellner verbeugten sich jedes Mal, wenn sie uns bedienten. Als mir eine Karotte auf den Boden fiel, sah ich, wie Hugo mir einen Blick zuwarf, aber ich ignorierte ihn und beobachtete stattdessen Olivia, damit ich wusste, wie ich mich verhalten sollte. *Ich passe nicht zu diesen Leuten*, dachte ich. *Was mache ich bloß hier? Habe ich vielleicht doch einen Fehler gemacht?*

Dann fuhren Tom und ich nach Penzance und nahmen eine Fähre. Erst jetzt, als wir an der Reling des Schiffs standen, fühlte ich mich allmählich besser. »Mir ist kalt«, sagte Tom. »Sollen wir reingehen?«

»Ich brauche ein bisschen frische Luft«, sagte ich, hielt das Gesicht in den Wind und sog die Luft ein. »Ich komme gleich nach.«

Er drückte mir einen Kuss auf die Stirn. »Wie Sie wünschen, Mrs Wilkins.«

Mrs Wilkins? Der Name hörte sich nicht real an, genau wie die Hochzeit sich nicht real angefühlt hatte. Aber da steckte nun ein Ring an meiner linken Hand als Beweis. Ein schlichter Goldring. Tom hatte sich etwas Aufwendigeres gewünscht, aber dieser war perfekt.

Viele Passagiere wurden auf der Überfahrt seekrank. Ich nicht. Ich stand da und wartete, bis Land in Sicht kam. Das musste Tresco sein, die Insel, auf der wir übernachten wollten. »Du bist gar nicht heruntergekommen«, sagte Tom, als er wieder oben auf mich stieß.

»Ich wollte das Meer anschauen«, erklärte ich. »Sieh nur all diese verschiedenen Farben!«

Er kniff die Augen zusammen. »Es ist nur blau.«

»Nein, ist es nicht!« Ich lachte. »Da sind alle möglichen Blautöne, Grüntöne und Violett.«

»Wenn du es sagst.« Er sagte das scherzhaft, als wollte er mich auf den Arm nehmen.

Als wir in dem kleinen Hafen von Bord gingen, in dem zahlreiche kleine Boote auf dem Wasser tänzelten, während Fischer ihre Netze flickten, legte sich ein seltsamer Frieden über mich. Die Luft war so frisch, roch rein, nicht wie in London. Aber das Wichtigste von allem: Meine Mum war hier mit mir gewesen. Vielleicht genau an diesem Ort! Vielleicht hatte sie meine Hand gehalten, so wie Tom meine jetzt hielt, während wir vom Ufer zu unserem Hotel gingen.

»Autos sind hier nicht erlaubt«, sagte er mir. »Deshalb ist es so sauber und ruhig.«

Ich verspürte ein Kribbeln in der Magengegend, als ich das gemütlich aussehende Hotel vor mir sah. Wie andere Kinder mit wenigen Erinnerungen an ihre Eltern klammerte ich mich an jedes winzige Bruchstück, an das ich mich entsinnen konnte, zum Beispiel an den Geruch der Haut meiner Mutter, nachdem sie den Finger in die Nivea-Dose auf ihrer Frisierkommode getunkt hatte. Wie alt genau war ich gewesen, als ich mit ihr hier gewesen war? Wie konnte sie sich einen Urlaub leisten?

Es gab Fragen, auf die es nie eine Antwort geben würde.

»Wusstest du, dass Künstler, wenn ihnen die Leinwände ausgingen, sie die alten oft übertünchten und ein neues Bild darübermalten?«, sagte ich später im Bett zu Tom, während ich aus dem Fenster auf ein kleines Boot am Horizont starrte.

»Wirklich?« Er hatte die Augen geschlossen und sah aus, als würde er gleich einschlafen.

»Manchmal können Restauratoren das Originalbild darunter wieder zum Vorschein bringen«, fügte ich hinzu.

Tom schnarchte mittlerweile leise.

»Auch Menschen können so sein«, flüsterte ich. »Mit bloßem Auge betrachtet, sehen sie aus wie ein Bild, aber unter der Oberfläche befindet sich ein ganz anderes Motiv.«

Nichts.

»Was würdest du tun, wenn ich so wäre?«, hörte ich mich fragen.

Keine Antwort.

Nur gut, dass mein frischgebackener Ehemann schlief.

»Wir könnten uns Fahrräder mieten«, schlug ich am zweiten Tag vor.

»Machst du Witze?«, fragte er. »Du weißt doch, dass mein Gleichgewichtssinn nicht gut ist.«

Ich war ein bisschen enttäuscht, aber stattdessen gingen wir eben überall zu Fuß hin. Und an einem Abend machten wir ein Picknick auf einem Hügel, auf dem eine verwaiste Burg stand, wo ich das Meer unter uns malte. »Die Sonne sieht aus, als würde sie den Himmel verbrennen«, sagte ich zu ihm und deutete dabei auf den aprikosenfarbenen Sonnenuntergang.

»Was für eine fantasievolle Art, das auszudrücken«, sagte er.

»So bin ich nun mal«, stellte ich achselzuckend fest.

Abgesehen von den Spaziergängen verbrachten wir die meiste Zeit mit Sex. Mit wildem, leidenschaftlichem Sex, nach dem wir erschöpft und keuchend auf dem Bett liegen blieben. Ich hatte nicht gewusst, dass ich so empfinden konnte. Sex war nicht länger etwas, das man tat, um jemandem zu gefallen oder etwas zu bekommen. Er war sauber. Ehrlich. Rein. Und er blendete die düsteren Gedanken in meinem Kopf aus.

Eines Tages, als Tom noch döste, ging ich allein in einen hübschen Kunstgewerbeladen und kaufte etwas. Ich hatte es zuvor im Schaufenster entdeckt und konnte nicht widerstehen. Ich würde niemandem davon erzählen.

»Ich glaube, ich bin schwanger«, sagte ich, als wir auf die Fähre stiegen, um zurückzufahren.

»Was?«, fragte Tom mit diesem komischen fragenden Blick im Gesicht, der mir oft auffiel. »Normalerweise dauert es bei einem Paar durchschnittlich sechs Monate, bis sie schwanger wird.«

»Wann hast du das denn nachgeschlagen?«, wollte ich wissen.

»Ich habe neulich auf der Arbeit ein bisschen recherchiert.« Er wirkte, als sei es ihm peinlich. »Wir sollten also den Tag nicht vor dem Abend loben, nicht wahr?«

»Die Sache mit den Fakten ist die, dass sie den Mutterinstinkt nicht berücksichtigen«, sagte ich. Dann atmete ich die frische Luft ein und fühlte mich so leicht und beschwingt, als wäre ich eine der Wellen, die unter mir tänzelten. »Ich bin mir sicher, dass ich ein Kind erwarte.«

Was habe ich doch für ein Glück!, dachte ich und beobachtete meinen frischgebackenen Ehemann, wie er schwankend in die Kabine ging. Das war meine Chance, mein Leben in Ordnung zu bringen. Meine Vergangenheit hinter mir zu lassen. Endlich die sichere Familie zu haben, die ich mir immer gewünscht hatte.

Solange Tom nicht die Wahrheit herausfand.

TOM

7 Eine Woche nach der Rückkehr aus den Flitterwochen überraschte ich Sarah, indem ich ihr Bild rahmen ließ und es im Wohnzimmer aufhängte. Oder im Salon, wie sie es nannte.

»Du bist so talentiert«, sagte ich.

Sie zuckte mit den Schultern, wobei ihre Zöpfe hin- und herschwangen. »Akt male ich lieber.«

Ich betrachtete die Klippe, auf der wir unser Picknick gemacht hatten und von der aus wir auf das flammend orangefarbene Meer hatten blicken können. »Das hier ist weniger umstritten als nackte Körper, findest du nicht?«

»Wie meinst du das?«

»Nun, es wird weniger Anstoß erregen, wenn wir Gäste zum Essen haben.«

Es gab da ein paar wichtige Arbeitskollegen, die ich irgendwann mal einladen musste. Sie hatten mich schon zu sich eingeladen, aber ich hatte es bisher vermieden, mich zu revanchieren. Jetzt, da ich eine Ehefrau hatte, war ich mehr davon angetan, solange Sarah nichts Seltsames tat, zum Beispiel vorzuschlagen, wir sollten das Essen auf dem Schoß vor dem Fernseher einnehmen. Man wusste nie so recht, was meine Frau als Nächstes tun würde. Manchmal war das erfrischend, aber es konnte auch peinlich sein.

»Ich bevorzuge die menschliche Form«, sagte sie entschieden. »Es erstaunt mich immer wieder, dass wir alle so unterschiedlich aussehen können.«

Der gleiche Gedanke war mir auch gekommen, obwohl ich nie in Erwägung ziehen würde, ihn auszusprechen.

»Ich frage mich immer wieder, wie ich aussehen werde, wenn ich hochschwanger bin«, sinnierte sie und lehnte den Kopf an meine Schulter. Wir saßen gerade auf dem Sofa, unter ihrem Bild.

»Denkst du immer noch, du könntest schwanger sein?« fragte ich.

»Eigentlich schon«, sagte sie, lehnte sich zurück und schaute mich unter ihren dunklen Wimpern an. »Ich habe heute Morgen einen Test gemacht.«

Normalerweise zeigte ich meine Gefühle nicht, aber nun spürte ich, wie mir das Herz in der Brust raste. »Bist du …?«

Sie schüttelte den Kopf. »Er war negativ. Aber in der Anleitung stand, dass die Periode überfällig sein muss, und das ist sie bei mir noch nicht. Allerdings war sie im letzten Jahr ein bisschen unregelmäßig. Manchmal früh, manchmal spät.«

Das hatte ich nicht gewusst. Hätte sie das mir gegenüber nicht ansprechen sollen? Oder ist das ein Thema, über das Frauen nicht mit Männern sprechen?

Am nächsten Tag war es Zeit für mich, wieder zur Arbeit zu gehen. Zum ersten Mal in meinem Leben verspürte ich nicht meine sonst übliche Begeisterung.

»Kümmere dich nicht um die Hausarbeit«, sagte ich. »Das mache ich, wenn ich wieder da bin.«

»Mister Pingelig!«, sagte sie und stupste mich an.

Das war nicht das erste Mal, dass Sarah mich so nannte. Ich mochte den Begriff nicht. Was ist falsch daran, wenn man will, dass sich Dinge an der richtigen Stelle befinden? Das war auch so etwas an Sarah, das ich kennenlernte. Ich mochte es, wenn Geschirrtücher ordentlich gefaltet in Küchenschubladen lagen, sie hingegen hängte sie über Stuhllehnen oder ließ sie zerknüllt auf dem Küchentresen liegen. Außerdem warf sie die benutzten Teebeutel in die Spüle, worauf sich Flecken auf dem weißen Porzellan bildeten. Und wenn sie meine Hemden wusch, schüttelte sie sie nicht richtig aus, bevor sie sie trocknete.

»Ich nehme an, das Internat und all die Jahre, die du allein gewohnt hast, haben dich unabhängig gemacht«, sagte sie mit ihrem leisen Lachen. »Keine Sorge. So habe ich mehr Zeit zum Malen.«

Doch als ich am Ende des Tages mit einem hübschen blaurosa Schal zurückkam, den ich Sarah bei Liberty's gekauft hatte, fand ich sie auf dem Küchenboden vor einer leeren Leinwand kniend. »Ich kann es nicht mehr«, sagte sie mit einem wilden Blick in den Augen. »Es ist, als bräuchte ich diesen Tritt in den Arsch – die Angst, kein Geld für Essen oder die Gasuhr zu haben –, damit die Magie funktioniert.«

»Sarah, du solltest wirklich ...«

Ich wollte eigentlich sagen: »... deine Zunge hüten«, denn »Arsch« war kein Wort, das ich mochte, aber sie interpretierte meine Unterbrechung falsch.

»Ich weiß! Ich sollte froh darüber sein, dass ich mir keine Sorgen mehr machen muss über braune Umschläge mit der Aufschrift AMTLICHE BENACHRICHTIGUNG. Und das bin ich auch.«

»Mache ich dich nicht glücklich?«, fragte ich.

»Natürlich tust du das.« Sie stand auf und schlang die Arme um mich. Sie verströmte einen merkwürdigen Geruch.

»Hast du geraucht?«, fragte ich.

»Nein.« Sie wich zurück. »Wenn du es wirklich wissen willst, war ich unterwegs zu einem Zeitungskiosk, um eine Packung Kippen zu kaufen, habe mich dann aber davon abgehalten, indem ich mir die Nägel ins Handgelenk gebohrt habe.«

Wirklich?

»Ich rieche aber Rauch«, beharrte ich.

»Das liegt daran, dass der Geruch noch in meinem Hemd

hängt. Ich bin seit dem letzten Kurs nicht dazu gekommen, es zu waschen. Ein paar Schüler rauchen in den Pausen.«

Dann veränderte sich ihr Gesichtsausdruck. Statt elendig dreinzuschauen wie erst gerade noch, war auf ihrem Gesicht jetzt eines dieser schönen Lächeln erblüht. »Das erinnert mich an etwas. Ich fange nächste Woche an, einen neuen Kurs zu geben, also werde ich donnerstags an den Abenden nicht da sein.«

Damit fühlte ich mich unwohl. Und das nicht nur, weil sie nicht zu Hause sein würde, wenn ich zurückkam. Irgendetwas daran fühlte sich nicht ganz richtig an. Andererseits waren wir ja immer noch dabei, uns gegenseitig kennenzulernen, oder? Darum ging es doch im Eheleben.

Dann fiel es mir wieder ein. »Ich habe dir ein Geschenk gekauft«, sagte ich und zog den Schal hervor.

»Ein Geschenk? Warum?«

»Weil mir danach war.«

Und da war es wieder, dieses wunderbare Lächeln. »Oh, Tom, der ist ja wunderschön. Was für tolle Farben. So ein hübsches Paisleymuster.«

Was das bedeutete, wusste ich nicht, aber das wollte ich nicht zugeben. Das Wichtigste war, dass sie ihre Arme um mich geschlungen hatte. Und alles fühlte sich wieder richtig an.

Ein paar Wochen später machte das Kulturzentrum mangels Finanzierung dicht. Es wurden keine Kurse mehr angeboten. Ich bemühte mich, mir meine Erleichterung darüber nicht anmerken zu lassen. »Mach dir nichts daraus«, sagte ich. »Du hättest sowieso aufgehört, wenn wir Kinder bekommen.«

»Aber ich werde meine Schüler vermissen!« Tränen glitzerten in ihren wunderschönen dunkelbraunen Augen. »Ich habe so gerne ihre Hände geführt und ihre Gesichter leuchten gesehen, wenn sie eine Linie zeichneten, von der sie nicht dachten, dass es ihnen möglich wäre.«

»Bin ich dir nicht genug?«, fragte ich und wusste, schon während ich es aussprach, dass sich das dumm und kindisch anhörte.

»Natürlich bist du das.«

Sie strich sich die Haare zurück und beugte sich zu mir vor, um mich auf den Mund zu küssen. Ich war verloren. Die Wirkung, die sie auf mich hatte, war unglaublich.

Ein paar Wochen später rief sie mich auf der Arbeit an. Ich hatte sie bereits gebeten, dies nicht zu tun. Es wirkte nicht professionell. Ich musste meinem Team ein Vorbild sein. »Ist alles in Ordnung mit dir?«, fragte ich.

»Stell dir vor!« Ihre Stimme klang ganz aufgeregt. »Du wirst Vater!«

Während sie sprach, konnte ich sehen, wie einer der Seniorpartner mit seinem bedächtigen, zielstrebigen Gang auf mich zusteuerte.

»Sehr gut«, sagte ich höflich.

»Ich dachte, du wärst jetzt im siebten Himmel!«

»Ich muss gleich in ein Meeting.«

»Du kannst also nicht reden?«

»Genau.«

Ich legte den Hörer gerade noch rechtzeitig auf. »Ich hoffe, ich habe Sie nicht bei einem wichtigen Gespräch unterbrochen, Tom?«

»Ganz und gar nicht«, versicherte ich.

Dann erzählte er mir, der Vorstand sei von meiner Leistung »sehr beeindruckt« und ziehe mich als Juniorpartner in Betracht. Aber ich konnte mich nicht konzentrieren. Ich war zu aufgeregt durch das, was Sarah mir gerade erzählt hatte. Und ich hatte Angst. Vater zu sein bedeutet eine große Verantwortung. Was, wenn ich es vermasselte, so wie mein Vater es getan hatte? In unseren Flitterwochen hatte ich mir eingeredet, es könne doch nicht so schwer sein, ein anständiger Vater zu sein.

Aber jetzt, da es Realität werden würde, kamen Zweifel in mir auf.

Auf dem Heimweg hielt ich beim Blumenladen an und bat, um auf der sicheren Seite zu sein, nach einem »gemischten Strauß«. Arabella hatte mal einen furchtbaren Aufstand veranstaltet, als ich ihr einen Strauß Chrysanthemen gekauft hatte. »Friedhofsblumen«, hatte sie sie genannt.

In der Küche stieß ich auf Sarah.

»Es tut mir leid, dass ich vorhin am Telefon nicht reden konnte«, sagte ich und überreichte ihr vorsichtig den Strauß mit rosa Schleifenband. »Als du angerufen hast, war gerade ein ungünstiger Zeitpunkt. Deine Neuigkeiten sind unglaublich!«

»Die Neuigkeiten *uns* betreffend«, korrigierte sie mich und zog sich die Schürze aus. Sie kochte gerade etwa, das wie Eintopf aussah und Tofu-Gulasch hieß.

»Es *ist* unglaublich, nicht wahr?« Sie nahm meine Hand und führte sie sich an den Bauch. Ich traute mich nicht, sie zu bewegen, da ich befürchtete, etwas in ihr durcheinanderzubringen.

»Sprich mit ihm«, forderte sie mich auf.

Ich lachte laut auf. »Es ist doch noch keine richtige Person.«

»Unsinn! Es kann uns hören. Das steht in den Babybüchern. Hörst du zu, Kleines? Wir werden dich für immer lieben. Nicht wahr, Daddy?«

Sie schenkte mir eines ihrer wunderbaren Lächeln.

»Ja«, sagte ich und fühlte mich plötzlich viel besser. »Das werden wir.«

Es war drei Wochen später, an einem Samstagmorgen, als Sarah mich weckte. Die Sonne schien allmählich schon durch die Vorhänge. Mir fiel auf, dass zwischen den beiden Stoffvorhängen ein ärgerlicher kleiner Spalt klaffte, weil Sarah sie am Abend zuvor zugezogen hatte und nicht ich.

Während ich auf meiner Seite aus dem Bett stieg, stöhnte Sarah auf. »Mein Unterleib tut weh«, sagte sie.

»Versuch, dich gegen die Kissen zu setzen«, antwortete ich sanft und ging auf die ärgerlichen Vorhänge zu.

Plötzlich ertönte hinter mir ein leises Keuchen und dann ein Schrei. Ich drehte mich um. »Sieh doch!«, rief sie und zeigte auf das Laken. Sie lag in einer sich rasch vergrößernden Blutlache.

Meine Gedanken rasten. Ich versuchte, sie zu sortieren. *Denk nach. Bleib ruhig.*

»Es kommt alles wieder in Ordnung«, sagte ich.

»Woher willst du das wissen?«

Ich ignorierte die Frage.

»Wir rufen den Rettungsdienst«, sagte ich stattdessen.

Zahlen. Praktische Schritte. Das war eine Sache, bei der ich mich auf sichererem Terrain fühlte. Es würde alles wieder gut werden.

Das musste es.

Aber wenn die Geschworenen auf ihren Bänken jetzt die Wahrheit kennen würden, wären sie mit Sicherheit die Ersten, die mir widersprechen würden.

Die Fensterscheibe auf der Fahrerseite ist heruntergefahren.
»Steig ein«, sagt er.
»Ich muss bis Mitternacht zurück sein.«
»Steig einfach ein, ja?«
Er trommelt mit den Fingern auf das Lenkrad. An einem Finger der rechten Hand trägt er einen großen silbernen Ring.
Er sieht aus wie ein Totenkopf.
Ich schaue mich um.
Die Straße ist menschenleer.
»Komm schon«, sagt er. »Ich habe einen Plan. Das wird lustig.«

SARAH

8 Unser Kind war weg.

Als ich im Krankenhaus auf der Station aufwachte, sagte man mir, sie hätten bei mir eine Ausschabung gemacht, »damit die Gebärmutter für das nächste Mal bereit ist«.

Aber was, wenn es kein nächstes Mal gab? War das irgendwie meine Schuld?

Wie konnte ich in einem Moment schwanger sein und im nächsten nicht mehr? Als ich duschte, lief mir erneut Blut die Beine hinunter. Mir traten Tränen in die Augen.

Als wir nach Hause kamen, war Tom total lieb, brachte mir immer wieder eine Tasse Tee ans Bett und streichelte meinen Rücken.

»Natürlich komme ich mit«, sagte er, als ich einen Brief vom Krankenhaus erhielt, in dem ich aufgefordert wurde, ein paar Wochen später eine Nachuntersuchung machen zu lassen. »Ich habe dann zwar ein Meeting, aber das werde ich absagen. Du bist viel wichtiger.«

Zu meinem Entsetzen wurden wir in die Geburtsklinik verwiesen, wo wir in einem Raum inmitten lauter selbstgefälliger Schwangerer warten mussten, die sich fürsorglich über die Bäuche strichen und sich mit anderen darüber unterhielten, »in welcher Woche sie schon waren«.

»Mrs Wilkins?«, rief die Krankenschwester.

Wenn mich jemand bei meinem Ehenamen nannte, fühlte ich mich immer noch nicht wirklich angesprochen.

»Ein Spontanabort ist oftmals der Weg der Natur, wenn mit

dem Fötus etwas nicht in Ordnung ist«, erklärte die Krankenschwester, als wir in ihrem Büro Platz genommen hatten.

»Abort, wie Abtreibung?« Ich rang nach Luft. »Das war es nicht.«

»Ich habe den medizinischen Begriff für eine Schwangerschaft benutzt, die ohne Vorwarnung endet«, fuhr sie fort. »Das ist natürlich verstörend. Aber zumindest wissen Sie jetzt, dass Sie schwanger werden können, im Gegensatz zu vielen anderen. Warten Sie drei Monate und versuchen Sie es dann erneut.«

Drei Monate? Das erschien mir wie eine Ewigkeit. Aber diesen Rat gab man uns damals.

Ich machte mich allein auf den Heimweg entlang der Oxford Street, nach der gynäkologischen Untersuchung immer noch wackelig auf den Beinen. Tom war ins Büro zurückgekehrt. Die Weihnachtsbeleuchtung war vor Kurzem eingeschaltet worden. Mit großen Augen schauten Kinder durch die Schaufenster von Selfridges auf lebensgroße Plastikrentiere. Da war ein kleines Mädchen mit blonden Zöpfen, das auf sie zeigte. So eines wollte ich auch. Am liebsten wäre ich auf sie zugelaufen und hätte sie entführt. Warum hatte meine eigene Mutter mich nicht mehr geschätzt? Dann wäre sie vielleicht nicht ohne mich mit dem Auto losgefahren.

Nein. Ich würde mir nicht gestatten, an diese dunkle Zeit zurückzudenken. Doch ich konnte nicht damit aufhören. Meine Gedanken kreisten und kreisten, und als ich an der Tür von Toms Haus ankam – für mich war das Haus immer noch »seins« und nicht »unseres« –, brauchte ich dringend einen Drink. Man hatte mich zwar ermahnt, ich solle keinen Alkohol trinken, während wir versuchten, ein Kind zu zeugen. Aber es war mir egal. Tom würde nichts davon mitbekommen. Nicht, wenn es Wodka war und ich nicht danach roch. Ich kippte eine halbe Flasche herunter und schlief dann ein.

Irgendwann im Lauf der Nacht nahm ich vage wahr, dass Tom

hereinkam. Er küsste mich sanft. Bei seiner Berührung schmolz ich fast sofort dahin, wie immer. Ich wandte mich ihm zu.

»Sollten wir nicht noch damit warten?«

Aber ich konnte nicht. Es war so wohltuend, sich gegenseitig zu halten und eins zu sein. Auch wenn wir eigentlich zu dritt hätten sein sollen.

Als die ganze Weihnachtsdekoration wieder weggepackt war, stellte ich fest, dass ich erneut schwanger war.

»Es ist zu früh. Wir hätten länger warten sollen, bevor wir es wieder versuchen«, hielt ich Tom vor.

»Unsinn«, erklärte er strahlend. »Bei uns ist wieder ein Baby unterwegs. Ist das nicht wunderbar?«

Ich wollte nicht zugeben, dass ich mich mit Wodka betrunken hatte, als wir Sex hatten (was er in seiner Leidenschaft nicht bemerkt zu haben schien), also sprach ich es nie an.

Dann, eines Morgens, als ich gerade eine Kohleskizze von dem Platz draußen fertigstellte, spürte ich einen stechenden Schmerz im Unterleib. Ich ging ins Bad, und da war sie, eine leuchtend rote Blutlache in meinem Schlüpfer. Wut durchfuhr mich. »Ich hatte es dir doch gesagt«, sagte ich zu Tom, als ich ihn deswegen anrief. »Ich sagte, wir müssen warten, so wie es uns die Krankenschwester geraten hatte.«

»Es tut mir leid«, sagte er leise am anderen Ende der Leitung. »Ich werde dich ins Krankenhaus begleiten.«

»Nein«, schnauzte ich ihn an. »Ich fahre allein hin.«

Doch eigentlich war ich genauso wütend auf mich selbst wie auf ihn. Vielleicht war das ja die Strafe für das Trinken.

Ich nahm ein Taxi zur Notaufnahme, wo man eine Ultraschallaufnahme machte. »Eine Ausschabung ist diesmal nicht nötig«, hieß es. »Der Fötus ist von selbst abgegangen. Ihre Gebärmutter ist ganz sauber.« Sie drückten es so aus, als wäre es etwas, worauf ich stolz sein sollte.

Erst als ich das Krankenhaus wieder verlassen hatte, gestattete ich mir, zu weinen. Ich dachte an das Paar kleiner weißer Babyschuhe, die ich im Kunsthandwerksladen auf den Scilly-Inseln gekauft hatte (nur für den Fall), ohne Tom davon zu berichten, und vergoss noch mehr Tränen.

»Alles in Ordnung, meine Liebe?«, fragte mich die Frau neben mir in dem überfüllten Bus. Alle anderen unterhielten sich angeregt, lachten und erzählten sich, was sie beim Winterschlussverkauf für ihre Kinder ergattert hatten. Sie schleppten riesige Pakete mit sich herum und waren beladen mit Hamleys-Einkaufstaschen.

Ich nickte nur und war nicht imstande, etwas hervorzubringen. Aber ich wollte sie fragen, ob sie Kinder hatte und ob ihr das Gleiche auch schon einmal passiert war. Hätte ich doch nur eine Mum gehabt, mit der ich reden könnte, oder eine Freundin.

»Du hättest mich anrufen sollen«, sagte Tom, als er nach Hause kam. Er nahm mich in die Arme, aber ich entzog mich ihm. Ich hatte seine Liebe nicht verdient.

»Wir werden es noch einmal versuchen«, sagte er später, nach dem Abendessen, von dem ich nichts herunterbekam, weil ich so durcheinander war. »Wusstest du, dass eine von drei Schwangerschaften...«

»Ich will keine verdammten Statistiken mehr hören!«, schrie ich. Wir waren in der Küche. Er trocknete akribisch jedes Besteckteil auf dem Abtropfbrett ab, und seine bedächtigen Bewegungen und Worte bewirkten, dass ich am liebsten explodiert wäre. »Zahlen helfen mir nicht weiter, wenn meine Brüste in der einen Woche schmerzhaft ziehen und in der nächsten nicht. Sie werden mich nicht davon abhalten, auf der Straße eine Frau im sechsten Monat anzusehen und dabei zu denken: ›Ich könnte jetzt auch so weit sein wie sie.‹«

Ich fing an, hemmungslos zu schluchzen.

»Du *wirst* ein Baby bekommen«, sagte Tom unbeholfen.

»Aber das wissen wir nicht, oder?«

Darauf hatte er keine Antwort. Wie auch? Das hatte keiner.

Wir versuchten es wieder. Und wieder. Ich hatte zwei weitere Fehlgeburten, jeweils in der elften Woche. Ich versuchte, mich abzulenken, indem ich das Haus dekorierte. Ich kaufte einen blau-orangefarbenen Teppich an einem Marktstand, aber Tom gefiel er nicht. »Er ist zu kräftig«, sagte er.

Genau darum ging es aber. Dieses Haus musste zum Leben erweckt werden. Alles hier war verchromt oder beigefarben. Zu Anfang hatte es sich luxuriös angefühlt, verglichen mit den Absteigen, in denen ich gewohnt hatte. Jetzt aber fühlte es sich kalt an.

Kaum etwas in diesem Haus gehörte mir.

Selbst mein Körper fühlte sich nicht wie meiner an.

Dann, als die Geschäfte erneut ihre »*Frohe Weihnachten*«-Schilder aufstellten, geschah es endlich erneut. Auf dem Schwangerschaftstest tauchte der blaue Strich auf, der besagte, dass ich ein Kind erwarte.

»Diesmal könnte es klappen«, versicherte mir Tom.

»Ich will nicht darüber reden«, blaffte ich ihn an. »Du darfst es niemandem erzählen. Erst recht nicht Hugo und Olivia. Wir werden so tun, als wäre ich nicht schwanger, damit ich mir, wenn es schiefgeht, keine Hoffnungen gemacht habe.«

»Aber ...«

»*Tom!* Bitte respektier meine Wünsche.«

Und das tat er. Wir sagten keiner Menschenseele etwas. Nicht einmal Hugo, zumindest versicherte mir das Tom. Aber wer wusste schon, worüber die beiden miteinander sprachen, wenn sie sonntagmorgens zusammen Tennis spielten? Meine Intuition riet mir, dass ich diesem Hugo nicht trauen sollte. Ich war mir sicher, dass er Tom bei dieser schrecklichen Mobbing-Sache im Internat angestiftet hatte.

Erstaunlicherweise erreichte ich die zwölfte Woche. Ich hatte eine Ultraschalluntersuchung – und da war es und bewegte sich vor mir auf dem Bildschirm. »Alles scheint mir völlig normal zu sein«, erklärte der Arzt.

In der sechzehnten Woche konnte ich meine Jeans nur noch mit Mühe zuknöpfen. Im Garten blühten die Narzissen. »Es wird gut gehen«, sagten ihre kecken kleinen Köpfchen und nickten mir fröhlich zu.

Wenig später waren wir zum Abendessen bei Olivia und Hugo eingeladen. Seit der zweiten Fehlgeburt hatte ich alle ihre Einladungen abgelehnt, doch jetzt beschloss ich, dass ich mich ihnen stellen könnte. Bei unserer Ankunft rührte Olivia gerade etwas in einem Topf auf dem Herd um. Bei dem Geruch hätte ich mich am liebsten übergeben.

»Das ist Seezunge in Zitronensoße«, sagte sie. »Ich hoffe, ihr mögt sie.«

»Entschuldigung«, platzte ich heraus und hastete auf die Toilette.

Als ich zurückkam, konnte ich an Olivias Gesichtsausdruck erkennen, dass Tom es ihr verraten hatte.

»Was für wunderbare Neuigkeiten!«, platzte sie heraus und umarmte mich.

»Wir wollten eigentlich noch ein Weilchen nichts sagen«, erwiderte ich bedeutungsvoll.

»Aber jetzt ist alles gut«, sagte Tom. »Die meisten Fehlgeburten passieren vor der zwölften Woche.«

Er sprach das Wort »Fehlgeburt« so aus, als wäre es ein wissenschaftlicher Begriff und nicht der herzzerreißende Verlust eines lebenden, atmenden Kindes. *Unseres* Kindes.

»Mummy«, erklang da eine kleine Stimme von jemandem, der in diesem Moment die Treppe herunterkam. »Ich bin gar nicht müde.«

Neidisch heftete ich meinen Blick auf Olivias und Hugos

ältere Tochter. Sie hatte das schöne rotblonde Haar ihrer Mutter und eine kleine Stupsnase.

»Netter Versuch, Clemmie«, sagte Hugo und hob sie hoch. »Aber du brauchst deinen Schlaf, und wir brauchen unsere Zeit für uns.«

»Hallo«, sagte ich.

»Wer bist du?«, wollte sie wissen.

»Ich heiße Sarah.«

Ihre Augen weiteten sich. »Die Sarah, die einen Ernährer sucht?«

Eine schockierte Stille entstand.

»Clemmie!«, sagte Olivia zaghaft. »Das war jetzt aber furchtbar unhöflich.«

»Aber das sagt Daddy doch immer über sie. Deswegen durften wir keine Brautjungfern sein.«

»Unsinn!« Hugo erweckte den Eindruck, als wäre er am liebsten im Boden versunken. »Kinder verstehen immer so viel falsch. Es ist eigentlich ganz lustig.«

»Das finde ich nicht«, sagte Tom steif.

Kurz darauf gingen wir.

»Mach dir keine Gedanken wegen Hugo«, sagte er, obwohl ich merkte, dass er wütend war.

»Das tue ich nicht«, log ich.

»Für ihn ist jeder, der nicht auf eine elitäre Internatsschule gegangen ist oder nicht wie Olivia spricht, keiner von uns.«

»Und was ist mit dir? Bin ich für dich eine Außenseiterin?«

Tom blieb mitten auf der Straße stehen. Er nahm mein Kinn in die Hände und zog mein Gesicht zu sich heran. »Du bist ein frischer Wind«, sagte er einfach. »Und ich verehre dich dafür.«

In der zwanzigsten Woche hatte ich eine weitere Ultraschalluntersuchung. Ich konnte tatsächlich den Herzschlag hören! Unser Baby lutschte an seinem oder ihrem Daumen. Das war real, keine Einbildung oder Hoffnung. Ich trug ein Kind in mir!

»Ich kann Ihnen das Geschlecht sagen, wenn Sie wollen«, sagte die Ärztin.

»Ja«, sagte Tom.

»Nein«, sagte ich.

»Aber wenn wir es wissen, wird es so viel einfacher, Kleidung zu kaufen und das Kinderzimmer einzurichten«, erklärte mein Mann.

»Mir ist eine Überraschung lieber«, entgegnete ich.

Doch was ich wirklich meinte, war, dass ich mich nicht zu sehr auf das Kind einlassen durfte. Wenn ich auch dieses Kind verlieren würde, wollte ich lieber ein Baby verlieren als einen Sohn oder eine Tochter.

In der zweiundzwanzigsten Woche beschloss ich, dass es an der Zeit war. Wenn er im Büro war, begann ich damit, an einer Wand des dritten Schlafzimmers ein Wandbild zu entwerfen. Seit unserer Heirat hatte ich nicht mehr so zeichnen oder malen können wie früher. Es ging einfach nicht. Jetzt hingegen nahm ein Baum Gestalt an, dann eine Sonne. Ein Park kam in Sicht. Meine Hände konnten gar nicht schnell genug arbeiten. Ich lehnte mich leicht nach rechts, um den Ententeich zu zeichnen. Der Stuhl wackelte. Ich richtete mich kurz auf. Geriet wieder in Wanken. Und stürzte dann zu Boden.

Ich zitterte am ganzen Körper. Irgendetwas fühlte sich nicht richtig an. Ich spürte eine Schwere in mir, die vorher nicht da gewesen war. Ein Ziehen nach unten.

Blutflecken.

»Nein!«, schrie ich. »Hör auf!«

Das Blut floss jetzt schneller heraus. Mir wurde kalt. Klamm. Ich kroch zum Telefon. Ich konnte mich nicht mehr an Toms Büronummer erinnern. Vor lauter Angst konnte ich mich nicht einmal mehr an die Notrufnummer 999 erinnern.

»*Hilfe!*«, *rief ich*. »Bitte hilf mir jemand! *Helft mir!*«

TOM

9 Ich weiß nicht, was passiert wäre, hätte ein Nachbar nicht Sarahs Hilferufe gehört und wäre durch die unverschlossene Hintertür eingetreten.

Es war nicht der Sturz, hieß es im Krankenhaus. Es sah so aus, als hätte die Fehlgeburt schon vorher eingesetzt.

»Vielleicht sollten wir das mit dem Kinderkriegen vergessen«, schlug ich vor, als Sarah aus dem Krankenhaus nach Hause kam, blass und gezeichnet.

Sie hatte über eine Woche dort gelegen. Ich befürchtete, dass das Trauma der Entbindung unseres toten Babys etwas war, von dem sie sich nie wieder ganz erholen würde.

Sarah starrte mich entsetzt an. »Was redest du da?«

Ich hatte mir schon gedacht, dass sie so reagieren würde, daher war ich darauf vorbereitet. »Hör mich an, bitte. Wir könnten immer noch ein gutes Leben zusammen führen. Denk darüber nach. Wir könnten all die Dinge tun, die wir nicht tun könnten, wenn wir Kinder hätten, zum Beispiel Abenteuerurlaub machen und ...«

Ich hielt inne. Die Wahrheit war, dass Reisen noch nie ganz oben auf meiner Agenda gestanden hatte. Ich war der Typ Mensch, der das mochte, was er kannte. Aber ich dachte, es könnte bei Sarah Anklang finden.

»Du begreifst es nicht, oder?« Ihre tiefbraunen Augen blickten wild. Ich würde sogar sagen, dass sie mich durchbohrten.

»Ich *muss* schwanger werden!«, schrie sie. »Ich muss eine Familie haben!«

Sie sah beinahe psychisch gestört aus. Das jagte mir Angst ein. Hatte ich eine Wahnsinnige geheiratet?

»Ich hatte auch keine richtige Familie«, betonte ich und achtete darauf, dass meine Stimme ruhig klang. »Und ich wäre sehr glücklich, wenn es nur dich in meinem Leben geben würde.«

»Du hast doch deinen heiß geliebten Freund Hugo.«

Wir hatten das schon so oft besprochen. Ich war nach Clemmies »Ernährer«-Kommentar stinkwütend auf Hugo gewesen. »Du musst diesen Ausdruck in ihrer Gegenwart benutzt haben«, hatte ich ihm vorgeworfen.

Doch er versicherte mir, seine Tochter müsse das falsch verstanden haben. »Du weißt doch, wie Kinder sind. Sie schnappen Wörter auf und benutzen sie in anderen Zusammenhängen.«

Ich wusste, dass er log, aber nach Chapman würde es mehr brauchen als das, um unsere Freundschaft zu zerstören.

Jetzt brach Sarah in Tränen aus. Sie sah so furchtbar aus, war nur noch ein Schatten ihrer selbst.

Einen Moment lang kam mir meine Mutter in den Sinn. Niemand hatte mir jemals gesagt, dass sie krank war. Ich erinnere mich vage daran, dass sie sich häufig hinlegen musste. Dann wurde ich weggeschickt, um bei einer Tante zu bleiben. Und als ich zurückkam, war Mutter nicht mehr da.

»Deine Mutter hatte Krebs«, sagte mein Vater. »So etwas passiert. Es tut mir leid.«

Das war das Höchste, was er an Gefühlen zulassen konnte. »Männer müssen stark wirken, auch wenn sie nicht so empfinden«, hatte mein Vater zu mir gesagt, nachdem wir das wächserne Gesicht meiner Mutter in ihrem Sarg betrachtet hatten. Ihr Kinn war im Tod erschlafft, sodass sie aussah wie eines dieser in die Länge gezogenen Bilder, wie man sie in Jahrmarktzerrspiegeln sieht.

Ich nahm diesen Rat an, als wäre er in Stein gemeißelt, so wie meine Multiplikationstabellen. Daher erzählte ich nie jemandem, wie ich mich fühlte, als ich ihren leeren Schminktisch sah, ohne all den kleinen Schnickschnack. Er war wie leer gefegt. Ihre Kleider waren aus dem Kleiderschrank verschwunden.

Es war, als hätte meine Mutter nie existiert.

Was, wenn ich auch Sarah verlor? Ich versuchte, ihre Hände, die auf dem Küchentisch lagen, zu halten, aber sie zog sie zurück.

Im Gegensatz zu den vorherigen Ärzten, die sie untersucht hatten, hatte der letzte festgestellt, dass meine Frau Vernarbungen an den Eileitern hatte. Sie hielten es für möglich, dass sie von der OP stammten, als ihr in der Kindheit der Blinddarm entfernt worden war. Das war eine »mögliche« Ursache für ihre Fehlgeburten.

Sarah war fuchsteufelswild geworden. Tatsächlich hatte ihr Gesichtsausdruck mich erschreckt. »Wenn meine Tante auf mich gehört hätte, als ich sagte, dass ich mich krank fühle, wäre das nicht passiert.«

Wenn es nicht passiert wäre…

Wenn wir es nicht getan hätten…

Beides waren Phrasen, die in meiner Mittwochsgruppe häufig in den Mund genommen wurden.

Jetzt versuchte ich, mich zu konzentrieren. »Es tut mir leid. Aber die Sache ist die… Das liegt jetzt in der Vergangenheit. Wir müssen realistisch denken, was die Zukunft betrifft. Der Arzt hat gesagt, du hattest Glück, dass du so oft schwanger geworden bist.«

»Dann gibt es keinen Grund, warum ich es nicht wieder werden kann«, erwiderte sie schroff. »Nächstes Mal wird es klappen. Ich weiß es.«

Doch es vergingen Wochen und dann Monate. Im November war es immer noch nicht dazu gekommen. Sarah war teilnahmslos und traurig geworden. Sie hatte wieder angefangen, zu malen. Es waren große, schreckliche, graue, abstrakte Gemälde.

Als ich dann eines Abends vom Büro zurückkam, fand ich meine Frau auf dem Boden unseres Schlafzimmers sitzend vor. Statt ihrer wunderschönen langen schwarzen Haare waren sie jetzt kurz und stachelig. Die abgeschnittenen Haare lagen in unregelmäßigen Häufchen auf dem Teppich neben einer Küchenschere.

»Warum hast du das getan?«, fragte ich.

Sie starrte mich an, als ob es offensichtlich wäre. »Ich hatte die Wahl: entweder sie oder meine Handgelenke«, sagte sie. »Wenn wir kein Baby bekommen können, will ich nicht weiterleben.«

Ich kniete mich auf den Teppich und legte meine Arme um sie. »Komm schon. Es wird alles wieder gut.«

»Ein Versuch mit In-vitro«, bat sie. »Mehr will ich nicht. Bitte! Denk an die Kinder von Hugo und Olivia. Möchtest du nicht auch gerne ein Kind wie Clemmie oder Molly haben?«

Ich dachte zurück an die ersten Tage, als ich mich so sehr darauf gefreut hatte, Vater zu werden. Aber ich hatte nicht geahnt, dass es so schwer sein könnte, Babys auf die Welt zu bringen.

»Es ist nicht nur das Geld«, sagte ich langsam, »auch wenn wir es meinem Notfallfonds werden entnehmen müssen. Ich mache mir Sorgen um dich. Und ich weiß nicht, ob es gut für uns wäre, das alles noch mal durchzumachen.«

Sie wich vor mir zurück. »Was meinst du mit ›gut für uns‹? Glaubst du, wir sollen uns trennen?«

»Nein. Natürlich nicht. Ich liebe dich.«

»Dann gewähr mir diese Bitte.«

»In Ordnung«, sagte ich unbeholfen. »Wir werden es mit künstlicher Befruchtung versuchen. Nur das eine Mal.«

»Danke.« Sarah schlang die Arme um mich.

Und sofort war der Frieden wiederhergestellt. Ich hatte meine liebenswerte Frau zurück. Wie kann ein vernünftiger Mensch innerhalb so kurzer Zeit erst todunglücklich und dann überglücklich sein? Das gab mir das Gefühl, dass ich diese Frau – meine Frau – überhaupt nicht kannte.

Zum ersten Mal fragte ich mich, ob es ein Fehler gewesen war, sie zu heiraten.

SARAH

10 Ich lag auf meinem Bett, immer noch deprimiert nach einer weiteren Auseinandersetzung mit Tom, als es an der Tür klingelte. Wir hatten es mit künstlicher Befruchtung versucht, und es hatte nicht geklappt. Ich hatte ihn angefleht, es noch einmal zu versuchen, aber er lehnte es ab.

Er verstand einfach nicht, was ich empfand. Und wie sollte er auch? Ich hatte mich in einen Mann verliebt, der dazu erzogen worden war, seine Gefühle nicht zu zeigen.

Wieder klingelte es. Wer war es? Keiner meiner alten Freunde wusste, wo ich wohnte. Dafür hatte ich gesorgt. Ich schleppte mich die Treppe hinunter. Auf der Türschwelle stand eine wunderschöne Frau mit einem makellosen Teint, strahlend blauen Augen, rotblonden Haaren und einem riesigen Strauß großblütiger Lilien in der Hand. Vor lauter Überraschung erkannte ich sie einen Moment lang nicht. Es war Olivia.

»Hat Tom dich geschickt?«, wollte ich wissen.

Sie nickte. »Ja. Aber um ehrlich zu sein, hatte ich sowieso vorgehabt, vorbeizuschauen. Die sind für dich.«

Sie hielt mir den Blumenstrauß hin, um mich dann völlig unerwartet fest zu umarmen, wobei sie fast den Strauß zerdrückt hätte. »Es tut mir so leid«, murmelte sie. »Du hast eine beschissene Zeit hinter dir. Und es tut mir leid, dass ich nicht freundlicher zu dir war.«

Obwohl ich sie nicht hereingebeten hatte, war sie mittlerweile im Haus. Warum eigentlich glaubten Frauen wie Olivia, sie hätten ein natürliches Recht darauf, zu tun, was sie wollten?

»Dass deine Tochter mich beschuldigt hat, nur einen Ernährer zu suchen, war nicht gerade hilfreich«, gab ich zu bedenken.

»Das war Hugo, nicht ich. Er kann ein verdammter Idiot sein.« Rasch legte sie sich eine Hand vor den Mund.

Dass sie so grob war, verbunden mit der schieren Absurdität der Situation, brachte mich zum Lachen. Es war ein Lachen, das mir fast als Heulen über die Lippen kam.

Olivia schaute kurz erschrocken, stimmte dann aber mit ein. Bald kicherten wir hysterisch und lehnten uns gegen die Wand, um nicht zu Boden zu sinken.

Schließlich ergriff sie meine Hand. »Ich sag dir was. Lass uns zusammen in die Stadt fahren und uns besaufen. Ich kenne da eine nette kleine Bar in Soho. Wir können uns von Mädel zu Mädel unterhalten und über unsere Männer ablästern.«

Wir waren aus dem Haus, bevor ich Zeit hatte, mir eine Ausrede zu überlegen. Innerhalb von Sekunden hatte Olivia ein Taxi herbeigewunken.

»Das ist schön, nicht wahr?«, sagte sie und tätschelte meine Hand, als wir auf den Rücksitz sanken.

»Warum bist du plötzlich so freundlich?«, wollte ich wissen. »Liegt es daran, dass du Mitleid mit mir hast?«

»Zum Teil schon«, räumte sie ein. »Aber auch, weil ich dich bewundere.«

»Mich bewunderst?«

Sie zuckte mit den Schultern. Dabei nahm ich einen Hauch von Parfüm wahr. Es roch teuer.

»Du hast keine Angst davor, aufzufallen«, fuhr sie fort. »Du trägst, was dir gefällt, und du malst Aktbilder.« Der Taxifahrer warf uns im Rückspiegel einen Blick zu. »Ich kann dir versichern, du bist die letzte Person, von der wir erwartet hätten, dass sie den langweiligen alten Tom heiratet.«

Ich verspürte den Drang, ihn zu verteidigen. »In Wirklichkeit ist er gar nicht so langweilig.«

»Ach, nun komm aber!« Olivia setzte ein Pokerface auf und gab eine ziemlich gute Imitation von Toms Stimme von sich. »Wenn du das Differenzial von dreißig bildest, durch die zehnte Potenz dividierst und davon achtundneunzig subtrahierst, was kommt dann dabei heraus?«

»Ich habe absolut keinen Schimmer«, sagte ich und prustete erneut vor Lachen.

Es war, als hätte sich etwas in mir gelöst.

»Weißt du, der Trick, um in der Ehe deinen Willen durchzusetzen, besteht darin, so zu tun, als wäre alles seine Idee«, erklärte Olivia eine halbe Stunde später in der Bar. »Du sagst Tom, du würdest gerne eine Pause bei der künstlichen Befruchtung einlegen, würdest dir aber wünschen, dass er sich eine Auszeit von ein oder zwei Wochen nimmt. Und wenn es so weit ist, seid ihr wieder ein Flitterwochenpaar. Kein Druck. Kein Nörgeln. Und dann träufelst du ihm langsam, ganz langsam die Idee ein, es noch einmal zu versuchen.«

Ich war sowohl beeindruckt als auch ein wenig schockiert. »Gehst du so mit Hugo um?«, fragte ich.

Sofort verdüsterte sich ihre Miene. Nur für eine Sekunde, aber das war genug. »Manche Männer sind anders«, erklärte sie.

Ich wollte nachfragen, hatte aber das Gefühl, sie dafür nicht gut genug zu kennen. Womöglich spürte auch sie das, denn sie wechselte sofort das Thema.

»Jetzt erzähl mal«, sagte sie auf eine mädchenhafte Art und Weise, die mich an die coole Clique in der Schule erinnerte. Die, die mich ausgeschlossen hatte. »Wir haben über Toms früheres Liebesleben gesprochen. Was ist mit dir? Was hat dich an Tom angezogen? Ihr beide seid so unterschiedlich.«

Hatte ich mir diese Frage nicht selbst auch immer wieder gestellt?

»Eigentlich haben wir uns gegenseitig angezogen«, platzte ich heraus.

Olivia lachte entzückt. »Ich habe immer vermutet, dass Tom gut im Bett ist. Stille Wasser sind oft tief.« Ihre Augen funkelten. »Erzähl mir mehr!«

»Er ist zuverlässig.« Ich gönnte mir noch einen Schluck Wein. »Das ist es, was wirklich den Ausschlag gab. Ich wusste, dass er mich nie im Stich lassen würde.«

»Ah«, sagte Olivia und stieß mit ihrem Glas gegen meines. »Ich hatte mir schon gedacht, dass es die alte Nummer mit der Stabilität war. Wer hat dich also verletzt? Komm schon. Mir kannst du es sagen. Darum geht es doch bei einem Gespräch unter Mädels.«

Ich wollte darauf hinweisen, dass »Gespräche unter Mädels« noch nie meine Sache gewesen waren. Nicht einmal mit Emily. Es war zu viel in meiner Vergangenheit passiert, wovon ich nicht wollte, dass jemand davon erfährt.

»Wie hieß er?«, drängte Olivia. Sie nuschelte mittlerweile, hatte zu viel getrunken. Das hatte ich zwar auch, aber ich war besser darin, mich zusammenzureißen.

»Ich will nicht darüber reden«, sagte ich.

»Die Wunde ist immer noch frisch, ja? Dann wette ich, es war deine erste Liebe? Die schmerzt immer am meisten.«

Woher wusste sie das?

»*Es wird schon nichts passieren, Sarah*«, flüsterte er in meinem Zimmer, während er mir den Reißverschluss meines Rocks herabzog, als meine Tante weg war. »*Ehrlich. Ich verspreche es dir...*«

»Wie alt warst du damals?«

»Sechzehn«, antwortete ich.

Olivia wölbte die Augenbrauen. »Das ist ziemlich jung.

Meine war mit achtzehn. Er war Franzose. Meine Eltern kannten seine, und wir waren alle zusammen im Urlaub in Cannes.«

Ihre Stimme wurde verträumt. »Meine Mutter hätte mich umgebracht, wenn sie gewusst hätte, dass wir abends nicht wirklich nur ›einen Spaziergang unternahmen‹.«

Jetzt kam mir meine Tante in den Sinn.

»*Du dreckiges Mädchen!*«, hatte sie geschrien, als sie unerwartet bei uns hereingeplatzt war. »*Genau wie deine Mutter. Nicht besser als eine Nutte.*«

»Hat es Tom etwas ausgemacht?«, fragte Olivia jetzt.

»Ich weiß es nicht. Wir haben nicht darüber gesprochen.«

In Wahrheit hatte Tom mich einmal gefragt, ob ich vor ihm eine feste Beziehung gehabt hatte, und ich hatte geantwortet, es habe da ein oder zwei Männer gegeben, aber sie hätten mir nichts bedeutet. Er schien froh zu sein, das Gespräch nicht vertiefen zu müssen. Was für mich wiederum eine Erleichterung war.

Olivia rief den Kellner herbei, um eine weitere Flasche zu bestellen. »An deiner Stelle würde ich das Thema nicht aufbringen. Männer wie Hugo und Tom halten sich für cool, sind aber in Wirklichkeit sehr traditionell eingestellt. Hugo hätte mich nicht geheiratet, wenn er gewusst hätte, dass ich keine Jungfrau mehr war.«

»Wirklich?«

»Ja. Ehrlich.« Sie genehmigte sich einen weiteren großen Schluck und starrte in die Ferne. »Manchmal denke ich, ich bin im Leben zu kurz gekommen.«

»Warum hast du ihn dann geheiratet?«

Ihre Augen weiteten sich, als hätte ich eine seltsame Frage gestellt. »Weil er die richtige Art von Mann ist. Du weißt schon. Er hat eine gute Schule besucht. Seine Eltern sind wie meine. Und er verdient eine Stange Geld. Meine Mutter sagte immer: ›Heirate, wo das Geld ist. Wenn die Liebe auch da ist, ist das ein Bonus.‹«

»Aber das ist ja furchtbar!«

»Nicht wirklich. Es ist praktisch. Außerdem habe ich Hugo wirklich geliebt, als ich ihn geheiratet habe.«

Sie hielt inne.

»Und jetzt?«, hakte ich nach.

Ein kleines Lächeln umspielte ihre Lippen. »Wir haben die Mädchen. Es ist anders. Das wirst du selbst herausfinden, wenn du auch ein Baby hast. Und guck jetzt nicht so. Das wirst du, da bin ich mir sicher. Ich werde es mir zur Aufgabe machen, dass du die richtigen Spezialisten aufsuchst. Es gibt da sogar eine geniale Ärztin, die einer meiner anderen Freundinnen geholfen hat, schwanger zu werden, nachdem sie es jahrelang erfolglos versucht hatte.«

Andere Freundinnen? Bedeutete das, dass ich jetzt ihre Freundin war?

Sie war völlig anders als Emily. Aber vielleicht war das auch gut so. Niemand konnte Emily mit ihren freundlich blickenden Augen ersetzen.

»Es gibt da bloß eine Bedingung«, sagte sie.

»Welche?«

»Du musst mich zur Patentante machen.«

Ich lächelte. »Es wäre mir eine Ehre.«

»Und jetzt sollten wir ein Taxi nach Hause nehmen«, sagte sie und stand schwankend auf. »Und auf dem Weg dorthin können wir entscheiden, wo du und Tom eure Auszeit verbringen werdet. Paris oder Wien?« Dann klatschte sie aufgeregt in die Hände. »Mir ist fast so, als würde ich selbst fahren! Meine Güte! So spät ist es schon? Auch gut. Dann holt eben jemand anderes die Mädchen von der Schule ab. Ich muss nüchtern werden.«

Als ich nach Hause kam, fühlte ich mich so glücklich und war so optimistisch wie lange nicht mehr. Alles würde gut werden, das spürte ich instinktiv.

TOM

11 Aufgekratzt in einer ihrer dramatischen Stimmungsschwankungen kehrte Sarah von ihrem Mittagessen mit Olivia zurück. Sie schlug sogar vor, wir sollten uns irgendwo eine Mini-Auszeit gönnen.

»Gute Idee«, sagte ich. »Ich bin tatsächlich urlaubsreif.«

»Ich hatte an Paris oder Wien gedacht«, sagte sie.

»So lange kann ich mir nicht freinehmen. Außerdem gibt es viele schöne Orte in Großbritannien.«

Meine Gedanken schweiften zurück an einen der wenigen Urlaube mit meinen Eltern in der Kindheit, an den ich mich noch erinnern konnte. »Als ich so etwa sieben Jahre alt war, fuhren wir in diesen wunderschönen Küstenort in der Nähe von Exeter«, sagte ich. »Meine Mutter liebte es dort. Sie ist jeden Morgen im Meer schwimmen gegangen.«

»Dann fahren wir dorthin«, schlug Sarah vor. »Kannst du dich erinnern, wie er hieß?«

»Nein. Aber ich weiß, dass Queen Victoria als Baby dort gewesen war. Mein Vater ließ mich immer alle Namen der Monarchen aufsagen.«

»Mit sieben Jahren?«, fragte sie.

»Er hat viel von mir erwartet«, sagte ich knapp.

»Dann sollten wir es finden können. Überlass es mir.«

Und das tat sie.

Es ist erstaunlich, dass man sich an Dinge erinnern kann, die so lange zurückliegen. Als wir vor diesem hübschen Hotel mit seinen schönen alten Rundbogenfenstern mit Bleiverglasung parkten, die einen atemberaubenden Blick auf den Strand gewährten, hatte ich das Gefühl, als wäre meine Mutter bei mir. Eigentlich seltsam, wenn man bedenkt, dass ich normalerweise kein sentimentaler Typ bin. Doch als wir dann im Speisesaal saßen, konnte ich mir fast vorstellen, dass meine Mutter mit uns am Tisch saß. Sie hätte meine Frau mit ihrem Lächeln und ihrer Singsangstimme, die der ihren so ähnlich war, geliebt.

»Ich fühle mich hier sehr wohl«, sagte Sarah, als wir die Strandpromenade entlangflanierten und die wunderschönen Gebäude im Regencystil bewunderten. »Es wäre der perfekte Ort, um ein Kind großzuziehen.«

Ich gab ein Geräusch von mir, von dem ich hoffte, dass es zustimmend klang, ohne den Fortgang dieses Gesprächs anzustoßen. Aber ich konnte nicht leugnen, dass ich immer mehr zu der Überzeugung gelangte, dass wir glücklicher wären, wenn wir nicht diesem enormen Druck ausgesetzt wären. Manche Paare konnten eben einfach keine Kinder bekommen. Das war vielleicht nicht fair, aber, wenn man alles bedachte, womöglich das Richtige. Gleichzeitig wusste ich aber auch, dass Sarah ohne Kind nicht glücklich sein würde. Jedes Mal, wenn wir unterwegs eine Familie sahen, richtete sich ihr Blick immer auf die Kleinen, wie sie herumhüpften, mit den Eltern Händchen hielten und vergötternd zu ihnen aufschauten.

Tatsache war schlichtweg, dass ich ihr nicht genug war. Vielleicht musste ich mich mehr anstrengen, um sie vom Gegenteil zu überzeugen.

»Ich habe da eine Idee«, sagte ich. »Wenn du möchtest, gehe ich heute mit dir Rollschuhlaufen.« Wir hatten gesehen, dass die Leute es auf der Strandpromenade taten.

Sie lachte.

»Nicht doch. Dein Gleichgewichtssinn ist doch nicht gut«, neckte sie mich.

»Das heißt nicht, dass ich es nicht versuchen werde«, gab ich zurück. »Erinnerst du dich noch an die Eislaufbahn?«

»Dann nehme ich dich beim Wort.«

Was um alles in der Welt tat ich da? Nachdem ich zum x-ten Mal hingefallen war, räumte sie ein, dass ich recht hatte. »Aber du hast es wenigstens versucht«, sagte sie und legte ihre Hand in die meine, nachdem wir wieder unsere richtigen Schuhe angezogen hatten.

Danach liebten wir uns. Wir liebten uns rasend, leidenschaftlich und hemmungslos, während das vom Meer reflektierte Licht durch das Fenster schimmerte. Diese Frau – meine Frau – war unglaublich. Bevor wir uns kennengelernt hatten, hatte ich mir nie vorstellen können, dass Sex so sein könnte. Wenn sie erst einmal die Enttäuschung akzeptiert haben würde, keine eigenen Kinder zu haben, würde es uns gut gehen, da war ich mir sicher.

Aber die Dinge entwickeln sich nie so, wie man es erwartet.

»Schwanger? Wie kann das sein?«, fragte ich ein paar Wochen später.

»Ist das nicht toll? Und das auf ganz natürliche Weise. Na ja, fast.«

»Wie meinst du das?«

Sie errötete. »Olivia hat mir ein paar Tipps gegeben, zum Beispiel Nahrungsergänzungsmittel und Akupunktur. Sie kennt da diese geniale Ärztin, die ich ein paarmal aufgesucht habe.

»Davon hast du mir ja gar nichts erzählt.«

»Ich wollte es dir nicht sagen, falls es nicht funktioniert hätte. Natürlich werde ich mir keine Hoffnungen machen.«

Fünf Monate vergingen. Sarah blühte auf. Hübsch war sie schon immer gewesen, aber jetzt strahlte ihre Haut sichtlich. Eine kleine Rundung hatte ihr Bauch schon gebildet. Das letzte

Ultraschallbild zeigte, dass alles »völlig normal« war. Der neue Facharzt, der darauf bestanden hatte, jeden Monat einen Ultraschall durchzuführen, erklärte, die ursprüngliche Diagnose einer inneren Vernarbung sei womöglich »übertrieben« gewesen. Vor lauter Aufregung nahmen wir uns in die Arme.

Eines Nachmittags im Juli unternahmen wir einen Spaziergang. Ich hatte das nicht gewollt, weil ich fand, sie sollte sich schonen, aber sie bestand darauf. »Es ist ein wunderschöner Tag«, sagte sie. »Ideal für einen Samstagsspaziergang.«

Also gingen wir zu dem geplanten Standort für das neue London Eye. »Stell dir vor!«, sagte Sarah. »Wenn es fertig ist, haben wir unser Baby!«

Vor Stolz schwoll mir die Brust. Unser Baby! Allmählich ging mir auf, wie sehr ich mir ein Kind gewünscht hatte. Nur die Angst, dass erneut alles schiefgehen könnte, hatte mich abgeschreckt.

Sarah schleppte mich auf den Camden Market, einen ihrer Lieblingsplätze.

»Ich dachte, wir kaufen ein paar Babysachen«, sagte sie und zerrte mich am Ärmel. »Schau mal, dort drüben ist ein Stand.«

Das war ein gutes Zeichen. Abgesehen von diesen weißen Babyschuhen, die ich vor ein paar Wochen bei der Suche nach etwas in unserem Schlafzimmer entdeckt hatte, hatte meine Frau sich geweigert, irgendetwas für das Kind zu kaufen, weil sie befürchtete, damit »das Schicksal herauszufordern«.

»Wir werden ein blaues und ein rosa Jäckchen kaufen«, plapperte sie aufgeregt. »Dann sind wir für alle Eventualitäten gerüstet. Allerdings bin ich mir sicher, dass es ein Junge ist. Olivia hat bei mir den Ringtest gemacht.«

»Den was?«

Sie wurde rot. »Ich habe dir nichts davon erzählt, weil ich dachte, du würdest es für Unsinn halten. Es ist wahrscheinlich ein Ammenmärchen. Jedenfalls nimmt dabei jemand einen goldenen Ring, der an einem Stück Schnur befestigt ist, und hält ihn dir über den Bauch. Irgendwann fängt er an, sich zu drehen. Wenn er sich in die eine Richtung bewegt, bekommst du einen Jungen. Dreht er sich in die andere Richtung, wird es ein Mädchen.«

»Das hört sich für mich höchst unwissenschaftlich an«, bemerkte ich.

»Mag sein!« Meine Frau lachte. »Aber es hat Spaß gemacht. Olivia ist reizend. Sie hat mir sogar so eine lächerlich teure Creme geschenkt, damit ich keine Dehnungsstreifen bekomme.«

Wir nahmen eine Abkürzung durch eine Seitenstraße.

»Hast du mal ein paar Pfund, Kumpel?«, fragte eine Frau, die auf dem Bürgersteig hockte. Sie hatte Dreadlocks, einen harten Blick und ein gezeichnetes Gesicht.

Dann sagte sie etwas, das mich bis zum heutigen Tag verfolgt.

»Sarah? Du bist es doch, nicht wahr? Sarah Vincent.«

Meine Frau schaute zu Boden, und ich sah, wie ihre Gesichtszüge erstarrten. Dann ergriff sie meine Hand und zog mich weiter.

»Wer war das denn?«

»Ich weiß es nicht.«

»Aber sie kannte deinen Namen«, sagte ich verwirrt.

»Ich weiß nicht, woher.« Sarah ging schneller. »Vielleicht war sie mal eine Schülerin von mir im Zentrum. Ich kann mich nicht an jeden erinnern. Nun komm schon.«

»Sarah«, schrie die Frau uns nach. »Ich bin es, Kelly. Du weißt schon. Lass einen alten Kumpel nicht links liegen.«

Mittlerweile lief sie hinter uns her. Wie konnte sie es wagen, Sarah am Arm zu packen?

»Lassen Sie meine Frau los!«, fauchte ich sie wütend an, »sonst rufe ich die Polizei.«

»Die Bullen?« Die Frau warf ihren Kopf zurück und brüllte vor Lachen. Sie hatte große Lücken zwischen den verfärbten Zähnen. »Sarah würde das nicht wollen, oder, Schätzchen?«

Ich spürte ein beklemmendes Gefühl in der Brust. »Was wollen Sie damit sagen?«

»Soll ich es ihm erzählen, Sarah? Oder willst du das selbst tun, Schätzchen?«

SARAH

12 »Ich glaube, du solltest mir lieber alles erzählen«, begann Tom, nachdem er der Frau eine frische Zehnpfundnote in die Hand gedrückt und mich in ein Café in der Nähe gelotst hatte. Er warf einen Blick auf meinen Bauch. »Ich muss es wissen.«

Es war noch nicht zu spät, sagte ich mir. Ich konnte argumentieren, dass Kelly betrunken oder high oder beides gewesen war und nicht wusste, wovon sie sprach. Aber gleichzeitig spürte ich Erleichterung. Vielleicht war es das Beste, reinen Tisch zu machen.

»Ich wollte es dir schon lange sagen, Tom«, begann ich und rührte dabei langsam in meinem Kaffee. »Aber es hat sich bis jetzt nie der richtige Moment ergeben.«

Er verzog das Gesicht.

Da wurde mir klar, dass es besser gewesen wäre, zu schweigen. Er würde mich und das Baby verlassen. Wir wären auf uns allein gestellt. Aber irgendwas musste ich jetzt sagen. Ich holte tief Luft.

»In der Schule hatte ich nie Freunde. Wenn du keine Eltern hast, meiden dich andere Kinder. Es macht dich anders.«

Tom nickte erneut leise.

Einigermaßen ermutigt fuhr ich fort. »Später, an der Akademie, wurde man nicht danach gefragt, woher man kam. Wir wollten einfach nur zeichnen, malen und ausdrucksstark sein. Zum ersten Mal fühlte ich mich akzeptiert.« Er nickte abermals. »Ich schloss mich einer Gruppe an, die manche als schlechten Umgang bezeichnen würden, obwohl sie für mich nicht so wirkten. Ich hatte aber auch Freundinnen aus einem privilegierteren Umfeld. Da gab es vor allem eine. Emily. Wir waren beste Freundinnen.« Ich wollte ihm mehr über sie erzählen, hatte aber Angst, zu viel preiszugeben.

Ich schloss die Augen. Ich war nun schon so weit gegangen, dass es kein Zurück mehr gab. Ich konnte jetzt ihr Gesicht vor mir sehen. Goldene Locken. Kobaltblaue Augen. Ihre Haltung, wenn sie mit der Hand am Kinn zuhörte. Um mich zu beruhigen, versuchte ich, mich auf die Geräusche um mich herum zu konzentrieren. Das Geschnatter an den Nachbartischen. Das Klirren der Tassen. Ein lautes Klappern, das vermuten ließ, dass jemand irgendwo ein Tablett fallen gelassen hatte. Mein wild pochendes Herz.

»Als ich eines Abends auf einer Party war, gab mir jemand eine Pille.«

Tom stöhnte auf.

»Sie bewirkte, dass ich mich total wohl in meiner Haut fühlte«, flüsterte ich. »Nach einer Weile teilten mir meine Freunde mit, dass sie mir nicht länger Drogen schenken könnten, ich müsse dafür bezahlen. Also fing ich an, zu dealen. Ich hoffe, du verstehst das. Ich wusste nicht, was ich sonst tun sollte, und es war ja nur für ein Jahr oder so. Diese Frau vorhin – Kelly – war eine von denen, mit denen ich damals Kontakt hatte.«

Tom nestelte an seiner leeren Tasse herum. Er konnte mich nicht einmal ansehen.

Ich stand auf. Das hier lief nicht gut.

»Wohin gehst du?« Seine Stimme klang scharf, aber sein Gesicht sah aus wie das eines besorgten kleinen Jungen.

»Nach Hause, packen.«

Er lachte kurz auf. »Das war es jetzt also?«

Ich zuckte mit den Schultern und bemühte mich, meine

Stimme ruhig klingen zu lassen. »Sieht so aus, als hättest du schon eine Entscheidung getroffen.«

»So meinte ich das nicht«, erklärte Tom. »Ich meinte ›Das war es jetzt also?‹ im Sinne von ›Hast du mir jetzt alles erzählt?‹.«

Jetzt war der Zeitpunkt gekommen. Jetzt konnte ich alles beichten.

Ich schaute auf meine kleine Rundung hinunter. Das Wunder, das in mir wuchs.

Trotz der Fehlgeburten hatte ich im Moment ein gutes Gefühl. In meinem Herzen wusste ich, dass es ein Junge war. Ich war es meinem Sohn schuldig, ihm ein gutes Leben zu ermöglichen. Ich musste dafür sorgen, dass sein Vater bei uns blieb. Ich wollte nicht, dass er sich anders fühlte, weil er nur einen Elternteil hatte, so wie es bei mir der Fall gewesen war. Die Zeiten haben sich geändert, aber damals war ein abwesender Vater eine große Sache.

»Ja«, sagte ich. »Ich habe dir alles erzählt. Was ist mit dir?«

Warum ich diese letzten Worte hinzufügte, weiß ich nicht. Vielleicht wollte ich damit verhindern, dass er mir noch mehr unangenehme Fragen stellte. Jedenfalls hatte ich nicht mit dem gerechnet, was nun folgte.

»Tatsächlich sind da auch ein paar Dinge in *meiner* Vergangenheit, die ich dir eigentlich schon früher hätte erzählen sollen.«

Nun war es an mir, verwirrt zu sein. »Was meinst du damit?«

»Mein Vater ist an Leberversagen gestorben, weil er Alkoholiker war.«

»Warum hast du das nicht früher gesagt?«, fragte ich.

Ich hatte Toms Vater nie kennengelernt. Er war gestorben, kurz bevor wir beide zusammenkamen. Ich hatte versucht, Tom zu ermutigen, über ihn zu sprechen, aber er wollte nicht.

»Ich habe mich geschämt«, gestand er. »Das bestärkte mich noch mehr darin, keinen Alkohol anzurühren. Und was Drogen angeht...« Er warf mir einen Blick zu, der bedeutete *Wie konntest du nur?* »Ich fand sie immer schon abstoßend.«

Kurze Zeit herrschte Stille, dann fuhr Tom fort: »Manchmal denke ich, ich wäre ein ganz anderer Mensch geworden, wenn meine Mutter noch da gewesen wäre, als ich aufwuchs. Wir standen uns sehr nah.« Er sprach auf eine geradezu träumerische Art und Weise, die ich bei ihm noch nie gehört hatte. »Sie hatte ein wunderbares Lächeln. Ähnlich wie deines, um genau zu sein. Als sie ging...«

Er hielt inne.

Ihm standen tatsächlich Tränen in den Augen.

Ich wollte die Hand zu ihm ausstrecken, aber irgendetwas sagte mir, ich sollte stillhalten, da er sonst keinen Ton mehr von sich geben würde. Mein Instinkt sagte mir, dass Tom alles rauslassen musste.

»Als sie ging, war es, als wäre ein Licht in meiner Welt erloschen. Es war das letzte Mal, dass ich mich wirklich geliebt gefühlt habe. Bis ich dir begegnet bin.«

Jetzt konnte ich nicht anders, als etwas zu sagen. »Das ist schön«, flüsterte ich. »Aber es tut mir so leid, dass du das alles durchmachen musstest.«

Ein großer Fehler. Meine Worte schienen ihn aus einer Trance herauszureißen. Er schüttelte sich. Und da war wieder der Tom, der seine Gefühle unter Verschluss hielt.

»Schon gut. So etwas passiert eben. Danach bin ich auf das Internat gegangen. Das war wahrscheinlich das Beste für mich. Sonst hätte ich zu Hause bleiben müssen, bei meinem Vater und seiner neuen Frau.« Er machte ein weiteres »Ha!«-Geräusch. »Lange haben sie dafür nicht gebraucht.«

»Weißt du«, sagte ich leise. »Wir sind jetzt ehrlicher zueinander als jemals zuvor. Wir hätten diese Gespräche schon früher führen sollen.« Ich griff nach seiner Hand. »Es tut mir leid.«

»Mir tut es auch leid«, sagte er. »Ich finde es nicht gut, was du getan hast. Aber irgendwie kann ich verstehen, wie es dazu kommen konnte.«

Es würde alles gut werden! Mir wurde ganz warm ums Herz. Dann schnappte ich nach Luft.

»Was hast du denn?«

»Ich glaube, er hat sich bewegt«, sagte ich. »Nur ein Flattern! Fühl mal. Vielleicht macht er es gleich wieder.«

Ich legte Toms Hand, die ich immer noch hielt, behutsam auf meinen Bauch. Ich spürte das Flattern erneut.

Toms Gesicht sah aus wie das des kleinen Mädchens, das vor meinen Augen vor ein paar Jahren zu Weihnachten in ein Schaufenster von Selfridges gestarrt hatte. In Erstaunen versetzt. Ungläubig. Als ob er Zeuge von etwas Wunderbarem geworden wäre.

»Liebst du mich noch?«, fragte ich.

Es herrschte eine kurze Stille. Ich konnte kaum atmen. »Ja«, sagte er.

Ich wusste, dass er das nicht gesagt hätte, wenn er es nicht auch so gemeint hätte.

Diese Art von Mensch war Tom nicht.

Aber auf dem ganzen Heimweg sprach er kein Wort. Das machte mir Angst. Ich musste den alten Tom wiederhaben. Denjenigen, der augenblicklich gesagt hätte: »Ja, natürlich, ich liebe dich!«

Wie konnte ich das hinbekommen?

Dann fiel es mir ein. Olivia. Sie würde wissen, was zu tun war.

»Du hast mit Drogen gedealt?«, fragte sie, als ich ihr alles erzählt hatte. Ich hatte sie angerufen, gleich nachdem Tom am nächsten Morgen das Haus verlassen hatte. Zugegeben, ich sagte ihr, es seien »nur« ein paar Pillen für Freunde gewesen.

»Wow, Sarah!« Dann klang sie, als sei ihr unbehaglich zumute. »Sag's nicht weiter, aber ich habe ein- oder zweimal ein bisschen gekokst. Tom und Hugo waren schon immer total gegen so etwas. Aber es ist okay. Wir können das klären. Ich meine, das liegt doch schließlich in deiner Vergangenheit, oder?«

Das »wir« tröstete mich. Ich war mir nicht ganz sicher, warum Olivia so nett war, aber es tat gut, jemanden zu haben, mit dem ich mich ein wenig austauschen konnte.

»Du wirst all deine weiblichen Reize einsetzen müssen, um ihn wieder für dich zu gewinnen«, fügte sie hinzu. »Sorg dafür, dass er im Bett mit sich zufrieden ist. Sag ihm, was für ein toller Vater er sein wird.«

»Ich werde es versuchen«, sagte ich zweifelnd.

»Hey, nun komm schon! Du bist nicht die erste Frau, die ihren Mann zurückgewinnen muss. Hugo und ich haben auch schwierige Zeiten durchgemacht.«

»Wie meinst du das?«

»Ach, du weißt schon«, sagte sie leichthin. »Kleinigkeiten, nichts Besonderes. Wie wäre es, wenn wir nächste Woche zusammen essen gehen, um deine Strategie zu planen, und hinterher einen Film anschauen? Der neue Harrison-Ford-Film ist angelaufen, und Hugo will nicht mit reingehen.«

Tolle Idee. Wie ich mich bei dieser Frau doch getäuscht hatte. Olivia war genau die Freundin, die ich brauchte. Eine Freundin, der ich vertrauen konnte.

Der Regen hat wieder eingesetzt.
Die Reifen quietschen auf der Straße.
Es fühlt sich seltsam an, als würde das alles
    nicht passieren.
Ein Schauer überläuft mich.
Er merkt es.
»Du hast doch keinen Schiss, oder?«
»Nein«, sage ich. »Natürlich nicht.«

TOM

13 Vor Sarah hatte ich mich nur in der Zeit geliebt gefühlt, als meine Mutter noch am Leben war. Dann aber hatte meine Frau mir das Gefühl vermittelt, mich wieder sicher in mir selbst zu fühlen.

Bis jetzt.

»Wenn man jemanden liebt, belügt man ihn nicht«, hielt ich ihr vor, als wir uns ein paar Abende, nachdem ich die Wahrheit herausgefunden hatte, erneut stritten.

Ich wusste, dass sie sich Mühe gab, denn ausnahmsweise war das Haus aufgeräumt, und sie hatte mein Lieblingsessen gekocht, Lachspie. Aber ich bekam es nicht aus dem Kopf. Sie war genau wie mein Vater, der nie wusste, wann er aufhören sollte, zu trinken. Eine Süchtige.

Sie ergriff meinen Arm. »Aber verstehst du denn nicht, Tom? Genau deshalb, *weil* ich dich liebe, konnte ich dir die Wahrheit nicht früher gestehen.« Sie schaute auf ihren Bauch hinunter. »Ich wollte nicht, dass du uns verlässt.«

»Das würde ich nicht tun.«

Ich meinte es ernst. Ich wusste nur zu gut, wie es war, als Kind von einem Elternteil verlassen zu werden. So hatte ich den Tod meiner Mutter empfunden. Ich hatte das Gefühl gehabt, dass sie mich verließ. Sie hätte sich mehr anstrengen müssen, am Leben zu bleiben, um meinetwillen. Als Erwachsener weiß ich natürlich, dass das unmöglich war.

Aber in meinem Kopf herrschte ein solches Durcheinander. So viele Gedanken kamen und gingen. Irgendwie musste ich einen Weg finden, meine Gedanken zu kontrollieren und mir einen Reim auf diese Situation zu machen.

Aber als ich Hugo anrief und ihm vorschlug, wir könnten uns in der kommenden Woche doch nach der Arbeit mal kurz treffen – nicht, dass ich ihm im Detail erzählt hätte, was Sarah getan hatte, aber ich dachte, es wäre gut, ein wenig Dampf abzulassen –, musste ich feststellen, dass er seine eigenen Probleme hatte.

»Olivia will noch ein Baby«, erzählte er mir in seinem Club. Wir saßen in einer abgelegenen Ecke der Bar, wo es um uns herum jedoch laut genug war, um ein Gespräch wie dieses zu führen. »Ich schätze mal, dass Sarahs Schwangerschaft in ihr den Wunsch nach einem Kind geweckt hat.«

»Hättest du denn nicht gerne ein drittes?«

Er schnaubte. »Auf keinen Fall. Erstens können wir es uns nicht leisten. Außerdem machen Kinder Druck auf einen als Paar. Um ehrlich zu sein, es gab schon Zeiten, in denen wir uns ziemlich heftig darüber gestritten haben, ob wir überhaupt zusammenbleiben sollen.«

»Ihr beide?«, fragte ich schockiert. Olivia und Hugo hatten recht jung geheiratet – kurz nach der Uni, auf der sie sich kennengelernt hatten. Ich konnte mir nicht vorstellen, dass einer der beiden mit jemand anderem zusammen sein könnte. »Das hast du mir nie erzählt«, sagte ich.

»Nun, ich erzähle dir eben nicht alles.«

Ich fühlte mich dadurch ein bisschen gekränkt, schwieg daher und schaute zu, wie Hugo den doppelten Whisky austrank, den er unbedachterweise zu Beginn unseres Gesprächs bestellt hatte. Nicht zum ersten Mal war ich froh, dass ich Alkohol nicht anrührte.

»Richtig sauer wurde sie, als sie die Telefonnummer dieser Frau in meiner Anzugtasche fand«, fügte er hinzu.

»Was?«

»Es hatte nichts zu bedeuten. Es war bloß eine Frau, der ich in einer Bar begegnet war. Die Kinder waren damals noch klein. Ich konnte nicht durchschlafen und hatte das Gefühl, dass sie nur an ihnen interessiert war. Ich hatte keine Affäre oder so etwas.«

»Hat sie dir das abgenommen?«

»Ich glaube schon.«

Ich war mir aber nicht sicher, ob ich es ihm abnahm.

Er wischte sich über die Stirn. »Wir haben es überstanden. Aber wir werden auf keinen Fall ein drittes Kind bekommen und noch einmal den ganzen Stress auf uns nehmen. Deshalb ist sie im Moment ein bisschen abweisend zu mir.« Hugo gab der Kellnerin ein Zeichen. »Mach das Beste aus dieser Zeit, bevor es kommt.«

»Eigentlich freue ich mich schon darauf, meinem Kind das *Natural History Museum* und das *Science Museum* zu zeigen, wenn es älter ist«, sagte ich.

»Ha! Kinder haben ihre eigenen Vorstellungen davon, was Spaß macht und was nicht. Das wirst du noch feststellen. Und wenn es dann da ist, besorgt euch auf jeden Fall ein Kindermädchen. Und was immer du tust, hüte dich vor dem R-Wort.«

»Dem was?«

»R wie Routine.«

Aha! Das war ein Thema, das regelmäßig in meinen zerlesenen Büchern über Kindererziehung auftauchte. »Du kennst mich, Hugo, ich mag Routine.«

Er genehmigte sich noch einen Schluck. »Das denkst du jetzt. Aber ihre Vorstellung von Routine wird nicht der deinen entsprechen, wenn man nach meiner Frau geht. Unsere Kinder müssen ihre Mahlzeiten jeden Tag zur gleichen Zeit einnehmen, sonst könnte man meinen, das Ende der Welt wäre eingeläutet. Olivia sagt, es diene dazu, dass sie sich sicher fühlen. Aber es ist der Abschied von der Spontaneität.«

Für Spontaneität hatte ich noch nie viel übriggehabt, daher empfand ich ein gewisses Verständnis für Olivia.

»Außerdem zieht sie nicht einmal in Erwägung, sie wegzuschicken«, fügte Hugo hinzu, der mittlerweile leicht betrunken klang.

»Wir haben das Internat gehasst«, betonte ich.

»Aber es war gut für uns, Wilkins.« Er schlug mit der Faust auf den Tisch. Ein älteres Clubmitglied, das an unserem Tisch vorbeiging, warf uns einen missbilligenden Blick zu. »Hat uns Disziplin gelehrt, nicht wahr?«

Keiner von uns sprach Chapmans Namen aus. Doch ich dachte fast jeden Tag an ihn. An seine Frau und seine Kinder.

»Wie auch immer«, fuhr Hugo fort und stand taumelnd auf. »Ich gehe lieber mal nach Hause und spiele weiter glückliche Familie.«

Einen Augenblick lang erweckte er den Eindruck, als wollte er mich auf diese typisch männliche Art umarmen, wie es bei manchen Typen üblich ist. Ich wich zurück. Das war nicht unser Stil.

»Wie sieht es mit dir und Sarah aus?«

»Uns geht es gut«, erwiderte ich.

»Das muss ich dir lassen, Tom: Ich war ziemlich schockiert, als du begonnen hast, dich näher auf sie einzulassen. Aber ich habe meine Meinung geändert. Olivia hat immer schon gesagt, dass Sarah frischen Wind mit sich bringt. Ich habe bemerkt, dass sie sich mit ihr richtig angefreundet hat. Sie redet immer mit ihr am Telefon und legt auf, wenn ich ins Zimmer komme.« Dann verfinsterte sich sein Gesicht. »Ich hoffe, dass deine Sarah meiner Frau keine Flausen in den Kopf setzt. Sie hat ein ziemlich draufgängerisches Leben geführt, nicht wahr?«

»Was meinst du damit?«

»Komm schon, Tom. Sie ist Künstlerin.«

Erleichtert stieß ich den Atem aus. Einen Moment lang hatte ich befürchtet, Sarah könnte Olivia von den Drogen erzählt haben, womöglich sogar vom Dealen.

In dieser Nacht konnte ich nicht schlafen. Obwohl Hugo dieses Mal wirklich positiv über Sarah gesprochen hatte, bekam ich aus irgendeinem Grund diese beleidigende Wort, das er verwendet hatte, nicht mehr aus dem Kopf. Das, was die kleine Clemmie aufgeschnappt und weitergeplappert hatte.

Ernährer.

Was, wenn er die ganze Zeit recht gehabt hatte? Sarah hatte schon einmal etwas Schreckliches für Geld getan. Was, wenn sie jetzt nur wegen meines Geldes an meiner Seite lebte?

Gegen fünf Uhr morgens stand ich schließlich auf.

»Wo gehst du hin?«, murmelte Sarah, als ich das Bad ansteuerte.

»Ich muss ganz früh auf der Arbeit sein«, sagte ich. Das entsprach nicht ganz der Wahrheit. Aber es gab dort immer etwas für mich zu tun. »Schlaf weiter.«

»Sie sind ja noch früher dran als sonst«, empfing mich eine Stimme.

Es war Hilary, die Versicherungsmathematikerin, die wir letztes Jahr eingestellt hatten. Sie konnte einen beeindruckenden Lebenslauf nachweisen. Lady Margaret Hall, Oxford. Eine längere Arbeitsperiode bei einem Wettbewerber. Und jetzt hatte sie bei uns angefangen. Wie ich zog auch sie es vor, früh zu kommen und lange zu bleiben.

»Ich muss mit etwas weitermachen«, erklärte ich.

»Ich auch.«

Wir waren in einem Großraumbüro untergebracht worden – etwas, was ich verabscheute. Ich brauchte meinen eigenen Raum. Aber wenn nur Hilary und ich anwesend waren, machte es mir nichts aus. Sie ließ sich nicht auf ein Gespräch ein oder unterbrach mich bei der Arbeit, indem sie fragte, ob ich einen Kaffee wolle, wenn sie sich einen holte.

Heute jedoch konnte ich mich nicht konzentrieren. Die Zahlen, die sonst immer so beruhigend auf mich wirkten, tanzten jetzt vor meinen Augen. Ich konnte nur noch daran denken, dass meine Frau nicht nur Drogen genommen, sondern auch gedealt hatte.

Irgendwann hörte ich mich selbst stöhnen.

»Stimmt etwas nicht?«, fragte Hilary.

Ich schaute auf. Sie war nicht wie die anderen Frauen im Büro, die Schuhe mit hohen Absätzen trugen, die eher zum abendlichen Ausgehen geeignet waren. Auch schmierte sie ihr Gesicht nicht mit Make-up zu. Und sie hatte sogar Spaß an kryptischen Kreuzworträtseln. Das wusste ich nur, weil sie gerade eines in der Zeitung ausfüllte, als wir eines Morgens auf den Lift warteten.

»Wenn ich das so formulieren darf«, sagte sie, »es wirkt so, als lastete das Gewicht der ganzen Welt auf Ihren Schultern.«

Das war zwar nicht gerade die originellste Bemerkung, aber mit ihrer altmodischen Vertrautheit tröstete sie mich. Zugleich überraschte sie mich. Freundschaften im Büro war ich noch nie eingegangen. Man ging zur Arbeit. Man gab sein Bestes. Und man behielt sein Privatleben für sich.

»Überhaupt nicht«, sagte ich rasch. »Im Gegenteil. Ich bin einfach ein wenig geschlaucht. Meine Frau ist schwanger und schläft nicht gut.«

»Das sind ja wunderbare Neuigkeiten«, sagte sie. »Die Schwangerschaft, meine ich. Das wusste ich nicht.«

Das lag daran, dass ich es nicht hinausposaunt hatte. Keiner wusste etwas von Sarahs Fehlgeburten oder der künstlichen Befruchtung. Ich hatte absichtlich alles für mich behalten. Das Letzte, was ich wollte, war, dass mich jemand danach fragte, wie ich mich fühlte.

Doch irgendwie – und ich hatte keine Ahnung, warum – begann ich nun, Hilary von all dem zu erzählen. Natürlich machte ich keinerlei Anspielung auf die unrühmliche Vergangenheit meiner Frau.

Zu meiner Überraschung wirkte Hilary nicht schockiert, als sie von unseren Versuchen erfuhr, auf diese Weise ein Kind zu bekommen. »Ich kann verstehen, warum Sie nicht wollen, dass es jemand erfährt. Aber manchmal ist es gut, sich jemandem mitzuteilen. Machen Sie sich keine Sorgen. Ich werde es niemandem gegenüber erwähnen. Aber wenn Sie mal reden wollen, bin ich für Sie da. Ich persönlich finde es wunderbar, dass Sie beide den Versuch, ein Kind zu bekommen, nicht verworfen haben. Andererseits bin ich selbst nicht wirklich der mütterliche Typ. Ich schätze meine Unabhängigkeit zu sehr.«

Hilary schaute auf ihre linke Hand hinunter, als wolle sie ihr Argument damit unterstreichen, dass sie keinen Ring trug.

Natürlich musste ich nie wieder »mal reden« mit Hilary. Ich war zu wütend auf mich selbst – und peinlich berührt –, weil ich unachtsam geworden war. Stattdessen erzählte ich weiterhin niemandem von meinen Zweifeln.

Als ich danach eines Samstagmorgens, vier Wochen vor unserem »erwarteten Geburtstermin«, wie es in den Lehrbüchern hieß, eine Tasse Tee für Sarah zubereitete, hörte ich plötzlich einen Schrei aus dem Schlafzimmer.

»Tom! Schnell! Ich glaube, die Fruchtblase ist geplatzt.«

Ich wusste alles über Fruchtblasen. Durch Lehrbücher und die Kurse, die wir besucht hatten, hatte ich mir dieses Wissen angeeignet. Aber das heute kam zu früh.

»Fahr mich ins Krankenhaus!«, rief sie mit vor Angst geweiteten Augen. »So schnell du kannst.«

»Es wird alles gut«, versicherte ich ihr und half ihr ins Auto.

»Aber was, wenn nicht?«, schluchzte sie. »Ich darf es nicht verlieren. Ich darf nicht.«

Ich bemühte mich, meinen Blick auf die Straße geheftet zu lassen. Wie würde Sarah es verkraften, wenn es erneut schiefging?

Doch in meinem Hinterkopf gab es einen Gedanken, den ich sofort wieder zu verbannen versuchte. Wenn Sarah das Kind tatsächlich verlieren würde, wäre ich frei, zu gehen.

Das muss die Angst sein, sagte ich mir. *Du willst es. Du liebst sie. Auch wenn ihr auf dem Papier nicht zusammenpasst.*

»Sie haben einen Sohn«, erklärte die Hebamme und legte mir ein winziges, eng in ein Tuch gewickeltes Baby in die Arme.

Sarahs Gesicht war tränenüberströmt.

»Wir haben ein Baby!«, flüsterte sie. »Wir haben wirklich ein Kind. Ich wusste, dass es ein Junge wird.«

»Geht es ihm gut?«, fragte ich leise und schaute auf dieses kleine, rote, faltige Gesicht hinunter, aus dem mich zwei große Augen anschauten.

»Er ist wunderschön«, sagte die Hebamme. »Er ist größer, als wir erwartet hatten, wenn man bedenkt, dass er zu früh kam.«

Größer? Er wirkte doch so zerbrechlich. Was, wenn ich ihn fallen ließ? Ich neigte nicht zur Panik, zumindest glaubte ich das. Jetzt aber fühlte ich mich restlos überfordert. Sarah hingegen hielt ihn fest, als wüsste sie genau, was sie tat.

»Wir bringen das Baby und seine Mum nach nebenan für ein paar Untersuchungen«, fügte die Hebamme hinzu.

»Muss er an eine Maschine angeschlossen werden oder so etwas?«, fragte ich besorgt.

»Das ist nicht nötig. Diese Untersuchungen sind reine Routine.«

»Soll ich mitkommen?«, fragte ich.

»Nein, mein Lieber. Sie bleiben hier sitzen und ruhen sich aus.«

Sie zwinkerte Sarah zu. »Ich lasse die Männer gerne glauben, dass sie die ganze harte Arbeit geleistet haben. Wie wollen Sie ihn nennen?«

»Freddie«, beeilte ich mich, zu sagen. So hatten wir es vereinbart, unabhängig vom Geschlecht. Wenn unser Kind ein Mädchen gewesen wäre, hätten wir es Frederica genannt. Das war der Name meiner Mutter.

Schwerfällig ließ ich mich auf einen Stuhl plumpsen, während die Hebamme Sarah mit Freddie hinausbegleitete. Ich konnte nicht glauben, dass wir plötzlich ein Baby hatten. Ich war Vater geworden! Das Wort fühlte sich, wenn ich es auf mich bezog, so seltsam und doch wunderbar an.

Sarahs Patientenakte lag auf dem Bett. Ich warf einen Blick hinein, um noch einmal den erwarteten Geburtstermin zu überprüfen. Sie hatten hier alles aufgeführt. Ihre ganze Krankengeschichte ...

Ich konnte dem Drang nicht widerstehen, zu ihren früheren Jahren zurückzublättern. Und dann hielt ich inne.

Die Worte verschwammen mir vor den Augen. Fast hätte ich mich übergeben.

»*Das war es jetzt also?*«, hatte ich nach diesem schrecklichen Nachmittag in Camden gefragt, als wir diese Kelly getroffen hatten. »*Hast du mir jetzt alles erzählt?*«

»*Ja*«, hatte sie beteuert.

Nun aber hatte ich den sichtbaren Beweis des Gegenteils vor Augen.

Wie hatte sie mir das nur verschweigen können? Ich hatte mich in eine Frau verliebt, die nicht die war, die sie vorgab, zu sein. Die nicht die war, wofür ich sie gehalten hatte.

Allmählich dämmerte mir die schreckliche Wahrheit.

Ich hatte jetzt einen Sohn. Mit einer Frau, der ich nicht mehr vertrauen konnte.

SARAH

14 Kaum war ich mit Freddie nach unseren Untersuchungen auf die Station zurückgekehrt, wusste ich, dass etwas nicht stimmte.

Tom fixierte mich genau so, wie er es getan hatte, als Kelly uns auf der Straße angesprochen hatte.

Was war los?

»Ah, da ist sie ja«, sagte die Hebamme und nahm meine Patientenakte, die auf dem Krankenbett lag. »Ich habe mich schon gefragt, wo ich sie hingelegt habe.«

Der blaue Ordner war aufgeschlagen. Ein eisiges Gefühl schnürte mir die Brust ein. Instinktiv wusste ich, dass Tom sie gelesen hatte.

Er wusste Bescheid.

Ich kroch zurück ins Bett und wiegte Freddie in meinen Armen. Den einzigen Menschen auf der Welt, der mich noch liebte. Denn Tom würde es nicht mehr tun. Nicht jetzt. Nicht nach dem, was er jetzt wusste.

»Warum?«, fragte er in einem kühlen Ton, nachdem die Hebamme gegangen war.

»Was meinst du?«, fragte ich, um Zeit zu gewinnen.

»Warum hast du mir nichts davon gesagt?« Wie aus dem Effeff zitierte er aus meiner Akte, als hätte er die Worte auswendig gelernt.

»Behandlung einer Infektion der unteren Atemwege.« Er schaute auf. »Im Alter von einundzwanzig.«

Bei der Erinnerung überlief mich eine Gänsehaut. Es hatte

ewig gedauert, bis mich ein Arzt untersucht hatte. Zu diesem Zeitpunkt hatte ich schon wirklich hohes Fieber.

»Ja«, bestätigte ich.

»Aber du warst nicht bei einem normalen Arzt in Behandlung, oder?«, konstatierte er.

»Nein.«

Vor meinem inneren Auge tauchte jetzt das Fenster des Klinikums auf. Mit den Gitterstäben, der Wärterin, die neben meinem Bett stand, den Handschellen, die sich in meine Haut gruben.

»Hinter diesem Vermerk ist ein Stempel. Er zeigt an, wo die ›chirurgische Behandlung‹ des Arztes stattfand. HMP Placton. Du warst im Gefängnis.«

»Ich kann das erklären«, beeilte ich mich, zu sagen.

»Bitte sei so frei.«

Tom war normalerweise nicht sarkastisch.

Ich holte tief Luft. Ich hatte von Anfang an gewusst, dass es irgendwann hierzu kommen würde. »Da war eine Party. Ich habe mit Drogen gedealt. Ich wurde verhaftet.«

Blitzartig kam mir jene Nacht wieder in den Sinn.

Emilys verängstigtes Gesicht. Wie ich schrie, als sie mich in Handschellen abführten.

»*Nein! Helft mir! Emily!*«

»Und du kamst ins Gefängnis?«

Ich nickte.

Seine Stimme klang ungläubig. »Für wie lange?«

»Sechs Jahre.«

Sechs lange Jahre. Sechs Jahre ohne frische Luft, abgesehen von unserem kurzen täglichen Hofgang. Sechs Jahre, in denen ich mich schmutzig fühlte, innerlich wie äußerlich. Sechs Jahre, in denen ich mit den Nerven am Ende war und mir davor graute, jemand könnte versuchen, mich zu töten oder zu vergewaltigen oder beides. Gefangene sind nicht die Einzigen, die drinnen das Gesetz brechen.

»Ich wäre wegen guter Führung vorzeitig entlassen worden«, sagte ich leise. »Aber eine der Frauen hat mich im Bad angegriffen, weil ich ihr die Meinung gegeigt hatte, als sie sich vordrängelte. Ich habe mich gewehrt, und dabei ist sie gestürzt und hat sich das Bein gebrochen. Die anderen Frauen waren ihre Kumpel und haben sie gedeckt. Ihr Wort stand gegen meines.«

Ich konnte an seinem Gesicht ablesen, dass er an meiner Geschichte zweifelte. Doch sie stimmte. Aber wie konnte ich es ihm verübeln, dass er mir keinen Glauben mehr schenkte?

Ich sah auf Freddie in meinen Armen hinunter. Er schlief. Instinktiv beugte ich mich hinunter und liebkoste seine Stirn. Sein Haar roch so süß. So tröstlich. Lichtjahre entfernt von meiner Vergangenheit.

»Nach dem Gefängnis war ich eine Zeit lang in einem Wohnheim untergebracht. Danach bin ich viel umhergereist und habe bei Freunden auf der Couch geschlafen. Eine Weile habe ich sogar auf der Straße gelebt.«

Tom stieß heftig den Atem aus. Warum sagte er eigentlich keinen Ton?

Ich nahm schwach wahr, wie eine Krankenschwester hereinkam, uns einen Blick zuwarf und dann wieder verschwand. Schweren Herzens fuhr ich fort.

»Ein paar Jahre später bekam ich eine Chance, als dieses neue Kulturzentrum aufmachte. Sie stellten Leute ein, die gesessen hatten und danach keine Arbeit finden konnten. Und ich bekam den Job.«

Ich erinnerte mich an den Nervenkitzel. Wie gut es sich anfühlt, eine zweite Chance zu bekommen, weiß man erst, wenn sie einem selbst gegeben wird.

»War das der Ort, wo ich dich getroffen habe?«, fragte Tom.

Wo ich dich getroffen habe. Das klang so romantisch. Nur, dass ich jetzt alles ruiniert hatte.

»Ja. Ich hatte damals schon drei Jahre im Zentrum gearbeitet.«

Er runzelte die Stirn. »Aber zu dem Zeitpunkt hattest du die Drogen noch nicht aufgegeben. Ich habe Marihuana gerochen.«

»Es gehörte einem Nachbarn, der bei mir vorbeigekommen war. Das ist die Wahrheit. Ich hatte nichts geraucht. Ehrlich.«

Erneut konnte ich erkennen, dass er mir nicht glaubte. Das Problem mit Lügen ist, dass sie einen Misstrauensvorrat bilden, der nie mehr verschwindet.

»Ich gab mein Bestes, Tom. Wirklich. Ich habe die Kurve gekriegt.«

Er nahm seine Brille ab, wischte die Gläser an dem Ersatztaschentuch aus Leinen ab, das er immer bei sich trug, und setzte sie dann wieder auf. In gewisser Weise war es ein Trost, dass Tom nicht zuließ, dass ein so großes Geständnis wie dieses Einfluss auf seine Routine nahm.

»Und dann hast du mich getroffen und dachtest, ich sei dein Ausweg.«

»Wenn du das denkst«, erwiderte ich scharf. »Vergiss aber nicht, dass *du* es warst, der mich in der folgenden Woche besucht hat und darauf bestand, dass ich mit zu dir nach Hause komme.«

»Du warst krank. Ich wollte mich um dich kümmern.«

Er sah Freddie an, der sich an meine Brust schmiegte.

»Genauso, wie ich mich um unser Baby kümmern wollte.«

»*Wollte?*«, wiederholte ich. Dann war es also vorbei. Ein Teil von mir war geradezu erleichtert.

»Ich kann nicht fassen, wie viele Lügen du mir aufgetischt hast. Nachdem wir deine *Freundin* in Camden getroffen haben, habe ich dich ausdrücklich gefragt, ob es noch etwas anderes gibt, und du hast beteuert, da wäre sonst nichts.«

»Ich hatte Angst, es dir zu sagen«, platzte ich heraus. »Außerdem ist das alles schon lange her. Ich habe meine Lektion gelernt. Ich habe für das, was ich getan habe, bezahlt.«

Tom schüttelte den Kopf. »Ich war für dich eine Steilvorlage, oder? Hugo hatte recht.«

»Das ist nicht fair, Tom! Ich habe mich in dich verliebt. Ich habe nichts Schlimmes mehr getan, seit ich draußen bin. Ich war bereit für einen Neuanfang.«

»Das dachte ich auch mal. Aber jetzt bin ich mir da nicht mehr so sicher.« Er lachte heiser.

Bei diesem Geräusch regte sich der kleine Freddie in meinen Armen. Ich beugte mich hinunter und drückte meine Wange an die unseres Babys. So sanft. So makellos. So rein. Im Gegensatz zu mir. In der Ferne konnte ich die Sirene eines Krankenwagens plärren hören. Selbst inmitten des Durcheinanders, das in mir herrschte, hoffte ich inständig, dass es der Person, die Hilfe benötigte, bald wieder gut gehen würde.

»Warum wolltest du so unbedingt ein Kind mit mir haben?«, hörte ich Tom fragen.

Erneut schaute ich auf meinen Sohn hinunter. Was würde er tun, wenn er begriff, dass seine Mutter so viele Fehler gemacht hatte?

»Weil ich dich liebe«, sagte ich. Meine Stimme überschlug sich vor Emotion. »Ich wollte eine Familie gründen. Du bist ein guter Mann. Bitte verlass uns nicht.«

Er schwieg. Ich konnte ihm ansehen, dass er darüber nachdachte.

Ich begann zu schluchzen. Freddies lange, dunkle Wimpern flatterten, und er wachte auf. Er war kaum eine Stunde alt, und doch hatte ich das Gefühl, als wäre er schon immer hier. Er war unser Fleisch und Blut.

Dann begann er zu wimmern. Ich streifte mir das Nachthemd herunter, und er klammerte sich mit einer Kraft an meine Brust, die besagte: »*Du gehörst zu mir. Ich brauche dich, auch wenn er dich nicht braucht.*«

Die Stimme meines Mannes durchschnitt die Luft und ließ uns beide zusammenzucken. »Du hattest versprochen, mich nie wieder anzulügen.«

Toms Augen waren feucht.

»Es tut mir leid«, sagte ich, zog Freddie von meiner Brust und hielt ihn meinem Mann entgegen. »Halt ihn. *Bitte.*«

Unser Sohn schrie jetzt vor Wut, weil ihm so plötzlich die Milch vorenthalten wurde. Aber für mich war es wichtig, dass Tom ihn hielt. Damit er eine Bindung aufbaute. Um ihn zum Bleiben zu bewegen.

Tom zog sich den Mantel an.

»Wo willst du hin?«, rief ich.

Er wirkte wie in Trance. »Ich weiß es nicht.«

Dann verließ mein Mann das Krankenzimmer und ließ uns beide allein zurück.

TOM

15 Ich lief stundenlang umher, so weit weg vom Krankenhaus, wie ich nur konnte. Meine Beine bewegten sich automatisch. Meine Frau hatte im Gefängnis gesessen, weil sie mit Drogen gedealt hatte. Und als sie dort war, hatte sie eine andere Frau verletzt. Sechs Jahre. Sie hatte ein Vorstrafenregister. Eine weitere Lüge, die zu all den anderen hinzukam.

Ich hatte mir eingeredet, wir hätten beide etwas zu bereuen. Dass ich niemanden wegen seiner Vergangenheit verurteilen sollte.

Aber vielleicht hatte Hugo die ganze Zeit recht gehabt. Sarah und ich vertraten unterschiedliche Werte. Wie dumm war ich gewesen?

Dann sah ich Freddies Gesicht vor mir. Seine glatte Haut. Seine unschuldigen Augen. Ich hatte ihn nicht gehalten, hätte es aber gerne getan.

Ich war jetzt Vater. Ich trug Verantwortung.

Wie konnte ich ihn im Stich lassen? Ich wusste nur zu gut, wie es war, ohne Vater aufzuwachsen.

Und doch war ich mir nicht sicher, was ich tun sollte.

Schließlich fand ich mich auf der Waterloo Bridge wieder. Eine Frau in einem Schlafsack saß im Schneidersitz auf dem Pflaster und hatte vor sich einen Karton mit einer Botschaft in roten Großbuchstaben:

TAGE NICHT GEGESSEN

Ich ging vorbei und stieß dann auf einen Kiosk. Dort kaufte ich einen Cappuccino und einen Donut und kehrte damit zu ihr zurück, um ihr beides zu geben.

So etwas hatte ich noch nie in meinem Leben getan.

Aber Sarahs Worte verfolgten mich. *Eine Weile habe ich auf der Straße gelebt.*

Die Frau sah mich an, murmelte etwas in einer Sprache, die ich nicht verstand, und führte sich den Becher an die Lippen.

»Vorsicht, er ist heiß!«, warnte ich sie.

Ich ging zügig weiter. Es dauerte eine Stunde und neunzehn Minuten, bis ich die kleine, kopfsteingepflasterte Gasse in der Nähe von Dalston Junction erreicht hatte und vor dem hübschen Reihenhäuschen stand, das Hugo und Olivia gehörte.

Der antike schwarze Türklopfer hatte die Form eines Löwenkopfes. Meiner Meinung nach war er nicht so praktisch wie eine Klingel, denn man musste mehrmals klopfen, bis man sich Gehör verschafft hatte. Auf der anderen Seite konnte ich laute Stimmen vernehmen.

»Du gehst ins Bett, wenn ich es sage!«

»Nur wenn ich meine Xbox mitnehmen darf!«

Ich klopfte erneut. Schließlich machte eine sichtlich aus der Fassung gebrachte Olivia auf. Ihre Wangen waren gerötet, und ihr Haar war zu einem unordentlichen Knoten zurückgebunden. Aber irgendwie sah sie trotzdem hübsch aus.

»Tom?«

»Sarah hatte eine Frühgeburt«, sagte ich.

Sie ergriff meinen Arm. »O mein Gott! Ist alles in Ordnung?«

»Nein«, erwiderte ich und blieb auf der Türschwelle stehen.

Olivia vergrub ihr Gesicht in den Händen. »Es tut mir so leid. Was ist denn passiert?«

»Wusstest du, dass sie im Gefängnis war?«

Eigentlich hatte ich mit Hugo darüber reden wollen, nicht mit Olivia. Sie wirkte fassungslos.

»Nein. Weshalb? Was ist denn los?«

Sie führte mich in die Küche. Auf dem Tisch standen noch Teller mit Essensresten. Ich rutschte auf einem Stück Nudel auf dem Boden aus und fing mich gerade noch, indem ich eine Stuhllehne ergriff.

»Es ist kompliziert.«

»Aber dem Baby geht es gut? Und Sarah?«

»O ja.« Ich hörte mich heiser lachen. »*Ich* bin der, dem es nicht gut geht.«

»Onkel Tom! Onkel Tom!« Clemmie war die Treppe heruntergerannt und hüpfte nun vor mir herum. »Hast du uns ein Geschenk mitgebracht?«

»Clemmie! Das ist sehr unhöflich. Geh jetzt ins Bett. Dein Patenonkel und ich müssen reden.«

»Eigentlich wollte ich Hugo besuchen«, sagte ich und schaute mich um.

Olivia verdrehte die Augen. »Er spielt gerade Squash.«

»Er hasst Squash.«

»Aber jetzt mag er es«, sagte sie spitzzüngig. »Es sei denn natürlich, es ist eine Ausrede.«

»Ich muss wieder los«, sagte ich und drehte mich um.

»Aber du bist doch gerade erst gekommen. Und du hast mir nichts von dem Gefängnis erzählt ...«

Ich sah Clemmie vielsagend an. Olivia verstand meinen Wink mit dem Zaunpfahl. »Geh und spiel mit deinem Xbox-Dingsbums im Wohnzimmer, Schatz.«

Sie wandte sich wieder mir zu.

»Sarah ist allein im Krankenhaus«, sagte ich. »Na ja, nicht wirklich allein. Sie hat das Kind bei sich.«

Ich hatte Angst davor, »Freddie« zu sagen. Sein Name machte ihn zu real. Zu schwer, vor ihm davonzulaufen.

»Vielleicht könntest du sie zurückfahren, wenn sie sie entlassen. Und das Baby«, sagte ich zu Olivia.

»Warum tust du das nicht selbst?«, wollte sie wissen.

»Weil, wie ich dir schon zu Beginn unseres Gesprächs gesagt habe, meine Frau mir Dinge gebeichtet hat, die mich dazu bewogen haben, unsere Beziehung neu zu bewerten.«

»Was genau hat sie getan?«

»Sie ist ins Gefängnis gekommen, weil sie mit *Drogen* gedealt hat.«

Etwas an Olivias Gesichtsausdruck verriet mir, dass sie nicht besonders überrascht war.

»Hör zu.« Olivia nahm mich am Arm. Ich entzog ihn ihr rasch wieder. »Wir alle haben Dinge getan, auf die wir nicht stolz sind. Wie lange ist das her?«

»Sie trat ihre Haftstrafe an, als sie neunzehn Jahre alt war.«

»Da hast du's also. Sie hat sich verändert. So wie wir alle. Die Sache ist die, Tom: Ob du es willst oder nicht, euer Sohn wird euch ein Leben lang aneinander binden. Und glaub mir, Kinder brauchen beide Elternteile. Was glaubst du, warum ich noch immer mit Hugo zusammen bin?«

Ich dachte an das, was Hugo mir über die Frau erzählt hatte, die ihm ihre Nummer gegeben hatte.

»Bitte hol sie vom Krankenhaus ab.« Ich gab ihr einen Zettel mit der Adresse. »Ich fühle mich einfach nicht in der Lage dazu.«

Sie wirkte verwirrt. »Wo wirst du sein?«

»Ich weiß es nicht.«

»Und ich weiß nicht, wie du das fertigbringst.« Olivias Blick wurde hart. Tadelnd. So hatte ich sie noch nie erlebt. »Deine Frau hat gerade ein Kind zur Welt gebracht, und du verlässt sie?«

»Ich muss nachdenken, bevor ich meine endgültige Entscheidung treffe.«

»Weißt du was?«, sagte Olivia, während sie mir zur Haustür folgte. »Ich habe mich immer bemüht, nachsichtig zu sein, nach allem, was du und Hugo im Internat durchgemacht habt. Aber dass sich euer Freund erschossen hat, hat er euch beiden zu verdanken.«

Ich stand mittlerweile auf der Türschwelle. »Das ist nicht wahr.«

»Hat er es dir nicht erzählt? Hugo hat Chapman an dem Abend vor seinem Tod angerufen. Ich habe mitgehört, was er am Telefon gesagt hat. ›Wenn du darüber schreibst, was im Internat passiert ist‹, hat er gesagt, ›werden Tom und ich es abstreiten. Wir werden deinen Namen durch den Schmutz ziehen.‹«

Ich erstarrte. »Das kann er unmöglich getan haben.«

»Frag ihn. Es würde mich nicht überraschen, wenn es das war, was den armen Kerl dazu gebracht hat, sich das Leben zu nehmen.«

Die Haustür fiel hinter mir ins Schloss.

Fassungslos wählte ich Hugos Handynummer, erreichte aber nur die Mailbox. Nachrichten zu hinterlassen war noch nie mein Ding gewesen. Man konnte Worte nicht zurücknehmen, wenn man die falschen gewählt hatte.

Also ging ich weiter und dachte über Sarahs Geständnis nach.

Auch Olivias Worte schwirrten mir durch den Kopf. *Aber dass sich euer Freund erschossen hat, hat er euch beiden zu verdanken.*

Ich rief Hugo erneut an. Diesmal nahm er ab. »Ist es wahr?«, wollte ich von ihm wissen. Dann erzählte ich ihm, was Olivia mir berichtet hatte.

»Ich musste es tun.« Hugos Stimme klang sofort abwehrend. »Kannst du dir vorstellen, was es für uns bedeutet hätte, Tom, wenn er darüber geschrieben hätte, was wir getan haben? Über das, was mit uns passiert ist? Ich konnte ja nicht ahnen, dass der blöde Idiot sich gleich umbringen würde.«

Ich warf ihn aus der Leitung, voller Wut und Abscheu, nicht nur auf ihn, sondern auch auf mich selbst. Was, wenn Olivia recht hatte? Ohne Weiteres konnte auch ich Chapman den Rest gegeben haben.

Planlos ging ich weiter.

Nach einer Weile tauchte das Gebäude, in dem sich mein Büro befand, vor mir auf mit seinem sehr hohen Dachfirst, der es von den anderen Gebäuden an der Straße abhob. Die Lichter brannten ständig, sogar während der Nacht. Mit diesem Thema hatten sich mehrere Vorstandssitzungen befasst, bis schließlich beschlossen wurde, es sei die Kosten wert, weil es Passanten suggerierte, dass unsere Firma immer für sie da war.

»Überstunden?«, fragte der Wachmann.

»Ja«, antwortete ich kurz angebunden.

Es war eine Erleichterung, mein Büro zu betreten. Alles war an seinem Platz. Der abendliche Reinigungsdienst war schon durch. Es roch nach frischer Luft aus der Dose. Mein Schreibtisch war ordentlich. Meine Schachtel mit Tüchern stand neben der Tastatur.

»Tom«, sagte eine Stimme.

Ich fuhr zusammen. »Ich wusste nicht, dass jemand hier ist«, sagte ich.

Hilarys Schreibtisch wurde teilweise von einer Säule verdeckt, während alle anderen gut einsehbar waren. Ich hatte mich manchmal gefragt, ob sie sich diesen Platz absichtlich ausgesucht hatte.

»Ich mache Überstunden.« Sie legte den Kopf schief, als wollte sie mich studieren. »Uns wurde gesagt, Sie würden heute nicht kommen.« Während sie sprach, schien sie sich ihren Rock abzutupfen, dessen Stoff um sie auf ihrem Stuhl ausgebreitet war. Es war ein rot-schwarzer Rock mit Schottenkaro.

»Ich hatte es eigentlich auch nicht vor«, erwiderte ich knapp.

»Sind Sie krank?«

»Nein.« Ich setzte mich vor meinen Computer.

Hilary stand mittlerweile neben mir. Ich nahm einen blumigen Duft wahr.

»Wie geht es Ihrer Frau? Es ist nicht mehr lange, bis das Kind kommt, oder?«

Wie ich schon erwähnt habe, spreche ich normalerweise mit Mitarbeiterinnen und Mitarbeitern nicht über meine privaten Angelegenheiten. Aber bei Hilary hatte ich schon einmal eine Ausnahme gemacht.

»Sie hat das Kind heute bekommen.«

»Das ist ja wunderbar!«

Ich schaltete meinen Bildschirm ein. »Es kam einen Monat zu früh.«

»Geht es den beiden gut?« Ihre Stimme klang freundlich.

»Ja«, sagte ich.

»Aber *Ihnen* geht es nicht gut, stimmt's, Tom? Das sehe ich doch.«

»Mir geht es bestens«, sagte ich.

Zu meiner Beschämung brachte ich diese Worte schluchzend hervor.

Ich hörte, wie sie sich einen Stuhl heranzog und sich neben mich setzte. Ihre Stimme klang sanft, verständnisvoll. Ich schaute auf den Boden hinunter und fokussierte ihre zweckmäßig flachen, braunen Schuhe.

Sie legte mir die Hand auf die Schulter. Das fühlte sich erstaunlich beruhigend an.

»Warum erzählst du mir nicht alles?«, fragte sie.

Wir sind fast da.
Das sagt er jedenfalls.
Ich frage nicht, was wir tun werden, denn ich will nicht
   ängstlich wirken.
Und er wird es mir sowieso nicht sagen.
So läuft das nun mal.
Das ist Teil des Spiels.
Und auch wenn mich das wahnsinnig macht,
   ist es auch spannend.
Viel besser, als sich zu langweilen.
Viel besser, als zu Hause zu sein.

SARAH

16 Die Lichter auf der Station waren heruntergedimmt worden. Um unsere Betten waren die Vorhänge zugezogen worden. Ich konnte hören, wie die anderen Babys piepsige und schniefende Geräusche machten. Wie ihre Mütter sie beruhigten. Und da waren auch männliche Stimmen zu vernehmen. Die Väter durften so lange bleiben, wie sie wollten. Vor dem Fenster konnte ich die Lichter der Stadt sehen.

Tom war schon seit Stunden weg. Er würde nicht mehr zurückkommen.

In mir wetteiferten zwei Stimmen. *Wie werden wir es schaffen, allein zurechtzukommen?* Das war das neue Ich. Die andere Stimme war das alte Ich. Dasjenige, das es gewohnt war, sich zu behaupten. *Wir werden es schaffen.*

Hätte ich damals nur gewusst, was kommen würde, dann hätte ich vielleicht auf die zweite Stimme gehört.

Auf die zwei Stimmen, besser gesagt. Wir. Das war der Unterschied zwischen der Vergangenheit und dem Jetzt. Wir waren zu zweit. Ich schaute auf Freddie hinunter, der sich in meinen Armen eingekuschelt hatte und dem meine Milch aus seinem rosenroten Mundwinkel tropfte. Meine Brust war noch entblößt, seit wir beide nach dem letzten Stillen eingeschlafen waren.

Seine Wimpern waren so lang! Genau wie die von Tom. Und wie die meinen. Seine Haut war blasser als meine, aber dunkler als die seines Vaters. Irgendetwas war eigenartig mit seinen kleinen Öhrchen ... Sie hatten keine Läppchen. Aber das war natürlich nicht von Belang.

»Was auch immer passiert«, sagte ich zu Freddie, »wir schaffen das. Ich habe es schon einmal alleine geschafft. Also kriegen wir das hin.«

Dann hielt ich inne. Wem wollte ich etwas vormachen? Ein Kind braucht beide Elternteile. Da musste man sich bloß vor Augen führen, wie mein Leben verlaufen war.

Freddie zuckte im Schlaf ein wenig zusammen. Instinktiv beugte ich mich zu ihm hinunter und spürte seine weiche Wange an der meinen. Er roch richtig. Das mag seltsam klingen, aber anders konnte ich es nicht ausdrücken. Ich atmete seinen Geruch begierig ein. Dann merkte ich, dass sich meine Augen mit Tränen füllten.

»Ihnen kommen die Tränen, wie ich sehe«, sagte eine Krankenschwester, als sie hereingeeilt kam. Diese mochte ich. Sie hatte Freddie geholfen, anzudocken, obwohl er offenbar »den Dreh schon raushatte«, wie sie es ausgedrückt hatte. »Das ist völlig normal. Und wo ist Ihr netter Mann?«

»Weg«, sagte ich knapp.

»Er musste wohl mal raus an die frische Luft, nehme ich an.«

»Nein«, sagte ich. »Er hat uns verlassen.«

Sie warf mir einen unsicheren Blick zu. »Für manche Männer kann es ein kleiner Schock sein, wenn sie zum ersten Mal Vater werden, vor allem, wenn das Baby zu früh kommt, so wie dieses Würmchen. Aber er macht sich doch sehr gut, oder?«

»Wir haben Jahre gebraucht, um ihn zu bekommen«, schniefte ich. »Und jetzt wird Freddie nur noch mich haben.«

Die Krankenschwester drückte meine Hand. »Es ist erstaunlich, wie man Hürden im Leben überwinden kann. Ich bin eigentlich zu Ihnen hereingekommen, um Ihnen zu sagen, dass Ihre Freundin Olivia hier ist, um Sie zu besuchen. Es ist zwar schon ein bisschen spät für Besucher, aber ich kann ein Auge zudrücken, wenn Sie es möchten.«

Olivia? Tom musste es ihr und Hugo gesagt haben.

Heiße Tränen kullerten mir über das Gesicht, als auch schon Olivia hereinschwebte. Sie trug eine unglaublich enge Jeans und eine wunderschön geschnittene Jacke aus beigem Wildleder. In ihren Händen hielt sie eine kleine Schachtel mit verschlungenen blauen Bändern und einer Karte.

»Sarah«, sagte sie und setzte sich zu mir aufs Bett. »Es tut mir so leid. Tom ist zu uns gekommen. Er hat erzählt, dass du mal im Gefängnis warst, und er hat mich, nun ja, gefragt, ob ich dich nach Hause fahren würde, wenn du entlassen wirst.«

»Hat er gesagt, dass er uns verlässt?«

Olivia zögerte. »Er sagte, er brauche Zeit zum Nachdenken.«

Mir rutschte das Herz in die Hose. »Das ist ja wohl Männersprache für ›Ja‹«, flüsterte ich wie betäubt.

»Nicht unbedingt ...« Ihr Blick fiel auf Freddie. Es war fast so, als erinnerte sie sich plötzlich, warum ich hier war. »Oh«, hauchte sie. »Ist er nicht absolut perfekt? Ich hatte vergessen, wie winzig Babys sind. Darf ich ihn mal halten?«

Mit ihrem angeborenen Selbstbewusstsein hob Olivia ihn bereits hoch.

Freddie fing an zu schreien. »Du willst zu Mummy, nicht wahr?«, sagte sie und legte ihn behutsam wieder in meine Arme. »Und das ist gut so.« Dann wandte sie sich mir zu. »Warum hast du mir nicht erzählt, dass du im Knast gesessen hast?«

»Pssst!«, machte ich. Olivias sonore Stimme war nicht gerade leise.

»Ich dachte, wir sind Freundinnen! Ich habe dir eine Menge Dinge über mich erzählt.«

»Das ist etwas anderes«, erwiderte ich. »Ich dachte, du wärst schockiert.«

Olivia zuckte mit den Schultern. »Ich hatte einen Onkel, der wegen Betrugs einsaß. Wir wussten alle davon, aber als er rauskam, ermahnten uns meine Eltern, wir müssten so tun, als hätte er im Ausland gearbeitet.« Mit einem deutlichen Anflug von Neugier beugte sie sich vor. »Wie war es denn so?«

Wo sollte ich anfangen?

»Schrecklich.« Ich erschauderte. »Die meisten Frauen hassten mich entweder oder wollten eine Beziehung.«

Olivias Augen weiteten sich.

»Und die Gefängniswärterinnen waren noch schlimmer. Sie hatten ihre Lieblinge und drückten beide Augen zu, wenn eine von ihnen einer anderen zu Leibe rückte.« Vom Bett nebenan drang ein Laut der Überraschung zu uns herüber, aber ich konnte mich nicht mehr bremsen. »Als ich eine Frau zur Rede stellte, als sie sich vordrängeln wollte, hat sie auf mich eingeschlagen. Um meine Haut zu retten, habe ich mich gewehrt, verletzte sie aber dabei, und eine der Beamtinnen stellte sich auf ihre Seite. Ich kam für sechs Wochen in Isolationshaft.«

Vielleicht lag es an der intensiven Erfahrung, gerade entbunden zu haben, und dazu noch an der Anästhesie, aber die alten Erinnerungen sprudelten jetzt nur so aus mir heraus.

»Ich habe in dieser Zeit niemanden gesehen. Sie haben mir nur Essen in die Zelle gestellt. Ich dachte, ich würde den Verstand verlieren.«

»Du armer Schatz«, tröstete mich Olivia und nahm meine Hand.

»Aber ich hatte es verdient. Drogen sind übel. Sie bringen Menschen um.«

»Schon, aber du warst jung. Du hattest viel durchgemacht.«

Instinktiv drückte ich ihre Hand. Das war es, was ich immer gebraucht hatte. Verständnis, nicht Verurteilung.

»Soll ich dir auch etwas erzählen?«

Ich nickte.

»Nachdem wir beide uns über unsere erste Liebe unterhalten hatten, habe ich auf Facebook nach diesem französischen Jungen gesucht, von dem ich dir erzählt hatte.«

»Hast du ihn aufgespürt?«

»Ja. Er ist fett und behaart, zweimal geschieden und hat sechs Kinder! Also habe ich mich natürlich nicht bei ihm gemeldet.« Sie lachte lauthals.

Seit ich sie in den letzten Monaten besser kennengelernt hatte, war mir aufgefallen, dass Olivia ein ansteckendes Lachen hatte, das ich zuvor, wenn sie in Gesellschaft ihres Mannes gewesen war, nie vernommen hatte. Das Lachen bewirkte, dass ich mich besser fühlte. Für den Bruchteil einer Sekunde. Dann schaute ich zu Freddie hinunter.

»Was werden wir jetzt tun – alleine?«

»Ihr seid nicht allein.« Ihre Augen funkelten. »Ich mach dir einen Vorschlag. Anstatt dass ich dich nach Hause fahre, verbringst du ein paar Tage bei uns. Dann wird Tom dich vermissen.«

Ich rang nach Luft. »Das kann ich nicht tun.«

»Natürlich kannst du das. Verstehst du denn nicht? Du machst es ungefähr so.« Sie hielt inne, und ihr Blick senkte sich. Es war, als würde ich einer Schauspielerin beim Rollenwechsel zusehen. Dann hob sie den Kopf. Jetzt machte sie ein trübsinniges Gesicht. »Ich verstehe, dass dies ein schrecklicher Schock für dich war, Tom. Ich hätte dir sagen sollen, was ich vorher erlebt habe. Natürlich möchte ich, dass du bei uns bleibst. Aber nicht nur, weil wir einen Sohn haben. Ich möchte, dass du bleibst, weil du mich aufrichtig liebst.« Ihre Stimme klang fast wie meine. Nie hätte ich gedacht, dass Olivia so gut imitieren konnte.

»Aber das wäre ein großes Wagnis«, flüsterte ich. »Was, wenn er nicht will, dass ich zu ihm zurückkomme?«

Olivia zuckte mit den Schultern. »Dann weißt du eben,

woran du bist. Er wird dir zumindest finanziell unter die Arme greifen. Tom ist ein anständiger Mann.«

»Aber du hast das bei Hugo nicht getan, als du die Nummer dieser Frau in seiner Tasche gefunden hast.«

Sie zuckte mit den Schultern. »Das war etwas anderes. Ich hatte keinerlei Beweise. Aber willst du wirklich mit einem Mann zusammen sein, der sich nur verpflichtet fühlt, zu bleiben? Er wird dich anflehen, zurückzukommen, das verspreche ich dir. Wenn er dich bei uns besucht, wird er sehen, was ihm entgeht. Die Mädchen und ich, wir werden uns um dich kümmern. Ich habe es dir doch schon gesagt. Ich würde mich über ein weiteres Baby im Haus freuen.«

»Was ist mit Hugo? Wird es ihm nichts ausmachen?«

»Ich werde ihn mir zur Brust nehmen. Mach dir keine Sorgen.«

Freddie stieß einen kleinen Schrei aus, als wäre er sich dessen ganz und gar nicht sicher. Ich selbst war es auch nicht. Aber im Moment waren mein Verstand und meine Hormone völlig durcheinander.

»Oh. Und da ist noch etwas!« Olivias Augen ruhten auf meinem Sohn, der nun an meiner Brust saugte. »Vergiss nicht, dass du versprochen hast, mich zur Patentante zu machen.«

Nachdem sie gegangen war, packte ich ihr Geschenk aus. Es war eine dieser teuren Designer-Geschenkboxen mit Lavendelseife und Badeöl. Wie wunderbar es duftete! Ich hielt mir das Seifenstück vor die Nase und sog den Duft ein. Ein paar Sekunden lang fühlte ich mich ruhiger. Konnte ich – sollte ich – wirklich tun, was Olivia vorgeschlagen hatte?

Freddie begann wieder, zu saugen, als sei er entschlossen, keinen Tropfen zu verschwenden. Es erinnerte mich daran, was eine der Frauen in meinem Trakt über das Stillen gesagt hatte, als sie in ihrem vorherigen Gefängnis gewesen war. »Hat mich verflucht ausgelaugt«, erzählte sie. »Ich hätte fast nach der Flasche gegriffen. Aber sie müssen dir anständiges Essen geben, solange dir das Kind an den Titten hängt.«

»Ich liebe es, dich zu stillen«, sagte ich zu Freddie und schaute auf seine langen dunklen Wimpern hinunter. »Es gibt mir das Gefühl, dass du immer noch mit mir verbunden bist.«

Plötzlich bemerkte ich, dass jemand hereinkam und sich über uns beugte. Es war Tom. Ich wollte ihm sagen, er solle sich verpissen, und hätte gleichzeitig vor Erleichterung weinen können.

»Wie geht es dir?«, fragte er unbeholfen.

»Großartig, danke«, sagte ich steif. »Der Arzt sagt, wir können übermorgen entlassen werden, wenn es deinem Sohn weiterhin gut geht.«

Die Worte »deinem Sohn« betonte ich mit Nachdruck.

»Gut. Ich werde alles vorbereiten.«

Als ob er mitgehört hätte, hörte Freddie auf, zu trinken, und nahm sein kleines Mündchen von meiner Brust. Tom beobachtete mich mit einem Ausdruck im Gesicht, der mich an einen kleinen Jungen erinnerte, der Zeuge von etwas Magischem wird. Dann legte ich mir unser Baby auf die Schulter und strich mit kleinen, sanften Aufwärtsbewegungen über seinen Rücken, um es aufstoßen zu lassen, wie es mir die Hebamme beigebracht hatte.

»Soviel ich weiß, hast du jemandem alles über meine schmutzige Vergangenheit erzählt«, sagte ich.

Er zuckte zusammen. »Was meinst du?«

»Das weißt du ganz genau. Olivia und Hugo wissen Bescheid.«

Tom schien erleichtert zu sein. Vielleicht war er froh, dass es ans Licht gekommen war.

»Sie hat vorgeschlagen, dass Freddie und ich für ein paar Tage bei ihr wohnen«, fuhr ich fort.

Er runzelte die Stirn. »Warum?«

»Weil es offensichtlich ist, dass du uns nicht bei dir haben willst.«

»Das stimmt nicht.«

»Du hast Olivia gebeten, mich nach Hause zu fahren, weil du Zeit zum Nachdenken brauchst.«

»Ich habe meine Meinung geändert«, verkündete er. Aber ich fuhr fort.

»Also gewähre ich dir diese Zeit. Seien wir ehrlich, Tom. Ich bin nicht die Person, die du zu heiraten glaubtest. Ich habe dich angelogen. Und das tut mir leid. Aber ich will nicht, dass du das Gefühl hast, du wärst nur wegen unseres Sohnes an mich gebunden.«

»So ist es nicht.« Er sprach mit leiser Stimme.

Ich war nicht überzeugt.

»Ich glaube aber schon«, erwiderte ich ruhig. »Ich bin sogar überrascht, dass du jetzt hier bist. Wir werden also ein oder zwei Wochen dort wohnen. Olivia sagt, sie wird mir zeigen, wie man mit einem Neugeborenen umgeht. Und während wir weg sind, kannst du dich entscheiden.«

Mir war bewusst, dass dies eine der mutigsten Entscheidungen war, die ich je getroffen hatte. Oder die dümmste.

»In Ordnung«, sagte er. »Wenn es das ist, was du willst.«

Nein, das ist es natürlich nicht!, hätte ich fast geschrien. Aber ich musste sichergehen, dass unser Baby in einem soliden Zuhause aufwächst, ohne dass es bei einem von uns Zweifel gibt.

»Kann ich dich morgen früh dorthin fahren?«

»Keine Umstände«, versicherte ich ihm. »Wie gesagt, Olivia holt uns ab.«

Tom zögerte. Ich konnte den Zweifel in seinen Augen sehen. Olivia hatte recht gehabt. Das hier zwang ihn dazu, herauszufinden, wie wichtig wir für ihn waren.

»Darf ich ihn mal halten?«, fragte er vorsichtig.

»Natürlich. Er ist dein Sohn.«

Geradezu widerwillig übergab ich meinem Mann unser warmes Baby. Augenblicklich fühlte sich mein Körper leer an. Ich sehnte mich danach, ihn mir wieder zu schnappen. Doch ich wusste, dass diese Aktion jetzt unerlässlich war.

»Mache ich das richtig?« Er blickte ängstlich.

»Ja«, bestätigte ich. Nach nur wenigen Stunden fühlte ich mich schon erstaunlich zuversichtlich. »Leg einfach deine Hand hierhin. So ist es gut.«

»Er ist wunderschön«, sagte er.

»Er hat ziemlich komische Ohren«, sagte ich. »Sie haben keine Läppchen.«

Tom zuckte kurz zusammen. »Mein Vater hatte auch keine. Es ist offenbar ein Familienmerkmal.«

Zwischen den beiden entstand eine Bindung, das konnte ich spüren.

Schließlich sah mein Mann mich an. »Diese Dinge da, die ich in deiner Patientenakte gelesen habe: War es das jetzt? Hast du mir jetzt wirklich alles erzählt?«

Ich schaute auf unseren Sohn mit seinen langen Wimpern, wie er zufrieden in den Armen seines Vaters lag. »Ja«, sagte ich mit fester Stimme. »Natürlich habe ich das.«

TOM

17 Von allen Wörtern in der englischen Sprache ist »friend« sicher eines der uneindeutigsten. War Hilary eine Freundin? Oder beging ich einen großen Fehler?

Wie dem auch sein mochte, aus irgendeinem Grund stellte ich fest, dass ich dieser vernünftigen Frau mit den flachen Schuhen und dem blumigen Duft erzählte, was ich gerade über meine Ehefrau erfahren hatte. Es war nicht meine Art, so offen zu sein, und ich kann auch nicht erklären, warum ich es tat. Mein Handeln schien jeglicher Logik zu entbehren.

»Du kannst deine Frau nicht ernsthaft an dem Tag verlassen, an dem sie dein Baby zur Welt gebracht hat«, sagte sie, als ich geendet hatte. »Dafür bist du ein zu anständiger Mann. Du würdest dich hinterher schuldig fühlen.«

»Aber bedenk doch, was sie getan hat«, warf ich ein. »Drogen zu nehmen ist eine Sache. Damit zu dealen eine andere. Und dann ein Gefängnisaufenthalt. Auf eine Lüge folgt die nächste.«

Hilary zuckte mit den Schultern. »Ich hatte eine Tante, die fünfzehn Jahre in Holloway einsaß.«

»Wirklich?« Ich war verdattert. Meine Kollegin schien mir nicht von der Sorte zu sein, die mit einem Straftäter verwandt war.

»Sie hat einen Mann ermordet.« Hilarys Stimme klang erstaunlich sachlich.

Ich wusste nicht, was ich darauf sagen sollte. Ich versuchte noch, die richtigen Worte zu finden, als sie schon weitersprach.

»Sie hatte eine Affäre mit ihm. Er versprach ihr immer wieder, seine Frau zu verlassen, aber die wurde dann schwanger. Da ist sie mit einem Messer auf ihn losgegangen. Sie hatte offensichtlich nicht vor, ihn zu töten, aber unglücklicherweise hat sie eine Arterie durchtrennt.«

»Das ist ja furchtbar.«

»Das war es auch.« Hilary nickte. Ihr Haar war kürzer als zuletzt, wie ich bemerkte, aber das stand ihr durchaus. »Jahrelang hat niemand darüber ein Wort verloren. Ich erfuhr es erst bei ihrer Beerdigung. Ich hatte mich immer gefragt, warum sie während meiner frühen Kindheit nicht da gewesen war, aber es hieß immer, sie sei nach Australien gezogen. Das Seltsame war, dass sie eine sehr nette Frau war.« Hilary lachte freudlos. »Man hätte es nie für möglich gehalten, dass sie das Zeug dazu hatte.«

Ich war kurz davor, ihr das von Chapman zu erzählen und wie Hugo mich verraten hatte, aber dann fuhr sie fort.

»Die Sache ist die, Tom: Keiner von uns ist perfekt.«

Mir gefiel die Art, wie sie meinen Namen aussprach. Warum, wusste ich nicht recht. Es war einfach so.

»Eine der Lektionen im Leben«, fuhr sie fort, »ist, zu lernen, das Richtige zu tun.«

»Das verstehe ich«, sagte ich bedächtig.

Sie zuckte mit den Schultern. »Aber wenn du dann später irgendwann feststellst, dass du und Sarah nicht zusammenpasst, dann ist das etwas anderes.«

Sie hatte den Namen »Sarah« ausgesprochen, als ob er ihr geläufig wäre. Tatsächlich erwähnte ich meine Familie im Büro nur selten. Auch Hilary hielt sich in dieser Hinsicht bedeckt, wie ich bemerkt hatte.

»Ich will dich nicht aufhalten«, sagte ich. »Vielleicht wartet ja jemand auf dich.«

Das war gewagt. Die Wahrheit war, dass ich neugierig war.

»Nein«, sagte sie. »Deshalb machen mir Überstunden nichts

aus.« Sie tippte mir geradezu vertraulich auf die Schulter. »Gehst du nun zurück ins Krankenhaus oder nicht?«

»Ich gehe«, sagte ich.

Aber zu meiner Schande muss ich gestehen, dass ich es nicht tat. Jedenfalls nicht sofort. In strammem Tempo marschierte ich kilometerweit durch Straßen, die ich kannte, und Straßen, die mir unbekannt waren. Als ich das Krankenhaus erreichte, war ich zu dem Schluss gekommen, dass Hilary recht hatte. Ich musste wirklich bei Sarah bleiben, denn ich gehörte nicht zu der Art Mensch, der sich seiner Verantwortung entzog. Ich wollte nicht wie mein Vater sein.

Daher war ich völlig überrumpelt, als Sarah sagte, sie werde nicht mit nach Hause kommen, sondern wolle für »ein, zwei Wochen« bei Olivia wohnen.

Damit hatte ich nicht gerechnet. Was, wenn ich meinen Sohn für immer verlor?

Irgendetwas in mir schmerzte. So einen Verlust hatte ich nicht mehr erfahren, seit meine Mutter gestorben war. Ich hatte gespürt, wie ich dahinschmolz, als ich meinen kleinen Jungen in die Arme nahm. Dieses Kind war mein eigen Fleisch und Blut – bis hin zu seinen fehlenden Ohrläppchen. Sie hatte kein Recht, ihn mir wegzunehmen.

»Ich bin auch nicht besonders glücklich darüber, ein schreiendes Baby im Haus zu haben«, sagte Hugo, als ich ihn anrief. »Aber Olivia ist fest entschlossen. Und wenn sich meine Frau etwas in den Kopf gesetzt hat, kann man sie nicht umstimmen.«

Freddie sollte bei mir wohnen, nicht bei meinem sogenannten besten Freund. Sollte ich mehr Verständnis für Sarahs Vergangenheit aufbringen? Wenn ich nicht zufällig ihre Patientenakte gelesen hätte, wären wir jetzt gemeinsam zu Hause, und ich wäre nicht klüger als zuvor. Aber konnte man so zusammenleben? Außerdem hätte sie mir gleich von Anfang an die Wahrheit sagen sollen.

Dann hätte ich sie nicht geheiratet. Und wir hätten Freddie nicht bekommen.

Das war alles so verwirrend. Es gefiel mir nicht, dass so ein Durcheinander in meinem Kopf herrschte.

In dieser Nacht konnte ich nicht schlafen. Um fünf Uhr morgens stand ich auf und ging ins Büro. Hilary war schon da. Hätte sie nicht ein blaues Kleid statt eines Schottenrocks getragen, dann hätte ich glauben können, dass sie die ganze Nacht dort gewesen war.

»Nimmst du dir nicht mal einen Tag frei, um bei deinem Sohn und deiner Frau zu sein?«, fragte sie.

Ich war ein wenig überrascht von ihrer förmlich klingenden Stimme. Es war sonst niemand da, also konnten wir frei sprechen.

»Sie wird bei Freunden von uns wohnen, damit wir über unsere Zukunft nachdenken können«, sagte ich. »Sie sagt, sie will sicher sein, dass ich sie genug liebe, um mich zu binden.«

Hilary schaute mir fest in die Augen. Sie erinnerte mich an eine sympathische, aber auch sachliche Lehrerin. »Und tust du das?«

»Ich weiß es, ehrlich gesagt, noch nicht.«

Es war erstaunlich, wie offen ich mit dieser Frau sprechen konnte.

»Dann lass ich dich mal weiter drüber nachdenken«, sagte Hilary und wandte sich wieder ihrer Tastatur zu. »Vergiss aber nicht, dass es hier um ein kleines Kind geht. An deiner Stelle würde ich mir keine Ablenkung erlauben.«

Ich war nie besonders gut darin gewesen, die Gedanken von Frauen zu lesen. Wollte sie damit andeuten, dass *zwischen uns* etwas sein könnte, wenn es keine Sarah gäbe? Unangenehm war mir diese Vorstellung nicht. Sie war sogar tröstlich. Dann aber dachte ich an Freddie und daran, wie liebend gern meine Mutter ihn im Arm gehalten hätte.

»Danke«, sagte ich vorsichtig. »Du bist eine gute Freundin.«

Sie tippte weiter. »Bin immer zum Reden da«, antwortete sie über die Schulter.

Der Tag zog sich schier endlos hin. Das war normalerweise nicht so. Ich musste ständig daran denken, wie Olivia Sarah und Freddie aus dem Krankenhaus abholte. *Ich* hätte das tun sollen.

Ich verpasste eines der wichtigsten Ereignisse meines Lebens.

Wie konnte meine Frau mir diese Erfahrung vorenthalten? Natürlich war ich wütend, als ich ihre Akte gelesen hatte. Was hatte sie denn auch erwartet, wenn sie die Wahrheit vor mir verbarg?

Andererseits hatte ich die Sache mit Chapman auch nicht gleich auf den Tisch gelegt.

Doch wenn dies eine mathematische Gleichung war, überwog das Haftstrafenregister meiner Frau doch sicher meinen Fehler, oder nicht?

»Wann genau ist es bei Ihrer Frau denn so weit?«, fragte mein direkter Vorgesetzter zu Beginn eines wichtigen Konferenzgespräches am Nachmittag.

Hilary hatte also niemandem etwas gesagt. Darüber war ich froh. Es bewies mir, dass ich ihr vertrauen konnte.

»Sie hat gestern entbunden«, erklärte ich.

»Gestern?« Er blickte verdutzt. »Warum sind Sie dann im Büro? Sie sollten sich frei nehmen.«

»Sarah wusste, dass mein heutiger Termin wichtig ist«, beeilte ich mich zu erklären. »Außerdem ist sie schon wieder aus dem Krankenhaus raus, und jemand kümmert sich um sie.«

»Ah, Sie haben eine Hebammenbetreuung. Sehr vernünftig.«

Ich stritt das weder ab, noch bestätigte ich es.

»Ist alles in Ordnung?«, fragte jemand anderes.

»Alles bestens, danke.«

»Ist es ein Junge oder ein Mädchen?«

»Ein Sohn. Freddie.«

Die Fragen kamen Schlag auf Schlag. So viele Informationen über mich hatte ich noch nie preisgegeben.

»Also«, sagte mein Chef, »nehmen Sie sich ein paar Urlaubstage, wenn Sie es brauchen. Dies ist eine ganz besondere Zeit. Ich habe selbst drei, alles Mädchen. Möchte um nichts in der Welt ohne sie sein.« Er klopfte mir wahrhaftig auf die Schulter. »Gut gemacht, Tom! Machen Sie sich nur auf ein paar schlaflose Nächte gefasst!«

Im Laufe des Tages landeten immer wieder Karten und kleine Geschenke für Freddie von Kolleginnen und Kollegen auf meinem Schreibtisch. »Danke«, sagte ich wie betäubt.

Aber während der ganzen Zeit, in der ich versuchte, mich auf meine Arbeit zu konzentrieren, musste ich ständig an meinen Sohn denken. Was für einen Start hatte er gehabt? Allmählich wünschte ich, ich hätte diese verdammte Patientenakte nie gelesen. Ich fluche selten. Das war ein Zeichen dafür, wie es um mich bestellt war.

Zur Mittagszeit rief ich Sarah an. Sie nahm nicht ab.

Also versuchte ich es bei Olivia. »Sind sie bei dir?«, fragte ich kurz und bündig.

»Ja, Tom. Sie schlafen gerade.«

Ihre Stimme klang nicht mehr so warmherzig wie sonst.

»Soll ich die ganzen Sachen mitbringen, die sie brauchen?«, fragte ich und dachte dabei mit einem Mal an die Stapel von Windeln, die Babytragetasche und all die kleinen Strampler, die wir in den letzten Monaten gekauft hatten.

»Das ist nicht nötig«, erwiderte sie. »Ich habe noch das Kinderbettchen von den Mädchen, und ich habe schon Pampers und Stilleinlagen und alles andere besorgt, was wir brauchen.«

Dann fügte sie hinzu: »Du kannst nach der Arbeit vorbeikommen, wenn du willst. Bestimmt brennst du darauf, deinen Sohn zu sehen.«

»Ja«, bestätigte ich. »Natürlich tue ich das. Und ich will auch Sarah sehen.«

Ich wartete darauf, dass Olivia mir sagte, auch Sarah würde sich auf mich freuen. Aber das tat sie nicht.

»Sagen wir siebzehn Uhr?«, fragte sie. »Bitte komm nicht zu spät. Wir versuchen, Freddie eine Routine beizubringen. Außerdem muss ich mich um die Mädchen kümmern.«

Ich erinnerte mich daran, was Hugo über das R-Wort gesagt hatte. Fünf Uhr! So früh verließ ich normalerweise das Büro nie. Aber heute würde ich eine Ausnahme machen. Auf dem Weg dorthin legte ich Halt in einem Spielzeugladen ein und kaufte einen riesigen Teddybär. Dann besorgte ich noch einen Strauß Lilien für Sarah, ihre Lieblingsblumen.

Es war ein komisches Gefühl, zum Haus meiner Freunde zu fahren, um meinen neugeborenen Sohn zu besuchen. Er sollte bei mir zu Hause sein.

»Komm doch rein«, begrüßte mich Olivia förmlich, als sie die Tür öffnete. »Sarah und Freddie sind mit den Mädchen in der Küche.«

Ich konnte das Lachen schon hören, bevor ich eintrat. Clemmie und ihre Schwester standen um Sarah herum, und Freddie lag in deren Armen. »Darf ich ihn mal halten?«, bettelte Clemmie.

»Erst müssen wir ihn Bäuerchen machen lassen«, sagte Sarah. Dann legte sie ihn sich über die Schulter und klopfte ihm sanft auf den Rücken.

»Weißt du noch, was ich gesagt hatte?«, erklang Olivias Stimme hinter mir. »Du musst lange, ausladende Bewegungen von unten nach oben machen.«

»Danke«, sagte Sarah. »Das hat die Hebamme auch gesagt. Ich hätte daran denken müssen.« Dann sah sie mich.

Sofort errötete sie. »Tom. Ich wusste nicht, dass du kommst.«
»Hat Olivia es dir nicht gesagt?«

Die Frau meines Freundes stieß ein kleines Lachen aus. »Ich war mir nicht sicher, ob du es schaffst, dich pünktlich von der Arbeit loszueisen.«

Ich ignorierte diesen bissigen Kommentar und streckte meine Arme aus. »Darf ich?«

Sarah schien Olivia anzuschauen, als würde sie um Erlaubnis bitten. »Ich habe ihn gestern Abend auch schon im Arm gehalten«, erinnerte ich sie.

Geradezu widerwillig reichte sie mir das Baby.

Ich beugte mich hinunter, bis meine Wange auf der seinen ruhte.

»Ist er nicht süß, Onkel Tom?«, fragte Clemmie. »Er wird eine Weile bei uns wohnen.«

»Ich weiß«, sagte ich knapp. »Sarah, können wir irgendwo unter vier Augen reden?«

Meine Frau schenkte mir eines dieser wunderschönen Lächeln, die mich überhaupt erst zu ihr hingezogen hatten. »Ich bin ein bisschen müde, Tom. Ich würde lieber hierbleiben.«

Sie sah erschöpft aus, das muss ich zugeben. Aber sie sah auch umwerfend aus. Ihr Haar, noch glänzender schwarz als sonst, fiel ihr wellig auf die Schultern. Außerdem trug sie ein wirklich hübsches hellblaues Nachthemd, das ich noch nie an ihr gesehen hatte, mit einem dazu passenden Morgenmantel.

»Möchtest du eine Tasse Tee, Tom?«, fragte Olivia.

Es fühlte sich alles so förmlich an.

»Ja, bitte.«

»Dann musst du Freddie wieder deiner Frau geben. Du kannst nicht gleichzeitig ein heißes Getränk in der Hand halten. Du könntest ihn verbrühen.«

Das war mir nicht in den Sinn gekommen.

»Läuft alles gut?«, fragte ich Sarah. Ich musste beinahe

schreien, um den Lärm zu übertönen, den die Mädchen veranstalteten. Sie stritten sich gerade darüber, wer von ihnen Freddie als Nächste halten durfte.

»Ja, danke«, sagte Sarah. »Olivia war fantastisch. Sie hat darauf bestanden, nach dem Mittagessen ein paar Stunden auf Freddie aufzupassen, damit ich ein bisschen schlafen kann.«

»Das ist nett«, sagte ich.

Ich fühlte mich zunehmend überflüssig. Sarah, ich und Freddie sollten zusammen zu Hause sein und einander kennenlernen. So wurde es in sämtlichen Babyratgebern empfohlen. Ich machte mir jetzt Vorwürfe, sie im Krankenhaus allein gelassen zu haben. Und obwohl mit Hilary nichts passiert war, hatte ich ein schlechtes Gewissen.

»Also«, sagte Olivia und schaute auf die Uhr an der Wand. »Wir müssen Freddie jetzt baden, bevor er ins Bettchen kommt.«

»Kann ich helfen?«, fragte ich.

»Du könntest dir deinen schicken Anzug nass machen«, betonte Olivia kühl.

»Das macht nichts«, sagte ich.

»Eigentlich will Olivia mir zeigen, wie man das macht, Tom«, sagte Sarah. »Es wäre vielleicht das Beste, wenn du morgen Abend zuschaust.«

Das Baden des Babys war aber doch eines dieser Rituale, die Eltern laut meinen Erziehungsratgebern gemeinsam machen sollten. Andererseits stand dort nichts darüber, was zu tun ist, wenn man entdeckt, dass seine Frau eine Ex-Knacki ist.

Als Reaktion auf Sarahs Vorschlag nickte Olivia zustimmend. »Ja, komm doch morgen Abend auf dem Weg von der Arbeit nach Hause vorbei, ja?«

Ich sollte keine Einladung benötigen, um meinen eigenen Sohn zu sehen. Aber was blieb mir anderes übrig?

»Also gut«, willigte ich ein.

Ich stand auf und hauchte Sarah einen Kuss auf die Wange. Sie roch anders als sonst, und sie reagierte nicht. Dann tätschelte ich Freddies Wange mit dem Finger. Im Allgemeinen war ich kein fantasievoller Mensch, aber sie fühlte sich so glatt wie Seide an.

»Dann bis morgen«, verabschiedete ich mich.

Als ich die Straße entlangging, sah ich Hugo vorbeifahren. Er winkte mir zu, hielt aber nicht an. Vielleicht war es unklug, dies angesichts des Verkehrs zu tun, überlegte ich.

Wie seltsam, in mein eigenes Haus zurückzukehren und die Pampers, das Mobile und die anderen Dinge zu sehen, die wir für unser Baby ausgesucht hatten. Es fühlte sich nicht richtig an, hier ohne sie zu sein.

Spontan rief ich meine Frau auf dem Handy an. »Komm doch nach Hause, ja?«, bat ich. »Bitte.«

»Aber kannst du mir verzeihen?«

Ich dachte eine ganze Weile lang darüber nach.

»Siehst du«, sagte sie leise. »Du bist dir immer noch nicht sicher, oder?«

»Es war ein Schock«, sagte ich. »Ich brauche Zeit, um es zu verarbeiten.«

»Ich weiß ... und deshalb können wir noch nicht nach Hause kommen.«

Ich hörte Freddie im Hintergrund weinen. Ich wollte ihn in den Arm nehmen und ihm sagen, dass alles gut werden würde.

»Gute Nacht«, sagte sie, bevor ich meine Gefühle verbal ausdrücken konnte. »Wir sehen uns dann morgen?«

Bevor mir klar wurde, dass sie diese Aussage als Frage formuliert hatte, hatte sie schon aufgelegt.

Zu spät ging mir auf, dass ich ihr hätte antworten sollen.

SARAH

18 Ich weiß nicht, wie ich diese ersten zwei Wochen ohne Olivia geschafft hätte. Ich würde gerne sagen, dass ich Tom vermisste, aber eigentlich wusste ich, dass ihn das alles aufgeregt hätte. Er musste immer die Kontrolle behalten.

»Warum schreit Freddie so?«, fragte ich an diesem ersten Morgen, als ihn nichts zu beruhigen schien.

»Das liegt normalerweise daran, dass ein Baby Hunger hat, seine Windel gewechselt werden muss oder es Blähungen hat. Schauen wir mal. Gestillt hast du ihn, und ich habe ihn Bäuerchen machen lassen. Außerdem ist er jetzt schön trocken, stimmt's, kleiner Mann?«

»Aber woher weiß ich, dass er nicht krank ist?«

»Daran habe ich auch schon gedacht, aber er hat keine Temperatur und auch keinen Ausschlag. Aber *du* siehst mir ein bisschen rot aus. Schauen wir mal. Meine Güte! Du hast Fieber. Tut dir alles weh?«

»Ja«, sagte ich.

»Ich wette, du hast Mastitis.«

»Was ist das denn?«

»Keine Panik. Das ist eine Entzündung des Brustgewebes, die während der Stillphase auftreten kann. Beim ersten Kind schießt die Milch normalerweise am dritten Tag ein, aber bei dir scheint sie früher gekommen zu sein. Spürst du ein unangenehmes Ziehen in den Brüsten?«

»Und wie.«

»Ich rufe den Arzt.«

Ich bekam Antibiotika verschrieben, und als die Hebamme vorbeikam, riet sie mir, die überschüssige Milch vorsichtig herauszudrücken. Danach fühlte ich mich viel besser, und Freddie beruhigte sich allmählich wieder.

»Babys nehmen Schwingungen wahr«, erklärte Olivia.

»Ehrlich, ich wüsste nicht, was ich ohne dich machen würde.«

Sie wirkte erfreut. »Irgendwann kapiert man es. Aber wenn noch jemand anderes da ist, macht es die Sache einfacher. Ich hatte eine Hebamme, aber es war nicht gerade so, als wäre sie mir eine enge Freundin gewesen.«

Ein enge Freundin? War es das, was ich war?

Emily!

Niemand sonst konnte so sein wie sie. Während des Studentenfaschings hatte sie sich als eine unserer Tutorinnen verkleidet, die auffallend orangefarbene Haare hatte. Die betreffende Tutorin hatte sich eher geschmeichelt als verärgert gezeigt. Das war ein Zeichen für die Zuneigung, die Emily in jedem hervorrief. Und so hatte ich es ihr gedankt ...

Olivia konnte nie die enge Freundin werden, die Emily gewesen war. Das wollte ich nicht. Und doch wurde mir bei Olivias Worten warm ums Herz.

»Mach du ruhig mal ein kleines Nickerchen«, ermunterte mich Olivia am nächsten Tag, nachdem ich fast die ganze Nacht über wach gewesen und mit Freddie auf und ab gegangen war, damit er nicht alle anderen im Haus aufweckte. Hugo hatte jedes Mal, wenn Freddie weinte, mit wiederholtem Murren und Klagen deutlich gemacht, dass er von unserer Anwesenheit nicht gerade begeistert war.

»Man sieht dir an, dass du fix und fertig bist«, fügte sie hinzu. Ich kümmere mich um Freddie.« Sie wiegte ihn zärtlich in den Armen und schaute liebevoll auf ihn hinunter, fast so, als wäre er ihr eigenes Kind. »Ich bin doch deine Patentante, nicht wahr? Zumindest werde ich das sein, wenn Mummy und Daddy deine Taufe ausrichten. Bist du nicht ein hübscher kleiner Bengel? Ja, das bist du! Das bist du!«

Freddie schien ihrer Stimme zu lauschen. Für ein paar Sekunden war ich fast eifersüchtig. Sie war so gut darin, ihn zu beruhigen. Wie sollte ich das jemals hinbekommen?

»Es fühlt sich falsch an, tagsüber ins Bett zu gehen«, sagte ich.

Olivia verdrehte die Augen. »Du hast ein Baby bekommen. Wenn du dich nach so einer Strapaze nicht ausruhen darfst, wann dann? Die meisten meiner Freundinnen machen zwischen Massagen und Pilates ein Nickerchen, während die Kinder in der Schule sind. Nimm dir einfach ein oder zwei Stunden Zeit. Ich wecke dich, wenn er wieder gestillt werden muss. Versprochen.«

Das tat ich dann auch. Das Bett im Gästezimmer war himmlisch bequem. Es war einfach zum Sterben schön, samtweich, mit großen, flauschigen Kissen, und dann das süße kleine Kinderbettchen am Fußteil, das früher den Mädchen gehört hatte.

Fast augenblicklich fiel ich in eine tiefe Leere. Es war die Art Schlaf, bei der man so tief sinkt, dass es einem beim Aufwachen so vorkommt, als erwache man aus einer Vollnarkose.

Als ich die Augen wieder öffnete, war mein erster Gedanke, dass das Kinderbett leer war. Natürlich war es das, erinnerte ich mich. Olivia passte ja unten auf Freddie auf, um mir eine Pause zu gönnen, nicht wahr? Ich wusch mir das Gesicht und ging in die Küche. Freddies Tragekorb stand auf dem Tisch, war jedoch ebenfalls leer.

»Hallo?«, rief ich.

Im Haus war es totenstill. Es war ein Schultag, sodass die Mädchen nicht da waren. Stattdessen lag im Flur ein Haufen

Schuhe herum, auf dem Küchentisch standen leere Müslischalen, und ein Stapel Wäsche im Wäschekorb wartete darauf, sortiert zu werden.

Mein Herz begann zu hämmern. Wo war mein Baby? War es krank? Hatte Olivia es zum Arzt gebracht? Meine Brüste begannen, auszulaufen. Ich musste stillen.

Ich rannte zur Haustür. Olivias Auto stand noch da. Das war immerhin schon mal etwas. Der Kinderwagen war ebenfalls noch da. Aber wo waren sie? Mittlerweile hämmerte mein Herz noch heftiger. Alle möglichen Dinge schossen mir durch den Kopf. Jemand war eingebrochen und hatte sie entführt. Tom war vorbeigekommen und hatte verlangt, dass Freddie mit ihm nach Hause kam. Oder vielleicht...

Als ich dort auf der Straße stand, immer noch im Nachthemd, ging die Tür des Hauses auf der gegenüberliegenden Straßenseite auf. Heraus kam Olivia mit Freddie auf dem Arm. »Danke für den Kaffee!«, rief sie über die Schulter zurück. »Ja! Er ist reizend, nicht wahr?« Dann erblickte sie mich. »Oh, Sarah. Da bist du ja. Hast du gut geschlafen?«

Ich brachte vor Erleichterung kaum etwas heraus. Ich rannte auf nackten Füßen über das Kopfsteinpflaster und nahm ihr Freddie aus den Armen. Augenblicklich begann er zu schreien.

»Ich wusste nicht, wo ihr seid«, sagte ich.

Olivias Miene wirkte verwirrt. »Ich habe ihn nur mitgenommen, um ihn einer Nachbarin vorzustellen. Außerdem dachte ich, du könntest besser schlafen, wenn wir aus dem Haus sind. Entschuldige, ich hätte dir eine Nachricht hinterlassen sollen.«

Ja, das hätte sie tun sollen. Aber ich wollte nicht unhöflich sein. Olivia hatte so viel für uns getan.

»Komm schon, Freddie«, sagte sie. »Fang nicht an, bei Mummy zu weinen. Du warst so ein braver Junge.«

»Vielleicht hat er Hunger«, sagte ich.

Wir waren mittlerweile drinnen. Ich öffnete das Oberteil

meines Nachthemds, und Freddie stürzte sich sofort auf meine rechte Brust und saugte daran, als gäbe es kein Morgen.

»Vergiss nicht den Knietrick!«

Olivia hatte mir gezeigt, wie ich ihn mit dem Bauch nach unten auf meine Knie legen konnte, um ihn zu beruhigen.

»Du lernst schnell«, sagte Olivia. »Wie wäre es mit einem Mittagessen unter Mädels, jetzt, da er glücklich und zufrieden ist? Du musst deine Kalorienzufuhr aufrechterhalten, damit die Milch weiter läuft. Ich habe eine schöne Spielmatte mit einem hübschen Mobile, das die Kinder früher gerne mochten. Freddie kann auf dem Boden liegen, und wir können ihn im Auge behalten, während wir etwas essen.« Sie stieß einen kleinen, zufriedenen Seufzer aus. »Ich muss schon sagen, es ist total schön, wieder ein Baby im Haus zu haben.«

»Hugo scheint das nicht so zu sehen«, bemerkte ich. »Ich habe gestern gehört, wie er dich fragte, wann wir wieder gehen.«

Olivia machte eine Geste mit den Armen, wie um meine Worte zu verscheuchen. »Beachte ihn einfach nicht. Er kann nicht so gut mit kleinen Kindern umgehen. Du kannst so lange bleiben, wie du willst.«

Irgendetwas fühlte sich nicht richtig an. »Ich dachte, es ginge darum, Tom spüren zu lassen, dass er uns braucht.«

»Nun ja, das stimmt. Aber ich hoffe, ich bin hilfreich. Ein kleines Baby zu haben kann so beängstigend sein, wenn man nicht genau weiß, wie man mit ihm umgehen soll.«

»Das stimmt. Und du *bist* hilfreich. Danke.«

Ich wollte nicht undankbar sein, aber aufzuwachen und festzustellen, dass Freddie nicht mehr da war, war erschreckend gewesen. Beinahe hätte ich das auch gesagt, aber andererseits war ich Gast in ihrem Haus, und sie war so nett.

»Übrigens hat Tom angerufen und gefragt, ob er heute Abend vorbeikommen kann«, fügte Olivia hinzu. »Ich wollte dich nicht wecken, aber ich habe Ja gesagt. Ich hoffe, das ist in Ordnung.«

»Klar«, sagte ich. Doch mein Herz schlug höher. »Danke.«

»Bedank dich nicht bei mir. Er ist dein Mann. Er hat jedes Recht, sein Kind zu sehen. Ich habe es dir doch angeboten, du kannst dich bei uns im Haus so fühlen, als wärst du zu Hause.« Dann ließ sie ihren Blick über das blaue Nachthemd gleiten, das sie mir geliehen hatte und das zu wechseln ich mir noch nicht die Mühe gemacht hatte. Das schien auch nicht sinnvoll – Freddie erbrach sich fast immer über mir, wenn ich ihn aufstoßen ließ.

»Wir müssen dir etwas anderes anziehen«, fuhr sie fort. »Ich habe da ein paar Outfits, die dir passen müssten. Und wir müssen auch anfangen, Rückbildungsgymnastik zu machen. Mach dir keine Sorgen. Du wirst in kürzester Zeit wieder fit sein.«

Dann streckte sie die Hand aus und strich mir die Haare glatt. »Sie haben so eine tolle Farbe, nicht wahr? Ein wunderbares Rabenschwarz. Und ich kann sehen, dass es natürlich ist. Aber sie müssen gepflegt werden. Ich habe genau das richtige Mittel für dich. Meine Friseurin stellt es selbst her. Die Leute würden töten für die Rezeptur!«

Als Olivia fertig war, erkannte ich mich kaum wieder. Ich trug jetzt ein einfaches marineblaues Etuikleid, das den postnatalen Mama-Bauch verbarg und das, ich muss schon sagen, erstaunlich gut aussah, wenn man bedachte, dass es so ganz anders war als die langen, weiten Kleider oder die schlabbrigen Jeans, die ich sonst trug. Sie borgte mir auch ein Paar Schuhe mit Kitten-Heels-Absätzen und schenkte mir Ohrringe, die, wie sie mir versicherte, nagelneu waren. »Ich habe jede Menge davon«, sagte sie. »Perlen stehen dir.«

Ich hatte mich nie als Perlenmädchen verstanden – normalerweise machte ich mir meine eigenen Ohrringe aus Glasperlen und Draht vom Markt. Der Ausdruck auf Toms Gesicht, als er ankam, war es wert. Freddie schlief tief und fest in seiner Trage, wachte beim Geräusch der Stimmen jedoch auf. Ich hob ihn schnell hoch, legte ihn mir auf die Schulter und rieb seinen Rücken so, wie Olivia es mir beigebracht hatte. Er beruhigte sich, und ich drehte ihn um. Er schien Toms Gesicht aufmerksam zu studieren. Ich hatte nicht gewusst, dass Babys wie alte Menschen aussehen können. So weise. Was denkt er wohl?, fragte ich mich, als Olivia den Raum verließ, um uns etwas Privatsphäre zu gewähren.

»Hier. Halt ihn.«

Tom wirkte genauso unbeholfen wie beim letzten Mal, als er Freddie gehalten hatte.

»Versuch, mit ihm zu reden«, schlug ich vor.

Er sah verblüfft aus. »Was soll ich denn sagen?«

Ich war froh, dass Hugo und Olivia nicht zugegen waren.

»Irgendetwas. Summ ihm etwas vor, wenn du möchtest.«

Zu meiner Überraschung begann Tom, zu singen. Ich hatte meinen Mann noch nie singen gehört. Es war ein leises, beruhigendes Lied mit Worten, die ich nicht ausmachen konnte. »Meine Mutter hat es mir beigebracht, als ich ein Kind war«, sagte Tom, als er geendet hatte. »Ihre Eltern stammten aus Wales.«

»Nun, es hat funktioniert«, sagte ich. »Sieh nur, wie glücklich er aussieht.«

Er runzelte die Stirn. »Nun, *ich* bin nicht glücklich. Es fühlt sich nicht richtig an, dass du nicht zu Hause bist.«

»Am Tag, als er zur Welt kam, warst du dir nicht einmal sicher, ob du uns überhaupt willst«, gab ich ihm zu bedenken.

Dies schien ihn ernsthaft zu schockieren. »Es tut mir leid. Aber es war ein Schock. Hättest du mir doch nur die ganze Wahrheit erzählt, statt dass ich es aus deiner Patientenakte erfahre.«

»Ich weiß«, sagte ich hastig. »Ich sagte doch, dass es mir leidtut.«

»Können wir es noch einmal versuchen?«

Olivia hatte mich gewarnt, dass dies passieren könnte. »Geh nicht zu schnell wieder nach Hause«, hatte sie ständig gemahnt. »Lass ihn schmoren. Sorg dafür, dass er dich wirklich zurückhaben will und es nicht nur aus Pflichtgefühl tut.«

»Ich bin noch nicht ganz so weit«, sagte ich vorsichtig. »Auch ich brauche Zeit, um darüber nachzudenken.«

Er nickte. »Natürlich. Darf ich morgen Abend wieder vorbeikommen?«

»Klar.«

Als ich Olivia nach Toms Besuch davon erzählte, nickte sie zustimmend. »Du hast das Richtige getan. Du kannst natürlich so lange bleiben, wie du willst.« Dann lachte sie. »Für immer, wenn du möchtest. Wir lieben es, dich hierzuhaben. Hugo muss sich benehmen, und für mich ist es wunderbar, wenn ich mit dem Baby kuscheln kann.«

Im Rückblick waren diese Tage mit Olivia etwas ganz Besonderes. Ich erzählte ihr Dinge, die ich noch nie jemandem hatte anvertrauen können. Zum Beispiel Sachen, die passiert waren, als ich im Gefängnis saß.

Wir hatten es uns beide auf ihrem riesigen, gemütlichen Sofa bequem gemacht, das sie in einem todschicken Laden in Chelsea gekauft hatten, eingekuschelt unter einer enteneiblauen Kaschmirdecke und mit einem Glas Wein in der Hand. Ich hatte nichts mehr getrunken, seit ich erfahren hatte, dass ich schwanger war, aber Olivia versicherte mir, ein kleines Gläschen könne jetzt nicht schaden.

Die Mädchen waren ins Bett gegangen, Freddie schlief oben in seinem Bettchen, und Hugo war »auf einer Betriebsfeier«. Olivia hatte eine DVD ausgeliehen, die wir uns nun anschauten. Es war ein Drama über eine Frau, die mit ihrem Sohn auf der Flucht war. Mein Herzschlag beschleunigte sich, als wir eine Szene sahen, in der sie verhaftet und in eine Zelle geworfen wurde, während ihr schreiendes Kind von Sozialarbeiterinnen weggebracht wurde.

»Ich glaube, das ist nichts für mich«, sagte ich und wandte den Blick ab.

»Entschuldige. Ich wusste nicht, dass es so eine Wendung nehmen würde.« Sie schaltete aus. »Geht es dir gut?«

Ich schauderte. »Es hat Erinnerungen hochkommen lassen. Meine Zellengenossin war von ihrem Sohn getrennt worden. Erst jetzt, als Mutter, kann ich verstehen, wie schrecklich das für sie gewesen sein muss.«

»Was passierte mit Müttern, wenn sie kleine Kinder hatten?«, wollte Olivia wissen. »Durften sie sie besuchen? Was, wenn sie bei Haftantritt schwanger waren?«

»Sie blieben bei ihnen im Gefängnis, bis sie achtzehn Monate alt waren. Danach mussten sie bei Familien oder Pflegeeltern untergebracht werden.« Ich bekam feuchte Augen. »Ich erinnere mich an eine Frau in unserem Flügel, die monatelang die ganzen Nächte weinte, nachdem ihr das passiert war.«

»Wie schrecklich!«

»Ich weiß. Sie trug das Bild ihres Sohnes immer mit sich. Es war eins ihrer sechsundzwanzig.«

»Sechsundzwanzig was?«

»Sechsundzwanzig Besitztümer. Das war die maximale Anzahl an persönlichen Dingen, die man mit hineinnehmen durfte.«

»Welche hattest du?«

»Nicht viele.«

Beinahe, aber dann eben doch nicht, erzählte ich Olivia von dem Foto von Emily, das ich an meine Zellenwand gepinnt hatte. Jedes Mal, wenn ich ihre freundlich blickenden Augen anschaute, tat es so weh, als ob ich mir in den Arm schneiden würde.

»Ich wollte den Anhänger meiner Mutter behalten. Aber das erlaubten sie mir nicht, weil ich mich damit hätte strangulieren können. Immerhin gaben sie ihn mir bei meiner Entlassung zurück. Manchmal gehen Besitztümer von Häftlingen ›verloren‹.«

Ich griff mir an den Hals und berührte den Anhänger jetzt zum Trost.

»Wie sah deine Zelle aus?«

»Es war ein kleiner Raum mit einem zugigen Fenster, das vergittert war. Das Bett war etwa zwei Fuß breit.«

»Wo hast du deine Kleidung aufgehängt?«

Ich musste lachen. Das war so eine Olivia-Frage!

»Wir hatten alle einen Pappkarton unter dem Bett. Dort stand auch der Topf, falls wir nachts mal mussten.«

»Kein eigenes Bad?«

»Machst du Witze? Wir haben uns zu fünfzehnt eine Toilette am Ende des Gangs geteilt.«

»Und warum bist du dann nicht dorthin gegangen, anstatt diesen Topf zu benutzen?«

»Nachts waren wir eingeschlossen.«

Sie erschauderte. »Das hätte ich nicht ausgehalten.«

»Ich dachte auch, ich könnte es nicht. Aber man musste einfach durchhalten.«

»Was hast du den ganzen Tag über gemacht? Postsäcke genäht?«

Ich lachte. »Nicht wirklich. Es gab einen Arbeitsplan. Am schlimmsten war es, wenn ich zum Wäschedienst eingeteilt wurde und die Laken waschen und falten musste. Da war oft Kacke drin.«

»Igitt.«

»Die ersten Male musste ich mich übergeben. Danach gewöhnte ich mich irgendwie daran. Man konnte sich nicht immer gründlich waschen, weil es nicht genug heißes Wasser gab. Manchmal schnitt man sich versehentlich an rostigen Rasierklingen, die andere in der Dusche liegen gelassen hatten.«

Olivias Gesicht sprach Bände. »Konntest du dich nicht beschweren?«

»Das tat ich, aber das machte es nur noch schlimmer. Eine der anderen behauptete, ich hätte sie beim Frühstück mit meiner Gabel gestochen. In Wirklichkeit hatte sie es selbst getan, aber die Wärterinnen glaubten mir nicht. Ich wurde wieder in Isolationshaft gesteckt.«

Olivia stieß leise den Atem aus. »O Sarah. Du Ärmste!«

»Ich hatte es verdient für das, was ich getan habe.«

Sie zog ein Gesicht, mit dem sie »Nun ja« zum Ausdruck brachte.

Dann kam mir etwas in den Sinn. »Was ist das Schlimmste, was du jemals getan hast?«

Sie dachte eine ganze Weile darüber nach. »Auf einer doppelten gelben Linie zu parken, als Clemmie geboren wurde. Ich musste rasch in eine Apotheke rennen, um ihr Medizin zu besorgen. Als ich zurückkam, verpasste mir die Polizistin einen Strafzettel. Sie schien nicht zu begreifen, dass es ein Notfall war.«

Und meine Freundin schien nicht zu begreifen, dass das Schockierende daran war, Clemmie allein im Auto gelassen zu haben – nicht der Strafzettel. Aber darauf wollte ich nicht herumreiten.

»Sonst noch was?

»Ich glaube nicht.«

»Jetzt fühle ich mich aber richtig scheiße.«

»Unsinn.« Olivia drückte meine Hand. »Okay, mit Drogen zu dealen ist falsch. Aber dieser Abschnitt deines Lebens ist jetzt vorbei.«

»Schon, aber ...«

Ich hielt inne. Ein Teil von mir wollte Olivia unbedingt auch noch den Rest erzählen.

»Aber was, wenn eines Tages etwas passiert, das mich und Freddie trennt?«, sagte ich rasch.

»Darüber machen wir uns alle Sorgen. Das tun Mütter nun mal. Meine Angst ist, dass ich jung sterben könnte. Wer würde dann meine Mädchen großziehen?«

»Ich würde helfen.«

»Das ist sehr lieb. Aber Hugo würde wieder heiraten, und dann würde eine andere sie großziehen, und sie würden mich vergessen ...«

»Nein, würden sie nicht.«

Sie schlürfte einen Schluck Wein. »Hoffentlich nicht.« Sie schüttelte sich. »Wie auch immer, lass uns etwas anderes zum Angucken suchen, ja? Wie wäre es mit dieser Talkshow? Wow! Jetzt schau sich einer Russell Crowe an. Was für ein sexy Typ!«

Aber ich konnte mich nicht mehr konzentrieren. »Ich werde mal nach Freddie sehen.«

»Ihm geht es gut.« Sie deutete mit einem ihrer manikürten Finger auf das Babyfon. »Er hat sich nicht gerührt. Wecke niemals ein schlafendes Baby. Das ist eine der ersten Regeln der Mutterschaft.«

»Ich muss nachsehen«, beharrte ich.

Auf Zehenspitzen schlich ich die Treppe hinauf ins Gästezimmer, wo Freddies Kinderbettchen am Fußende meines Betts stand. Die kleine Brust meines Sohns hob und senkte sich leicht. Seine Haut war rosa und sah gesund aus, und sein kleiner, rosiger Mund zuckte leise im Schlaf, als ob er gerade an mir trank.

»Ich liebe dich so sehr«, flüsterte ich. »Alles wird gut werden. Ich verspreche es.«

Tom kam jeden Abend vorbei. Manchmal brüllte Freddie wie am Spieß, aber mit den Techniken, die Olivia mir beigebracht hatte, konnte ich ihn jedes Mal beruhigen. Eines Abends, als sie und Hugo ausgegangen waren, wollte Freddie gar nicht mehr aufhören.

»Vielleicht hast du ja mehr Erfolg«, schlug ich Tom vor.

Es war ein Glücksspiel, und ich hielt den Atem an. Tom würde es persönlich nehmen, wenn Freddie weiterschrie.

Er hörte zwar nicht ganz auf, zu schreien, schien sich jedoch ein bisschen zu beruhigen.

»Siehst du, du kannst es schaffen«, sagte ich zu meinem Mann.

»Ich habe nachgedacht«, erklärte er, während er auf unseren Sohn hinunterschaute. »Vielleicht war es ja gut, dass ich deine Krankenakte gelesen habe. Ich meine, sie hat alles ans Tageslicht gebracht. Wir haben jetzt keine Geheimnisse mehr voreinander. Das ist ein beruhigendes Gefühl, nicht wahr?«

»Ja«, sagte ich und zwang mich dabei, so zu klingen, als ob ich es ehrlich meinte.

»Also komm nach Hause. Es sind jetzt schon über zwei Wochen. Bitte, Sarah. Ich brauche dich. Unser Sohn braucht mich.«

»Wenn du dir sicher bist.«

Er legte seinen Arm um mich. »Das bin ich.«

»Ich werde dich wirklich vermissen«, sagte ich zu Olivia, kurz bevor ich ging. Wir standen im Flur mit unseren Koffern um uns herum, voll mit Kleidung, Spielzeug und Kinderausstattung, die Olivia mir aufgenötigt hatte.

Meine Freundin umarmte mich. Ich konnte ihr Parfüm riechen. Es war das gleiche, das sie mir unbedingt hatte schenken wollen, als wir einkaufen gegangen waren. Sie hatte mir geholfen, »die richtigen Outfits« auszusuchen – ein hellblaues Paar

Pedal-Pusher-Jeans und ein schickes schwarzes Kleid mit weiter Taille, bis ich »meine Figur wieder komplett zurückhaben« würde. Es war, als wäre ich eine ganz andere Frau. Das gefiel mir ziemlich gut. Eine neue Sarah. Abschied von der alten. Ich hatte ein seltsames Déjà-vu-Gefühl – aber dieses Mal würde ich meinen Neuanfang nicht vermasseln.

»Ich werde dich auch vermissen«, erwiderte sie. Dann schaute sie hinunter auf Freddie in meinen Armen. »Und ich weiß nicht, wie ich ohne den Kleinen auskommen soll.«

»Willst du ihn noch einmal halten?«, fragte ich.

»Darf ich? Danke.« Sie nahm ihn in die Arme. »Du bist so besonders, Freddie. Weißt du das?« Dann reichte sie ihn mir vorsichtig zurück.

Die Mädchen kamen herbeigelaufen. »Geh noch nicht, Tante Sarah!«, flehte Clemmie, gefolgt von ihrer Schwester Molly. »Wir finden es toll, ein Baby hierzuhaben. Er ist so süüüß!«

»Ihr müsst uns besuchen kommen und mit uns spielen«, schlug ich vor.

»Danke«, erwiderte Olivia. »Das würden wir sehr gerne. Und vergiss nicht, dass ich dich am Dienstag zu meiner alten Babygruppe mitnehme. Man kommt dort nur auf Einladung rein. Ich werde dich der netten Frau vorstellen, die sie leitet.«

Ich war mir diesbezüglich nicht ganz so sicher – das klang für meinen Geschmack zu exklusiv, aber ich wollte meine Zweifel nicht zeigen. Was hätte ich nur ohne meine neue beste Freundin getan?

»Wenn ich jemals etwas für dich tun kann, musst du es mich wissen lassen«, sagte ich leise, damit die Mädchen es nicht hören konnten.

Tränen glitzerten in ihren Augen. »Das werde ich. Ah, schau mal. Ist das nicht Toms Auto?«

Das war es. Wir fuhren nach Hause.

TOM

19 Ich gebe zu, es war zum Teil Verlegenheit, was mich dazu bewegte, Sarah zu bitten, zurückzukommen. Ich hätte es nicht ertragen, meinen Kollegen zu eröffnen, dass meine Frau und ich uns getrennt hatten, kurz nachdem wir ein Kind bekommen hatten.

Und natürlich liebte ich ihn. Tatsächlich war ich überrascht, wie sehr mir dieses kleine Geschöpf mit dem schwarzen Haarschopf und den Ohren meines Vaters am Herzen lag. Mein Sohn. Mein Sohn!

»Schön, dass Sie nicht so spät Feierabend machen«, sagte mein Chef, als ich um 18 Uhr damit begann, meine Sachen zusammenzupacken. »Wie läuft es zu Hause?«

Einen Moment lang zögerte ich. Wusste er, dass Sarah erst woanders gewohnt hatte?

»Wie meinen Sie das?«

»Haben Sie schon eine Routine?«

Schon wieder dieses Wort!

»Irgendwie schon.« Ich konnte ihm ja wohl kaum verraten, dass ich Sarah erst am Abend zuvor von meiner besten Freundin abgeholt hatte und dies heute unser erster richtiger gemeinsamer Abend sein würde.

Als ich zum Bahnhof ging, sah ich Hilary ein paar Meter vor mir. Ihr Tweedhut ragte aus der Menge heraus. Ich beschleunigte meine Schritte, um zu ihr aufzuschließen.

»Ich bin ganz schön nervös«, gestand ich ihr. Ich hatte ihr schon vor ein paar Tagen von meiner Entscheidung erzählt.

»Das solltest du auch sein.« Ihre Stimme klang freundlich und mitfühlend.

»Danke für deinen Rat«, sagte ich.

»Ich habe dir gar keinen gegeben«, erwiderte sie. »Ich habe dich nur auf die Fakten hingewiesen. Es gibt Zeiten, da müssen wir auch mal genauer hinschauen. Dafür sind gute Freunde da.«

Gute Freunde? Ich war erfreut. Aber ein Teil von mir war auch seltsam enttäuscht.

Wir hatten mittlerweile die U-Bahn-Station erreicht. Ihre Linie führte in die eine Richtung, meine in die andere. »Bis morgen dann«, verabschiedete sie sich.

Während ich ihr hinterherschaute, empfand ich ein seltsames, schwer zu beschreibendes Gefühl in der Brust.

Als ich nach Hause kam, war es so schön, zu sehen, dass hinter den Fenstern Licht brannte. Im Flur standen ein Kinderwagen und Kartons mit Pampers. Doch die Unordnung schien nicht mehr so ärgerlich zu sein, wie sie vielleicht vorher gewesen wäre. In der Küche lief Musik – Jazz –, und meine Frau kochte.

»Hi!«, sagte ich unbeholfen.

Sarah drehte sich um und gab mir einen Kuss auf die Wange. Ich wollte den Kuss erwidern, aber sie hatte sich schon wieder umgedreht.

»Wo ist Freddie?«

»In seinem Tragekorb.«

Sie deutete auf den Küchentisch.

»Er schläft tief und fest.« Ich war geradezu enttäuscht.

»Ja, aber mach dir keine Sorgen. Er wird bald aufwachen, um gestillt zu werden.«

»Was, wenn er sich aus dem Korb rollt und auf den Boden fällt?«

»Das kann er noch nicht. Er ist noch zu klein, um sich zu drehen.«

Sarah schien so viel zu wissen. Mir war, als hätte ich den Baby-Einführungskurs geschwänzt.

»Das Essen ist gleich fertig.«

Es war zwar kein Lachspie, mein Lieblingsgericht, aber Kabeljaupie kommt gleich an zweiter Stelle.

Kaum hatten wir uns hingesetzt, um zu essen, ertönte ein lauter Schrei. »Das macht er immer«, erklärte Sarah. »Olivia meint, das liegt daran, weil seine Windeln gewechselt werden müssen oder er hungrig ist. Ist ja gut, ist ja gut.«

Einen Moment dachte ich, sie wolle *mich* beruhigen.

Dann hob sie Freddie hoch, setzte sich hin und öffnete ihre Bluse. Ich beobachtete sie, erstaunt darüber, dass sie alles gleichzeitig machen konnte. Irgendwie stillte sie ihn und aß dabei! Ich versuchte meinerseits, etwas zu essen, konnte mich aber nicht konzentrieren. Die Situation fühlte sich so seltsam an.

»Olivia sagt, wenn man kleine Kinder hat, muss man lernen, Dinge mit den Zehen und gleichzeitig mit den Fingern zu machen«, scherzte sie.

»Hattest du einen schönen Tag?«, fragte ich.

»Ja, danke. Olivia ist vorbeigekommen, um zu sehen, ob sie helfen kann. Sie hat ihn gehalten, während ich geduscht habe.«

Sarah wirkte anders, muss ich sagen. Sie sah sehr frisch aus und roch gut. Auch ihr Outfit gefiel mir – sportliche Jeans mit einem schönen, schicken, türkisfarbenen Top. Es war der Kleidungsstil, den Olivia trug. Außerdem hatte meine Frau auch ihr schönes Lächeln wieder. Es erinnerte mich an die Frau, in die ich mich verliebt hatte.

»Und wie war es bei dir?«, fragte sie.

Ich dachte an meine Arbeit und an Hilary.

»Gut, danke.«

Mein Blick war immer noch auf Freddie geheftet, der so intensiv saugte. Die Adern auf Sarahs Brüsten traten hervor. War das normal? Ich mochte nicht danach fragen.

»Möchtest du ihn Bäuerchen machen lassen?«

Ich versuchte mich daran zu erinnern, was sie mir bei Olivia zu Hause beigebracht hatte.

Sie reichte ihn mir, bevor ich etwas erwidern konnte. Das bedeutete, Messer und Gabel wegzulegen.

»So ist es richtig. Langsame, ausladende Bewegungen von der Basis seiner Wirbelsäule aufwärts.«

Freddie stieß einen kräftigen Rülpser aus. Das ließ mich zusammenfahren.

»Gut gemacht! Du hast es geschafft. Könntest du ihn noch halten, während ich Pudding koche?«

Ich war mir unsicher. Wenn ich ihn nun fallen ließ?

Aber Freddie schien sich in meinen Armen pudelwohl zu fühlen. Ich spürte, wie mein Selbstvertrauen allmählich wuchs. Es ließ mich an meinen ersten Arbeitstag denken.

»Toll. Danke. Ich dachte, wir könnten ihn jetzt mal zusammen baden.«

Ich hatte unseren Whirlpool im Obergeschoss vor Augen. »Ist er dafür nicht noch zu klein?«

»Olivia hat mir eine spezielle Babywanne geliehen. Du solltest dir vielleicht vorher deinen Anzug ausziehen.«

Mir war nicht klar gewesen, wie kompliziert diese Prozedur war.

»Halt ihn mit einem Arm unter der Schulter fest, so. Genial! Du bist ein Naturtalent.«

Ich fühlte mich aber nicht so.

»Jetzt spülst du vorsichtig sein Köpfchen ab, so. Genau. Gut gemacht.«

Ich freute mich wie ein Schneekönig. Mein ganzes Arbeitsleben lang war ich selbstbewusst gewesen, weil ich bei Zahlen weiß, woran ich bin. Entweder sie stimmen, oder sie stimmen nicht. Babys hingegen sind unberechenbar. Sarahs Ermutigungen verliehen mir das Gefühl, dass ich wirklich Fortschritte machte. Ich tupfte den Kopf meines Sohns mit dem Handtuch ab.

»Ausgezeichnet«, lobte sie mich anerkennend.

War das ein Ziehen in meiner Brust? Es schien ein solches Wunder zu sein, dass wir beide gemeinsam ein Leben geschaffen hatten. Ich bin nicht der Typ für poetische Anwandlungen, fühlte mich jedoch mit einem Mal ziemlich überwältigt.

Hinterher war ich erschöpft. Freddie war es auch. »Er schläft wieder ein. Ist das in Ordnung?«

»Manche Babys schlafen sehr viel, bei anderen sind längere Abstände dazwischen. Sie sind alle unterschiedlich.«

»Es sollte irgendeine Form der Klassifizierung geben.«

»Sehr witzig, Tom.«

Ich hatte es ernst gemeint. Aber ich konnte nicht anders, als großen Respekt vor meiner Frau zu empfinden. Sie schien erstaunlich kompetent zu sein. Wie sollte ich da jemals mithalten? Und was, wenn ich etwas falsch machte und Freddie wehtun würde? Er war so winzig und verletzlich.

»Mir war nicht klar, dass es eine so große Verantwortung ist, ein Elternteil zu sein«, flüsterte ich Sarah zu, als wir an jenem Abend ins Bett gingen.

Sie lag schon vor mir im Bett. Tatsächlich hatte ich länger geduscht, weil ich fast hoffte, sie würde dann schon schlafen, und wir bräuchten kein peinliches Gespräch mehr zu führen.

»Das stimmt«, pflichtete sie mir bei und schmiegte ihren Kopf an meine Schulter. »Aber du bist jetzt hier bei uns. Wir werden das zusammen schaffen, Tom. Ich bin mir sicher.«

Langsam streichelte sie mich unten. Ich spürte, wie ich erregt wurde. »Du darfst erst nach meinem Sechs-Wochen-Check wieder mit mir schlafen«, flüsterte sie. »Aber ich kann dir helfen …«

Als ich kurz vor dem Höhepunkt stand, musste ich an sie im Gefängnis denken. Hatte sie einen dieser orangefarbenen

Overalls getragen, wie man sie im Fernsehen immer sah? Wie viele Stunden am Tag hatte sie hinter Gittern verbracht? Warum hatte ich sie das nicht schon früher gefragt? Jetzt war es zu spät. Meine Lust kollabierte.

»Es ist schon gut«, beruhigte sie mich. »Diese Dinge brauchen Zeit.«

Dann wachte Freddie auf. Er lag in seinem Bettchen gleich neben unserem Bett, denn Sarah wollte, dass er mit uns in einem Zimmer schlief. »Olivia meinte, es sei das Beste.«

»Was machen wir jetzt?«, fragte ich.

»Er will gestillt werden.«

»Schon wieder?«

»Das ist in Ordnung. Leg dich wieder schlafen.«

Ich nickte ein. Aber es war ein unruhiger Schlaf. Dieses Mal rannte Sarah in meinen Träumen mit Freddie auf dem Arm durch ein Gefängnis. Jemand verfolgte sie. Wer es war, konnte ich nicht erkennen.

Als ich aufwachte, war es erst fünf Uhr morgens. Sarah war erneut dabei, Freddie zu stillen. »Woher weißt du, dass er nicht zu viel bekommt?«, fragte ich.

»Er hört von alleine auf, sonst wird ihm schlecht.«

»Ist das nicht gefährlich?«

»Viele Babys erbrechen Milch, deshalb ist es wichtig, sie im Auge zu behalten.«

Dieses ganze Baby-Ding schien voller Fallstricke zu stecken. Doch es war auch seltsam süchtig machend. Ich richtete meinen Blick ständig auf Freddie. Das war mein Sohn. Mein Sohn! Wie unglaublich war das?

Ich ging ganz früh zur Arbeit. Auf diese Weise konnte ich mehr erledigen und dann womöglich früher nach Hause kommen, um ihn zu baden.

»Wie läuft's?«, fragte Hilary, die wie immer schon vor mir im Büro war. Wir waren noch die Einzigen.

»Eigentlich ganz gut«, sagte ich.

»Schön.«

Ich war ein wenig besorgt gewesen, dass die Vertraulichkeiten, die ich Hilary offenbart hatte, sich auf unsere Freundschaft auswirken könnten, aber das war nicht der Fall. Sie behandelte mich auch jetzt genau auf dieselbe nüchterne Art und Weise, wie sie es früher getan hatte. Der einzige Unterschied bestand darin, dass wir, wenn es eine arbeitsbezogene Veranstaltung gab, etwa einen Geburtstag oder eine Ausstandsfeier, in der Kneipe oder Weinbar oder wo immer die Veranstaltung stattfand, nebeneinander saßen. Wir waren die einzigen beiden im Kollegenkreis, die nach alkoholfreien Getränken fragten. Unser Gespräch drehte sich nie um persönliche Dinge. Wir redeten über Themen wie Gordon Browns Ausgabenpolitik. Erfreut stellte ich fest, dass Hilarys politische Ansichten den meinen ähnlich waren.

Aber gemeinsame Ansichten sind eine Sache, ein gemeinsames Kind eine andere.

Als Hugo ein paar Wochen, nachdem Sarah und Freddie nach Hause gekommen waren, anrief und einen Drink oder eine Partie Tennis vorschlug, beschied ich ihm, ich sei beschäftigt.

»Du bist doch nicht immer noch sauer wegen Chapman, oder?«, fragte er. »Ich hatte keine Ahnung, dass er sich gleich umbringen würde.«

Aber ich *war* immer noch wütend. Nicht nur auf ihn, weil er den Mann bedroht hatte, sondern auch auf mich selbst. Denn die schreckliche Wahrheit war, dass ein Teil von mir Erleichterung darüber empfand, dass Chapman nicht länger der Welt unser Geheimnis verraten konnte. Niemals, so schwor ich mir, würde ich zulassen, dass mein Sohn in eine solche Lage geriet. Ich würde immer da sein, um ihm den väterlichen Rat zu geben, den ich selbst nicht hatte einholen können. Ich wollte der beste Dad sein, der ich nur sein konnte. Und auch der beste Ehemann.

SARAH

20

Und so wagten wir unseren Neuanfang.
Ich gab mir alle Mühe, die Frau zu sein, die zu sein Tom von mir erwartete.

Ziemlich nervös rief ich in Olivias teurem Friseursalon in Mayfair an, wobei ich die Nummer auf der Karte wählte, die sie mir bei unserer Verabschiedung gegeben hatte. Als ich im Voraus den Preis erfragte, war ich geschockt. So viel hatte ich zuvor noch nie für irgendetwas ausgegeben! Olivia war erfreut, als ich ihr erzählte, dass ich einen Termin vereinbart hatte. »Ich werde mich für dich um Freddie kümmern. Du gehst hin und genießt es.«

»Bist du sicher?«, fragte ich. Ich war bis dahin noch nie länger von Freddie getrennt gewesen.

»Er ist bei mir in guten Händen. Mach dir keine Sorgen.«

Aber ich konnte nicht anders. Was, wenn er nach mir schrie? Ich hatte etwas Muttermilch abgepumpt, aber es gab keine Garantie, dass er sie aus dem Fläschchen annehmen würde.

»Darf ich vorschlagen, die rosa und blauen Strähnchen zu entfernen?«, fragte der leitende »Experte«.

Ich war derart besorgt um Freddie, dass ich so gut wie allem zugestimmt hätte. Zwei Stunden später starrte mich ein glänzender, schicker schwarzer Bubikopf im Spiegel an. Ein Teil von mir mochte ihn, so wie man ein Bild von jemand anderem bewunderte. Doch der andere Teil von mir fühlte sich unwohl.

Wem willst du etwas vormachen?, schien mein Spiegelbild

zu sagen. *Du kannst dein Äußeres verändern. Aber nicht dein Inneres.*

Mit Olivias Hilfe mistete ich auch meinen Kleiderschrank aus. »Ich glaube, die hier haben schon bessere Tage gesehen, meinst du nicht?«, sagte sie und warf meine alte Flohmarktjeans auf den Altkleiderhaufen neben dem Bett.

Als Olivia weg war, hängte ich sie wieder auf. Wenn für sonst nichts, würde sie sich noch gut zum Malen eignen. Aber ich ging auch mit Freddie im Kinderwagen einkaufen und kaufte bei Selfridges ein pfauenblaues Jerseykleid und eine maßgeschneiderte Hose. Ich trug das Kleid und dazu die Perlenohrringe, die Olivia mir geschenkt hatte, als Tom an jenem Abend von der Arbeit zurückkam.

»Das steht dir gut«, sagte er anerkennend, während er sich das Schweinekotelett schmecken ließ, das ich gegrillt hatte. Auf Olivias Anregung hin gab ich mir mehr Mühe, Fleischgerichte für ihn zuzubereiten, obwohl ich sie selbst nicht ausstehen konnte.

An einem anderen Abend trug ich das Diamantcollier seiner Mutter. Tatsächlich bekam er feuchte Augen. »Meine Mutter hätte sich so gefreut.«

Dann hielt er inne. Wir wussten beide, was er dachte. Die Frau wäre von meiner Vergangenheit schockiert und angewidert gewesen.

Alles, was ich tun konnte, war, zu versuchen, es jetzt wiedergutzumachen. Wir pflegten den Kontakt mit Hugo und Olivia. Manchmal spürte ich, dass Hugo mich auf eine bestimmte Art und Weise ansah. *Ja, ich habe es vermasselt,* hätte ich ihm sagen wollen. *Und zwar gewaltig. Aber ich war jung. Dumm. Naiv. Außerdem hat doch jeder eine zweite Chance verdient, oder etwa nicht? Dies ist meine. Nun, vielleicht meine dritte, worüber wir nicht sprechen werden, in der Hoffnung, dass es nicht ans Licht kommt. Aber ich werde es nicht noch einmal vermasseln. Ich bin jetzt Mutter. Ich habe aus meinen Fehlern gelernt.*

Während der Woche verbrachte ich einen Teil meiner Zeit in der ziemlich exklusiven Krabbelgruppe, in die Olivia mich eingeführt hatte. Alle Mütter dort hatten Vornamen wie Posy oder Anastasia, und dazu Doppelnamen mit Bindestrich. Sie redeten ohne Unterlass darüber, für welche Privatschule ihre Kinder vorgemerkt worden waren und welche Designer-Babyshops die besten waren. Doch als ich sie kennenlernte, stellte ich fest, dass sie die gleichen Sorgen plagten wie mich – Dinge wie Abstillen, Mäkeln beim Essen und Nichtdurchschlafen.

Nur ganz wenige von ihnen arbeiteten. Ihre Ehemänner waren alle irgendwie im Finanzdistrikt tätig. »Du bist Künstlerin?«, fragte eine, als ich erwähnte, dass ich auf der Akademie gewesen war. »Wie toll!«

»Ich komme im Moment kaum zum Malen«, sagte ich.

»Ich komme im Moment kaum dazu, aufs Klo zu gehen«, versetzte eine der anderen.

Wir mussten alle lachen.

Nach den ersten paar Tagen kam Tom nur noch selten vor acht Uhr abends vom Büro zurück, aber das war mir recht. Freddie und ich konnten ganz wir selbst sein, ohne dass Tom Theater machte wegen der »Unordnung« durch überall herumliegendes Spielzeug oder auf dem Boden verteiltes Essen.

Ich sage »wir«, weil es sich so anfühlte. Freddie und ich waren eins. Er geriet jedes Mal in Panik, wenn ich außer Sichtweite war, sodass ich ihn immer mitnehmen musste, sogar auf die Toilette. Er klammerte sich so energisch an mich, dass ich mich ohne ihn nackt fühlte. Ich lief mit ihm auf meiner Hüfte herum, als ob er dort chirurgisch fixiert sei. Ständig senkte ich den Kopf zu ihm hinunter, um den Duft seiner Haare und seiner Haut zu inhalieren.

Neben Olivias exklusiver Krabbelgruppe meldete ich mich auch für eine Gruppe im örtlichen Gemeindesaal an. Dort ging es viel lockerer zu, und ich konnte mich entspannen. Eines

Tages kam ich mit einer älteren Frau ins Gespräch, die sich als Großmutter des Kindes herausstellte, mit dem sie dort war. »Helfen deine Mum oder dein Dad dir mit dem Baby?«, wollte sie von mir wissen.

In der Vergangenheit hätte mir jede Bezugnahme auf meine Mum die Tränen in die Augen getrieben, doch dieses Mal spürte ich ein unbekanntes Gefühl in meinem Herzen. Obwohl ich meine Mum geliebt hatte – und es immer noch tat –, begriff ich jetzt, dass sie nicht gerade verantwortungsbewusst gehandelt hatte. In der Kommune waren wir verwildert, aßen zu unregelmäßigen Zeiten Pilze aus dem Wald, Erbsen aus dem Gemüsegarten oder trockenes Getreide; es hatte keinerlei Routine oder Sicherheit gegeben.

Damals war mir das nicht ungewöhnlich vorgekommen. Jetzt hingegen, da mir die Verantwortung oblag, ein kleines Kind zu lieben und zu versorgen, begann ich, mich darüber zu ärgern. Durch diese Erkenntnis wurde ich noch entschlossener, die beste Mutter zu sein, die ich nur sein konnte.

Wie viele Künstlerinnen und Schriftstellerinnen mit Kindern, war auch ich hin- und hergerissen zwischen meinen beiden Leidenschaften. Als Freddie noch klein genug war, um ein Mittagsschläfchen zu halten, griff ich zu meinen Kohlestiften und begann fieberhaft, zu skizzieren. Oft zeichnete ich mein Kind, wie es schlafend vor mir lag und seine kleine Brust sich hob und senkte. Die Geburt meines Sohnes, so staunte ich, hatte mich vor meinem alten Leben gerettet. Freddie war meine Garantie dafür, dass ich nun für immer ein besseres Leben führen würde. Das musste ich auch, denn Mütter müssen ja gute Vorbilder sein, nicht wahr?

Ein paar Wochen später kamen zwei Mütter aus Olivias Krabbelgruppe auf einen Kaffee vorbei. Sie sahen meine Skizzen und fragten, ob ich auch ihre Kinder zeichnen würde, wenn sie mich dafür bezahlten. Olivia tat das ihre, damit sich das herumsprach, und ehe ich mich's versah, erhielt ich mehr Aufträge, als ich bewältigen konnte, arbeitete oft noch bis in die Nacht hinein.

»Du musst dich nicht so abrackern«, sagte Tom schläfrig.

Freddie hatte inzwischen sein eigenes Zimmer nebenan bekommen. Ich war zwar froh, wieder bei meinem Mann zu sein, musste aber zugeben, dass es mir seltsam vorkam, das Bett wieder mit jemandem zu teilen. Außerdem hatte ich ständig ein Ohr am Babyfon, das ich nachts eingeschaltet ließ, obwohl Tom sich beschwerte, das Licht störe ihn.

»Ich kann dir mehr Haushaltsgeld geben, wenn du willst.«

»Es geht nicht um Geld«, sagte ich ihm. »Es geht darum, etwas *für mich* zu tun.«

»Reicht es dir denn nicht, Mutter zu sein?«, fragte er.

»So einfach ist das nicht«, protestierte ich. »Ich muss auch malen und zeichnen.«

Aber da war er schon eingeschlafen. Doch ich wusste, dass er es, selbst wenn er wach gewesen wäre, nicht verstanden hätte.

Auch Olivia bat mich, ihre Mädchen zu zeichnen. Natürlich sagte ich, dass ich es für sie kostenlos machen würde, aber sie wollte unbedingt von mir wissen, welchen Preis ich aktuell nahm. »Du könntest mehr verlangen«, erklärte sie mir. »Ich kenne da jemanden, der eine Galerie am Sloane Square betreibt. Hast du Bilder, die du verkaufen willst?«

Drei gingen innerhalb des ersten Monats weg, gefolgt von weiteren Auftragsarbeiten. Dennoch empfand ich immer noch nicht die Befriedigung, die ich früher beim Unterrichten im Kulturzentrum verspürt hatte. Vielleicht lag es daran, dass ich zum Arbeiten nicht rausging. (In der Regel machte ich Fotos oder bat um welche vom entsprechenden Motiv und fertigte das Porträt dann zu Hause an. Das ist für Kinder am besten, hatte ich herausgefunden, da sie nicht so lange still sitzenbleiben können wie Erwachsene.)

Jetzt, da Freddie laufen konnte, hatte ich das Gefühl, dass ich ihn ständig im Auge behalten musste. Er wuchs so schnell heran. Man musste sich nur anschauen, wie er sich an Möbelstücken hochzog! Sprechen konnte er auch schon. Sein erstes Wort war »Mum«.

»Bald wird er auch ›Dad‹ sagen«, stellte ich Tom in Aussicht.

Aber ich konnte sehen, dass er verletzt war. Um ehrlich zu sein, wäre ich es ebenfalls gewesen.

Ich lebte und atmete für Freddie. Er war mein Ein und Alles. Ein Leben ohne ihn konnte ich mir nicht mehr vorstellen. Manchmal überwältigte mich die Angst, etwas Schreckliches könnte passieren.

»Alle Mütter plagen diese Ängste«, erklärte Olivia, als ich ihr davon erzählte. »Das ist ganz normal.«

Hin und wieder wurde meine Angst so groß, dass ich mich fast nicht traute, das Haus zu verlassen.

»Es wird alles gut«, versicherte mir Tom. »Ich habe Nachforschungen darüber angestellt. Es ist normal, dass Mütter beim ersten Kind übervorsichtig sind. Ich bin für dich da, Sarah. Wir stehen das gemeinsam durch, du brauchst dir also keine Sorgen machen.«

Er nahm mich in den Arm, und ich schmiegte mich an seine Brust. Dennoch wurde ich dieses Flattern in der Brust beim Gedanken »Was, wenn etwas passiert?« nicht los.

Ich begann, Spielgruppen zu meiden, weil es wahrscheinlich dort von Keimen nur so wimmelte. Zu Hause waren wir sicherer aufgehoben. Wir konnten Spiele spielen. Wir konnten Handabdrucke machen. Wir konnten tanzen! Unser wunderbarer Sohn hatte so ein feines musikalisches Gehör. Hatte er das von meiner Mutter? Ich erinnerte mich daran, wie sie einmal mit mir getanzt hatte.

Eines Nachts wachte ich auf und hörte über das Babyfon Freddies erstickte Schreie.

»Wir müssen ihn ins Krankenhaus bringen«, alarmierte ich Tom.

»Bist du sicher?«, gab er schläfrig zurück. »Ich glaube, er hat bloß eine Erkältung mit Husten.«

»Nein! Wir müssen los.« Ich hatte die Horrorvorstellung, dass mir etwas Entscheidendes entging, so wie meiner Tante mein Blinddarmdurchbruch entgangen war. Nennen Sie es die Intuition einer Mutter, aber ich war mir ganz sicher, dass etwas nicht stimmte.

Und ich hatte recht. Als wir dort ankamen, wurde Freddie sofort auf die Intensivstation gebracht. Er hatte einen Asthmaanfall erlitten.

»Es wird alles wieder gut«, sagte Tom, als wir in dem abgedunkelten Krankenzimmer neben dem Bett unseres Sohnes saßen und den Monitor mit seinen steigenden und fallenden Kurven und seinen schrecklichen Piepsgeräuschen im Auge behielten. Mit der Beatmungsmaske über dem Mund sah Freddie so hilflos aus. Vor lauter Tränen konnte ich kaum klar sehen.

»Was weißt du denn schon?«, ging ich Tom an. »Du bist doch kein Arzt. Du warst auch nicht durch eine Nabelschnur mit ihm verbunden. Fast hättest du ...«

Ich zwang mich, innezuhalten. Doch wir wussten beide, was ich hatte sagen wollen. *Fast hättest du uns nach seiner Geburt verlassen.* Doch ich musste diese Gedanken aus meinem Kopf verbannen. Im Großen und Ganzen gesehen war Tom sehr fürsorglich gewesen, seit Freddie und ich von Olivia gekommen waren. Er hatte sich verändert. Ich hatte mich verändert. Alles würde gut werden. Hauptsache, unser Sohn überstand das hier.

Und das tat er. Am nächsten Tag ging es Freddie schon besser, er setzte sich auf und strahlte uns an. Wie können Kinder in einem Moment sterbenskrank sein und im nächsten Moment kerngesund?

»Gibt es Fälle von Asthma in der Familie?«, fragte die Ärztin.

»In meiner Familie nicht«, versicherte Tom, der sich einen Tag freigenommen hatte, auch wenn er ständig hinausging, um geschäftliche Anrufe zu tätigen.

»Bei meiner bin ich mir nicht sicher«, sagte ich langsam. Es war nicht so, als wäre ich in einer Familie aufgewachsen, in der jemals jemand einen Arzt aufgesucht hätte. Ich erinnere mich jedoch vage daran, dass eine der anderen Frauen meiner Mutter Umschläge mit getrockneten Kräutern machte, als sie es auf der Brust hatte. Es gab keine Möglichkeit, es herauszufinden. Mit meiner Tante und meinem Onkel hatte ich seit meinem Prozess keinen Kontakt mehr. Als ich ihnen von meiner Heirat und Freddies Geburt schrieb, landete der Brief mit dem Vermerk *Zurück an Absender* wieder bei mir. Offenkundig wollten sie nichts mehr mit mir zu schaffen haben.

Olivia war genial. Sie brachte mich mit einem Spezialisten in Kontakt und kümmerte sich um Freddie, wenn er ein Nickerchen machte, damit auch ich ein wenig schlafen konnte.

»Es ist überhaupt keine Last«, erklärte sie. »Es ist meine einzige Chance, noch einmal ein kleines Kind in meinem Leben zu haben. Hugo ist immer noch eisern, keines mehr zu wollen.«

Auch Tom war diesbezüglich nicht begeistert. »Wir haben so lange gebraucht, um ein Kind zu bekommen – wollen wir diese ganzen Höhen und Tiefen wirklich noch einmal durchmachen?«, brachte er vor.

Ich hoffte darauf, dass er seine Meinung ändern würde. Jene schreckliche Nacht im Krankenhaus, als er meine Patientenakte gelesen hatte, schien mittlerweile fast wie eine ferne Erinnerung. Wir hatten jetzt Freddie, um den wir uns kümmerten, und Tom war ein guter Vater. Er spielte Zahlenspiele mit ihm. Wir machten tolle Familienausflüge zu einem städtischen Bauernhof, wo Freddie quietschvergnügt die Ziegen und Schafe fütterte. An Samstag- und Sonntagmorgen, wenn Tom nicht zur Arbeit musste, kuschelten wir zu dritt im Bett. Wir waren eine richtige Familie. Das war alles, was ich mir je gewünscht hatte.

Wäre es doch nur so geblieben.

TOM

21 Ich gehörte noch nie zu den Menschen, die ihre Zeit damit verbringen, sich selbst zu analysieren. So etwas scheint mir wenig Sinn zu ergeben. Man ist, wer man ist.

Das Problem ist nur, dass man nie wirklich weiß, wie *andere* sind. Mit Sicherheit hatte ich nicht gewusst, wer Sarah war, als wir uns kennenlernten, doch andererseits hatte sie auch nicht alles über mich gewusst.

Freddie hingegen war unser Neuanfang. Wir würden die Elternschaft erfolgreich absolvieren, das wusste ich. Und obwohl wir – wie viele junge Paare (laut meiner Lektüre) – gestresst waren von der Belastung, ein Baby zu haben, fühlte ich mich der Frau, die mir einen Sohn geschenkt hatte, auch näher.

Doch im Laufe der Wochen fühlte ich mich mehr und mehr erschöpft. Freddie verlangte ständig nach seiner Mutter, besonders nachts. Dass Sarah darauf bestand, Freddie mit in unser Bett zu nehmen, wenn er nachts aufwachte, war nicht hilfreich. Es war unmöglich, lange genug zu schlafen bei all seinen kleinen Geräuschen, die von Miau-Lauten bis hin zu lautem Schreien reichten. Ich begann sogar den einen oder anderen Fehler bei der Arbeit zu machen, was mir vorher noch nie untergekommen war.

»Warum schläfst du nicht im Gästezimmer, um dich ein wenig auszuruhen?«, schlug Sarah dann nach ein paar Wochen vor.

Wenn ich dann aber morgens zur Arbeit aufbrach, vorher

noch einmal durch die Tür spähte und Freddie dann tief schlafend in Sarahs Armen sah, fühlte ich mich ausgeschlossen.

Ich tat mein Bestes, um zu einer angemessenen Zeit nach Hause zu kommen, beispielsweise schon um 19 Uhr statt um 21 Uhr. Manchmal schlief Freddie dann schon. Das war ein zweifelhafter Segen. Es bedeutete, dass ich in Ruhe zu Abend essen konnte. Zugleich wollte ich ihn mir aber auch nicht entgehen lassen. Ich liebte es, ihn in meinen Armen zu wiegen und ihm mit dem kleinen Finger über die Wange zu streichen.

An den Wochenenden gingen wir oft im Park spazieren.

»Schieb du den Buggy«, schlug meine Frau mir vor. Am Anfang war ich ein bisschen nervös, hatte den Dreh aber bald raus. Freddie begann, seine Ärmchen nun auch nach mir auszustrecken. Dies erfüllte mich mit einer unerwarteten Wärme. Ich stellte fest, dass ich so viel lachte wie seit Jahren nicht mehr.

Oft sahen uns ältere Leute im Vorbeigehen an und warfen uns offenkundig anerkennende Blicke zu. Das gab mir ein gutes Gefühl. Ich war Vater! Ich fühlte mich besonders. Ich würde meine kleine Familie bis zum letzten Atemzug verteidigen.

»Wir haben so viel Glück, nicht wahr?«, sagte ich zu Sarah während einem dieser Spaziergänge und nahm ihre Hand in die meine.

»Ja, das haben wir«, erwiderte sie mit diesem sonnigen Lächeln, das mein Herz bei unserer ersten Begegnung im Kulturzentrum im Sturm erobert hatte.

Nach ein paar Wochen schlug ich vor, wir sollten doch wieder im gleichen Bett schlafen. Aber wenn Freddie mit uns im Bett lag, konnte ich nicht schlafen. Ich hatte Angst, mich auf ihn zu rollen.

»Vielleicht hast du recht. Vielleicht solltest du lieber wieder ins Gästezimmer ziehen. Nur für ein Weilchen.«

Aus diesem »Weilchen« wurden Wochen und dann Monate. Es war nicht perfekt. Aber mit ausreichend Schlaf ging es mir besser, und Sarah war jetzt, da sie Mutter war, eine andere. Freddie erkannte mich endlich definitiv wieder und gab »aufgeregte« Geräusche von sich, wenn ich von der Arbeit zurückkam.

»Wir haben dich vermisst«, sagte Sarah und schmiegte sich an meine Brust.

Gelegentlich dachte ich an diesen Abend im Krankenhaus zurück, als ich kurz davor gewesen war, zu gehen und ein anderes Leben zu führen.

Gott sei Dank hatte ich die richtige Entscheidung getroffen.

Ich schaue jetzt zur Staatsanwältin hinunter, die gerade spricht, und auf das konzentrierte Gesicht der Richterin, die sich ab und zu Notizen macht. Ich kann mich nicht dazu überwinden, den Mann auf der Anklagebank anzuschauen.

Natürlich weiß Hilary nicht, dass ich heute hier im Gericht bin. Sie denkt, ich wäre auf einer Konferenz. Hilary hat mir geholfen. Sie wusste nicht, dass ich zur Verhandlung gehe, weil ich mich schämte, aber als ich nach dem ersten Tag nach Hause kam, musste ich ihr alles erzählen.

»Das hast du vorher nicht erwähnt«, sagte sie gestern nach dem Abendbrot.

»Habe ich das nicht?«, erwiderte ich und faltete sorgfältig meine Zeitung zusammen.

Eine weitere Lüge.

Die zu allen anderen hinzukam.

SARAH

22 Als Freddie zwei Jahre alt war, erlaubte ich Tom, ihn auf den Spielplatz in unserem Viertel mitzunehmen. Das war Olivias Idee. »Du musst Tom ab und zu die Verantwortung für Freddie übernehmen lassen. Ich weiß, du machst dir Sorgen, er könnte ihn aus den Augen verlieren. Mit Hugo geht es mir genauso. Aber es zeigt ihnen, dass Kindererziehung harte Arbeit ist und nicht das reine Vergnügen, wie sie anscheinend glauben. Außerdem verschafft dir das eine Ruhepause.«

Für Mütter von heute ist es anscheinend normal, dass ihre Männer auf die Kinder aufpassen. Damals war das noch ganz anders. Ich konnte nicht verhindern, dass ich nervös wurde, sobald ich meinen Sohn aus den Augen ließ.

Ich hätte auf mein Bauchgefühl hören sollen. Als die beiden zurückkamen, weinte Freddie untröstlich und hielt sich den Arm.

»Er ist von der Rutsche gefallen«, gestand mein Mann kleinlaut, nahm seine Brille ab und wischte die Gläser ab.

»Wo warst du?«

»Unten an der Rutsche, ich habe gewartet. Es war nicht meine Schuld. Jungs passiert so etwas. Das wird ihn abhärten.«

»Warst du am Telefon?«

»Ich habe nur kurz auf der Arbeit angerufen. Aber ich hatte ihn trotzdem im Auge.«

»Du kannst nicht beides gleichzeitig tun«, blaffte ich ihn an.

Freddie hörte gar nicht mehr auf, zu weinen. »Mein Arm!«, jammerte er immer wieder.

»Das sieht nicht gut aus«, erklärte ich. »Wir sollten den Arm röntgen lassen.«

»Meinst du nicht, du machst zu viel Wir...«

»Nein, mache ich nicht!«

Ich hatte recht. Freddie hatte einen sogenannten Wulstbruch.

»Wie ist das passiert?«, fragte der Arzt in scharfem Ton. Es war eine Phase, in der die Presse häufig über elterliche Kindesmisshandlung berichtete.

»Er ist von einer Rutsche gefallen, als mein Mann auf ihn aufgepasst hat«, sagte ich. Ich konnte den Zorn nicht aus meiner Stimme heraushalten.

Tom stand da wie vom Donner gerührt.

»Warum hast du mich vor dem Arzt beschuldigt?«, fragte er, nachdem Freddie einen Gipsverband um den Arm bekommen hatte.

»Weil es deine Schuld *ist.*«

»Nicht so laut«, zischte er. Wir verließen das Krankenhaus gerade, aber es kamen und gingen Leute durch den Haupteingang. »Du bist auch nicht gerade perfekt«, sagte er frostig, während wir den Parkplatz ansteuerten.

»Das hat damit nichts zu tun«, gab ich scharf zurück. »Außerdem hatten wir vereinbart, das alles hinter uns zu lassen, nicht wahr?«

»Ihr sollt euch nicht streiten, Mummy und Daddy!«, flehte Freddie.

Tom verstummte. Aber die Antwort auf meine vorherige Frage war offensichtlich. Das ist das Problem mit Lügen. Sind sie erst einmal ausgesprochen, können sie nicht mehr begraben werden, egal, wie viel Erde man darüberschaufelt.

Nach dem Unfall unseres Sohnes änderte sich alles. Ich hatte eine Heidenangst, Freddie könnte erneut verletzt werden. Wir hatten so lange gebraucht, um ihn zu bekommen. Er war so kostbar. Aber mit diesem unglaublichen Geschenk ging auch eine große Verantwortung einher. Wie könnte ich weiterleben, wenn ihm etwas zustieß?

Dann, eines Abends, kam Tom noch später als sonst nach Hause.

»Wo warst du?«, fragte ich verärgert, denn er hatte Freddie geweckt, indem er die Haustür nicht leise genug zugezogen hatte.

»Ich hatte ein Meeting, das sich in die Länge zog. Danach sind wir alle noch einen trinken gegangen.«

Ich war so vernarrt in Freddie und so erschöpft, dass ich gar nicht daran dachte, ihn zu fragen, wer dabei gewesen war. »Wie sollen wir ein weiteres Kind bekommen, wenn du so spät nach Hause kommst und dann zu erschöpft bist für Sex?«

Tom seufzte. »Darüber haben wir doch schon gesprochen. Schau dir an, was wir durchgemacht haben, um Freddie zu bekommen. Das hat so viel Stress gemacht. Lass uns dankbar sein für das Kind, das wir haben.«

Ich hätte diese Diskussion auf ein anderes Mal verschieben sollen, wenn er weniger erschöpft war. Aber das tat ich nicht. »Ich will doch nur, dass er ein Brüderchen oder Schwesterchen bekommt«, flehte ich. »Das hatten wir beide nicht.«

»Er kann stattdessen Freunde haben«, sagte mein Mann.

»Das ist nicht das Gleiche«, konterte ich und drehte mich um.

Während die Zeit verging, hoffte ich immerzu, Tom würde seine Meinung ändern. Freddie wurde jetzt bald drei Jahre alt, und um ihn herum schien für ihn alles ganz neu zu sein. »Guck mal, der Himmel!«, sagte er, als wir eines Tages die Hauptstraße entlangschlenderten, seine kleine Hand fest in der meinen. »Er hat so viele verschiedene Farben!«

Für sein Alter konnte er schon fließend sprechen – darauf war ich mächtig stolz.

»Das nennt man einen Regenbogen«, erklärte ich, kniete mich neben ihn und legte den Arm um ihn, während ich auf den Bogen deutete. »Er entsteht, wenn es gleichzeitig regnet und die Sonne scheint.«

»Das ist Zauber!«, sagte er und bekam große Augen. Wäre Tom jetzt hier, würde er sich mit den wissenschaftlichen Fakten befassen.

»Ja«, sagte ich. »Das ist es.«

»Es ist wie ein Lächeln«, fügte er hinzu. »Der Regenbogen ist glücklich!«

Er hatte recht.

»Sollen wir ihn malen, wenn wir zu Hause sind?«, schlug ich vor. Freddie war ein geborener Künstler, das merkte ich an der Art und Weise, wie er die Dinge um uns herum wahrnahm. Er hielt einen Bleistift, als wäre er damit in der Hand geboren worden. Er versuchte sogar, die Bilder aus den Seiten seiner Bücher mit den Fingern herauszuschaufeln, wollte sie zu fassen bekommen. Ich erinnere mich daran, dass ich das als Kind ebenfalls getan hatte. »Das ist gut«, hatte meine Mutter gesagt und gelächelt. »Das beweist, dass du eine tolle Fantasie hast.«

Er war auch fröhlich, hatte ein Lächeln wie ich, das sagten alle. Er sah immer die gute Seite von allem. Einmal, als wir auf dem Rückweg vom Einkaufen in einen Regenschauer gerieten, riss er den Mund auf, um die Tropfen aufzufangen. »Ich liebe es, wie Regen schmeckt«, sagte er.

Und wir tanzten immerzu. Oh, wie wir tanzten! Immer im Kreis zu einem meiner Lieblingsalben, *Ziggy Stardust*.

Manchmal, wenn Tom noch später nach Hause kam als üblich – was immer öfter der Fall war –, verschob ich Freddies Badezeit und unternahm mit ihm noch einen Abendspaziergang, um die Sterne zu beobachten.

»Das da ist der Gürtel des Orion«, erklärte ich und deutete auf die Linie am Himmel. »Siehst du die Formation da drüben? Wonach sieht sie für dich aus?«

»Ein Kochtopf!«, sagte er.

»Genau!«

»Lebt da oben ein Sternenmann?«, fragte er. »Du weißt schon. So wie bei der Musik, zu der wir tanzen?«

»Vielleicht.«

Ich drückte meinen kleinen Jungen fest an mich und sog seinen Geruch in mich auf. Doch ich spürte auch ein schreckliches Gefühl des bevorstehenden Verlusts. Bald würde Freddie zu alt sein für diese magischen Momente. Ich *musste* einfach ein weiteres Kind bekommen. Es war nicht nur die mütterliche Sehnsucht. Es war, wie ich zu Tom gesagt hatte, wirklich wichtig für unseren Sohn, dass er ein Geschwisterchen bekam. Wie viel einfacher wäre das Leben womöglich für mich gewesen, wenn ich einen Bruder oder eine Schwester gehabt hätte, mit denen ich es hätte teilen können.

Ich hätte alles getan, um ein Geschwisterkind für ihn zu bekommen.

TOM

23 Nach dem Unfall auf dem Spielplatz ging mir jegliches Selbstvertrauen verloren. Ich taugte nicht dafür, auf ein Kind aufzupassen.

Das sagte Sarah zwar nicht wörtlich. Aber ich wusste, dass sie es dachte. Deshalb war ich sauer auf sie. Es ist nur allzu leicht, seine Wut oder Enttäuschung an jemand anderem auszulassen. Die Wahrheit ist, dass ich, wenn ich nicht telefoniert hätte, vielleicht mehr auf meinen Sohn geachtet hätte.

Hilary machte sich diese Sichtweise nicht zu eigen, wobei ich zugeben muss, dass ich das mit dem »Telefonieren« ausließ und lediglich sagte, dass ich Freddie kurz »aus den Augen« gelassen hatte. »Es ist unmöglich, ein Kind pausenlos im Auge zu behalten«, sagte sie. »Das war einer dieser unglücklichen Unfälle. Man könnte argumentieren, dass dein Sohn dadurch lernen wird, vorsichtiger zu sein. Die Kleinen müssen irgendwann in ihrem Leben damit anfangen, eigene Erfahrungen zu machen.«

Hilary hatte einen Neffen, der an Asthma litt, also wusste sie auch diesbezüglich Bescheid. Tatsächlich war das, was sie dazu sagte, sehr ermutigend. »Er ist da jetzt herausgewachsen«, berichtete sie.

Es war beruhigend, etwas Vernünftiges aus weiblicher Perspektive zu hören, vor allem, da ich mehr und mehr das Gefühl hatte, dass sich Sarah und Freddie gegen mich stellten. Als wir zum Krankenhaus gingen, um seinen Arm ein letztes Mal untersuchen zu lassen, fragte mich der Arzt erneut aus. Wie genau war es dazu gekommen? War noch jemand anderes dabei gewesen, der es bezeugen konnte? Allmählich glaubte ich schon selbst fast, ich hätte ihn mutwillig verletzt.

So etwas würde ich selbstverständlich nie tun. Freddie war mein Sohn. Doch ich erfand jetzt Ausreden, um nicht mehr allein Verantwortung für ihn tragen zu müssen. Was, wenn er wieder einen Unfall hätte? Das war einer der Gründe, warum ich kein weiteres Kind wollte. Wir hatten auch so schon genug Druck zu bewältigen.

Sarahs unaufhörliche Nörgelei beeinträchtigte nicht nur meine Psyche. Sie führte auch dazu, dass ich im Bett nicht mehr funktionierte. »Das macht nichts«, sagte Sarah eines Abends. Doch ich spürte die Enttäuschung, die in ihrer Stimme mitschwang.

Dadurch bekam ich nicht nur Minderwertigkeitsgefühle, sondern war auch total frustriert. Ich hatte meine Triebe, so wie jeder andere Mann auch. Zu meiner Schande ertappte ich mich dabei, stattdessen an Hilary zu denken und mir auf diese Weise Erleichterung zu verschaffen. Hinterher fühlte ich mich furchtbar. Sie war nur eine Freundin. Ich bin nicht der Typ, der fremdgeht. Außerdem hatte es sich ja nur in meinem Kopf abgespielt.

Im Laufe der nächsten drei Jahre stellte sich heraus, dass Hilary recht hatte. Freddie wuchs tatsächlich aus seinem Asthma heraus. Er blieb allerdings das, was sie im Krankenhaus ein »Reizhustenkind« nannten. Auch sein Verhalten wurde unberechenbar, obwohl Sarah behauptete, er schneide »im Vergleich zu anderen Kindern sehr gut ab«.

Manchmal spielte er ganz vergnügt mit mir. Unser Lieblingsspielzeug war eine elektrische Eisenbahn, die ich ihm gekauft hatte. Dann wieder konnte er sich unmöglich verhalten. Als ich ihm eines Morgens half, ein dreihundertteiliges Puzzle zusammenzusetzen, schlug er mich sogar auf den Arm, weil ich ein Stück des Himmels vor ihm einfügte.

»Was fällt dir ein?«, rief ich. »Das hat mir wehgetan, und es gehört sich auch nicht. Ich habe versucht, dir zu helfen. Geh auf dein Zimmer.«

»Nein.«

Mein Sohn stand vor mir, die Hände in die Hüften gestemmt, und starrte mich wutentbrannt an, als wäre er ein Erwachsener, der ein Kind rüffelt, und nicht umgekehrt.

Ich hätte mich nie getraut, meinem Vater zu widersprechen, und ich hatte nicht vor, mir das von meinem Sohn gefallen zu lassen. Er musste eine Lektion erteilt bekommen.

»MUMMY!«, brüllte Freddie. »Daddy hat mir auf den Hintern gehauen!«

»Was?« Sarah kam hereingestürmt. »Warum hast du das getan?«

»Weil er mich dafür, dass ich ihm bei seinem Puzzle geholfen habe, auf den Arm geschlagen hat.«

»Und du glaubst, ihn zu schlagen, wird ihm eine Lektion erteilen?«

»Nun, jemand muss ihm beibringen, was richtig und was falsch ist.«

»Das tue ich, Tom. Ich rede vernünftig mit ihm.« Sie wandte sich Freddie zu. »Du darfst Daddy nicht schlagen. Das ist falsch.«

Er zog eine Schnute. »Die Jungs in der Schule tun das auch.«

»Das sollten sie aber nicht. Das ist nicht nett.«

»In Ordnung, Mummy.« Er kuschelte sich mittlerweile an sie, während er mir finstere Blicke zuwarf.

»Na bitte«, sagte Sarah. »Jetzt versteht er es.«

»War's das?«, fragte ich.

»Nein, das war es nicht. Ich will nicht, dass du ihn jemals wieder schlägst. Wie kann Gewalt Gewalt stoppen?«

»Ich war nicht gewalttätig«, betonte ich.

»Mein Hintern tut weh!«, jammerte Freddie.

»Lass mich mal sehen.« Sie erhob die Stimme. »Da ist ein roter Fleck drauf. Wie fest hast du ihn geschlagen?«

Die beiden starrten mich vorwurfsvoll an.

»Das ist lächerlich«, sagte ich. »Er ist derjenige, der aus der Reihe getanzt ist. Außerdem hat zu meiner Zeit jeder mal den Hosenboden voll gekriegt.«

»Ich nicht.«

»Es wäre für dich aber vielleicht besser gewesen, Sarah. Es hätte dich womöglich davor bewahrt, später in Schwierigkeiten zu geraten.«

Eisige Stille folgte. War ich zu weit gegangen? Aber es stimmte doch.

»Wir gehen raus«, sagte sie zu Freddie, ohne mich weiter zu beachten.

»Schön. Wenn du es so haben willst, nur zu.«

Ich rechnete damit, dass sie bald zurückkommen und sich entschuldigen würden. Aber das taten sie nicht. Ich versuchte, ein wenig zu arbeiten, um den Kopf frei zu bekommen, aber das half nicht. Ich war versucht, Hilary anzurufen und ihr zu erzählen, was passiert war. Oder Hugo. Aber ich schämte mich zu sehr, ihnen zu gestehen, dass ich ein Kind hatte, das seinen eigenen Vater schlug. Was für ein Sohn tat so etwas? Unterschwellig fühlte ich mich gedemütigt. War es meine Schuld? Konnte es sein, dass Freddie meinen schrecklichen Hang, andere zu mobben, geerbt hatte?

Als meine Frau und mein Sohn zwei Stunden später zurückkehrten und dabei vergnüglich über ihre Zeit auf der Schaukel im Park plauderten, als wäre nichts gewesen, spürte ich eine kalte Distanz zwischen mir und ihnen.

Mehr und mehr kam ich mir wie ein Außenseiter vor. Freddie benahm sich mir gegenüber weiterhin ungehörig. Eines Abends, als Sarah mit Olivia auf einem »Mädelsabend«

war, weigerte er sich, im Bett zu bleiben, und kam immer wieder die Treppe herunter.

»Du musst dich benehmen«, forderte ich fortwährend.

Daraufhin grinste er mich an, als würde er es genießen, mich damit auf die Palme zu bringen.

Trotz meiner damaligen Überzeugung, dass ich die richtige Entscheidung getroffen hatte, zu bleiben, fragte ich mich, was wohl passiert wäre, wenn ich Sarah nicht gebeten hätte, nach Freddies Geburt von Olivia zu mir zurückzukommen. Vielleicht hätten wir uns scheiden lassen. Wir hätten das Haus verkaufen müssen, um uns getrennte Wohnungen leisten zu können. Oder ein Richter hätte entschieden, dass Sarah und Freddie bleiben konnten, bis er älter war, und ich wäre ohne viel Federlesens vor die Tür gesetzt worden. Freddie wäre zwischen uns beiden hin- und hergependelt. Nein, sagte ich mir. Das wäre nicht richtig gewesen. Wenn er erst einmal älter war, würde alles besser werden.

»Ich fühle mich heute nicht gut«, verkündete er ein paar Wochen später. »Muss ich wirklich zur Schule gehen?«

»Hat das etwas mit dem Mathetest zu tun?« fragte ich.

Er hatte jeden Dienstag einen in der Schule. Ich hatte Zeit mit ihm verbracht, hatte ihm jede Woche bei der Vorbereitung geholfen. Aber das Kind brachte einfach kein Gefühl für Zahlen auf. In seinem Alter beherrschte ich das große Einmaleins. Er hingegen hatte Probleme, einstellige Zahlen wie neun plus vier zu addieren.

»Nein.« Freddie warf mir wieder diesen Blick zu. Es war, als hätte ich etwas Falsches gesagt. »Mir ist schlecht.«

»Oje«, sagte Sarah. »Dann solltest du zu Hause bleiben.«

»Mir scheint, bei ihm ist alles in Ordnung. Hast du seine Temperatur gemessen?«

»Sie war normal. Gehen wir trotzdem lieber auf Nummer sicher«, beschloss Sarah entschieden.

Als ich an diesem Abend von der Arbeit nach Hause kam, saßen die beiden am Esszimmertisch und zeichneten mit Pastellstiften.

»Es geht ihm also besser?«, fragte ich spitz.

»Dein Sohn sitzt hier«, sagte Sarah. »Du kannst ihn selbst fragen.«

»Es gibt keinen Grund, feindselig zu sein.«

Sarah ihrerseits war ausschließlich an ihm interessiert, so wirkte es zumindest. Sie fragte mich so gut wie nie nach der Arbeit im Büro. Stattdessen ging es um Freddie hier und Freddie da. »Ich mache mir Sorgen, dass er in der Schule nicht genug Freunde findet«, sagte sie. »Er wird nie gefragt, ob er mit anderen spielen will.«

»Vielleicht gibt es einen Grund dafür.«

»Wie meinst du das?«

»Vielleicht ist er nicht besonders nett zu ihnen, so wie er auch nicht nett zu mir ist.«

»Oh, nun werd aber mal erwachsen, Tom. Es dreht sich nicht immer alles um dich.«

Schließlich überwand ich mich doch und vertraute mich während einer unserer Tennispartien Hugo an. »Willkommen im Club«, konstatierte er. »Ich habe auch das Gefühl, dass Olivia und die Mädchen sich grundsätzlich gegen mich stellen. Also habe ich aufgegeben. Ich lasse sie tun, was sie wollen. Ich mische mich nicht in ihre Art der Erziehung ein. Wir leben während der Woche fast getrennte Leben. Ich esse mittlerweile alleine zu Abend, wenn ich aus dem Büro nach Hause komme. Sie behauptet, sie kann nicht so lange warten, und isst mit den Kindern.« Er klopfte mir auf den Rücken. »Mach dir keine Sorgen. Du wirst dich schon daran gewöhnen.«

»Jemand, den ich kenne, hat eine Familientherapie vorgeschlagen.«

»Das ist meiner Meinung nach ein Zeichen für Versagen.«

»Sie sagt, dass ...«

»Sie?« Hugo hielt inne. »Eine weibliche Bekannte? Verschweigst du mir da etwas, Tom?«

»Natürlich nicht.«

»Du wirst rot.«

»Es ist nur eine Arbeitskollegin. Sie ist einfach nur eine Freundin.«

»Männer und Frauen können keine Freunde sein.«

»Vergiss es, ja?«

»Wie heißt sie denn?«

»Eigentlich habe ich keine Lust mehr, den dritten Satz auch noch zu spielen. Ich denke, ich gehe jetzt nach Hause.«

Hugo grinste. »Wie du meinst.«

Auch wenn ich mir keiner Schuld bewusst war, lösten Hugos Worte doch Unbehagen in mir aus. Meine Freundschaft mit Hilary war das Einzige, was mir in dieser Situation half. Wir führten einige anregende Diskussionen über aktuelle Themen. Gelegentlich sprach ich Dinge an, die zu Hause vorgefallen waren. Aber ich ging nicht so weit, ihr etwas über Sarahs Vergangenheit anzuvertrauen. Das hätte sich zu sehr nach Verrat angefühlt.

Und dann gab es da natürlich noch meine Mittwochabend-Treffen, zu denen ich nach wie vor ging. »Danke, Tom«, sagte jemand aus der Gruppe, als wir auseinandergingen. »Du hast mir echt geholfen.«

Damit fühlte ich mich gleich besser. Könnte ich mir selbst doch nur auf die gleiche Weise helfen.

Weitere zwei Jahre vergingen. Freddie war jetzt sieben, fast acht. Es war ganz klar, dass er Sarah mir vorzog. Manchmal kam ich von der Arbeit zurück und stellte fest, dass die beiden in ein Buch oder die Fertigstellung eines Kunstwerks vertieft waren.

»Sag Daddy Hallo«, forderte Sarah ihn auf.

Doch oft schaute er nicht einmal auf.

»Er ist müde«, erklärte meine Frau mir dann.

»Schon gut«, antwortete ich und ging nach oben, um mir den Anzug aus- und eine Cordhose anzuziehen.

Aber es war eben nicht gut. Es kränkte mich über die Maßen. Alles, was ich gewollt hatte, war es doch gewesen, eine Familie zu gründen. Keiner hatte mich vorgewarnt, wie schwer es ist, ein guter Vater zu sein, wenn dein eigenes Kind nichts mit dir zu tun haben will.

Es gab Zeiten, in denen ich Sarah am liebsten an mich gezogen hätte, um ihr zu gestehen: »Ich bin todunglücklich.« Aber das konnte ich nicht tun. Männer müssen stark sein. Außerdem hatte ich mein Nest gebaut, also musste ich auch dazu stehen. Ich wollte mich nicht so verhalten, wie mein Vater es getan hatte.

Bald arbeitete ich sogar noch härter, ging früher ins Büro und blieb länger. Es war so viel entspannter im Büro. Es gab keine Wutanfälle von Freddie, keine Sarah, die mir vorwarf, ich sei »zu streng« zu unserem Sohn. Wenn ich etwas auf meinem Schreibtisch ablegte, wusste ich, dass es am nächsten Tag, wenn ich zurückkam, noch an Ort und Stelle war.

Wenn ich dasselbe zu Hause machte, ging es verloren. Zum Beispiel einer meiner Lieblingsfüllfederhalter, den ich dann später mit verbogener und verdrehter Feder in Freddies »Bastelkiste« entdeckte. »Er hat ihn für eine Zeichnung mit Feder und Tinte benutzt, die wir gemacht haben«, erklärte Sarah. »Tut mir leid. Ich besorge dir einen neuen.«

Meine Überstunden im Büro bescherten mir eine Beförderung.

»Wir sind sehr zufrieden mit Ihnen, Tom«, eröffnete mir mein Chef bei meiner jährlichen Beurteilung. »Deshalb möchten wir Ihnen eine Beförderung und eine Gehaltserhöhung anbieten.«

Es tat gut, wertgeschätzt zu werden. Gleichzeitig fühlte ich mich aber auch schuldig, weil es auf Kosten meiner Familie gegangen war.

»Bravo«, sagte Sarah, als ich es ihr am Abend erzählte. Ich saß an einem Ende des Sofas, sie am anderen. »Ich nehme an, das bedeutet, dass wir dich jetzt noch seltener zu sehen bekommen.«

»Kümmert das dich und Freddie denn?«, konnte ich mir nicht verkneifen, zu erwidern.

»Natürlich tut es das.«

»Es fühlt sich aber nicht so an.«

»Tom«, sagte Sarah und seufzte. Wenn sie nicht lächelte, sah sie ganz anders aus. »Ich tue hier mein Bestes, um unseren Sohn im Alleingang zu erziehen.«

»Alleingang?«, wiederholte ich. »Was meinst du damit?«

»Nun, du hast ihn seit vier Tagen nicht mehr zu Gesicht bekommen. Du bist zu spät nach Hause gekommen, um ihm einen Gutenachtkuss zu geben.«

Schuldgefühle drängten mich in die Defensive. »Ich arbeite für die Familie. Für uns.«

Dass es besser war, als zu Hause mit zwei Menschen Zeit zu verbringen, die ich nicht verstand, ließ ich unausgesprochen.

Inzwischen war auch Hilary befördert worden. Manchmal ertappte ich mich dabei, in der Mittagspause in dem Park frische Luft zu schnappen, in dem auch sie ihre Sandwiches aß. Ihr Lieblingsbelag war, wie meiner, Gurke und Cheddar.

»Also«, sagte sie zu mir, »was hältst du eigentlich von diesem neuen Breitband-Konzept für das Internet? Glaubst du, es wird irgendwann Einwahlverbindungen komplett ersetzen?«

Es war so erfrischend, mit jemandem zu reden, der sich wirklich für mich zu interessieren schien und sich nicht immer nur über Schulen oder Nichtigkeiten ausließ.

Seit Freddies Geburt war unser Liebesleben – das früher ein

so wesentlicher Teil von uns gewesen war – fast auf null geschrumpft. Ich habe ja bereits erwähnt, dass es mir schwerfiel, zu ... nun ja, zu funktionieren. Außerdem schlief Sarah häufig schon, wenn ich ins Bett kam. Und wenn sie spät noch malte, löschte ich das Licht im Schlafzimmer, weil ich erschöpft war. Anders als meine Frau musste ich ja am nächsten Tag arbeiten.

Deshalb war ich überrascht und peinlich berührt, als ich feststellte, dass ich mich in Hilarys unmittelbarer Nähe manchmal fragte, wie es sich wohl anfühlen würde, sie zu küssen oder sie sogar – natürlich mit ihrer Erlaubnis – auszuziehen.

Eines Tages änderte sich dann alles. »Ich bin abgeworben worden«, teilte sie mir mit und faltete sorgsam eine Serviette auseinander, um sie sich auf den Schoß zu legen. Es war eine echte Leinenserviette, die sie mit zur Arbeit gebracht hatte, zusammen mit ihren ordentlich geschnittenen Sandwiches und ihrer Thermosflasche.

»Wirklich?«, sagte ich und kaute auf dem Thunfischbrötchen herum, das Sarah mir an diesem Morgen zusammengeschustert hatte, weil ich nach einem frühmorgendlichen Anruf eines Kunden spät dran war. »Von wem?«

Ich legte mein Brötchen beiseite. Die Nachricht hinterließ ein Gefühl der Leere in meiner Magengrube.

Sie nannte den Namen der Firma. Es war einer unserer Wettbewerber. Dann erzählte sie mir von der Stelle, die man ihr angeboten hatte. »Was hältst du davon?«

»Es könnte ein guter Schritt für deine Karriere sein«, sagte ich zögernd.

»Das fand ich auch.«

Ich wartete darauf, dass sie sagen würde, sie werde meine Gesellschaft vermissen.

Aber das tat sie nicht.

Ich beschloss, nicht an Hilarys Ausstandsfeier teilzunehmen. Stattdessen ging ich das Themseufer auf und ab und starrte auf das dunkle Gewässer hinaus, das die Lichter der Straßenlaternen reflektierte. Wie es wohl wäre, ein Boot zu besteigen und einfach aufs Meer hinauszufahren? »Woran denkst du nur?«, tadelte ich mich. »Du hast eine moralische Verpflichtung gegenüber deiner Frau und deinem Kind.«

Zwei weitere Jahre vergingen. Freddie war nun fast zehn und besuchte die örtliche Grundschule. Ich hätte eine Privatschule am Ende der Bakerloo Line vorgezogen, aber Sarah wollte, dass er in einem »nicht exklusiven Umfeld« unterrichtet wurde. Diese Schlacht hatte ich verloren.

Ich hatte gehofft, dass Sarah inzwischen weniger ängstlich sein würde, doch stattdessen wurde sie eher noch angespannter und machte ständig ein Bohei darum, ob er »glücklich« sei. Außerdem war sie in Panik wegen der Schweinegrippe, die zu einer Pandemie erklärt worden war.

»Wenn man die Statistiken speziell unsere Wohngegend betreffend in Betracht zieht«, sagte ich ihr, »haben wir nur ein geringes bis mäßiges Risiko.«

»Gering bis mäßig?«, wiederholte sie. »Das ist nicht gut genug. Wie, glaubst du, könnte ich ohne Freddie leben?«

Und was ist mit mir?, wollte ich fragen.

Inzwischen machte ich mir Sorgen, dass unser Sohn nicht in der Lage war, jemals Bruchrechnen zu erlernen. Tatsächlich zeigte er nach wie vor kaum Interesse an Zahlen. Er las lieber oder zeichnete mit Filzstiften abstrakte Formen, die die ärgerliche Angewohnheit hatten, auch auf den Wänden aufzutauchen. Ich versuchte, eine Bindung zu ihm aufzubauen, indem ich mir lustige Mathespiele ausdachte.

»Vielleicht möchtest du ja auch mal Versicherungsmathematiker werden wie ich«, schlug ich vor.

»Ich will lieber malen.«

»Aber mit Kunst bekommst du keinen richtigen Job.«

»Danke«, versetzte Sarah, die mitgehört hatte.

»So habe ich es nicht gemeint.«

»Ich glaube doch.«

»Streite nicht mit Mummy!«, schimpfte Freddie. Dann hob er einen Kricketball auf, der auf dem Boden lag, und warf ihn quer durch das Zimmer, worauf eine Fensterscheibe splitterte.

Wie konnte er das wagen? Fast ohne nachzudenken, schlug ich ihm auf den Hintern. Seit dem letzten Mal hatte ich ihn nicht mehr angefasst. Der Junge schrie auf, obwohl ich nicht besonders fest zugelangt hatte.

»Ich habe dir gesagt, du sollst ihn nicht mehr schlagen!«, schrie Sarah.

»Ich will ihm eine Lektion erteilen. Das wäre nicht nötig, wenn du ihn richtig unter Kontrolle hättest.«

»Du gehst das aber auf die falsche Art an.« Sie wandte sich Freddie zu. »Du bist zu groß, um so etwas zu tun, mein Schatz. Bitte entschuldige dich bei deinem Vater.«

»Ich wollte die Fensterscheibe nicht kaputtmachen.«

»Wieso war denn überhaupt ein Kricketball im Haus?«

»Weil ich seine Sportsachen aussortiert habe«, konterte Sarah. »Sag, dass es dir leidtut, Freddie.«

»Nein.« Er starrte mich wieder wütend an. »Es war ein Versehen.«

»Und, was wirst du jetzt unternehmen?«, wollte ich wissen – vernünftigerweise, wie ich fand.

»Nun, ich werde ihn ganz sicher nicht schlagen.« Die tiefbraunen Augen meiner Frau hatte ich immer geliebt. Jetzt aber blitzten sie mich auf eine Art und Weise an, die man nur als feindselig bezeichnen konnte. »Gewalt erzeugt Gegengewalt«, fauchte sie.

»Nun, davon kannst du sicher ein Liedchen singen nach deiner Erfahrung drinnen«, konnte ich mir nicht verkneifen, zu erwidern. Zu spät bedauerte ich es, und ein ekliges Gefühl der Scham schlug mir auf den Magen.

»Wo drinnen?«, wollte Freddie wissen.

»Nirgendwo«, wiegelte Sarah rasch ab. »Dein Vater wollte das gar nicht sagen. Nicht wahr?«

Ich gab keine Antwort.

In dieser Nacht schlief ich im Gästezimmer und ging am nächsten Morgen früh zur Arbeit.

Schlussendlich schien Sarah meine Entscheidung akzeptiert zu haben, dass es nicht vernünftig war, weitere Kinder zu bekommen. Rückblickend hätte ich dies als Alarmsignal deuten sollen.

»Wie läuft es denn so?«, fragte Hugo, als wir uns eines Sonntagmorgens auf eine Partie Tennis trafen.

Nachdem ich erfahren hatte, dass er Chapman am Abend vor seinem Suizid bedroht hatte, hatten er und ich allmählich einen auf tönernen Füßen stehenden Waffenstillstand abgeschlossen. Ich war immer noch wütend, weil er auch mich darin verwickelt hatte. Aber trotz allem waren wir durch unsere Vergangenheit miteinander verbunden.

Ich dachte an das Büro und wie leer es seit Hilarys Weggang wirkte. Einmal, auf einem Kongress, hatte ich einen Blick auf sie erhascht, aber wir hatten nicht miteinander gesprochen. Sie hatte mir durch eine Halle voller Teilnehmer lediglich zugenickt, und obwohl ich nach ihr Ausschau hielt, als wir gingen, hatte ich sie nirgends entdecken können.

»Alles in Ordnung«, antwortete ich auf Hugos Frage.

»Geht es Freddie gut?«

»Zurzeit schon. Er ist sehr aktiv. Neulich hat er eine Fensterscheibe zertrümmert, weil er einen Kricketball quer durch das Zimmer gepfeffert hat.«

Hugo schnitt eine Grimasse. »Willkommen in der Welt der Eltern. Wie geht es deiner umwerfenden Bohème-Gattin?«

Im Interesse unserer Freundschaft zog ich es vor, das mit dem »Bohème« zu ignorieren. Hugo sprach von Sarah oft mit derlei Begriffen, obwohl er genau wusste, dass ich das nicht mochte, vor allem, da ihr Aussehen mittlerweile konventioneller geworden war.

»Gut, denke ich, wenn auch ein bisschen müde«, antwortete ich steif.

»Das muss an dem ganzen Sex liegen! Ich wette, ihr beide treibt es wie die Karnickel.«

Ich ließ mich nicht beirren und zuckte nur mit den Schultern.

»Olivia und ich haben es jetzt schon seit Jahren nicht mehr getan. Wahrscheinlich lässt sie es sich von jemand anderem besorgen.« Hugo sagte das in einem auf seltsame Weise beiläufigen Ton, der zu verstehen gab, dass es ihm wichtiger war, als er zugeben wollte. Ähnlich wie meine Antwort, die ich Hilary gab, als sie mir mitteilte, dass sie die Firma verlassen würde. *Es könnte ein guter Schritt für deine Karriere sein.*

»Glaubst du wirklich, dass sie eine Affäre hat?«, fragte ich in einem Ton, von dem ich hoffte, dass er neutral klang.

»Vielleicht.«

»Warum sprichst du dann nicht mit ihr?«

»Weil ich keinen Staub aufwirbeln und dabei mindestens die Hälfte meines Vermögens verlieren will, wie so viele meiner Freunde. Außerdem hatte ich selbst auch ein paar Techtelmechtel.«

»Du hast mal eine junge Frau erwähnt, die du in einer Bar kennengelernt hast«, sagte ich bedächtig. »Da waren noch andere?«

»Sie hatten nichts zu bedeuten. So etwas tun Leute, um ihre Ehe am Laufen zu halten.«

»Ich nicht.«

»Was ist mit der Frau im Büro, die du erwähnt hast?«

»Hilary war nur eine Kollegin, wie schon gesagt«.

»*Hilary?*« Er grinste wieder dieses wölfische Lächeln. »So heißt sie also.«

»Wenn du weiter so redest, bin ich weg.«

»Warte. Tut mir leid. Ich weiß, du bist nicht der Typ, der herummacht. Wie wäre es, wenn du nach dem Spiel zu mir nach Hause kommst, und wir zischen ein paar Biere?«

Als wir dort ankamen, war ich schockiert von Olivias Empfang. »Du hättest schon vor einer Stunde zu Hause sein sollen!«, warf sie Hugo vor und schmiss ein Paar Topflappen in seine Richtung. »Du kannst dir dein Mittagessen selber kochen und auf die Kinder aufpassen. Ich gehe aus.«

Siehst du?, bedeutete mir Hugo mit seinem Blick.

»Mum, sei nicht so gemein zu Dad«, mischte sich Clemmie ein. Sie war jetzt im Teenageralter. In meinen Augen war sie als Kind einfacher gewesen. Und das wollte schon etwas heißen.

Ihre Schwester fing an zu weinen.

»Jetzt schau dir an, was du mit deinem Gequatsche erreicht hast«, maulte Hugo. »Du hast wieder mal die Kinder durcheinandergebracht.«

»Ich glaube, ich gehe jetzt besser«, schlug ich vor. Niemand schien auf mich zu hören, also verschwand ich.

Als ich nach Hause kam, war niemand da. Hausaufgabenhefte und Farbstifte lagen auf dem Boden verstreut herum. Auf dem Tisch lag ein Zettel: *Sind im Park spazieren.*

Ich lief umher und versuchte aufzuräumen. Aber ich musste ständig darüber nachdenken, wie unglücklich Hugo war und dass er und Olivia einst das perfekte Paar gewesen zu sein schienen.

Vielleicht musste ich mich mehr anstrengen. Deswegen zog ich mir, nachdem ich aufgeräumt hatte, meine Outdoor-Schuhe an und machte mich auf die Suche nach den beiden. Als ich im Park ankam, konnte ich meine Frau und Freddie gleich sehen.

Ihre dunklen Köpfe steckten dicht beieinander, während sie sich über etwas in einem Gebüsch beugten.

»Hi!« Sarah schien überrascht zu sein. »Schau mal, Freddie, da ist Dad. Zeig ihm, was wir gefunden haben.«

»Es ist ein Admiralfalter«, verkündete er. Dann rannte er in Richtung Rutsche, offenkundig nicht daran interessiert, das Gespräch fortzusetzen.

Sarah hielt mir ihre Wange entgegen. Ich streifte sie mit meiner. Haut an Haut. Ich hatte vergessen, wie sich das anfühlt.

»Hat das Tennisspiel Spaß gemacht?«

»Ja, danke«, sagte ich. »Wie war euer Spaziergang?«

»Schön, danke.«

Zu dritt gingen wir nach Hause, Freddie vorneweg. Für einen Außenstehenden mussten wir wie eine perfekte Familie aussehen. Die Wahrheit jedoch war, dass ich aus der Reihe fiel. Ich war der Teil der Gleichung, der nicht ganz passte.

Mir hallten immer noch Hilarys Worte nach, die sie am Abend von Freddies Geburt gesagt hatte: »*Aber wenn du dann später irgendwann feststellst, dass du und Sarah nicht zusammenpasst, dann ist das etwas anderes.*«

Diesen Punkt hatten wir noch nicht erreicht, sagte ich mir. Ich war es meiner Frau und meinem Kind schuldig, zu bleiben.

Ich würde das tun, was ich am besten konnte: hart arbeiten. Für sie sorgen. Und akzeptieren, dass ich kein Teil ihrer beider kleinen Zweisamkeit war.

SARAH

24

Tom schien zu glauben, es wäre ein Zuckerschlecken, mit einem Kind zu Hause zu bleiben, statt arbeiten zu gehen. Ich kann Ihnen jedoch versichern, dass es nicht so war. Zumindest nicht, wenn es sich um Freddie handelte. Kaum war eine Phase beendet – etwa die frühkindlichen Wutausbrüche –, schloss sich eine andere an.

An einem sonnigen Morgen im August während der Schulferien schlug Olivia vor, mit den Kindern einen Spaziergang an der Themse zu unternehmen. Freddie war zehn und wollte unbedingt mit den Mädchen mithalten, die vor ihm herliefen. »Nicht so schnell!«, mahnte Olivia. »Ganz ehrlich«, sagte sie. »Meine Mädchen sind so ehrgeizig. Clemmie ist wütend, weil ihre Schwester in die A-Auswahl der Schule gekommen ist. Sie kommt ganz nach mir.«

»Freddie ist nicht so sportbegeistert«, bekannte ich.

Das war eine weitere Enttäuschung für Tom. Wie ich war auch er in der Schule nicht besonders sportlich gewesen. Aber im Gegensatz zu mir schien er entschlossen zu sein, dass sein Sohn besser sein würde als er selbst.

Für einen Moment hing ich meinem Ärger nach, mit den Gedanken beim letzten Mal, als Tom Freddie zum Ballspielen hatte nötigen wollen.

»Komm schon, Freddie, sei nicht so ein Weichei.«

»Passt auf!«, rief Olivia.

Die Kinder waren plötzlich weit voraus, und es sah aus, als wollten sie eine Straße überqueren.

»WARTET!« schrie ich.

Aber Clemmie und Molly waren schon hinübergerannt. Freddie stand da und wartete auf eine Lücke im fließenden Verkehr. Ich begann, zu rennen, Olivia auch. Ich war nicht so schnell wie sie. Ich konnte erkennen, wie Freddie zögerte, während ein Lastwagen nach dem anderen an ihm vorbeifuhr.

O mein Gott! Er schob sich in eine Lücke zwischen zwei Fahrzeugen auf die Straße hinaus.

»STOPP!«, schrie ich. »STOPP!«

Ich würde nicht mehr rechtzeitig bei ihm sein. Reifen quietschten. Bremsen zischten durchdringend. Jemand schrie. In diesem Moment endete mein Leben. Meine Beine versagten ihren Dienst, und ich sank zu Boden und spürte, dass ich mich eingenässt hatte. Ich wusste ohne jeden Zweifel, dass Freddie tot war. Mein Sohn. Mein Leben. Alles war vorbei.

Als ich den Kopf hob, sah ich durch meinen Tränenschleier einen verschwommenen lilafarbenen Fleck auf mich zukommen. Es war Olivia. Sie mühte sich damit ab, etwas zu tragen. Es war ein Körper, den sie sich über die Schulter geworfen hatte. »Ich hab ihn, Sarah. Es ist alles in Ordnung.«

Dann setzte sie ihn behutsam neben mir ab.

»Mum«, sagte Freddie und umarmte mich voller Verzweiflung. »Es tut mir so leid.«

Meine Wut ließ die Tränen, die mir über das Gesicht liefen, trocknen. »Wie konntest du das tun? Ich habe dir doch gesagt, du sollst stehen bleiben.«

»Tante Olivia hat mich zurückgezogen. Der Lastwagenfahrer hat mich angebrüllt, und eine Frau hat geschrien.«

Ich drückte ihn fest an mich und atmete seinen Geruch ein, durchflutet von Dankbarkeit und Wut. »Danke.«

»Ist schon gut.« Olivia legte ihren Arm um mich. »Das habe ich meinem Schulsporttraining zu verdanken«, versuchte sie, es herunterzuspielen, aber ich merkte, dass auch sie zitterte.

Dann kamen die Mädchen zurückgerannt.

»Geht es dir gut? Wir haben gesehen, was passiert ist. Ich dachte, du würdest überfahren werden, Mama.«

»Wenn ihr nicht vorausgerannt wärt, wäre Freddie euch nicht gefolgt«, sagte Olivia streng.

»Entschuldigung.«

»Nein«, schaltete ich mich ein. »Es ist meine Schuld. Wir hätten näher bei euch bleiben sollen.«

Stattdessen hatte ich mit Olivia über meine Ehe geplaudert und meinem Ärger Luft gemacht. Meine Freundin warf mir einen Blick zu. Sie wusste, was mir durch den Kopf ging.

»Wie kann ich es jemals wiedergutmachen, dass du ihn gerettet hast?«, sagte ich auf dem Rückweg.

»Das musst du nicht.« Dann warf sie mir einen verschlagenen Blick zu. »Wirst du es Tom erzählen?«

»Ich denke schon.«

»Willst du meinen Rat hören? Ich würde es nicht erwähnen. Es wird dich nicht weiterbringen, oder?«

»Aber Freddie wird damit ankommen.«

»Bitte ihn, es nicht zu tun. Die Mädchen und ich verheimlichen ständig Kleinigkeiten vor Hugo.«

»Aber das hier ist etwas anderes, oder?«

Sie zuckte mit den Schultern. »Wenn du mich fragst, ist die Wahrheit unterschiedlich, je nachdem, wie man sie betrachtet. Jeder interpretiert sie auf andere Art und Weise, meinst du nicht?«

Olivia hatte meinem Sohn das Leben gerettet. Davon war ich überzeugt. Das würde ich ihr nie vergessen, schwor ich mir, bis ans Ende meiner Tage.

Es schweißte uns beide noch enger zusammen. Wenn die Kinder in der Schule waren, aßen wir oft zusammen zu Mittag, nachdem ich den Vormittag über gemalt hatte. Ich erzählte meiner Freundin Dinge, von denen ich niemandem sonst erzählen konnte, zum Beispiel von Toms zunehmend distanziertem Verhalten und Freddies extremer Willensstärke.

»Neulich waren wir Schuhe kaufen, und er hat sich geweigert, das einzige vernünftige Paar, das passte, zu nehmen.«

»Du musst sie glauben machen, dass deine Vorschläge von vornherein ihre Ideen waren«, brachte Olivia vor.

»Reden wir jetzt von Kindern oder von Ehemännern?«

Sie kicherte. »Sowohl als auch.«

»Tom ist so streng mit Freddie.«

»Das ist mir auch aufgefallen. Hugo hat aufgegeben. Er überlässt die Maßregelung ganz mir.«

»Ich weiß nicht, wie du das hinkriegst.«

Sie zuckte mit den Schultern. »Mit zwei Kindern ist es einfacher. Sie zanken sich zwar ständig, aber im Großen und Ganzen kommen sie gut miteinander aus. Sie spielen miteinander. Ist Tom fest entschlossen, keines mehr zu bekommen?«

»Felsenfest.«

»Hugo auch.« Sie seufzte. »Ich hätte gerne einen Sohn gehabt, aber es hat nicht sein sollen. Wenn ich jetzt schwanger würde, wäre es eine unbefleckte Empfängnis.« Sie lachte trocken. »Wir haben schon seit Jahren keinen Sex mehr. Schau nicht so überrascht. Als mir klar wurde, dass er kein weiteres wollte, sagte ich ihm, ich will getrennte Schlafzimmer. Das sollte ihn eigentlich dazu bewegen, seine Meinung zu ändern, aber, na ja, jetzt sind wir dabei geblieben.«

»Macht es dir was aus?«

Einen ganze Weile wirkte sie wehmütig. »So hatte ich mir meine Ehe nicht vorgestellt.«

»Ich mir die meine auch nicht«, gestand ich. »Wir haben auch keinen Sex mehr. Ich bin zu müde, und Tom ist ... nicht immer in der Lage, du verstehst schon.«

»Hugo auch, um ehrlich zu sein. Ich war mir nicht sicher, ob ich es ansprechen sollte.«

Wir sahen uns beide an und brachen in Kichern aus.

»Sieh uns an«, sagte Olivia und legte ihren Arm um mich. »Wir sind ein richtiges Paar, nicht wahr? Für einen Außenstehenden könnte es so aussehen, als hätten wir alles. Jedenfalls habe ich beschlossen, eine große Veränderung in meinem Leben vorzunehmen. Ich habe es satt, das zu tun, was andere von mir erwarten. Ich will so mutig sein wie du!«

Einen Moment lang bekam ich es mit der Angst zu tun. Sie würde doch wohl Hugo nicht verlassen, oder?

»Was steht denn an?«

»Ich habe einen Job!« Olivias Gesicht leuchtete. »Du hast mich mit deiner Kunst inspiriert. Ich habe mich mit der Marketingfirma in Verbindung gesetzt, für die ich vor der Geburt der Mädchen gearbeitet hatte. Wie sich herausstellte, wollten sie gerade eine Stellenanzeige schalten. Ich steige zwar auf einer viel niedrigeren Gehaltsstufe ein, aber ich bin echt aufgeregt! Ein bisschen nervös auch, um ehrlich zu sein.«

Es fiel mir immer noch schwer, mir vorzustellen, dass Olivia wieder arbeiten würde. Sie schien es immer genossen zu haben, eine nicht berufstätige Mutter zu sein.

»Was sagt Hugo dazu?«

Sie zuckte mit den Schultern. »Ihm gefällt es nicht. Wie ich es erwartet hatte, hat er sich ständig darüber ausgelassen, dass er genug Geld nach Hause bringt und es keinen Grund gibt, warum auch ich einer Arbeit nachgehen sollte. Ich sagte ihm, das sei lächerlich altmodisch. Dann wollte er wissen, wer die Mädchen von der Schule abholt.«

Sie hielt inne.

»Das mache ich dann«, hörte ich mich sagen.

»Wirklich? Das wäre fantastisch. Danke.«

»Das ist das Mindeste, was ich tun kann, nach allem, was du für mich getan hast.«

Doch unser Gespräch über Sex beunruhigte mich. Indem

ich meine Probleme laut ausgesprochen hatte, war mir klar geworden, dass ich nicht wollte, dass Tom und ich zu den Paaren gehörten, die sich auseinanderlebten und bei Freunden darüber lästerten. Wie konnte ich das verhindern?

Dann sah ich eine Anzeige für ein Ferienhaus in Cornwall und schlug Tom vor, wir sollten eine Auszeit nehmen. Tom reiste nicht gern ins Ausland. Er bekam Ausschlag, wenn er zu viel Sonne abbekam. Aber dieser Idee gegenüber schien er recht aufgeschlossen zu sein.

Das Bild im Prospekt hatte nicht gelogen. Als wir ankamen, fanden wir ein hübsches kleines Steinhaus an einem Strand in der Nähe von St Ives mit Blick auf den Hafen vor. Möwen flogen umher. Die Luft roch ganz anders. Der Tapetenwechsel schien fast von der ersten Minute an Wunder zu bewirken.

»Wer hat Lust auf eine Erkundungstour?«, fragte Tom.

»Ich«, meldete sich Freddie.

Mit pinken Krabbenkeschern, die wir an der Strandpromenade gekauft hatten, fischten wir in Gezeitentümpeln herum. Am zweiten Tag ermutigte ich die beiden dazu, alleine loszuziehen. Während sie unterwegs waren, blieb ich nervös zurück, weil ich befürchtete, sie würden in Streit geraten, aber sie kamen mit geröteten Gesichtern und glücklich wirkend zurück und unterhielten sich miteinander.

Am dritten Abend setzten wir uns auf die Hafenmauer, aßen dort Fish and Chips und sahen zu, wie die Fischerboote einliefen.

»Das ist schön«, sagte ich verträumt. »Ich wünschte, wir könnten am Meer leben.«

»Ich auch«, sagte Freddie.

»Das wäre nicht praktikabel«, warf Tom ein.

»Ich weiß«, sagte ich und ließ meine Hand in die seine gleiten. »Aber träumen dürfen wir.«

In dieser Nacht schliefen wir zum ersten Mal seit Jahren

wieder miteinander. Es war nicht mehr so wie früher, und ich musste ihn unterstützen. Aber weg von zu Hause zu sein machte es besser.

Am nächsten Tag hielten Tom und ich uns an den Händen, während wir Freddie beim Schwimmen zusahen. Als er herauskam, wickelten wir ihn in ein großes, weiches Handtuch und rubbelten ihn gemeinsam trocken, während er bibberte und dabei fröhlich grinste.

Im Stillen wünschte ich mir, dass alles so bleiben möge.

Und der Wunsch schien in Erfüllung zu gehen. Zumindest für eine Weile.

Freddie besuchte jetzt eine weiterführende Schule. Dort hatte er eine Kunstlehrerin, die ihn sehr ermutigte. »Das ist es, was ich machen will, wenn ich groß bin!«, erklärte Freddie immer wieder. »Ich werde ein richtiger Künstler, so wie du.«

Ich hatte angefangen, in einer kleinen Galerie in unserem Viertel Bilder zu verkaufen, und ich gab auch wieder Kurse. Schuldgefühle, weil ich nun öfter nicht zu Hause war, brauchte ich nicht zu haben, da Tom in seiner neuen beruflichen Position viele abendliche Meetings hatte und Freddie einen Abend pro Woche im Kunstclub seiner Schule verbrachte.

Darüber hinaus holte ich wie versprochen Olivias Mädchen von der Schule ab und nahm sie auch manchmal mit zum Abendessen zu uns nach Hause. »Ich weiß ja, dass sie alt genug sind, um allein nach Hause zu gehen, aber da draußen gibt es zu viele Verrückte und Versuchungen.«

Olivias Arbeitszeiten schienen länger und länger zu werden, und sie war immer sehr dankbar.

»Ich liebe die Arbeit«, versicherte sie, und ihre Wangen erröteten. »Ich fühle mich dabei so lebendig. Ich habe die Frau wiederentdeckt, die ich einmal war. Vielen Dank, dass du mir dabei hilfst.«

»Ist mir ein Vergnügen.«

Das war es wirklich. Ihre Mädchen brachten eine neue Dynamik ins Spiel, und auch Freddie schien ihre Gesellschaft zu genießen. Ich wiederum genoss meine Unterhaltungen mit Olivia.

Eines Abends kam sie mit einer großen Einkaufstasche zu uns nach Hause, um Clemmie und Molly abzuholen. »Ich habe für jeden von uns ein Geschenk«, erklärte sie und überreichte mir eine Schachtel, die in einer braunen Papiertüte steckte.

»Danke.«

Dann sah sie sich um. »Wo sind die Kinder?«

»Vor dem Fernseher«, sagte ich entschuldigend.

»Sehr gut. Dann kannst du jetzt deines aufmachen. Aber mach schnell ... bevor sie reinkommen.«

Ich nahm die Schachtel heraus und schaute auf das Bild darauf. Einen Moment begriff ich nicht, was ich da in der Hand hielt. Dann dämmerte es mir.

»Ein Vibrator?«, fragte ich.

»Pssst«, machte sie kichernd. »Sonst hören sie uns. Ich habe mir auch einen besorgt.«

»Aber warum?«

»Ist das nicht offensichtlich? Du und ich ›bekommen keinen Honig‹, wie es die Amerikaner ausdrücken. Also können wir genauso gut selbst dafür sorgen. Ich mache das Marketing für diese Sexspielzeugfirma, und wir haben ein paar kostenlose Probeexemplare bekommen. Damit können wir endlich wieder ein wenig Spaß haben!«

Dass Tom und ich mittlerweile wieder ab und zu miteinander schliefen, wollte ich ihr nicht sagen.

»Probeexemplare? Die sind doch wohl noch nicht benutzt worden, oder?«, fragte ich.

Olivia kreischte vor Lachen. »Natürlich nicht! Schau doch, sie sind in versiegelten Verpackungen.«

»Aber was wird Tom dazu sagen?«

»Du sagst ihm nichts davon, Dummerchen. Bewahr ihn an einem geheimen Ort auf, und dann gehst du früher ins Bett als er. Sag, du wärst müde. Für mich ist das kein Problem, weil wir getrennte Schlafzimmer haben, aber einige meiner Freundinnen spielen mit den ihren im Badezimmer, wenn die Tür zu ist und das Radio läuft.«

»Du kennst also Frauen, die diese Dinger benutzen?«

»Natürlich! Mich wundert es, dass jemand, der ein solches Leben geführt hat wie du, manchmal so naiv sein kann.« Sie umarmte mich kurz. »Versteh das bitte nicht falsch.«

Wir kippten vor Lachen beinahe um.

»Was ist so lustig?«, fragte Clemmie, die nun aus dem Wohnzimmer herüberkam.

»Nichts Besonderes, Schatz«, antwortete Olivia, während ich mein Geschenk rasch wieder in die Einkaufstasche steckte. »Ich habe Tante Sarah bloß gerade von etwas erzählt, das auf der Arbeit passiert ist. Wir müssen jetzt nach Hause.«

»Danke, dass du uns abgeholt hast«, sagten sie im Chor. Dann umarmten sie mich beide.

Ich hatte sie wirklich ins Herz geschlossen. Wie gerne hätte ich eine Schwester für Freddie gehabt.

»Sie haben ihre Hausaufgaben schon gemacht«, fügte ich hinzu, als sie gingen.

»Vergiss nicht, auch deine zu machen!«, rief Olivia und zwinkerte dabei mit den Augen.

»Welche Hausaufgaben?«, fragte Freddie.

»Ein Bild, das ich fertigstellen muss«, erwiderte ich.

Gelogen war das nicht, denn ich musste tatsächlich eines fertigstellen. Jemand, der schon früher einmal ein Bild gekauft hatte, hatte es in Auftrag gegeben. Es war eine Darstellung des Meeres, und ich hatte es von einem Foto abgemalt, das ich während unserer Flitterwochen auf den Scillys gemacht hatte.

Eigentlich hatte ich es gar nicht verkaufen wollen. Die türkisfarbenen und aquamarinblauen Töne zogen mich an und verliehen mir das Gefühl, als wäre ich direkt dort, am Wasser, weit weg von all dem hier.

An diesem Abend tat ich, was Olivia mir vorgeschlagen hatte. Ich ging ohnehin oft früher ins Bett als Tom. Er hing häufig noch unten herum und checkte E-Mails. Der Vibrator war einfacher zu benutzen, als ich gedacht hatte. Ich spürte, wie mich eine Welle der Lust durchfuhr. Ach, du meine Güte! Ich hatte nicht gedacht, dass es gut so sein könnte.

Am nächsten Morgen wachte ich auf und fühlte mich – nun ja, begeistert. Doch als ich zu Tom hinüberschaute, war ein Teil von mir auch verärgert. Olivias Geschenk zu benutzen hatte mich daran erinnert, wie gut wir früher zusammen gewesen waren. So würde es zwischen uns wahrscheinlich nie wieder werden.

Aber im Gegensatz zu Hugo war mein Mann wenigstens treu.

Als Freddie seine Kurse für die Abschlussprüfungen begann – ich konnte kaum glauben, dass er so schnell erwachsen geworden war –, nahm der Druck zu.

»Du musst dich mehr auf Mathematik und die wichtigen Fächer konzentrieren, statt ständig zu malen«, sagte Tom.

»Kunst ist auch ein wichtiges Fach«, erklärte Freddie.

»Ja«, bestätigte ich. »Das stimmt. Und wir sind das schon einmal durchgegangen.«

»Ein Mann braucht solide Fähigkeiten, auf die er zurückgreifen kann.«

»Das ist so sexistisch!«, platzte ich heraus.

»Komm schon, Sarah. Ohne mich wärst du nicht in der Lage, deinen Lebensunterhalt zu bestreiten.«

»Es tut mir leid, Mum«, erklärte Freddie später, als wir unter uns waren.

»Ist schon gut«, sagte ich. Aber das war es nicht.

Kurz darauf bekam ich einen Anruf von Freddies Schule, in dem mir mitgeteilt wurde, er habe geschwänzt und sei mit Freunden in der Stadt beim Rauchen erwischt worden.

»Beim Rauchen von was?«, fragte ich nach, als ich einbestellt wurde. Tom war bei der Arbeit, und ich hielt es für das Beste, ihm erst etwas davon zu erzählen, wenn ich alle Fakten kannte.

Der Jahrgangsleiter warf mir einen unsicheren Blick zu. »Benson & Hedges, glaube ich.«

Ich war erleichtert.

»Es hätte schlimmer sein können«, betonte Olivia, als ich ihr später am Tag, als sie die Mädchen abholen kam, alles anvertraute. Sie warf mir einen wissenden Blick zu. »Es ist nicht wie Cannabis oder Crack, nicht wahr?«

Es gab Zeiten, in denen ich das Gefühl hatte, dass Olivia zu viel über mich wusste. Das war mein altes Ich. Jenes, das immer noch versuchte, sich wieder einzuschleichen.

»Wie bist du an die Zigaretten gekommen?«, wollte ich von meinem Sohn wissen.

Freddie zuckte mit den Schultern. »Wir haben uns den Ausweis vom Bruder meines Freunds geborgt.«

»Aber das ist doch illegal.«

»Ist es das? Alle machen das.«

»Das darfst du nicht noch einmal tun«, verlangte ich. »Ich meine es ernst. Du könntest dir eine Verwarnung einhandeln.«

Freddie zuckte mit den Schultern. »Na, und?«

»Glaub mir«, sagte ich, während sich etwas in meiner Brust zusammenzog, »du willst nicht vorbestraft sein.«

Er lachte. »Das werde ich schon nicht, Mum. Du regst dich unnötig auf. Und du bist so ein Tugendbold!«

Was würde er wohl von mir denken, wenn die Wahrheit herauskäme? Mein Sohn mochte glauben, es wäre in Ordnung, ab und zu das Gesetz zu missachten, aber von Eltern wurde erwartet, dass sie perfekt waren.

Etwas später wurde Freddie vom Unterricht suspendiert, weil er sich auf dem Spielplatz in eine Schlägerei mit einem älteren Jungen eingelassen hatte. Sein Mitschüler war schlimmer dran – er hatte eine gebrochene Nase. Das konnte ich auf keinen Fall vor meinem Mann verheimlichen. Vor allem nicht, weil Freddie vierzehn Tage lang nicht in die Schule gehen durfte.

»Warum hast du das getan?«, fragten wir ihn.

»Er sagte unverschämte Dinge, weil du nackte Menschen malst.«

»Siehst du?«, stand Tom ins Gesicht geschrieben. Später machte er mich dann in seinem aufgeblasenen Ton nieder. »Das ist weder ihm noch uns gegenüber fair. Die Leute werden sich fragen, was in deinem Kopf vorgeht.«

Ich stürmte davon. Tom war so prüde. Ein Teil von mir konnte nicht anders, als sich geschmeichelt darüber zu fühlen, dass mein Junge sich vor mich gestellt hatte. Andererseits wollte ich nicht, dass er ausgegrenzt wurde, weil ich anders war als die anderen Mums. Es machte auch ihn anders, und ich wusste, wie schlecht das für mich seinerzeit in der Schule gewesen war.

Meine Gedanken waren durcheinandergeraten. Tom war extrem kontrollsüchtig. Nicht nur was mich anging, sondern auch in Bezug auf Freddie. Nie konnten wir ihm etwas recht machen.

Ein paar Wochen lang schien sich zum Glück alles wieder zu beruhigen. Dann aber geriet Freddie am Esstisch in einen üblen Streit mit Tom.

»Iss alles auf deinem Teller auf, so wie ich es in deinem Alter tun musste.«

»Ich bin kein Kind mehr«, erwiderte Freddie scharf. »Ich habe das Recht, nur das zu essen, was ich will.«

»Nicht, solange du unter meinem Dach wohnst.«

Zwei Tage später sah ich Freddie aus dem Gästezimmer herauskommen, das Tom in ein Arbeitszimmer umfunktioniert hatte. »Hab mir nur Papier für meinen Drucker geholt«, erklärte er.

Als Tom an diesem Abend nach Hause kam, konnte er einen wichtigen Bericht nicht finden. »Ich bin mir sicher, dass ich ihn auf meinem Schreibtisch liegen gelassen habe«, sagte er. »Hast du dort aufgeräumt?«

»Nein, aber ...« Ich zögerte.

»Was?«

»Freddie ist dort reingegangen, um Papier zu holen. Vielleicht hat er ihn aus Versehen mitgenommen.«

Es kam zu einem heftigen Streit. Freddie schwor Stein und Bein, er habe nichts angefasst. Tom glaubte ihm nicht. Offenbar war der Bericht unersetzlich. Es gab keine Kopie auf dem Computer, weil das Material »sensibel« war.

»Du hast doch nicht etwa wegen deines Streits mit Dad neulich etwas getan, oder?«, fragte ich, als wir allein waren.

Seine Augen weiteten sich. »Natürlich nicht, Mum.«

Aber ich verspürte ein unangenehmes Kribbeln in mir.

Freddies Verhalten in der Schule wurde immer schlechter. Er schwänzte Unterrichtsstunden, weil sie »langweilig« waren, und musste fortwährend nachsitzen. Schließlich wurde er wegen »anhaltender Unhöflichkeit gegenüber Lehrern« erneut für eine Woche suspendiert. Bei einer Gelegenheit, als ich den Fernseher ausschalten wollte, weil Freddie meiner Meinung nach genug geschaut hatte, wurde er wütend und schubste mich weg. Ich glitt aus und stieß mir die Wade am Beistelltisch. Er entschuldigte sich, aber ich bekam einen blauen Fleck – nicht nur am Körper, sondern auch in meinem Herzen. Was geschah da mit meinem geliebten Sohn?

Letztendlich schlug sein Jahrgangsleiter vor, wir sollten Freddie zu einer Schulpsychologin schicken.

Eigentlich sollte Tom mich begleiten, hatte aber in letzter Minute einen Termin. Ich wollte ganz ehrlich sein oder zumindest so ehrlich wie möglich, und nahm Freddie zum ersten Termin daher nicht mit.

»Mein Sohn ist ständig wütend«, erklärte ich der Frau, die etwa dreißig Jahre alt sein musste und vor einer Wand voller Urkunden saß.

»Werden Sie selbst auch manchmal wütend?«

»Nein«, versicherte ich und fühlte mich unbehaglich. »Nun, jedenfalls glaube ich das nicht. Ich versuche stattdessen, vernünftig zu reden.«

»Und was ist mit Ihrem Mann?«

Gott sei Dank war Tom nicht hier.

»Er ist eigentlich ein recht beherrschter Mensch, aber in manchen Situationen schreit er Freddie an. Er wird dann ganz distanziert und gekränkt. Es ist, als würde er es als direkte Beleidigung für ihn als Vater empfinden, statt es als pubertäres Verhalten zu sehen.«

Die Psychologin legte den Kopf schief. Ich bin mir ziemlich sicher, dass ich Mitleid in ihren Augen aufblitzen sah. Vielleicht spielte sich doch nicht bloß alles in meinem Kopf ab.

Wir vereinbarten einen Folgetermin mit meinem Sohn und meinem Mann, doch als ich Freddie davon erzählte, weigerte er sich, uns zu begleiten.

»Zwing ihn dazu«, forderte Tom.

»Man kann einen Teenager nicht zu etwas zwingen«, gab ich bissig zurück.

»Als ich zur Schule ging, habe ich getan, was mir gesagt wurde.«

»Und sieh nur, wohin dich das gebracht hat«, erwiderte ich.

Er zuckte zusammen. Ich hatte es nicht so gemeint. Aber ich entschuldigte mich trotzdem nicht.

Den Folgetermin sagte ich ab. Was sollte er schon bringen? Nichts und niemand konnte an der Überzeugung meines Mannes rütteln, dass es Freddie war, der sich ändern musste, und nicht wir.

Stattdessen fand ich Erleichterung in etwas anderem. Im Oktober desselben Jahres wurde ich gebeten, vier Bilder für eine Ausstellung in einer örtlichen Galerie beizusteuern. Ich fühlte mich geschmeichelt. Offenbar hatten die Galeristen schon viel über meine Arbeit gehört. Ich war die einzige Künstlerin, die Aktbilder zeigte. Bei den anderen handelte es sich um abstrakte Kunst oder Stillleben.

»Ist das eine gute Idee?«, fragte Tom, als ich ihm davon erzählte. »Freddie könnte erneut gehänselt werden. Denk an die Folgen, die es letztes Mal hatte.«

»Ich frage dich auch nicht, ob es eine gute Idee ist, sich den ganzen Tag in Zahlen zu vergraben.«

»Wenn ich das nicht täte, könnten wir hier nicht wohnen.«

Na schön, wir können auch woanders allein zurechtkommen, hätte ich beinahe erwidert.

Wir zwei waren so verschieden wie Tag und Nacht. Genau die Eigenschaften, die mich anfangs an Tom angezogen hatten – Sicherheit und Stabilität –, fühlten sich jetzt langweilig und einschränkend an. Eines Abends schlug er Sex vor, aber ich sagte ihm, ich sei zu müde. Sein Verhalten hatte mir die Lust auf ihn geraubt.

In meiner Welt drehte sich nun alles darum, die beste Mutter zu sein, die ich nur sein konnte, und natürlich um meine Kunst. Diese Ausstellung war eine große Sache. Wenn schon sonst nichts, wollte ich wenigstens Freddie ein Beispiel geben und ihm zeigen, dass man seinen Leidenschaften im Leben folgen sollte. Ich verschickte Einladungen.

»Ich will es um nichts in der Welt verpassen«, versicherte Olivia. »Oh, es ist an einem Werktag, oder? Ich werde früh

Feierabend machen, um die Mädchen von dir abzuholen. Übrigens, ich bin dir wirklich dankbar dafür.«

Ich wusste, dass sie das war. Tatsächlich aber hatte Olivia angefangen, zusätzliche Tage zu arbeiten, und es gab Zeiten, in denen ich das Gefühl hatte, dass es mir ein bisschen zu viel wurde, die Mädchen mit zu uns nach Hause zu nehmen. Dennoch: Meine Freundin hatte meinem Sohn das Leben gerettet, nicht wahr? Es gab nichts, was ich nicht für sie tun würde.

Die Kunst half mir auch, der Angst Einhalt zu gebieten, die sich in den letzten Jahren allmählich in mir aufgebaut hatte. Eine riesige Woge der Angst, die mich langsam zu ersticken drohte.

Was, wenn sich herausstellte, dass Freddie so war wie ich? »Du bist genau wie deine Mutter«, hatte meine Tante immer wieder gesagt.

Aber sie hatte unrecht.

Ich hatte etwas viel Schlimmeres getan.

Und dann, als ob ich nicht schon genug Sorgen gehabt hätte, war da noch Zac.

TOM

25 Ich hätte wissen müssen, dass die Vergangenheit nur für eine bestimmte Zeit ruhen konnte.
Was Sarah betrifft, so hätte sie nie zustimmen dürfen, sich an der Ausstellung zu beteiligen. Das war Freddie gegenüber nicht fair. Hätte sich meine Frau auf die Darstellung von Blumen oder Hunden spezialisiert, wäre das durchaus akzeptabel gewesen. Aber die nackten Männer verursachten mir Übelkeit. War das überraschend nach dem, was ich durchgemacht hatte? Ich dachte, sie würde das verstehen.

Als Motiv auf all ihren Bildern diente ihr ein junger Mann – einer der Schüler an der Kunstschule, an der sie unterrichtete.

»Kann ich mitkommen?«, fragte Freddie beim Frühstück am Tag der Vernissage.

»*Darf*«, korrigierte ich mit Nachdruck. »Nicht *kann*. ›Kann‹ impliziert die körperliche Fähigkeit, etwas zu tun. ›Darf‹ erfordert eine Erlaubnis. Und die Antwort ist Nein. Du weißt, dass wir das schon einmal besprochen haben.«

Sarah hatte einen Babysitter organisiert. Auch so etwas, das Freddie ablehnte, weil er sich für »zu alt« dafür hielt. Sie war mir zuvorgekommen, denn ich hatte ihr erklärt, dass ich mich wegen eines nationalen Kongresses der Versicherungsmathematiker verspäten könnte.

Als ich in der Halle ankam, in der die Werke ausgestellt wurden, herrschte dort reger Andrang. Zuerst konnte ich meine Frau nicht entdecken. Dann sah ich sie in einer Ecke, wo sie und ein Mann mit einer roten Igelfrisur die Köpfe zusammensteckten. Sie schienen in ein Gespräch vertieft und alles um sie herum vergessen zu haben. Er tätschelte ihr den Rücken.

»Hallo«, begrüßte ich die beiden, als ich mich näherte.

Sarah war sichtlich peinlich berührt und nestelte auf diese Weise an ihren Haaren herum, wie sie es immer tat, wenn sie nervös war. Sie hatte etwas mit ihren Augen gemacht. Sie waren umrandet von schwarzen Linien, was sie noch schöner wirken ließ. Und sie hatte diesen roten Lippenstift aufgetragen, der mir schon aufgefallen war, als wir uns kennengelernt hatten.

»Tom«, begrüßte sie mich. »Das ist Zac. Er war mit mir auf der Kunstakademie.«

Ich betrachtete diesen dünnen Mann mit Tattoos am Hals und in einer Jeansjacke. War er einer ihrer Drogenfreunde gewesen, so wie diese Frau auf der Straße? »Guten Tag«, sagte ich kühl.

Er betrachtete das als Einladung, mir die Hand zu geben. Sein Griff war fest. »Danke, Kumpel. Deine Sarah hat hier ein paar tolle Sachen hängen.«

Ich schaute zum Gemälde an der Wand hoch. Sarah hatte es mir noch gar nicht gezeigt. Sie wollte, dass es eine Überraschung war, sagte sie. Es sah aus wie geronnenes Rührei. Dann erkannte ich, dass es ein Paar darstellte, das sich mit nackten Gliedmaßen umschlang. »Sehr ... sehr ungewöhnlich«, bekundete ich.

»Es gefällt dir also nicht«, stellte Sarah klar. In ihrer Stimme schwang ein Schnauben mit, das zu verstehen gab, dass sie nicht überrascht war.

»Das habe ich nicht gesagt.«

»Ich weiß aber, wie du es gemeint hast.«

»Ich lass euch beide dann mal allein«, verabschiedete sich Zac. »War nett, dich kennenzulernen.«

Kaum war er weg, wandte sich Sarah gegen mich. »Warum machst du mich immer schlecht?«

»Das tue ich nicht.« Ich sah dem Mann hinterher, wie er durch den Raum schlenderte. »Weiß er, dass du im ...«

Ich konnte das Wort »Gefängnis« nicht einmal aussprechen, aber sie wusste, was ich sagen wollte.

»Ja.«

»Wissen es die anderen hier auch?«

Sie schaute zu einer hübschen Frau hinüber, die ebenfalls knallroten Lippenstift trug und einen Teebecher statt eines alkoholischen Getränks umklammerte. »Crystal vielleicht. Sie war in meinem Jahrgang an der Akademie. Ich hatte gar nicht erwartet, dass sie hierherkommt. Sie lebt jetzt in Florida, und bevor du fragst, sie war eine der Guten.«

Dann fiel mein Blick wieder auf diesen Mann. Ich konnte nicht anders, als eifersüchtig zu sein. »Was ist mit diesem Zac?«, hakte ich nach. »Seid ihr beide während eurer Zeit an der Akademie miteinander gegangen?«

Sie errötete. »Eine Zeit lang. Aber das war nichts Ernstes.«

Ihre Stimme klang abwehrend, so wie manche Menschen sprechen, wenn ihnen etwas vorgeworfen wird, das wahr ist.

»Er hat dich am Rücken betatscht.«

»Es war ein Zeichen der Freundschaft. Mehr nicht.«

Die Leute fingen an, in unsere Richtung zu schauen.

»Du hast in der Vergangenheit genug Lügen erzählt«, sagte ich mit gesenkter Stimme.

»Meinst du vielleicht, ich weiß das nicht? Aber, wie du schon sagst, das war in der Vergangenheit. Jetzt bin ich anders.«

In diesem Moment trat jemand zu uns und tippte meiner Frau auf die Schulter. »Mir gefällt das Bild mit der alten Dame in der Ecke. Können Sie mir mehr darüber erzählen, was Sie dazu inspiriert hat?«

Allmählich fühlte ich mich wirklich unwohl unter all diesen Leuten, die in einer ganz anderen Sprache zu sprechen schienen. Wo waren Olivia und Hugo? Sie hatten beide versprochen, zu kommen.

Also ging ich.

Ich hätte nach Hause gehen können. Aber das tat ich nicht.

Was tat ich da nur?, fragte ich mich, während ich Hilarys Wohnung ansteuerte. Das war völlig untypisch für mich. Oder doch nicht? Endlich schien die Rechnung aufzugehen. Die Art und Weise, in der Zac den Körper meiner Frau berührt hatte, hatte definitiv eine gewisse Vertrautheit erkennen lassen.

Aber es war nicht nur das. Es war auch Freddie. Mein Sohn und meine Frau hatten sich gegen mich verbündet. Was immer ich vorschlug, war falsch. Ich hatte das Gefühl, Außenseiter zu sein, während die beiden gegen mich waren.

»Kann ich Ihnen helfen, Sir?«, fragte der Pförtner.

»Äh, Miss Morton ...«

Ich zögerte. Hilary war vielleicht gar nicht zu Hause.

»Miss Morton«, wiederholte der Mann. »Apartment vierundzwanzig. Sie ist zu Hause, glaube ich. Ich kann sie anrufen, wenn Sie möchten.«

»Das wäre sehr freundlich«, sagte ich so beiläufig, wie ich nur konnte.

Während ich dem Mann beim Telefonieren zuhörte, versuchte ich, mich zu beruhigen.

»Sie sagt, Sie möchten bitte direkt nach oben kommen«, teilte er mir mit. »Zweite Etage.«

»Danke.«

Mit klopfendem Herzen trat ich in den Aufzug. Es war noch nicht zu spät, sagte ich mir, als sich die Fahrstuhltüren schlossen. Ich musste nur den Knopf mit der Aufschrift *Tür öffnen* drücken. Ich konnte wieder gehen, Hilary von draußen anrufen und mir eine Ausrede einfallen lassen. Aber meine Hand rührte sich nicht. Ich blieb im Aufzug, der nun hinauffuhr. Er hielt im zweiten Stock an.

Ich glaubte nicht an das Schicksal, hatte aber das Gefühl, dass meine Füße einen vorbestimmten Weg zu ihr einschlugen.

Ich läutete an ihrer Wohnungstür.

Hilary trug ein hübsches blaues Blümchenkleid. Sie sah besorgt aus. »Ist alles in Ordnung, Tom?«

»Ja und nein«, antwortete ich.

Sie bedeutete mir, einzutreten. »Es passt nicht zu dir, so unsicher zu sein.«

»Ich weiß«, antwortete ich und schloss die Tür hinter mir.

»Woher weißt du, wo ich wohne?«

Ich spürte, dass ich rot wurde. »Ich muss gestehen, ich habe mir vor einiger Zeit deine Adresse aus den Akten im Büro herausgesucht.«

Dann konnte ich mich nicht mehr zurückhalten. Ich beugte mich zu ihr hinunter und küsste sie.

*»Wir sind da«, sagt er. »Bist du bereit?«
Ich versuche, die Sprache wiederzufinden.
   Aber ich bekomme nichts heraus.
»Es ist cool!«, lacht er. »Du wirst schon sehen. Es wird
   niemandem etwas passieren. Das verspreche ich.«
Mein Herz hämmert. Mein Magen krampft sich
   zusammen, als müsste ich mich gleich übergeben.
Aber welche Wahl habe ich?*

SARAH

26 Von Zac habe ich Ihnen noch nicht erzählt, aber es entsprach der Wahrheit, was ich zu Tom gesagt hatte. Es war nichts Ernstes gewesen. Und alles, was danach passiert war, hatte mich dazu veranlasst, meine Zeit an der Kunstakademie weitestgehend auszublenden. Zac war daher, wie alles andere auch, aus meinem Leben verschwunden.

Was für ein Schock war es, ihn nach all den Jahren wiederzusehen! Er sagte, er habe eines meiner Bilder in der Lokalzeitung entdeckt, neben einer Werkeliste der Ausstellung, und vermutet, dass es von mir war.

Er trug immer noch Schlabberjeans und hatte die gleichen roten Haare und nikotingelben Finger. Er sah nun jedoch aus wie ein Mann mittleren Alters, der einen auf jung machte. Als wir miteinander ausgegangen waren, hatte ich natürlich auf ihn gestanden, jetzt aber fragte ich mich, was um alles in der Welt ich an ihm gefunden hatte.

Ich beschloss, für ein paar Minuten nett zu sein und mir dann eine Ausrede einfallen zu lassen. Aber er ließ mich nicht in Ruhe. Er legte mir immer wieder die Hand auf den Rücken. Das war mir unangenehm, aber ich hatte Angst, er würde ausfallend werden, wenn ich es mir anmerken ließ.

In diesem Moment kam Tom auf uns zu. Ich wusste, dass er es missdeuten würde. Um ehrlich zu sein, konnte ich es ihm auch nicht verübeln. Deshalb war ich nicht überrascht, als ich feststellte, dass mein Mann die Ausstellung verlassen hatte, ohne mir Bescheid zu geben. Ich musste bis zum Schluss bleiben, um beim Aufräumen zu helfen. Als ich mitbekam, dass Zac immer noch da war, war ich entsetzt. Schlussendlich wurde mir klar, dass ich mit ihm reden musste.

»Schön, dich wiederzusehen.« Ich setzte ein Lächeln auf, von dem ich hoffte, dass es ablehnend wirkte.

»Dein Mann ist nicht die Art Mann, von dem ich dachte, dass du bei so einem landen würdest«, sagte er.

»Warum sagst du das?«

»Er ist ganz schön spießig, würde ich sagen.«

»Er ist ein guter Mann«, sagte ich in schroffem Ton.

»Aber gibt er dir Freiraum zum Malen? Versteht er, was in dir vorgeht?«

»Wir haben einen Sohn. Er bedeutet mir alles.«

»Danach habe ich nicht gefragt Ich kenne dich, Sarah.«

»Nein, tust du nicht. Du kanntest mein altes Ich.«

Er streckte die Hand aus und berührte meine Wange. »Weißt du, was ich sehe?«

Ich zuckte zurück. »Nein.«

»Ich sehe die alte Sarah.«

»Bitte, Zac. Geh jetzt«.

»Es war nicht nur deine Schuld weißt du. Emily war auch selbst schuld. Ganz so naiv, wie du immer denkst, war sie nicht.«

»Ich gehe jetzt.« Ich hob die Stimme, woraufhin einer der Aufseher zu uns herüberschaute.

»Gut, gut. Aber bleib dir treu, Sarah. Wenn ich sonst nichts im Leben gelernt habe, dann zumindest das.«

Als ich nach Hause ging, zitterte ich immer noch.

Beim Hereinkommen stellte ich fest, dass die Babysitterin vor dem Fernseher eingeschlafen war. Tom war also immer noch nicht zu Hause?

Ich schaute auf mein Telefon, um zu sehen, ob Nachrichten eingegangen waren. Nichts von Tom. Auch nichts von Olivia, was ihr Nichterscheinen erklärt hätte. Dass Hugo ebenfalls nicht aufgetaucht war, war mir egal, aber von meiner Freundin war ich enttäuscht. Sie wusste, wie wichtig die Ausstellung für mich war.

»Alles in Ordnung?« fragte ich die Babysitterin.

»Alles gut«, murmelte sie, deutlich bemüht, so zu tun, als wäre sie nicht eingenickt.

Sie war eine der jungen Frauen, die im Kulturzentrum am Empfang saßen. Ich hatte sie schon zweimal zuvor gebucht, und Freddie schien sie zu akzeptieren, weil sie »cool« war, trotz seiner früheren Einwände, er sei zu alt für einen Babysitter.

»Freddie ist um neun Uhr brav ins Bett gegangen«, fuhr sie fort, kam stolpernd auf die Beine und streckte sich. »Seitdem habe ich keinen Pieps mehr von ihm gehört.«

Eine Vorahnung beschlich mich. Im Haus herrschte Grabesruhe. Normalerweise ließ mein Sohn laute Musik aus seinem Zimmer schmettern. Tom pflaumte ihn deswegen ständig an.

»Ich hole mal schnell Geld von oben«, sagte ich.

Aber ich ging zuerst zu Freddies Zimmer. Die Tür war geschlossen.

»Du musst anklopfen, Mum.«

Das war seine neueste Regel. Ich hatte Verständnis dafür. Als Teenager hatte ich nie viel Privatsphäre gehabt. Meine Tante war immer herein- und wieder hinausgestürzt.

Als ich eintrat, sah ich, dass die Bettdecke zerknittert war und CDs, Bücher und T-Shirts verstreut auf dem Teppich herumlagen. Aber von Freddie keine Spur. Vielleicht war er ja im Badezimmer? Nein.

Mein Herz setzte einen Schlag aus. Ich rannte nach unten.

»Bist du sicher, dass er nicht nach unten gekommen ist?«, fragte ich die Babysitterin.

Sie runzelte die Stirn. »Ganz sicher.«

Vielleicht war er in der Küche und machte sich einen Käsetoast. Das war etwas, das wir abends immer taten, wenn Tom Überstunden machte.

Aber hier war er auch nicht.

Auf der Toilette unten?

Fehlanzeige.

Wenn mein Sohn ein Handy hätte, hätte ich ihn anrufen können. Aber Tom war der Meinung, es könnte ihn von den Hausaufgaben ablenken, während ich aus Sicherheitsgründen auf Freddies Seite war. »Dann kann ich ihn erreichen«, hatte ich argumentiert.

»Zu unserer Zeit gab es keine, und wir kamen sehr gut ohne aus«, hatte mein Mann geantwortet.

Dann begriff ich. Der schwarze Kapuzenpulli meines Sohnes, den ich ihm unbedingt hatte kaufen müssen statt einer schickeren Jacke, die mir lieber gewesen wäre, war weg, und seine Turnschuhe ebenfalls.

»Er muss sich hinausgeschlichen haben«, fuhr ich die junge Frau nervös an. »Hast du ihn nicht gesehen?«

»Nein.«

»Dann hättest du vielleicht nicht schlafen sollen, verdammt noch mal!«

Normalerweise fluche ich nicht. Nicht mehr. Aber ich spürte Panik in mir aufsteigen. So etwas hatte Freddie noch nie getan. Wohin war er gegangen? Und wo war Tom?

Ich rief das Handy meines Mannes an. Mein Anruf landete direkt auf der Mailbox.

Ich versuchte es erneut. Mit dem gleichen Ergebnis.

»Freddie ist verschwunden«, sagte ich und hörte, wie die Panik meine Stimme lauter werden ließ. »Ruf mich zurück.«

»Kann ich irgendetwas tun?«, wollte die Babysitterin wissen. Sie hörte sich besorgt an, wozu sie auch jeden Grund hatte.

»Bleib hier, falls er zurückkommt. Ruf mich an, wenn er kommen sollte. Ich gehe jetzt los und suche ihn.«

»Aber ich muss jetzt wirklich nach Hause.«

»Und ich muss meinen Sohn finden, auf den *du* hättest aufpassen sollen!«, schnauzte ich sie an.

Zac vorhin zu sehen und jetzt festzustellen, dass Freddie verschwunden war, brachte die ganze alte Angst und Wut zurück. Wenn jemand meinem Sohn ein Haar gekrümmt hatte, würde ich ihn töten.

Ich rannte hinaus in die kalte Nachtluft. Die Uhren waren vor Kurzem zurückgestellt worden, und obwohl es schon seit geraumer Zeit dunkel war, fühlte es sich nun noch schwärzer an als sonst. In meiner Panik hatte ich vergessen, meinen Mantel anzuziehen, als ich aus dem Haus rannte, aber ich würde jetzt nicht mehr umkehren.

»Freddie!«, rief ich laut. »Freddie!«

Ein Mann, der seinen Hund ausführte, kam vorbei.

»Haben Sie einen Jungen mit einem schwarzen Kapuzenpulli gesehen?«, fragte ich ihn eindringlich.

»Nein, tut mir leid.«

Ich lief weiter und schaute dabei nach rechts und links. Freddie hatte sich, seit er klein war, einen vierbeinigen Freund gewünscht. *»Ich will einen Hund, Mum.«* Aber Tom legte sein Veto ein. *»Sie haaren. Das könnte dazu führen, dass sich Freddies Asthma wieder einstellt. Sie sind eine Last.«*

Wenn ich Freddie fand, so nahm ich mir vor, würde ich Tom dazu bewegen, uns die Anschaffung eines Hundes zu erlauben. Wo zum Teufel war mein Mann? Ich rief ohne Unterlass seine Nummer an und wäre dabei um ein Haar über die Bordsteinkante auf die Straße gestolpert. *»Bitte hinterlassen Sie eine Nachricht...«*

Vor lauter Panik schien mein Magen ins Bodenlose zu sacken. Ich konnte bereits die Sirenen hören. Die Suchtrupps mit den Hunden. Eine Leiche im bewaldeten Teil des Parks.

»Freddie?«, rief ich wieder. »Freddie!«

TOM

27 Als ich gegen ein Uhr nachts aufwachte, sah ich auf meinem Handy, dass ich sechs Anrufe von Sarah verpasst und danach zahlreiche Textnachrichten bekommen hatte. Während ich ihre Nummer wählte, fragte ich mich, wie ich meine Abwesenheit erklären sollte. Mein Anruf landete auf der Mailbox meiner Frau.

»Was ist los?«, fragte die Stimme neben mir.

»Freddie war nicht zu Hause, als Sarah dort ankam«, sagte ich und sprang aus dem Bett. Normalerweise springe ich nicht, aber die Nachricht hatte mich erschüttert. »Die Babysitterin sagte, er muss sich hinausgeschlichen haben.«

»Ist er inzwischen zurück?«

»Ich weiß es nicht. Bei Sarahs Handy springt die Mailbox an. Ich muss los.«

»Ich verstehe.«

Hilary klang so ruhig und verständnisvoll wie am Abend zuvor, als ich sie besucht hatte. Ich hatte nicht vorgehabt, mit ihr zu schlafen. Vielleicht hätte ich das auch nicht getan, wenn ich sie nicht auf dem Kongress wiedergesehen hätte, dessentwegen ich erst später zu Sarahs Kunstausstellung gekommen war. Und ich wäre vielleicht nicht zu ihr gegangen, wären da nicht Zac gewesen und der Gedanke, dass er und seine auf Künstler machenden Freunde mich auslachen könnten. Ich konnte mir gut vorstellen, was sie sagen würden. *Hast du diesen Nerd gesehen, den Sarah geheiratet hat? Sie sind so verschieden wie Tag und Nacht, nicht wahr? Ich frage mich, ob er es weiß...*

Das war der Tropfen gewesen, der das Fass zum Überlaufen brachte. Aber jetzt überwältigten mich die Schuldgefühle. Ich war Ehemann und Vater. Was hatte ich bloß getan? Ich war nicht besser als mein Vater.

»Ich hätte das nicht tun sollen«, sagte ich und zog mir die Hose an. »Es war ein Fehler. Es tut mir leid.«

»Es war wunderschön.« Hilary hatte sich aufgesetzt.

Sie schämte sich nicht, ihre Brüste offen zu zeigen. Sie lagen herrlich anzusehen über der Bettdecke, perfekt proportioniert, ohne eine dritte Brustwarze oder einen anderen Schönheitsfehler.

»Aber auch falsch.« Sie biss sich auf die Lippe. »Ich habe noch nie mit einem verheirateten Mann geschlafen. Ich fühle mich furchtbar schuldig.«

»Es ist nicht deine Schuld«, beeilte ich mich, ihr zu versichern.

»Und auch nicht deine.«

Ihre Stimme klang traurig. »Die Sache ist die, Tom: Du hast die falsche Frau geheiratet.«

Wie wahr.

Ich befand mich in einer Zwickmühle. Wenn ich Sarah verließ, würde ich mich den Rest meines Lebens schrecklich fühlen. Es bedeutete, mein Ehegelübde zu brechen und meinen Sohn im Stich zu lassen. Selbst wenn ich das Umgangsrecht erwirkte, wäre es nicht dasselbe.

Wenn ich hingegen bliebe, müsste ich mich mit Freddies schrecklichem Verhalten abfinden, bis er aufs College ging, und mit einer Frau leben, mit der ich nichts gemeinsam hatte.

»Hätte ich dich doch nur früher kennengelernt!«, murmelte ich und drückte ihr einen Kuss auf die Stirn.

»Ich weiß«, sagte sie. »Das wünsche ich mir auch. Jetzt geh nach Hause und sieh nach, ob es deinem Sohn gut geht.«

»Darf ich dich wiedersehen? Nur als Freunde?«

»Nein. Wir wissen beide, dass das nicht richtig wäre. Nicht wahr?«

Sie wandte sich ab, aber ich sah noch, dass sie Tränen in den Augen hatte.

»Hab noch ein schönes Leben, Tom.«

SARAH

28 Ich musste meinen Sohn finden.

Ich durchquerte gerade einen Park. Ein Mann saß auf einer Bank, sein zahnloser Mund klaffte im Schlaf auf. Er schnarchte. Neben ihm lag eine Whiskyflasche. Ob er Freddie gesehen hatte? Ich beugte mich über ihn und überlegte, ob ich diesen Fremden aufwecken sollte. Früher einmal hätte ich in seiner Lage sein können. Ich war kurz davor gewesen, wieder obdachlos zu werden, als Tom mich gerettet hatte. Und jetzt? Wie hatte mein Leben schon wieder so aus dem Ruder laufen können?

Ich muss Freddie finden.

Da waren noch mehr Bänke mit Menschen, die darauf schliefen oder tranken. »Hast deinen Kerl verloren, was, Schätzchen?«, lallte einer von ihnen.

»Meinen Sohn«, sagte ich.

»He!« Er legte sich die Finger auf die Lippen und pfiff. »Alle mal herhören. Diese Frau sucht ihren Jungen.«

»Wie alt ist er denn, Schätzchen?«, fragte eine Frau, die sich eine rote Mütze tief in die Stirn gezogen hatte und eine Zigarette in der Hand hielt.

»Vierzehn«, antwortete ich.

»Schwarze Haare, oder?«

»Ja!«

Blitzartig durchfuhren mich Angst und Erleichterung.

»Ich habe ihn vor einer Weile dort drüben bei Angus gesehen.«

Mit einem Mann? Dann war er also entführt worden. Meine Beine versagten mir ihren Dienst, und ich sank zu Boden. O mein Gott! Ein Pädophiler hatte ihn in seinen Fängen ...

»Es ist alles in Ordnung, Schätzchen.«

Es war die Frau mit der Mütze, die zu mir sprach. Sie half mir auf die Beine. »Angus ist in Ordnung. Er wird deinem Jungen nichts tun. Komm mit. Wir werden ihn suchen.«

Ihre Hand – die ohne Zigarette – umklammerte die meine wie eine Klaue. Ihre Fingernägel gruben sich in meine Handfläche.

»Sie sagten, er sei in Ordnung. Ist er nicht gefährlich?«

»Nein. Er ist bloß labil. Das Leben hat ihm übel mitgespielt. Da ist er. Siehst du? Ist das dein Kind?«

Tränen kullerten mir über das Gesicht, während ich auf die Gestalt zulief, die neben einem alten Mann auf einer Bank saß. Über ihrer beider Knie war ein schwarzer Schlafsack ausgebreitet.

»Freddie!«, schrie ich.

Er schaute zu mir hoch. »Mum?« Er klang überrascht.

»Was machst du hier?«, keuchte ich.

Er zuckte mit den Schultern, als hätte ich eine dumme Frage gestellt. »Ich habe es dir doch gesagt. Ich bin zu alt für einen Babysitter. Sie hat mir gesagt, ich soll in mein Zimmer gehen, und dann wurde mir langweilig. Also bin ich rausgegangen. Dann habe ich Angus getroffen.«

»Du sollst doch nicht mit Fremden reden!«, zischte ich.

»Er ist kein Fremder. Stimmt's, Angus? Ich grüße ihn jeden Tag auf dem Rückweg von der Schule. Früher, als er noch ein Junge war, hat er hier gewohnt. Er hat mir sogar Geschichten darüber erzählt, wie es damals war.«

»Das stimmt.«

So redselig hatte ich Freddie noch nie erlebt. Tatsächlich waren das soeben die längsten Sätze, die er seit Langem von sich gegeben hatte ... Seit wann, wusste ich nicht mehr.

Plötzlich begriff ich. Freddie fühlte sich wie ein Außenseiter. Genauso, wie es mir in seinem Alter gegangen war. Vielleicht ging es diesem Angus auch so. Die beiden verband etwas.

»Du hast einen aufgeweckten Jungen«, sagte der Mann.

»Danke. Aber wir müssen jetzt nach Hause gehen.«

Das Gespräch fühlte sich merkwürdig höflich an.

»Kann Angus nicht mitkommen?«, bettelte Freddie. »Ihm wird hier nachts ganz kalt, und sein Rheuma macht ihm zu schaffen.«

Tom würde einen Herzinfarkt bekommen, wenn er nach Hause käme und einen Obdachlosen auf unserem Sofa liegen sähe.

»Es tut mir leid.« Ich holte den Zwanzigpfundschein aus meiner Tasche, mit dem ich die Babysitterin hatte bezahlen wollen. »Kaufen Sie sich damit morgen ein Frühstück.«

Angus schnappte sich den Schein blitzschnell. »Danke.«

Immer wenn ich Leuten auf der Straße Geld gab, prophezeite mir Tom, sie würden es für Drogen oder Alkohol verwenden, und ich würde dazu beitragen, ihre schlechten Gewohnheiten zu fördern. (Seine einzige Ausnahme war es gewesen, Kelly »ruhigzustellen«.) Aber ich weiß, wie es ist, wenn man friert und hungrig ist. Und was konnte es schaden, wenn mein Geld diesem armen Mann half, eine weitere Nacht zu überstehen? Außerdem befand sich Freddie in Sicherheit.

»Das darfst du nie wieder tun!«, ermahnte ich ihn, als wir nach Hause gingen.

»Warum nicht?«

Es gab Zeiten, in denen ich das Gefühl hatte, dass mein Sohn für sein Alter sehr reif war, und dann wieder gab es Zeiten, in denen mir war, als wäre er fast noch ein Kind. »Ich habe es dir schon einmal gesagt. Fremden kann man nicht immer vertrauen.«

253

»Aber jeder ist doch nur so lang ein Fremder, bis man ihn kennenlernt. Sagst du das nicht auch immer?«

»Schon ... Aber wenn man älter wird, lernt man, zu unterscheiden, wer gut ist und wer nicht.«

»Funktioniert das immer?«

Nein. Tut es nicht. Aber wie sollte ich ihm das erklären?

»Bitte geh nie wieder aus dem Haus, ohne es mir vorher zu sagen. Du wurdest bereits von der Schule suspendiert. Reicht das etwa nicht?«

»Wirst du es Dad sagen?«

Seine Stimme klang leise. Besorgt. Tom konnte so verletzend sein.

»Das muss ich.«

Aber mein Mann ging nach wie vor nicht ans Telefon.

»Er wird wütend werden, wenn er es erfährt.«

»Nein, wird er nicht. Ich werde es ihm erklären.«

Ich griff nach Freddies Hand, aber er schob mich weg. »Ich bin kein Kind mehr.«

»Dann benimm dich auch nicht wie eines.«

»Ich musste nach draußen.«

Ich wusste genau, was er meinte.

»Weißt du was?«, sagte ich. »Wie wäre es, wenn wir für dich einen Hund anschaffen? Würdest du dann tun, was man dir sagt?«

»Ja!« Freddie klatschte tatsächlich in die Hände. So aufgeregt hatte ihn nicht mehr gesehen seit er ein kleiner Junge gewesen war. »Natürlich. Wann können wir einen bekommen? Kann ich allein mit ihm rausgehen? Kann er auf meinem Bett schlafen?«

Was hatte ich da getan? Tom würde außer sich sein. Aber er war ja nicht hier, oder? Er war nicht derjenige, der nachts durch den Park streifen und nach unserem Sohn suchen musste, wie ich es gerade getan hatte. Er war nie da, wenn ich Probleme in der Schule klären oder Freddie dazu überreden musste, seine Hausaufgaben zu erledigen. Er war immer bei der Arbeit.

»Wir werden sehen.«

Die Babysitterin war immer noch im Haus, aber von meinem Mann gab es nach wie vor keine Spur. Vielleicht war er gar nicht im Büro. Vielleicht hing er mit Hugo in irgendeiner Bar ab, und die beiden jammerten sich die Ohren voll über ihre Ehefrauen.

»Du hast ihn gefunden«, sagte die Babysitterin, sichtlich erleichtert, dass sie mit heiler Haut davonkommen würde.

»Warum bist du einfach so weggegangen, ohne es mir zu sagen, Freddie?«

Mein Sohn zuckte mit den Schultern. »Du hast ja geschlafen.«

Sie lief rot an. »Nein, habe ich nicht!«

»Und ob, das hast du. Du bist auf dem Sofa eingenickt.«

Ich war zu wütend, um mich auf dieses Gespräch einzulassen. Ich wollte, dass diese Frau aus meinem Haus verschwand.

»Raus jetzt!«, zischte ich sie an.

Sie wirkte verärgert. »Ich brauche das Geld.«

»Ich gebe es dir ein anderes Mal, obwohl ich dich auch wegen Verletzung der Sorgfaltspflicht anzeigen könnte, weil du nicht auf ihn aufgepasst hast. Geh jetzt, ja?«, fuhr ich sie an.

»Cool, Mum«, sagte Freddie, als sie aus dem Haus stürmte und die Haustür hinter sich zuknallte.

»Was dich betrifft«, sagte ich. »Du wirst das nie wieder tun. Hast du verstanden?«

Mit finsterem Blick stampfte er die Treppe hinauf.

Dann versuchte ich es erneut bei Tom. Er nahm immer noch nicht ab. *Bitte hinterlassen Sie eine Nachricht nach dem ...*

Scheiß drauf. Er würde sowieso sehen, wie viele Anrufe er verpasst hatte. Bestimmt würde er dann wissen, dass etwas passiert war.

Dann sah ich, dass Zac eine Nachricht geschrieben hatte:

Es war schön, dich wiederzusehen. Hast du Lust,
dich mit mir auf einen Drink zu treffen?

Ich löschte Zacs Nachricht und ging unter die Dusche. Ich genoss es nach wie vor, zu wissen, dass das Wasser jedes Mal heiß sein würde. Es besänftigte mich, reinigte mich. Dann schlüpfte ich nackt ins Bett zwischen die frisch bezogenen Decken und rollte mich zusammen wie ein Baby. Aber es war zu kalt, sodass ich in eines von Toms frisch gewaschenen Flanell-Tennisshirts schlüpfte – das nächstgelegene Kleidungsstück, das ich ergreifen konnte.

Einige Zeit später wurde ich wachgerüttelt. »Sarah! Ist Freddie wieder da?«

Tom. Na endlich!

»Er ist in seinem Zimmer«, murmelte ich schläfrig.

»Was ist passiert?«

Ich stützte mich auf die Ellbogen. »Ich habe ihn im Park bei ein paar Obdachlosen gefunden.«

»Was?«

»Es geht ihm gut. Warum bist du nicht ans Telefon gegangen? Wo warst du?«

»Ich habe einen langen Spaziergang gemacht.«

»Um diese Zeit? Warum hast du mir nicht Bescheid gesagt?«

»Du schienst mit deinen Künstlerfreunden vollauf beschäftigt zu sein.«

»Na klar, jetzt bin ich wieder schuld.«

Mittlerweile war ich wach, auch wenn meine Uhr zeigte, dass es drei Uhr nachts war. »Ich habe es satt. Du musst mehr zu Hause sein. Freddie braucht ein männliches Rollenvorbild.«

Seine Miene wurde weicher. »Ich werde es versuchen. Aber meine Arbeit ...«

»Deine Arbeit ist nicht wichtiger als unser Kind. Und da ist noch etwas: Wir werden uns einen Hund zulegen. Sag nicht Nein, denn ich habe es schon entschieden. Freddie wünscht sich schon lange einen.«

Er schüttelte den Kopf. »Damit belohnst du ihn auch noch für sein schlechtes Verhalten.«

»Es wird ihn lehren, Verantwortung zu übernehmen. Außerdem gab es wieder einen Einbruch in der Straße, und ein Hund ist eine gute Abschreckung.«

Tom sah aus, als wollte er widersprechen, doch stattdessen stieß er einen Seufzer aus. »In Ordnung.«

»Weißt du«, fuhr ich fort, »als ich Freddie mit diesem Obdachlosen auf einer Bank sitzen sah, hat mich das erschreckt. Kinder sind immer die Leidtragenden, wenn ihre Eltern sich trennen. Du und ich, wir hatten beide eine schreckliche Kindheit, wenn auch auf sehr unterschiedliche Weise. Wollen wir wirklich zulassen, dass sich dieses Muster wiederholt?«

»Nein.« Er sprach bedächtig, so als wäre ihm der Gedanke gerade erst in den Sinn gekommen. »Du hast recht.« Dann bemerkte er, was ich anhatte. »Du hast ein Tennisshirt von mir an.«

»Mir war kalt.«

Er runzelte die Stirn. »Jetzt muss ich es wieder waschen. Bestimmt ist es ganz verschwitzt.«

Das war so typisch für Tom. Unser Sohn war verschwunden, und in dem Moment, in dem er wieder da war, machte sich mein Mann nur Sorgen über etwas, das für ihn ein »Makel« war. Ich stieg aus dem Bett.

»Wo gehst du hin?«, fragte er.

Ich riss mir sein blödes Hemd vom Leib und warf es ihm zu. »Ich schlafe auf dem Sofa.«

Er zuckte mit den Schultern. »Wenn du willst.«

Als ich schon fast wieder eingeschlafen war, klingelte mein Handy. Einen Moment dachte ich, es wäre Tom von oben, der sich entschuldigte. Aber es war Olivia.

»Bist du allein?«, flüsterte sie.

»Ja. Was ist denn los?«

»Hugo und ich hatten heute einen heftigen Streit, bevor wir uns auf den Weg zu deiner Ausstellung machen wollten.«

»Worüber?«

»Er hat eine Nachricht auf meinem Handy gefunden.«

»Von mir?«

Olivia und ich schickten uns ständig gegenseitig Nachrichten. Manchmal jammerten wir dabei über unsere Ehemänner. Hugo würde das nicht gefallen.

»Nein.« Sie kicherte kurz. »Von diesem ... na ja, meinem Arbeitskollegen.«

Ein ungutes Gefühl durchfuhr mich. »Willst du mir davon erzählen?«

»Ich hätte es dir schon früher erzählt, ehrlich. Aber es hat mich überrumpelt. Und ich wollte erst sicher sein, dass es wirklich etwas Ernstes ist. Wir haben vor meiner Heirat mit Hugo zusammengearbeitet und ... und es hat wieder gefunkt. Bevor du fragst: Er ist nicht verheiratet. Jedenfalls nicht mehr.«

»Aber du bist es.«

»Ich weiß. Und das ist es ja. Du verstehst, wie es ist, mit Hugo verheiratet zu sein. Ich habe dir schon oft genug davon erzählt. Dir geht es mit Tom doch genauso.«

»Aber wir waren uns immer einig, dass wir der Kinder willen unsere Ehe erhalten würden.«

»Schon, aber das Leben dauert ja nicht ewig, oder? Und es tut den Mädchen nicht gut, wenn sie miterleben, dass Hugo und ich uns ständig streiten. Hör zu, ich kann nicht lange sprechen. Ich musste zum Telefonieren auf die Toilette gehen. Die

Sache ist die: Du musst Hugo sagen, ich wäre letzten Mittwochabend bei dir gewesen. Kannst du das tun?«

»Okay«, sagte ich gedehnt.

Mittwochabends hatte Tom immer ein spätes Arbeitstreffen. Wenn es dazu kam, würde ich einfach sagen, Olivia wäre zu uns nach Hause gekommen. Er würde so klug sein wie zuvor.

»Danke. Du bist toll.« Olivia klang verträumt. »Es ist so schön, mit einem Mann zusammen zu sein, der einen attraktiv findet. Mit jemandem, der einen versteht.«

»Olivia«, sagte ich, »hast du dir das gut überlegt? Was wird mit den Mädchen?«

»Ich würde sie nie im Stich lassen«, sagte sie. »Wenn ich gehe, nehme ich sie mit. Alex weiß das.«

Alex. So hieß er also.

»Das klingt, als hättest du schon alles geplant.«

»Ich muss vorausschauend denken, nicht wahr? Ich muss jetzt Schluss machen. Vielen Dank. Ich bin dir was schuldig.«

Nach der Pause sitzen wir wieder im Gerichtssaal. Der Verteidiger blättert in seinen Dokumenten. Die Richterin trinkt einen Schluck Wasser. Die Geschworenen wirken selbstgefällig.

Es werden weitere Beweise vorgelegt.

»Dieser junge Mann hat immer wieder bewiesen, dass er nicht in der Lage ist, sich an Regeln zu halten. Er hat mehrere Straftaten begangen, darunter Diebstahl von Schmuck und Geld.«

Ich weiß nicht, ob ich mir noch viel mehr davon anhören kann. Aber ich muss es.

Freddies Leben hängt davon ab. Und meines.

TOM

29 Hätte ich nicht ein so schlechtes Gewissen wegen der Sache mit Hilary gehabt – ganz zu schweigen von meiner Abwesenheit, als Freddie verschwunden war –, dann hätte ich mich der Anschaffung eines Hundes vehement widersetzt.

»Zu meiner Zeit wurden Kinder noch für ihr Fehlverhalten bestraft, nicht belohnt«, erklärte ich Sarah, während wir mit Freddie auf dem Rücksitz einen Feldweg entlangfuhren.

Wir waren auf dem Weg zu einem Hof in Essex. Entgegen meinem Rat hatte meine Frau ein Tierheim ausfindig gemacht, das dort beheimatet war. Wenn wir uns schon einen Hund zulegen mussten, dann wäre es mir lieber gewesen, er käme von einem Züchter. Aber anscheinend hatte ein Bauer eine trächtige Labradorhündin aufgenommen, die dann fünf Welpen zur Welt gebracht hatte, die er nicht alle behalten konnte.

»Das haben wir doch schon besprochen«, sagte sie leise. »Fang nicht wieder damit an.«

Ich warf einen Blick in den Rückspiegel. »Freddie ist eingenickt. Er hört uns nicht.«

Es erstaunte mich, dass Teenager so viel schlafen konnten. Uns hätte man das nicht erlaubt.

»Ich schlafe nicht«, sagte daraufhin eine Stimme auf dem Rücksitz. »Ich tue nur so, damit ich nicht mit euch reden muss.«

»Das ist unhöflich, Freddie«, sagte Sarah. »Jetzt komm schon. Wir sind fast da. Lass uns einen Namen ausdenken, ja?«

Sie hatte ihren Friede-Freude-Eierkuchen-Tonfall angeschlagen. »Wie es scheint, sind es vier schwarze Welpen und ein schokoladenbrauner.«

»Bonzo?«, schlug ich vor.

»Das ist so langweilig, Dad.«

»Danke.«

Ich fühlte mich tief gekränkt. Warum war meinem Sohn nie etwas recht, das ich sagte?

Aber das Strahlen auf Freddies Gesicht, als dieser kleine, schokoladenbraune Labrador mit wackeligen Beinen auf uns zugetrottet kam, war es fast wert. Es erinnerte mich an die Zeit, als Freddie noch klein und alles noch einfacher war.

»Er ist perfekt«, flüsterte er. »Darf ich ihn hochheben?« Der ehrenamtliche Mitarbeiter nickte. Ich beobachtete, wie sich mein Sohn den Hund an die Nase hielt. »Er riecht richtig«, hauchte er.

Sarah warf mir einen Blick zu, der so viel sagte, wie: »Siehst du, wir mussten bloß etwas finden, das er liebt.«

»Du musst für ihn die Verantwortung übernehmen«, sagte sie. »Du wirst mit ihm rausgehen, wenn du von der Schule zurückkommst.«

»Das werde ich«, versprach Freddie. »Das werde ich.«

»Was meinst du, Tom?«, fragte Sarah.

Ich zuckte mit den Schultern. »Das müsst ihr beide entscheiden«, sagte ich.

Ein Teil von mir wollte diesen kleinen Welpen auch halten. Aber ich konnte es nicht. Alles, was ich liebte, schien sich gegen mich zu wenden.

Sarah und ich hatten uns so stark auseinandergelebt. Und das war zum Teil auch meine Schuld, hielt ich mir vor, während ich an Hilary dachte. Immerhin hatte ich den Mut gehabt, das zu beenden. Ich hoffte nur, dass Sarah mir die Wahrheit bezüglich Zac sagte. Ich hatte bemerkt, dass sie immer wieder Textnachrichten bekam, die sie dann löschte, bevor ich sie sehen konnte.

»Also, ich finde, er ist toll«, sagte Sarah.

»Jasper«, sagte unser Sohn plötzlich. »So möchte ich ihn nennen.«

»Jasper?«

Einer dieser neumodischen Namen.

»Das ist der Name des Sängers einer Band, die ich mag.«

»Ich verstehe.«

Auf der Heimfahrt warf ich einen Blick in den Rückspiegel. Jasper lag auf dem Schoß unseres Sohnes, und der schaute mit einem verzückten Ausdruck im Gesicht auf den Welpen hinunter.

Dann schaute ich zu Sarah hinüber. Ein nahezu identisches Lächeln überzog ihr Gesicht. Das war eine weitere Erinnerung daran – als ob ich sie gebraucht hätte –, wie ähnlich sich meine Frau und mein Sohn waren.

»Ist er nicht süß?«, fragte sie. »Das ist genau das, was Freddie braucht. Ich weiß es.«

In diesem Moment piepte ihr Handy. Sie schaute auf das Display.

»Wer ist das?«, fragte ich.

»Niemand«, sagte sie.

»Wirklich?«

»Dann schau es dir an.« Obwohl ich am Steuer saß, hielt sie mir das Display vor die Nase.

»Bist du jetzt zufrieden?«, fragte sie leise. »Es war nur Spam.«

»Streitet euch nicht«, erklang Freddies Stimme von der Rückbank.

»Tun wir nicht«, sagten wir beide wie aus einem Mund.

Ich fuhr weiter.

Aber ich bekam Hilarys Satz nicht mehr aus dem Kopf.

»Du hast die falsche Frau geheiratet.«

SARAH

30 Ich rief Olivia zurück, sobald ich konnte. Um dafür etwas Privatsphäre zu haben, musste ich vorgeben, ich müsse in die Zoohandlung fahren. Die Nachricht »Ruf mich an, dringend«, die ich im Auto von ihr bekommen hatte, hatte mich beunruhigt. Zum Glück war es mir gelungen, Tom eine alte Spam-Nachricht vor die Nase zu halten, die ich noch nicht gelöscht hatte.

Seit Olivia mich gebeten hatte, sie zu decken, hatte ich ein bisschen mehr über Alex erfahren. Sie hatte mich seitdem noch mehrere Male gebeten, es zu tun, zweimal über Nacht, als Hugo unterwegs auf einer Konferenz gewesen war. Ich hoffte, dass er es Tom gegenüber nicht erwähnen würde, wenn sie sich das nächste Mal trafen.

»Er bringt mich zum Lachen«, sagte sie mit leuchtenden Augen, als sie die Mädchen nach dem letzten Mal vor einer Woche abholte.

Wir hatten uns flüsternd in der Küche unterhalten, während die Kinder vor dem Fernseher saßen. Wie ich bemerkte, hatte sie sich ihre schönen, langen rotblonden Haare machen lassen. Ihr Haarschnitt war jetzt hinten ein bisschen kürzer und verjüngte sich nach vorne. Es stand ihr gut.

»Bei Alex fühle ich mich so lebendig. Er will, dass ich Hugo verlasse und bei ihm einziehe.«

»Und was ist mit den Mädchen?«

»Er hat sich immer eigene Kinder gewünscht. Seine Ex-Frau war kein Familienmensch.«

»Aber es sind nicht seine eigenen«, versuchte ich, ihr klarzumachen.

Sie warf mir einen bösen Blick zu. »Ich dachte, du würdest das verstehen, Sarah.«

»Das tue ich auch. Ich will nur nicht, dass jemand verletzt wird.«

»Wir sind doch jetzt schon verletzt. Verstehst du das nicht? Kämst du denn nicht in Versuchung, wenn jemand in dein Leben treten und dir Liebe schenken würde?«

»Mag sein«, räumte ich ein. »Ich weiß aber, wie es ist, wenn man aus einer Familie kommt, die zerbrochen ist.«

»Deine Mutter ist gestorben«, sagte sie.

»Genau. Und eine Scheidung ist auch eine Art schmerzlicher Verlust. Ich könnte Freddie nicht leiden lassen.«

»Ich verstehe.« Ihre Stimme klang kalt. »Es tut mir leid, dass du so denkst.«

Ich streckte die Hand nach ihr aus. »Ich sage ja nicht, dass ich es missbillige. Ich mache mir nur Sorgen um euch alle.«

»Ich weiß.« Sie erwiderte meinen Händedruck flüchtig. »Aber du warst es, die mich inspiriert hat.«

»Wie meinst du das?«

»Weißt du noch, wie du nach Freddies Geburt hier gewohnt hast?«

»Wie könnte ich das vergessen? Du hast mich gerettet.«

Sie umarmte mich. »Und durch dich sind mir auch einige Dinge klar geworden. Ich fand es toll, ein Baby im Haus zu haben. Um ehrlich zu sein, war ich neidisch auf dich. Aber Hugo verabscheute das nächtliche Weinen und die Störung. Ich merkte, dass er mit einem dritten Kind nicht zurechtkommen würde, und das führte dazu, dass ich mich noch mehr von ihm abwandte. Als ich dann sah, wie unglücklich du bei dem Versuch warst, zwischen Freddie und Tom zu vermitteln, wurde mir klar, dass das Leben zu kurz ist, um immer zu kämpfen, wenn eine Beziehung ganz offensichtlich zum Scheitern verurteilt ist.«

Es war also meine Schuld. Oder teilweise. Dadurch fühlte ich mich noch schlechter.

»Du wirst es Tom oder Hugo doch nicht sagen, oder?«, fragte sie.

»Natürlich nicht.«

Mir gefiel diese Täuschung nicht, aber ich war es Olivia schuldig.

»Danke. Du bist eine gute Freundin.«

Und jetzt diese Nachricht. »*Ruf mich an, dringend.*«

Sie nahm den Anruf sofort entgegen. »Wir sind ausgezogen«, verkündete sie. Ihre Stimme war zugleich atemlos, aufgeregt und ängstlich.

»Was?«

»Die Mädchen und ich, wir sind zu Alex gezogen.«

Ich hatte immer noch Mühe, es zu begreifen. »Weiß Hugo es schon?«

»Ich habe gesagt, ich sei bei einem Freund untergekommen. Er wird dir Fragen stellen. Du versprichst mir doch, nichts zu verraten, ja?«

»Natürlich. Aber Olivia, du musst ihm davon erzählen.«

»Das werde ich, bald. Überlass es nur bitte mir, den richtigen Zeitpunkt dafür abzuwarten.«

»Okay.« Ich fühlte mich unwohl dabei, aber was sollte ich tun?

Dann dämmerte es mir. »Das scheint mir alles so schnell passiert zu sein, Olivia ...«

»Nicht wirklich.«

»Du hast dich schon früher mit ihm getroffen, als du erwähnt hast, nicht wahr?«

»Ich habe es dir doch erzählt, Sarah. Wir haben schon jahrelang zusammengearbeitet, schon bevor ich Hugo geheiratet habe.«

Das war nicht meine Frage gewesen, und das wusste sie ganz genau.

»Es ist die richtige Entscheidung, Sarah. Ich habe das Gefühl, als wäre mir eine Last von den Schultern genommen worden.«

»Aber was ist mit den Mädchen?«

»Sie können ihren Vater sehen, wann immer sie es möchten. Sie sind ja jetzt so gut wie erwachsen. Bald werden beide studieren.«

Ich dachte daran, wie einsam ich mich mit achtzehn gefühlt hatte. »Kinder brauchen ihre Eltern, egal wie alt sie sind.«

»Wollen du und Tom denn wirklich bis an euer Lebensende zusammen unglücklich sein, weil ihr euren Sohn Freddie im mittleren Alter nicht durcheinanderbringen wollt?«

Ich zögerte. Ich hatte immer gedacht, dass es, wenn Eltern sich trennen wollen, am besten wäre zu warten, bis die Kinder aus der Schule sind. Jetzt war ich mir da nicht mehr so sicher. Kinder werden nicht plötzlich in einem magischen, vordefinierten Alter zu verantwortungsvollen Erwachsenen. Sie brauchen so lange wie möglich Stabilität.

»Ich weiß es nicht«, sagte ich. »Da müsste schon eine große Sache passieren, bevor ich das täte.«

»Und unglücklich sein ist keine große Sache?«

»Ich will nicht egoistisch sein.«

Ihre Stimme veränderte sich. »Dafür hältst du mich also?«

»Nein.«

Das nahm sie mir nicht ab. Ich nahm es mir selbst nicht ab.

»Was ist mit Hugo?«, fragte ich.

»Hah! Das ist mal jemand, der wirklich egoistisch ist und nur an sich selbst denkt. Denk doch bloß daran, was er diesem armen Kerl im Internat angetan hat.«

»Schon, aber er war damals noch jung. Und die schrecklichen Dinge, die ihnen angetan wurden, waren viel schlimmer...«

»Es ist nicht nur das, Sarah. Es ist alles. Ich konnte es einfach nicht mehr ertragen. Hör zu, ich wollte es dir sagen, weil du mir eine so gute Freundin warst. Ich melde mich.«

Damit legte sie auf.

Eine so gute Freundin *warst*, hatte sie gesagt. Nicht *bist*.

Vielleicht hatte sie sich gemeldet, um sicherzugehen, dass ich nichts ausplaudern würde. Vielleicht war unsere Freundschaft gar nicht so tief, wie ich gedacht hatte.

Aber Olivia hatte mir etwas klargemacht: Ich durfte meine kleine Familie nicht auf dieselbe Weise zerstören, wie meine Freundin die ihre zerschlagen hatte.

Irgendwie mussten Freddie, Tom und ich einen Ausweg finden.

TOM

31

Hätte ich doch nur geahnt, dass dies unsere letzte glückliche Zeit miteinander sein würde. Die letzte, bevor Freddie sich für immer veränderte.

Er stand jeden Tag früh auf, lange bevor die Schule begann, um mit Jasper rauszugehen, und wenn er vom Unterricht zurückkehrte, tat er es wieder. Er verhielt sich höflicher zu uns beiden.

»Es lehrt ihn, Verantwortung zu übernehmen«, sagte Sarah.

Auch meine Frau war wesentlich freundlicher. Sie hörte mir aufmerksamer zu, wenn ich mit ihr über die Arbeit sprach. Statt früher zu essen, setzte sie sich zum Essen zu mir, wenn ich aus dem Büro nach Hause kam, selbst wenn es spät war. Sie machte mir mehrmals Apple Crumble – meine Lieblingsnachspeise. Und sie schaute mit mir fern, statt zu malen. Dadurch bekam ich ein noch schlechteres Gewissen wegen Hilary. Nun, das war jetzt vorbei. Hilary stand zu ihrem Wort und versuchte kein einziges Mal, mit mir Kontakt aufzunehmen.

All das ging mir in der folgenden Woche durch den Kopf, als mein Handy klingelte, nachdem ich auf dem Weg zur Arbeit gerade die Station Old Street verlassen hatte. Am Klang von Hugos Stimme hörte ich sofort, dass etwas passiert war. Darin schwang die gleiche kalte Angst mit wie damals in unserer Schulzeit.

»Was ist los?«, fragte ich. Währenddessen knatterte einer dieser Motorradkuriere an mir vorbei. Das Motorengeräusch war so laut, dass ich ihn bitten musste, seine Antwort zu wiederholen.

»Olivia hat mich verlassen. Sie hat die Mädchen mitgenommen.«

Hugo weinte. Es erinnerte mich schlagartig an jene schrecklichen Nächte in unserem Schlafsaal. »Sie sagt, sie braucht Zeit, um in sich zu gehen. Ich habe sie gefragt, ob es einen anderen gibt, aber sie will es mir nicht sagen. Sie sagte, sie wohne bei einem ›Freund‹, bis sie mit sich im Reinen ist. Ich weiß nicht, was ich ohne sie tun soll, Tom. Ich weiß es wirklich nicht.«

Ich versuchte, ihn zu trösten, so gut es mir möglich war. Aber wie konnte ich Ratschläge geben? Hatte ich nicht mit Hilary Ehebruch begangen? Ich war nicht besser als er.

An diesem Abend beschloss ich, früher Feierabend zu machen, obwohl noch einige andere im Büro waren.

Als ich Sarah von Olivia erzählte, war sie sichtlich schockiert.

»Wo wohnt sie denn jetzt?«, fragte sie.

»Ich dachte, du hättest vielleicht eine Ahnung.«

»Nein«, versicherte sie. »Ich wusste nichts davon.«

»Wir sollten Hugo mal zum Abendessen einladen«, schlug ich vor. »Er ist völlig neben der Spur.«

»Natürlich. Aber ich bin auch Olivias Freundin, also werde ich euch alleine lassen.«

Als Hugo am nächsten Abend kam, war er ganz in sich gekehrt, wurde aber nach ein paar Drinks ein wenig munterer. Er verbrachte die meiste Zeit damit, sich mit Freddie über Rockbands zu unterhalten. Dabei kamen sie immer wieder auf jemanden namens Blink zu sprechen.

»Das ist Blink-182, Dad«, lachte Freddie.

»Ja«, sagte Hugo, rollte mit den Augen und bediente sich an der Flasche Whisky, die er mitgebracht hatte. »Schritt halten, Tom.«

Musik war nicht mein Revier. Dass es das von Hugo war,

hatte ich bis jetzt nicht bemerkt. Ich fragte mich, ob man überhaupt jemanden wirklich kannte.

Wie sie es angekündigt hatte, ließ Sarah uns in Ruhe, aber irgendwie kamen wir nicht dazu, über Olivia zu reden. Ich dachte, er vermeide es und wollte selbst nicht darüber sprechen. Doch als ich ihn zur Tür begleitete, wandte er sich mir zu.

»Du bist ein Glückspilz, Tom«, sagte er und gab mir einen Klaps auf den Rücken. Er stank nach Alkohol. »Ich würde alles dafür geben, wieder eine Familie zu haben. Du und Sarah, ihr scheint euch wieder zusammengerauft zu haben. Übrigens, was ist mit der Frau im Büro, von der du immer gesprochen hast?«

»Nichts«, erwiderte ich kurz angebunden. »Sie war nur eine Kollegin.«

Zum Glück standen wir schon an der Haustür, waren also außer Hörweite. Der Whisky hatte ihm eindeutig die Zunge gelockert.

»Du bist eine unbekannte Größe, Tom. Das warst du schon immer.«

»Das ist nicht wahr«, wich ich aus.

Aber er stolperte schon den Weg entlang zum Taxi, das zu bestellen ich die Geistesgegenwart besessen hatte.

In der Nacht schlief ich mit Hilary. Erst als ich gekommen war, merkte ich, dass ich geträumt hatte. Ich schaute zu meiner Frau hinüber, die tief und fest schlief und eine Strähne ihrer dunklen Haare über dem Mund liegen hatte.

Ich stieg aus dem Bett, ging nach unten und trat mit meinem Handy in den Garten. So unüberlegt vorzugehen war nicht meine Art, aber ich konnte nicht anders. Ich musste mit ihr reden.

»Hallo. Sie haben Hilary angerufen. Bitte hinterlassen Sie eine kurze Nachricht nach dem Signalton.«

Es tat so gut, ihre ruhige Stimme zu hören, auch wenn es nur die Ansage auf ihrem Anrufbeantworter war.

»Wegen dieser Nacht neulich«, sagte ich. »Ich wünschte, ich hätte für immer bleiben können. Glaub mir. Aber ich muss unseres Sohnes wegen bei meiner Frau bleiben. Ich möchte nur, dass du weißt, dass ich dich vermisse.«

Ich hoffte die ganze Zeit, sie würde abheben und etwas erwidern. Aber das tat sie nicht. Also ging ich zurück ins Bett und versuchte, zu schlafen.

Danach strengte ich mich noch mehr an, ein guter Vater zu sein. Ich war Freddie bei seinen Hausaufgaben behilflich. Auch wenn er Gleichungen einfach nicht zu verstehen schien, gab ich mir große Mühe, nicht frustriert zu klingen, wenn ich ihm zum x-ten Mal grundlegende Algebra erklären musste.

Wir unternahmen gemeinsame Spaziergänge mit dem Hund. »Du brauchst dir nicht jedes Mal die Hände mit einem Taschentuch abzuwischen, wenn du seinen Ball aufhebst, Dad«, erklärte Freddie eines Nachmittags.

»Und was, wenn Dreck daran ist?«

»Dein Vater war schon immer pingelig«, sagte Sarah und kam auf uns zu.

Sie lachten. Dieses Mal hatte ich aber nicht das Gefühl, dass sie über mich lachten. Es war eher ein freundliches »Alberner Dad«-Lachen. Eigentlich ganz nett.

Freddies Leistungen in der Schule wurden besser. Er bekam bessere Noten. In mir keimte die Hoffnung auf, dass wir das Schlimmste überstanden hatten.

Als Freddie fünfzehn wurde, luden wir ihn in das italienische Restaurant in unserem Viertel ein, um zu feiern. »Möchtest du einen Freund mitbringen?«, fragte ich.

»Nein, danke. Es wäre mir peinlich, wenn du das Besteck mit einer Serviette abwischst, sobald du glaubst, dass der Kellner gerade nicht hinschaut.«

Das war nicht fair. Immer tat ich das nicht.

Aber eigentlich lief das Essen zu dritt besser, als ich es erwartet hatte. Freddie freute sich sehr über sein Geburtstagsgeschenk, ein Mobiltelefon. Das war Sarahs Idee gewesen. Ich selbst war immer noch nicht überzeugt. Zu meiner Zeit benutzten wir ein Festnetztelefon, wenn wir kommunizieren mussten, oder verabredeten uns und hielten uns daran, statt Pläne in letzter Minute zu ändern, wie es heutzutage so viele Leute zu tun scheinen.

Im Verlauf der nächsten Wochen gab es keinerlei Dramen in der Schule. Wenn ich den Drang verspürte, Hilary anzurufen, erinnerte ich mich an meine Verpflichtungen. Ich hatte eine Frau und einen Sohn. Sie brauchten mich jetzt bei sich.

Da kam mir die Idee.

Hugo hatte sich gefangen. Jedenfalls behauptete er das. Er hatte bereits eine andere an Land gezogen – eine Frau, die er »in einer Bar kennengelernt« hatte.

Wir trafen uns jetzt nur noch selten. Führten nur noch ab und zu ein kurzes Gespräch am Telefon. Wir hatten kaum mehr etwas gemeinsam. Er sah die Mädchen jedes zweite Wochenende, lebte aber ansonsten als Single, ging aus zu Drinks mit den »Jungs« von seiner Arbeit, die ebenfalls geschieden waren. Und er ging »clubben«, doch weiter ins Detail wollte er nicht gehen.

»Ich habe versucht, Olivia anzurufen«, berichtete Sarah mir, als wir uns eines Abends zum Essen hinsetzten und wie immer auf Freddie warteten, der in seinem Zimmer laute Musik hörte. »Ich hatte vorher schon mehrmals Nachrichten hinterlassen, aber jetzt heißt es, die Nummer sei unbekannt. Sie muss ihre Nummer geändert haben.«

Sarah klang gekränkt.

»Das hat sie. Hugo hat es mir erzählt.«

»Kannst du ihn bitten, sie mir zu geben?«

»Hugo sagt, sie will mit niemandem sprechen. Sie hat ihm ihre neue Nummer nur für Notfälle gegeben. Anscheinend will sie ›nach vorne schauen‹.« Ich holte tief Luft. »Vielleicht sollten wir das auch.«

»Wie meinst du das?«, fragte meine Frau.

»Wir könnten umziehen.«

Darüber dachte ich schon nach, seit ich mitbekommen hatte, für welche Unsumme ein ähnliches Haus auf der gegenüberliegenden Straßenseite verkauft worden war. Die letzten Monate hatten mich in meiner Entscheidung bestärkt.

»Das ist es, was wir brauchen«, fuhr ich fort, jetzt noch fester entschlossen. »Wir haben noch nie zusammen ein Haus gekauft. Du sagst doch immer, dass du in ein Zuhause gerne deinen eigenen Stil einbringen möchtest. Das kann unser Neuanfang sein.«

»Wo?« Sie klang geradezu aufgeregt.

»Auf dem Land. Es gibt da ein paar schöne Flecken an den Endstationen der Metropolitan Line.«

»Auf dem *Land?*«, sagte Freddie mit entsetzt klingender Stimme. Ich hatte nicht gehört, dass er hereingekommen war. »Aber ich habe doch meine Freunde hier. Wie könnt ihr von mir verlangen, irgendwo neu anzufangen, wo ich niemanden kenne?«

»Denk mal darüber nach, Freddie«, sagte Sarah und legte eine Hand auf seinen Arm. »Vielleicht könnten wir ja auch ans Meer ziehen. Unsere Ferien in Cornwall haben dir doch gefallen.«

»Das wäre ein weiter Weg zum Pendeln für mich«, warf ich ein. »Wie wär's mit Dorset?«, schlug ich dann vor. »Das ist näher.«

Freddie setzte eine finstere Miene auf. »Ich will nicht weg aus London, basta!«

Er ging hinaus und knallte die Tür hinter sich zu.

So viel zu der Hoffnung, wir hätten die Kurve mit ihm gekriegt.

»Wir können uns von ihm nicht vorschreiben lassen, was wir zu tun haben«, betonte ich – nicht zu Unrecht, wie ich fand.

»Vielleicht lenkt er noch ein«, sagte Sarah. »Gib ihm Zeit.«

»Warum fangen wir nicht schon mal mit der Haussuche an?«, sagte ich. »Deine Idee mit Dorset gefällt mir. Aber lass uns vorher erst mal ein bisschen Urlaub machen. So etwas wie St Mawes. Erinnerst du dich noch, wie wir durchgefahren sind? Ich muss mal Urlaub machen. Ich nehme mir drei oder vier Tage frei.«

Sarah klang skeptisch. »So lange können wir Freddie nicht alleine lassen.«

»Kennst du irgendwelche Eltern seiner Freunde?«

»Nein.«

»Was ist mit Hugo?«

Sarah verzog das Gesicht. »Machst du Witze?«

»Er ist immerhin der Mann seiner Patentante.«

Ich war ganz zufrieden mit meiner Idee. Hugo betonte ständig, er vermisse seine Kinder, auch wenn sie schon fast erwachsen waren. Tatsächlich wirkte er recht angetan, als ich ihm am nächsten Tag den Vorschlag unterbreitete. Und überraschenderweise war es Freddie auch.

»Wir werden ein bisschen Jungszeit miteinander verbringen«, verkündete mein Freund.

»Die Frau aus der Bar wird doch wohl nicht dabei sein, oder?«, wollte ich wissen.

»Sei nicht albern.«

Um auf der sicheren Seite zu sein, bat ich Hugo, bei uns zu wohnen. Auf diese Weise konnte er auch auf den Hund aufpassen.

St Mawes auf der Halbinsel Roseland in Cornwall war wunderschön. Die weißen Häuser auf den terrassenförmigen Hügeln waren noch beeindruckender als auf den Bildern im Internet. Sarah nahm ihren Skizzenblock mit. Das Wetter war traumhaft. Jedes Mal, wenn ich an Hilary dachte, versuchte ich, die Gedanken auszublenden.

Am zweiten Tag bekam ich Kopfschmerzen. Sie ließen nicht nach, und mir war speiübel. »Vielleicht habe ich mir etwas eingefangen«, sagte ich matt.

»Du fühlst dich nicht so an, als hättest du Fieber«, sagte Sarah, nachdem sie mir ihre kühle Hand auf die Stirn gelegt hatte.

»Dann reagiere ich vielleicht auf die Meeresfrüchte von gestern Abend.«

»Ich habe sie auch gegessen und kein Problem damit gehabt. Sie schmeckten köstlich.«

Doch am Abend war es so schlimm, dass ich nur noch nach Hause wollte.

»Es tut mir leid«, sagte ich. »So etwas habe ich noch nie gehabt.«

Insgeheim fragte ich mich, ob es der Stress bei der Arbeit war und dazu die Sehnsucht nach Hilary, die nicht abklingen wollte.

»Schon in Ordnung«, sagte Sarah. »Wir werden die Besichtigungstermine in Dorset morgen absagen. Ruf lieber Hugo an und sag ihm, dass wir früher zurückkommen.«

Hugo ging nicht an sein Handy, Freddie auch nicht an seines.

»Es ist schon spät«, sagte Sarah. »Wahrscheinlich sind sie schon ins Bett gegangen.«

Doch als wir dann in die Straße einbogen, an der unser Haus stand, konnte ich erkennen, dass sämtliche Fenster des Hauses erleuchtet waren. Als wir ausstiegen, hörten wir dröhnend laute Musik. Es war die Art von Musik, bei der einem die Bässe durch Mark und Bein gehen und man das Gefühl hat, einem würden die Ohren platzen.

Was ging da vor sich? Die Eingangstür stand offen. Jugendliche hockten auf der Türschwelle und sahen mich an, als wäre ich ein Eindringling und nicht der Hausbesitzer. Drinnen stand der Esstisch auf den Kopf gestellt, und zwei Jungen sprangen von einer Seite auf die andere über ihn, als wären sie noch Kleinkinder. Ein süßlicher Geruch erinnerte mich schlagartig an meinen ersten Besuch bei Sarah. Überall lagen Gläser herum. Pärchen mit Pickeln im Gesicht umschlangen sich auf den Sofas.

»Freddie?«, rief ich.

Er war nirgends zu sehen. Ich stiefelte die Treppe hinauf. Auf dem Badezimmerboden lag ein (benutztes) Kondom. Ich erschauderte vor Ekel.

Seine Zimmertür war abgeschlossen.

»Mach auf!«, brüllte ich und rüttelte an der Klinke.

Ein Gesicht kam zum Vorschein. Es war nicht das meines Sohns. Diesen Jungen hatte ich noch nie gesehen. Freddie saß auf dem Boden und hielt ein Glas in der Hand.

»Was zum Teufel ist hier los?«

»Es war nicht meine Schuld«, sagte er in dem herausfordernden Ton, den er mir gegenüber immer anschlug. »Ich habe einem der Jungs in der Schule erzählt, dass ihr weg seid, und er meinte, wir sollten mit ein paar Freunden feiern.«

Er sprach undeutlich, und seine Augen waren blutunterlaufen.

»Was ist mit Onkel Hugo?«, wollte ich wissen.

Freddie zuckte mit den Schultern, und durch seine Bewegung schwappte das Getränk in seinem Glas auf den Teppich. »Er wusste nicht, dass ich nach Hause komme. Er ist abends ausgegangen, aber noch nicht wieder zurück.«

Ich musste verrückt gewesen sein, Hugo zu vertrauen. Bestimmt war er zu dieser Frau gegangen.

»Du bist betrunken«, sagte ich kopfschüttelnd.

»Und du bist bekifft«, setzte Sarah hinter mir noch einen drauf.

Freddie brach in Gelächter aus. »Woher weißt du das, Mum? Hast du früher auch gekifft?«

Ich konnte nicht anders. Ich packte Freddie beim Kragen. »Jetzt reicht's. Ich meine es ernst!«

»Hör auf!« Sarah kam auf mich zu. »Tu ihm nicht weh!«

Ich stieß sie weg. »Das ist alles deine Schuld. Ich sagte dir doch, wir hätten strenger mit ihm sein sollen.« Ich wirbelte herum und wandte mich der Horde Jugendlicher zu, die in der Tür standen. »Und jetzt raus mit euch. Alle.«

Dann starrte ich Freddie zornig an. »Diesmal bist du zu weit gegangen.«

»Wo ist Jasper?«, fragte Sarah plötzlich.

Die Haustür hatte offen gestanden, als wir hereinkamen, erinnerte ich mich. Er konnte hinausgelaufen sein. Die Hintertür stand ebenfalls offen.

»Jasper!«, rief Sarah und rannte die Treppe hinunter.

Freddie schloss sich ihr an. »JASPER!«

»Er ist doch nur ein verdammter Hund«, keuchte ich, als ich die beiden eingeholt hatte. Natürlich meinte ich es nicht so, aber ich war eben wütend.

»Dieser verdammte Hund, wie du es ausdrückst, bedeutet mir mehr als du!«, fuhr Freddie mich an.

»Du weißt, dass das nicht stimmt, Freddie«, sagte Sarah schnell.

»Doch, das tut es.«

»Freddie, das ist jetzt wirklich gemein.«

Plötzlich kam eine Gestalt auf uns zu und sprang durch den Garten.

»Jasper«, sagte Freddie und vergrub sein Gesicht in dem Fell des Hundes. »Es geht dir gut! Tut mir leid, Junge. Tut mir wirklich leid.«

Ich stürmte zurück ins Haus und hinauf in unser Schlafzimmer.

»Siehst du«, sagte Sarah, während sie mir hinterherlief. »Freddie kann Reue zeigen.«

»O Sarah«, sagte ich. »Du kapierst es wirklich nicht, oder? Dieses Kind bringt mich noch ins Grab. Und dich auch. Wir müssen etwas unternehmen, bevor noch etwas wirklich Schreckliches passiert.«

»Dann sorg dafür, dass nicht *du* es bist, der dieses Schreckliche tut, Tom«, sagte sie leise.

»Was meinst du damit?«

»Du darfst ihn nicht mehr schlagen.«

»Das hatte ich auch nicht vor. Aber jemand muss ihn dazu bringen, sich zu benehmen.«

»Es ist nur eine Phase, Tom. Das wird schon wieder.«

»Bei Freddie ist es immer nur eine Phase.«

»Ich werde mich jetzt vergewissern, dass alle Jugendlichen weg sind«, fuhr sie fort. »Kannst du bitte mal in unserem Schlafzimmer nach dem Rechten sehen?«

Die Bücher auf meinem Nachttisch waren noch so, wie ich sie zurückgelassen hatte, ordentlich sortiert. Das war schon mal etwas. Gott sei Dank gab es keine sichtbaren Anzeichen dafür, dass das Bett benutzt worden war.

Doch dann fiel mein Blick auf Sarahs Schminktisch. Ihr Schmuckkästchen stand offen. Es war leer.

»Das Diamantcollier meiner Mutter!«, rief ich und rannte zurück auf den Treppenabsatz. »Wo ist es?«

Sarah kam hereingestürmt. »Es war hier, als wir gefahren sind.«

Plötzlich war ich wieder acht Jahre alt und schaute auf den erschlafften Kiefer meiner aufgebahrten Mutter.

»Nein«, wimmerte ich. »Nein.«

Sieh nicht hin, sagt er mir.
Das ist Teil des Spiels, sagt er.
Also halte ich mir mit beiden Händen die Augen zu.
Ich kann ein Geräusch hören.
Er redet mit jemandem.
Ich will durch die Finger schauen.
Aber ich traue mich nicht.
Eine Autotür schlägt zu.
Wir fahren weiter.

SARAH

32

»Es tut mir wirklich sehr, sehr leid, Dad. Ich habe nicht geahnt, dass die Party so aus dem Ruder laufen würde.«

Toms Augen waren gerötet. Er starrte unseren Sohn an, als wäre der ein Einbrecher.

»Diese Halskette«, begann er ganz langsam, »war eines der wenigen Erinnerungsstücke, die ich von meiner Mutter noch hatte.«

»Ich weiß, aber ...«

»Lass mich ausreden. Sie starb, als ich acht Jahre alt war. *Acht Jahre.* Weißt du, was das für ein Kind bedeutet?«

Freddie schaute zu Boden. »Ich hab's kapiert.«

»Nein.« Jedes der Worte meines Mannes war von schleppender Wut und Verachtung geprägt. Besonders dieses letzte.

»Du kannst es nicht ›kapieren‹, wie du es ausdrückst, Freddie. Das kann nur jemand, der es selbst durchgemacht hat. Niemand kann diese Halskette ersetzen. Kein Mensch.«

»Ich weiß, dass es schrecklich ist, Tom«, sagte ich sanft, »aber Freddie hat das doch nicht mit Absicht getan.«

»Er hat Leute zu uns nach Hause eingeladen.« Mittlerweile hörte er sich an, als würde er gewürgt. »Das ist wohl kaum ein Zufall.«

»Dein Dad hat recht«, sagte ich zu Freddie. »Aber vielleicht können wir sie ja zurückbekommen. Sie kann sich schließlich nicht in Luft aufgelöst haben. Hast du eine Idee, wer sie an sich genommen haben könnte?«

»Nein. Keiner meiner Kumpels würde so etwas tun.«

»Bist du sicher?«, hakte ich nach.

»Ich will die Telefonnummer von jedem ›Gast‹, der heute Abend hier war«, forderte Tom.

»Ich kannte nicht alle! Ehrlich, Dad. Willst du sie wirklich alle anrufen und fragen, ob sie ein Diamantcollier geklaut haben?«

»Das werde ich verdammt noch mal tun.«

Ich hatte meinen Mann kaum jemals fluchen hören.

»Du kannst mich nicht so blamieren, Dad. Sie werden nie wieder mit mir reden.«

»Das ist mir egal! Kapierst du es nicht, wie du selbst gerade gesagt hast? Ich will das Collier meiner Mutter zurückhaben.«

»Tom!«, flehte ich und legte die Hand behutsam auf seinen Arm. »Vielleicht könnte ich sie anrufen ...«

»Nein!«, rief Freddie. »Keiner von euch beiden tut das. Ich werde es nicht zulassen.«

»Wo ist dein Telefon?«, brüllte Tom.

»Ich gebe es dir nicht.«

»Es ist in deiner Tasche, oder?«

Tom stürzte sich darauf.

»Hau ab!«, schrie Freddie.

Aber Tom hatte es schon. »Wie lautet deine PIN?«

»Sag ich nicht.«

Mein Mann sah aus, als wolle er Freddie an die Gurgel gehen.

»Hört auf, alle beide!«, flehte ich sie an. »Lasst uns das gut durchdenken. Wir werden der Polizei den Diebstahl melden. Wenn wir ihnen ein Foto geben, werden sie sich auf die Suche machen.«

Tom stieß ein beißendes Lachen aus. »Glaubst du ernsthaft, der Fall landet ganz oben auf ihrer Liste der aufzuklärenden Verbrechen?«

»Es könnte etwas bewirken«, sagte ich. »Freddie, du kannst etwas auf Facebook posten. Auf diese Weise ist es nicht an eine bestimmte Person gerichtet. Wir könnten sogar eine Belohnung aussetzen.«

Tom schnaubte. »Jemanden für einen Diebstahl belohnen?«

»Das wird sowieso nicht funktionieren«, sagte Freddie. »Niemand wird sich Ärger einhandeln wollen oder mit dem Finger auf andere zeigen.«

»Was schlägst du also vor?«, schnauzte Tom ihn an. Er hatte die Fäuste erhoben. Ich packte sie, aber er stieß mich weg.

Freddies Gesicht lief rot an. »Wage es nicht, meiner Mutter wehzutun.«

»Das hatte ich auch nicht vor.«

Es war nur ein sanfter Stoß gewesen, aber er hatte mich schockiert. Gleichzeitig konnte ich verstehen, warum Tom am Durchdrehen war. Seine Mutter hatte für ihn alles bedeutet.

»Ich möchte, dass dir klar wird, was du angerichtet hast«, sagte Tom, nun leiser, als wüsste er, dass er zu weit gegangen war.

»Was soll ich deiner Meinung nach tun?«

»Was deine Mutter vorgeschlagen hat. Poste etwas auf Facebook.«

»Also gut. Ich tu's. Aber wenn ich dadurch Freunde verliere, werde ich euch das nie verzeihen.«

Dann stampfte er die Treppe hinauf in sein Zimmer und schloss die Tür hinter sich ab. Ich folgte ihm.

»Freddie«, zischte ich durch das Schlüsselloch. »Dein Vater ist extrem verärgert.«

»Meinst du etwa, ich nicht?«, maulte er.

Ich hörte, dass er weinte.

»Es tut ihm wirklich leid«, erklärte ich Tom, als ich wieder nach unten kam. Mein Mann stand an einem der Beistelltische und hielt ein Bild seiner Mutter in einem silbernen Rahmen in der Hand. Sie trug ein Abendkleid, und um ihren Hals lag die funkelnde und jetzt abhandengekommene Diamantkette. Es handelte sich um eine ziemlich steife Pose, die aussah, als wäre das Foto in einem Studio aufgenommen worden. Ich durfte es nie abstauben. Tom machte das lieber selbst.

»Wir könnten dieses Bild der Polizei geben«, schlug ich vor. Tom schwieg.

»Du hast mich weggestoßen. Es hat ausgesehen, als würdest du ihm wehtun wollen.«

»Entschuldige«, sagte er mit matter Stimme.

»Es war nicht seine Schuld, Tom. Warum gibst du immer ihm die Schuld? Seine Freunde haben den Ärger verursacht, und außerdem hätte Hugo hier sein müssen.«

»Das weiß ich, und ich werde das mit ihm klären, keine Sorge. Aber Freddie muss auch dafür bezahlen.«

Dann drehte er sich zu mir um. Seine Augen waren dunkel, und er hatte die Lippen zu einem schmalen Strich zusammengepresst. Manchmal kam da eine Seite meines Mannes zum Vorschein, die mir Angst einflößte.

»Das Traurige ist, Sarah, dass du immer wieder Entschuldigungen für sein Verhalten findest. Der Junge denkt immer nur an sich selbst. Je schneller wir hier rauskommen und einen neuen Anfang wagen, desto besser. Hoffen wir, dass es funktioniert, denn wenn nicht...«

Er ließ den Satz unvollendet.

»Wenn nicht, was dann?«, fragte ich.

»Wenn nicht, dann weiß ich nicht, was wir noch tun sollen.«

Das wusste ich auch nicht.

Aber im Gegensatz zu meiner Freundin Olivia musste ich meine kleine Familie zusammenhalten. Das mit der gestohlenen Halskette war schrecklich. Aber vielleicht würde es Freddie eine Lehre sein. Tom hatte recht. Ein Umzug in eine andere Gegend würde uns den Neuanfang ermöglichen, den wir so dringend brauchten.

Ein paar Tage später rief der Immobilienmakler an und fragte, ob ein Paar in einer Stunde vorbeikommen könnte, um das Haus zu besichtigen.

»In einer Stunde?«, wiederholte ich ungläubig. Aber ich wollte nicht absagen.

Ich jagte im Haus umher und versuchte, aufzuräumen. Tom war ausgegangen, um mit Hugo Tennis zu spielen, was er schon eine ganze Weile lang nicht mehr getan hatte. Er hatte angeboten, zu Hause zu bleiben und zu helfen, aber ich hatte ihn ermutigt, zu gehen, und ihm gesagt, dass ich das Haus alleine auf Vordermann bringen könnte. Ohne ein weiteres Wort zu sagen und mit verkniffenem Blick war er gegangen. Seit der Party hatte er kaum noch mit mir oder Freddie gesprochen. Selbstredend machte uns die Polizei nur wenig Hoffnung, das Diamantcollier wiederbeschaffen zu können.

Freddie war kurz nach unten gekommen, um sich eine Schale Müsli zu holen und damit wieder auf sein Zimmer zu gehen.

»Hast du schon Antworten auf deinen Post auf Facebook bekommen?«, fragte ich. Er hatte ihn gestern Abend endlich online gestellt.

»Ja.«

»Kannst du sie mir zeigen?«

»Du glaubst mir nicht?«

»Doch, das tue ich.«

»Du glaubst mir nicht, stimmt's? Komm hoch in mein Zimmer, dann zeige ich sie dir.«

Ich watete durch das Durcheinander auf dem Fußboden in seinem Zimmer und starrte auf den Bildschirm. »Das ist nicht besonders nett«, konstatierte ich schließlich.

Freddie hatte tatsächlich einen Aufruf wegen der Halskette gestartet, aber die Antworten waren grauenhaft.

Was soll der Scheiß?, lautete eine. *Beschuldigst du uns, Diebe zu sein?* Und: *Ich will nie wieder zu dir nach Hause kommen. Diese Zeichnungen von Nackten sind unheimlich. Deine Mum muss irgendwie pervers sein.*

»Was hast du erwartet?«, sagte Freddie. »Ich habe Dad doch gesagt, dass das passieren würde. Sie hassen mich jetzt alle.«

»Nun, irgendwer hat sie mitgenommen.«

»Nicht meine Freunde. Beziehungsweise die Leute, die mal meine Freunde waren.«

»Dann können sie nicht besonders nett sein, oder?«

»Du kapierst es nicht, oder? Wie kann ich mich je wieder in der Schule blicken lassen?«

»Dein Dad ist sehr verärgert. Diese Halskette hat ihm alles bedeutet.«

»Ich weiß. Das sagst du ständig. Aber ich kann sie nicht zurückbringen. Bitte, Mum. Verschon mich damit.«

Damit schob er mich zur Tür, und ich hörte wieder einmal, wie er den Riegel vorschob.

Ich fühlte mich, als würde ich in zwei Hälften gesägt. Toms Verlust tat mir im Herzen weh, aber Freddie tat mir auch leid. Er hatte einen dummen Fehler begangen, und jetzt hatte er Freunde verloren. Wie sich das anfühlte, wusste ich. Olivia hatte sich seit dem letzten Anruf, in dem sie mir mitteilte, dass sie Hugo verlassen hatte, nicht mehr gemeldet. Ich hatte sie gedeckt – und sogar so getan, als wäre ich überrascht, als Tom erzählte, sie habe Hugo verlassen. Ein Teil von mir fühlte sich ausgenutzt, um ehrlich zu sein. Ich hatte geglaubt, ich hätte ihr etwas bedeutet.

Der Verrat einer Freundin kann genauso schmerzhaft sein wie der eines Ehemanns. Nicht, dass Tom so etwas jemals tun würde. Dafür war er einfach nicht der Typ.

Freddie war noch in seinem Zimmer, als der Makler vorbeikam.

»Tut mir leid, dass es ein bisschen unordentlich ist«, sagte ich entschuldigend, als ich sah, wie das junge Paar die Nase rümpfte, weil es im Zimmer meines Sohnes nach Körperausdünstungen roch.

Der Mann trug ein Baby in einem Tragetuch. Das hatte Tom immer mit Freddie getan, damals, als der noch ein so süßes Baby gewesen war. Könnten wir doch nur die Zeit zurückdrehen und neu anfangen.

Kurz darauf gingen sie wieder.

»Es wäre hilfreich, wenn Sie das dritte Schlafzimmer aufräumen könnten«, sagte der Immobilienmakler, als er am nächsten Tag anrief, um mir mitzuteilen, dass sich das Paar für ein anderes Haus entschieden hatte.

Das war ja alles schön und gut. Aber ich konnte es nicht garantieren. Nicht, wenn Freddie sich weigerte, es selbst zu tun oder mich hineinzulassen.

Die schreckliche, angespannte Atmosphäre, die sich wie eine Decke über unser Haus gelegt hatte, wollte einfach nicht verschwinden. Es musste etwas geschehen. Selbst wenn wir tatsächlich umziehen würden, würde das nichts an Freddies Verhalten ändern, oder? Oder an Toms Verhalten. Es kam immer wieder zu Streit. Wir warfen uns dieselben Dinge vor, immer und immer wieder.

»Ich verstehe nicht, warum du nicht strenger mit ihm bist«, beschwerte sich mein Mann in der folgenden Woche. Wir waren gerade fertig mit dem Mittagessen im Esszimmer. Ich hatte eine vegetarische Lasagne zubereitet. Freddie hatte sich geweigert, mit uns zu essen, und sich stattdessen seine Portion mit auf sein Zimmer genommen.

Ich hätte schreien können vor Verzweiflung über die Bemerkung meines Mannes. Erwartete Tom von mir, dass ich einen Zauberstab schwang oder eine Art Lobotomie an unserem Sohn vornahm? Er war eben, wie er war. Hoffentlich würde er eines Tages erwachsen werden.

»Du kannst Freddie nicht weiter beschützen«, fuhr er fort und trommelte mit seinen Fingern auf der Tischplatte herum. Wenn mein Mann anfing, so zu schimpfen, hörte er gar nicht mehr auf. Es war, als behandelte er mich wie ein Mitglied seines Teams bei der Arbeit. »Was er braucht, ist jemand, der ihn dazu zwingen kann, wieder zu spuren. Meiner Meinung nach gibt es nur noch eine Möglichkeit. Ein Internat.«

»Du willst unseren Sohn fortschicken?« Ich rang nach Luft.

»Bei dir hört sich das an, als würde ich eine Deportation nach Sibirien in Erwägung ziehen.«

»Aber du selbst hast das Internat *gehasst*. Hugo auch. Und du weißt, was es bei euch beiden angerichtet hat.«

»Die Verhältnisse an den Internaten haben sich verändert seitdem. Ich habe mal recherchiert. Schau mal.«

Er stand auf, verließ den Raum für einen Moment, kehrte mit einer Broschüre zurück und hielt sie mir vor die Nase. »Sie hat einen guten Kunstzweig. Freddie würde es gefallen. Und seien wir ehrlich, es würde uns als Paar helfen.«

Tränen traten mir in die Augen. »Freddie macht gerade die Teenagerphase durch«, erklärte ich. »Er ist nicht schlecht. Er hat einfach nur ein paar falsche Entscheidungen getroffen, so wie du und ich, als wir jünger waren.«

Toms Lippen strafften sich. »Einfach? So nennst du das?«

»Denk doch nur mal daran, was du mit diesem Jungen, Chapman, auf dem Internat gemacht hast«, hielt ich ihm vor. »Das war schlimmer als eine gestohlene Halskette.«

Er zuckte zusammen. »Wie kannst du damit jetzt anfangen?«

»Aber es ist doch wahr, Tom, oder? Ich weiß, dass es mit Freddie nicht einfach ist, aber ich kann den Gedanken nicht ertragen, morgens aufzuwachen und mit unserem Sohn nicht unter einem Dach zu leben. Das wäre so, als würde ich ohne eine Hälfte von mir selbst leben.«

»Sei nicht so übertrieben emotional.«

»Bin ich nicht. Es ist so. Und was, wenn er dort mit Drogen in Kontakt kommt?«

»Hier geht er ihnen auch nicht aus dem Weg. Außerdem habe ich dort nachgefragt, und sie haben eine Null-Toleranz-Politik.

»Du hast schon mit ihnen gesprochen?«

Tom setzte seinen abweisenden Blick auf. »Ich wollte erst mehr wissen, bevor wir es besprechen.«

»Was besprechen?«, fragte eine Stimme.

Es war Freddie. Er musste die Treppe heruntergekommen sein, ohne dass ich es gehört hatte. Dann fiel sein Blick auf den Prospekt in meiner Hand.

»Internat? Ihr wollt mich loswerden?«

»So ist es nicht«, sagte Tom hastig.

»Fick dich!«

Die Haustür knallte so heftig zu, dass es an den Wänden widerhallte. Jetzt würde Freddie denken, es wäre meine Idee gewesen und nicht die seines Vaters. Ich kochte vor Empörung und Wut.

»Gut gemacht«, fauchte ich Tom an.

Er starrte mich unverwandt an. »Weißt du was? Ich gebe auf.«

Kälte durchfuhr mich. »Was meinst du damit?«

»Ich gehe raus«, sagte er leise.

Die Haustür fiel ins Schloss. Ich war mit Jasper allein im Haus.

Ich machte den Mund auf und schrie. Jasper schaute zu mir hoch.

»Alles in Ordnung«, sagte ich, kniete mich hin und vergrub mein Gesicht in seinem weichen Fell. »Es ist alles in Ordnung«, wiederholte ich.

Aber das war es nicht. Das war mir damals klar. Und das ist es auch jetzt.

TOM

33 Es war falsch. Aber ich konnte nicht anders.

Hilarys Wohnung – in einem schicken Wohnblock aus den 1960er-Jahren – lag in der Nähe des Russell Square. Sie hatte sie bar bezahlt, ohne einen Kredit aufzunehmen, erzählte sie mir – mit dem Geld, das ihre Mutter ihr hinterlassen hatte. Es war eine kluge Investition gewesen. Es gab sogar einen Pförtnerdienst rund um die Uhr, was für eine alleinstehende Frau wohl vernünftig war, obwohl Hilary durchaus in der Lage zu sein schien, auf sich aufzupassen.

Der Pförtner schien mich nach meinem letzten Besuch wiederzuerkennen, was mir ein wenig peinlich war. »Guten Tag, Sir«, begrüßte er mich. »Oder sollte ich guten Abend sagen? Es ist allmählich schon so weit, nicht wahr?«

Ich war zwei Stunden kreuz und quer durch London gelaufen.

Von unterwegs hatte ich Hilary nicht anrufen wollen. Auf die Nachricht, die ich ihr vor ein paar Wochen auf der Mailbox hinterlassen hatte, hatte sie nicht reagiert. Vielleicht war es besser, dachte ich, wenn ich einfach bei ihr auftauchte, auch wenn Spontaneität nicht meine Art war.

»Wären Sie so nett und rufen Miss Morton in ihrer Wohnung an?«, bat ich den Mann.

»Selbstverständlich.«

Ich trommelte mit den Fingern auf den Schreibtisch. Das war eine nervöse Angewohnheit aus meiner Kindheit, die mein

Vater immer verabscheut hatte. Aber alte Gewohnheiten sind nicht totzukriegen.

»Miss Morton sagt, sie kommt gleich herunter.«

Zehn Minuten vergingen. Fünfzehn.

Vielleicht wollte sie mir eine Lektion erteilen.

Dann gingen die Fahrstuhltüren auf, und Hilary trat heraus. Sie trug einen blau gestreiften Pullover und eine Jeans. Letzteres überraschte mich, aber es war ja auch Sonntag. Da war er wieder, ihr vertrauter blumiger Duft, als sie auf mich zukam.

»Tom«, begrüßte sie mich distanziert. »Das ist ja eine Überraschung.«

Ich war mir bewusst, dass die Augen des Portiers auf mir ruhten. »Habe ich dich gestört?«, fragte ich.

»Ich war mit meiner Steuererklärung beschäftigt.«

Erfreut wirkte sie nicht darüber, mich zu sehen. Allmählich wurde ich nervös. »Können wir irgendwo ungestört reden?«, fragte ich.

Hilary deutete auf das grüne Ledersofa, das im Foyer stand.

»Eigentlich meinte ich«, setzte ich mit leiser Stimme hinzu, »könnten wir nach oben gehen?«

»Nein, Tom.« Ihre Stimme war fest, aber ruhig. »Ich glaube nicht, dass das eine gute Idee wäre.«

»Hast du jemanden bei dir?«, fragte ich.

»Nein.« Offenbar fand sie diese Frage amüsant. »Aber selbst wenn es so wäre, geht dich das ja wohl kaum etwas an.«

»Du hast recht«, sagte ich hastig, bemüht, es wiedergutmachen. »Tut mir leid.«

Sie schaute demonstrativ auf die Uhr. »Ich habe noch zu tun, Tom. Was möchtest du mir sagen?«

Mittlerweile kam ich mir albern vor, so als wäre ich wieder ein Schuljunge. »Freddie hat neulich eine Party gegeben, während wir weg waren«, platzte ich heraus. »Das Haus wurde verwüstet, und einer der sogenannten Gäste hat die Halskette meiner Mutter gestohlen.« Zu meiner großen Verlegenheit konnte ich nicht verhindern, dass ich dabei mit stockender Stimme sprach.

Ihr Blick wurde weicher. »Das tut mir leid. Das ist ja furchtbar. Was hat Sarah gesagt?«

Ich schluckte heftig, damit meine Stimme wieder normal klang. »Dass ich nicht genug Verständnis aufbringe.«

Ich hatte gehofft, sie würde daraufhin etwas sagen wie: »Das ist nicht fair«, aber sie schwieg.

Etwas verunsichert fuhr ich fort. »Ich möchte Freddie auf ein Internat schicken, aber Sarah will nichts davon hören.«

Sicher würde Hilary meinen Standpunkt verstehen. Mit acht war sie selbst ins Internat gekommen. Das hatte sie »geprägt«, hatte sie mir schon mindestens einmal erzählt.

»Nun ...«, begann sie, hielt dann aber inne. Ein älterer Mann kam in die Lobby, um seinen Schlüssel vom Pförtner abzuholen. Er zog seinen Hut vor Hilary, die ihm ein warmes Lächeln schenkte. Ich spürte einen Anflug von Eifersucht. Sie wartete, bis er gegangen war, bevor sie antwortete.

»Wie du weißt, habe ich keine Erfahrung auf diesem Gebiet, aber ich habe den Eindruck, Tom, dass dein Sohn professionelle Hilfe benötigt.«

»Das haben wir schon versucht – nun, Sarah hat es versucht –, und es hat nicht funktioniert.« Mir wurde noch deutlicher bewusst, dass ich verzweifelt klang.

Ihre kühlen grauen Augen fixierten mich. »Ich verstehe immer noch nicht, was das mit mir zu tun hat, Tom. Warum bist du gekommen?«

Ich warf einen Blick auf den Pförtner, der, als er meinen Blick auffing, sofort damit begann, Papiere auf seinem Tresen hin- und herzuschieben. »Ich dachte, du würdest mich verstehen.«

»Weil deine Frau es nicht tut?«

»Hör zu«, sagte ich eindringlich. »Du bist wütend auf mich. Das verstehe ich.«

»Nein, Tom. Ich bin wütend auf mich selbst, weil ich mich auf einen verheirateten Mann eingelassen habe, der ein Kind hat. Das verstößt gegen meine Auffassung von Moral, wie ich dir schon einmal gesagt habe.«

»Und auch gegen meine.«

»Trotzdem sind wir hier.«

Jeden Moment würde sie den Pförtner bitten, mich hinauszubegleiten. Ich überlegte, wie ich sie zum Bleiben bewegen konnte. Keiner verstand mich so gut wie Hilary. Sie ließ es nicht zu, dass Gefühle ihr Leben bestimmten. Für sie war alles schwarz oder weiß.

Auch ich hatte immer geglaubt, dass es so sei. Aber dann wurde ich Vater.

»Ich bin nicht der Richtige für Sarah«, platzte ich heraus. »Und sie ist nicht die Richtige für mich. Gäbe es Freddie nicht, dann wären wir nicht mehr zusammen.«

»Das verstehe ich«, sagte Hilary. »Andererseits werden Kinder erwachsen. Sehr lange wird Freddie nicht mehr im Haus sein, oder?«

»Nein«, sagte ich und dachte an Hugos Mädchen. »Willst du mir damit etwas sagen?«

»Ist das nicht offensichtlich, Tom?« Hilary berührte kurz meinen Arm. »Wenn es dir ernst mit uns ist ...«

»Das ist es.«

»Dann solltest du vielleicht in Betracht ziehen, Sarah zu verlassen, wenn du das Haus verkauft hast. Das wäre ein sauberer Schlussstrich. Du teilst einfach euer Vermögen auf euch beide auf.«

»Aber was ist mit Freddie? Es ist eine schwierige Zeit für ihn. Er fängt bald mit seinen Kursen in der Oberstufe an.«

»Wird es ihm leichterfallen, wenn beide Elternteile zusammen, aber unglücklich sind?«

Ich dachte jetzt an Freddies Verhalten. An die Halskette meiner Mutter, die nicht wieder aufgetaucht war und wahrscheinlich auch nie mehr auftauchen würde. An seine Angewohnheit, sich in seinem Zimmer einzuschließen. An die Art und Weise, wie er alles zu hassen schien, was ich sagte oder tat.

»Wohl nicht.«

Hilary seufzte. »Ich möchte nicht, dass du denkst, ich würde dir ein Ultimatum stellen, Tom. Weit gefehlt. Ich schlage dir lediglich vor, als Freundin, dass du die Sache aus einer umfassenderen Perspektive betrachtest.«

»Wirst du auf mich warten?«, fragte ich.

»Nein«, erwiderte sie entschieden. »Sonst hätte ich das Gefühl, ich hätte etwas mit der Trennung von dir und Sarah zu tun. Das muss eine Entscheidung sein, die du triffst, ohne dass ich dabei in die Gleichung miteinbezogen werde.«

»Aber wirst du für mich da sein, falls – wenn – das passiert?«, beharrte ich.

Sie sah mich mit diesem ruhigen Blick aus ihren grauen Augen an. »Ich hoffe es, Tom. Zumindest im platonischen Sinne.«

Dann küsste Hilary mich auf die Wange. Es hätte die Art von Kuss sein können, die man einem Freund gibt. Aber er bedeutete viel mehr, und ich wusste, dass sie das auch wusste.

»Melde dich, wenn du frei bist«, sagte sie leise. »Bis dahin halte ich es für das Beste, wenn wir uns nicht wiedersehen. So ist es richtig.«

Als ich ging, spürte ich wieder den Blick des Pförtners auf mir. Wie viel hatte er mitbekommen? Aber spielte das denn überhaupt eine Rolle? Ein Teil von mir fühlte sich so unbeschwert und glücklich wie Gott weiß wie lange nicht mehr. Hilary lag etwas an mir. Aber sie war auch ein Mensch mit Prinzipien. Das bedeutete mir ebenfalls sehr viel. Natürlich wusste sie nichts von der Sache mit Chapman. Irgendwann würde ich es ihr erzählen müssen, aber was sollte ich bis dahin tun?

Auf dem Rückweg versuchte ich, die Optionen gegeneinander abzuwägen. Würde unser Zusammenbleiben Freddie helfen, seinen Schulabschluss zu schaffen? Vielleicht nicht. Außerdem gab es keine Garantie, dass er die Prüfungen überhaupt durchziehen würde.

Was, wenn wir nicht zusammenblieben? Ich würde mich schuldig fühlen, aber Sarah und ich würden beide glücklicher sein. Das wäre dann doch bestimmt auch besser für Freddie, oder?

Natürlich würde ich meine Verantwortung sehr ernst nehmen. Ich würde dafür sorgen, dass es Sarah nicht an Geld mangelte.

Aber als ich die Haustür öffnete, flog mir Sarah in die Arme.

»Ich habe mir Sorgen gemacht«, begrüßte sie mich. »Ich wusste nicht, wo du warst. Du bist nicht an dein Handy gegangen. Freddie ist zurückgekommen und sagt, es tut ihm leid, dass er geschrien hat. Ich glaube, er hat die Gelegenheit genutzt, um über alles nachzudenken. Bitte, Tom. Wir brauchen dich.«

Das war jetzt nicht das, was ich erwartet hatte. In meinem Kopf herrschte ein furchtbarer Wirrwarr.

Ich dachte an meinen Vater. An Hugo, der ohne seine Familie herumkrebste. An Hilary, die keine Kinder hatte und sich beim besten Willen nicht vorstellen konnte, wie es ist, ohne Eltern aufzuwachsen, oder aber Elternteil zu sein. Ich dachte daran, dass ich mit Sicherheit nicht imstande sein würde, mit der Schuld zu leben, wenn ich meine Familie im Stich ließ. Hatte ich mir denn nach dem Internat nicht geschworen, dass ich das Richtige tun würde – und erst recht nach Chapmans Tod?

Ich würde diese Entscheidung nicht jetzt treffen. Ich würde warten, bis Freddie mit der Schule fertig war. Danach hätte ich doch wohl ein Recht auf ein eigenes Leben. Vielleicht eines mit Hilary.

»Wir werden ihm eine letzte Chance geben«, hörte ich mich sagen. »Aber ich meine es ernst, Sarah. Wenn Freddie noch einmal etwas anstellt, kommt er aufs Internat. Das wird das Beste für ihn sein. Und für uns.«

In dieser Nacht konnte ich nicht schlafen. Als meine Frau dann leise anfing, zu schnarchen, ging ich in den Garten und rief Hilary an. Der Anruf landete auf der Mailbox. »Es tut mir leid, wenn ich dich gekränkt habe«, sagte ich. »Aber ich möchte, dass du weißt, dass ich dich liebe, Hilary.«

Dann ging ich zurück ins Bett.

SARAH

34 Was war nur aus meinem kleinen Jungen geworden, der geglaubt hatte, dass Regenbögen magisch sind und dass sie lächeln? Aus dem Kind, das alles um sich herum als ein aufregendes Abenteuer ansah, ständig auf Entdeckungsreise ging, alles mit großen Augen voller Neugierde und Staunen anschaute? Es hatte mich an Emily und ihre Unschuld erinnert. Sie hätte Freddie geliebt. Anstelle von Olivia hätte ich sie zur Patentante gemacht. Sie hätte ihre Pflichten ernster genommen. Ich konnte mir Emily gut vorstellen, wie sie Freddie zu einem Konzertauftritt mitnahm oder ins Haus ihrer Familie, um auf dem Pony zu reiten und Pflaumen im Obstgarten zu pflücken.

Aber Emily gab es nicht mehr. Und Freddie hatte sich in diesen unmöglichen Teenager verwandelt, der sowohl mich als auch seinen Vater zu hassen schien.

An welchem Punkt hatte ich – hatten wir – etwas falsch gemacht?

»Du musst dich zusammenreißen«, sagte ich zu Freddie am nächsten Morgen, bevor er zur Schule ging. Tom war bereits zur Arbeit gegangen.

»Ich habe doch schon gesagt, dass ich das tun werde, oder?«

In diesem Moment entdeckte ich etwas auf seinem unbedeckten Arm. Es war ein Wort. PEACE.

»Ist das ein Tattoo?«

»Ich hab's mir bloß mit Kuli auf den Arm geschrieben.«

Ich war erleichtert. Ich erinnerte mich daran, dass ich so

etwas in der Schule auch gemacht hatte, auch wenn das bei uns Smiley-Gesichter gewesen waren.

»Warum *Peace*?«

Er zuckte mit den Schultern. »Ich dachte, wir könnten ein bisschen davon in diesem Haus gebrauchen.«

Vielleicht hatte er recht. »Ich tue mein Bestes«, begann ich. »Aber dein Verhalten war nicht gerade hilfreich.«

»Ich weiß. Aber Dad versteht mich nicht. Und dich versteht er auch nicht.«

Manchmal erkennen uns unsere Kinder viel deutlicher, als uns selbst klar ist.

Freddie hatte seine Tür unverschlossen gelassen. Gut, dann könnte ich sauber machen, obwohl ich darauf achten musste, alles so zu lassen, wie ich es vorgefunden habe. Ich erinnerte mich nur zu gut daran, dass meine Tante Sachen aus meinem Zimmer weggenommen hatte. Nie würde ich das Foto meiner Mutter vergessen, das »in die Wäsche geraten« war. Ich wollte seine Privatsphäre nicht so verletzen, wie sie es mit meiner getan hatte.

Es klingelte. Mittlerweile kamen nur noch ganz wenige Leute vorbei. Die Mums aus der Krabbelgruppe und aus der Schule, die ich noch von früher kannte, lebten alle in ihren eigenen kleinen Welten. Ich hatte nichts mehr mit ihnen gemeinsam. Auch zu den meisten meiner Kunstfreunde hatte ich den Kontakt verloren, weil ich wusste, dass Tom sie nicht leiden konnte. Ich musste mein Bestes dafür geben, dass es so wenig Streit wie möglich gab. Das war nicht gut für Freddie.

Jasper rannte bellend zur Tür.

Es war der Immobilienmakler.

»Ich hoffe, ich störe nicht«, sagte er. »Ich war gerade mit einem Kunden in der Gegend und wollte fragen, ob ich ihm das Haus zeigen kann.« Er schaute sich zu seinem Auto um, auf dessen Beifahrersitz ein Mann saß. »Er ist ein Barzahlungskäufer.«

»Können Sie mir ein paar Minuten geben?«

Ich lief zurück nach oben in Freddies Zimmer, um die Fenster zu öffnen und wenigstens das Gröbste aufzuräumen. Zu meiner Überraschung sah es gar nicht so schlimm aus, auch wenn ich sofort sah, dass er einfach nur alles unter das Bett gestopft hatte. *Siehst du,* redete ich mir ein, *er versucht sein Bestes.*

Ich schaute auch in Toms Arbeitszimmer. Normalerweise war er sehr ordentlich, doch einige Papiere waren in eine Spalte zwischen seinem Schreibtisch und einem Aktenschrank gefallen. Ich zog sie heraus. War das nicht der Bericht, den gestohlen zu haben mein Mann Freddie beschuldigt hatte?

Ich rief ihn im Büro an, was er nicht mochte, aber das hier war wichtig.

»Ja«, sagte er nach einer kurzen Pause, als ich die ersten Worte vorgelesen hatte. »Das ist er.«

»Dann, finde ich, schuldest du Freddie eine Entschuldigung.«

»Nach all den Entschuldigungen, die er *uns* noch schuldet, meinst du?«

Tom hatte auf alles eine Antwort.

Kurz nach der Besichtigung rief mich der Makler an. Das Haus war genau das, wonach sein Kunde gesucht hatte. Er wollte den Erwerb so schnell wie möglich abschließen.

»Das sind ausgezeichnete Neuigkeiten«, sagte Tom, als ich es ihm am Abend erzählte.

Es war ungewöhnlich für uns, dass wir alle zusammen zu Abend aßen. Ich hatte einen Lauch-Käse-Auflauf gebacken, stocherte aber nur darin herum.

»Wir haben noch keine Wohnung, in die wir ziehen können«, gab ich zu bedenken.

»Wir werden etwas mieten. Das versetzt uns in eine bessere Ausgangslage, um etwas zu kaufen.«

»Ich habe es euch schon einmal gesagt«, murrte Freddie und schob seinen Teller beiseite. »Ich ziehe nicht um.«

»Zu dumm, das Haus gehört dir nicht«, blaffte ihn Tom an. »Die Entscheidung liegt bei uns.«

Begriff er denn nicht, dass das nicht die richtige Art war, unseren Sohn zu behandeln?

»Hast du ihm von dem vermissten Bericht erzählt?«, fragte ich meinen Mann mit Nachdruck.

Tom zuckte mit den Schultern, als ob es keine große Sache wäre. »Deine Mutter hat beim Aufräumen in meinem Arbeitszimmer das Dokument gefunden, das ich neulich verlegt hatte.«

»Das, bei dem du mir vorgeworfen hast, es weggenommen zu haben?«, wollte Freddie wissen.

»Ich habe nicht wirklich …«

»Doch, das hast du.«

Zu spät wünschte ich, ich hätte das Thema nicht angeschnitten. Ich hätte wissen müssen, dass Tom sich nicht entschuldigen würde.

»Zurück zum Umzug«, unterbrach ich sie schnell. »Wir werden dafür sorgen, dass es dir dort gefällt, wo immer wir auch hinziehen.«

»Aber ich möchte in dieser Gegend wohnen bleiben, Mum.«

»Das kann ich dir nicht versprechen«, begann Tom. »Warum denkst du nur an dich?«

»Das ist nicht wirklich fair«, begann ich, hielt dann aber inne. Stimmte das?

»Wisst ihr was?«, stieß Freddie hervor und pfefferte sein Besteck auf den Teller. »Ihr könnt ohne mich umziehen. Es ist offenkundig, dass du mir sowieso kein Wort glaubst, Dad, geschweige denn, dass du mich überhaupt *magst*.«

»Blödsinn«, erwiderte Tom.

»Wirklich? Ich hatte dir versichert, dass ich deinen verdammten Bericht nicht weggenommen habe. Du hast dich nicht einmal vernünftig entschuldigt.«

Freddie schob seinen Stuhl zurück, der dabei laut über den Boden schrammte, stürmte hinaus und knallte die Tür hinter sich zu.

Tom zuckte mit den Schultern. »Das ist nicht seine Entscheidung. Wir sind die Erwachsenen.«

»Sollen wir ihn etwa aus dem Haus schleifen, während er schreit und um sich tritt?«, fragte ich.

Er presste die Lippen zu einer schmalen Linie zusammen. »Wenn es nötig ist.«

Mir wurde eiskalt bei der Vorstellung. Was, wenn es wirklich dazu kommen würde?

Über den Makler fanden wir ein paar Straßen weiter ein Haus, das wir anmieten konnten, bis wir uns entscheiden würden, ob wir weiter weg ziehen wollten oder nicht.

»Du wirst immer noch nah bei deinen Freunden wohnen«, sagte ich zu meinem Sohn ein paar Tage später, als ich ihm die Nachricht übermittelte.

Tom war bei der Arbeit. Freddie war gerade von der Schule zurückgekommen und stopfte eine Packung Chips in sich hinein, obwohl ich das Abendessen fast fertig hatte.

Er bedachte mich mit einem mürrischen Blick. »Ich habe keine Freunde mehr. Nicht, nach dem Aufstand, den ihr wegen der Party veranstaltet habt. Ihr habt mich echt in Verlegenheit gebracht.«

»Hast du das mit der Halskette vergessen?«, fragte ich. »Deine Verlegenheit ist nichts im Vergleich dazu. Es hat deinem Dad das Herz gebrochen.«

»Ich habe mich entschuldigt, oder nicht? Aber ihr zwei scheint nicht zu begreifen, wie furchtbar es ist, dass niemand mehr mit mir abhängen will.«

Da war er wieder, der Gesichtsausdruck des kleinen Jungen. Wie konnte er so schnell von einem fast erwachsenen Menschen wieder zu einem Kind werden?

»Weißt du«, sagte ich, während ich meine Arme um ihn legte und mich bemühte, keine Bemerkung über seinen Schweißgeruch abzugeben, »du kannst mir alles sagen, was du willst. Ich war auch mal ein Teenager.«

»Geh weg, Mum.« Er stieß mich von sich.

Natürlich tat er das. Er war ja schließlich fünfzehn, oder? Ich konnte mich daran erinnern, was für ein schwieriges Alter das gewesen war. Aber das hatte an meinem Onkel und meiner Tante gelegen. Freddie hatte *mich* zum Reden.

Nicht zum ersten Mal konnte ich nicht verhindern, mich gekränkt zu fühlen. Und ich war wütend. Wäre Tom gelassener mit dem Fehlverhalten von Freddie in dessen Kindheit umgegangen, wäre es vielleicht nicht so weit gekommen.

Unser letzter Abend rückte näher. Als mein Mann spät von der Arbeit zurückkam, war alles in Kartons verpackt.

»Hast du Abendessen gekocht?«, fragte er.

»Die Pfannen sind schon eingepackt. Ich dachte, wir lassen uns was vom Inder kommen.«

»Du weißt doch, dass ich keinen Reis mag.«

Das war ein Dauerwitz zwischen uns gewesen. Ganz zu Anfang hatte ich es großartig gefunden, dass Tom beharrlich eine große Portion von dem Zeug verschlungen hatte, weil er meine Gefühle nicht verletzen wollte. Jetzt hingegen wirkte es nicht mehr romantisch. Für einen kurzen Moment ging mir Rupert durch den Kopf. Wie wäre mein Leben wohl verlaufen, wenn ich stattdessen ihn geheiratet hätte?

Ich hörte das dumpfe Poltern, mit dem jemand die Treppe herunterkam. Freddie steuerte die Haustür an. »Wohin gehst du?«, wollte ich wissen.

»Raus.«

»Das sehen wir«, blaffte Tom. »Deine Mutter hat gefragt, wohin.«

»Nirgendwohin.«

»Sei nicht unhöflich zu deinem Vater«, ermahnte ich ihn.

Tom schnaubte. »Dafür ist es ein paar Jahre zu spät.« In einer Geste der Geschlagenheit warf er die Hände in die Luft, stürmte in sein Arbeitszimmer und schloss die Tür hinter sich.

Ich versuchte es anders. »Mit wem triffst du dich?«

Freddie setzte eine trotzige Miene auf. »Mit einem Kumpel.«

»Du hast gesagt, du hättest keine mehr.«

»Habe ich das?«

Er wusste, dass er es behauptet hatte. Es sei denn, er hatte gelogen. Ich versuchte es noch einmal. »Wie heißt er?«

»Warum? Du kennst ihn doch sowieso nicht.«

»Ist es ein Schulfreund?«

»Nein.« Freddie rollte mit den Augen und gab ein genervtes Geräusch von sich. »Wenn du es unbedingt wissen willst: Ich habe ihn in einem Pub kennengelernt.«

»Aber du darfst doch noch gar keinen Alkohol trinken.«

»Komm schon, Mum. Hast du nie etwas Illegales getan, als du in meinem Alter warst?«

Doch, und genau deshalb mache ich mir Sorgen um dich, hätte ich antworten wollen.

»Morgen früh musst du wieder in die Schule«, versuchte ich es. »Du solltest jetzt nicht noch ausgehen. Was ist mit deinen Hausaufgaben?«

»Habe ich erledigt.«

»Bitte sei um elf wieder hier. Die Umzugshelfer kommen morgen sehr früh.«

»Wie wäre es mit zwei Uhr morgens?«

»Treib es nicht auf die Spitze, Freddie. Ich versuche, vernünftig mit dir zu reden. Lass uns einen Kompromiss schließen. Sagen wir Mitternacht. Und keine Sekunde später.«

Er seufzte. »Wenn du meinst.«

Ich umarmte ihn und nahm den Geruch meines Jungen in mich auf. Es erstaunte mich immer, dass das Wunder, ein Kind zu gebären, oft vergessen wird. Jeder Mensch wurde einmal von zwei anderen erschaffen. Wie unglaublich ist das?

Er öffnete die Haustür, worauf eine Windböe den Regen hereinpeitschte. »Du brauchst eine Jacke«, sagte ich mit Blick auf sein T-Shirt, auf dem in roten Großbuchstaben I HATE THE WORLD stand.

»Mach's gut.«

Mein Sohn berührte flüchtig mit seiner Wange die meine. Das hatte er schon eine ganze Weile nicht mehr getan. Seine raue Kieferpartie – er rasierte sich seit ein paar Monaten – hinterließ eine leichte Rötung auf meiner Wange, wie ich beim Blick in den Flurspiegel sah, aber das spielte keine Rolle. Ich war dankbar für die kleine Zärtlichkeit.

»Warte«, sagte ich, als ich etwas Rotes an der Innenseite seines Handgelenks entdeckte. »Ist das ein Tattoo?«

»Ich habe keine Zeit für so etwas, Mum.«

»Ziggy?«

»Du weißt doch, Mum. Nach dem Album von David Bowie. So will ich jetzt genannt werden.«

»Warum?«

»Warum nicht?«

»Ist es mit dem Kugelschreiber gemalt wie das andere?«

»Klar. Ich habe es vor ein paar Wochen gemacht. Du hast es nur noch nicht bemerkt.«

Und dann ging er.

»Dann komm schon«, sagt er. »Worauf wartest du noch?«
Meine Beine rühren sich nicht.
»Vertraust du mir nicht?«, fragt er.
Ich weiß nicht.
Aber ich nicke.
Ich darf ihn nicht verärgern.
Mit Kerlen wie Knuckles sollte man sich nicht anlegen.

TOM

35 »Tom«, erklang Sarahs Stimme. Gleichzeitig spürte ich, wie sie mich anstupste. »Freddie ist immer noch nicht zurück.«

Ich wachte sofort auf. Das war eine Angewohnheit aus dem Internat, die ich bewusst beibehalten hatte, um früh zur Arbeit zu kommen.

»Wie spät ist es?«, fragte ich, während ich nach meiner Brille tastete.

»Drei Uhr durch! Er hat versprochen, Mitternacht zurück zu sein.«

Wir stritten uns eine Weile wegen unseres Sohns.

»Mit wem ist er eigentlich unterwegs?«, fragte ich schroff.

»Mit einem Freund«, sagte Sarah. Sie klang ängstlich.

»Aber mit welchem?«

»Ich weiß es nicht.« Im Dämmerlicht der Straßenlaternen konnte ich sehen, wie sie die Hände knetete. »Er wollte es mir nicht sagen.«

»Du hättest darauf bestehen sollen. Oder dir zumindest die Nummer dieses Freundes geben lassen sollen.«

»Er wollte sie mir nicht geben.«

»Ich lege mich wieder schlafen«, sagte ich und schaute auf die Uhr. »In drei Stunden und fünfzig Minuten muss ich aufstehen und zur Arbeit gehen.«

Irgendwann wachte ich erneut auf, weil Jasper bellte. Freddie war also zu Hause. Das wurde auch Zeit.

Ich hörte, dass Sarah aufstand. Es war das Beste, es ihr zu

überlassen. Ich würde später ein paar Takte mit ihm reden, auch wenn das nichts bringen würde.

Ich lag im Bett und befand mich in diesem Zwischenstadium zwischen Wachsein und Schlafen. Da piepte Sarahs Telefon.

Ich nahm es in die Hand.

Ich muss mit dir reden.

Es war eine Textnachricht. Von diesem Zac.

Mir wurde kalt. Also konnte ich ihr wirklich nicht vertrauen. Schließlich spürte ich, wie Sarah zurück ins Bett glitt.

»Ist Freddie zurück?«

»Ja.«

»Dann ist ja alles in Ordnung.«

Ich wollte sie auf die Textnachricht ansprechen. Aber sie würde doch nur alles abstreiten. Was sollte es also bringen? Ich musste kurz eingenickt sein, hörte dann aber Stimmen aus dem Bad. Der Platz neben mir im Bett war leer. War den beiden eigentlich nicht klar, wie spät es war? Ich machte mich auf den Weg dorthin, um ihnen beiden eine Standpauke zu halten. Und dann hörte ich Freddies Geständnis.

»Mum. Ich habe jemanden getötet.«

Ein eiskalter Schauer durchfuhr mich.

»Du hast *was?*«, fragte Sarah.

»Ich habe jemanden getötet.«

»Jemanden getötet?«

Ich stürmte ins Bad. Freddie hockte zusammengesunken auf dem Boden, den Kopf auf Sarahs Schoß gebettet. Ich packte ihn am Kragen seiner nassen Jacke, um ihn hochzuziehen. »Was *zum Teufel* meinst du damit?«

»Tu ihm nicht weh!«, schrie Sarah.

»Dann sollte er mir verdammt noch mal sagen, was hier vor sich geht!«

Freddie schluchzte und zitterte, und Rotz lief ihm aus der Nase. »Ich kann es nicht sagen.«

Sarah und ich versuchten, mehr aus ihm herauszubekommen, aber er weigerte sich, mit uns zu reden. Mir blieb nur eines übrig.

»Wo gehst du hin?«, rief Sarah. Ihre Augen blickten wild.

»Was glaubst du wohl? Ich rufe die Polizei.«

Freddie fing an, zu heulen. Im Erdgeschoss tat der Hund dasselbe.

»Nein!«, rief Sarah. Sie packte mich an meinem Pyjamaoberteil und zerriss es dabei fast. »Warte.«

»Sarah«, ermahnte ich sie und schüttelte sie ab. Meine Lippen fühlten sich taub an. Es war, als ob ich in Zeitlupe sprechen würde. »Verstehst du denn nicht? Es ist das Einzige, was wir tun können.«

Wir starrten uns eine Sekunde lang an. Plötzlich schaltete sich Freddie ein. »Weiß Mum, dass du eine Affäre hast?«

Ich erstarrte. Meine Frau sah erst unseren Sohn und dann mich an. Ich spürte, wie mir kalter Schweiß den Nacken hinunterlief und mir eine heiße Röte in die Wangen stieg.

»Ich weiß nicht, wovon du redest«, sagte ich.

»Ich habe schon vor einer Ewigkeit gehört, wie du im Garten telefoniert hast.« Freddie sah mich genauso an, wie mein Vater es getan hatte, wenn er mich vom Internat abholte: eine Unannehmlichkeit. »Du hast mit jemandem namens Hilary gesprochen, und du hast gesagt, dass du sie liebst.«

Dass dieser Moment eines Tages kommen würde, hatte ich immer gewusst. Die Wahrscheinlichkeit, dass eine Affäre ans Licht kommt, ist hoch, auch wenn es schwierig ist, eine genaue Zahl zu nennen, weil die Leute in der Regel lügen, wenn sie danach gefragt werden. Ich hatte nur nicht erwartet, dass es jetzt so weit wäre.

»Es ist nicht so, wie es sich anhört«, sagte ich hastig zu Sarah. »Es ist vorbei. Ich habe mich entschieden, dich an die erste Stelle zu setzen.«

»Mich an die *erste* Stelle setzen?«, wiederholte sie mit einem seltsamen Lachen.

Freddie legte seinen Arm um sie. Die beiden starrten mich an, als ob ich der Feind wäre.

»Na schön«, lenkte ich ein. »Ich habe einen Fehler gemacht. Aber mach mir nicht weis, du hättest keine Affären gehabt. Was ist mit Zac?«

»Wer ist das, Mum?«

»Bloß ein alter Freund. Er versucht immer wieder, mich zu kontaktieren, aber ich gehe nicht drauf ein.«

»Selbst wenn du die Wahrheit sagst – das hat mit dieser Sache nichts zu tun!«, schrie ich. »Dein Sohn hat jemanden *getötet*. Und trotzdem willst du ihn schützen.«

»*Unser* Sohn«, entgegnete sie.

»Genau. Deshalb werde ich auch das Richtige tun und die Polizei rufen. Ich schütze keine Mörder.«

»Ach ja?«, schrie sie. »Tja, du bist seit Jahren mit einer verheiratet.«

Ich erstarrte. »Was genau meinst du damit?«

SARAH

36 Es war mir vor lauter Wut und Angst herausgerutscht. Aber jetzt konnte ich es nicht mehr rückgängig machen.

»Was meinst du damit?« So einen Ausdruck hatte ich auf Toms Gesicht noch nie gesehen.

»Ich habe dir erzählt, dass ich sechs Jahre lang gesessen habe. Aber ich hatte Glück, dass ich nicht mehr bekommen habe.«

»Was hast du getan?«, flüsterte Tom.

Ich schaute zu Boden, konnte ihm nicht in die Augen sehen. »Meine beste Freundin Emily hat Drogen konsumiert, die mir gehörten.«

Ich hielt kurz inne. Falls ich jetzt weitererzählte, gab es kein Zurück mehr. Aber ich hatte keine Wahl. Ich war schon zu weit gegangen. Außerdem hatte mich die Bürde dieser letzten Lüge – der größten – so lange gequält, dass ich sie nicht mehr tragen konnte.

»Sie stammten aus einer verschnittenen Charge. Sie reagierte allergisch darauf und … und sie ist gestorben.«

»Scheiße!«, sagte Freddie.

Dieses eine Mal schimpfte ich meinen Sohn nicht aus, weil er fluchte.

Mittlerweile liefen mir Tränen über das Gesicht. Meine Stimme klang erstickt, meine Worte kamen undeutlich hervor und überschlugen sich in meiner Angst. »Emily war so lieb. So freundlich. Nie werde ich den Blick ihrer Eltern bei der Verhandlung vergessen. Wäre ich nicht gewesen, dann wäre ihre Tochter noch am Leben. Und ich kann rein gar nichts tun, um das jemals wiedergutzumachen.«

Tom war einen Schritt zurückgewichen, als ob ihn meine Nähe abstieß.

»Das ist der wahre Grund, warum ich im Gefängnis saß«, platzte ich heraus. »Nicht nur wegen des Dealens. Sondern auch wegen Totschlags.«

Freddie stieß einen Schrei aus. »Das kann nicht sein, Mum. Du würdest doch keiner Fliege etwas zuleide tun.«

Ich schluchzte noch lauter. »Habe ich aber.«

»War *irgendetwas* von dem, was du mir jemals erzählt hast, wahr?«, fragte Tom leise.

»Ja!« Ich packte ihn am Arm.

Er entzog ihn mir. Ich bekam ihn erneut zu fassen und zwang Tom so, mir näher zu kommen, damit ich ihm in die Augen schauen und er an meinem Blick sehen konnte, dass ich die Wahrheit sagte.

»Das war jetzt das Letzte, das schwöre ich. Das Gefängnis war schlimmer, als ich es beschreiben kann, Tom. Ich lebte in ständiger Angst um mein Leben. Verstehst du denn nicht? Ich werde nicht zulassen, dass Freddie das Gleiche durchmacht. Du musst mir helfen. Wir müssen das als Familie tun. Bitte!«

TOM

37 Ich konnte kaum begreifen, was Sarah mir da erzählt hatte. Wer war diese Frau, die da vor mir stand? Hatte ich sie jemals wirklich gekannt?

»Aber wenn Freddie tatsächlich jemanden getötet hat, muss er bestraft werden«, sagte ich. »Genau wie du bestraft werden musstest.«

»Und was ist mit dir?«, schrie Sarah. Ihre Tränen waren versiegt, und sie starrte mich jetzt zornig an. »Wenn du und Hugo nicht gewesen wärt, würde der arme Chapman jetzt vielleicht noch leben.«

»Wovon redest du, Mum?« Verwirrt richtete Freddie seinen Blick erst auf seine Mutter und dann auf mich.

»Nichts«, blaffte ich. »Es war ein unglücklicher Vorfall, der sich nicht mit dieser Sache hier vergleichen lässt.«

»Ach nein?«, fragte Sarah leise. »Bist du sicher, Tom?«

Ich ignorierte ihre Frage. »Ich rufe jetzt die Polizei.«

Ich zog mein Handy hervor. Bevor ich sie aufhalten konnte, schnappte Sarah es und warf es in die Toilette.

»Nein!« Ich fischte es heraus, aber das Display war schwarz. Ich warf es auf den Boden.

»Tom, bitte, tu es nicht.«

Ich ignorierte sie und ging in die Küche. Ich hob den Hörer des Festnetztelefons ab, doch die Leitung war tot. Der neue Besitzer hatte darauf bestanden, es abzuschalten.

Ich hätte auf der Stelle das Haus verlassen und zum Polizeirevier fahren können. Und das hätte ich auch tun sollen.

Aber irgendetwas hielt mich davon ab. Es war, als wäre ich gelähmt.

Sarah hatte recht. Hätten Hugo und ich uns gegen die Lehrer gestellt, dann wäre Chapman jetzt vielleicht noch am Leben.

Vielleicht war ich nicht besser als meine Frau oder mein Sohn.

Dann schlich sich ein anderer Gedanke in meinen Kopf. Einer, auf den ich nicht stolz war, den ich aber trotzdem nicht ignorieren konnte. Was würde Hilary von mir denken, wenn sie wüsste, was Freddie getan hatte?

Ich ging zurück ins Schlafzimmer. Eine Zeit lang saß ich auf der Bettkante und starrte ausdruckslos auf die Wand. Ich wollte gleich das Haus verlassen. Doch dann, auch wegen der Stresskopfschmerzen, die wieder aufgetreten waren, legte ich mich hin.

»Ich schlafe im Gästezimmer«, hörte ich Sarah zu Freddie sagen.

Nur eine Minute, dann würde ich gehen.

Einige Stunden später wachte ich auf, als die Umzugshelfer an die Tür klopften. Ich hatte verschlafen. Das war mir noch nie passiert. Dann kam mir alles wieder in den Sinn.

Mein Sohn hat jemanden getötet. Mein Sohn ist ein Mörder.

Schnell stand ich aus dem Bett auf. Ich musste die Polizei verständigen. Natürlich würden sie wissen wollen, warum ich sie gestern Abend nicht angerufen hatte. Ich würde ihnen einfach die Wahrheit sagen müssen. Das mit dem Handy in der Toilette und dem abgemeldeten Festnetztelefon. Dass ich überfordert gewesen war. Freddie würde verhört, wahrscheinlich verhaftet werden. Wir würden einen Anwalt für ihn suchen müssen. Jemanden, der ihm die Wahrheit entlocken würde.

Was würden die Leute reden, wenn alles herauskam? Was würden meine Chefs sagen, wenn es in den Zeitungen stand?

Man würde uns verantwortlich machen. Ich sah die Schlagzeilen schon vor mir: *Sohn von Versicherungsmathematiker unter Mordverdacht.* Die Schlussfolgerung wäre: Wenn ein Krimineller aus einer bestimmten sozialen Schicht stammt, sind die Eltern schuld.

Und was war mit den armen Eltern seines Opfers, wer immer es war? Der Gedanke daran war unerträglich. Es war zu schrecklich.

»Sarah!«, rief ich.

Keine Antwort. Das ordentlich gemachte Bett im Gästezimmer deutete darauf hin, dass sie gar nicht dort geschlafen hatte.

Ich ging zu Freddies Zimmer. Die Tür stand offen. Seine Zeichnungen hingen noch an der Wand. Aber keine Spur von meinem Sohn.

Ich eilte hinunter in die Küche.

Der Hund war nicht da.

Und meine Frau war auch nicht da.

Das Radio war eingeschaltet. Es lief der Lokalsender, Sarahs Lieblingssender.

»*Eilmeldung. An einer Tankstelle an der Long Road wurde eine männliche Leiche aufgefunden. Die Polizei fahndet nach einem jungen Mann, bekleidet mit einer Jeansjacke, der gestern Abend gesehen wurde, wie er vom Tatort wegrannte und in einen Fluchtwagen stieg. Wir halten Sie auf dem Laufenden, sobald es neue Nachrichten gibt.*«

»Schnell!«
»Nein, wir müssen warten.«
Wir fahren los und rasen um die Ecke.
Ich könnte kotzen.
Was haben wir nur getan?
Ich wünschte, ich wäre nie hingegangen.
Es sollte eigentlich nur ein bisschen Spaß sein.
Aber wir haben ihn überfahren.
Und er ist nicht wieder aufgestanden.
»Fahr zu! FAHR!«

SARAH
Crown Court in Truro

38 »Erheben Sie sich«, sagt der Gerichtsdiener.
Meine Knie schlottern. Sosehr ich mich auch anstrenge, ich kann es nicht verhindern. Meine Zähne klappern. Mir rinnt der Schweiß unter den Armen herab.

Ich denke an einen anderen Prozess zurück. An meinen eigenen. An Emily.

Emily...

Ihre Eltern waren anwesend gewesen und hatten mich beobachtet, zusammen mit Rupert, Emilys älterem Bruder. Ich hatte auf ihn gestanden. »Er mag dich auch«, hatte Emily gekichert, als sie mich während unseres ersten Jahres zu Weihnachten auf den Hof ihrer Eltern eingeladen hatte.

Danach wurde ich zu Ostern und im Sommer wieder eingeladen.

»Du gehörst zur Familie«, hatte ihre Mutter gesagt. Ich genoss es, mich in ihrer warmen, gemütlichen Küche aufzuhalten. Sie war riesig, mit einem großen, schwarzen AGA-Herd und Ponyclub-Turnierschleifen an den Wänden.

Emilys Mum machte gerade Pfannkuchen zum Frühstück. Wow, sie dufteten köstlich. »Nimm doch noch einen, Schatz. Du musst dir ein kleines Polster zulegen.«

»Sie sind so nett zu mir.«

»Unsinn. Wir haben dich liebend gerne hier. Es ist beruhigend für mich, zu wissen, dass Emily eine gute Freundin wie dich hat. Wir hatten uns Sorgen gemacht, als sie auf der Akademie anfing, nicht wahr, Doug?«

Emilys Vater nickte. »Unsere Tochter ist ein reizendes Mädchen. Aber manchmal ist sie freundlicher, als gut für sie ist.«

Wir schwammen im Fluss, ritten ohne Sattel auf Ponys, saßen bis spät in die Nacht im Garten, tranken Pimm's und hörten Songs von Leonard Cohen. Eines Abends war Ruperts Hand in meine gerutscht. Er hatte mich geküsst, nachdem Emily nach oben ins Bett gegangen war. Es hatte mich umgehauen. (Danach hatte mich nur ein anderer so geküsst, und das war ironischerweise Tom gewesen.) Mein Körper sehnte sich nach ihm, aber er hatte sich zurückgezogen. »Nicht hier«, hatte er gesagt. »Später. Ich werde am Ende des Schuljahres zu Emily ziehen.«

Ich konnte es kaum erwarten. »Wäre es nicht wunderbar, wenn ihr beide euch verliebt und heiratet?«, sagte Emily verträumt. »Dann wären wir Schwägerinnen.«

Für meine Freundin war das Leben immer schön. Allerdings gaben ihre Eltern ihr auch immer genug Geld. Sie war nicht gezwungen, das zu tun, was ich tat, um über die Runden zu kommen.

Eine Zeit lang gelang es mir, es vor ihr zu verbergen. Schwierig war das nicht – sie war so unschuldig. Aber eines Abends, auf einer Party, fragte sie mich, ob sie einen meiner Joints haben könne. »Deine Selbstgedrehten riechen so verlockend«, sagte sie.

»Lieber nicht.«

»Warum nicht?«

»Weil es keine normalen Zigaretten sind, Emily.«

Sie lachte. »Das weiß ich doch. Es ist Gras, nicht wahr? So dumm bin ich nämlich auch nicht.«

»Das habe ich auch nie behauptet. Aber es kann einem manchmal den Kopf durcheinanderbringen.«

Sie machte große Augen. »Warum machst *du* es dann?«

»Weil ich manchmal einfach vergessen möchte, was in meinem Kopf vorgeht.«

»Bloß ein kleiner Zug.« Emily riss sie mir aus der Hand.

»Mmm«, sagte sie, »das ist gut.« Dann hustete sie heftig.

»Alles in Ordnung?«

»Natürlich.«

Danach begann Emily, regelmäßig zu rauchen. Ich konnte sie nicht davon abhalten, schließlich war sie erwachsen. Außerdem war es ja nur Gras, redete ich mir ein.

Eines Abends war sie bei mir zu Hause, als unerwartet ein Stammkunde vorbeikam.

»Ich habe Besuch«, wollte ich ihn abwimmeln.

»Kümmere dich nicht um mich«, trällerte Emily.

Wenn ich das Geld nicht so dringend gebraucht hätte, hätte ich ihm gesagt, er solle ein anderes Mal wiederkommen.

Stattdessen übergab ich das Päckchen an der Tür und steckte das Geld, das er mir gab, in die Gesäßtasche meiner Jeans.

»Reg dich nicht auf«, sagte Emily. »Ich weiß, dass du Pillen vertickst.«

»Was?«

»Einer der anderen hat es mir erzählt. Wie ist es denn so?«

»Gefährlich. Ich könnte jederzeit verhaftet werden.«

»Und warum tust du es dann?«

»Wegen des Geldes.«

»Ich könnte dir etwas geben, wenn du einen Kredit brauchst.«

Ich nahm sie in die Arme. »Das ist sehr lieb von dir, aber ich kann das nicht annehmen.«

»Und wenn ich dir etwas abkaufe?«

»Auf keinen Fall.«

»Aber ich will selbst mal eine probieren.«

»Kommt nicht infrage! Ich nehme sie nicht einmal mehr selbst.«

»Sarah«, sagte Emily und nahm meine Hand. »Verstehst du nicht? Ich bin mein ganzes Leben von meinen Eltern verhätschelt worden. Ich will leben. Ich will experimentieren. Ich bin erwachsen.«

»Tut mir leid«, verneinte ich. »Mit mir läuft das nicht.«

Dann, vor dem Ende des Wintersemesters, gingen wir auf eine Party. Ich nahm meinen Vorrat mit. Es war eine neue Charge. Einer meiner Stammkunden hatte mir angeboten, mehr als üblich für sie zu bezahlen, und wollte sich später dort mit mir treffen. Die Summe würde reichen, um durch das nächste Semester zu kommen.

Ich trug ein glitzerndes Kleid, das ich in einem Wohltätigkeitsladen aufgetrieben hatte, gab mir noch mehr Mühe mit meinen Augen als sonst und setzte blauen und silbernen Glitzer auf. Rupert würde später am Abend vorbeikommen, um mit uns am nächsten Tag zurück zur Farm zu fahren. Ich wollte so hübsch wie nur möglich aussehen.

Wir fuhren zu dem Studentenwohnheim, in dem die Party stattfand. Es war ein großes viktorianisches Haus. Die Mülltonnen quollen über, die Tüllgardinen waren zerfetzt. Es sah wie eine echte Absteige aus, aber Emily fand es »cool«.

Jemand schenkte uns beiden ein Glas herben Weißwein ein, und wir nahmen auf dem Sofa Platz.

»Was ist das?«, fragte Emily, als ich meine Handtasche öffnete, um nachzusehen, ob das Päckchen noch da war. Natürlich war es noch da, aber ich war nervös. Das war der größte Deal, den ich je gemacht hatte.

»Nichts«, sagte ich und schloss die Tasche rasch wieder.

Ich warf einen Blick auf all die anderen, die sich in dem Raum drängten. Soweit ich es sehen konnte, befand sich mein Stammkunde nicht unter ihnen.

Sie zuckte mit den Schultern. »Ich gehe dann mal tanzen. Willst du mitkommen?«

»Eigentlich muss ich aufs Klo.«

Ich dachte, dass mein Stammkunde vielleicht dort abhing. Aber so war es nicht.

Als ich zurückkam, waren noch mehr Gäste eingetroffen. Die Luft war rauchgeschwängert. Alle tanzten, einige eng umschlungen, andere im Kreis, während sie halb bekifft mit den Händen herumfuchtelten. Dann sah ich zu meiner Überraschung Rupert hereinkommen.

»Ich dachte, wir würden dich im Studentenheim treffen«, sagte ich, bemüht, meine Entgeisterung zu verbergen. Ich wollte nicht, dass er hier war, bevor ich den Deal abschloss. Er könnte mich dabei beobachten.

»Es war nur wenig Verkehr. Emily hat mir die Adresse gegeben, für den Fall, dass ich meine Meinung ändere. Also bin ich stattdessen hierhergekommen.«

Seine Stimme klang so angenehm. Und er sah so hübsch aus mit seinen immer wieder herabfallenden braunen Ponyfransen und seiner blauen Samtjacke. Dann warf er mir einen bewundernden Blick zu. »Du siehst umwerfend aus, Sarah.«

Er kam auf mich zu und gab mir einen lang anhaltenden Kuss. O mein Gott! Es war genauso aufregend wie beim letzten Mal. Emilys Worte kamen mir wieder in den Sinn. »*Wäre es nicht wunderbar, wenn ihr beide euch verliebt und heiratet? Dann wären wir Schwägerinnen.*«

Wir knutschten noch eine ganze Weile herum. So etwas hatte ich vorher noch nie empfunden. Rupert war anders. Er war ein Mann.

»Und wo ist mein kleines Schwesterchen?«, fragte er, als wir uns schließlich voneinander lösten.

»Sie tanzt.«

Wir spähten beide auf die Menge der verschwitzten Leiber, die sich umeinander wanden.

»Ich kann sie nicht sehen.«

»Ich auch nicht.«

Meine Augen begannen, vom Qualm zu tränen. Ich brauchte ein Taschentuch. Und da merkte ich es: Meine Tasche war weg.

»Entschuldige mich kurz«, sagte ich. »Ich glaube, ich habe etwas auf der Toilette vergessen.«

»Ich werde nach ihr suchen. Irgendwo hier muss sie ja sein«, sagte er lächelnd.

Die Toilettentür war verschlossen. Ich musste ewig warten, bis jemand herauskam.

»Hast du da drin eine Handtasche gesehen?«, fragte ich.

»Tut mir leid, nein.«

Panik erfüllte mich. In dieser Tasche waren über fünfzig Pillen. Was, wenn jemand sie abgegeben hatte? Dann wäre ich erledigt. Meine personenbezogenen Daten waren drin. Und was war mit dem Geld, das ich für sie ausgegeben hatte? Ich brauchte das Bargeld, um meinen Lieferanten bezahlen zu können.

Ich rannte zurück auf den Gang und stieß dabei mit einem Mädchen aus meinem Aktzeichenkurs zusammen. »Emily hat nach dir gesucht. Jemand hat deine Tasche gefunden und sie ihr gegeben.«

Gott sei Dank. Aber dann kam mir schlagartig ein anderer Gedanke. Sie hatte doch wohl keine genommen, oder? Bestimmt nicht.

»Ich glaube, sie ist in der Küche.«

Aber dort war sie nicht. Ich schaute auch in den Schlafzimmern nach, obwohl ich wusste, dass Emily nicht so ein Typ war. Stattdessen schreckte ich ein Pärchen beim Knutschen auf. »Entschuldigung«, brachte ich hervor und schloss die Tür schnell wieder.

Ich ging zurück ins Wohnzimmer. Irgendetwas stimmte hier

nicht. Die Leute bildeten einen Kreis um jemanden, der auf dem Boden lag. Ein Mädchen.

Nein. Das durfte nicht sein.

Ich ging näher heran. Rupert kniete über ihr. »Emily. Emily, was hast du denn? Kannst du mich hören?«

Emily zuckte wie wild und verdrehte dabei die Augen. Es war, als ob sie einen Anfall hätte. Meine Handtasche lag neben ihr.

»Schnell, einen Krankenwagen!«, rief Rupert laut.

Damals hatten wir noch keine Handys. Jedenfalls nicht Leute wie ich. Jemand gab mir seines. Mit zitternden Fingern drückte ich die Zifferntasten. »Einen Krankenwagen«, rief ich. »Schnell!«

Emilys Gesicht lief blau an. Ich kniete mich hin, bemühte mich verzweifelt, mich an den Erste-Hilfe-Kurs zu erinnern, den ich in der Schule gemacht hatte, und begann mit beiden Händen eine Herzdruckmassage. Dann blies ich ihr in den Mund.

Nichts.

»Emily! Helft mir!«, schrie ich. »Jemand muss helfen!«

Plötzlich verstummte die Musik. Es herrschte Totenstille.

Ich sah auf das wunderschöne, herzförmige Gesicht meiner Freundin hinab. Ihre auffallend blauen Augen rollten nach hinten. Speichel triefte aus ihrem Mund.

»Emily, bitte bleib bei uns. Wie viele hast du genommen?«

»Wovon redest du?«, schrie Rupert.

Bevor ich antworten konnte, warf er einen Blick auf meine offene Tasche, die neben Emily lag. Man konnte die Pillen darin sehen.

»Ich wollte ihr keine geben!«, schrie ich. »Aber sie muss sich eine von mir genommen haben.«

»Was zum Teufel hast du getan, Sarah?«

»Ich wollte das nicht. Wirklich! Emily! Nein!«

Fünf Stunden später starb Emily. Zu diesem Zeitpunkt war ich bereits verhaftet worden. Die Autopsie ergab, dass die Charge verunreinigt war. Eine Pille hatte gereicht, um Emily zu töten.

Bei der Verhandlung stand mein Schicksal von vornherein fest. Tatsächlich wollte ich ins Gefängnis. Ich musste für das büßen, was ich angerichtet hatte.

Aber die schlimmste Strafe von allen war der Ausdruck auf den Gesichtern von Emilys Eltern und von Rupert. Tränen liefen ihm über die Wangen. Er hatte nie wie der Typ Mann gewirkt, der weinte.

»*Wie konntest du das tun? Warum nur? Warum?*«

Seit diesem Tag trage ich diese Schuld und diesen Schmerz mit mir. Ich würde alles dafür geben, um Emily zurückzubringen. Abgesehen von einer Sache. Meinen kostbaren einzigen Sohn.

Deshalb bin ich heute hier.

Ich schaue auf den Beschuldigten, der auf der Anklagebank sitzt und unbeholfen mit den Füßen scharrt. Einen Moment lang gaukelt mir mein Verstand vor, dieser junge Mann wäre mein Sohn.

Er sieht sogar ähnlich aus wie Freddie. Seine Statur ist stämmiger, aber er hat das gleiche schwarze, lockige Haar.

Das ist der Mann, der ins Gefängnis gehen muss. Nicht mein Sohn.

Alles, was ich tun muss, ist, zu schweigen.

Zweiter Teil

SARAH

39 »Schnell«, zischte ich Freddie zu, als ich mir sicher war, dass Tom schlief. Ich hatte mich aus dem Gästezimmer geschlichen, in dem ich hellwach gewartet hatte, und spähte nun durch den Türspalt auf meinen Mann. Sein Brustkorb hob und senkte sich gleichmäßig, als ob nichts passiert wäre.

Das war der Mann, der mir immer vorgeworfen hatte, ich würde Dinge verheimlichen. Und dabei hatte er eine Affäre. Wie lange schon?

Es spielte keine Rolle mehr. Mein Mann war ein Heuchler. Und jetzt stand er im Begriff, unseren Sohn der Polizei auszuliefern. Mein Freddie konnte unmöglich jemanden getötet haben. Dazu war er nicht fähig.

Aber du hast Emily getötet, warf mir diese Stimme in meinem Kopf vor. *Wenn du deine Tasche nicht liegen gelassen hättest, hätte sie die Pillen nie in die Finger bekommen.*

Mein Sohn lag bäuchlings auf seinem Bett und schluchzte leise. Der Regen peitschte gegen das Fenster.

Ich warf einen Blick auf die Uhr. Es war halb fünf. Viel Zeit hatten wir nicht. Tom konnte jeden Moment aufwachen. Es war erstaunlich, dass er nach Freddies Geständnis, »*Ich habe jemanden getötet*«, nicht auf der Stelle zum nächsten Polizeirevier gelaufen war.

»Schnell«, wiederholte ich, dieses Mal eindringlicher. »Wir müssen verschwinden.«

Freddies Stimme wurde vom Kissen gedämpft. »Wohin denn?«

»Ans Meer«, sagte ich.

Bevor mir diese Worte über die Lippen drangen, hatte ich noch gar keinen Plan gehabt, außer so weit wie möglich von hier wegzukommen. Aber in diesem Moment erinnerte ich mich an die einzige Zeit, in der wir als Familie glücklich gewesen waren, nämlich an jenen Sommer in Cornwall.

Ich erinnerte mich daran, wie wir damals an einer abgelegenen Kante einer Klippe entlanggewandert waren und ich gedacht hatte, dass dies genau der richtige Ort war, um sich zu verkriechen, wenn man für sich sein wollte. Wir würden nicht exakt die gleiche Stelle ansteuern, falls Tom es erraten würde, aber wir könnten immerhin diese Richtung einschlagen. Wir würden schon ein ruhiges Plätzchen finden. Vielleicht hatte sich Freddie getäuscht. Vielleicht *glaubte* er nur, dass jemand ums Leben gekommen war.

Natürlich wollte ich noch mehr von ihm wissen. Aber mir war klar, dass er vielleicht nicht mitkommen würde, wenn ich ihn drängte, Details preiszugeben. Womöglich würde er sogar weglaufen, und ich würde nicht wissen, wo er sich aufhielt. Ich wäre eine von diesen Müttern, die immer auf der Suche waren. Der Gedanke machte mich krank. Lieber wollte ich sterben.

Wir mussten schnell handeln.

»Pack deine Sachen!«, wies ich meinen Sohn an und zog ihn vom Bett. Ausnahmsweise versuchte er nicht, sich gegen mich zu wehren.

Im Zuge der Umzugsvorbereitungen hatte ich bereits eine Tasche mit dem Nötigsten gepackt – einschließlich unserer Pässe.

»Was ist mit Jasper?«, fragte Freddie.

»Der kommt natürlich auch mit«, erklärte ich.

Freddie stand wie gelähmt neben dem Bett. Mir brach der Schweiß aus. Uns lief die Zeit davon.

»Die werden dich ins Gefängnis stecken, Mum, wenn du mir hilfst.«

Ich zuckte mit den Schultern. »Wenn es dazu kommt, werde ich damit klarkommen.«

»Hast du wirklich auch jemanden umgebracht?«, fragte er mit leiser Stimme.

Auch. Mir wurde speiübel. »So einfach ist das nicht. Ich werde es dir später erzählen. Jetzt komm schon!«

Irgendwie – ich weiß nicht, wie – bugsierte ich ihn und Jasper aus dem Haus.

Freddie und ich liefen mit gesenkten Köpfen durch den Regen und blickten nur ab und zu auf, um zu sehen, ob wir verfolgt wurden. Ich hatte erwartet, dass die Straßen noch menschenleer sein würden, aber ein Mann, der seinen Hund ausführte, kreuzte unseren Weg. Ich hatte ihn noch nie gesehen, und außerdem telefonierte er verstohlen und erweckte den Eindruck, als wolle er genauso wenig beachtet werden wie wir.

Ein Lastwagen fuhr vorbei, und als er abbremste, zischte es, und seine Räder quietschten auf der nassen Fahrbahn. Hatte der Fahrer uns bemerkt? Würde er, wenn er später am Morgen die Nachrichten hörte, der Polizei berichten, dass er eine Frau, einen Jungen und einen Hund durch die Straßen von Nordlondon laufen gesehen hatte?

Als wir am Bahnhof ankamen, war er noch geschlossen. »Wir laufen zum nächsten«, sagte ich. »Der wird dann schon offen sein und ist nicht mehr so nah bei unserem Haus. Hoffentlich sieht uns dort niemand.«

Freddie warf mir einen seltsamen Blick zu. »Ich hätte nicht gedacht, dass du so bist, Mum.«

»Wie denn?«

»Hinterlistig.«

Ich erschauderte. So hatte meine Tante mich genannt, als ich Teenager gewesen war. Das tat immer noch weh. Aber ich versuchte hier gerade nicht, meinen eigenen Hals zu retten. Welche Mutter würde nicht versuchen, ihren Sohn zu retten?

Eine gute Mutter, erwiderte eine bohrende Stimme in meinem Kopf. *Eine, die keine Mörderin ist.*

»Was genau ist passiert?«, fragte ich, während wir weitergingen.

Der Regen hatte aufgehört, doch inzwischen waren wir völlig durchnässt. Ich spürte, wie mir das Wasser am Kragen meiner Jacke heruntertropfte – das Letzte, was ich beim Verlassen des Hauses an der Tür gepackt hatte. Jasper hielt unser Tempo, statt wie sonst ständig zum Schnüffeln stehen zu bleiben. Es war, als ob er wusste, dass es ums Ganze ging.

»Das kann ich nicht sagen.«

Ich holte tief Luft. Aus jahrelanger Erfahrung hatte ich gelernt, dass man Freddie nicht drängen durfte. Doch das hier war etwas anderes. »Als du nach Hause kamst, hast du uns erzählt, du hättest jemanden getötet«, sagte ich vorsichtig.

Ich wollte, dass er es abstritt. Doch er schwieg.

»Stimmt das?«, fragte ich. Mittlerweile hatte ich wirklich Angst.

»Da steckt mehr dahinter. Das würdest du nicht verstehen.«

»Versuch doch wenigstens, es mir zu erklären.« Mir war bewusst, dass ich jetzt ungeduldig klang. »Das ist eine ernste Angelegenheit, Freddie.«

»Glaubst du, mir ist das nicht klar?« Sein Tonfall war jetzt bissig, fast unfreundlich. »Aber ich kann es dir nicht erzählen, denn wenn ich es täte, könntest du dir noch mehr Ärger einhandeln, wenn man uns schnappt. Ich versuche, dich zu schützen. Wenn ich dir nichts erzähle, kannst du sagen, dass du nichts gewusst hast.«

Wäre Tom jetzt hier, würde er Freddie vorwerfen, manipulativ zu sein. Das war seine Art, der Wahrheit aus dem Weg zu gehen. So zu tun, als würde er mich schützen statt sich selbst.

»Das ist mir egal. Ich muss es einfach wissen. Was ist passiert? Wie ist es geschehen? Sonst kann ich dir nicht helfen.«

»Du kannst mir nicht helfen«, wiederholte er. Seine Stimme klang wie die eines kleinen Jungen. »Aber ich bin dein Sohn. Du bist nicht wie Dad. Du wirst mir beistehen.«

Er verstand mich nur zu gut.

Er packte meinen Arm, und seine Fingernägel gruben sich in meine Haut. »Ich kann nur sagen, dass ich es nicht absichtlich getan habe.«

Ein Funke Hoffnung keimte in mir auf. »Es war also ein Unfall?«

»Irgendwie schon. Ich dachte nicht, dass jemand dabei sterben würde.«

»Weißt du denn sicher, dass jemand gestorben ist? Was, wenn du … einfach jemanden aus Versehen verletzt hast?«

»Du hättest ihn sehen sollen.«

Es war also ein Mann.

»Das hätte keiner überleben können.« Er brach in Tränen aus. »Ich will nicht ins Gefängnis, Mum.«

Tausenderlei Gedanken schwirrten mir durch den Kopf. »Das musst du vielleicht auch nicht. Nicht, wenn du mir die Wahrheit sagst. Wir werden einen guten Anwalt be…«

»Niemand wird mir glauben, Mum. Das tut nie jemand.«

»Ich schon.«

»Das ist, weil du meine Mutter bist. Das zählt nicht.«

Er hatte recht. Zumindest vor Gericht würde es nicht zählen.

Vor uns tauchte der nächste Bahnhof auf. Die Tore standen offen, und ich konnte sehen, dass er hell erleuchtet war. Das hier war Wahnsinn. Ich konnte meinen Sohn unmöglich der Polizei aushändigen. Aber wir würden hiermit nicht davonkommen. Wenn wir versuchten, zu fliehen, würden die Folgen noch gravierender sein.

»Vielleicht sollten wir doch zur Polizei gehen«, schlug ich zögernd vor.

»Bitte, Mum«, flehte Freddie. Seine Stimme klang ängstlich, wie die eines Kindes und nicht wie die eines Teenagers, der immer so tat, als wäre er schon älter. »Lass nicht zu, dass sie mich erwischen.«

Das war es. Das war der Punkt, an dem ich eine Entscheidung treffen musste, die uns retten oder ins Verderben stürzen konnte.

Irgendein armer Mann war bereits gestorben, und es gab nichts, was wir tun konnten, um ihn zurückbringen. Doch was für eine Lektion in Sachen Betrug erteilte ich meinem Sohn da?

»Bitte!«, flehte er erneut.

Ich dachte an das Gesicht meiner Mutter, als ich sie das letzte Mal gesehen hatte. Ich konnte nicht zulassen, dass Freddie sich alleine durchschlagen musste, so wie ich durch Mutters Tod dazu gezwungen gewesen war. Ich sah meine Tante mit ihrem missbilligenden Ausdruck im Gesicht. *»Nicht besser als deine Mutter.«* Ich fühlte mich wieder ins Gefängnis zurückversetzt, an jenen Tag, als der Alarm losgegangen war.

Eine Durchsage über die Lautsprecheranlage hatte verkündet, dass wir in unseren Zellen eingeschlossen würden, bis eine »Situation wieder unter Kontrolle« sei.

»Ich habe schon darauf gewartet, dass das passieren würde«, kommentierte meine Zellengenossin.

»Was denn?«

»Diese Schlampe von nebenan. Sie bekommt immer die Neuen.«

»Sie hat sie abgestochen?«

»Vergewaltigt.«

»Aber wie denn? Sie ist doch eine Frau.«

»Fäuste hat sie schon, oder?«

»Das verstehe ich nicht.«

Meine Zellengenossin schnaubte und verzog ihren fast zahnlosen Mund zu einem höhnischen Grinsen. »Wo hast du denn dein bisheriges Leben verbracht?«

Am liebsten hätte ich mich auf der Stelle übergeben.

»Du kannst froh sein, dass du mit mir zusammengesperrt wurdest und nicht mit ihr«, fuhr sie fort.

»Hat sie das schon mal gemacht?«, fragte ich mit matter Stimme.

»Viele Male. Aber die Wärterinnen lassen es ihr durchgehen.«

»Warum?«

»Wir vermuten, dass es sie antörnt.«

Allein bei der Vorstellung wurde mir erneut speiübel, bevor ich meine Gedanken wieder auf die Gegenwart richtete.

Wie könnte ich zulassen, dass Freddie so etwas durchmachen musste?

Ich zog mir die Kapuze tief in die Stirn und trat zum Fahrkartenschalter. »Zweimal einfach nach Truro, bitte.«

Wir würden zwar über den Bahnhof Paddington fahren müssen, aber es war sicherer, unsere Tickets hier zu kaufen. Am Bahnhof der Hauptlinie konnten sie nach uns Ausschau halten. Tom würde mittlerweile bemerkt haben, dass wir verschwunden waren. Er würde die Polizei angerufen und ihr Fotos gegeben haben, damit man uns identifizieren konnte. Die Polizei würde sich die Aufnahmen der Überwachungskameras auf den Bahnsteigen ansehen.

»Wo zum Teufel liegt Truro?«, fragte Freddie, als wir uns auf eine Bank im Wartesaal setzten. Es hatte wieder angefangen, zu regnen. Jasper lag zu meinen Füßen und sah vertrauensvoll zu uns auf.

»Weit weg«, erwiderte ich.

Der Zug fuhr ein. »Setz dich ans Fenster«, sagte ich.

Freddie schob seine Hand in die meine. Das hatte er seit der

Grundschulzeit nicht mehr getan. Sie war größer als meine. Trotz allem spürte ich, wie mich Wärme erfüllte. Er war erst fünfzehn, das Alter, in dem Kinder so taten, als wären sie Erwachsene. Das Alter, in dem sie nach wie vor beschützt werden mussten.

»Ich wollte niemanden verletzen«, flüsterte er.

»Ich weiß, dass du das nicht wolltest.«

»Werden wir es schaffen?«, fragte er.

»Ja«, sagte ich und kreuzte dabei die Daumen.

Wir saßen eine Weile schweigend da und beobachteten, wie die Häuser an uns vorbeiflogen. Sichere Häuser, in denen gerade die Lichter eingeschaltet wurden. Mit normalen Familien darin. »Natürlich werden wir das.«

40

Während der ganzen Fahrt zum Bahnhof Paddington machte ich mich darauf gefasst, dass mir jemand auf die Schulter klopfen würde. Was auch immer passiert war, ich trug genauso viel Verantwortung wie Freddie. Na ja, fast – ich war seine Komplizin.

Aber es passierte nichts. Als wir ausstiegen, zitterte ich buchstäblich vor Nervosität. Freddie hingegen wirkte gefasst. Zu gefasst. Als hätte er so etwas schon einmal gemacht. Vielleicht war das aber auch nur Fassade, um seine Verzweiflung zu verbergen.

»Kann ich mir eine Zeitschrift kaufen?«, fragte er, als wir an einem Zeitungskiosk vorbeikamen.

»Nein«, beschied ich ihm, während ich fieberhaft auf die Anzeigetafel schaute, auf der die nächsten Abfahrten vermerkt wurden.

Je weniger Leute uns wahrnahmen, desto besser. Jasper zerrte an seiner Leine. Zu spät wurde mir klar, dass wir mit ihm auffallen würden. Doch ich hätte ihn unmöglich zurücklassen können.

Mittlerweile war ich wütend, mehr auf mich selbst als auf Freddie. Die Ungeheuerlichkeit dessen, was ich tat, legte sich wie eine immer schwerere Bürde auf meine Schultern. Meine Schläfen pulsierten. Es war wieder wie bei Emily, nur auf eine andere Art und Weise.

Der Zug nach Penzance war voll besetzt, vor allem mit Geschäftsleuten, nach ihren Aktentaschen und ihrem fieberhaften

Herumhacken auf Tastaturen zu urteilen. Wir hätten Plätze reservieren sollen, begriff ich. Andererseits hätte das wiederum Aufmerksamkeit auf uns gelenkt. Da war es besser, auf einen der wenigen freien Doppelsitze zu sinken, die noch übrig waren, und unsere Köpfe gesenkt zu halten. Jasper ließ sich in der Lücke zwischen meinen Knien und dem Sitz vor uns nieder. Es war, als wüsste er, dass wir leise sein mussten.

Gott sei Dank sprach uns niemand an. Andernfalls hätte ich mir eine Geschichte ausgedacht. Wir waren auf dem Weg zu einer Tante, die krank war. Wir waren eilig aufgebrochen. *Halt es schlicht und einfach. Halt dich an die Fakten.*

Ein paar Stationen weiter hielt der Zug zwar an, fuhr dann aber nicht wieder los. Nach zehn Minuten informierte uns der Zugchef über Lautsprecher, es gebe ein Problem mit der Lok, und wir müssten alle aussteigen und auf einen Ersatzzug warten.

»Glaubst du, das ist ein Trick?«, fragte Freddie mit zu lauter Stimme.

»Pssst«, machte ich und schaute mich verstohlen um, falls jemand mitgehört hatte.

Aber alle waren zu sehr damit beschäftigt, sich auf den Weg hinaus auf den Bahnsteig zu machen, und schimpften über die weitere Verspätung. Wenigstens bekam Jasper so die Chance, mal zu pinkeln.

Endlich kam der Ersatzzug. Der Bahnhofsvorsteher verkündete, dass dieser jetzt auch als Nahverkehrszug eingesetzt werden würde. Das bedeutete noch mehr Fahrgäste, sodass wir weniger Platz hatten und ein größeres Risiko, bemerkt zu werden. Der Zug hielt nun auch an kleinen Bahnhöfen, die nicht ursprüngliche Haltestellen waren. Ich schaute aus dem Fenster und fragte mich, wie mein Leben wohl verlaufen wäre, wenn ich in einer dieser Städte auf dem Land mit meiner Mutter aufgewachsen wäre und nicht bei meinem Onkel und meiner

Tante in ihrer schmucken Doppelhaushälfte am Rand von North Harrow. Das Leben war wie eine Lotterie. Wenn Mum nicht tödlich verunglückt wäre, wäre ich vielleicht nicht mit Drogen in Kontakt gekommen. Wenn Freddie gestern Abend nicht ausgegangen wäre, würden wir heute in das gemietete Haus einziehen. Ja – und er und Tom würden sich wieder in die Haare kriegen.

Aber was nun? Wo sollten wir wohnen? In Gedanken kehrte ich in die Zeit zurück, als ich aus dem Gefängnis entlassen wurde. Meine Bewährungshelferin hatte mir einen Platz in einem Wohnheim besorgt. Dort war es kalt und feucht. Die Toilette war immer verstopft. Nachts musste ich den Tisch unter die Türklinke klemmen, weil immer jemand an der Klinke rüttelte. Alle nahmen Drogen – nur ich nicht. Wenigstens diese Lektion hatte ich gelernt.

Dann machte das Wohnheim dicht. Ich konnte nirgendwo hin, musste auf der Straße schlafen. Meine Finger waren so kalt, dass ich kein Gefühl mehr in den Spitzen hatte. War es das, was Freddie und mir jetzt blühte?

Nein, sagte ich mir. *Reiß dich zusammen.* Ich hatte Geld. Jedenfalls würde ich es haben, wenn der Hausverkauf über die Bühne ging. Das Geld würde auf unserem gemeinsamen Konto landen.

Aber Freddie hatte jemanden getötet, genau wie ich Emily getötet hatte. Geld würde uns nicht retten. Sie würden hinter uns her sein.

Wie konnte sich mein Leben innerhalb weniger Stunden so dramatisch verändern? Gestern war ich noch eine Mutter und Ehefrau gewesen, die ein ziemlich normales Leben führte. Jetzt waren wir auf der Flucht vor den Gesetzeshütern. Jeden Moment würde Tom mir auf die Schulter klopfen. »Du hast wieder schlecht geträumt«, würde er sagen.

Wäre das doch nur wahr.

Ich schauderte. Vor lauter Hunger hatte ich einen nagenden Schmerz im Magen, obwohl ich sicher war, mich übergeben zu müssen, falls ich etwas zu mir nahm.

Meinem Sohn hingegen schien der Mord nicht den Appetit verdorben zu haben. »Kann ich ein Sandwich haben?«, fragte Freddie mit Blick auf den Getränkewagen, der in unserem Waggon entlanggeschoben wurde. »Ich bin am Verhungern.«

Ich öffnete mein Portemonnaie. Darin befanden sich hundert Pfund. Zum Glück war ich zwei Tage zuvor bei der Bank gewesen. Wenn ich mehr Geld aus einem Geldautomaten abheben würde, würde man uns aufspüren. Ich musste mit dem auskommen, was ich hatte. Aber was dann?

Ich schaute auf die Uhr. Es war kurz nach neun Uhr. Das Geld vom Verkauf des Hauses musste mittlerweile auf unserem gemeinsamen Konto sein. Genau die Hälfte stand mir zu. Das war nur fair. So würde es ein Gericht nach einer langen Ehe wie der unseren auch entscheiden. Rasch überwies ich meinen Anteil mit meiner Handy-App auf mein eigenes Konto. Darauf hatte ich nie viel – nur die Erlöse aus dem Verkauf meiner Bilder, die ich auf Toms Drängen behalten hatte. »Du hast es dir verdient«, versicherte er. Es gab Zeiten, in denen er sehr gerecht sein konnte.

Der Gedanke an meinen Mann schlug mir auf den Magen. Aber ich vermisste nicht den Tom, den ich jetzt kannte, machte ich mir deutlich. Ich vermisste den früheren, den Mann, der sich vor all diesen Jahren nach dem Zeichenkurs in mein früheres Ich verliebt hatte.

»Schau mal aus dem Fenster, Mum«, sagte Freddie und stupste mich an. Mir verschlug es den Atem: Das Meer war direkt neben den Gleisen. Die Stimme meines Sohnes klang verzückt, wie damals, als er noch Kleinkind gewesen war und mir erklärt hatte, er möge den »Geschmack« von Regen.

Wir fuhren weiter, immer weiter. Irgendwann wich die Küstenlinie einer Hügelkette, dann ging es wieder hinunter zum Meer.

Einige der Stationen hatten Namen, von denen ich noch nie gehört hatte, geschweige denn wusste, wie man sie aussprach. Einmal fuhr der Zug hinunter in ein Tal, in dem sich kilometerweit Felder erstreckten. Es war die Art von Ort, die niemand besuchen würde. Der Zug hielt an einem winzigen Bahnhof. Das konnte man dann wohl »abseits der ausgetretenen Pfade« nennen.

Ich spürte, wie sich meine Füße wie von selbst bewegten. »Nimm deine Tasche«, sagte ich zu Freddie. »Wir sind da.«

»Ich dachte, du hättest gesagt, wir fahren nach Truro.«

»Ich habe es mir anders überlegt«, sagte ich hastig und ergriff Jaspers Leine. »Wir sind am Ziel.«

Wir stiegen aus, als Einzige. Wir sahen dem abfahrenden Zug hinterher. Eine Windbö erfasste uns, und wir erschauderten beide. »Was machen wir jetzt, Mum?«

»Wir gehen zu Fuß weiter.«

Es gab niemanden, der beim Hinausgehen unsere Fahrkarten kontrollierte, auch keine automatischen Schranken wie in London. Ich hatte recht – sich hier zu verstecken würde leichter sein.

Eine Möwe zischte über uns hinweg, und wir mussten uns fast ducken. Hinter den Feldern konnte ich das Meer glitzern sehen. Blaue Wildblumen leuchteten zwischen den Hecken. Es war, als wären wir durch eine Tür getreten und hätten ein fremdes Land betreten.

»Ich habe Hunger«, sagte Freddie und holte mich damit unsanft in die Gegenwart zurück.

»Du hast im Zug ein Sandwich gegessen.«

»Das ist schon Stunden her. Jasper ist auch hungrig.«

Ich wollte ihn erneut fragen, was gestern Nacht passiert war. Aber vielleicht hatte er ja recht. Wenn ich es nicht tat, konnte ich der Polizei, wenn sie uns aufspürte, aufrichtig versichern, dass ich von nichts wusste.

Außerdem musste ich mir einreden, dass mein Freddie nicht gewollt hatte, dass etwas passierte. Dazu wäre ich vielleicht nicht der Lage, wenn er mir die Wahrheit erzählte. Ich beschloss, mich geschlossen zu halten.

Der Ort war menschenleer. Die Gassen waren schmal und verwinkelt. Die Hecken waren so hoch, dass man sich fast wie in einem Tunnel vorkam. Ein Land Rover kam um eine Kurve und hupte, während er uns knapp verfehlte.

»Hier ist tote Hose«, sagte Freddie.

Ich zuckte zusammen. »Nimm dieses Wort nicht in den Mund.«

»Ich weiß, Mum. Du musst es mir nicht auch noch unter die Nase reiben.«

So viel zu meinem gerade gefassten Vorsatz, nicht darüber zu sprechen.

Es gab jedoch eine Möglichkeit, herauszufinden, was passiert war. Daran hatte ich bereits gedacht, schob es jedoch immer wieder vor mir her, so wie das Öffnen eines Briefs, von dessen Inhalt man weiß, dass er einen aus der Fassung bringen wird.

»Was machst du da, Mum?«

»Ich schaue mir die Nachrichten aus London an.«

»Nicht ...«

Zu spät.

Ich rang nach Luft.

»Was?«, fragte Freddie leise.

»Nun«, sagte ich und hielt ihm das Display entgegen. »Welcher war es? Es gab drei Messerstechereien und einen jungen Mann, der den neuen Partner seiner Ex-Freundin erdrosselt hat.«

»Hör auf damit, Mum«, forderte Freddie. »So etwas würde ich nie tun. Kennst du mich denn gar nicht?«

Gute Frage. Tat ich das? Würde ich mein Kind jemals wirklich kennen?

»Wenn ich herausfinde, dass du mich belogen hast, werde ich ...« Ich hielt inne.

»Wirst du was tun?«, fragte Freddie.

»Ich weiß es nicht.« Tränen kullerten über meine Wangen. Erneut schaute ich auf das Handy.

»Du wirst doch nicht Dad anrufen, oder?«, fragte Freddie. Nun wirkte er verängstigt.

»Nein«, erwiderte ich. Dann holte ich aus und warf mein Handy in hohem Bogen über die Hecke.

Ihm klappte die Kinnlade herunter. »Bist du wahnsinnig?«

Ich streckte die Hand aus. »Gib mir deins.«

Er hielt es fest umklammert. »Auf keinen Fall.«

Ich entriss es ihm und warf es in die gleiche Richtung, in die ich meines geschleudert hatte. »Warum hast du das getan?«, schrie Freddie. »Du bist verrückt, Mum.«

»Nein, bin ich nicht«, versetzte ich. »Ich versuche, uns das Leben zu retten. Handys können von der Polizei geortet werden. Daran hätte ich längst denken sollen.«

Wir liefen weiter, immer weiter. Keiner von uns redete, als hätten wir eine unausgesprochene Abmachung. Was gab es auch schon zu sagen? Nur das Unaussprechliche.

»Was ist das für ein Geräusch?«, fragte Freddie genau in dem Moment, als ich es ebenfalls hörte. Es war wie ein Surren. Ein gelber Hubschrauber schwebte hoch über uns. Jasper bellte. Ich schnappte mir meinen Sohn und zerrte die beiden in eine Hecke. Meine Zähne klapperten, ich zitterte am ganzen Körper. Allmählich entfernte sich der Hubschrauber wieder.

»Es tut mir leid, Mum«, sagte Freddie leise.

Ich schaute auf die Stelle am Boden, auf die er gerade starrte. Dort war eine Pfütze. Er hatte sich eingenässt wie ein Kleinkind.

»Sind sie hinter uns her?«, fragte er mit klagender Stimme. Die Wut von vorhin war verraucht. Er klang so hilfsbedürftig, dass ich fast dankbar dafür war. »Nein«, sagte ich. »Sie können eigentlich nicht wissen, dass wir hier sind. Ich bin nur in Panik geraten, das ist alles.«

Allerdings entsprach das womöglich nicht der Wahrheit. Was, wenn sie uns entdeckt hatten? Das hätte so leicht passieren können. Jemand am Bahnhof. Der Hundespaziergänger, an dem wir vorbeigegangen waren. Der Lastwagenfahrer. Ein Fahrgast im Zug, der uns auf Bildern wiedererkannt hatte, die inzwischen im Umlauf sein mussten.

»Ich hätte mich stellen sollen«, sagte Freddie leise. »Jetzt habe ich dich auch noch in Schwierigkeiten gebracht.«

»Es war auch meine Entscheidung«, erinnerte ich ihn. Ich wollte ihn nicht von oben herab behandeln, indem ich eine seiner Aussagen leugnete. Wir waren beide verantwortlich. Selbst wenn wir uns tatsächlich stellen würden, würde das nichts daran ändern, dass Freddie vor Gericht gestellt würde.

»Erzähl mir mehr von dem Mädchen, das gestorben ist, weil sie deine Drogen genommen hat«, bat er.

Ich dachte an den Tag zurück, an dem ich Emily kennengelernt hatte. Meine unglaubliche, warmherzige, liebe Freundin. Sie hatte an meine Zimmertür geklopft, kurz nachdem ich in ein Studentenwohnheim eingezogen war.

»Ich wollte nur fragen, ob du ein Stück Schokoladenkuchen möchtest«, sagte sie. »Mum hat ihn für mich gebacken. Ich kann unmöglich alles alleine aufessen.«

Emily hatte auch anderen Studentinnen auf dem Korridor ein Stück angeboten. Sie zeichnete sich durch ihre Aufmerksamkeit gegenüber allen aus. Ich habe oft festgestellt, dass Menschen, die nach außen hin nett aussehen, im Inneren nicht immer so nett sind, aber Emily war beides. Mit ihren blonden Locken und diesen kobaltblauen Augen ähnelte sie einer altmodischen Puppe und war so ganz anders als ich mit meinen dunklen Haaren und meinem dunklen Teint.

Und sie war auch so zerbrechlich wie eine Puppe.

»Ich will nicht darüber reden«, erwiderte ich. »Ich kann nur so viel sagen, dass ich ihr kein Leid antun wollte.«

Er nickte. »Das verstehe ich, Mum.«

»Wie? Sag es mir«, kam ich nicht umhin, zu fragen.

Seine Lippen wurden schmal. »Ich habe es schon gesagt. Es ist das Beste, wenn ich es dir nicht erzähle.«

Wir setzten uns wieder in Bewegung. Unsere Schritte verlangsamten sich.

»Was hat Dad getan?«, wollte er wissen. »Du hast gestern Abend jemanden namens Chapman erwähnt.«

»Da musst du ihn schon selbst fragen«, erwiderte ich.

»Tolle Aussicht.«

»Er hat von jemandem namens Zac gesprochen.« Freddie schaute mich scharf an. »Ist er wirklich nur ein Freund, wie du beteuert hast?«

»Ja. Ich schwöre es.«

»Okay.«

Ein heftiger Wind war aufgekommen. Hier auf dem Land war es kälter als in London. Irgendwo musste es doch einen Laden geben, wo wir etwas zu essen kaufen konnten.

»Sieh mal«, sagte Freddie angespannt.

Ein großer roter Traktor versperrte uns den Weg. Die Motorhaube stand offen. Ein Mann mit einer Werkzeugkiste zu seinen Füßen hatte seinen Kopf hineingesteckt. Dann schaute er zu uns hoch – nun war es zu spät, um sich zu verstecken.

»Guten Tag«, sagte er mit einem, wie ich annahm, cornischen Akzent.

»Guten Tag«, erwiderte ich, bemüht, normal zu klingen. Freddie blieb stumm.

»Da habt ihr euch einen windigen Tag für einen Spaziergang ausgesucht.«

»Eigentlich haben wir uns ein bisschen verlaufen«, sagte Freddie.

Ich warf ihm einen Blick zu, der ihm bedeuten sollte: »Was erzählst du denn da?«

»Ihr seid im Urlaub, oder?«

»Eigentlich sind wir auf Haussuche. Wir sind erst heute hier angekommen und treffen uns später mit meinem Dad.«

Ich war schockiert, wie leicht meinem Sohn diese Lüge über die Lippen kam, auch wenn der erste Teil womöglich der Wahrheit entsprach. Aber das mit dem »Dad« war clever. Falls dieser Farmer etwas in den Nachrichten über eine Frau und einen Teenager auf der Flucht hörte, würde ihn diese Information von der Spur ablenken.

»Da habt ihr euch den richtigen Fleck auf der Welt ausgesucht. So etwas wie hier gibt's nicht noch einmal. Wie ich immer zu meiner Frau sage: Mit seinen Feldern und der See ist es der Vorhof zum Paradies. Dann wollen wir euch mal wieder auf den richtigen Pfad bringen, was?«

Während er sprach, hatte er am Traktor herumgebastelt, und jetzt ertönte ein surrendes Geräusch, gefolgt von einem zögerlichen Grummeln des Motors, das dann in ein lauteres, zuversichtlich stimmendes Geräusch überging.

»Das ist mein Prachtstück.« Er klopfte auf die Motorhaube. »Dann steigt mal auf, ich nehme euch mit.«

»Danke«, sagte ich rasch, »aber eigentlich wollten wir spazieren gehen.«

»Seid nicht albern. Seht euch nur das mal an.« Er wies auf den grauen Himmel. »Ich schätze, es sind noch zehn Minuten, dann kommt der Regenguss, den sie uns in der Vorhersage versprochen haben. Hier ist genug Platz, auch für euren Hund.«

»Das ist echt cool von Ihnen«, sagte Freddie, stieg auf und reichte mir seine Hand.

Er brauchte nichts zu sagen, denn seine Augen sprachen Bände. Es würde allzu seltsam wirken, wenn wir diese Mitfahrgelegenheit ausschlagen würden.

Als wir losfuhren, machte ich mich auf die unvermeidliche Frage »Woher kommt ihr?« gefasst. Doch stattdessen wollte unser Retter nur darüber plaudern, wie wunderschön seine Heimatregion doch war und wie er, sein Vater und die Väter seines Vaters vor ihm hier die Böden beackert hatten. Während er vom Hölzchen aufs Stöckchen kam, fiel mir auf, dass die Luft hier anders roch. Frisch. Rein.

Anders als mein Gewissen.

»Für nichts in der Welt könnte man mich aus Cornwall rausholen«, bekundete er. »Keine Ahnung, warum die jungen Leute alle weg wollen. Seht ihr das?« Er deutete auf ein heruntergekommenes Cottage am Ende einer Holperpiste, die wir gerade kreuzten. »Das gehört Gladys Furwood. Dort geboren und aufgewachsen. Ist jetzt ins Heim gezogen. Aber wollte ihr Neffe dort leben? Wollte er nicht. Hat sich stattdessen nach Australien verpisst.«

Er hielt kurz inne, um Luft zu holen. »Jetzt ist es zu haben, aber sie können es um keinen Preis loswerden. Verdammte Schande. Ist auch nicht das einzige. Gibt noch einige andere hier. Muss man bloß in Jims Schaufenster gucken, um das zu sehen. Er hat ein Immobilienbüro hier in der Stadt. Die meisten *grockles* kommen wegen der niedrigen Preise und der schönen Landschaft. Aber dann vermissen sie die hellen Lichter der Stadt, und sie ziehen nach einem Jahr wieder weg.«

»Was sind *grockles*?«, fragte Freddie.

Der Mann schnaubte. »Urlauber. Erkennst sie auf tausend Meter gegen den Wind.«

Ich fand es hier sehr abgeschieden. Freddie und ich würden

auffallen wie bunte Hunde. Es konnte hier aber auch gut für uns funktionieren. Die Leute würden sich womöglich mehr für das interessieren, was vor ihrer Haustür vor sich ging, als für ein Verbrechen, das in London begangen worden war. Von meinem Sohn.

»Mein Mann arbeitet viel im Ausland«, warf ich vorsichtig ein. »Mein Junge und ich dachten, es wäre schön, in seiner Abwesenheit am Meer zu leben.«

»Ist das so? Dann ist Jim euer Mann. Ich kann euch dort absetzen, wenn ihr wollt.«

»Danke.«

»Dann willst du wohl erst mal auf deinen Mann warten, nehme ich an?«

Allmählich wurde es kompliziert. »Als mein Sohn vorhin sagte, dass wir meinen Mann später treffen, meinte er damit, erst in ein paar Tagen«, beeilte ich mich zu sagen.

»Ja«, bestätigte Freddie. Dann wies er mit dem Daumen auf den Pub zu unserer Rechten. »Dort muss er wohl mal auf den Busch klopfen, nicht wahr, Mum?«

Tom trank nicht. Entweder versuchte Freddie, das Bild eines völlig anderen zu zeichnen, um diesen Mann auf die falsche Fährte zu locken, oder er stellte sich jemanden vor, den er gerne als Dad gehabt hätte. Einen, der mit seinem Sohn auf ein Pint losziehen würde, wenn dieser volljährig wurde.

Der Mann gluckste. »Nun, er wird kein besseres Bitter finden als das Gesöff im *Lamb and Flag* an der Hauptstraße.«

Ich schwieg, erfreut darüber, ihn immerfort in einem Monolog plappern zu hören – zum Glück, ohne weitere Fragen zu stellen, bis wir den Außenbezirk eines Dorfes erreichten. Dort stand ein Gemeindehaus, über dessen Tür das Datum 1891 eingraviert war und dem gegenüber sich eine kleine Tankstelle befand.

Vor dem Haus stand ein Schaukasten mit Nachrichten. Ich

konnte mich kaum dazu durchringen, darauf zu schauen, zwang mich dann aber dazu: *Pläne für neue Meeresschutzanlagen in Arbeit.*

Nichts über uns. Vielleicht war es noch zu früh.

Der Traktorfahrer bemerkte, dass ich hinschaute. »Wird auch Zeit. Wenn sie nicht Dalli machen, wird von unserer Steilküste nichts mehr übrig bleiben, bei all der Erosion. Shell Cove schon entdeckt? Nein? Ist ein echtes Kleinod. Ist aber im Moment ein bisschen frisch zum Schwimmen. Und man muss vorsichtig sein mit den Strömungen. Der Hubschrauber der Küstenwache war heute schon einmal draußen. Hab ihn vor Kurzem zurückkommen sehen.«

Also hatten sie nicht nach uns gesucht. Eine Welle der Erleichterung durchströmte mich.

»Haben sie die Menschen gerettet?«, fragte Freddie.

»Ich glaube, das haben sie, junger Mann.«

Freddies Frage verlieh mir Hoffnung. Wenn mein Junge sich Sorgen machte, dass Fremde ertrinken könnten, dann konnte er doch wohl nicht selbst jemanden getötet haben?

Zu unserer Rechten tauchte jetzt ein altmodisches Kaufhaus auf. Mit seinen Bettbezügen im Blümchenmuster und seinen Aushängen, die einen Ausverkauf von Damenhosen ankündigten, wirkte es auf seltsame Weise tröstlich. Ein wenig Normalität inmitten dieses Albtraums.

»Dort arbeitet meine Brenda«, sagte unser Traktorfahrer. »Sie liebt es, sie liebt es wirklich.«

»Ist das Ihre Frau?«, erkundigte sich Freddie. Ich wünschte, er würde nicht so viel reden. Er könnte etwas ausplaudern.

»Gott bewahre! Sie hat alle Hände voll auf dem Hof zu tun. Brenda ist meine Enkelin. Sie ist siebzehn. Nächsten Monat heiratet sie einen meiner Landarbeiter. Mit etwas Glück werde ich noch vor Jahresende Urgroßvater.«

Dieser Mann mit seinen strahlend blauen Augen und seiner

Vitalität sah nicht alt genug aus, um Großvater eines Teenagers zu sein.

»Da wären wir!«

Er hielt mit dem Traktor vor einem Immobilienbüro, das, den Schildern nach zu urteilen, auch als Postamt zu fungieren schien.

»Sag Jim, dass ich euch geschickt habe. Und sorg dafür, dass dein Mann das örtliche Bier probiert, wenn er hier ist.«

»Vielen, vielen Dank.« Ich tastete in meinen Taschen. »Ich fürchte, ich habe gerade nichts.«

»Ich will auch nichts.« Er wirkte gekränkt. Sofort wurde mir klar, dass ich einen Fehler gemacht hatte. »Ich helfe gerne. Ich wünsch euch eine gute Zeit.« Dann schien ihm ein Gedanke zu kommen. »Nicht in der Schule, Junge?«

»Nein.« Freddies Antwort kam schnell und glatt. »Ich bin abgegangen. Ich werde mir Arbeit suchen.«

»Gut gemacht. Wenn einer von euch etwas braucht, fragt nach Blockie. Jeder kennt mich. Und wie heißt du, meine Liebe?«

»Sarah. Sarah Vincent. Und das ist mein Sohn Freddie.«

»Warum hast du ihm deinen Mädchennamen genannt?«, fragte Freddie, als er gefahren war.

»Warum wohl? Er könnte uns als Tarnung dienen, falls sie uns suchen.«

»Sie werden immer noch nach einer Sarah und einem Freddie suchen. Du hättest dir etwas ganz anderes ausdenken sollen.«

Er hatte recht. Das hatte ich nicht bedacht. Freddie hingegen schon. Wer war dieser Mensch?

»Warum hast du gesagt, dass du nicht mehr zur Schule gehst?«, fragte ich.

»Das kann ich doch nicht mehr, oder? Sie würden Fragen stellen.«

Obwohl ich mir das vorhin auch gesagt hatte, spürte ich, wie mir die Luft wegblieb. Das war es dann also. Das Ende der Ausbildung meines Sohnes.

Freddies Miene verhärtete sich. »Außerdem würde ich lieber etwas tun, als mich zu verstecken, bis sie uns aufspüren.«

»Pssst«, machte ich und sah mich dabei rasch um, um zu sehen, ob jemand mitgehört haben konnte. »Vielleicht finden sie uns ja gar nicht.«

Freddie setzte eine Miene auf, die besagte: *Sei nicht albern, Mum.* »Aber das werden sie, oder?«, meinte er dann. »Wir können uns nicht für immer verkriechen.«

Ich wusste, dass er recht hatte.

Früher oder später würde man uns finden.

Crown Court in Truro

41 »Vor fast genau fünf Jahren kam ein unschuldiger Mann ums Leben«, erklärt die Staatsanwältin.

Mir dröhnen die Ohren. Ich muss mich jetzt erheben, ihnen alles erzählen. Sonst verstoße ich gegen das Gesetz. Aber ich kann nicht. Mir kommt kein einziges Wort über die Lippen. Ich bin sprachlos, kann nur zuhören.

»Hilf mir, Mum. Hilf mir!«

Ich kann Freddies Stimme so deutlich in meinem Kopf hören, als wäre er jetzt hier. Ich habe in den letzten fünf Jahren jeden Tag darauf gewartet, dass jemand an die Tür klopft. Darauf gewartet, dass ein Polizist wissen will, wo sich mein Sohn aufhält. Und jetzt ist es der Sohn einer anderen, der vor Gericht steht.

Ich betrachte den jungen Mann in dem schlecht sitzenden Anzug hinter der Glasscheibe. Den Beschuldigten. Den Angeklagten, der laut Anklageschrift Paul Harris heißt, Spitzname »Knuckles«.

Das ist also sein richtiger Name. Der, den Freddie mir bis zu seinem gestrigen Anruf nicht verraten wollte. Der Spitzname jagt mir einen Schauer über den Rücken. Vermutlich ist er eine Anspielung auf das, was er anderen Menschen mit seinen Händen antut. Ich schaue noch einmal verstohlen zu ihm hinüber. Er muss mindestens eins neunzig groß sein. Genauso groß wie mein Sohn, obwohl Freddie schlanker ist.

Knuckles' Augen suchen die Zuschauertribüne ab, fast so, als wüsste er, dass ich hier bin. Aber das ist unmöglich. Soweit ich weiß, hat er mich noch nie gesehen.

Im Übrigen würde mich niemand aus meinem alten Leben wiedererkennen. Ich habe wieder zu meinem »alternativen Look« zurückgefunden, wie Tom ihn nannte. Ich habe mir die Haare wieder lang wachsen lassen, trage luftige rosafarbene und lila Kleider aus Wohltätigkeitsläden. Ich bin fitter und gebräunter von den langen Spaziergängen am Strand, wenn ich nicht an meiner Töpferscheibe sitze. Ich meditiere täglich, was mir hilft, entspannt zu sein. Aber im Moment bebe ich am ganzen Körper.

»Wir werden vorbringen«, fährt die Staatsanwältin fort, »dass Paul Harris seinem Zellengenossen im HMP Downwood erzählt hat, dass er vor fünf Jahren bei einer Fahrerflucht in London einen Mann getötet hat und ›damit davongekommen‹ ist.«

Downwood liegt in der Nähe von Truro. Ich kannte mich gut genug mit Gerichtsverfahren aus, um zu wissen, dass den Angeklagten in der Regel in der Nähe des Ortes der Prozess gemacht wird, an dem die Straftat begangen wurde. Aber vielleicht war es in diesem Fall einfacher, ihn die Nähe des Gefängnisses zu legen, in dem er einsaß – zumal einige der Zeugen Mitgefangene oder Personal waren.

Aber warum sollte Paul Harris so ein Geständnis ablegen?

Vielleicht hatte er mit der Tat geprahlt. Als ich im Gefängnis gewesen war, hatte es Frauen gegeben, die behauptet hatten, schreckliche Dinge getan zu haben. Eine hatte angeblich ihrer Schwiegermutter die Kehle aufgeschlitzt und zugesehen, wie sie verblutet war, was ihr Status verlieh und anderen eine Heidenangst vor ihr einflößte. Auf diese Weise verringerte sich womöglich die Gefahr, von Mitgefangenen attackiert zu werden. So funktionierte das. Ich habe immer noch Albträume davon.

Der Mann neben mir murmelt: »Hoffentlich bekommt dieser riesige Mistkerl seine gerechte Strafe aufgebrummt.«

Ich frage mich, warum er hier sitzt. Ist er Reporter? Oder

einfach nur ein Voyeur? Den Gesprächen auf dem Weg hinauf zur Zuschauertribüne nach zu urteilen, gibt es eine ganze Reihe von Leuten, die einfach nur Spaß dabei empfinden, Verhandlungen beizuwohnen. Was würden sie wohl sagen, wenn sie wüssten, dass der Falsche auf der Anklagebank sitzt?

»Die Verteidigung wird erklären, Mr Harris sei lediglich anwesend, aber nicht beteiligt gewesen«, fährt die Staatsanwältin fort. »Er leugnet, die tödliche Tat begangen zu haben, und behauptet, ein Freund, jemand namens Ziggy, sei für das Verbrechen verantwortlich.«

Meine Finger verkrampfen sich, als ich mich an die Tätowierung auf Freddies Handgelenk erinnere. An den »neuen« Namen meines Sohnes.

»Leider sind die von der Verteidigung vorgelegten Aufnahmen der Überwachungskameras, wie Sie sehen werden, nicht deutlich genug, um den Täter zu identifizieren, also liegt uns nur Mr Harris' Aussage vor. Trotz umfangreicher Fahndungen war es der Polizei nicht möglich, Beweise zu finden, die die Behauptung stützen, dass eine solche Person überhaupt existiert. Die Staatsanwaltschaft hat die Absicht, zu beweisen, dass es diese Person nicht gibt und dass Harris allein gehandelt hat.«

An diesem Punkt sollte ich aufstehen und einen Justizbeamten ansprechen, um ihm zu sagen, dass mein Sohn mir gestanden hat, »jemanden getötet« zu haben. Dass es nicht allein dieser Riese von Mensch, Paul Harris, gewesen war, mit seinem glänzenden Anzug, den zurückgekämmten Haaren und dem lauernden Blick.

Aber dann wird mein Junge ins Gefängnis wandern. Und ich habe am eigenen Leib erfahren, wie das ist. Der Lärm. Die Platzangst. Der Hunger. Die ständigen Bedrohungen durch Mitgefangene. Die Sticheleien des Personals.

Freddies Leben wäre ruiniert.

Ich kann und werde nicht zulassen, dass er das Gleiche durchmacht wie ich.

Ich stoße ein leises Stöhnen aus. Der Mann neben mir wirft mir einen neugierigen Blick zu, worauf ich ein Husten daraus mache.

»Erzähl es dem Gericht.«

Das würde Tom sagen, wenn er hier wäre. Aber das ist er nicht. Er ist bei Hilary. Vielleicht lebt er aber auch schon mit einer anderen zusammen. Ich bin allein. Es gibt nur mich. Diese Sache kann ich nicht mit meinen Freunden aus dem neuen Leben teilen, das ich mir aufgebaut habe. Ich habe Angst.

»Dann werden wir fortfahren«, erklärt die Richterin.

Gemurmel macht sich im Saal breit. Dokumente werden hin- und hergeschoben. In Erwartung ihres entscheidenden Schlags beugt sich die Staatsanwältin vor. Paul Harris presst trotzig die Hände zusammen. Er wirkt nicht mehr verängstigt. Er scheint wütend zu sein.

Es ist Zeit, dass der Prozess beginnt.

»Kieran Jones, Sie haben sich in den letzten anderthalb Jahren eine Zelle mit Paul Harris geteilt, dem Angeklagten. Würden Sie dem Gericht bitte erzählen, was er Ihnen in Bezug auf den Verstorbenen, Hassam Moheim, und auf die nicht identifizierte Person namens Ziggy erzählt hat?«

Der große, fleischige Mann im Zeugenstand ist der Typ, bei dessen Anblick ich normalerweise schnell die Straßenseite wechseln würde, um ihm aus dem Weg zu gehen. Aber heute ist er mein Retter. Wenn seine Aussage zu einer Verurteilung von Harris alias Knuckles beiträgt, wird der Fall abgeschlossen. Mein Junge ist dann aus dem Schneider.

»Ich habe es der Polizei schon erzählt.« Er hat große Hände, mit denen er jetzt entrüstet herumfuchtelt. Welche Verbrechen hat er damit wohl begangen?

Hatte dieser Kieran eine Mutter, die sich weigerte, zu glauben, er könne ein Verbrechen begangen haben? Oder hatte sie ihm alles darüber beigebracht, was sie über Gesetzesbruch wusste?

»Bitte sagen Sie dem Gericht, was Sie der Polizei erzählt haben, Mr Jones.«

»Okay. Aber ich wiederhole mich, ne?«

Er sieht nervös aus. Hat ihm jemand zugesetzt? Vielleicht hat Knuckles ihm gedroht. »*Wenn du mich verpfeifst, wachst du eines Morgens nicht mehr auf.*« Diesen Satz hatte ich im Gefängnis oft genug zu hören bekommen.

»Es macht nichts, wenn Sie sich wiederholen«, sagt die Staatsanwältin mit einem Anflug von Ungeduld in der Stimme. »Wir wollen nur die Wahrheit hören.«

Dieser Bär von einem Mann zuckt mit den Schultern, als wolle er damit »Wie Sie wollen, Chefin« zum Ausdruck bringen. »Okay. Wir haben über die schlimmsten Dinge gesprochen, die wir getan haben und mit denen wir davongekommen sind. Ich habe ihm von der alten Dame erzählt. Nicht die, wegen der ich sitze, sondern eine andere.«

Eisiges Schweigen macht sich breit. Die verstörendsten Verbrechen sind manchmal die, bei denen man die Details nicht kennt, die man sich aber nur allzu gut vorstellen kann, weiß ich von den Frauen im Gefängnis.

»Und dann sagte er, er könne das noch toppen. Zuerst habe ich ihm nicht geglaubt. Ich dachte, er wäre einfach nur besoffen. Wir hatten nämlich Schnaps gemacht. Jedenfalls kam er mit dieser Geschichte an, er hätte da so einen Typen an einer Tanke überfahren und nicht angehalten. ›Keine Sau hat uns gesehen‹, sagte er zu mir.«

»Uns?«, wiederholt die Staatsanwältin. »Er behauptete also schon damals, es wäre noch jemand bei ihm gewesen?«

Mein Herz setzt einen Schlag aus.

»Weiß nicht. Hab nicht gefragt, wer. Wir haben bloß darüber geredet, womit wir davongekommen sind.«

Ich habe das Gefühl, keine Luft mehr zu bekommen. Meine Gedanken schweifen zurück zu den Nachrichten auf meinem Handy, als Freddie und ich auf der Flucht waren. »*Welcher war es?*«, hatte ich gefragt. »*Es gab drei Messerstechereien und einen jungen Mann, der den neuen Partner seiner Ex-Freundin erdrosselt hat.*«

Die ganze Zeit über hatte ich geglaubt, er müsse etwas mit einem dieser Fälle zu tun gehabt haben. Nachdem sich unsere Wege getrennt hatten, versuchte ich dann, überhaupt nicht mehr darüber nachzudenken. Natürlich weiß ich es jetzt besser.

»Hat er gesagt, warum er es nicht gestanden hat?«

Der Mann gibt einen Laut des Unglaubens von sich. »Würden Sie sich stellen, wenn Sie einen Mann überfahren hätten und niemand ahnt, wer's war?«

»So schreibt es das Gesetz vor, Mr Jones.«

»Und wir sind Kriminelle.«

Einige der Geschworenen geben missbilligende Laute von sich.

»Hat er sonst noch etwas gesagt?«

»Ja. Er meinte, er hätte das Auto geklaut und so. ›Ging mit einem Affenzahn ab, echt jetzt.‹ Das waren seine Worte. ›Sonst hätten wir nicht türmen können.‹«

»Hat er gesagt, wo er das Auto gestohlen hat?«

»Nee.«

»Danke, Mr Jones. Das wäre dann alles für den Moment.«

»Das war's dann wohl«, flüstert der Mann neben mir auf der Zuschauertribüne. »Ein eindeutiger Fall. Dieser Knuckles da ist so schuldig wie nur was.«

Aber das ist er nicht! Es ist Freddie, der auf der Anklagebank sitzen sollte. Mir geht noch einmal der Anruf meines Sohnes von gestern Abend durch den Kopf.

»Mum. Ich muss dir was Schreckliches erzählen. Ich habe einen Mann überfahren. Es war ein Versehen. Aber wir haben ihn dort liegen gelassen.«

Paul Harris saß bereits im Gefängnis, weil er jemanden kaltblütig überfahren hatte – das wusste ich, nachdem ich im Netz über ihn recherchiert hatte. Er war offensichtlich ein schlechter Mensch. Was war also falsch daran, dass er eine weitere Strafe bekam?

Weil es falsch ist, schaltet sich die Stimme meines Gewissens ein. Weil er es nicht getan hat. Mein Sohn war es. Er hat es nicht absichtlich getan, aber er sollte trotzdem eine gerechte Strafe dafür bekommen.

»Meinen Sie nicht auch?«, sagt der Mann neben mir.

Ich schrecke aus meinen Gedanken auf.

»Was soll ich meinen?«

»Dass dieser Knuckles schuldig ist.«

Ich vergrabe meine Fingernägel in den Handflächen.

»Es sieht schon so aus, oder?«, höre ich mich sagen.

Fast glaube ich selbst daran.

42

Jim, der Immobilienmakler, schien sich sehr zu freuen, als ich ihn aufsuchte und sagte, dass ich ein Haus mit drei Schlafzimmern suchte. »Mein Mann wird nachkommen«, fügte ich hinzu. »Er arbeitet zurzeit im Ausland.«

»Ach, tatsächlich? Wo denn?«

»Überall«, sagte ich. Das mit dem »Ausland« erwähnte ich nur, damit es zu dem passte, was ich dem Farmer erzählt hatte, und um sie, hoffentlich, von der Spur abzulenken. Eine alleinerziehende Mutter mit einem Teenager konnte in einem ländlichen Ort wie diesem zu sehr auffallen. Vielleicht hätten wir doch in eine Stadt ziehen sollen. Aber was, wenn Freddie dort Freunde fand und ihnen erzählte, was er getan hatte? Hier konnte ich ihn wenigstens mehr im Auge behalten.

»Welche Preisspanne schwebt Ihnen vor?«

»Ich habe keine Ahnung. Ich kenne mich mit den Mieten hier nicht aus.«

Er machte ein langes Gesicht. »Sie wollen also lieber mieten statt kaufen?«

»Tut mir leid. Habe ich das nicht gesagt?«

Irgendwo etwas zu kaufen kam überhaupt nicht infrage. Damit würde ich eine deutlich zu verfolgende Spur hinterlassen, das hatte ich bereits durchgespielt. Aber mir schwirrte der Kopf, und dies schon, seit Freddie klatschnass nach Hause gekommen war und mir anvertraut hatte, dass er jemanden getötet hatte. War das wirklich erst letzte Nacht gewesen?

Der Makler warf einen Blick auf Jasper, der aufrecht und ganz brav neben uns auf dem Boden saß. »Ich habe nur zwei Mietobjekte im Angebot, aber ich fürchte, bei keinem der beiden sind Hunde erlaubt.«

»Warum denn nicht?«, fragte Freddie schnaubend.

Ich warf ihm einen stechenden Blick zu. Wir hatten uns vorher darauf geeinigt, dass ich das hier regeln würde.

»Die Vermieter hatten in der Vergangenheit Probleme mit zerkratzten Dielen und hässlichen Verschmutzungen in den Ecken.« Angewidert hatte er die Mundwinkel verzogen. Ich vermutete, dass er kein Hundebesitzer war.

»Jasper ist gut erzogen«, sagte Freddie entrüstet. Ich konnte eine mir schon so vertraute Unbeugsamkeit im Blick meines Sohnes erkennen. Er war bereit für einen Streit. Wehe dem, der etwas an seinem Hund auszusetzen hatte.

So konnte mein Sohn sein. In einem Moment warmherzig und liebevoll, im nächsten hartherzig und kalt. Aber fähig zu einem Mord? Nein. Bitte, nein.

»Tut mir leid, dass ich Ihnen nicht weiterhelfen kann. Ich werde die Ohren offen halten. Falls sich etwas ergibt, müssen Sie natürlich Referenzen vorlegen.«

Ich bekam einen trockenen Mund. Referenzen? Daran hatte ich gar nicht gedacht.

»Natürlich«, sagte ich mit ruhiger Stimme. »Das ist kein Problem.«

»Würden Sie das hier dann bitte ausfüllen?« Er schob mir ein Formular zu. Ich konnte erkennen, dass darin nach einer früheren Adresse gefragt wurde.

Ich schaute demonstrativ auf meine Uhr. »Ehrlich gesagt, bin ich ein bisschen in Eile. Ich komme dann später noch einmal wieder«, sagte ich.

»Und was jetzt?«, fragte Freddie, als wir wieder auf der Hauptstraße standen.

»Ich weiß es nicht. Vielleicht fahren wir doch weiter, woandershin.«

»Jasper ist müde. Und ich auch.«

Müde? Ein Mann könnte tot in einer Leichenhalle liegen. Ein Vater vielleicht. Ein Ehemann. Ein Großvater. Und mein Sohn war müde?

»Dann hättest du dich nicht in diesen Schlamassel reinreiten sollen«, blaffte ich ihn an.

»Ich weiß. Es tut mir leid, Mum.« Jetzt war er wieder ganz der kleine Junge.

Am Ende der Hauptstraße stand ein Hotel. Dort konnten wir uns ein Zimmer nehmen, aber es sah schick aus. Die Art Hotel, in dem man eine Adresse für die Unterlagen hinterlassen musste. Wenn ich eine falsche angab, konnten sie es überprüfen und misstrauisch werden. Würde es immer so sein? Dass wir uns überall, wo wir hinkamen, über die Schulter schauen mussten? Vielleicht war es doch am besten, wenn wir uns sofort stellen.

»Im Pub ist ein Zimmer frei, Mum! Lies mal das Schild im Fenster.«

Wir gingen hinein. Freddie bestellte mit solcher Selbstverständlichkeit an der Bar ein halbes Pint, dass mir klar war, dass er das schon öfter gemacht hatte. Er war minderjährig. Ich wusste, dass ich ihn aufhalten sollte. Aber ein Streit konnte die Aufmerksamkeit auf uns lenken.

Jasper machte es sich unter der Tischplatte bequem, die neben dem Kaminfeuer auf Böcken lag, und bekam eine Schüssel Wasser und die beiden Päckchen Trockenfutter, die Freddie für ihn gekauft hatte.

Ich bestellte ein Bitter Lemon. Ich hätte gerne ein großes Glas Rotwein getrunken, doch ich musste bei klarem Verstand bleiben.

»Jim hat euch was gezeigt, ja?«, fragte da jemand.

Es war Blockie, unser Traktorfahrer.

»Leider nicht. Ich fand, es wäre am besten, wenn wir erst einmal etwas mieten, aber keiner der Eigentümer, die den Makler beauftragt haben, erlaubt Hunde.«

Er gab ein »Pah« von sich. »Manche Leute wissen nicht, was gut für sie ist. Hunde sind besser als manch ein Mensch, wenn du mich fragst. Sie haben nichts Schlechtes an sich, es sei denn, man behandelt sie falsch. Wenn ein Hund nicht tut, was er tun soll, ist sein Besitzer daran schuld. Wie bei Eltern.«

Er führte sich die Hand ans Kinn, um sich den Schaum abzuwischen.

Dann beugte er sich zu uns vor. »Ich könnte Gladys anrufen, wenn ihr wollt.«

»Wen?«

»Gladys. Die alte Dame, der das Cottage gehört, an dem wir vorhin vorbeigefahren sind. Ihr Neffe hat früher dort gewohnt, aber wie ich schon sagte, er lebt jetzt in Australien. Sie wäre froh, wenn jemand darin wohnen würde. Allerdings ist es ein bisschen feucht darin.«

»Wird sie Referenzen verlangen?«, fragte Freddie.

So viel zum Thema Verdacht erregen. Warum konnte er nicht einfach die Klappe halten?

»Ich weiß es nicht.« Seine Augen wurden schmaler. »Ist das ein Problem?«

»Natürlich nicht«, schaltete ich mich ein. »Aber es könnte ein bisschen dauern, sie zu bekommen.«

»Ich werde sie fragen. Die Sache ist nur, dass es innen eine Müllhalde ist. Wie schnell wollt ihr einziehen?«

»Sofort«, sagte Freddie.

»So schnell wie möglich«, fügte ich hinzu. »Ich habe Geld, um jemanden zu bezahlen, der es räumt.«

»Ja? Vielleicht möchten sich ein paar von meinen Jungs ein bisschen was nebenbei verdienen.«

Normalerweise hätte ich zwei oder drei Angebote eingeholt. Aber das hätte mehr Aufmerksamkeit bedeutet. Mehr Fragen. Mehr Leute, die unsere Gesichter wiedererkannt hätten, wenn alles herauskam.

»Ich sag euch was. Warum sehen wir es uns nicht jetzt gleich an, bevor es dunkel wird?«

Das ist verrückt, sagte ich mir. Früher oder später würden sie uns ausfindig machen. Ich hatte für die Polizei genug Spuren hinterlassen. Wir sollten weiterfahren, immer weiter. *Aber du kannst nicht weiter,* sagte eine andere Stimme in meinem Kopf. Wir mussten zur Ruhe kommen und Bilanz ziehen. Vielleicht würden wir uns letztendlich freiwillig stellen. Aber jetzt noch nicht. Ich musste noch ein bisschen länger mit meinem Sohn zusammen sein. Um jede Minute auszukosten. Um seine Hand zu halten. Um ihn – und mich – auf das vorzubereiten, was vor uns liegen mochte.

Die Tür von Gladys' Cottage war unversperrt, als wir ankamen. Es war in einem verblichenen Marineblau gehalten – eine meiner Lieblingsfarben –, das einen schönen Kontrast zu den alten Steinen bildete. »Hier in der Gegend schließt niemand seine Tür ab«, sagte Blockie.

Drinnen stand ein Holzofen, in dem noch verkohlte Scheite lagen. In der Küche stand ein schmutziger cremefarbener AGA-Herd. Der Boden war schmutzig und voller Rattenkot. An den Wänden blühte Schimmel.

»Der Garten sieht ja aus wie ein Dschungel!«, sagte Freddie und wies durch das Fenster auf etwa zwei Meter hohe Brennnesseln.

»Er war Gladys' ganzer Stolz. Jetzt ist er total verwildert. Man kann es nicht sehen, aber am Ende steht eine Hütte. Darin stehen immer noch ihr Brennofen und ihre Töpferscheibe.«

»Sie ist Töpferin?«, fragte ich.

»O ja, das war sie. Sie hat die hier gemacht. Schau mal.«

Er deutete auf Tontöpfe, die auf der Küchenkommode standen. Alle waren mit Staub bedeckt.

»Ich habe früher selbst eine Zeit lang getöpfert«, sagte ich leise. »Damals, an der Kunstakademie.«

»Dann könntest du den Ofen wieder in Gang werfen. Das würde Gladys gefallen.«

»Ich nehme es«, sagte ich.

»Wirklich? Es ist ein bisschen abgelegen, vor allem, wenn du deine Meinung änderst, was die Schule angeht.« Er sah Freddie eindringlich an. »Ich weiß, du hast gesagt, dass du arbeiten willst, aber hast du auch ans College gedacht?«

»Kein Interesse«, sagte ich. »Er ist jetzt sechzehn, und ich habe gelernt, dass es keinen Sinn hat, ihn dazu zu drängen, eine akademische Laufbahn einzuschlagen.«

Freddie strahlte. Es stimmte nicht, denn er würde erst noch sechzehn werden, auch wenn er jetzt schon so aussah. Aber wenn ich sein wahres Alter angegeben hätte, würde es merkwürdig aussehen, dass er nicht mehr in die Schule ging.

Blockie kratzte sich am Kinn. »Ich könnte Hilfe auf dem Hof gebrauchen, wenn der Junge wirklich etwas sucht.«

»Ich bin dabei«, sagte Freddie unerwartet.

Nein!, wollte ich einwerfen. Jemand könnte Fragen stellen, und Freddie könnte das Falsche antworten. Und was, wenn die Zeitungen unsere Fotos veröffentlichten? Wir würden beide verhaftet werden.

Doch da meldete sich eine verrückte Stimme in mir, die Stimme, die so tat, als würde alles gut gehen. »Das wäre doch toll«, sagte ich. »Danke.«

»Wo übernachtet ihr heute?«, fragte Blockie.

»Ich wollte eigentlich im Pub oder im Hotel ein Zimmer nehmen«, sagte ich.

»Ihr könnt in einem unserer Bauernhäuser übernachten,

wenn ihr wollt«, sagte er. »Zufällig haben wir eine Absage bekommen. Das ist billiger, denn es ist Nebensaison.«

Das war alles zu einfach.

Jetzt musste ich nur noch darauf warten, dass etwas schiefging.

Das würde nicht lange dauern, das spürte ich instinktiv.

Ich muss es ausblenden.
Anders geht es nicht.
Aber ich wollte nicht, dass das passiert.
Ich schwöre es.
Ehrlich.
Du musst mir glauben.
Das tust du doch, oder?

43

Waren wir wirklich schon eine ganze Woche hier?

Aus irgendeinem Grund hatte der Farmer uns beide unter seine Fittiche genommen. Vielleicht lag es daran, dass er mitgehört hatte, wie Freddie sich Sorgen darüber machte, was passieren würde, »wenn Dad uns findet«.

Als wir eines Morgens die Treppe hinunterkamen, zuckten wir beide zusammen, als wir feststellten, dass unser neuer Freund mitten im Flur stand.

»Tut mir leid«, sagte er. »Die Haustür war offen, also bin ich einfach hereingekommen. Das machen wir hier immer so.«

»Schon gut«, beruhigte ich ihn.

Freddie war wieder nach oben geeilt.

»Ist alles in Ordnung?«, fuhr er fort.

»Bestens, danke.«

»Dein Mann ist also noch nicht da?«

»Nein.«

»Gut.« Er zögerte. »Hör zu, es geht mich zwar nichts an, aber wenn du irgendwie in Gefahr bist, sag mir Bescheid, nicht wahr? Ich hatte eine Mitarbeiterin, deren Mann gewalttätig war. Ich möchte nicht, dass eine andere Frau das Gleiche durchmacht.«

Tom ist nicht gewalttätig, hätte ich fast gesagt. Aber er hatte Freddie sehr wohl geschlagen, als er jünger war. Wenn allerdings der Farmer es so sehen wollte, würde er sich womöglich eher darüber bedeckt halten, dass wir hier waren.

»Danke«, sagte ich. »Das ist sehr nett.«

Derweil ließ Blockie – er bat mich immer wieder, ihn so zu nennen – seine Leute anrücken, um die fehlenden Dachpfannen auf dem Dach von Gladys' Cottage zu ersetzen und den Wänden einen neuen Anstrich zu verpassen. Er trieb sogar das richtige Marineblau für die Tür auf, und ich war dabei behilflich, die Fensterbänke im gleichen Farbton zu streichen. Es war erstaunlich, wie sehr der Anstrich das Haus veränderte. Ich hatte die neutralen Beige- und Brauntöne immer schon gehasst, die ich in Toms Londoner Haus nicht überstreichen durfte.

Was tat ich da eigentlich, über Farben nachzudenken, wenn mein Sohn jemanden getötet hatte?

Sie mähten auch den Rasen und brachten den AGA-Herd in Gang.

»Du wirst den Dreh bald raushaben«, versicherte mir Blockie, als er meinen zweifelnden Blick auffing.

Die Flamme ging immer wieder aus, und es war verflixt schwierig, durch das winzige Türchen zu langen und sie zu entfachen.

»Lass mich mal versuchen«, sagte Freddie eines Abends.

Erstaunlicherweise gelang es ihm mit seinen Händen, den Docht so zu positionieren, dass das gute Ding brannte. Es würde ein paar Stunden dauern, bis es warm werden würde, aber wenigstens funktionierte das Gerät.

»Gut gemacht!« Ich wollte meine Hand heben, um ihn abzuklatschen, so wie ich es immer getan hatte, als mein Sohn noch jünger gewesen war. Er tat das Gleiche.

Dann begegneten sich unsere Blicke. Einen Moment lang hatte uns die Aufgabe, diesen seltsamen Herd in unserer neuen Küche zum Leben zu erwecken, von der ungeheuerlichen, dunklen Bürde abgelenkt, die auf unseren Schultern lastete. Aber jetzt war sie wieder da.

Ein Mann war gestorben.

Ab und zu kam ich nicht umhin, Freddie zu drängen, mir alle Details zu erzählen.

Jedes Mal war seine Antwort mehr oder weniger dieselbe. »Du würdest es nicht verstehen. Außerdem muss ich dich beschützen. Wenn du es nicht weißt, kann man dich auch nicht beschuldigen, die Fakten zu verheimlichen.«

Jedes Mal, wenn ich mal wieder darüber nachdachte, zur Polizei zu gehen, stellte ich fest, dass ich es nicht tun konnte. Nicht um mich war ich besorgt. Ich hätte meine Strafe mit Fassung getragen, wie ich es schon einmal getan hatte. Aber bei Freddie war das anders. Er hatte sein Leben noch vor sich. Was auch immer er getan hatte, es musste ein Unfall gewesen sein.

Mein Sohn war kein kaltblütiger Mörder.

Doch der nagende Gedanke »Was, wenn doch?« wollte einfach nicht verschwinden.

In den nächsten Wochen fielen wir in einen Rhythmus. Tagsüber werkelte ich in Gladys' Schuppen, während Jasper an meiner Seite döste. Meine früheren Unterrichtsstunden an der Akademie kamen mir wieder in den Sinn. Ich würde einen Tontopf machen! Wir hatten das immer mit der Hand gemacht, ohne Töpferscheibe, indem wir eine flache, runde Scheibe formten und dann eine Reihe von Wurstformen übereinanderrollten, um Höhe zu gewinnen.

Das tat ich jetzt auch. Dabei kam mir in den Sinn, dass das Leben selbst wie ein Gefäß aus Tonwürsten ist. Die Schichten stehen für die verschiedenen Lebensphasen. Jede von ihnen fügt sich in das Ganze ein. Es sei denn, man entscheidet sich zur Selbstzerstörung. So wie ich.

Mit Gladys' Töpferscheibe arbeitete ich dann auf eine andere Art und Weise, nämlich indem ich eine Tonkugel in der Mitte positionierte und vorsichtig die »Wände« des Topfes hochzog, während sich die Scheibe drehte. Doch jedes Mal, wenn ich auch nur annähernd eine annehmbare Form zu bekommen schien, drückte ich den Ton zu stark mit den Fingern, sodass die Form in sich zusammenfiel. Dann fing ich wieder von vorne an – und wünschte mir, ich könnte dasselbe mit meiner Lebensgeschichte machen.

In einem anderen Leben wäre das hier das Paradies gewesen. In der Nähe des Meeres zu leben, nur Freddie, ich und Jasper, ohne Tom, der ständig an uns herumnörgelte. Aber das hier war real, kein Hirngespinst oder ein schlechter Traum. Krank vor ständiger Angst war ich nicht imstande, mich auf irgendetwas zu konzentrieren. Jeden Moment rechnete ich mit einem Klopfen an der Tür und mit einem Polizisten, der dort stand. Immerzu wartete ich auf einen Anruf meines Farmerfreunds, in dem dieser mir mitteilte, dass Freddie bei der Arbeit verhaftet worden war. Jeden Tag kaufte ich im Dorfladen eine überregionale Zeitung und durchsuchte sie mit trockenem Mund nach einem Artikel über einen Fünfzehnjährigen, der des Mordes verdächtigt wurde, und seine Mutter, die mit ihm auf der Flucht war.

Aber da stand nichts. Vielleicht war unsere Geschichte in Vergessenheit geraten. Vielleicht war sie bei all dem, was in der Hauptstadt vorging, nicht so wichtig gewesen, dass es für eine Berichterstattung in der Zeitung reichte. Ich empfand das als tragisch, aber egoistischerweise auch als große Erleichterung.

Wenn Freddie nachmittags gegen fünf Uhr von seiner Arbeit auf dem Hof zurückkehrte, wartete ich schon mit einer warmen Mahlzeit auf ihn. Zuerst kochte ich Hühnchen oder Koteletts, was immer seine Lieblingsgerichte gewesen waren. Die Flamme des AGA-Herds brannte weiterhin. Sie hielt nicht nur das Cottage warm, sondern verlieh auch dem Essen einen ganz besonderen Geschmack.

»Tut mir leid, Mum«, sagte er und schob seinen Teller weg. »Ich glaube, ich kann kein Fleisch mehr essen. Nicht nach ...«

»Nicht nach was?«, hakte ich rasch nach.

Ich konnte die Tränen in seinen Augen glitzern sehen. »Egal.«

Danach bereitete ich Käsemakkaroni, gebackene Kartoffeln oder Gemüseaufläufe zu. »Du musst essen«, sagte ich immer wieder.

Aber großen Appetit hatten wir beide nicht. Wie auch?

Nur Jasper schien sich im Hundekorb neben dem warmen AGA-Herd wohlzufühlen.

»Warum gehst du nicht in dein Zimmer und malst?«, schlug ich vor.

Er schüttelte den Kopf. »Ich kann das nicht mehr.«

»Ich auch nicht«, sagte ich leise. »Aber Töpfern ist irgendwie anders. Vielleicht findest du auch eine andere Beschäftigung.«

»Deshalb arbeite ich gerne auf dem Bauernhof. Es hält mich vom Nachdenken ab, weil es so anders ist als das, was ich früher gemacht habe. Ich kann so tun, als wäre ich jemand anderes. Und die Routine bringt mich auf andere Gedanken.«

Das konnte ich nachvollziehen.

Seit unserer Ankunft hatte sich Freddie beinahe über Nacht von einem schwierigen Teenager in einen jungen Mann mit verhärmtem Gesichtsausdruck und von harter Arbeit schwieligen Händen verwandelt. Er war höflich. Er bot sogar an, jeden Abend den Abwasch zu machen.

»Dein Junge ist ein Malocher«, versicherte mir der Farmer, als er eines Tages große braune frische Eiern vorbeibrachte. »Er ist ein Naturtalent auf dem Land.«

Am liebsten hätte ich Tom angerufen und es ihm brühwarm erzählt. »*Siehst du*«, hätte ich gesagt. »*Er brauchte bloß etwas, das ihm Spaß macht.*«

Und alles, was *ich* brauchte, war es gewesen, der bedrückenden Atmosphäre zu Hause zu entkommen. Es war niemandes Schuld. Die Wahrheit war, dass Tom und ich nie zueinander gepasst hatten. Und selbst wenn es so gewesen wäre, hätte unsere Ehe nie weiter Bestand haben können, nachdem er herausgefunden hatte, was ich getan hatte. Auch war ich mir selbst nicht sicher, ob ich seine Untreue ertragen hätte.

Als ich in der folgenden Nacht nicht schlafen konnte, ging ich nach unten, um mir eine heiße Milch zu machen. Freddie saß vor dem AGA-Herd und sprach zu Jasper. »Ich wollte es nicht«, sagte er. »Ich wollte das wirklich nicht.«

Dann sahen sie beide zu mir auf.

»Was wolltest du nicht?« fragte ich.

»Spielt keine Rolle.« Freddie setzte seine verschlossene Miene auf.

Ich hätte ihn drängen sollen, das wusste ich. Aber ich hatte auch Angst, dass er gehen könnte. Und ja, ich weiß, das klingt schwach.

»Kannst du auch nicht schlafen?«

»Nein. Aber jetzt gehen wir wieder ins Bett.«

Freddie strich mir über die Wange. Sein Gesicht war zu gleichen Teilen glatt und rau. Ein Kind-Mann – zu jung, um völlig selbstständig zu sein, und zu alt, um nicht genau zu wissen, dass er etwas Falsches getan hatte.

Dann fiel mir etwas auf. »Ich dachte, das Ziggy-Tattoo müsste inzwischen abgewaschen sein«, sagte ich.

»Nein.«

»Warum nicht?«

»Weil es sich nicht abwaschen lässt.«

»Du hattest mir aber doch gesagt, dass du es mit einem Stift aufgetragen hast, wie das andere.«

»Das habe ich nur gesagt, um dich vom Hals zu haben. Tut mir leid.«

Dann verzogen sich die beiden nach oben. Wenn mein Sohn deswegen gelogen hatte: Was war sonst alles noch gelogen?

Vierzehn Tage später waren unsere hundert Pfund Bargeld nahezu aufgebraucht. Die Miete für Gladys' Cottage war fällig. Und ich wollte meine Kreditkarte nicht für den Kauf von Lebensmitteln im Dorfladen benutzen, weil das nur noch eine weitere Spur hinterlassen würde. Ich würde noch einmal einen größeren Betrag abheben und danach versuchen, mein eigenes Geld zu verdienen.

Mit klopfendem Herzen machte ich mich auf den Weg in die nächstgelegene Stadt mit einer Filiale meiner Bank. An dem Geldautomaten außen konnte ich nur eine begrenzte Summe abheben, also musste ich hinein und an den Schalter gehen. Mit zitternden Fingern gab ich meine PIN ein. Die junge Dame betrachtete ihr Gerät genau. »Ich muss mal eben meinen Vorgesetzten etwas fragen«, sagte sie.

Das war es nun also. Meine Karte stand wahrscheinlich auf der Liste derer, nach denen Ausschau gehalten werden sollte. Sollte ich schnell weglaufen? Aber wenn ich das tat, würde ich noch schuldiger aussehen. Vor lauter Anspannung bohrte ich meine Fingernägel in die Handflächen, während ich darauf wartete, dass sie zurückkam.

»Entschuldigen Sie«, sagte sie dann. »Ich musste etwas für einen anderen Kunden nachsehen. Können Sie hier auf dem Bildschirm unterschreiben?«

Meine Hände waren klamm vor Schweiß, und ich konnte den Stift kaum noch halten.

Ich hob eine beträchtliche Summe Bargeld ab, mit der wir hoffentlich ein paar Monate über die Runden kommen würden. Aber wem wollte ich etwas vormachen? Ich hatte lediglich Zeit gewonnen, sagte ich mir, als ich den Bus zurück zu Gladys' Cottage nahm. Mein Mann würde der Polizei meinen Mädchennamen geben. Sie würden danach fragen. Sie würden vermuten, dass ich ihn benutzen könnte. Schließlich würden sie uns ausfindig machen. Dass wir geflüchtet waren, würde die

Strafe für Freddie noch höher ausfallen lassen, und sie würden auch mich wieder ins Gefängnis stecken. Meine Beine begannen, zu zittern, und ich war kaum in der Lage, aus dem Bus auszusteigen, als er anhielt. Draußen musste ich mich gegen eine Steinmauer lehnen, um mich aufrecht zu halten.

»Alles in Ordnung, meine Liebe?«, fragte mich ein älterer Mann, der zugleich mit mir ausgestiegen war.

Ich nickte. »Danke, es geht mir gut.«

Aber innerlich ging es mir ganz und gar nicht gut. Ich vernahm immerzu das Zuschlagen von Zellentüren, das Geschrei der Frauen, verspürte die Angst, nicht zu wissen, was meine Zellengenossin als Nächstes tun würde, und diese schreckliche Platzangst, weil man nirgendwo für sich sein konnte. Keine frische Luft. Keine Menschlichkeit. Kein Entkommen.

»Lass uns eine Runde mit Jasper drehen«, schlug ich am folgenden Wochenende vor, als Freddie nicht arbeiten musste. »Wir könnten diesen Strand suchen, von dem Blockie geschwärmt hat. Wie hieß er noch gleich? Ach ja, Shell Cove.«

»Okay.« In seiner Stimme schwang dieser Tonfall mit, der besagte: »Ist mir egal, wenn ich es tue, und ist mir auch egal, wenn ich es nicht tue«, und den ich nur zu gut aus seiner Teenagerzeit aus unserem alten Leben kannte. Aber dieses Mal wusste ich, dass es nicht an mir lag. Es lag an dem, was er getan hatte. Oder behauptete, getan zu haben.

Es war ungewöhnlich warm für April, dachte ich, als wir uns einen Weg durch ein kleines Wäldchen bahnten, das ich entdeckt hatte. Da waren ein Trampelpfad und ein *Betreten-verboten!*-Schild, also hoffte ich, dass wir keine Gesetze brachen. Das hatten wir beide schon genug getan. Der Weg führte streckenweise steil bergauf und dann wieder bergab. Es schien viel weiter zu sein, als es den Anschein hatte, aber schlussendlich gelangten wir ans Ziel.

»Wow!«, sagte Freddie, während wir auf das glitzernde Meer hinausblickten, das so weit reichte, wie das Auge sehen konnte. Möwen schaukelten auf den Wellen, als ob sie surften. »Wunderschön, nicht wahr?«

Einen Moment lang sah er aus wie ein ganz normaler Teenager, der keinerlei Sorgen hatte. Doch dann verfinsterte sich sein Gesicht, als ob er sich erinnerte.

»Ich muss mit dir reden«, eröffnete ich ihm und setzte mich auf den Kiesstrand.

Er stieß einen Seufzer aus. »Nicht schon wieder. Ich sagte doch, Mum, ich erzähle nichts dazu.«

»Warum nicht?«

»Ich kann einfach nicht. Und überhaupt, was ist mit dir? Du bist auch nicht besser. Ich habe das Gefühl, du hast mir nie die ganze Geschichte über dieses Mädchen, diese Emily, erzählt.«

Als er ihren Namen aussprach, wurde mein Mund ganz trocken. Mein Sohn kannte mich zu gut.

»Also schön. Ich werde dir alles erzählen«, lenkte ich ein.

Augenblicklich schaute Freddie erst neugierig und dann misstrauisch. »Nur, damit ich auch alles beichte?«

»Nicht, wenn du es nicht willst. Ich muss dir von mir erzählen, damit dir klar wird, dass ich dich verstehen werde. Weißt du, deine und meine Geschichte sind sich gar nicht so unähnlich. Ich habe dir schon erklärt, dass ich von strengen Verwandten erzogen wurde. Aber ich bin nicht ins Detail gegangen bei dem, was nach dem Tod meiner Mutter passiert ist.«

»Du sagtest, du hast bei deiner Tante und deinem Onkel gelebt.«

»Ja, das stimmt auch. Die Sache ist nur die, dass sie nicht besonders nett waren. Sie gaben mir deutlich zu verstehen, dass ich ihnen lästig war. Sie gaben mir das Gefühl, der Tod meiner Mutter wäre irgendwie meine Schuld.«

»Das muss ja furchtbar gewesen sein«, sagte er.

»Das war es auch.« Ich schirmte meine Augen gegen die Sonne ab und schaute auf den Horizont hinaus.

»Hattest du Freunde?«

»Es hat gedauert. Als ich jünger war, wollten die anderen Kinder nichts mit mir zu tun haben, weil ich keine Eltern hatte. Mein Dad ist kurz nach meiner Geburt abgehauen. Damals waren die Leute misstrauisch, wenn man anders war.«

»Das macht sie auch heute noch misstrauisch«, bestätigte er.

»Natürlich«, nickte ich und erinnerte mich daran, wie er für meine Aktbilder unter Beschuss geraten war. »Es tut mir leid, dass du wegen meiner Bilder gehänselt wurdest.«

Er zuckte mit den Schultern. »Schon in Ordnung. Eigentlich war ich stolz auf dich.«

»Wirklich?«

»Na klar.« Dann sagte er vorsichtig: »Bevor wir abgehauen sind, hast du gesagt, dass du mit Drogen gedealt hast und dass jemand dadurch sein Leben verloren hat.«

Das war jetzt so schwer. Eltern sollten ein Vorbild sein.

»An der Akademie habe ich verzweifelt versucht, Freunde zu finden. Drogen zu nehmen, half mir, das Gefühl zu haben, mit dazuzugehören. Dann ging mir das Geld aus. Ich wusste nicht, wo ich sonst wohnen sollte. Ich fing an zu dealen, bloß ein bisschen, aber mein Lieferant setzte mich immer wieder unter Druck, mehr zu verkaufen. Mein Freundin nahm eine meiner Pillen, ohne dass ich davon wusste.« Ich versuchte, die Tränen zurückzuhalten. »Wie ich schon sagte, stammte sie aus einer verunreinigten Charge.«

»Es war nicht deine Schuld, Mum«, tröstete er mich unerschütterlich.

Meine Kehle schnürte sich zu. War es das nicht? Ich war eine Dealerin gewesen. »Ich hatte die Pillen in meiner Tasche auf dem Klo liegen gelassen. Sie hat sie gefunden. Also *war* es meine Schuld.«

»Hört sich für mich eher nach einem Versehen an. Wusste Dad von all dem, bevor ihr geheiratet habt?«

»Manches schon. Aber nicht alles. Dass ich im Gefängnis war, fand er erst heraus, als du geboren wurdest.«

Freddies Gesichtszüge erstarrten. Ich wusste sofort, dass ich das nicht hätte zugeben sollen.

»Er ist also nur meinetwegen bei dir geblieben? Und deshalb mag er mich nicht.«

»Das ist nicht wahr«, beeilte ich mich zu versichern.

»Doch, ist es *schon*, oder? Und was hat Dad getan? Wer war dieser Mann, von dem du gesprochen hast? Chapman?«

»Ich habe es dir doch schon gesagt: Eines Tages wirst du deinen Vater selbst fragen müssen. Es ist nicht an mir, sein Geheimnis preiszugeben.«

»Er ist also auch nicht perfekt?«

»Das ist niemand. Darum geht es ja gerade.«

Einen Moment lang erweckte er den Anschein, als wollte er etwas anderes offenbaren. Jetzt also, dachte ich und wappnete mich. Jetzt würde er mir alles gestehen.

Ich hätte es besser wissen müssen.

»Ihr seid also beide keine tollen Vorbilder, oder? Und da fragst du dich, warum ich auf Abwege geraten bin.« Dann stand er auf. »Ich will nach Hause.«

»Nach Hause?«, fragte ich nach. »Nach London?«

»Natürlich nicht. Zum Cottage.«

Es war ein Fehler gewesen, gestand ich mir ein, während wir schweigend zurückgingen. Ich hatte gehofft, mein Geständnis würde dazu führen, dass Freddie begriff. Jetzt hingegen hatte ich Angst, dass es sein Bild von mir für immer verändern würde.

An diesem Abend wollte Freddie nicht mit mir gemeinsam zu Abend essen. Bevor ich ins Bett ging, klopfte ich an seine Tür. Ich konnte ihn reden hören. Dabei hatte ich doch unsere Handys weggeworfen. Er hatte versprochen, dass er sich kein anderes besorgen würde – nicht einmal ein Prepaidhandy. Doch dieses Versprechen hatte er eindeutig gebrochen.

Ohne anzuklopfen, öffnete ich die Tür und fragte: »Mit wem hast du da geredet?«

»Mit niemandem.«

Er stopfte sich etwas in seine Tasche. Ich hatte recht gehabt. Es war ein Handy.

»Woher hast du das?«, wollte ich wissen.

»Das habe ich schon immer. Es ist mein Ersatzhandy.«

»Gib es mir«, forderte ich.

»Nein.«

Was hätte ich tun sollen? Ihn niederringen, um es zu bekommen?

»Hör zu, mir reicht es jetzt.« Die Angst machte mich wütend. »Ich habe dich wieder und wieder gefragt, was passiert ist. Du willst es mir nicht sagen. Ich habe meine eigene Freiheit riskiert, um mich hier mit dir zu verstecken. Und jetzt redest du mit jemandem. Findest du nicht, dass ich es verdient habe, zu wissen, was hier los ist?«

Mein Sohn blickte so wie an jenem Tag, als er sich auf dem Spielplatz den Arm gebrochen hatte. Seine Miene war schmerzverzerrt. Im Gegensatz zu der Wut, die er am Strand empfunden hatte, wirkte er jetzt verängstigt.

»Mum! Kapierst du es denn nicht? Du warst schon einmal im Gefängnis. Wenn du noch einmal verurteilt wirst, bekommst du eine noch längere Haftstrafe. Also, bitte jetzt. Gib mir etwas Freiraum. Ich muss mir über etwas klar werden.«

Er schubste mich – nicht hart, aber doch hart genug – auf die Tür zu.

»Ich will doch nur wissen, was du getan hast!«, schrie ich. »Erst sagst du, du hättest jemanden getötet, und dann sagst du, dass mehr daran hängt. Sag mir die Wahrheit. Das bist du mir schuldig.«

Doch ich hörte, wie die Tür hinter mir versperrt wurde. Schon als wir eingezogen waren, hatte sie innen einen Riegel gehabt. Wäre Tom hier gewesen, hätte er den Riegel abmontiert. Vielleicht hätte ich das auch tun sollen. Das hätte natürlich einen weiteren Streit verursacht. Und davon hatte ich schon genug. Ich hatte einfach keine Kraft mehr. Ich hatte mein Zuhause hinter mir gelassen, meinen Ehemann, alles, um meinen Sohn zu retten. Und was jetzt?

In dieser Nacht wälzte ich mich hin und her. Am nächsten Morgen hatte ich meinen Entschluss gefasst. Ich konnte so nicht mehr weiterleben. Es war ein Fehler von mir gewesen, mit Freddie zu fliehen. Ich war ein schlechtes Vorbild für ihn. Ich musste zur Polizei gehen, so wie Tom es gesagt hatte. Er hatte recht gehabt, das konnte ich jetzt erkennen. Es war besser, es jetzt zu tun, als zu warten, bis wir verhaftet wurden. Mit etwas Glück könnte das unsere Strafe um ein paar Jahre verkürzen.

Ich duschte und zog mich an. Ich würde mit Jasper seinen morgendlichen Spaziergang machen. Dabei kamen wir immer an einer Telefonzelle vorbei. Von dort aus würde ich den Anruf tätigen.

Es war erst kurz nach sechs, aber die Tür des Zimmers meines Sohns stand offen. Vielleicht war er schon früh zur Arbeit auf dem Bauernhof gegangen. Dann ging ich die Treppe hinunter. Dort lag ein Zettel auf dem Tisch.

Liebe Mum, ich kann nicht riskieren, dass du für mich ins Gefängnis gehst. Ich werde irgendwo hingehen, wo mich keiner finden kann. Bitte versuch du es auch nicht.
Auf diese Weise kannst du ehrlich sein, wenn die Polizei zu dir kommt.
Ich hab dich lieb. Freddie x
PS: Verbrenn den Brief.

Regen.
Schwärze.
Meine Füße rutschen auf dem nassen Bürgersteig aus.
Ich falle hin.
Rapple mich wieder auf.
Ich renne. Muss nach Hause.
Meine Eltern werden mich umbringen.
Aber ich weiß nicht, wohin ich sonst gehen soll.

Crown Court in Truro

44

In der Verhandlungspause gehe ich nach draußen, um frische Luft zu schnappen.

Im Gericht zu sein versetzt mich in Angst und Schrecken. Es erinnert mich an das, was passierte, nachdem ich damals verurteilt worden war.

An die zuknallenden Gefängnistüren, die Tritte gegen das Schienbein in der Schlange, die ständige Angst vor Übergriffen. Eine der Frauen in meinem Flügel brach sich das Genick, als sie eine Treppe »hinuntergefallen« war. Nicht ein einziger Mensch hatte gesehen, was passiert war. Zumindest behaupteten das alle.

Ich rufe Steve an. Vor zwei Jahren hatte ich mich schließlich erweichen lassen und mir wieder ein Handy zugelegt. So ist es einfacher, einander zu kontaktieren. Außerdem ist er die einzige Person, die ich anrufe, abgesehen von gelegentlichen Telefonaten bei Blockie.

»Wie geht es dir?«, fragt er.

Seine raue Stimme beschert mir immer noch weiche Knie. »Ach, na ja«, erwidere ich, bemüht, lässig zu klingen. »Viel zu tun.«

»Wo bist du? Bei dir scheint es laut zu sein.«

»In Truro. Ich dachte, ich gehe mal einkaufen.«

»Das ist schön. Du hast dir eine Pause verdient.«

Das ist typisch für Steve. Freundlich und aufmerksam.

»Übrigens, hast du heute Nachmittag den Regenbogen gesehen?«

»Nein.«

»Du hättest hier sein müssen. Er hat mich an diese Zeile aus dem Gedicht von Wordsworth erinnert. ›Das Herz mir hüpft, wenn auf ich schau …‹«

Das ist es, was ich an Steve liebe. Er sieht immer die positive Seite der Dinge. Aber was würde er tun, wenn er wüsste, wo ich wirklich bin?

»Hast du Lust auf einen Drink heute Abend?«, fügt er hinzu.

»Danke. Aber ich bin ein bisschen müde. Vielleicht am Wochenende.«

»Klar.« Er klingt ein bisschen enttäuscht.

Ich lege auf und fühle mich furchtbar.

Noch mehr Lügen.

Lerne ich denn nie dazu?

Dann gehe ich zurück in den Gerichtssaal.

Irgendetwas sagt mir, dass es heute um alles oder nichts geht.

45

Ich erzählte Blockie, Freddie sei auf Reisen gegangen.

»Das kam jetzt aber ein bisschen plötzlich, oder?«, sagte er.

»Ja. Es tut mir leid.«

Ich hatte das Gefühl, dass ich dafür verantwortlich war. Und in gewisser Weise war ich das ja auch. Aber natürlich konnte ich ihm nicht die Wahrheit sagen. Ich war froh, dass wir dieses Gespräch am Telefon führten und nicht von Angesicht zu Angesicht.

»Dich im Stich zu lassen hat ihn wirklich mitgenommen«, fügte ich hinzu. »Es ist bloß so, dass einer seiner Freunde aus London ihn ganz kurzfristig gefragt hat, ob er mit ihm auf Rucksacktour durch Europa geht.«

»Nun, ich hoffe, er passt gut auf sich auf.«

Mit einer solchen Besorgnis hatte ich nicht gerechnet. Mir traten die Tränen in die Augen. »Ich auch«, brachte ich hervor.

»Sag uns Bescheid, wenn du etwas brauchst. Ist dein Mann noch nicht wieder aufgetaucht?«

»Nein.« Ich holte tief Luft. Jetzt konnte ich hinter diese Sache auch gleich einen Haken machen. »Wir haben beschlossen, getrennte Wege zu gehen.«

Ich konnte förmlich sehen, wie er am anderen Ende der Leitung seine buschigen Augenbrauen hochzog. »Tatsächlich? Nun, so etwas passiert. Wenn du etwas brauchst, lass es mich wissen, ja?«

»Danke.« Ich hatte einen Kloß im Hals.

»Nächsten Monat hat meine Frau Geburtstag. Ich dachte, du könntest ihr vielleicht etwas mit der alten Töpferscheibe machen. Sie wünscht sich schon lange einen neuen Milchkrug. Der alte ist zerbrochen. Dann hättest du etwas zu tun. Ich bezahle natürlich dafür.«

Tief berührt von seiner Hilfsbereitschaft beendete ich das Gespräch. Wenn er nur wüsste ...

Im Haus war es so still. Ständig lauschte ich, für den Fall, dass das Festnetztelefon klingelte. Freddie hatte ein Handy. Ich war allzu sehr darauf bedacht gewesen, ihn dazu zu bewegen, es mir zu übergeben, damit ich sehen konnte, mit wem er gesprochen hatte. Stattdessen hätte ich ihn nach seiner Nummer fragen sollen. Andererseits hatte ich ja nicht ahnen können, dass er weglaufen würde.

Ruf an, befahl ich ihm im Geiste. *Lass mich wissen, dass es dir gut geht.*

Um mich abzulenken, zwang ich mich dazu, das Zimmer meines Sohnes aufzuräumen. Nicht, dass dies viel Arbeit gemacht hätte. Im Gegensatz zu seinem Zimmer in London war es erschreckend ordentlich. Seine Arbeitsstiefel standen neben einem Stapel Kleidung, die er nicht mitgenommen hatte, und die Sohlen waren blitzblank. Er musste sie vorher gereinigt haben. Seine Zeichenutensilien waren verschwunden. Das freute mich. Es würde ihm helfen, genau wie das Töpfern mir half.

Als ich zum Schuppen am Ende des Gartens ging, dicht gefolgt von Jasper, suchte mich ein Gefühl heim, das nicht verschwinden wollte. Obwohl ich krank vor Sorge um Freddie war, voller Angst davor, dass er erwischt oder angegriffen wurde oder eine Dummheit anstellte, empfand ich auch eine Art schuldbewusste Erleichterung.

So viele Jahre lang war bei Freddie eine Krise der anderen auf den Fuß gefolgt. Immer war da etwas gewesen, das er getan oder nicht getan hatte. Ich hatte ständig mit der Angst gelebt, es würde deswegen erneut zu einem Streit mit Tom kommen, und ich selbst wiederum würde von meinem Mann ausgeschimpft werden, weil ich nicht in der Lage war, »es wieder einzurenken«.

Wenn jetzt die Polizei käme, könnte ich ihnen ehrlich das sagen, was ich Blockie erzählt hatte: Mein Sohn war auf Reisen gegangen, und ich hatte keine Ahnung, wo er steckte. »Sie wissen ja, wie das mit Teenagern ist«, würde ich sagen. »Sie melden sich nur, wenn ihnen danach ist.«

Dann hielt ich inne. Was dachte ich mir da eigentlich? Freddie war kein durchschnittlicher Teenager, der ein Abenteuer suchte. Mein Sohn hatte nach eigenen Angaben jemanden getötet. »*Da steckt mehr dahinter.*«

Erneut redete ich mir ein, dass es vielleicht ganz gut gewesen war, dass er mir nicht erzählt hatte, was passiert war. Ein Teil von mir befürchtete, dass ich es nicht verkraftet hätte. Ohne einen Freddie, den ich lieben konnte, wäre mein Leben nicht mehr lebenswert. Erneut kam mir sein Geruch in den Sinn. Seine Haut. Sein Gesicht. Seine Stimme. Freddie war ein Teil von mir. Er war in meinem Körper gewesen. Man kann schnell vergessen, was für ein Wunder die Geburt ist. Aber man kann ein Kind nicht neun Monate lang austragen, sich während der Wehen vor Schmerzen winden, nach der Geburt von Erleichterung und Liebe überwältigt werden, sich dann all die Jahre, in denen es aufwächst, um es kümmern – und schließlich nicht trauern, wenn es fort ist.

Ich starrte auf den Klumpen Lehm in meinen Händen hinunter. Jeden Moment konnte die Polizei hier sein.

Am vernünftigsten wäre es natürlich, wenn ich woanders hinginge. Ich könnte in einen anderen Landesteil ziehen. Ich könnte sogar die Fähre nach Frankreich oder Spanien nehmen. Aber an der Grenze würden sie meinen Pass kontrollieren.

Was, wenn sie in diesem Moment gerade dasselbe mit Freddie machten? Mein Herz begann schneller zu schlagen. Warum hatte ich nicht früher daran gedacht?

Selbst wenn ich weiter hier auf dem Land wohnen bliebe, würden die Leute im Dorf Fragen stellen. Irgendwann würde jemand zwei und zwei zusammenzählen, nachdem er einen Zeitungsbericht gelesen hatte. Nur weil ich selbst keinen Artikel in der Zeitung entdeckte, hieß das nicht, dass er nicht in einer anderen Zeitung erschienen war.

Es gab kein Entkommen. Außerdem war ich erschöpft von der seelischen Belastung der letzten Wochen.

Schließlich fasste ich einen Entschluss. Ich würde hier in der Gemeinde bleiben, die mich offenbar willkommen geheißen hatte. Ich würde mich bedeckt halten und sehen, was passierte.

Doch während ich meiner neuen täglichen Routine nachging – ich arbeitete an meiner Töpferscheibe an einer Reihe von Milchkrügen, um den besten für Blockies Frau auszuwählen, führte Jasper zu Spaziergängen am Meer aus und kaufte Lebensmittel ein –, schwirrte der Gedanke immer wieder in meinem Kopf herum.

Jemand war gestorben. Mein Sohn war dafür verantwortlich. Ich hatte ihm geholfen, zu fliehen. Ich war schuldig.

Weitere Wochen gingen ins Land. Immer noch nichts von Freddie. Ich lief umher, als wäre ich nicht ganz bei Sinnen. Eine zartrosa Rose in Gladys' Garten begann zu blühen. An ihr hing noch ein verwittertes Namensschild. »Peace« stand darauf. Wie Freddies erstes Tattoo. Wie ironisch. Wie passend. Wie unmöglich. Auf dem Weg zur Hütte hinunter strich ich über die samtenen Blütenblätter, bevor die beruhigende Rotation der Scheibe mir half, mich vom Unvermeidlichen abzulenken.

Immer wieder kamen Erinnerungen an einen jüngeren Freddie auf, als er noch lieb und vertrauensvoll gewesen war.

Der Freddie, der zum Himmel aufschaute und fragte, ob der Kondensstreifen des Flugzeugs über ihm wie die Linien auf seiner magischen Tafel waren. Der Verlust ließ mein Herz schmerzen. Aus Gewohnheit langte ich immer wieder an meinen Hals, um meinen Anhänger zu berühren – meinen kostbaren Anhänger, den mir die Beamtin bei meiner Entlassung aus dem Gefängnis zurückgegeben hatte –, aber er spendete mir keinen Trost mehr.

Jasper spürte meinen Kummer und stupste mich an, als wollte er mir sagen: »Ich bin noch da.« Während seiner kurzen Zeit im Cottage hatte Freddie ihn immer auf einen spätabendlichen Spaziergang mitgenommen. Jetzt, da ich dies übernahm, fragte ich mich, ob mein Junge vielleicht irgendwo in der Nähe geblieben war und im Dunkeln lauerte.

Nicht zu wissen, wo er war, war das, was wirklich schmerzte. Wenn ich nicht schlafen konnte, ging ich in Freddies Zimmer auf und ab, bemüht, ihn mir wieder vor Augen zu führen. Ich hielt mir seine alten T-Shirts vor die Nase und atmete seinen Geruch ein. Ich stellte fest, dass ich mich nicht mehr an die genaue Form seiner Nase erinnern konnte. Wie war das möglich, wo er doch erst seit sechs Wochen weg war? Ich wünschte, wir hätten mehr Zeit miteinander verbracht. Unser Gespräch am Strand von Shell Cove hatte nicht gereicht. Was, wenn er nun wieder in schlechte Gesellschaft geraten war? Was, wenn er von einem Gangster niedergestochen worden war? Der Fantasie einer Mutter sind keine Grenzen gesetzt, sagte ich mir. Oder der Entschlossenheit. Oder der schieren Dummheit.

Jeden Morgen wachte ich mit Jasper an meiner Seite auf, während die Morgensonne durch den kleinen Spalt zwischen den frisch-zitronengelben Vorhängen einfiel, die ich zugezogen hatte. War es schon so spät? Freddie würde zu spät zur Arbeit kommen! Dann erinnerte ich mich wieder. Mein Junge, der vorher jeden Tag seines Lebens bei mir gewesen war, war fortgegangen. Und ich hatte keine Ahnung, ob ich ihn jemals wiedersehen würde.

In meinem Kummer machte ich mich daran, eine Wand im Wohnzimmer zu streichen. Leuchtend lila. Tom hätte es gehasst. Gladys' Cottage verschaffte mir die Gelegenheit, mir ein Zuhause zu kreieren, in dem ich mich wohlfühlte. Ich konnte ihm meinen eigenen Stempel aufdrücken. Aus einem Reststück von Sanderson, das ich im Wohltätigkeitsladen aufgetrieben hatte, nähte ich Polster für den Stuhl im Erkerzimmer. Ich weichte Tüllgardinen in kaltem Tee ein, um ihnen einen sepiafarbenen Vintage-Look zu verpassen. Auf dem Dachboden entdeckte ich einen alten gemusterten Teppich, wusch ihn in der Badewanne und hängte ihn zum Trocknen auf die Leine. Er war zwar ein bisschen abgetreten, aber das apricotfarbene Design verlieh den Fliesen im Flur ein weicheres Aussehen.

Aus Holz, das ich im Wäldchen gesammelt hatte, bastelte ich einen kleinen Bogen für den Garten. Er sollte eine der Kletterrosen stützen, die auf die Seite gefallen waren. Außerdem versuchte ich, etwas in den Griff zu bekommen, das wie ein großes, überwuchertes Gemüsebeet am Ende des Gartens aussah. Die Wurzeln des Unkrauts schienen sich endlos in die Tiefe der Erde zu erstrecken.

Genau wie meine Sünden.

Und doch gab es Momente, in denen ich die Finsternis in meinem Geist fast vergaß. Ich lernte, mich am morgendlichen Vogelgezwitscher zu erfreuen. Am Duft der Rosen, wenn sie aufblühten. Am Anbau von Zucchini, deren Ranken gelbe Blüten trieben und schließlich pralle, gesunde grüne Früchte trugen, die ich mit Knoblauch und Ingwer im AGA-Herd röstete. Am beruhigenden Rhythmus von Gladys' Töpferscheibe.

Eines Tages, als ich endlich einen Milchkrug getöpfert hatte, mit dem ich rundum zufrieden war, sprang Jasper von seiner

Matte neben mir auf und rannte wild bellend zum Haus. Das konnte nicht Blockie sein. Jasper hatte ihn gut genug kennengelernt, um sich nicht so aufzuführen.

Während mein Herz unaufhörlich hämmerte, öffnete ich die Tür. Draußen stand eine freundlich wirkende Frau mittleren Alters mit frischem Teint und strahlenden Augen.

»Ich heiße Daphne und wohne hier im Dorf. Ich mache die Werbung für das örtliche *Women's Institute*.«

Sie drückte mir ein Flugblatt in die Hand. »Wir haben interessante Referentinnen im Programm. Als Nächstes steht der Vortrag einer pensionierten Gefängniswärterin an, die früher in Dartmoor gearbeitet hat.« Ihre Augen funkelten. »Das wird bestimmt spannend.«

Eine Gefängniswärterin?

Erneut begann mein Herz, wie verrückt zu schlagen. Weitere Erinnerungen tauchten auf und verursachten mir stechende Schmerzen in den Schläfen. Der Geruch der Klos. Die verschlagenen Blicke der Mitgefangenen und der Wärterinnen. Rasierklingen auf dem Boden der Dusche. Scheiße in den Schuhen.

»Bestimmt ist es nicht leicht, allein irgendwohin an einen fremden Ort zu ziehen«, sagte meine Besucherin, nachdem ich sie aus Höflichkeit hereingebeten hatte.

Ich war mir bewusst, dass ich mit meinen abgeschnittenen Jeans und den mittlerweile kraus gewordenen Haaren ein wenig gammelig aussah. Die Sarah, die Olivia aus mir gemacht hatte, die mit dem gestylten Bob und den schicken Klamotten, war verschwunden. Genauso wie Toms Frau, die mit dem großen Haus und seinen vornehmen Freunden wie Hugo. Gut so.

Seltsamerweise empfand ich keine Wut auf Tom wegen seiner Affäre. Wir waren nie die Richtigen füreinander gewesen. Tatsächlich war es sogar eine Erleichterung, denn es bewies, dass ich nicht die Einzige war, die nicht richtig gehandelt hatte.

Auch wenn es kein Vergleich damit war, für den Tod eines Menschen verantwortlich zu sein.

»Blockie sagte, dein Sohn ist auf Reisen gegangen«, unterbrach Daphne meine Gedankengänge.

Ich spürte, wie mir ein Schauer über die Arme lief. »Ja, das stimmt.«

»Er hatte deinen Jungen ins Herz geschlossen. Du musst deinen Sohn sehr vermissen.«

Ich versuchte, mich zusammenzunehmen. »Ja. Aber meine Arbeit lenkt mich ab.«

»Ich habe gehört, dass du töpferst. Ist das einer von deinen?«

Sie deutete auf den Milchkrug in meinen Händen.

»Ja.«

»Vielleicht hast du Lust, einmal zu kommen und einen Vortrag zu halten.«

Keine Chance. Ich musste im Verborgenen bleiben, durfte mich auf keinen Fall ins Rampenlicht wagen.

»Das ist sehr freundlich«, sagte ich. »Aber ich bin nicht gut darin, in der Öffentlichkeit zu sprechen.«

»Das ist schade. Wir sind hier sehr angetan von Handwerkskünsten. Tja, ich muss wieder los. Sag mir Bescheid, wenn ich irgendetwas für dich tun kann.«

Das erinnerte mich an etwas, das ich Blockie hatte fragen wollen.

»Du kennst nicht zufällig jemanden, der Ton verkauft?«, fragte ich, als ich sie hinausbegleitete.

Gladys hatte einen versiegelten Sack zurückgelassen, aber der Ton war jetzt fast verbraucht.

»Für so etwas ist Steve Leather der Richtige«, erwiderte sie prompt. »Er kann so gut wie alles in der Gegend auftreiben. Ich werde ihn bitten, mal vorbeizuschauen.«

Unerwarteter Besuch machte mich nervös. »Ich rufe ihn lieber an«, sagte ich hastig.

»So arbeitet er nicht. Er lebt von Mundpropaganda. Macht alles in seinem eigenen Tempo.« Daphne berührte kurz meine Hand. »Du wirst bald mit unseren Gewohnheiten hier vertraut sein. Denk in der Zwischenzeit noch einmal über unsere Treffen nach. Es wäre schön, ein neues Gesicht dabeizuhaben.«

Ein Teil von mir geriet in Versuchung. Die Gesellschaft hätte mir gefallen. Aber ich konnte es nicht riskieren. Ich war so weit gegangen, um meinen Sohn zu retten.

Und jetzt gab es kein Zurück mehr.

46

Gladys' alte Töpferscheibe war in diesen Monaten meine Rettung. Das ruhige, rhythmische Drehen und die intensive Konzentration, die dabei erforderlich war, halfen mir, alles andere auszublenden. Etwa die Tatsache, dass mein Sohn immer noch nicht angerufen hatte.

Als Steve Leather endlich vorbeikam, hatte ich angefangen, mit Bechern zu experimentieren. Ich war gerade an dem Punkt angelangt, den ich immer erreichte, wenn ein Becher auf meiner Scheibe vollständig geformt war. Ich nahm den scharfen Draht und zog ihn sauber zwischen der Scheibe und dem Boden des Tons durch. Mir kam in den Sinn, dass man mit diesem Draht bestimmt jemanden erdrosseln konnte. Woher kam dieser Gedanke?

Ganz vorsichtig hob ich den Becher hoch. Wenn ich ihn zerquetschte, würde ich keine Zeit mehr haben, einen anderen zu trocknen.

»Sieht so aus, als wärst du es wert«, sagte ich laut.

»Danke«, erwiderte eine Stimme an der Tür. Weil es warm war, hatte ich sie offen gelassen. Vor Schreck wäre ich beinahe vom Stuhl gefallen. »Entschuldigung. Habe ich dich erschreckt? Ich habe angeklopft, aber es rührte sich nichts. Dein Hund kam an der Seite des Hauses vorbei und hat mich hierher geführt.«

Jasper schnüffelte am Hosenbein meines Besuchers, der eine abgewetzte braune Cordhose trug.

Ich schaute auf und betrachtete diesen großen, recht stämmig gebauten, braun gebrannten Mann mit kornblumenblauen Augen, ziemlich zerzausten kastanienbraunen Haaren und Cowboystiefeln.

»Normalerweise schlägt er an«, sagte ich, während ich mich bemühte, mich zu sammeln.

»Es schien fast so, als würde er mich kennen.« Er streckte die Hand aus. Sein Händedruck war kurz, aber warm und fest. »Ich bin eher ein Katzenmensch, aber Hunde mag ich auch. Ich bin Steve Leather. Wie ich hörte, hast du keine Glasur und keinen Ton mehr.«

Ich nickte nur, da ich mich nach wie vor nicht traute, viel zu sprechen. Die Erleichterung darüber, dass es kein Polizist war, ließ mir das Herz pochen.

»Ich habe ein paar Glasurmischungen mitgebracht, und ein paar Säcke Ton sind auf dem Weg.« Er schaute sich im Schuppen um. »Schön, zu sehen, dass du die Werkstatt wieder zum Laufen gebracht hast. Gladys wird sich freuen, wenn ich es ihr erzähle.«

»Du kennst sie?«

»Schon von Kindesbeinen an. Sie ist im selben Pflegeheim, in dem auch meine Mum war. Sie waren eine Ewigkeit befreundet. Wir verbringen oft Zeit miteinander.«

»Bitte sag ihr, dass ich ihr Haus liebe und mich darum kümmere«, brachte ich schließlich über die Lippen.

»Mach ich.«

Er hatte zwar nicht Toms Internatsakzent, aber auch nicht Blockies stark schnarrende südwestenglische Aussprache. Wie alt er wohl war? Ein bisschen jünger als ich vielleicht. Aber nicht viel.

»Also, willst du dir ein paar dieser Glasuren mal ansehen?« Seine Stimme war tief und klang so, als wüsste er, was er wollte, ohne dabei aufdringlich zu sein. »Ich kann noch mehr bestellen, wenn du etwas anderes willst.«

Obwohl ich seit der Akademie nichts mehr glasiert hatte, war das Ergebnis gar nicht so übel. Zumindest hoffte ich das, als ich Blockie den Milchkrug am Montagabend vor dem Geburtstag seiner Frau übergab.

»Danke, Liebes. Das ist eine gute Arbeit. Meine Frau wird sich darüber freuen wie eine Schneekönigin. Was bin ich dir schuldig?«

»Nichts. Du warst so gut zu uns.«

Bei dem Wort »uns« hielt ich inne.

»Es ist völlig normal, dass es dich mitnimmt«, sagte er, als er sah, wie mir die Tränen kamen. »Ich weiß, wie es ist, wenn die Kinder das Haus verlassen. Besonders, wenn man so viel gemeinsam durchgemacht hat. Hat sich dein Mann mal gemeldet?«

»Nein«, erwiderte ich.

»Sag mir Bescheid, falls er Ärger macht.«

Seine Freundlichkeit ließ den Wunsch in mir aufkommen, ihm alles zu erzählen. Aber das war natürlich unmöglich.

»Hast du schon von deinem Jungen gehört?«, fuhr er fort.

Ich schüttelte nur den Kopf, weil ich mich nicht traute, mehr zu sagen.

Er hielt kurz inne. Dann schien er sich für eine neue Herangehensweise zu entscheiden. »Ich mach dir einen Vorschlag. Meine Frau möchte einen Hofladen eröffnen. Das ist Teil der Diversifizierung, wie man das heute nennt. Ich dachte, du könntest vielleicht mehr solcher Krüge und vielleicht auch Becher töpfern. Steve hat mir erzählt, dass du auch Becher machst.«

Gab es hier eigentlich gar keine Geheimnisse?

Mein erster Impuls war es, Nein zu sagen. Ich wollte diese Verpflichtung nicht eingehen. Andererseits hätte ich dann etwas zu tun. Das Bargeld, das ich vor ein paar Monaten abgehoben hatte, war fast ausgegeben, obwohl ich sehr sparsam damit umging. Einen kleinen Nebenverdienst könnte ich gut gebrauchen. Das heißt, falls ich nicht vorher verhaftet wurde.

»Danke«, sagte ich. »Wie viele hättet ihr denn gerne?«

»Für den Anfang zwei Dutzend vielleicht? Danach sehen wir mal, wie sie sich verkaufen.«

Gutes Argument. Bis ich fertig war, saß ich vielleicht schon wieder wegen Beherbergung eines Tatverdächtigen ein. Und ehrlich gesagt, hatte ich das auch verdient.

Der Sommer wurde heiß. Der heißeste, an den sich alle erinnern konnten, vertraute mir die Frau im Postamt an. »Globale Erdwärme«, ergänzte sie und nickte dabei wissend.

Ich widerstand der Versuchung, sie zu korrigieren. Ich war dabei, mich mit der Art der Menschen hier vertraut zu machen. Leute vorzuführen, die ihr ganzes Leben hier gelebt hatten, gehörte nicht dazu.

Fast ohne es zu bemerken, war ich zu einer der Neuen geworden, von denen Blockie gesprochen hatte, als Freddie und ich ihm das erste Mal begegnet waren. Wieder einmal fragte ich mich, ob es besser gewesen wäre, sich in einer Stadt zu verbergen. Vielleicht sollte ich weiterziehen. Aber in Wahrheit war ich müde, wollte nicht ständig weglaufen.

War es das, was Freddie immer noch tat? Das war nicht fair. Er hätte mich auf meiner Festnetznummer anrufen können. Ich wusste, er wollte mich beschützen, aber war ihm denn nicht klar, welche Qualen er mir dadurch bereitete? Allmählich trat Wut an die Stelle der Sorgen.

Ich versuchte mich auf einfache häusliche Aufgaben zu konzentrieren, um mich von den größeren Dingen abzulenken. Eine überraschende Befriedigung empfand ich beim Graben: Zwiebeln setzen und das Unkraut mit diesen langen weißen Wurzeln herausziehen. Könnte ich doch nur meine Vergangenheit auf die gleiche Weise entwurzeln.

Ein paar Tage später stand ich am Abend gerade in der Küche und machte Marmelade aus Johannisbeeren, die ich im Garten geerntet hatte, als es laut an der Tür klopfte. Jasper drehte durch. Mein Herz fing an, wie wild zu hämmern. Es war schon neun Uhr durch. Jeder hier in der Gegend hatte inzwischen seine Türen geschlossen und die Vorhänge zugezogen.

Es war die Polizei. Es konnte nicht anders sein. Sie hatten mich schlussendlich über die Bankabhebung aufgespürt. Ich wappnete mich, bevor ich aufmachte. Wenigstens konnte ich ihnen guten Gewissens sagen, dass ich nicht wusste, wo Freddie steckte.

Aber es war Blockie.

In meiner Brust pochte mir das Herz weiter wie wild, als ob die Nachricht *Du hast nichts zu befürchten* noch nicht bis in mein Gehirn vorgedrungen wäre.

»Tut mir leid, dass ich so spät noch vorbeikomme«, begann er. »Aber meine Frau dachte, das könnte dir gefallen.« Er reichte mir eine Handvoll Geldscheine. »Heute kam jemand und hat alle deine Becher gekauft. Und er will noch mehr. Er eröffnet irgendwo eine Teestube und mag die Farben. Er sagte, sie erinnern ihn an das Meer.«

So viel zu meinem Vorsatz, nach Freddies Weggang die Gesellschaft anderer zu meiden. Blockie schien es sich zur Aufgabe gemacht zu haben, auf mich zu achten. Ich war mir ziemlich sicher, dass die Idee, Becher zu verkaufen, ursprünglich seiner Herzensgüte entsprungen war.

»Danke«, sagte ich, während meine Angst langsam nachließ. Das Bargeld war mir willkommen. Ich war bemüht, sparsam damit umzugehen, um nicht noch mehr abheben zu müssen. Je weniger Risiken, desto besser.

»Irgendwas von deinem Jungen gehört?«, fragte er und setzte sich an den Küchentisch, während ich den Wasserkessel aufsetzte.

»Ja. Er hat neulich angerufen, um kurz zu plaudern«, sagte ich so beiläufig, wie ich nur konnte. Aber die Lüge ließ meine Hand zittern, als ich die Teekanne auf den AGA-Herd stellte, um sie anzuwärmen.

»Wo ist er gerade?«

»Irgendwo in Osteuropa«, sagte ich, bemüht, meine Stimme gleichmütig klingen zu lassen. »Er hat gesagt, wo, aber das sagte mir nicht viel.«

Es konnte wahr sein, überlegte ich. Er konnte in Kontinentaleuropa sein. Oder in Großbritannien. Oder er könnte irgendwo tot liegen. *Nein! So darfst du nicht denken.*

»Vielleicht bringt er eine Braut aus dem Ausland mit.«

»Das glaube ich nicht«, sagte ich und rang mir ein Lachen ab. »Er ist noch zu jung, um schon ans Heiraten zu denken.«

»Hier in der Gegend ist das nicht so. Viele junge Leute sind schon mit einundzwanzig verheiratet.«

Vielleicht war das der richtige Weg. Nah an den familiären Wurzeln bleiben. Jemanden heiraten, den man seit der Kindheit kennt, damit es keine bösen Überraschungen gibt. Das Leben einfach halten.

Ich stellte die Teekanne auf den Tisch. Ich war recht zufrieden mit dem geschwungenen blauen Streifen, den ich in der Mitte glasiert hatte. »Ist das eine von dir?«, fragte Blockie, während er sie musterte.

»Ich dachte, das wäre mal eine Abwechslung zu den Bechern.«

»Dann nehmen wir auch ein paar davon.«

»Das müsst ihr nicht«, wendete ich ein.

Seine Augen verengten sich. »Ich nehme deine Sachen nicht als Almosen an, Sarah. Ich tue es, weil die Kunden sie haben wollen.«

Sofort wurde mir klar, dass ich ihn falsch eingeschätzt hatte.

»Danke«, murmelte ich.

Danach hielten wir uns an das Geschäftliche und sprachen über Preise und welche Farben gefragt waren. »Meine Frau möchte, dass du deine Signatur auf dem Boden einritzt«, schlug er vor. »Das würde der Sache eine persönliche Note geben.«

»Lieber nicht«, antwortete ich und hoffte, dass er nicht nach dem Grund fragen würde. Ich konnte ihm ja wohl kaum sagen, dass ich Angst hatte, aufgespürt zu werden.

Er zuckte mit den Schultern. »Wie du willst.«

Nachdem Blockie gegangen war, fühlte ich mich unwohl. Wenn ich seine Beweggründe in Bezug auf die Bestellung meiner Becher missverstanden hatte, was hatte ich sonst noch alles falsch verstanden? War es am Ende möglich, dass die Polizei sich umgehört hatte? Hatte er zwei und zwei zusammengezählt, was Freddie betraf? War das der Grund, warum er so viele Fragen über ihn und auch über mich stellte?

Aber was konnte ich schon tun? Nichts. Also vergrub ich mich in meine Arbeit. Das war alles, was mir jetzt noch blieb.

47

Ein paar Wochen später fiel mir nach dem Aufwachen ein, dass ich Geburtstag hatte. Ich wurde fünfzig. Letztes Jahr an diesem Tag hatte Tom mich zum Essen ausgeführt. Wir hatten nahezu schweigend bei einer teuren Mahlzeit in einem italienischen Bistro bei uns im Viertel gegessen. Er hatte mir einen Gutschein geschenkt, den ich bei John Lewis einlösen konnte.

Freddie hatte mir eine Geburtstagskarte gebastelt. »Ich weiß, ich hätte dir ein Geschenk besorgen sollen, Mum«, erklärte er. »Aber ich dachte, vielleicht gefällt dir das hier.«

Es war eine Karikatur einer Mutter, die ihren Sohn rüffelt, weil er sein Zimmer nicht aufgeräumt hat. »Das soll witzig sein«, meinte er. »Klapp sie auf und lies den Text.«

Meine Enttäuschung darüber, dass er sich nicht die Mühe gemacht hatte, mir etwas zu besorgen – irgendetwas, nur um zu zeigen, dass ich ihm wichtig war –, löste sich sofort auf, als ich die Worte las.

An die beste Mutter der Welt
Ich will nur, dass du weißt, dass ich dich sehr lieb habe,
denn ich fürchte manchmal, dass du das vergisst.

Danach trug ich die Karte überall mit mir herum. Zum Glück befand sie sich noch in meiner Handtasche, als wir das Haus verlassen hatten. Ich nahm sie heraus und fuhr mit dem Finger über die Schrift. Wo war mein Junge jetzt? Obwohl ich nie Post bekam, hoffte ich, dass heute eine Ausnahme sein würde.

Aber es wurde keine Karte durch den Briefschlitz geschoben. Das Festnetztelefon klingelte nicht. Gerade heute würde sich mein Sohn doch wohl melden. Hatte Freddie etwa meinen Geburtstag vergessen? Oder war ihm etwas zugestoßen?

Um mich (wieder einmal) abzulenken, machte ich mich auf den Weg nach Shell Cove. Ich hatte diesen Strand bisher gemieden, weil ich das letzte Mal mit Freddie hier gewesen war. Doch heute zog es mich aus irgendeinem Grund dorthin. Ich hatte ein Strandtuch mitgenommen, auf dem ich sitzen konnte, nicht aber meinen Badeanzug. Aber wen kümmerte es? Es war ja niemand hier, der mich hätte sehen können. Ich zog mich bis auf die Unterwäsche aus und ging dann zaghaft ins Wasser. Trotz der prallen Sonne war es erschreckend kalt, und ich stieß ein lautes Keuchen aus. Doch als ich meine Kräfte gesammelt hatte, bis zu den Schultern eintauchte und mit meinem Schulmädchen-Brustschwimmstil die Arme ausbreitete, war es überraschenderweise ganz in Ordnung. Es war sogar mehr als nur in Ordnung. Es war aufregend.

Das Wasser war flach, wunderschön, wie ein stiller See. Als ich schließlich wieder ans Ufer ging, fühlte ich mich wie im Rausch.

»Wunderschön, nicht wahr?«, erklang eine Stimme.

Ich fuhr herum. Es war Daphne, die Frau aus dem *Women's Institute,* die zu mir gekommen war, um mir von dem Vortrag der Gefängniswärterin zu erzählen.

Sie faltete gerade ihre Kleidung zu einem ordentlichen Stapel auf einem flachen, sauberen Fels. »Ich gehe auch gleich rein.«

»Es ist herrlich«, bestätigte ich vorsichtig.

»Ich habe gehört, dass dein Junge in Osteuropa ist.«

Ich begann, zu frösteln, und wickelte mein Handtuch um mich – und das nicht nur, weil mir kalt war.

»Blockie vermisst ihn«, fügte sie hinzu. »Aber das war ja zu erwarten.«

»Wie meinst du das?«

»Johnny war doch so alt wie dein Freddie, oder?«

»Wer ist Johnny?«

»Wusstest du das nicht? Er war der jüngste Sohn von Blockie und seiner Frau. Ein reizender Junge.« Ihr Gesicht verdüsterte sich. »Er hatte im Oktober vor vier Jahren einen Traktorunfall. Er hat sich auf dem Feld überschlagen, wurde zerquetscht und war auf der Stelle tot.«

»Das ist ja furchtbar.« Ich konnte nicht einmal den Gedanken daran ertragen. »War er nicht zu jung, um schon einen Traktor zu fahren?«

»Da hast du recht. Aber Johnny war ein ziemlicher Heißsporn. Es gab eine Untersuchung, und Blockie hatte Glück, dass er ohne Anklage davonkam. Es wurde aufgedeckt, dass er wusste, dass sein Junge fuhr, aber ein Auge zudrückte, weil er dachte, er könne mit dem Traktor umgehen. Seitdem macht er sich Vorwürfe.«

Mein Herz schmerzte vor Mitleid mit dem armen Blockie und seiner Frau.

»Er redet jetzt nicht mehr darüber«, fuhr sie fort. »Seine Frau aber schon. Sie sagt, sie will die Erinnerung an ihn wachhalten. Das ganze Dorf weiß natürlich Bescheid. Deshalb dachte ich, du wüsstest es auch. Hazel hat mir erzählt, dass ihr Mann deinen Jungen ins Herz geschlossen hatte. Er erinnerte ihn mit seiner zupackenden Art und seiner Entschlossenheit an Johnny.«

Also hatte ich den Farmer falsch eingeschätzt. Er war nicht neugierig in Bezug auf Freddies Aufenthaltsort, weil er uns ausliefern wollte. Er bedeutete ihm einfach etwas. Mir ging durch den Kopf, was Blockie gesagt hatte, nämlich dass Eltern dafür verantwortlich sind, was aus ihren Kindern wird. Das Schuldgefühl plagte ihn eindeutig nach wie vor.

Wenigstens war Freddie noch am Leben. Bitte mach, dass das wahr ist. *Bitte!*

Daphne hatte es irgendwie hinbekommen, in ihren Badeanzug zu schlüpfen, ohne sich dabei zu entblößen. »Hast du noch einmal darüber nachgedacht, zu einem unserer Treffen zu kommen?«, fragte sie.

Diese Frage, so kurz nach ihrer schockierenden Enthüllung über Blockies Sohn, brachte mich ziemlich aus der Fassung.

»Vielleicht. Irgendwann vielleicht einmal.«

»Es gibt noch ein paar freie Plätze für diesen Gefängniswärtervortrag«, sagte sie.

»Das ist nichts für mich«, beeilte ich mich zu sagen.

»Das ist schade. Wir müssen uns alle weiterbilden. Wir sind hier nicht so rückständig, wie du vielleicht denkst.«

»Das tue ich nicht«, versicherte ich. Oje, jetzt war sie beleidigt.

»Gut«, sagte sie spitz. »Das *Women's Institute* war für mich die Rettung nach meiner Scheidung.«

»Ich wusste nicht, dass...«, begann ich, aber sie fiel mir ins Wort.

»Es gibt eine Menge, was wir voneinander nicht wissen. Aber wenn dieser Vortrag nichts für dich ist, kann ich dir Bescheid geben, was sonst noch alles angeboten wird.«

»Danke.«

Tief in Gedanken versunken kehrte ich nach Hause zurück. Als ich um die Ecke bog, erblickte ich einen glänzenden schwarzen Geländewagen vor dem Haus. Mir brach der Schweiß aus, und ich bekam weiche Knie. Ein Mann stieg aus.

Es war Steve. Mein Herz pochte vor Erleichterung beim Anblick seiner kastanienbraunen Haare und der Cowboystiefel.

»Wo ist der Van?«, fragte ich.

Er grinste reumütig. »Kaputt. Den hier habe ich mir von meinem Bruder geborgt. Nicht so mein Ding, aber er hat einen großen Stauraum. Ich habe dir die Tonlieferung mitgebracht und noch etwas anderes. Hab es auf der Mülldeponie gefunden und fand es zu schön, um es dort liegen zu lassen. Du könntest es vielleicht gebrauchen, um ein bisschen herumzukommen.«

Er hievte ein Fahrrad aus dem Kofferraum. Es war eines dieser altmodischen Damenfahrräder mit einem Weidenkorb vorne am Lenker. Genau wie das, das ich mir »ausgeliehen« hatte, als ich Tom kennengelernt hatte.

»Wow!«, staunte ich und ließ den Blick über den kirschroten Rahmen gleiten. Er war ein bisschen zerkratzt, aber das gefiel mir eigentlich ganz gut. »Bist du sicher, dass es niemand haben will?«

»Wie gesagt, es sollte weggeschmissen werden. Wenn es dir nicht gefällt, finde ich jemand anderen dafür.«

Ich musste aufhören, zu hinterfragen, was die Leute hier sagten. Anders als die Menschen, die ich in meinem alten Leben gekannt hatte – mich eingeschlossen –, hegten sie hier in der Regel keine Hintergedanken.

»Nein«, sagte ich rasch. »Ich finde es toll.«

Ich war schon dabei, aufzusteigen.

»Der Sattel muss ein bisschen tiefer gestellt werden.« Steve war so nah, dass ich einen leichten Duft von Holz und vielleicht Öl riechen konnte. Peinlich berührt von unserer Nähe stieg ich wieder ab und sah zu, wie er an einer Schraube drehte.

»Probier jetzt mal.«

»Es fühlt sich gut an. Danke. Was bin ich dir schuldig?«

»Nichts. Die Leute von der Mülldeponie verlangen manchmal eine Gebühr, aber das hier haben sie mir einfach so gegeben. Aber auch wenn sie es nicht getan hätten, hätte ich keine Bezahlung von dir haben wollen.«

Er klang gereizt, als hätte ich ihn beleidigt, genau wie Daphne reagiert hatte.

Warum fiel es mir nur so schwer, das Verhalten der Menschen richtig zu deuten? Ich hätte im Leben nicht gedacht, dass Tom eine Affäre hatte. Ich war misstrauisch in Bezug auf Blockies Freundlichkeit gewesen, hatte nicht begriffen, dass er helfen wollte, weil mein Kind ihn an seinen Sohn erinnerte. Und was Freddie betraf, wusste ich immer noch nicht, was ich denken sollte.

»Ich habe jemanden getötet ... Da steckt mehr dahinter.«

Steve räusperte sich. »Etwas anderes: Ich habe mich gefragt, ob du vielleicht Lust hättest, dieses Wochenende mit mir ins Kino in Truro zu gehen? Da läuft ein guter Film. An den Titel kann ich mich nicht erinnern, aber er ist in aller Munde.«

Ich sah, dass er rot wurde und von einem Fuß auf den anderen trat.

Ich konnte mit ihm mitfühlen, wusste, wie es war, sich total unsicher zu fühlen und zu hoffen, dass jemand einen mag.

Verstehen Sie mich nicht falsch: Ich mochte ihn wirklich. Obwohl ich ihn noch nicht lange kannte, ahnte ich, dass Steves Charakter seinem Nachnamen alle Ehre machte. Leather, Leder: verlässlich, stark, warm. *Hör sofort auf, Sarah!,* sagte ich mir. Jetzt war nicht die Zeit, eine neue Beziehung auch nur in Erwägung zu ziehen.

»Tut mir leid. Ich kann nicht. Ich bin nicht wirklich frei. Weißt du, mein Mann ...«

Ich hielt inne.

»Ist schon gut«, entgegnete er leise. »Blockie hat es mir gesagt. Ihr habt euch getrennt.«

Gab es hier eigentlich irgendetwas, das sie nicht gleich alle wussten?

»Ja.«

»Bist du jetzt geschieden?«

»So gut wie«, sagte ich. Sofort bereute ich die Lüge, aber nun war sie draußen. Außerdem waren wir ja so gut wie geschieden. Ich hatte nicht vor, Tom jemals wiederzusehen.

»Und im Moment brauche ich Zeit für mich«, fügte ich hinzu.

»Sicher. Ich verstehe.« Seine Stimme klang ein wenig abgehackt. »Mir geht es genauso, ich dachte bloß ...« Er hielt inne. »Spielt keine Rolle. Also, was diesen Ton angeht. Es gibt da eine neue Marke, die du vielleicht das nächste Mal preisgünstiger bekommen kannst.«

In diesem Moment hörte ich das Telefon im Haus klingeln.

»Tut mir leid«, unterbrach ich ihn. »Ich muss da rangehen.«

Ich rannte hinein und wäre dabei fast über Gladys' ausgefransten Teppich im Flur gestolpert. Jasper rannte hinter mir her.

Das war bestimmt nicht Freddie. Vielleicht sollte ich es klingeln lassen. Vielleicht war es die Polizei. Oder Tom hatte mich irgendwie aufgespürt. Wahrscheinlicher noch war es Blockie mit einer neuen Bestellung. Vielleicht auch Daphne mit einer erneuten Einladung zum *Women's Institute* ...

»Ja?«, meldete ich mich atemlos.

»Mum?«

Ich sank auf die Knie. Tränen der Erleichterung liefen mir über die Wangen.

»Geht es dir gut?«, fragte ich flüsternd.

»Ja. Und dir?«

»Mir geht es gut. Aber ich vermisse dich.«

»Ich dich auch.« Seine Stimme klang nervös. Als hätte er Angst, dass man ihn belauschen könnte. »Hör zu, Mum. Ich kann nicht lange sprechen. Ich wollte dir nur alles Gute zum Geburtstag wünschen.«

»Danke.« Vor Rührung bekam ich kaum etwas heraus. »Wo bist du?«

»Es ist sicherer, wenn ich es dir nicht sage. Aber mir geht es gut. Ich musste es dich bloß wissen lassen. Ich werde die SIM-Karte gleich wegwerfen, damit man mich nicht aufspüren kann.«

Diese Chance musste ich ergreifen. »Freddie«, platzte ich dringlich heraus.

»Ja.«

»Bitte sag mir die Wahrheit. Was ist in dieser Nacht wirklich passiert? Hast du wirklich …«

Es klickte. Er hatte aufgelegt. Ich drückte die Rückruftaste. Die Nummer war nicht mehr zu erreichen.

Ich setzte mich eine Weile auf die Fersen und wippte hin und her. Mein Sohn war am Leben. Aber er hatte sich wieder geweigert, mir zu sagen, was passiert war. Das bedeutete, dass er schuldig war. Oder nicht?

Schließlich brachte mich Jaspers beharrliches Lecken zurück in die Gegenwart. Ich ging nach draußen, um mich bei Steve zu bedanken, aber er war schon weg.

Hinter mir ertönte ein Geräusch. Der Riegel des Fensters hatte sich während einer Windböe gelöst und klopfte nun gegen die Wand. Hatte es die ganze Zeit offen gestanden, ohne dass ich es gemerkt hatte?

Wie viel hatte mein Besucher mitbekommen?

Crown Court in Truro

48

Eine Gefängniswärterin wird als Zeugin aufgerufen.

Sie ist eigentlich zu klein gewachsen, um Aufsicht über Mörder zu haben. Aber ihre Stimme lässt auf eine harte Seite schließen: eine Kraft, mit der man rechnen muss.

»Ich reinigte gerade den Korridor vor der Zelle. Das war eine echte Sauerei, weil einer von ihnen auf den Boden gekotzt hatte. Richtig eklig. Da habe ich gehört, wie er etwas gesagt hat.«

»Können Sie bitte genau sagen, wen Sie meinen?«, fragt die Staatsanwältin.

»*Mister* Harris.« Das Wort »Mister« spricht sie sarkastisch aus. »Oder ›Knuckles‹, wie wir ihn kennen. Er hat im Beisein von Kieran Jones erzählt, er habe einen Kerl kaltblütig niedergemäht.«

»Der Angeklagte streitet das jetzt ab. Warum, glauben Sie, tut er das?«

»Weil sie alle zusammen ein Haufen verdammter Lügner sind. Und manche Leute bei uns im Gefängnis sehen zu Mördern auf. Deshalb.«

Es werden weitere Beweise gegen den Angeklagten vorgelegt. Wie sich herausstellt, gibt es erstaunliche Ähnlichkeiten zwischen diesem Paul Harris (alias Knuckles) und meinem Jungen.

Beide hatten sich in der Schule Ärger eingehandelt.

Beide hatten ein schwieriges Verhältnis zu ihrem Vater.

Es ist fast so, als würde mir ein Geschenk gemacht.

Alles, was ich tun muss, ist, zu schweigen.

Aber was ist mit Knuckles' Mutter? Welche Qualen macht sie gerade durch? Ist sie jetzt hier? Ich schaue mich auf der Zuschauertribüne um. Es gibt keine offensichtlichen Kandidatinnen. Ich sehe nur den Mann, der bereits mit mir gesprochen hat, und eine Reihe von Studentinnen und Studenten, die sich Notizen machen.

Aber trotzdem, und das ist der Knackpunkt: Kann ich als Mutter den Sohn einer anderen für das, was mein eigener Sohn getan hat, büßen lassen?

In diesem Moment niest jemand am anderen Ende der Tribüne, hinter den Studenten. Ich schaue hinüber – und erstarre.

Das kann nicht wahr sein. Das kann einfach nicht sein. Wieso habe ich ihn nicht vorher schon bemerkt?

Er ist älter geworden, natürlich. Und sein Haar scheint schütterer geworden zu sein. Aber es sind seine Augen, an denen ich ihn sofort erkenne. Sie fixieren mich mit der gleichen Verachtung wie damals, als uns meine frühere Zellengenossin vom Bürgersteig aus zugerufen hatte.

Tom.

Ich nehme nicht wahr, was die Gefängniswärterin gerade sagt, beziehungsweise die Person, die jetzt nach ihr mit ihrer Aussage dran ist.

Ich kann nur daran denken, dass mein Mann hier ist. Der Mann, den ich nicht mehr gesehen habe, seit Freddie und ich vor fünf Jahren abgehauen sind.

Mein Spiel ist aus.

49

Als Steve eine Woche später mit dem neuen Ton zu mir kam, entschuldigte ich mich bei ihm dafür, dass ich ihn beim letzten Mal draußen alleine stehen gelassen hatte, um den Anruf entgegenzunehmen. Natürlich sagte ich ihm nichts davon, von wem er gekommen war.

»Kein Problem«, wiegelte er ab.

Was ich wirklich wissen wollte, war, ob er etwas von meinem Gespräch aufgeschnappt hatte. Da ich dies wohl kaum direkt fragen konnte, versuchte ich es auf eine andere Art.

»Hast du noch lange gewartet, bevor du aufgegeben hast?«

»Nein. Ich bin gleich gefahren, als du reingegangen bist. Ich wollte dich nicht stören, und außerdem wollte ich noch surfen gehen. Die Wellen waren wunderbar. Perfekt, um darauf zu reiten. Solltest du auch mal versuchen.«

»Ich glaube, das ist nichts für mich«, erklärte ich und tat seinen Vorschlag mit einem Lachen ab. »Allerdings habe ich festgestellt, dass ich wirklich gerne schwimme.«

In Wahrheit sollte mein Lachen bloß meine Erleichterung darüber verbergen, dass er mein Gespräch mit Freddie nicht mitgehört hatte. Wenn er denn die Wahrheit sagte.

Doch sein freundliches Verhalten ließ nichts anderes vermuten. Darüber war ich froh. Ich hatte mir Sorgen gemacht, ich könnte seine Gefühle verletzt haben, als ich seine Einladung ins Kino ausschlug. Wir standen eine Weile da und unterhielten uns über den Garten, die besten Strände in der Nähe und wie man den Blattläusen auf Gladys' Rosen den Garaus machen konnte. Themen, die mich vor ein paar Monaten nicht die Bohne interessiert hätten. Themen, die mir jetzt halfen, die ständige Angst in mir auszublenden.

Während wir plauderten, wurde mir klar, dass Steve ein Mann ist, mit dem man gut auskommen kann. So ganz anders als Tom. Aber wie würde er reagieren, wenn er wüsste, was ich verbrochen hatte? Er würde sofort zur Polizei gehen, natürlich. Und ich könnte es ihm nicht verübeln. Ich musste jeden Gedanken an eine Romanze im Keim ersticken. Nach dem, was ich getan hatte, verdiente ich keine Liebe.

»Also dann«, sagte er und schaute auf seine Uhr. »Ich gehe dann wohl mal. Es ist Zeit, etwas zu essen.«

»Ich habe gerade eine Käse-Spargel-Quiche im Ofen«, sagte ich spontan. »Du willst sie wohl nicht mit mir teilen, oder?«

Was tat ich da?

Er zog eine Augenbraue hoch. *Hast du nicht ein Date mit mir abgelehnt?*, schien er andeuten zu wollen.

»Nur als Freunde«, fügte ich hinzu und lief knallrot an.

»Natürlich«, sagte er leichthin. »Gerne.«

Jasper sprang an ihm hoch. Offenkundig fand er diese Idee auch toll. Aber warum hatte ich Steve gebeten, zu bleiben?, fragte ich mich, während ich Möhren für den Salat raspelte. Warum war ich ein solches Risiko eingegangen? Ich brauchte mich nur ein einziges Mal zu verplappern, und ihm könnte aufgehen, dass ich nicht die war, die zu sein ich vorgab.

Doch wenn ich mich weiterhin von allen fernhielt, könnten die Leute misstrauisch werden gegenüber mir als der Neuen, die wie eine Einsiedlerin in Gladys' Cottage lebte. Und wenn ich schon Freundschaften schließen musste, konnte ich das auch mit Leuten tun, die ich wirklich mochte.

Beim Mittagessen stellte ich fest, dass mein Gast eine entspannende Gesellschaft war. Es gab keinerlei peinliche Gesprächspausen. Außerdem stellten wir fest, dass wir beide gerne Radio hörten. »Ich mag Hörspiele«, erklärte er. »Außerdem lese ich abends viel, vor allem Kurzgeschichten. Da kann ich immer wieder gut eintauchen. Und ich liebe Gedichte.«

»Ich auch«, sagte ich und dachte an die Anthologie, die ich in der Nacht, als Freddie spät nach Hause gekommen war, gelesen hatte. In der Nacht, in der wir die Flucht ergriffen hatten.

»*I must down to the seas again, to the lonely sea and the sky*«, rezitierte er.

»John Masefield!«

»Großartig, nicht wahr?«

»Wunderbar. Manche Leute meinen allerdings, es müsse heißen ›I must go down‹, nicht ›I must down‹.«

»Ich bevorzuge Letzteres.«

»Ich auch.«

Dann erzählte ich ihm ein wenig über meine Malerei, bevor ich hierhergekommen war. »Die Töpferei ist eine Abwechslung«, sagte ich.

Er nickte. »Wir alle brauchen von Zeit zu Zeit Veränderungen. Mein Bruder sagt, ich sei gut mit den Händen.« Er lachte ein Lachen, das eher sarkastisch klang. »Das ist seine Art, zum Ausdruck zu bringen, dass nicht alle so hochfliegende Anwälte sein können wie er.«

Er machte keinerlei Anstalten, in meiner Vergangenheit herumzuschnüffeln, als ob er spüren würde, dass ich nicht darüber reden wollte. Er seinerseits erzählte mir auch kaum etwas über seine, nur dass er hier aufgewachsen war, eine Zeit lang in London gelebt hat, wo es ihm nicht gefallen hatte, sodass er wieder zurückgekehrt war.

Bewusst fragte ich ihn nicht, wo in London er gelebt hatte, weil dies zu Nachfragen seinerseits über meine Vergangenheit hätte führen können. Ich hatte ihm schon mehr preisgegeben, als ich vorgehabt hatte.

Steve hatte einen erstaunlichen Sinn für Humor. Und er war auch musikalisch. Als er darauf bestand, mir beim Abwaschen zu helfen, fing er an, ein Lied der Beach Boys zu summen.

»Du hast eine schöne Stimme«, erklärte ich.

Er machte eine spöttische Verbeugung. »Danke.«

Bevor er ging, lud er mich für den nächsten Sonntag zum Mittagessen bei sich ein.

Im Laufe der Wochen wurde das zu einer Gewohnheit. Keine Verpflichtungen. Einfach nur angenehme Gesellschaft.

Mein neuer Freund zeterte nicht ständig über die Regierung, wenn ein entsprechendes Thema im Radio aufkam, wie Tom es immer getan hatte. Er freute sich über so einfache Dinge wie die Farbe des Sonnenuntergangs oder das Rascheln des Herbstlaubs unter den Schuhen, wenn wir Jasper ausführten. Er half mir, das Gemüsebeet zu roden, und brachte mir Setzlinge, die er mit seinen großen Händen behutsam in die Erde pflanzte.

»Hörst du das Gurren?«, fragte er und legte den Kopf schief. »Das sind Tauben. Wir müssen das alles abdecken. Ich bringe dir ein paar Bänder und Netze.«

Außerdem schätzte Steve meine Arbeit. Wie ich war er Pescetarier und trank auch keinen Alkohol. »Ich habe in meinem früheren Leben zu viel davon zu mir genommen«, erklärte er, ohne ins Detail zu gehen. Ich wollte nachfragen, befürchtete aber erneut, er könnte mir daraufhin seinerseits Fragen stellen.

Weil er genau dies nicht tat, entspannte ich mich, wenn wir miteinander plauderten. Ich fühlte mich nie angespannt, unzulänglich oder regelrecht nervös, wie ich es in Gegenwart anderer war. Unter anderen Umständen wäre das vielleicht anders gewesen. Ich hätte sein früheres Angebot eines Dates angenommen. Vielleicht, so wurde mir klar, hätte ich ihn sogar selbst zu einem Rendezvous eingeladen.

Das überraschte mich, denn Steve war nicht mein Typ. Und selbst wenn er es gewesen wäre, war das Letzte, was ich jetzt in meinem Leben gebrauchen konnte, eine weitere Verkomplizierung.

»Ist deine Scheidung schon durch?«, fragte er eines Tages beiläufig.

»Ja«, log ich.

Warum hatte ich das jetzt gesagt? Vielleicht lag es daran, dass mich seine Frage überrumpelt hatte. Vielleicht war es auch Wunschdenken meinerseits.

Aber selbst wenn ich geschieden worden wäre, wusste ich, dass es besser war, mit diesem guten, freundlichen Mann »nur befreundet« zu bleiben, denn eines Tages würde sicher die Polizei anklopfen. Dann würde mein Leben erneut in die Brüche gehen.

Manchmal war die Anspannung unerträglich. Andere Male vergaß ich es fast. Dann traten mir die harten Fakten irgendwann wie aus heiterem Himmel vor Augen, etwa wenn ich den Brennofen auf die richtige Temperatur einstellte, oder wenn ich die Ränder des noch nassen Tons sorgfältig nachbearbeitete, um eine glatte Kante zu formen. Mein Sohn war auf der Flucht. Er hatte jemanden umgebracht. Er konnte jederzeit verhaftet werden.

Es kamen keine weiteren Anrufe von Freddie, aber ich hatte auch keine erwartet. Er wollte mich nicht in Gefahr bringen, hatte er gesagt. Oder er hatte mich abgehakt und war seiner Wege gegangen. Diese letzte Möglichkeit verursachte mir einen Kloß im Hals.

Es wurde Winter. Die Dame im Postamt hängte Weihnachtslichterketten im Schaufenster auf. Die Dorfschule stellte draußen ein Banner mit einem Bild vom Weihnachtsmann und Dick Whittington auf, mit dem das diesjährige Weihnachtsspiel angekündigt wurde. Ich verspürte einen Stich in der Brust, als ich mich daran erinnerte, wie ich Freddie als Kind für die Weihnachtsspiele verkleidet hatte. Tom hatte es nie geschafft, sie mitanzusehen. Er war immer mit seiner Arbeit beschäftigt gewesen.

»Hast du schon deine Weihnachtskarten geschrieben?«, fragte Steve eines Tages, als er vorbeikam, um mir eine Glasur zu bringen, die mir ausgegangen war. Es war das Azurblau, das im Laden sehr gut ankam. Ich stand unter Druck, für das Weihnachtsgeschäft noch mehr herzustellen.

»Ich verschicke keine mehr«, erwiderte ich.

»Ich auch nicht. Ich versuche, meinen Teil zum Umweltschutz beizutragen. Papier einsparen und so weiter.«

»Genau.«

Wie könnte ich zugeben, dass – selbst wenn es jemanden gäbe, dem ich welche schicken konnte – der Poststempel meinen Aufenthaltsort verraten würde?

»Kommt dein Sohn zu Weihnachten zurück?«

»Nein«, beeilte ich mich zu sagen. »Er verbringt die Festtage mit Freunden.«

Das konnte stimmen. Ich hatte mir geschworen, von nun an so wenig Lügen wie möglich zu verbreiten. Das Problem war nur, dass die große Lüge dies erschwerte. Eine Unwahrheit zog die nächste nach sich. Und dann wieder die nächste.

»Was machst du an Weihnachten?«, fragte er.

»Jasper und ich werden am Morgen einen langen Spaziergang unternehmen, und dann machen wir es uns vor dem Kamin gemütlich.«

»Klingt nach einem guten Plan. Ich werde Ähnliches machen, allerdings ohne Hund.«

Ich kam nicht umhin, ein wenig enttäuscht zu sein. Ich hatte ein bisschen gehofft, er werde vorschlagen, dass wir den Tag zusammen verbringen sollten.

»Ich war mal verheiratet«, platzte er plötzlich heraus.

»Wirklich?«

»Ja.« Während er sprach, begutachtete er seine Fingernägel. »Es hat nicht geklappt. Es war nicht ihre Schuld. Es war meine.«

Ich wollte erst fragen, warum, besann mich dann jedoch eines Besseren.

»Es erinnert mich an dieses wunderbare Gedicht ›The Young Man's Song‹ von Yeats«, fuhr er fort. »›*Oh, love is the crooked thing, There is nobody wise enough To find out all that is in it.*‹«

»Das kenne ich gar nicht«, sagte ich. Steves Gedächtnis für Gedichte verblüffte mich immer wieder.

»Jedenfalls war es auf lange Sicht besser für sie«, fuhr er fort. »Sie hat wieder geheiratet und inzwischen Kinder.«

»Hättest du auch gern welche gehabt?«, konnte ich mir nicht verkneifen, zu fragen.

Er antwortete prompt, so als hätten ihn die Leute das schon öfter gefragt. »Ja und nein. Ich fand die Vorstellung toll, aber sie sind auch eine große Verantwortung.«

Noch ein Grund mehr, warum er das mit meinem Jungen nicht verstehen würde, sagte ich mir, nachdem er gegangen war.

Dann, am frühen Heiligabend, klopfte es an der Tür. Jasper bellte nicht wie sonst, was bedeutete, dass es jemand sein musste, den er kannte, zum Beispiel Blockie oder …

Es war Steve. Er trug eine schicke braune karierte Jacke statt seiner üblichen Öljacke, und Brogues statt Cowboystiefel. Er blickte ernst.

»Entschuldige, dass ich dich störe, aber es ist etwas passiert. Da ist jemand, der dich sehen möchte.«

Blitzartig durchfuhr mich Angst. Tom war aufgetaucht. Die Polizei hatte mich ausfindig gemacht. Aber wieso sollte Steve davon wissen? In meiner panischen Angst schien alles möglich zu sein.

»Gladys' Zustand hat sich verschlechtert. Sie redet ständig

von ihrem Cottage und wie sehr sie es vermisst. Ich habe ihr gesagt, dass es gut gepflegt wird, aber sie möchte ›die Person kennenlernen, die jetzt darin lebt‹, wie sie es ausgedrückt hat. Hättest du etwas dagegen?«

Erleichterung durchströmte mich, gefolgt von Mitgefühl. Die arme Frau. Natürlich würde ich sie besuchen. Ich hoffte nur, dass sie nicht nach den Referenzen fragen würde. Eigentlich hätte ich diese nämlich schon längst Gladys' Immobilienanwalt geben müssen, aber bisher hatte er mich deswegen nicht bedrängt. Vielleicht vertrauten die Leute hier einander mehr.

Wir machten uns in Steves Van auf den holprigen Weg. Er war vereist, und ab und zu geriet das Fahrzeug ins Rutschen. Einmal streckte ich dabei eine Hand aus, um mich abzustützen, und streifte versehentlich sein Bein. »Entschuldige«, sagte ich.

»Immer wieder gerne«, scherzte er. Dann wurde er ernst. »Ich hoffe, Gladys geht es bald wieder gut. Dass du sie besuchst, bedeutet ihr viel.«

»Das ist das Mindeste, was ich tun kann«, versicherte ich.

Außerdem war ich neugierig darauf, zu erfahren, wer in dem Haus gewohnt hatte, das sich mittlerweile für mich so sehr nach einem Zuhause anfühlte. Nein, es war mehr als das. Es war mein Zufluchtsort.

Gladys' Pflegeheim lag ein Stück außerhalb. »Sie wird sich freuen, euch zu sehen«, zwitscherte ein jugendlich-frisch aussehendes Mädchen und führte uns einen Korridor entlang, an dessen Wänden Aquarelle mit lieblichen Meereslandschaften hingen.

Als wir um eine Ecke bogen, erblickten wir eine ältere Dame mit schlohweißem Haar, die sich zittrig mit einer Gehhilfe fortbewegte. Sie ergriff Steves Handgelenk.

»Du bist gekommen, mein Lieber«, begrüßte sie Steve.

Er beugte sich zu ihr hinunter und gab ihr einen Kuss auf die runzlige Wange. Wir machten uns auf den Weg zum Aufenthaltsraum mit einem großen Fernseher und verschiedenen Stühlen – einige mit hoher Rückenlehne, andere gemütlich gepolstert – und setzten uns.

Gladys' Augen schienen zu glitzern, als sie mich ansah. Und doch spürte ich, dass sich hinter diesen tränennassen Augen eine Frau aus Stahl verbarg. Es war, als könnte sie mich durchschauen.

»*Du* lebst jetzt also in meinem kleinen Häuschen.«

Ich fühlte mich wie ein Eindringling. »Ich hoffe, es macht Ihnen nichts aus«, beteuerte ich. »Aber ich verspreche Ihnen, dass ich mich darum kümmere. Ich liebe es dort.«

Sie nickte. »Gut. Und die Leute sind nett zu dir?«

Ich merkte, dass ich rot wurde. »Ja.«

»Steve und ich kennen uns schon sehr lange«, sagte sie. »Er hat mir immer Vorräte gebracht, als mein Mann gestorben war. Ich habe gehört, du töpferst auch.«

»Ja. Früher habe ich gemalt und gezeichnet, aber dann habe ich das Medium gewechselt.«

»Warum?« Ihr Ton war scharf und interessiert zugleich.

Ihre unvermittelte Frage brachte mich aus dem Konzept.

»In meinem Leben hat sich etwas verändert«, sagte ich zögernd.

»Ah.« Sie nickte. »Das leuchtet mir ein. Ich hatte eine Freundin an der Kunstakademie, die mit Wandmalerei anfing, aber zur Bildhauerei wechselte, als es bei ihr ebenfalls einen Umbruch gab.«

Ich wartete darauf, dass sie mir sagen würde, was für eine Veränderung dies gewesen war, aber das tat sie nicht. Sie sah mich nur eine ganze Weile lang an, ein leicht belustigtes Lächeln auf den Lippen.

»Nun erzähl mir mehr über mein Cottage. Ich will wissen, ob alles in Ordnung ist. Spielt der AGA-Herd verrückt? Du musst ihm klarmachen, wer die Herrin im Haus ist.«

Schon nach kurzer Zeit war mir, als würde ich diese Frau schon mein ganzes Leben lang kennen. Sie war weniger Vermieterin als vielmehr Großmutter. Von der Art, wie ich sie mir immer gewünscht hatte. Freundlich, aber auch auf Zack. Nicht davor zurückscheuend, Ratschläge zu geben, aber auch neugierig auf mich. Ich musste aufpassen, dass ich nicht zu viel verriet. »Mein Sohn ist im Ausland unterwegs«, sagte ich vorsichtig, als sie fragte, ob ich Kinder hätte.

»Das muss schwer für dich sein, besonders jetzt an Weihnachten.«

Ihre freundlichen Worte verursachten mir einen Kloß in der Kehle. Ich musste dagegen ankämpfen, nicht in Tränen auszubrechen. »Ja«, stimmte ich ihr zu.

Ab und zu hielt Gladys inne und keuchte. »Es ist die Lunge«, erklärte sie. »Die Ärzte behalten sie im Auge, also schau nicht so besorgt, junger Mann.«

Das »jung« entlockte mir ein Lächeln. Mir wurde bewusst, dass ich seit vielleicht einem Monat ganz allmählich anfing, öfter zu lächeln.

»Ihr könnt ruhig lachen, aber für mich seid ihr beide jung«, sagte sie. »Ihr habt euer Leben noch vor euch. Meines geht zu Ende, aber ich hatte eine gute Zeit.«

»Rede nicht so, Gladys«, entgegnete Steve mit stockender Stimme.

»Aber es stimmt doch, Junge, oder nicht? Jetzt tu mir einen Gefallen und hol mir noch eine Limonade aus der Vorratskammer im Korridor.«

Kaum war er gegangen, wandte sie sich mir zu. Erneut sah ich dieses Aufblitzen von Stahl. »Steve hat mir von dir erzählt«, berichtete sie krächzend. »Ich kann sehen, dass du verletzt wurdest. Deshalb bist du auch so vorsichtig. Aber eines kann ich dir versichern: Er ist ein guter Kerl. Du wirst es nicht besser treffen als mit ihm. Aber er hat seine eigene Bürde zu tragen, was ihn von manch anderem unterscheidet. Gib ihm eine Chance.«

Ich fragte mich, welche Bürde das wohl war. Aber darum ging es gar nicht wirklich. Das eigentliche Problem war, dass Steve nichts mehr mit mir zu tun haben wollen würde, wenn er erfuhr, was ich auf dem Kerbholz hatte. Doch noch bevor ich etwas Unverbindliches und Neutrales erwidern konnte, kehrte er zurück.

Wir verbrachten noch ein wenig Zeit mit Gladys, aber es war offensichtlich, dass unser Besuch sie ermüdete. »Kommt bald wieder«, bat sie mich, umklammerte mein Handgelenk und zog mich zu sich hinunter, sodass meine Wange die ihre streifte. »Und denk daran, was ich gesagt habe.«

»Was hat sie damit gemeint?«, fragte Steve, als wir zurück ins Foyer gingen, wo ein riesiger Papierschneemann von der Decke baumelte.

Ich spürte, dass ich vor lauter Verlegenheit die Zehen in meinen Stiefeln krümmte.

»Nichts«, sagte ich.

»Gladys meint immer etwas, wenn sie etwas sagt. Das mag ich an ihr.«

Er stand dicht vor mir, näher als je zuvor.

Keine Lügen mehr. Vielleicht hörte ich deshalb nun, wie mir über die Lippen kam, bevor ich es verhindern konnte: »Sie sagte, du seist ein guter Mann, und ich solle dir eine Chance geben.«

»Und wirst du das?«

Er stand jetzt noch dichter vor mir.

Ich trat einen Schritt zurück. »Steve«, begann ich langsam. »Ich mag dich. Ich mag dich wirklich. Aber ich habe in meinem Leben Dinge getan, die ich zutiefst bereue. Und wenn du wüsstest, was das war, würdest du nicht mit mir zusammen sein wollen.«

Er runzelte die Stirn. »Was meinst du damit?«

»Ich kann es dir nicht sagen.«

»Hast du jemanden umgebracht?«

Es dauerte ein paar Sekunden, bis ich begriff, dass er scherzte. Ich schwieg.

Nun wurde seine Miene ernst. »Auch ich habe Dinge getan, auf die ich nicht stolz bin. Und wenn wir beide uns darauf einigen, dass wir einander nie nach der Vergangenheit fragen?«

»Hört sich gut an.«

Er wippte von einem Fuß auf den anderen. »Sarah, ich habe das noch nie zu einer anderen Frau gesagt, auch nicht zu meiner Ex-Frau. Bei dir fühle ich mich auf eine Art und Weise wohl, wie es mir noch nie mit jemandem gegangen ist. Wie wäre es, wenn wir beide einfach so weitermachen und das Leben gemeinsam genießen?«

War das jetzt ein Einzugsantrag, bevor wir uns überhaupt geküsst hatten?

»Ich kann nicht mit dir zusammenleben«, platzte ich heraus.

»Ich kann auch nicht mit dir zusammenleben! Ich bin zu sehr an meine eigene Gesellschaft gewöhnt.« Er drückte meine Hand. Die seine war warm. Und sie schlang sich fest um meine. »Aber wir könnten Zeit zusammen verbringen. Meinst du nicht?«

»Das klingt gut.«

Und dann küsste er mich tatsächlich. Der Kuss war sanft und doch fordernd, leidenschaftlich und doch zärtlich. Und ich wollte mehr. Es erinnerte mich an den ersten Kuss von Rupert. An das Eröffnen von Möglichkeiten.

»Darf ich reinkommen?«, fragte er, als wir Gladys' Cottage erreichten.

Es war nicht nötig, darauf zu antworten.

50

Als die Glyzinie im Garten in voller Blüte stand, war allgemein bekannt, dass Steve und ich »zusammen« waren, wie Blockie es ausdrückte. »Schön zu wissen, dass du nicht mehr einsam bist«, versicherte er.

Ich hatte nie erwähnt, dass ich dies wäre. Komisch, dass Ehepaare bei Alleinstehenden oft davon ausgehen.

Steve und ich behielten unser jeweils eigenes Zuhause. Wir trafen uns, wenn wir Zeit hatten, und wenn einer von uns sie nicht hatte, wurde der andere nicht sauer.

Wir genossen die Gesellschaft des jeweils anderen, zugleich war es auch gut, unseren eigenen Freiraum zu haben. Wenn wir zusammen waren, gab es dabei Phasen des Schweigens, die sich natürlich und nicht etwa unangenehm anfühlten. Er half mir dabei, das Gemüsebeet anzulegen, und zeigte mir, wie man Setzlinge pflanzt und sie, wenn sie größer sind, ausdünnt. Von einem Bekannten von Steve kauften wir günstig ein gebrauchtes Gewächshaus. Ich sah zu, wie er mit seinen großen Händen die kleinen Triebe zärtlich hielt und dabei erklärte, wie man sie eintopft, während ich sie dabei im Kopf zeichnete. Das versetzte mich zurück in die Zeit, als ich mit meiner Mutter in der Kommune gelebt hatte und ihr und den anderen beim Anpflanzen von Bohnen, Kartoffeln und Kohl behilflich war.

Gemeinsam führten wir Jasper kilometerweit durch die Felder aus. Steve brachte mir bei, wieder zu lachen – richtig zu lachen und nicht halbherzig –, mit den unerwarteten Dingen, die er tat, etwa mit mir in der Küche herumzutanzen, wenn unsere samstägliche Lieblingssendung im Radio lief – eine Sendung, in der Hörerinnen und Hörer denjenigen danken konnten, die ihnen in der Vergangenheit geholfen hatten.

»Da wird einem ganz warm ums Herz, was?«, bemerkte Steve eines Tages, als eine Frau im Studio anrief, um dem Fremden zu danken, der sie dreißig Jahre zuvor während eines Schneesturms gerettet hatte. Ihm standen dabei tatsächlich Tränen in den Augen. Er sah das Gute im Leben und half mir mehr und mehr dabei, es ebenfalls zu tun. Ich lächelte jetzt noch häufiger.

»Ich liebe es, wenn du so lächelst«, sagte Steve. »Es erhellt dein ganzes Gesicht.«

Trotz dieser aufblühenden Beziehung vermisste ich Freddie sehr. Die »Was wäre, wenn«-Fragen schwirrten mir in jeder Sekunde durch den Kopf, in der ich nicht beschäftigt war.

Manchmal wachte ich nachts schreiend auf. Wieder und wieder träumte ich dasselbe. Tom schrie Freddie an. Freddie schrie Tom an.

Ich habe jemanden getötet.

Du hast jemanden getötet.

Ich fing an, regelmäßig zu schwimmen, ging allerdings nur ins Meer, wenn das Wasser spiegelglatt war. Um in den Tag zu starten, so stellte ich fest, ging nichts über den eiskalten Schock eines frühmorgendlichen Bades, gefolgt von einem Schwall heißen Wassers unter Gladys' launenhafter Dusche.

Eines Morgens stieß ich wieder auf Daphne.

»Der Zeitungsladen verkauft Neoprenanzüge«, informierte sie mich. »Dann kannst du das ganze Jahr über ins Wasser gehen, wie ich.«

Sie hatte recht. Es machte einen großen Unterschied. Ich konnte manchmal nicht glauben, wie sehr ich mich verändert hatte. Es war, als würde ich mich absichtlich in eine Person verwandeln, die nach Möglichkeit völlig anders war als die alte Sarah.

»Ich würde dir gerne das Surfen beibringen«, schlug Steve vor. »Ich habe noch ein Ersatzbrett.«

Doch jedes Mal, wenn eine Welle auf mich zukam, schrie ich auf, überzeugt davon, sie würde mich als Bestrafung für all die schrecklichen Dinge, die ich getan hatte, in die Tiefe reißen.

»Wir werden es weiter versuchen«, ermutigte mich Steve, als er mir half, zurück an den Strand zu kommen. Ich zitterte vor Erleichterung, dass ich endlich wieder festen Boden unter den Füßen hatte. »Eines Tages wirst du den Dreh raushaben.«

»Eines Tages« deutete auf eine Zukunft hin. Eine, die ich nicht haben konnte, denn früher oder später würde mich irgendwer ausfindig machen. Es war nur eine Frage der Zeit.

Wir besuchten Gladys nun gemeinsam. Der medizinischen Wahrscheinlichkeit zum Trotz schien sie sich erholt zu haben.

»Ich hab dir doch gesagt, er ist ein Guter«, sagte sie und schaute zustimmend auf meine Hand in der seinen. »Komm mich jederzeit gerne auch mal alleine besuchen«, lud sie mich ein.

Es war fast so, als ob Gladys mich für sich allein haben wollte. Vielleicht lag es daran, dass wir die gleichen Interessen hatten: Töpfern und ihr geliebtes Cottage. Der Besuch bei ihr wurde zu einem wöchentlichen Ereignis – für gewöhnlich an einem Freitag.

»Was für schöne Gladiolen«, rief sie, als ich einen Armvoll aus dem Garten mitbrachte. »Diese aprikotfarbenen waren immer meine Lieblinge.«

»Sie sind gerade erst aufgegangen«, sagte ich.

»Ich weiß.« Ihre Augen funkelten. »Die Knollen treiben jedes Jahr wieder aus.« Dann wurde ihr Blick verträumt. »Ich weiß noch, wie ich sie vor Jahren gepflanzt habe. Dein Steve war gerade aus London zurückgekommen. Ich hatte Arthritis in den Fingern bekommen, also half er mir.«

»Er hilft mir auch«, sagte ich.

Erneut funkelten Gladys' Augen. »Das sehe ich.«

Ich spürte, dass ich rot wurde.

Jedes Mal, wenn ich sie besuchte, brachte ich ihr ein kleines Geschenk aus dem Garten mit. Manchmal war es etwas, das ich selbst angebaut hatte, zum Beispiel Gartenbohnen, und manchmal etwas, das eigentlich noch Gladys gehörte, etwa ein paar ihrer saftigen Königin-Viktoria-Pflaumen. »Köstlich«, schmatzte sie, als wir sie im Garten des Heims verspeisten. »Mit ihnen habe ich immer den ersten Preis bei der Dorfausstellung gewonnen. Warum stellst du sie diesen Sommer nicht für mich aus?«

»Das kann ich doch nicht machen. Sie gehören mir nicht.«

»Doch, das kannst du. Und sie gehören dir. Du bist die Mieterin.« Dann kicherte sie. »Dir läuft Saft übers Kinn.«

»Dir auch!«

»Darf ich mal?«, gluckste sie, holte ein Spitzentaschentuch hervor und tupfte mir damit die Kinnpartie ab. Ich revanchierte mich bei ihr.

»Weißt du, es ist hier ganz in Ordnung«, erklärte sie wehmütig. »Aber ich vermisse mein kleines Häuschen schon.«

»Das tut mir leid«, sagte ich.

Dann hatte ich eine Idee. »Wie wäre es, wenn Steve und ich dich mal für einen Besuch hinfahren? Er könnte deinen Rollstuhl in seinem Van verstauen.«

»Das würdet ihr tun?«

»Natürlich.«

Warum war mir diese Idee nicht schon früher gekommen?

Als wir Gladys hineinrollten, strahlte sie über das ganze Gesicht. »Toll, was du daraus gemacht hast!«, schwärmte sie. »Und jetzt schau sich nur einer meinen alten Teppich in der

Diele an. Er passt perfekt. Den habe ich auf einer meiner Türkeireisen gekauft.«

»Ich wusste gar nicht, dass du mal dort warst«, sagte Steve.

»Das war noch, als ich auf der Kunstakademie war.« Gladys hatte ein Funkeln in den Augen. »Auch alte Leute haben ein Leben, weißt du? Jetzt zeig mir mal, was du mit meiner Werkstatt gemacht hast.«

Darüber hatte ich mir ein bisschen Sorgen gemacht. Mein Herz klopfte, als Steve Gladys den Gartenweg hinunterschob, während sie ausrief, wie ordentlich doch alles sei und wie schön die Kürbisse mit ihren gelben Trompetenblüten aussähen.

Dann machte ich die Tür des alten Schuppens auf.

Gladys riss die Augen auf. »Ich kann es nicht glauben«, staunte sie, während sie sich umschaute und den Brennofen, die Töpferscheibe, die Säcke mit Ton, die klapprigen Regale mit Töpferstücken und den Teppich auf dem Boden, auf dem Jasper schlief, begutachtete.

»Ich wollte nichts verändern«, erklärte ich. »Es fühlte sich vom ersten Moment an perfekt an.«

»Danke«, murmelte Gladys leise. »Das freut mich. Um ehrlich zu sein, dachte ich schon, du hättest so eine Art Jurte daraus gemacht, oder wie auch immer man das heute nennt.«

Dann richtete sich ihr Blick auf meine enteneierblauen Becher. »Was für eine schöne Farbe. Wie hast du sie hingekriegt?«

»Eigentlich könnte ich es dir gleich mal zeigen, oder?«, schlug ich vor. »Ich bin gerade dabei, eine andere Glasur in Azurblau aufzutragen. Sie kommt richtig gut an. Meinst du, du könntest mir helfen?«

»Es gibt nichts, was ich lieber täte!«

Wir verbrachten einen wunderbaren Nachmittag. Steve brachte uns Sandwichs und zog sich dann taktvoll zurück. »Ich sehe, dass ihr Künstler beschäftigt seid«, konstatierte er.

»Stimmt«, erwiderte Gladys. »Aber wenn du ein bisschen

Zeit hast, hätte ich nichts gegen ein bisschen Öl für meinen Rollstuhl. Er knarrt ganz schön.«

»Hab ich schon erledigt«, antwortete er.

»Das mag ich so an diesem Mann. Er ist immer einen Schritt voraus!«

Das war Gladys ebenfalls. Sie brachte mir bei, die Glasur mit einem etwas anderen Strich aufzutragen, der ihr eine andere Struktur verlieh. »Das gefällt mir sehr«, bekannte ich, als ich die Teile in den Brennofen stellte.

Gladys wirkte erfreut. »Das war ein kleiner Trick, den ich mir selbst ausgedacht habe. So, ich glaube, jetzt muss ich los. Das Personal ist ziemlich streng, was die Anwesenheit bei den Essenszeiten angeht. Aber ich hatte einen wunderbaren Tag. Ich werde ihn nie vergessen.«

»Komm wieder«, bat ich sie.

Ihre Augen leuchteten. »Das würde ich liebend gerne!«

Mir ging auf, dass mir nach dem Tod meiner Mutter eine ältere, fürsorgliche Person gefehlt hatte.

»Ich bringe dir den Becher vorbei, wenn ich ihn gebrannt habe.«

»Das wäre wunderbar. Es wäre schön, den anderen zu zeigen, dass ich immer noch Töpferin bin.«

»Das wirst du immer sein«, bestätigte ich. »Das kann dir niemand nehmen.«

Sie tippte sich an die Wange, um mir zu bedeuten, dass ich sie dort küssen sollte. Ihre Haut duftete süß, und ihr Teint war trotz der Falten erstaunlich glatt.

»Du bist eine gute Frau, Sarah«, sagte sie.

Wenn sie nur wüsste.

51

Es war jetzt zwei Jahre her, dass er fortgegangen war. Ich hätte fast so tun können, als wäre nichts geschehen, wäre da nicht die Tatsache gewesen, dass ich ständig auf einen weiteren Anruf von Freddie wartete.

Manchmal blieb das Telefon monatelang stumm. Jedes Mal redete ich mir ein, dass er tot war oder seiner Wege gegangen. *»Er denkt nur an sich selbst.«* Das hatte Tom gesagt. Aber dann rief mein Junge eben doch immer mal wieder an, nur für ein, zwei Minuten. Lange genug, um mir zu sagen, dass er noch lebte. Nicht lange genug, dass ich ihn richtig ausfragen konnte.

»Wo bist du?«

»Es ist besser, wenn du es nicht weißt.«

Hinterher ging ich unseren Dialog wieder und wieder durch, bemüht, mich an jedes Wort von ihm zu erinnern. So kostbar für mich wie ein Edelstein behielt ich es in meiner Erinnerung und zementierte seine Worte in meinem Herzen.

»Wer war dran?«, fragte Steve eines Abends, als er bei mir war.«

»Das kann ich dir nicht sagen.«

Ich wollte nicht lügen.

»Dein Ex-Mann?«

»Nein.«

»Willst du darüber reden?«

»Nein, tut mir leid.«

»Du hast doch keinen anderen, oder?« Er sagte es halb im Scherz.

»Nein«, versicherte ich ihm. »So viel kann ich dir versprechen.«

»Okay.«

Er legte einen Arm um mich. Ich kuschelte mich wieder an seine Brust. Nicht viele Partner wären so verständnisvoll.

Eines Nachts, als Steve bei mir übernachtete, hatte ich wieder diesen Traum.

Du hast jemanden getötet.

Ich wachte schreiend auf. Steve nahm mich in die Arme und strich mir durch das Haar. »Wenn dich etwas bedrückt, kannst du es mir erzählen«, bot er an.

Aber wie sollte ich das?

Ein drittes Jahr verging. Dann ein viertes. Die Träume suchten mich nun seltener heim.

Es war nicht so, dass ich mich damit abgefunden hätte. Ganz im Gegenteil, nein. Es war eher die Erkenntnis, dass dies eine schreckliche Sache war, mit der sowohl Freddie als auch ich für den Rest unseres Lebens würden leben müssen.

Und ja, es gab Zeiten, in denen ich mir sagte, dass Tom womöglich recht gehabt hatte: Ich hätte Freddie anzeigen sollen. Aber jetzt war es zu spät. Jedenfalls redete ich mir das ein.

Bald tauchten neue Träume auf. Träume, in denen Freddie noch immer hier war. Ich wachte dann mit einer Mischung aus Erleichterung und Angst auf. »Du musst weg von hier – an einen sicheren Ort«, rief ich.

»Sch«, machte Steve, wenn er bei mir übernachtete.

Am Morgen erzählte er mir dann, dass ich wieder geträumt hatte. Ich tat immer so, als würde ich mich nicht erinnern. »Was habe ich gesagt?«, wollte ich wissen. Ich hatte Angst, mir könnte etwas herausgerutscht sein.

»Ich konnte mir keinen Reim darauf machen«, sagte er.

Ich hoffte, dass er die Wahrheit sagte.

Um nicht völlig durchzudrehen, stürzte ich mich weiter in meine Arbeit. Ablenkung ist eine seltsame Sache. Sie kann heilsam sein, aber sie kann auch sein wie der Teufelszwirn auf dem Acker: Er heftet sich an seinen Wirt und wickelt sich mit hübschen, harmlos aussehenden Blüten um ihn, während er ihn erdrosselt.

In der Zwischenzeit hatte ich mein Töpferwarensortiment noch mehr erweitert. Ich verkaufte jetzt nicht mehr nur über den Hofladen. Daphnes Schwägerin hatte mir einige Sachen für ihren Kunsthandwerkladen in der Nähe von Lizard Point abgenommen.

Zudem nahm mich Daphne zu Meditationskursen in der Gemeindehalle mit. Das Meditieren half mir dabei, mich auf den Moment zu konzentrieren und nicht auf die Vergangenheit oder die Zukunft. Ich hörte allmählich auf damit, mir über die Schulter zu schauen, wenn Steve und ich das Dorf verließen oder Ausflüge nach Penzance oder St Ives machten – was ich besonders gern tat. Was für ein Licht! Offenbar war die Stadt deshalb schon immer bei Künstlern so beliebt, nicht erst seit Kurzem, sondern schon seit Jahrhunderten. Wir schwammen auch zusammen am Shell Cove. Nur mit dem Surfen kam ich immer noch nicht zurecht. Ich hatte zu viel Angst vor den Wellen.

An einem schönen Septembertag schlug Steve vor, wir sollten es noch einmal versuchen. Andere Surfer waren draußen auf dem Meer in voller Montur unterwegs, trieben herum oder richteten sich gerade auf ihren Brettern auf.

»Die Bedingungen sind ideal«, meinte er. »Ich werde dicht bei dir sein. Du hast nichts zu befürchten.«

Aber ich wurde die beklemmende Angst in meinem Herzen nicht los, und auch nicht das Gefühl der Hilflosigkeit, wenn sich eine besonders gewaltige Welle vor mir auftürmte. Mit Schrecken sah ich zu, wie sie auf mich zubrauste, über meinen

Kopf schwappte und mich mitriss. Ich spürte, wie ich auf den Meeresboden geschleudert wurde und mit dem Bein auf einen Felsen schlug. Der Druck unter Wasser ließ es mir in den Ohren klingeln. Endlich kam ich zu meiner riesigen Erleichterung wieder an die Oberfläche.

»Ich wäre fast ertrunken!«, prustete ich, nach Luft ringend.

»Nein, wärst du nicht.« Steve war da und ergriff meine Hand. Er geleitete mich zurück ans Ufer. »Ich verspreche es«, sagte er. »Ich werde nicht zulassen, dass dir etwas zustößt. Um zu surfen, braucht man einfach Vertrauen. Wie im Leben, wenn man Schicksalsschläge erlitten hat.«

»Ich will es tun, um zu beweisen, dass ich es kann«, sagte ich ihm, obwohl ich immer noch zitterte. »Ich will keine Angst mehr vor irgendetwas haben.«

»Du schaffst das schon«, versicherte er mir, während er mir half, den Reißverschluss des Neoprenanzugs zu öffnen.

»Eines Tages wirst du fliegen! Vertrau mir.«

Wie sehr ich es liebte, seine Hände auf meiner nackten Haut zu spüren. Seine Berührungen brachten mich zum Schmelzen. Aber was würde Steve tun, wenn er die Wahrheit erfuhr?

Einmal glaubte ich, Olivia aus einem Hotel auf der Halbinsel Roseland kommen zu sehen, und mein Herzschlag setzte aus. Aber dann drehte sich die große, glamouröse Frau mit den erdbeerblonden Haaren um, und ich erkannte, dass sie es nicht war. Mein Herz schmerzte. Wenn man eine Freundin verliert, ist das irgendwie genauso schmerzhaft wie jeder andere Verlust.

Erst wenn wir älter sind, so wurde mir klar, verstehen wir, wie frühere Beziehungen uns prägen. Wie sie uns einen bestimmten Weg weisen, auch wenn der Wegweiser uns dazu anhält, eine andere Route zu nehmen.

Ein anderes Mal glaubte ich, ich hätte meinen Jungen gesehen. Steve und ich kamen gerade nach einem köstlichen Krabbensalat vom Mittagessen aus einem Pub. Ein junger Mann kam uns auf der gegenüberliegenden Straßenseite entgegen. Dunkle Haare. Ein T-Shirt mit einem bunten Bild auf der Vorderseite. Die gleiche Statur wie mein Sohn mit dieser großen, drahtigen Figur. Ungefähr im gleichen Alter. Er war fast zwanzig. Ich hatte ein Viertel seines Lebens verpasst.

»Freddie!«, rief ich laut.

Er schaute zu mir herüber, und ich merkte, dass ich mich geirrt hatte. Es gab zwar einige Ähnlichkeiten, aber er war es nicht.

»Tut mir leid«, sagte ich. »Ich habe dich mit jemandem verwechselt.«

Ich kam mir dumm vor. Verängstigt. Verärgert. Meine Hand umklammerte Steves Arm.

»Alles in Ordnung?«, fragte er.

Ich hatte Steve erzählt, Freddie sei immer noch unterwegs und riefe ab und zu an.

»Ich weiß, ich habe keine Kinder«, sagte er sanft, »aber ich kann verstehen, wie sehr du ihn vermisst.«

»Eigentlich ist es so ...«, begann ich. Dann hielt ich inne.

Einen Moment lang war ich kurz davor gewesen, ihm alles zu beichten. Steve war in meinem Leben weit wichtiger geworden, als ich es beabsichtigt hatte. Ich konnte ihn nicht für den Rest meines Lebens anlügen, indem ich Dinge verschwieg.

»Ja?«, fragte er.

Wenn ich jetzt reinen Tisch machte, würde ich ihn verlieren. Er würde mir nahelegen, zur Polizei zu gehen, was auch das einzig Vernünftige wäre, was ich tun konnte. Dann säße ich wieder hinter Gittern. Sie würden Freddie finden, indem sie die Telefonate zurückverfolgten, die er mit mir geführt hatte. Wenn ich das hätte tun wollen, hätte ich es sofort tun sollen.

»Ach, nichts«, wiegelte ich ab.

Auch danach bildete ich mir immer wieder ein, meinen Sohn an verschiedenen Orten zu sehen.

Seltsamerweise stieß ich nie auf jemanden, der wie Tom aussah. Ich kam nicht umhin, mich zu fragen, ob er wohl immer noch mit dieser Hilary zusammen war. War er glücklich mit ihr? Hatte ich recht, wenn ich dachte, ihn nie wirklich geliebt zu haben? Ich war nur eine junge Frau gewesen, die Sicherheit brauchte, nachdem sie ihre Mutter verloren hatte, und die schreckliche Fehler begangen hatte. Jetzt war auch ich eine Mutter, die es vermasselt hatte und die ihr Bestes tat, um ein anständiges Leben zu führen. Manchmal kam es mir so vor, als hätte es diese kalte, regennasse Nacht, in der Freddie weinend nach Hause gekommen war, nie gegeben.

Und dann, fast fünf Jahre, nachdem wir hierhergekommen waren, läutete das Festnetztelefon wieder einmal.

Ich war gerade nach Hause gekommen und trocknete Jasper nach einem herrlichen Spaziergang am Strand ab. Ich hatte Treibholz zum Bemalen gesammelt, hatte mir überlegt, einen Türstopper aus einem schönen, quadratischen Stück zu machen, das ich gefunden hatte. Außerdem hatte ich Muscheln gesammelt, die ich als Dekoration für den Kaminsims bemalen wollte. Aber das Telefon verstummte, bevor ich den Hörer abnehmen konnte.

Das musste Steve gewesen sein. Er hatte gesagt, er würde anrufen, um etwas für diesen Abend zu organisieren. Steve hinterließ ungern Nachrichten. Er würde wieder anrufen. Und das tat er auch, wenige Minuten später.

Nur dass er es gar nicht war.

»Mum?«, meldete sich Freddie mit der gleichen Stimme wie in dieser regennassen, windigen Nacht.

Meine Kehle schnürte sich zusammen. Schweiß kribbelte auf meinem Rücken.

»Geht es dir gut?«, rief ich.

Das war immer das Erste, was ich fragte.

»Ja, aber ...«

Ich hatte es gewusst. Etwas war passiert.

»Da ist etwas, was ich dir sagen muss.«

»Was?«, fragte ich heiser.

»Zweierlei, um genau zu sein.«

»Bitte, sag es mir einfach.«

»Das Erste ist, dass mir alles leidtut. Ich weiß, du bist wegen mir durch die Hölle gegangen. Ich fühle mich schrecklich deswegen. Aber ich habe mich jetzt geändert. Das musst du mir glauben.«

Wie könnte ich sagen, alles wäre in Ordnung? Denn das war es ja nicht. Mein Sohn hatte, wie er selbst zugab, einen Mann getötet.

»Was ist das Zweite?«

Ich fing am ganzen Körper an, zu zittern, fürchtete mich vor dem, was als Nächstes kommen würde.

Er sprach nun ganz leise. Ich musste mich anstrengen, um ihn zu verstehen. »Es geht um Knuckles.«

»Knuckles?« Schon als ich den Namen aussprach, beschlich mich eine schreckliche Vorahnung. »Wer ist das?«

Seine Stimme klang wie ein leises Stöhnen.

»Der, mit dem ich in der Nacht, als es passierte, unterwegs war.«

Crown Court in Truro

52

Ich kann nicht glauben, dass Tom hier ist.

Ich selbst wäre nicht hier, hätte Freddie mich nicht angerufen.

Hatte er auch seinen Vater angerufen?

Nein. Bestimmt nicht.

Aber woher sollte er sonst davon wissen?

Erneut denke ich an das emotionale Gespräch mit meinem Sohn, das ich gestern Abend geführt habe. Er sagte, er habe über Social Media erfahren, dass Knuckles' Fall vor Gericht gebracht wurde – es herrschte dort große Entrüstung über die Zahl an nicht aufgeklärten Verbrechen, die von Straftätern begangen worden waren, die bereits einsaßen. Aber Tom konnte nicht wissen, nach welchem Namen er Ausschau halten musste.

Ich denke über die anderen Dinge nach, die Freddie gesagt hat. Endlich die Wahrheit. Er klang voller Reue. Aber trotzdem hatte er immer noch nicht vor, diesbezüglich etwas zu unternehmen. Vielmehr wollte er, dass ich ihm erneut half.

»Ich habe Angst, dass Knuckles meinen Namen erwähnt. Du musst zur Verhandlung gehen und dir anhören, was dort vor sich geht. Ich kann es nicht – ich wohne zu weit weg. Du könntest auch mit hineingezogen werden. Wenn er ihnen alles erzählt, musst du das Land verlassen, und zwar schnell.«

»Wohin?«

»Ich weiß es nicht, Mum. Ich will nur nicht, dass du für mich ins Gefängnis gehst.«

Und deswegen bin ich nun hier.

Als die Staatsanwältin dann die Verhandlung eröffnete und die »Fakten« darlegte, konnte ich meinen Ohren kaum trauen. Obwohl ich nun von Freddie gehört hatte, was passiert war, war es schlimmer, als ich es mir je vorgestellt hatte.

»Vor fünf Jahren«, so hatte sie eröffnet, »wurde Hassam Moheim – ein neunundzwanzigjähriger Vater von zwei Kindern und Ehemann einer schwangeren Frau – kaltblütig vor der Tankstelle niedergefahren, an der er arbeitete. Meine Absicht ist es, den Beweis dafür zu erbringen, dass der Angeklagte, Paul Harris, auch unter dem Namen Knuckles bekannt, des Mordes schuldig ist: ein abscheuliches Verbrechen, da er den Verstorbenen nicht nur überfahren hat, sondern Mr Moheim auch sterbend zurückließ, ohne Hilfe zu holen.«

Mir wurde speiübel. Freddie hatte also die Wahrheit gesagt. Ein Mann war gestorben. Aber nicht nur einfach ein Mann, sondern ein Vater von zwei Kindern. Und ein drittes war auf dem Weg gewesen.

»Ich möchte auch eine Erklärung verlesen, die Mrs Moheim damals gegenüber ihrer Lokalzeitung abgab«, fuhr die Staatsanwältin fort. »Man kann sie nur als herzzerreißend bezeichnen.« Sie legte eine längere Pause ein, bevor sie fortfuhr.

»›Jemand muss wissen, wer am Steuer saß. Meine Kinder weinen jede Nacht nach ihrem Daddy. Jetzt wird mein jüngstes Kind seinen Vater nie kennenlernen. Der Kleine wird niemals seine freundliche, sanfte Stimme hören. Er wird nie von ihm gehalten oder in den Schlaf gewiegt werden. Das ist ungerecht. Irgendwo lebt jemand, der weiß, was passiert ist. Es ist die Pflicht dieser Person, den Mörder auszuliefern.‹«

Sie hatte natürlich recht. Aber diese Person bin ich. Und ich kann meinen Sohn einfach nicht verraten. Außerdem, was würde es jetzt noch bringen? Freddie weiß, dass er falsch gehandelt hat. Knuckles hat bereits eine kriminelle Vergangenheit. Das heißt aber nicht, dass es ihm nicht leidtut oder dass er unwiederbringlich schlecht ist.

Die Staatsanwältin legte erneut eine Pause ein, bevor sie fortfuhr. »Während einer polizeilichen Befragung gab Mr Harris zu, in dem Auto gesessen zu haben, behauptete jedoch, ein anderer Junge, der ihm als ›Ziggy‹ bekannt war, wäre der Fahrer gewesen.«

Vor lauter Angst begann mein rechtes Knie, zu schlottern. Ich versuchte, es anzuhalten, vermochte es jedoch nicht. Es schien seinen eigenen Willen zu haben.

»Trotz umfangreicher Ermittlungen«, fuhr sie fort, »war die Polizei nicht in der Lage, ihn ausfindig zu machen. Die Staatsanwaltschaft ist der Ansicht, dass es keinen solchen Komplizen gab und dass der Angeklagte des Mordes schuldig ist.«

Als ich jetzt im Gerichtssaal sitze und den dritten Verhandlungstag verfolge, gehen mir Freddies Worte noch einmal durch den Kopf. »*Ich habe jemanden getötet … Da steckt mehr dahinter.*« Was, wenn Freddie mir bei seinem Anruf nicht die Wahrheit gesagt hatte? Angenommen, er hatte am Steuer gesessen, und nicht dieser Knuckles – würde ich ihn dann immer noch lieben können? Ja. Nein. Ich weiß es nicht. Das macht mir fast mehr Angst als alles andere.

Ich schaue auf der Tribüne hinüber zu Tom. Mein Noch-Ehemann. Der Vater meines Kindes.

Er ist der Einzige hier, abgesehen von mir und Paul Harris, der weiß, dass auch Freddie involviert war.

Unsere Blicke treffen sich. Seine Augen blicken hart. Vorwurfsvoll. Ich kann seine Gedanken so deutlich lesen, als würde er laut sprechen.

Sag es ihnen, Sarah.
Sag ihnen, was Freddie getan hat.

In dieser Nacht kehrt der Albtraum zurück.
Wenn ich aufwache, fällt es mir schwer, zwischen meinen
   Träumen und dem wirklichen Leben zu unterscheiden.
Der Regen.
Der Schrei des armen Mannes.
Äußerlich mag ich okay aussehen.
Aber innerlich zittere ich. Bin krank vor Angst.
   Warte auf das Klopfen an der Tür.

53

Jeden Moment wird Tom laut rufen, ganz bestimmt. Ich höre es schon in meinem Kopf.

»Stoppt diese Verhandlung! Seht ihr diese Frau dort? Sie ist die Mutter des Jungen, der diesen armen Mann wirklich getötet hat!«

Warum hat er das nicht schon getan?

Doch die Richterin beendet die Verhandlung für heute.

Der Prozess neigt sich seinem Ende zu. Bald, so erklärt mein geschwätziger Sitznachbar, wird das Schlussplädoyer erfolgen.

Ich husche rasch von der Besuchertribüne hinunter und hoffe, mich auf den Parkplatz hinausschleichen zu können, bevor er mich erwischt.

»Warte.«

Tom steht hinter mir. Sein Gesicht ist genau so unbewegt, wie ich es in Erinnerung habe, wenn Freddie etwas getan hatte, das er nicht guthieß. Aber jetzt hat er einen guten Grund dafür.

»Wir müssen reden«, fordert er.

Er hat sich einen Schnurrbart wachsen lassen, der mit weißen Haaren durchzogen ist, was Tom eine gewisse Würde verleiht. Sein *lazy eye* muss korrigiert worden sein, denn er starrt mich mit beiden Augen direkt an. Er trägt keine Brille mehr.

»Was machst du hier?«, frage ich.

»Ich habe in der Zeitung über den Prozess gelesen. Ich bin hergefahren, weil der Fall so klang, als könnte er damit zusammenhängen.«

Eine solche Logik ist typisch für Tom.

»Aber woher wusstest du, was passiert war? Was Freddie...« Ich bringe es nicht übers Herz, die Worte »*getan hat*« auszusprechen.

»Ich habe davon im Radio gehört. Am Morgen, nachdem ihr fortgegangen seid.«

Oh.

Er wirft mir einen scharfen Blick zu. »Warum bist du hier?«

»Aus demselben Grund«, lüge ich. »Ich habe davon in der Zeitung gelesen.«

»Ist Freddie auch hier?«

Wenn ich zugebe, dass sich Freddie im Ausland aufhält und mich angerufen hat, wird er es der Polizei melden.

Ich gehe zügig weiter und ignoriere die Frage.

Er folgt mir.

»Rede mit mir, Sarah. Das bist du mir schuldig.«

»Nein.«

Ich öffne meine Autotür. Ich sage »meine«, aber eigentlich steht mein Auto in der Werkstatt, daher habe ich mir Steves Auto geliehen. Vor zwei Jahren hat sein alter Van den Geist aufgegeben, und er hat sich diesen gebrauchten Kombi gekauft. Bevor ich die Beifahrertür verriegeln kann, steigt Tom neben mir ein.

»Du bist verrückt, weißt du das?« Sein Gesicht ist wutverzerrt. »Du könntest ins Gefängnis wandern. Wieder«, fügt er kalt hinzu.

Es ist dieses letzte Wort, das meine Dämme brechen lässt. »Das hättest du wohl gerne, was?«, schreie ich ihn an. »Du könntest aller Welt erzählen, und hast es wahrscheinlich schon, dass deine Frau im Gefängnis gesessen hat und dass du sie nicht geheiratet hättest, wenn du das vorher gewusst hättest.«

»Das ist nichts, was ich herumposaune«, versichert er, nun leiser. »Hör zu, es hat keinen Sinn, die alten Geschichten wieder aufzuwärmen. Das hier ist etwas ganz anderes. Du hast mich verlassen, Sarah. Du hast unseren Sohn mitgenommen.«

»Nur weil du ihn ausliefern wolltest.«

»Er verdiente es.«

»Hast du das auch der Polizei gesagt, als wir weg waren?«

»Ich habe ihr gar nichts gesagt.«

»Was?«

»Ich habe es niemandem gesagt.« Er hält den Kopf gesenkt, als wolle er mich nicht ansehen.

»Dann haben sie uns nicht die ganze Zeit gesucht?«, flüstere ich, obwohl uns niemand hören kann.

»Nein.«

»Das verstehe ich nicht.«

Die Möglichkeit, dass Tom uns überhaupt nicht angezeigt hat, war mir nie in den Sinn gekommen. Er war in dieser regennassen, windigen Nacht so unerbittlich gewesen.

»Ich auch nicht. Da steckt mehr dahinter.«

Das sind die gleichen Worte, die Freddie benutzt hatte.

»Erklär's mir.«

Er knetet seine Hände, so wie er es oft tut, wenn er nervös ist. Ich erinnere mich daran, es zum ersten Mal bemerkt zu haben, als ich ihn vor all den Jahren zu mir nach Hause einlud.

»Dieser Junge, von dem ich dir erzählt hatte. Der, mit dem ich auf dem Internat war. Chapman.«

Tom scheint es schwerzufallen, seinen Namen in den Mund zu nehmen.

»Kurz bevor sich Chapman erschossen hat, erklärte Hugo ihm, er und ich würden alles abstreiten, wenn er es in seinem Buch erwähnen würde. Dass wir seinen Namen durch den Schmutz ziehen würden. Ich spielte also eine Rolle beim Tod von jemandem. Genau wie unser Sohn.«

»Das wusste ich bereits.«

»Verstehst du denn nicht? Als ich Zeit hatte, darüber nachzudenken, war ich nicht imstande, die Polizei anzurufen, um unseren Sohn anzuzeigen. Ich bin nicht besser als er. Außerdem wussten wir ja nicht genau, was er getan hatte. Du weißt doch, wie Freddie immer die Wahrheit verdreht hat.«

Ja, das tat er.

»Zuerst dachte ich, ich sollte euch einfach ziehen lassen«, fährt Tom fort. »Als Olivia durch Hugo davon erfuhr, meldete sie sich und fragte nach dir.«

Olivia hat versucht, mich ausfindig zu machen? Ich war so verletzt gewesen, als sie einfach fortgegangen war und ihre Nummer geändert hatte.

»Ich sagte ihr, dass du mich verlassen hast«, fährt Tom fort, »und dass du nicht an dein Telefon gehst. Danach hat sie sich nicht mehr bei mir gemeldet. Als die Schule wegen Freddie anrief, sagte ich denen, wir würden ins Ausland ziehen, in der Hoffnung, dies würde die Neugier der Schulaufsichtsbehörde befriedigen. Aber dann passierte etwas. Daher habe ich versucht, dich ausfindig zu machen, ohne zur Polizei zu gehen. Dein Bankkonto konnte ich nicht überprüfen. Ich vermutete zwar, dass du es unter deinem Mädchennamen nutzt, aber ich habe ja keine Zugangsberechtigung, und natürlich durfte mir die Bank keine Details mitteilen. Ich habe sogar einen Privatdetektiv engagiert, aber auch er konnte dich nicht aufspüren.«

»Was ist denn passiert, dass es so wichtig war, mich zu finden?«

Toms Stimme klingt mit einem Mal anders. Es schwingt Aufgeregtheit darin mit. »Eines Tages tauchte eine junge Frau bei mir auf der Arbeit auf.«

»Noch jemand, mit dem du eine Affäre hattest?«, frage ich heiser.

»Nein, ganz und gar nicht. Dieses Mädchen – Flick – sagte, sie sei schwanger von Freddie.« Toms Augen glänzen jetzt tatsächlich. Dadurch sieht er völlig anders aus. »Sie bekam ein kleines Mädchen. Die Kleine heißt Mattie und ist jetzt vier Jahre alt. Sie sieht sogar so aus wie du. Wir sind Großeltern, Sarah. Und Freddie ist Vater.«

54 Das ist ein Trick. Ich weiß es. Was, wenn Tom gelogen hat, als er sagte, er hätte nach unserem Fortgang die Polizei nicht benachrichtigt? Vielleicht haben sie ihm geraten, mich auf seine Seite zu ziehen, damit ich Freddies Aufenthaltsort preisgebe. Nicht, dass ich ihn kennen würde. »*Ich wohne weit weg*«, hatte unser Sohn mir lediglich gesagt. Es sei denn, er log wieder einmal.

Aber ein Kind? So etwas konnte Tom sich doch nicht ausdenken? Eine Enkelin! Mein eigen Fleisch und Blut. Die Tochter von Freddie.

»Das glaube ich dir nicht!«, stammle ich. »Er hatte ja nicht einmal eine Freundin.«

Tom schüttelt den Kopf. »Doch, die hatte er. Er hat es uns nur nicht erzählt.«

Kann das wirklich wahr sein? Sein Gesicht sagt mir, dass es so ist. Andererseits hat er mich schon einmal belogen. Genau wie unser Sohn.

»Weiß sie etwas von dem …?«

Ich halte inne. Das Wort »Mord« bleibt mir im Halse stecken.

Seine Miene verfinstert sich. »Nein. Anscheinend hat sie in jener Nacht auf ihn gewartet, aber er ist nicht aufgetaucht.«

Toms Stimme ist härter geworden, und sein Mund hat sich verzogen. Ich bemerke mehr Falten um die Mundwinkel als früher. Wieder einmal habe ich das Gefühl, wegen unseres Sohnes ausgeschimpft zu werden.

»Freddie muss für das, was er getan hat, geradestehen, Sarah. Er ist ein erwachsener Mann. Du kannst ihn nicht für immer verstecken. Sein ganzes Leben lang hat er gelogen. Er hat gestohlen. Denk nur an die Halskette meiner Mutter ...«

»Das war er nicht«, unterbreche ich ihn prompt.

»Mehr oder weniger schon. Es war einer seiner sogenannten Kumpels, nicht wahr? Aber jemanden zu töten, das ist eine andere Kategorie.«

Plötzlich wird mir etwas klar. »Deshalb bist du hier, nicht wahr?«, sage ich und wende mich gegen ihn. »Du hast gehofft, ich wäre auch hier.«

»Ich hielt es für möglich«, räumt er ein. »Die Medien haben so viel darüber berichtet.«

Dass ich davon nichts mitbekommen habe und dass es Freddie war, der mich auf den Fall aufmerksam gemacht hat, lasse ich ihn nicht wissen.

»Unser Sohn hat sich verändert, seit wir weggelaufen sind«, erkläre ich leise.

Dann halte ich inne und denke daran, wie er für Blockie gearbeitet hat. »Er ist einer Arbeit nachgegangen. Er wollte sich stellen, aber ich habe es nicht zugelassen.«

»Und wo ist er jetzt?«

Tom denkt offenbar, mich aus der Fassung bringen zu können, wenn er dieselbe Frage noch einmal wiederholt.

»Ich weiß es ehrlich nicht. Wir sind zusammen nach Cornwall gefahren, und dann ist er kurz darauf fortgegangen. Er sagte, er wolle auf Reisen gehen.«

»Und danach hat er sich nicht gemeldet?«

»Ein- oder zweimal.« Ich drücke mich um die Wahrheit herum. »Er ruft dann von einem Handy an und wechselt sofort danach die SIM-Karte, damit ich ihn nicht zurückrufen kann.«

Tom mustert mich, als wolle er sich darüber im Klaren werden, ob ich ehrlich zu ihm bin. »Sarah, hier gibt es ein kleines Mädchen, das seinen Daddy braucht.«

Ich muss an meinen Vater denken, den ich nie kennengelernt habe. Und an meine Mutter, die alles für mich bedeutet hatte. Was hätte ich dafür gegeben, wenn jemand mir die beiden zurückgebracht hätte?

»Ehrlich, Tom, ich kann ihn nicht erreichen. Ich weiß einfach nicht, wo er steckt. Das ist einer der Gründe, warum er es mir nicht sagen will. Er sagte, er wolle mich schützen.«

»Wie kannst du jeden Morgen in den Spiegel schauen? Du warst schon mal wegen Totschlags im Gefängnis. Jetzt schützt du deinen Sohn vor einer Mordanklage.«

Tränen rinnen mir über die Wangen. Ich hatte so lange dafür gebraucht, um Freddie in die Welt zu setzen. Dann hatte Tom mir ein weiteres Kind verweigert. War es da ein Wunder, dass sich meine ganze Welt um unseren Sohn drehte? Kein Mann kann diese Nabelschnur wirklich verstehen, die eine Mutter unsichtbar für den Rest ihres Lebens mit ihrem Kind verbindet, selbst wenn einer der beiden diese Welt verlässt. Wie könnte er es verstehen, da er doch das Kind nicht ausgetragen hat?

»Ich habe ihn beschützt, das stimmt. Aber jetzt nicht mehr. Wie oft muss ich es denn noch sagen? Ich weiß einfach nicht, wo er ist.«

Tom greift in seine Tasche und hält mir ein Foto vor die Nase. Es zeigt ein kleines Mädchen, das ein bisschen wie ich aussieht. Aber gleichzeitig ist sie auch das Ebenbild von Freddie in jenem Alter. Sie hat ein breites Lächeln, so wie ich es früher hatte, als mein Leben noch relativ unbeschwert war. Meine Enkelin! Ich hatte noch nie darüber nachgedacht, wie es ist, Großmutter zu sein. Aber jetzt gerät mein Herz vor lauter Liebe so ins Schlingern, dass es mich umhaut.

»Ich habe noch ein anderes Foto«, fügt Tom hinzu. Es zeigt

ein junges Mädchen mit kurz geschorenem Haar und einem Ring in der Augenbraue.

»Ihre Mutter?«, frage ich Tom, worauf er nickt.

»Ich habe sie nie gesehen.«

»Ich damals auch nicht. Aber Freddie hat ja auch keine Freunde mit nach Hause gebracht. Oder?«

»Nicht, dass du es wüsstest«, fahre ich ihn an. »Du warst ja nie da.«

»Es tut mir leid.«

Tom entschuldigt sich nie, hat es zumindest früher nie getan. Aber jetzt ist es sowieso zu spät.

»Wenn du mehr da gewesen wärst«, fauche ich, »hätte Freddie sich vielleicht besser benommen.«

Er macht mit den Händen eine Geste des Eingeständnisses. »Glaubst du etwa, das hätte ich mir nicht selbst schon oft genug vorgeworfen?«

Der alte Tom hätte immerfort die Schuld auf mich abgewälzt, ohne seine Mitschuld zu akzeptieren. Ich finde das hier jetzt ein wenig beunruhigend. Genau wie ich es beunruhigend finde, dass ich überhaupt mit meinem Mann spreche.

»Ich war nicht immer bei Arbeitsbesprechungen«, gesteht er mit einem Mal.

»Ich will es gar nicht wissen«, wiegle ich rasch ab.

»Es ist nicht das, was du denkst. Seit fast dreißig Jahren helfe ich jeden Mittwoch bei einer Wohltätigkeitsorganisation für Teenager aus, die missbraucht wurden. Ein paar Jahre, bevor ich dich kennenlernte, sah ich eine Anzeige in der Zeitung. Da habe ich mich für einen ehrenamtlichen Job gemeldet. Und heute leite ich die Einrichtung.«

Wie bitte? Ich hatte Tom nie als Weltverbesserer eingeschätzt. »Warum hast du mir nie davon erzählt?«

»Es fiel mir zu schwer, darüber zu reden. Wir haben nie wirklich über den Missbrauch gesprochen, nicht wahr?«

Es verschlägt mir für einen Moment die Sprache. Mir geht auf, dass ich ihn nie nach Details gefragt habe. Vielleicht war ich zu sehr auf meinen eigenen Schmerz fokussiert.

»Ich will ihnen vermitteln, dass sie das Recht haben, Nein zu sagen und sich Hilfe zu holen.« Er hat die Hände in die Taschen gesteckt, als ob ihm unbehaglich wäre.

»Das ist wirklich ein gutes Werk, das du da tust, Tom.«

»Nein, das ist es nicht. Verstehst du nicht? Ich konnte anderen Kindern helfen, aber nicht meinem eigenen Sohn.«

Ich will ihm fast die Hand drücken. »Es ist oft einfacher, zu Menschen freundlich zu sein, mit denen wir nicht verwandt sind.«

»Die Sache ist die«, beginnt er. »Diese Dinge, die mir im Internat passiert sind ... nun, sie haben mir eine falsche Vorstellung von Liebe vermittelt. Ich wurde wütend. Deshalb konnte ich mich auch vor dir an niemanden binden. Und ich glaube, das ist auch der Grund, warum ich es mir nicht erlaubt habe, Freddie nah an mich heranzulassen. Jedes Mal, wenn ich mit ihm schmusen wollte, musste ich an diesen Lehrer im Internat denken, der immer seine Arme um mich schlang...«

Er beginnt zu zittern.

Ich kann nicht anders: Dieses Mal lege ich meine Hand kurz auf seinen Arm, um ihn zu trösten.

»Außerdem hatte ich das Gefühl, dass ihr beide mich ausgrenzt. Ihr wart einander so nah.«

Ja. Das waren wir. Und sind es immer noch. Trotz allem – und ich weiß, dass das nach seinem Vergehen nicht jeder verstehen wird – wird Freddie immer mein geliebter Sohn sein.

»Erzähl mir mehr von dieser Flick«, bitte ich ihn. »Kommt sie zurecht?«

»Nun, ich habe ihr ein bisschen unter die Arme gegriffen. Hilary hat mir dabei geholfen ...«

»Hilary? Die Frau, mit der du eine Affäre hattest? Sie hat meine Enkelin vor mir kennengelernt?«

Tom presst die Lippen zusammen. Das war wieder so etwas, das er immer gemacht hat und das ich schon fast vergessen hatte. Er nickt.

Ich fühle mich wie gemartert. Das schmerzt sehr. Weit mehr als der Betrug. Oder besser gesagt, es war eine andere Art von Schmerz. Sie hat sich eingemischt, mich verdrängt, meine Rolle übernommen. Wie konnte sie es wagen?

»Ihr seid also zusammen?«, frage ich.

»Ja.« Seine Stimme klingt entschuldigend. »Es tut mir leid, dass ich dich betrogen habe, Sarah. Das hätte ich nicht tun dürfen. Aber ich war so unglücklich.«

»Ich auch«, erwidere ich. »Wir waren immer sehr unterschiedlich.«

»Ja, das waren wir. Aber wir haben uns an einem Punkt in unserem Leben kennengelernt, an dem wir einander brauchten.«

Das klingt aus Toms Mund ziemlich philosophisch. »Sagt das Hilary?«

Er braucht gar nicht zu antworten. Die Röte auf seinen Wangen sagt alles.

»Es stimmt«, bestätige ich. »Aber ich werde es nie bereuen, denn dadurch gibt es unseren Sohn.«

»Ich werde es auch nie bereuen, und zwar aus demselben Grund. Aber verstehst du nicht, Sarah? Freddie ist jetzt Vater. Du musst ihm sagen, was passiert ist, egal, wo er steckt. Er verdient es, zu wissen, dass er eine Tochter hat. Dann liegt es an ihm, was er als Nächstes tut. Wir können ihn nicht mehr beschützen. Er ist jetzt ein erwachsener Mann.«

Und so ungern ich es zugebe, weiß ich doch, dass Tom recht hat.

Aber jetzt werden die Geschworenen schon bald aufgefordert werden, ihr Urteil zu fällen. Die Zeit wird knapp.

55

Damit hat sich jetzt alles verändert. Zu wissen, dass Freddie Vater ist, hat dies bewirkt. Dass ich Großmutter bin. Dass diese Flick etwa zur gleichen Zeit ein Kind auf die Welt gebracht hat wie die arme Mrs Moheim.

»Wie war dein Einkaufsbummel?«, fragt Steve, als ich in Gladys' Cottage zurückkomme.

Er war schon dort, weil er für mich mit Jasper rausgegangen war. Unser geliebter Hund ist nicht mehr so quietschfidel wie früher, in der Zeit, bevor Freddie fortging. Aber er sprang trotzdem aufgeregt an mir hoch, als ich hereinkam. Aus dem AGA-Herd drang ein köstlicher Duft nach gebratener Meerbrasse.

»Okay«, antworte ich kurz angebunden. Ich will nicht schnippisch klingen, bemühe mich jedoch, meinen Schock über die Begegnung mit Tom und seine Offenbarung zu verbergen.

Ich bin Großmutter, möchte ich diesem wunderbaren Mann erzählen. Freddie ist Vater. Das ändert alles.

Doch ich kann es nicht.

Wir setzen uns an den Tisch. Ich kann nur am Fisch herumstochern. Er bleibt mir im Hals stecken.

»Schmeckt es dir nicht?«

»Es ist köstlich, aber ...« Ich versuche, meine Worte sorgfältig zu wählen. »Heute ist etwas passiert.«

Er legt sein Besteck zur Seite, wirkt besorgt. »Willst du mir davon erzählen?«

Ist das jetzt nicht der Moment, vor dem ich mich gefürchtet habe, seit Steve und ich zusammenkamen? Wie sehr ich doch die Menschen beneide, die immer das Richtige tun. Sie werden nie die Bürde des Betrugs tragen, die sich einem wie eine Schlinge um den Hals legt. Manchmal gelingt es einem, es zu vergessen. Aber dann stellt sich etwas ein – eine Erinnerung oder eine Entscheidung, die getroffen werden muss –, und alles kommt wieder zurück.

Und jetzt bin ich an diesem Wegpunkt angelangt. Ich will vor diesem freundlichen, warmherzigen Mann, in den ich mich verliebt habe, nichts mehr verbergen. Er verdient es, alles zu wissen. Was auch immer die Konsequenzen sein werden.

Ich hole tief Luft.

»Ich habe Tom getroffen. Meinen Ex«, sage ich langsam.

Steve versteift sich. »Ich verstehe.«

Mein Herzschlag beschleunigt sich. Ist es zu spät, es zurückzunehmen?

Ja.

»Ich hatte mich nicht mit ihm verabredet«, füge ich mit hämmerndem Herzen hinzu. »Es kam überraschend.«

»Was für ein Zufall.«

Normalerweise ist Steve nicht sarkastisch.

»Nicht wirklich. Er hat mich ausfindig gemacht.«

Seine Stimme klingt jetzt kühl. »Du musst nicht ins Detail gehen.«

»Doch, das muss ich. Ich wollte dir schon seit Jahren etwas erzählen, aber ich hatte nicht den Mut ...«

»Jahre?« Steve wirkt erschrocken.

»Es ist nicht das, was du denkst.«

»Wie ich schon sagte, du musst es mir nicht erzählen.«

Er steht auf. Jeden Moment wird er gehen. Das könnte meine letzte Chance sein. Aber wenn ich es ihm sage, wird er mich sowieso nicht mehr wollen.

»Freddie hat in London jemanden getötet, als er fünfzehn war«, platze ich heraus. »Deshalb sind wir hierher geflüchtet. Ich wollte ihn beschützen. Dann ist er fortgegangen. Wohin, weiß ich nicht. Manchmal ruft er mich an. Aber er sagt mir nie, wo er sich aufhält, weil er meint, er müsse mich beschützen.«

Steve steht reglos da. Er schaut mich mit dem gleichen Ausdruck an, wie Tom es getan hatte, als er meine Patientenakte gelesen und den Stempel des Gefängnisses darin entdeckt hatte.

»Ist dein Ex-Mann deshalb zu dir gekommen?«

»Ehrlich gesagt, sind wir noch immer verheiratet«, beichte ich zögernd. »Ich weiß, ich habe gesagt, ich sei geschieden, aber die Lüge ist mir einfach so rausgerutscht, und dann wusste ich nicht, wie ich sie zurücknehmen sollte. In Wahrheit hatte ich zu viel Angst, ihm die Papiere zustellen zu lassen, weil er dann gewusst hätte, wo ich bin, und mich angezeigt hätte.«

Steves blaue Augen starren mich an. So kalt hat er mich noch nie angesehen.

»Es tut mir wirklich leid.« Ich strecke meine Hand nach ihm aus. Er ignoriert sie.

»Wie hat er dich dann gefunden, wenn er gar nicht wusste, wohin du gegangen bist?«

»Das ist kompliziert.«

»Erklär es einfach«, fordert er angespannt.

Jasper hockt dicht neben mir, als spürte er, dass ich aufgewühlt bin.

»Er hat mich im Crown Court in Truro gesehen.«

Steve runzelt die Stirn. »Aber du warst doch einkaufen.«

»Das habe ich dir auch erzählt. In Wirklichkeit bin ich zum Gericht gefahren, um einer Verhandlung beizuwohnen.«

»Was für eine Verhandlung?«

»Jemand, der bereits im Gefängnis sitzt, wird beschuldigt, einen Mann überfahren und getötet zu haben. Aber in Wahrheit war es Freddie.«

Einen Moment lang herrscht angespannte Stille. »Woher weißt du das?«, fragt er.

»Freddie hat mich angerufen und es mir erzählt.«

»Was genau ist passiert?«

Ich denke an dieses Gespräch zurück. Seine Stimme hatte atemlos geklungen. Verängstigt.

»Die Wahrheit ist, Mum, dass Knuckles mich dazu aufgefordert hat, etwas aus dem Tankstellenshop zu klauen. Ich musste es tun, um in seine Gang aufgenommen zu werden. Ich wollte einen Freund haben. Nach der Party wollte in der Schule niemand mehr mit mir ein Wort wechseln, weil ich sie beschuldigt hatte, die Halskette gestohlen zu haben.«

»War das Auto gestohlen?«

»Ja.«

»Und das wusstest du?«

»Ja. Manchmal haben wir Spritztouren gemacht.«

»Oh, Freddie.«

»Als ich zum Auto zurückkam, rannte der Tankstellenmann hinter mir her. Knuckles konnte nichts sehen. Es hat geregnet. Ich dachte, er würde gegen ihn prallen. Also habe ich ihm ins Lenkrad gegriffen. Aber ich machte es nur noch schlimmer. Das Auto fuhr ihn direkt an. Ich habe ihn überfahren, Mum. Ich habe ihn überfahren ...«

So wie mein Handeln versehentlich zu Emilys Tod geführt hatte ...

»Die Sache ist die«, erkläre ich Steve, »Knuckles hat vor einem Zellengenossen damit geprahlt, er hätte es getan, wahrscheinlich um im Gefängnis anerkannt zu werden. Jetzt leugnet er es. Er sagt wahrheitsgemäß, dass Freddie auch beteiligt war, aber die Geschworenen werden ihm vielleicht nicht glauben, zumal er bereits im Gefängnis sitzt, weil er vor ein paar Jahren bei einer ähnlichen Situation schon einmal jemanden überfahren hat.«

»Das ist schrecklich.«

»Ich weiß. Tom meint, ich sollte es der Polizei sagen, aber das kann ich nicht.«

Jetzt fange ich an, zu weinen.

»O Sarah.«

Ich rechne damit, dass er auf der Stelle geht. Einfach aus der Tür geht. Stattdessen steht er nur da. Wartet.

»Da gibt es noch etwas«, schluchze ich. Ich muss das jetzt hinter mich bringen. Es hat keinen Zweck mehr, etwas zu verheimlichen. »Als ich an der Akademie war, musste ich eine Gefängnisstrafe verbüßen. Ich hatte mit Drogen gedealt, und meine beste Freundin hat eine meiner Pillen genommen, ohne dass ich davon wusste. Die Pille stammte aus einer verunreinigten Charge und ... und sie ist gestorben.«

Steve weicht zurück, als wolle er so viel Abstand zwischen uns bringen wie nur möglich.

»Wie lange hast du gesessen?«

»Sechs Jahre«, stoße ich wie einen gequälten Schrei hervor, der sich nicht so anfühlt, als würde er aus meinem Mund kommen.

»Ich verstehe«, sagt er. »Und es ist dir nicht in den Sinn gekommen, mir irgendetwas davon früher zu erzählen?«

»Ich hatte zu viel Angst.«

Er nimmt seine Jacke. Kalte Angst schnürt mir die Kehle zu.

»Du gehst?«, frage ich.

»Ich denke, es ist das Beste. Du nicht?«

Ich lasse mich auf das Sofa fallen und lausche dem Geräusch seines Autos, mit dem er über die Holperstrecke rattert. Nach einer Weile versiegen meine Tränen. Stattdessen ist da nur eine schreckliche Leere in meinem Herzen.

Ich habe den einzigen guten Mann verloren, den ich je wirklich geliebt habe.

Und dann klingelt das Telefon.

Sei still.
Sag nichts.
Anders geht es nicht.
Das habe ich mir eingeredet.
Aber was wird jetzt passieren?

56

Ich nehme den Hörer ab. Es ist Freddie, der anruft, um zu erfahren, was im Gericht vorgefallen ist. Er hatte es zwar nicht angekündigt, aber ich hatte es gehofft. Und Gott sei Dank ist er es.

»Ich bin Vater?«, wiederholt mein Sohn ungläubig, als ich ihm alles erzähle. »Ich wusste nicht einmal, dass Flick schwanger war.«

Vielleicht hatte sie es ihm nicht sagen wollen. Aber womöglich wusste sie es selbst noch nicht, als die beiden das letzte Mal miteinander sprachen.

»Erzähl mir mehr von meiner Tochter«, bittet mich mein Sohn. Er klingt wissbegierig. Aufgeregt. »Wie heißt sie?«

»Mattie.«

»Mattie!« Er wiederholt den Namen mit kindlicher Verwunderung, als ob er ihn ausprobieren wollte.

Dann bricht seine Stimme. »Ich kann es nicht glauben. Ich meine, schon ... Aber ich bin entsetzt, dass ich so viel von ihrem Leben verpasst habe. Sie wird denken, ich hätte sie im Stich gelassen. Was hat Flick ihr über mich erzählt?«

Ich muss zugeben, dass ich nicht daran gedacht habe, Tom danach zu fragen.

»Ich weiß es nicht. Wie es scheint, hilft dein Vater ihr ein bisschen.«

»Dad? Wie denn?«

»Mit Geld, soviel ich weiß, und indem er Mattie besucht.«

Einen Moment lang sagt keiner von uns beiden ein Wort.

Als Freddie dann zu sprechen beginnt, klingt seine Stimme ganz ungewohnt.

»Ich muss zurückkommen, Mum. Nicht nur, um meine Tochter zu sehen, sondern auch, um die Wahrheit zu sagen. Ich dachte, ich könnte damit leben, aber das kann ich nicht. Fünf Jahre mich verstecken, von einem Ort zum anderen, haben mich das gelehrt. Die Sache geht mir immer wieder durch den Kopf. Sie lastet immer auf meinem Gewissen. Und jetzt, da ich weiß, dass dieser arme Mann eine Frau und zwei Kinder hatte und ein weiteres unterwegs war, ist es noch schlimmer.«

Dann stößt er einen Schrei aus, der mich an den jüngeren Freddie erinnert. An den, der sich den Arm gebrochen hat. An den Teenager, der einen anderen Schüler verprügelt hat, weil der ihn wegen meiner Bilder gehänselt hatte. »Aber ich kann nicht. Wenn ich ihnen wirklich erzähle, was passiert ist, könnten sie dich ins Gefängnis stecken, weil du mit mir geflohen bist und mich versteckt hast.«

Also liegt es wieder einmal an mir. Ich muss über das Schicksal meines Sohnes entscheiden. Und über mein eigenes.

Welches Urteil habe ich verdient?

57 Als Steve und ich uns nähergekommen waren – etwa ein Jahr, nachdem wir uns kennengelernt hatten –, merkte ich, dass er seinem Nachnamen alle Ehre machte. Stark. Robust. Beschützend.

Aber mein Geständnis am heutigen Abend hat bestimmt alles verändert. Ich hätte es nicht ertragen können, wenn er einfach aufgelegt hätte.

Doch ich weiß nicht, wen ich sonst anrufen soll.

»Ich verstehe«, sagt er, als ich ihm meine Entscheidung mitteile. »Ich werde tun, was ich kann.«

»Warte«, bitte ich ihn. »Da ist noch etwas.«

»Ja?«

»Ich habe es ernst gemeint, als ich sagte, dass es mir wirklich sehr, sehr leidtut.«

»Ich weiß, dass es dir leidtut«, bestätigt er.

Sein Tonfall ist neutral. Es schwingt keine Vergebung darin mit, aber auch keine Feindseligkeit. Es ist die Stimme eines entfernten Freundes, der einfach nur jemandem helfen will.

Dann ruft er zurück. »Mein Bruder sagt, er nimmt dich an. Er holt dich morgen früh ab und fährt mit dir zum Polizeirevier in Truro.«

Ich beginne, zu zittern. »Kommst du auch mit?«

Schweigen.

»Wenn du willst«, erwidert er dann. Erneut klingt seine Stimme neutral.

Die beiden Männer kommen am nächsten Morgen um acht Uhr vorbei. Daphne hat sich bereit erklärt, den Tag über auf Jasper aufzupassen. Ich sage ihr nur, dass ich »wichtige Geschäfte« in Truro zu erledigen habe.

Derek Leather ist völlig anders als sein Bruder, nicht nur im Aussehen, sondern auch in seiner Persönlichkeit. Er ist geschäftstüchtig. Bringt es schnell auf den Punkt.

»Erzählen Sie mir alles«, fordert er mich auf.

»Ich gehe dann mal«, sagt Steve. »Das lässt dir etwas Privatsphäre.«

»Nein«, erwidere ich schnell. »Ich will, dass du mithörst.«

»Dann reden wir im Auto«, schlägt Derek vor.

Ich erzähle Derek alles. Absolut alles. Ich bin mir bewusst, dass Steve auf der Rückbank jedes Wort mitbekommt. Er sagt nichts.

»Gut möglich, dass man Sie wegen Beihilfe unter Anklage stellt«, erklärt Derek.

Mein rechtes Bein schlottert.

»Wie lange könnte ich dafür bekommen?« Ich zittere.

»Wenn Sie mich um eine auf Erfahrung basierende Schätzung bitten, würde ich vermuten, dass wir von mindestens zwei Jahren sprechen.«

Ich stöhne leise auf. Das wäre nicht so lange wie beim letzten Mal, aber immer noch Gefängnis. Immer noch vier Wände, die mich einschließen. Keine frische Luft. Furcht. Keine Möglichkeit, frei zu atmen. Keine Möglichkeit, meine Lieben zu umarmen. Wie könnte ich das ertragen?

»Und was ist mit meinem Sohn?«, frage ich zaghaft.

»Das ist in diesem Stadium schwer zu sagen«, erklärt Derek. »Es hängt zum Teil davon ab, ob er auf schuldig plädiert.«

Falls Derek es missbilligt, lässt er es sich nicht anmerken. Als wir parken und zur Polizei gehen, macht Steve Anstalten, meine Hand zu nehmen.

Aber ich schäme mich so sehr, dass ich meine in die Manteltasche stecke.

»Weißt du«, sagt er, »ich brauchte gestern Zeit zum Nachdenken. Deshalb bin ich gegangen. Jetzt nehme ich das zurück, was ich darüber gesagt habe, dass du es mir nicht erzählt hast. Wir hatten ja vereinbart, die Vergangenheit ruhen zu lassen.«

»Nein«, entgegne ich. »Du hattest recht. Das war eine zu große Sache, um sie dir zu verschweigen.«

»Ich liebe dich trotzdem noch, Sarah.«

»Wie kannst du das?«, frage ich. »Du kennst mich nicht. Ich kenne mich ja nicht einmal selbst.«

Ich gehe weiter.

Ich mache meine Aussage bei der Polizei. Ich werde nicht angeklagt. Noch nicht. Sie wollen zuerst meinen Sohn befragen.

»Er landet heute Mittag in Heathrow«, informiere ich sie und wiederhole damit das, was Freddie mir sagte, als wir heute Morgen wieder miteinander telefonierten.

Es ist offenkundig, dass sie mir nicht glauben. Sie wollen seine Personalien.

»Werden Sie ihn verhaften?«, frage ich.

Sie antworten nicht.

Alles, was ich jahrelang zu verbergen versucht habe, kommt jetzt in einer unglaublichen Geschwindigkeit ans Licht.

»Was ist mit Ihrem Mann?«, werde ich gefragt. »War er daran beteiligt, Ihren Sohn zu verstecken?«

»Nein«, sage ich. »Er wollte ihn ausliefern.«

»Aber er hat es nicht getan. Warum nicht?«

Ich habe nicht vor, die Scharfrichterin meines Ex-Mannes zu sein. »Das werden Sie ihn selbst fragen müssen«, erwidere ich.

»Das werden wir, wenn er hier ankommt.«

Tom ist also auf dem Weg hierher, ja? Wundern tut mich das nicht.

»Wie geht es jetzt weiter?«, frage ich.

»Vermutlich wird die Verhandlung vertagt, bis Freddie ausfindig gemacht ist«, mutmaßt Derek.

»Ausfindig gemacht?«, wiederhole ich. »Ich habe doch schon gesagt, dass er beabsichtigt, direkt zur Polizei zu gehen.«

»Das sagt *er.*«

Wie die Polizei ist auch er offensichtlich nicht überzeugt. Bin ich zu naiv?

Meine Kehle wird trocken. Mir ist schlecht. Es gibt keinen Platz zum Verstecken. Selbst, wenn ich es wollte. Jetzt ist alles vorbei.

Als Derek und ich aus dem Verhörraum kommen, sitzen Tom und Steve im Wartebereich. Es macht mich seltsam nervös, sie nebeneinander zu sehen.

»Was machst du hier?«, frage ich.

»Nach unserem Gespräch gestern Abend hielt ich es für richtig, das nächste Polizeirevier aufzusuchen und sie über meine Beteiligung zu informieren.«

Ich hatte vergessen, dass Tom immer so förmlich spricht.

»Wirst du angeklagt?«

»Ich bin noch nicht befragt worden. Was ist mit dir?«

»Ich habe eine Aussage gemacht.« Mir kommt die Galle hoch. Sie schmeckt säuerlich. »Aber alles ist offen, solange Freddie noch nicht da ist und seine Aussage macht.«

»Das heißt, falls er auftaucht«, murmelt Tom. Mehr oder weniger genau das, was Derek gesagt hatte.

»Warum kannst du unserem Sohn nicht ein einziges Mal vertrauen?«, fahre ich ihn an.

»Weil er uns schon zu oft enttäuscht hat«, entgegnet Tom auf diese herablassende Art, die ich schon fast vergessen hatte.

»Was lässt dich glauben, dass er sich jetzt geändert hat?«

»Er ist jetzt Vater.« Die Worte sprudeln aus mir heraus, fast so, als versuchten sie auch mich zu überzeugen. »Er will sein Kind sehen. Freddie ist jetzt viel verantwortungsvoller.«

»Um Himmels willen, Sarah.« Tom schüttelt genauso den Kopf, wie er es immer machte, wenn ich etwas tat, was er missbilligte, zum Beispiel Farben auf dem Küchentisch liegen zu lassen. »Wann nimmst du endlich deine rosarote Brille ab?«

»Das ist nicht fair ...«, setzt Steve an.

Toms Augen funkeln vor Wut. »Kennen Sie unseren Sohn?«

»Nein. Aber ...«

»Dann überlassen Sie das Thema meiner Frau und mir, ja?«

»Sarah ist meine Partnerin.« Steve nimmt meinen Arm. Ich könnte vor Erleichterung weinen, als die Wärme seiner Berührung auf mich übergeht.

»Aber Sie sind nicht der Vater ihres Sohnes, oder?«

»Das hast du ja auch besonders gut hingekriegt«, entfährt es mir.

Zu meiner Überraschung zuckt Tom zusammen. Aber es entspricht der Wahrheit. Zwischen den beiden hatte immer eine Distanz bestanden. Vielleicht war das nicht überraschend. Freddies Geburt ist untrennbar mit Toms Entdeckung über meine Vergangenheit verbunden. Das letzte, tödliche Teil des Puzzles. Emily ... O Emily. Kannst du mir jemals verzeihen?

Wir hören auf, zu reden, als ein Polizist auf uns zutritt und Derek beiseitenimmt.

»Wie es aussieht, hatten Sie recht, Sarah«, erklärt er anschließend. »Freddie ist gerade in Heathrow gelandet und hat sich gestellt.«

Mein Junge! Mein Sohn ist endlich wieder da! Und, was genauso wichtig ist: Er hat das Richtige getan. Endlich.

Erleichterung durchströmt mich, gefolgt von Angst.

»Ich muss ihn sehen«, bringe ich mit erstickter Stimme hervor. »Es ist schon so lange her.«

»Er wird im Moment verhört.«

Dereks Stimme klingt sanfter, verständnisvoller. »Aber ich werde persönlich dafür sorgen, dass Sie Ihren Sohn so schnell wie möglich sehen können.«

»Können Sie ihn auch raushauen?«

Nun ändert sich Dereks Tonfall, klingt gemessener. »Das hängt ganz davon ab, was genau er getan hat. Und, genauso wichtig: wie viel er bereit ist, uns zu sagen.«

Wir fahren sieben Stunden zu dem Polizeirevier, in dem Freddie in Gewahrsam ist. Ich bringe kein einziges Wort heraus. In mir herrscht Tohuwabohu. Mein Sohn! Ich werde ihn zum ersten Mal nach fünf Jahren wiedersehen. Aber so habe ich mir unser Wiedersehen nicht vorgestellt.

Das Revier befindet sich ganz in der Nähe des Flughafens Heathrow. Anscheinend hat es alles, was ein Polizeirevier normalerweise hat, zum Beispiel Zellen. Auf dem Weg hinein höre ich einen Mann beteuern, die Drogen in seinem Koffer hätten nichts mit ihm zu tun.

Wir melden uns an. »Kann ich Freddie jetzt sehen?«, flehe ich.

»Es ist besser, wenn ich zuerst mit ihm rede«, sagt Derek knapp.

Steve und ich sitzen im Flur. Er legt seinen Arm um mich. Hat er mir vergeben oder ist er nur nett? Schwer zu sagen. Ich kann nichts gegen mein Zittern unternehmen. Steve holt mir einen Kaffee aus dem Automaten. Er schmeckt bitter, ich kann ihn nicht runterkriegen.

»Dein Sohn ist bei meinem Bruder in guten Händen«, versichert er mir.

»Das hoffe ich auch«, murmle ich vor mich hin.

Wir warten eine Stunde, vielleicht auch länger. Ich schwitze am ganzen Körper. Ich zwicke mich mit den Fingernägeln in die Haut, denn auf eine seltsame Weise scheint der Schmerz zu helfen. Mit Schrecken wird mir bewusst, dass ich mich gar nicht genau daran erinnern kann, wie mein Sohn aussieht. Natürlich habe ich einen Gesamteindruck in Erinnerung. Sein dunkles, lockiges Haar. Seine Größe. Aber die genaue Form seiner Nase oder seiner Augen vermag ich mir nicht mehr vor Augen zu führen. Es ist, als würde ich ihn auf einem unscharfen Foto sehen. Wie kann das sein? Ich habe ihn doch auf die Welt gebracht.

Dann taucht Derek mit dem Verteidiger auf, den er ausgewählt hat, um meinen Sohn herauszupauken. Der Mann soll über einen »starken verbalen linken Haken« verfügen.

»Wahrscheinlich wird Freddie zusammen mit Paul Harris vor Gericht gestellt werden«, erklärt er. »Das Problem, das wir haben, sind, ehrlich gesagt, Sie. Die Geschworenen werden sich mit einem Mann, dessen Mutter ihn beschützt hat, nicht identifizieren können. Andererseits könnte jemand unter den Geschworenen sein, der mitfühlend ist, weil er oder sie das Gleiche tun würde, um das eigene Kind zu schützen. Trotz allem haben Sie die Erlaubnis erteilt bekommen, ihn für zehn Minuten zu sehen.«

Während ich versuche, diese neue Information zu verarbeiten, folge ich einem Beamten eine Treppe hinunter. Ich betrete einen Raum, auf dessen Tür die Aufschrift *Besucher* prangt. Darin steht eine Bank, die am Boden befestigt ist (vermutlich für den Fall, dass jemand versucht, sie hochzuheben und Ärger zu machen), auf der ich mit Blick auf eine Plexiglasscheibe Platz nehmen soll. Auf der anderen Seite sitzt noch niemand. Ich halte den Atem an.

Dann wird ein großer, schlaksiger junger Mann hereingeführt, der mit Handschellen an einen Beamten gefesselt ist.

Einen Moment lang erkenne ich ihn beinahe nicht. Wo ist das volle schwarze, glänzende Haar? Er hat eine Glatze. Außerdem ist er um einiges dünner. Nur das »Ziggy«-Tattoo auf seinem Unterarm verrät mir augenblicklich, dass dies tatsächlich mein Sohn ist. Das Tattoo, das mit einem »Stift« gezeichnet wurde, wie er behauptet hatte.

»Mum!«, ruft er laut.

Ich nehme ihn durch die Glaswand wahr, nehme seine Gegenwart in mich auf. Freddie. Mein Sohn.

»Es ist so schön, dich zu sehen«, schluchzt er. »Ich habe dich vermisst.«

»Ich dich auch«, stoße ich mit erstickter Stimme hervor.

Dann drückt mein Sohn seine Handteller flach gegen die Scheibe. Ich tue das Gleiche. Näher kommen wir dem Händchenhalten nicht. Und dann erzählt er mir genau, was passiert ist.

Mein mütterlicher Instinkt sagt mir, dass er diesmal die Wahrheit sagt. Ich weiß es. Außerdem ist der Beamte anwesend. Er wird auf jedes Wort achten.

»Es tut mir so leid, dass ich dich in diesen Schlamassel mit hineingezogen habe«, stößt er unter Tränen hervor.

»Ist schon gut«, erwidere ich schluchzend.

Aber das ist es nicht. Und das ist uns beiden auch klar. Denn letztendlich, und egal, wie man es dreht und wendet: Ein junger Vater ist ums Leben gekommen.

»Es ist so eine Erleichterung, dass ich mich gestellt habe«, sagt er mit zugeschnürter Kehle. Dann tippt er sich auf den Schädel. »Die Haare habe ich mir abrasiert, damit man mich nicht so leicht wiedererkennt. Ich bin so froh, dass ich mich nicht mehr verstecken muss.«

»Ich dachte immer, ich hätte dich mal in Cornwall gesehen«, sage ich. »Warst du das?«

»Nein. Ich habe mich in Spanien versteckt.« Seine Augen schwimmen in Tränen. »Ich hätte niemals weglaufen dürfen.«

»Ich auch nicht«, erwidere ich leise.

Als ich das Polizeirevier verlasse, wartet draußen eine junge

Frau. Sie hat sehr kurzes, stachliges, rosafarbenes Haar, Ohrstecker und pinke Herztattoos am Hals. Sie hält ein kleines Mädchen an der Hand. Ein Mädchen mit olivfarbener Haut, strahlend blauen Augen und einem süßen, herzförmigen Gesicht. Sie sieht ein bisschen so aus wie ich auf Bildern aus meiner Kindheit.

Ich weiß sofort, wer sie ist. Zumindest bin ich mir dessen so gut wie sicher.

»Mattie?«, frage ich.

Sie nickt.

Meine Enkelin! Ich möchte sie umarmen. Aber das wäre vielleicht übereilt.

»Sind Sie Freddies Mum?«, fragt die junge Frau unbeholfen. Dann spricht sie leise zu dem kleinen Mädchen. »Das ist deine Granny, von der ich dir erzählt habe.« Schließlich wendet sie sich wieder mir zu. »Wir wollten ins Polizeirevier, aber sie haben uns nicht reingelassen, weil meine Kleine noch zu jung ist.«

»Hallo.« Ich beuge mich zu der Kleinen hinunter, von Bedauern darüber erfüllt, dass Tom unser Enkelkind schon vier ganze Jahre kennt und dass mir dies durch meine Flucht verwehrt war. Was soll ich sagen?

»Du hast schöne Haare«, platze ich heraus. Ihr Haar ist schwarz, genau wie meines, und mit den gleichen Wellen. Ich bin zu nervös, um zu fragen, ob ich sie in die Arme nehmen darf. Ich bin eine Fremde für sie. Ich habe so viele Jahre verloren.

Mattie sieht mich feierlich an. »Mummy bürstet sie mir jeden Abend.«

»Das ist lieb.«

Ich stelle mir vor, das Gleiche für sie zu tun. Aber das ist etwas, was nur eine richtige Granny tun würde. Nicht eine beinahe Fremde wie ich. Dann sehe ich zu ihrer Mutter auf.

»Flick«, sage ich. »Freddie brennt darauf, euch beide zu sehen.«

Plötzlich befällt mich die Angst, dass sie ihm Mattie vorenthalten könnte.

»Wir wollen ihn auch sehen«, sagt sie. »Er hat uns angerufen, als er gelandet ist. Deshalb sind wir hier.«

Erleichterung durchströmt mich. Es würde Freddie umbringen – das weiß ich einfach –, wenn sie sich weigern würde, ihn seine Tochter sehen zu lassen.

»Aber wie gesagt, sie lassen Mattie nicht rein, und ich kann sie doch nicht allein lassen.«

»Was ist mit mir?«, frage ich. »Ich weiß, sie kennt mich nicht, aber dann könntest wenigstens du zu Freddie gehen.«

»Nur, wenn der diensthabende Beamte Ihnen die Erlaubnis gibt«, schaltet sich Derek ein.

»Würdest du bei deiner neuen Granny bleiben, wenn Mummy hineindarf?«, fragt Flick die Kleine.

Das Mädchen starrt zu mir hoch. »Brauchst du lange?«

»Nein.«

»Okay.«

Ich spüre, dass Flick zögert. »Es gibt da etwas, was ich Ihnen sagen muss, Mrs Wilkins.«

Ich wurde schon so lange nicht mehr bei meinem Ehenamen genannt, dass ich mich fast nicht angesprochen fühle.

»Bitte, nenn mich doch Sarah.«

»Dein Sohn wusste nicht, dass ich schwanger war. Ich wusste es damals selbst noch nicht. Bis dahin hatte ich eine Weile nichts mehr von ihm gehört, also dachte ich, er hätte mich sitzen gelassen. Ich ging zu eurem Haus und stellte fest, dass ihr ausgezogen wart. Sie gaben mir eine Nachsendeadresse – es war das Büro deines Ehemannes.«

Bei dem Wort »Ehemann« zucke ich zusammen. Ich kann Steve nicht einmal ansehen. Das ist genau die Geschichte, die Tom mir erzählt hatte. Jetzt bestätigt das Mädchen sie.

»Ich habe gelogen, als dein Mann mich fragte, ob ich etwas

von einem Unfall wüsste. Ich habe ihm gesagt, dass ich an diesem Abend auf Freddie gewartet habe, er aber nicht gekommen ist. Ich hatte zu viel Angst, sie würden mir mein Kind wegnehmen, wenn ich mich da einmische.«

Ich werfe einen Blick auf das hübsche kleine Mädchen neben ihr, das mich schüchtern betrachtet. Wie gerne würde ich sie in die Arme nehmen und ihren Geruch einatmen.

Derek erhält die Erlaubnis, dass Flick Freddie »kurz« sehen darf.

Mattie und ich setzen uns auf eine Bank in der Nähe. Ich bin unsicher, was ich sagen soll. Wo soll ich anfangen? Aber sie fängt an.

»Ich möchte auch meinen Daddy sehen«, sagt sie.

»Er würde dich auch gerne sehen, aber er kann es noch nicht«, erkläre ich ihr mit sanfter Stimme. »Du wirst ihn schon bald besuchen können.«

Dass er dann wahrscheinlich im Gefängnis sitzen wird, erwähne ich nicht.

»Ich habe ihm ein Bild gemalt«, sagt sie.

Sie hält mir ein Stück Papier entgegen. Darauf sind drei Strichmännchen. Eines ist groß, eines mittelgroß und das andere klein.

»Das sind Daddy, Mummy und ich«, erklärt sie. »Mummy sagt, eines Tages können wir uns vielleicht zusammen an den Händen halten.«

Ich bringe kaum etwas heraus. Aber ich muss.

»Bestimmt werdet ihr das«, entgegne ich vorsichtig und hoffe darauf, dass es so kommt. »Zeichnest du gerne?«

»Ja!«, sagt sie voller Begeisterung. »Mummy sagt, du bist eine Künstlerin und dass Daddy auch gerne gezeichnet hat, als sie ihn noch kannte. Ich will so werden wie du, wenn ich mal groß bin.«

Wir sitzen da und plaudern eine Weile. Über die Vorschule

und ihren besten Freund Seth. Schließlich tritt Flick aus dem Polizeirevier.

Sie hat geweint – das kann ich sehen –, setzt jedoch eine fröhliche Miene auf, so wie ich es immer vor Freddie tat, wenn ich Streit mit Tom gehabt hatte.

Wie ist es gelaufen?, möchte ich fragen.

Aber dafür kenne ich sie nicht gut genug.

Mattie rennt auf sie zu. »Hast du Daddy gesehen?«

»Ja«, bestätigt sie. »Er möchte, dass du weißt, dass er dich von ganzem Herzen liebt und dass er dich sehen möchte, sobald er darf.«

»Ich habe vergessen, dir mein Bild für ihn mitzugeben.«

»Mach dir keine Sorgen. Das kann ich das nächste Mal machen.«

Es wird also ein nächstes Mal geben? Ich bin erleichtert.

»Wann kann ich dich wiedersehen?«, frage ich.

»Vor Gericht, denke ich«, sagt Flick. Ihre Oberlippe bebt.

Ich will sie vorher sehen. Aber ich muss diesem Mädchen Zeit geben. Ich kann nicht erwarten, dass sie mir sofort um den Hals fällt.

Als die beiden gehen, sehe ich ihnen hinterher. Es fühlt sich so unwirklich an. Es gibt so viel zu verarbeiten. Mein Sohn ist zurück. Und ich habe eine wunderschöne Enkelin, von deren Existenz ich bis gestern noch gar nichts wusste. Doch womöglich bekomme ich keine Gelegenheit, sie kennenzulernen. Nicht, wenn sie mich ins Gefängnis stecken.

Eine andere Frau ist stattdessen ihre Großmutter. Hilary.

Wie kann ich das alles nur ertragen?

Auf dem Rückweg möchte ich reden, schlummere stattdessen jedoch ein. Ich bekomme noch mit, wie Steve seine Jacke über mich ausbreitet und wir einen kurzen Halt an einer Tankstelle einlegen, dann sehe ich noch ein Hinweisschild für den Südwesten. Danach höre und sehe ich nichts mehr, bis ich das

Knirschen der Steine auf der holprigen Auffahrt vernehme, die zu Gladys' Cottage führt.

»Wir sind wieder da«, flüstert er.

Er lotst mich in die Küche und setzt dann eine Kanne Tee auf. Ich sehe zu, wie er einen Teelöffel Honig einrührt, so wie ich es gern mag, als mir erneut die Tränen kommen. »Ich hätte Freddie damals ausliefern sollen«, schluchze ich.

»Sieh nicht zurück. Das habe ich vor Jahren gelernt.« Er drückt mir den Becher in die Hände und legt dann seinen Arm um meine Schultern. »Außerdem hätten wir beide uns sonst nie kennengelernt.«

»Du vergibst mir also?«

Er lehnt sich in seinem Stuhl zurück und sieht mich unverwandt an. »Ich kann nicht behaupten, ich wäre nicht schockiert. Aber du bist keine Kriminelle. Jedenfalls nicht in meinen Augen. Ich bin selbst kein Vater. Aber ich weiß, wie weit ich für jemanden gehen würde, den ich liebe. Deshalb bin ich noch hier. Bei dir.«

Unter anderen Umständen hätte mich seine Liebeserklärung abermals zum Weinen gebracht.

Aber Tatsache ist, dass ich das Gesetz gebrochen habe. Wieder einmal.

Und obwohl Freddie jetzt zurückgekehrt ist, um sich zu seiner Straftat zu bekennen, kann nichts Mr Moheim wieder lebendig machen.

Alles, was wir tun können, ist, in die Zukunft zu blicken. Und ehrlich gesagt, graut es mir davor.

Crown Court in Truro

58 Ich schaue auf den jungen Mann im Zeugenstand. Mein Junge. Mein Sohn. Das Kind, das ich nach all den Jahren des großen Kummers, in denen ich verzweifelt versuchte, Mutter zu werden, endlich zur Welt gebracht hatte. Und jetzt wird er des Mordes angeklagt.

Nachdem sich Freddie der Polizei gestellt hatte, wurde der ursprüngliche Prozess eingestellt, und mein Sohn und Harris (alias Knuckles) wurden gemeinsam unter Anklage gestellt. Knuckles hat den Geschworenen seine verdrehte Version der Ereignisse bereits dargelegt. Es ist an der Zeit, dass Freddies Anwalt meinen Sohn aufruft.

»Können Sie uns sagen, wie Sie in diesen Fall verwickelt wurden?«

Mir blutet das Herz, als Freddie zu sprechen beginnt. Seine tiefe Stimme bebt.

»Ich hatte nicht viele Freunde in der Schule. Jedenfalls keine richtigen. Um mich beliebt zu machen, habe ich einmal eine Party veranstaltet. Da haben sie das Haus meiner Eltern verwüstet und das Diamantcollier meiner verstorbenen Großmutter gestohlen. Ich fühlte mich wirklich schlecht deswegen. Mum und Dad zwangen mich dann dazu, etwas auf Facebook zu posten, um zu versuchen, die Halskette zurückzubekommen. Daraufhin fingen meine sogenannten Freunde an, mich zu schneiden, weil ich angedeutet hätte, sie wären Diebe. Also begann ich, in einem Pub abzuhängen. Es ging dort ziemlich rau zu. Niemand machte sich die Mühe, zu kontrollieren, wie alt man ist. Und dort habe ich dann Knuckles kennengelernt.«

Er schaut mich direkt an. Es ist, als würde er es mir erzählen und nicht dem Gericht.

»Ich wusste, dass er der ›falsche Typ‹ war, wie Mum gesagt hätte. Aber genau deshalb wollte ich mit ihm befreundet sein. Knuckles sagte, er wolle eine Gang gründen. Ich könnte eines der ersten Mitglieder werden, versprach er. Aber wenn ich dazugehören wollte, müsste ich etwas tun. Er verlangte von mir eine Mutprobe und wollte, dass ich in einen Tankstellenshop gehe und eine Flasche Wodka klaue. Natürlich wusste ich, dass Stehlen falsch ist. Aber ich wollte ja nicht gerade ein Diamantcollier mitgehen lassen, oder? Und ich wollte einfach mit Leuten zusammen sein, die mich mögen. An diesem Abend war ich echt stinkig, denn am nächsten Morgen stand unser Umzug an. Wir würden erst zur Miete wohnen und dann vielleicht kilometerweit wegziehen, um, wie Mum und Dad es nannten, ›einen Neuanfang‹ zu machen. Das wollte ich aber nicht. Ich hatte gerade erst Knuckles kennengelernt, und endlich wurde es ein bisschen erträglicher. Außerdem war ich echt wütend auf meinen Dad, weil ich mitgehört hatte, wie er mit dieser Frau am Handy sprach. Es hörte sich für mich so an, als hätten sie eine Affäre.«

Er wirft mir einen Blick zu, der besagt: *Tut mir leid, Mum.*

»Wir hatten vereinbart, uns ein paar Straßen weiter zu treffen. Es regnete. Knuckles hatte gerade seine Führerscheinprüfung bestanden. Jedenfalls erzählte er mir das. Er wirkte an diesem Abend anders. Ich glaube, er hatte ein paar getrunken. Da kamen Zweifel in mir auf. Der Plan schien eigentlich ziemlich cool zu sein, als wir darüber gesprochen hatten, aber jetzt war ich mir da nicht mehr so sicher. Was, wenn ich erwischt wurde? Er sagte mir, ich sei noch nicht trocken hinter den Ohren. Ich fragte ihn, woher er das Auto hat, und er meinte, er hätte es sich von einem Freund geliehen. Ich hatte das Gefühl, dass er log, und sagte ihm auf den Kopf zu, es gestohlen zu haben. Er gab es zu und beteuerte dann, er wolle es später in der Nacht zurückbringen. Ich hätte sofort aussteigen sollen, wollte aber nicht, dass Knuckles mich für einen Feigling hält. Außerdem befürchtete ich, er würde mich wie eine heiße Kartoffel fallen lassen, wie es die anderen in der Schule getan hatten.

Wir hielten vor der Tankstelle an, damit ich meine Mutprobe durchziehen konnte. Knuckles sagte mir, ich solle seine Jeansjacke anziehen, um mich zu tarnen. Er sagte, mein weißes T-Shirt würde zu sehr auffallen.«

Daher also stammte die Jacke.

Freddie umklammert seinen Kopf mit beiden Händen und starrt auf den Boden. Dann blickt er auf. »Ich fand den Wodka zuerst nicht. Der Typ hinter dem Tresen starrte ständig zu mir herüber. Meine Hände begannen, zu zittern. Ich wollte raus, aber ich wollte auch, dass Knuckles mein Freund wird. Dann entdeckte ich eine ganze Reihe von Flaschen. Da habe ich mir eine geschnappt und bin losgerannt.

Ich sprang ins Auto, und Knuckles ließ den Motor an. Aber der Mann aus dem Tankstellenshop rannte hinter mir her und direkt vor unser Auto. Ich schrie Knuckles an, er sollte stehen bleiben, aber das tat er nicht. Er lachte wie ein Wahnsinniger.

Ich beugte mich zu ihm hinüber und versuchte, das Lenkrad herumzureißen. Aber in meiner Panik riss ich es in die falsche Richtung. Das Auto raste direkt in den Mann. Es gab ein furchtbares dumpfes Geräusch. O Gott!«

Freddies Stimme kommt als schreckliches Stöhnen heraus. Ich weiß, dass er in seinen Gedanken am Ort des Geschehens weilt. So wie ich es war, als ich dem Gericht während meines eigenen Prozesses von Emily erzählte.

»Dann hielt Knuckles endlich an. Er lachte immer noch. Ich sprang aus dem Wagen, um zu sehen, ob es dem Mann gut ging. Sein Gesicht war ... Ich kann es nicht beschreiben. Er schien tot zu sein, aber ich hoffte immerzu, dass er es vielleicht doch nicht war.«

Im Gerichtssaal herrscht schockiertes Schweigen. Freddie weint. An den Gesichtern von ein, zwei Geschworenen kann ich erkennen, dass ihm nicht alle Glauben schenken. Nur ich weiß sicher, dass es nicht gespielt ist. Meinem Jungen tut es entsetzlich leid. Aber da ist noch etwas anderes. Ich spüre, dass er etwas zurückhält.

»Knuckles ist dann weitergefahren«, schluchzt er. »Als wir an einer Ampel hielten, stieg ich aus und rannte nach Hause. Ich wusste nicht, wohin ich sonst hätte gehen sollen. Ich wollte es meinen Eltern nicht sagen. Wie sollte ich auch? Aber als ich dann Mums Gesicht erblickte, konnte ich nicht anders. Sie ist einer der wenigen Menschen in meinem Leben, die mich verstehen. Also sagte ich ihr, dass ich jemanden getötet hatte. Dann wünschte ich mir, ich hätte es nicht getan, falls sie später befragt werden würde. Dass ich ins Lenkrad gegriffen hatte, erzählte ich ihr nicht, weil ich nicht wollte, dass sie anfängt, mich zu verteidigen. Ich fühlte mich schuldig, obwohl es ja Knuckles gewesen war, der am Steuer saß. Außerdem war ich mir nicht sicher, ob mir jemand glauben würde, schon gar nicht mein Dad. Er hörte mit, als ich es Mum erzählte, und sagte, er würde die Polizei rufen. Und dann ...«

Mein Junge schaut mich intensiv an, als befürchte er, zu viel preisgegeben zu haben. Er will mich nicht in Schwierigkeiten bringen. Aber das muss er. Als ich ihn im Verhörraum der Polizei in Heathrow traf, sagte ich ihm, er solle die Wahrheit sagen, koste es, was es wolle.

»Dann sagte Mum, wir müssten fliehen. Sie fragte mich immer wieder nach dem Mann, den ich getötet hatte. Aber ich erklärte ihr bloß, da hänge noch mehr dran. Die Details wollte ich nicht preisgeben, weil ich sie da raushalten musste.

Wir fuhren nach Cornwall. Ein Farmer gab mir einen Job. Es gefiel mir dort, aber ich konnte nicht bleiben. Ich bekam diesen Toten einfach nicht aus dem Kopf. Ich rechnete ständig damit, dass die Polizei auftaucht. Meiner Mum ging es genauso. Ich konnte ihr die Anspannung am Gesicht ablesen. Ich wusste, dass sie dafür bestraft werden würde, mich versteckt zu haben. Also ging ich fort, ohne ihr zu sagen, wohin.«

»Und wohin sind Sie gegangen?«, fragt der Verteidiger.

Ruckartig holt mich seine Stimme zurück in die Gegenwart. Bis dahin war ich dort gewesen, bei Freddie, von dieser schrecklichen, verregneten Nacht bis zu dem Morgen, an dem ich feststellte, dass er fort war.

Das heißt, falls mein Sohn die Wahrheit sagt. Ist es mütterliche Intuition? Oder schätze ich ihn wieder falsch ein?

»Ich nahm eine Fähre von Plymouth nach Santander. Dann fuhr ich nach Barcelona und von dort aus die Küste hinunter Richtung Cartagena. Ich verdiente ein wenig Geld, indem ich Englischunterricht gab. Ich zog von Hostel zu Hostel, ständig in der Angst, dass man mich aufgreifen könnte. Ich hatte ein Handy, mit dem ich meine Mutter ab und zu anrief, wobei ich jedes Mal die SIM-Karte wechselte. Ich behielt die sozialen Medien und die Nachrichten im Auge. Auf diese Weise erfuhr ich dann, dass Knuckles für ein anderes Verbrechen ins Gefängnis gekommen war und jetzt für das Vergehen, das wir beide begangen hatten, erneut vor Gericht steht. Er musste mich zwangsläufig erwähnen – auch wenn er mich nur als Ziggy kannte –, und das konnte dazu führen, dass Mum verhaftet wurde. Ich rief sie daher an, um sie vorzuwarnen. Ich bat sie, die Gerichtsverhandlung zu verfolgen, um zu hören, was dort geschieht, damit wir beide entscheiden können, was zu tun ist.«

Mein Sohn wollte mich schützen. Aber er hat mich auch so aussehen lassen, als wäre ich die Art Mensch, die mittels Flucht erneut gegen das Gesetz verstieß. Vielleicht geht ihm das jetzt auf, denn er wirft mir erneut einen entschuldigenden Blick zu.

»Also, lassen Sie uns das klarstellen«, sagt der Verteidiger. »Sie haben nicht den Wagen gefahren, wie Mr Harris es behauptet?«

»Nein«, erwidert Freddie entschieden. »Das habe ich nicht.«

»Aber Sie haben sich schuldig gefühlt, weil es Ihr Griff ins Lenkrad war, der dazu führte, dass das Auto mit dem Opfer zusammengestoßen ist.«

Er lässt den Kopf hängen. »Ja.«

»Und deshalb, meine Damen und Herren Geschworenen, ist dieser junge Mann kein Mörder«, bringt der Verteidiger vor. »Ja, er war dumm. Ja, er hat das Gesetz gebrochen, indem er wissentlich in einem gestohlenen Fahrzeug mitfuhr und eine Flasche Wodka stahl. Aber er hatte nicht die Absicht, den Tod von Hassam Moheim herbeizuführen. Dieses unverzeihliche Verbrechen ist Paul Harris anzulasten – einem Mann, der bereits eine Haftstrafe für eine ähnliche Tat verbüßt.«

So etwas darf vor Gericht in der Regel nicht erwähnt werden, aber unser Verteidiger hat bereits erklärt, es gebe da bestimmte »mildernde Umstände«. Anscheinend ist dies einer davon.

Die Verhandlung wird unterbrochen. Plötzlich wird mir wieder bewusst, dass Tom auf einer Seite von mir sitzt und Steve auf der anderen. »Sollen wir mal frische Luft schnappen?«, schlägt Steve vor.

Ich lasse mich von ihm durch den überfüllten Flur nach draußen führen. Flick kommt auf mich zu. Mattie ist nicht bei ihr. Ich verspüre einen Anflug von Enttäuschung. Wer weiß, wie viele Gelegenheiten ich noch haben werde, meine Enkelin zu sehen, bevor sie mich wegsperren? Aber natürlich sollte die Kleine nicht hier sein. Ein Gericht ist kein Ort für ein Kind.

Der Verteidiger kommt zu uns. Seine Miene ist angespannt.

»Wie läuft es?«, fragt Flick. »Ich konnte nicht früher kommen. Ich musste warten, bis Mum kommt, um auf Mattie aufzupassen.«

»Nicht besonders, um ehrlich zu sein«, räumt der Verteidiger ein.

Mir rutscht das Herz in die Hose. »Aber Freddie hat doch gerade die Wahrheit gesagt. Ich bin mir sicher.«

Tom gibt einen Laut von sich, der mich an die alten Zeiten erinnert. »Verstehst du nicht, Sarah? Er ist so verdammt gut darin, dich um den kleinen Finger zu wickeln.«

»Das stimmt nicht ...«, beginne ich. Dann halte ich inne.

Vielleicht hat er recht. Freddie hatte mir in dieser Nacht nicht alles erzählt. Genauso wie ich Tom nicht gebeichtet hatte, dass ich damals das Fahrrad an mich genommen hatte. Kleine Fische im Vergleich zu den anderen Geheimnissen, die ich für mich behalten hatte ...

»Wenn ich in die Gesichter der Geschworenen schaue«, sinniert der Verteidiger, »befürchte ich, dass sie auf der Seite Ihres Mannes stehen werden. Wir werden uns darauf einstellen müssen, dass Freddie des Totschlags für schuldig befunden wird. Wäre er geblieben, um dafür geradezustehen, wäre es vielleicht nicht so schlimm geworden.«

»Wenn ich ihn nicht genötigt hätte, mit mir zu fliehen, wäre es also weniger gravierend?«, frage ich.

Keiner antwortet.

Das ist auch nicht nötig.

Ich habe versucht, meinen Sohn zu retten.

Aber damit habe ich womöglich seine Freiheit verspielt.

Und die meine.

Ich habe auch noch etwas viel Schlimmeres getan.

Ich habe meine Seele verloren, weil ich das Falsche getan habe. Genauso wie bei Emily damals.

59

»Um es zusammenzufassen«, verkündet die Richterin, »es ist offenkundig, dass es zwei junge Männer waren, die am tragischen Tod von Mr Moheim beteiligt waren. Paul Harris, der angibt, er sei Beifahrer gewesen, obwohl er sich weigert, als Zeuge auszusagen, und Freddie Wilkins, der ebenfalls angibt, Beifahrer gewesen zu sein, aber zugibt, dass es seine Hand war, die das Lenkrad herumriss, was dazu führte, dass das Auto genau die Person überfuhr, die er nach eigenen Angaben schützen wollte.«

Mein Herz klopft so heftig, dass ich das Gefühl habe, gleich in Ohnmacht zu fallen. Als ob er es spürt, legt mir Steve eine Hand auf den Arm.

»Des Weiteren möchte ich den Geschworenen vor Augen halten, dass sie den hohen Bekanntheitsgrad dieses Falles ignorieren sollten. Die jüngste Statistik über die Anzahl der Strafgefangenen, die für ungeklärte Straftaten verantwortlich sind, ist ohne Belang.«

Sie legt eine kurze, dramatische Pause ein, bevor sie fortfährt.

»Es entspricht den Tatsachen, dass Freddie Wilkins keine Vorstrafen hat. Aber er ist, laut eigener Aussage, nicht geblieben, um sich den Konsequenzen zu stellen. Selbst wenn seine Version der Ereignisse der Wahrheit entspricht, sind beide Männer vom Tatort geflohen und haben das Opfer, von dem sie glaubten, dass es im Sterben lag, sich selbst überlassen, auch wenn die Obduktion ergab, dass Mr Moheim auf der Stelle tot war.«

Ein leises Stöhnen ertönt von einer Frau in einem Sari ganz hinten auf der Zuschauertribüne. Ich werfe einen kurzen Blick dorthin. Könnte das Mrs Moheim sein?

»Sie müssen die Beweise in Bezug auf jeden der beiden Angeklagten getrennt betrachten, um zu entscheiden, ob er schuldig ist. Fälle wie diese rufen zuweilen Mitgefühl oder andere Emotionen hervor. Sie dürfen sich nicht von derlei Gefühlen beeinflussen lassen, wenn Sie Ihr Urteil fällen.«

Ein Aufschrei durchschneidet die Luft. Er erinnert mich an einen Kinofilm, zu dem mich meine Mutter einmal mitgenommen hatte. *Bambi*. Ich kann mich noch erinnern, wie ich bitterlich weinte, als Bambis Mutter erschossen wurde. »Scht!«, sagte sie leise. »Es wird alles wieder gut.« Aber das wurde es nicht. Ich wusste, selbst in diesem Alter, dass sie log, nur um mich zu trösten.

Ich nehme auch wahr, dass der Schrei, den ich so deutlich höre, aus meinem eigenen Mund gekommen ist.

Freddie sieht zu mir auf. Angst steht ihm ins Gesicht geschrieben. Für ein paar Sekunden ist er wieder der kleine Junge, der die Sterne bestaunt. Das Kind, das über den Geschmack des Regens spricht. Der Teenager, der mir, als ich frage, wann er nach Hause kommen wird, sagt, ich solle mich verpissen. Aber er war und ist mein Sohn. Und das hat Vorrang vor allem anderen.

»Ruhe!«, ruft die Richterin mit schneidender Stimme.

Dann vernehme ich eine andere Stimme. Eine leisere, aber selbstsicherere Stimme, obwohl sie zittert. Die Stimme einer jungen Frau neben mir auf der Tribüne.

»Halt!«, ruft sie. »Ich muss etwas sagen.«

Ich habe Pudding in den Knien, als ich mühsam aufstehe.
Ich kann nicht länger schweigen.
Ich werde nicht zulassen, dass Freddie die Schuld auf sich nimmt.
Das hat er nicht verdient.
Ich kann nicht zulassen, dass meine Tochter in dem Glauben aufwächst, ihr Vater sei ein Mörder.
Es ist an der Zeit, ihnen alles über diese verregnete Nacht zu erzählen. Die schwarze Nacht. Das Auto. Die Schreie. Den Schock. Ich rannte nach Hause zu meinen Eltern, weil ich nicht wusste, wohin ich sonst gehen sollte. Ich hüllte mich in Schweigen. Danach fragte ich mich, ob das das Richtige war.
Es ist Zeit für mich, die Wahrheit zu sagen.

60

Einen Moment herrscht betroffenes Schweigen.

Sowohl Knuckles als auch mein Sohn schauen auf. Angst steht ihnen ins Gesicht geschrieben. *Was wird sie wohl sagen?*

»Ich war auch dabei. Ich bin an all dem schuld.«

Im Gerichtssaal bricht Tumult aus.

»Was meinst du damit?«, frage ich, als Flick sich wieder hinsetzt. Durch meinen Schock kommt das harscher rüber, als ich es gemeint habe.

Es steckte also tatsächlich noch mehr dahinter.

Aber sie antwortet nicht. Stattdessen sitzt sie nur da, sichtlich erschüttert, die Hände in den Schoß gelegt. Ich bemerke, dass ihre Nägel bis auf die Nagelbetten abgekaut sind. Sie schaut nach unten, als hätte sie ihren Teil gesagt und warte nun darauf, dass man ihr eine Schlinge um den Hals legt. Sie erinnert mich an mich selbst während meines Prozesses. Ich fühle mit ihr.

»Ruhe!«, fordert die Richterin lautstark. »Die Verhandlung wird vertagt, während neue Beweise zur Zulassung geprüft werden.«

Alle auf der Zuschauertribüne starren uns an, auch der Mann, der zu Beginn der Verhandlung mit mir gesprochen hatte.

»Du meine Güte«, sagt er. »Ich komme schon seit Jahren hierher, bloß aus Interesse, aber so etwas habe ich noch nie erlebt.«

Ich weiß nicht, was ich tun soll. Auch Tom scheint sprachlos zu sein.

»Wir müssen sie hier rausholen und Derek kontaktieren«, sagt Steve.

Das ist nicht nötig. Er ist schon hier. »Hier entlang«, sagt er entschlossen.

Derek führt uns eine Treppe hinunter und in einen Raum. Dort wartet unser Verteidiger.

»Ich glaube, Sie sollten uns lieber alles erzählen«, fordert er Flick auf. »Von Anfang an.«

Ich halte ihr die Hand entgegen und drücke die ihre. »Wir sind für dich da«, versichere ich ihr. »Aber bitte keine Geheimnisse mehr. Wir wollen nur wissen, was wirklich passiert ist.«

Sie hebt den Kopf. Sie ist blass, und ihre Miene ist verkniffen. »Ich erzähle es euch unter einer Bedingung«, verkündet sie. »Dass mir niemand meine Tochter wegnimmt.«

Dereks Mund verzieht sich. »Das kann niemand garantieren, wenn Sie als Zeugin aussagen. Mein Rat ist, dass Sie sich einen unabhängigen Rechtsbeistand suchen. Ich selbst kann Sie nicht vertreten, weil damit ein Interessenkonflikt entsteht.«

»Das ist nicht nötig. Ich weiß, was ich zu tun habe.«

Ich bin beeindruckt von ihrem entschlossenen Tonfall.

»Gut. Dann erzählen Sie uns genau, was passiert ist. Können Sie das tun?«

Sie nickt. »Ja.«

Als sie geendet hat, atmet Derek tief aus. »Wenn Sie sich hierbei sicher sind, haben wir einen entscheidenden Beweis. Wenn es zum Schlimmsten kommt und Sie ... nun ja ... für schuldig befunden werden, treffen die Gerichte in aller Regel eine Entscheidung zum Wohl des Kindes. Sie werden wahrscheinlich versuchen, Mattie bei jemandem aus Ihrer Familie unterzubringen.«

Flick fängt an, zu weinen. »Aber meine Mum will wahrscheinlich gar nicht die Verantwortung übernehmen. Sie sagt immer, sie braucht ein eigenes Leben.«

Unwillkürlich nehme ich Flick in die Arme. »Schon gut«, versichere ich ihr. »Ich werde für sie da sein.«

Doch schon bevor ich Dereks warnenden Blick auffange, geht mir auf, dass das vielleicht gar nicht möglich ist. Denn wenn ich selbst vor Gericht gestellt werde, könnte auch ich für schuldig befunden werden.

61

Derek erklärt uns, dass es in Anbetracht der neuen Umstände ein zweites Wiederaufnahmeverfahren geben wird. Offenbar hat sich zu viel verändert, als dass die jetzige Jury ihre Arbeit fortsetzen kann. Normalerweise würde das bedeuten, mehrere Monate zu warten. Aber da ein anderer Prozess geplatzt ist, öffnete sich ein Zeitfenster. Dereks Worten zufolge hat die Richterin offenbar ein persönliches Interesse an dem Fall. Ich habe sie gegoogelt. Sie hat selbst Kinder. Ist das eine gute oder eine schlechte Sache? Ich bin mir nicht sicher.

Ein paar Wochen später richten sich alle Augen auf dieses spindeldürre Mädchen mit dem blassen Gesicht und den Steckohrringen, das im Zeugenstand steht. Auf die erste Zeugin.

Flick spricht so leise, dass ich mich – wie alle anderen, den Mienen nach zu urteilen – anstrengen muss, um sie zu verstehen.

»Das alles wäre nicht passiert, wenn Knuckles und Freddie nicht beide versucht hätten, mir zu imponieren. Ich lernte sie in einem Pub kennen, ein paar Wochen vor ... bevor es passierte. Ich vertrug mich mit meinen Eltern nicht besonders gut und versuchte deshalb, so oft ich konnte, rauszukommen. Ich war fünfzehn, machte mich aber immer so zurecht, dass ich älter aussah. Ich wurde nie nach einem Ausweis gefragt. Ich glaube, die Bedienung hat sich daran nicht besonders gestört.«

Sie hält inne. Ich denke an mich selbst mit fünfzehn. Wie verzweifelt ich versuchte, zu lieben und geliebt zu werden.

»Bitte fahren Sie fort, Miss White.« Die Stimme des Verteidigers klingt freundlich, aber bestimmt.

»Ich merkte, dass sie alle beide auf mich standen. Das hat mir geschmeichelt. Ich hatte noch nie einen Freund gehabt. Alle anderen Mädchen in meiner Klasse hatten schon einen, und sie wollten ständig von mir wissen, was mit mir nicht stimmte.«

Ich kann nicht anders, als Mitleid mit ihr zu empfinden. Genau wie Freddie – und ich vor ihm – hatte sie nur dazugehören wollen.

»Irgendwie mochte ich sie beide. Knuckles war älter, und das war cool. Aber ich mochte auch Freddie. Dass sein Name Freddie ist, wusste ich gar nicht. Knuckles auch nicht. Er hatte gesagt, sein Name sei Ziggy, wegen eines Sängers namens Bowie. Er sagte, ihm gefiele seine Musik. Sie erinnere ihn an eine Zeit, während der er als Kind glücklich war.«

Ich denke an den Moment zurück, als ich sein Tattoo entdeckt hatte. In der Nacht, als es passierte.

»Ziggy?«

»Du weißt doch, Mum. Nach dem Album von David Bowie. So will ich jetzt genannt werden.«

»Warum?«

»Warum nicht?«

Wie dumm war ich gewesen? Er hatte diesen Spitznamen gewählt, weil er sich dadurch sicher fühlte. Er erinnerte ihn daran, wie er als kleiner Junge mit mir getanzt hatte, lange bevor all diese Streitereien begonnen hatten.

Flick spricht weiter. »Er sah so gut aus und hatte so eine Gentleman-Art an sich, wenn er draußen auf dem Bürgersteig entlangging.«

Das ging auf mich zurück. Ich hatte ihm das von klein auf beigebracht. »Ein Mann muss die Dame vor dem Straßenverkehr schützen«, hatte ich ihm eingebläut. Jetzt kann ich es mir nicht verkneifen, Tom einen Blick zuzuwerfen, um ihm zu bedeuten: »Siehst du?«

»Knuckles fragte mich, ob ich seiner Gang beitreten wolle. Freddie wolle auch mitmachen, sagte er. Ich stimmte zu, denn ich hatte entschieden, dass ich Freddie lieber mochte. Mittlerweile hatte er mir verraten, dass Freddie sein richtiger Name war, aber er wollte nicht, dass es jemand anderes erfuhr. ›Ich möchte jemand anderes sein‹, sagte er. Das konnte ich verstehen, denn mir ging es genauso.« Sie errötet. »Dann haben wir zum ersten Mal miteinander geschlafen. Bei ihm zu Hause, als seine Eltern beide auf der Arbeit waren. Dabei wurde ich schwanger mit meiner Tochter. Natürlich wusste ich das nicht sofort, aber was ich wusste, war, dass ich ihn liebte. Ich habe es einfach gespürt. Hier.« Sie klopft sich mit der Hand auf die Brust. »Es mag kitschig klingen, aber es ist wahr. Freddie versicherte mir auch, dass er mich liebte. Keiner von uns beiden hatte es vorher mit jemand anderem gemacht. Es war, als wären wir beide füreinander bestimmt gewesen.«

Sie ist noch so jung, denke ich. Manchmal so naiv und dann wieder so gescheit. Ich kann mich nicht dazu durchringen, Tom anzusehen. Es fühlt sich komisch an, jemanden so intim über den eigenen Sohn sprechen zu hören.

»Knuckles sagte, wir müssten beide eine Mutprobe ablegen, indem wir etwas klauen«, fährt sie fort. »›Es muss nur etwas Kleines sein‹, sagte er. ›Ich muss nur wissen, dass ihr beide das Zeug dazu habt.‹« Flick schaudert. »Da bekam ich es mit der Angst zu tun. Ich hatte noch nie etwas gestohlen, wollte aber auch nicht Nein sagen, weil sie mich dann vielleicht fallen gelassen hätten.«

Ich schüttle den Kopf. Genau das hatte ich auch gedacht, als mir jemand auf der Akademie zum ersten Mal Drogen angeboten hatte.

»An diesem Abend hatte ich einen heftigen Streit mit Mum und Dad«, fährt sie fort. »Sie wollten, dass ich auf meine kleine Schwester aufpasse, aber ich wollte nicht und sagte, ich würde ausgehen. Es war stockfinster und regnete – so heftig, dass mir die Haare am Kopf klebten. Ich hatte Langeweile, wollte etwas unternehmen. Ich ging an den Menschen auf der Straße vorbei, die lachten. Ich wollte so gerne dazugehören. Ich wollte, dass die Leute mich mögen.«

Ihre Stimme klingt wie ein kleiner, kläglicher Schrei. Erneut erinnert sie mich an mein jüngeres Ich, noch unter dem Eindruck von Emilys Tod. Am liebsten würde ich sie in die Arme schließen, aber stattdessen kann ich nur zusehen, während mir der Schweiß den Rücken hinunterläuft und ich die Fingernägel in meine Handflächen grabe.

»Knuckles hatte gesagt, er würde mich mit dem Auto abholen. Wohin wir fahren würden, wusste ich nicht. Er sagte, es würde Spaß machen. Der Regen hörte auf. Es war stockdunkel. Keine Sterne. Ich weiß noch, dass ich dachte, das wäre gut, denn dann könnten wir nicht so leicht gesehen werden. Wir fuhren eine Weile. Ich merkte, dass Knuckles mich mochte, aber mittlerweile war ich mir sicher, dass ich auf Freddie stand und nicht auf ihn. Irgendwann setzte wieder Regen ein. Die Reifen schlitterten über die Straße. Es fühlte sich alles so komisch an, so als ob es gar nicht passierte.«

Nun hält Flick inne. Sie hat den Kopf gesenkt und sieht erschöpft aus, als hätte sie einen Sprint hingelegt.

»Was ist dann passiert?«, fragt der Verteidiger.

Flick braucht eine Weile, um zu antworten. Gerade als ich denke, dass sie schweigen wird, setzt sie wieder an.

»Wir hielten an. Knuckles verlangte, ich solle die Augen zumachen. Er sagte, das gehöre alles zum Spiel. Ich hörte, wie er mit jemandem redete und eine Autotür zugeschlagen wurde. Danach durfte ich die Augen wieder öffnen. Freddie saß jetzt auf dem Rücksitz. Knuckles legte mir eine Hand aufs Knie, und ich merkte, dass Freddie sauer deswegen war. Darüber war ich froh, denn es bewies, dass Freddie mich mochte.«

Das sind die Spielchen, die wir spielen, wenn wir jung sind. Und auch noch, so führe ich mir vor Augen, wenn wir älter sind.

»Knuckles sagte, wir würden etwas in einer Tankstelle klauen. Er forderte mich auf, als Erste zu gehen, aber Freddie wollte nicht, dass ich Schwierigkeiten bekomme. ›Ich tu's‹, bestimmte er. Knuckles erwiderte, er solle die Klappe halten, denn wir müssten es sowieso beide tun. Sie stritten sich die ganze Fahrt über. Das gefiel mir. Um mich hatte noch nie jemand gekämpft. Das gab mir ein gutes Gefühl. Schließlich hielten wir auf dem Gelände dieser Tankstelle. Knuckles fragte mich, ob ich bereit sei. Ich wollte erwidern, dass ich es war, aber es kam mir nicht über die Lippen. Ich merkte, dass Freddie auch Angst hatte. Aber ich glaube, er wollte mich beschützen, und deshalb ist er aus dem Auto gestiegen, bevor Knuckles ihn davon abhalten konnte. Es regnete jetzt wieder richtig heftig. Freddie hatte nur ein weißes T-Shirt an. Ich machte mir Sorgen, dass er im Dunkeln zu erkennen sein würde. Ich hatte eine Jeansjacke an, die ich mir von meinem Bruder geliehen hatte und die mir zu groß war, aber ich fand, ich sähe darin cool aus. Ich zog sie aus und warf sie ihm zu.«

Freddie hatte gesagt, die Jacke wäre von Knuckles gewesen. Er musste vor Gericht gelogen haben, um Flick zu schützen.

Flicks Miene sieht jetzt noch angespannter und ängstlicher aus.

»Wir sahen Freddie über den Hof der Tankstelle rennen. Knuckles nannte ihn einen dämlichen Mistkerl. Ich kann mich an seine Worte noch ganz genau erinnern. ›Da sind doch Kameras! Er hält den Kopf nicht unten.‹ Ich wusste aber, dass Freddie mich nur beschützen wollte. Das machte mich stolz.

Knuckles und ich stritten dann miteinander. ›Was willst du

denn mit so einem Jüngelchen?‹, fragte er. ›Stehst du etwa mehr auf ihn als auf mich?‹ Ich bejahte. Da zog er ein ganz grimmiges Gesicht und ließ den Motor aufheulen. ›Du musst auf ihn warten‹, forderte ich. ›Schau doch, da kommt er ja.‹

Freddie steuerte den Beifahrersitz an, also kletterte ich nach hinten. Knuckles ließ den Motor wieder aufheulen. Freddie stieg ein und schrie ihn an, er solle endlich losfahren. Da kam dieser Mann aus dem Laden auf das Auto zugelaufen. Knuckles lachte. Ich wusste, dass er eine Schau abzog. Er schoss mit dem Auto nach vorne, auf den Mann zu. Ich schrie ihn an, dass das nicht lustig sei. Dann rief ich Freddie zu, er solle etwas unternehmen. Der schrie Knuckles ebenfalls an, er solle damit aufhören, aber das tat er nicht. Dann sah ich, wie Freddie sich rüberbeugte und versuchte, ins Lenkrad zu greifen. Es gab einen furchtbaren dumpfen Aufschlag. Und dann ...«

Sie weint wieder.

»Ich mag gar nicht mehr daran denken, was als Nächstes passiert ist«, schluchzt sie. »Ich musste es aus meinen Gedanken verdrängen. Ich wollte nicht, dass es passiert, und Freddie wollte das auch nicht. Das schwöre ich. Ganz ehrlich. Sie müssen mir glauben.«

Dann hebt sie den Kopf und wendet sich an die Geschworenen. »Bitte.«

Ich glaube ihr auf jeden Fall. Genauso habe ich mich auch gefühlt, nachdem ich das mit Emily gestanden hatte. Aber ich bin mir nicht sicher, ob die Geschworenen überzeugt sind.

»Miss White«, sagt der Verteidiger. »Wenn Sie wirklich wollen, dass die Geschworenen das Geschehene verstehen, dann müssen Sie fortfahren und uns genau erzählen, was danach passiert ist.«

Sie zittert wieder. Dann fährt sie fort. Ich kann kaum noch zuhören.

»Freddie ist ausgestiegen, um zu sehen, wie es um den Mann

stand. Knuckles wollte wegfahren, aber ich flehte ihn an, noch zu warten. Als Freddie wieder einstieg, sah er aus wie ein Gespenst. Er sagte: ›Ich glaube, er ist tot.‹ Knuckles ist dann losgerast. Während der Fahrt warf er Freddie vor, er hätte alles verpfuscht. Er sagte, wenn Freddie nicht ins Lenkrad gegriffen hätte, hätte er den Mann nicht überfahren. Das stimmte aber nicht. Er hätte den Wagen mühelos abbremsen können. Er zog aber eine Schau ab, weil ich gesagt hatte, dass ich Freddie lieber mag als ihn.«

Ein paar der Geschworenen schnappen nach Luft.

»Freddie nahm mir das Versprechen ab, dass ich, wenn jemand fragen würde, behaupten sollte, nicht dabei gewesen zu sein. Dann drohte mir Knuckles, ich sollte lieber das Maul halten, sonst würde ich mein Gesicht im Spiegel nicht wiedererkennen. Das machte mir echt Angst, denn ich wusste, dass er es ernst meinte. Als wir an einer Ampel hielten, sprangen Freddie und ich aus dem Auto. Wir rannten eine Seitenstraße entlang und immer weiter, bis wir sicher waren, dass Knuckles uns nicht gefolgt war. Freddie sagte mir, ich solle nach Hause gehen und niemandem etwas sagen. Also rannte ich im Regen zurück. Ich stolperte immer wieder auf dem nassen Bürgersteig. Mir war klar, dass meine Mum und mein Dad mich umbringen würden, wenn sie herausfinden würden, was ich getan hatte. Aber ich wusste nicht, wohin ich sonst gehen sollte. Also schlich ich mich einfach die Treppe hinauf, und zum Glück stellten sie keine Fragen.

Am nächsten Tag kam in den Nachrichten etwas über einen Tankstellenangestellten, der bei einem Unfall mit Fahrerflucht getötet worden war. Jemand hatte einen Mann in einer Jeansjacke beobachtet, der in ein Auto stieg. Mir war hundeelend zumute. Hätten Freddie und Knuckles nicht versucht, mich zu beeindrucken, dann wäre dieser arme Mann nicht getötet worden.«

Erneut fängt sie an, zu weinen. »Ich konnte es nicht fassen, als sie sagten, dass er Kinder hatte und seine Frau noch ein weiteres Kind erwartete. Das ließ ihn so real werden.«

»Und was passierte dann?«, fragt der Verteidiger.

»Ich hörte nichts mehr von Freddie oder Knuckles. Ich ging ein paarmal in den Pub, aber sie waren nie da.«

»Sie hörten also nichts mehr von Freddie?«

»Ja.«

»Ja, Sie hörten nichts von ihm, oder ja, Sie hörten doch etwas?«

Flick hält inne. Die Geschworenen werden unruhig.

»Bitte beantworten Sie die Frage.«

Flicks Stimme klingt zögernd, ängstlich. »Drei Wochen später rief Freddie an, um zu fragen, ob es mir gut geht. Er sagte, er hielte sich versteckt und habe vor, ins Ausland zu gehen, würde aber versuchen, mich ab und zu anzurufen. Ich würde ihn nicht erreichen können, weil er ständig seine Nummer ändern müsse.«

War das das Telefonat meines Sohnes, das ich gehört hatte, kurz bevor er mich verlassen hat?

»Kurz danach«, fährt Flick fort, »blieb meine Periode aus. Sie war sowieso nicht regelmäßig, aber als sie im nächsten Monat erneut ausblieb, bekam ich es mit der Angst zu tun.«

Die Stimme des Verteidigers holt mich zurück. »Sie sagten, Sie fühlten sich durch die Aufmerksamkeit von sowohl Knuckles als auch von Freddie geschmeichelt. Sind Sie sich sicher, wer der Vater ist?«

»Natürlich bin ich das! Es war Freddie, den ich begehrte. Mit Knuckles hatte ich nie geschlafen, auch wenn er das von mir wollte. Freddie liebte mich, so wie ich ihn liebte. Ich weiß, dass es so ist.« Flick bricht wieder in Tränen aus. »Ich wollte unbedingt Kontakt mit Freddie aufnehmen, um es ihm zu sagen. Dann fiel mir ein, dass er mir bei einem unserer Spaziergänge gezeigt hatte, wo sein Dad arbeitet. Also ging ich dorthin und fragte die Dame am Empfang, ob ich ihn sprechen könnte.«

Das musste Nerven gekostet haben, einfach so in ein schickes Bürogebäude zu marschieren. Das Mädchen hatte Mumm.

»Zuerst habe ich ihm nur gesagt, ich sei eine Freundin seines Sohnes und auf der Suche nach ihm. Davon, dass Freddie angerufen hatte und er gesagt hatte, er würde sich ins Ausland absetzen, erzählte ich ihm nichts, weil Freddie mich darum gebeten hatte. Ich dachte, seinem Vater wäre die genaue Adresse bekannt. Aber wie sich herausstellte, suchte auch er nach ihm. Anscheinend hatte ihn seine Frau verlassen und Freddie mitgenommen.«

Sie hält inne.

»Bitte fahren Sie fort.«

Flick knetet ihre Hände. »Tom – er bat mich, ihn so zu nennen – war wirklich nett. Er wollte wissen, wann ich Freddie zuletzt gesehen hatte. Ich konnte ihm nicht die Wahrheit sagen, deswegen nannte ich ihm einen anderen Tag. Er fragte mich, ob ich etwas von einem Unfall wüsste, in den Freddie verwickelt gewesen sei. Ich sagte Nein.«

»Demnach haben Sie gelogen«, sagt der Verteidiger ausdruckslos.

»Das musste ich doch, oder? Ich hatte es Freddie ja versprechen müssen.«

In den Reihen der Geschworenen kommt erneut Unruhe auf. Das hört sich nicht gut an.

»Dann sagte ich ihm, dass ich von seinem Sohn schwanger bin. Zuerst glaubte er, ich sei hinter Geld her. Aber dann habe ich ihm erklärt, dass ich einfach Angst habe und nicht weiß, was ich tun soll, weil Freddie verschwunden ist. Ich dachte, er würde böse auf mich werden, aber er war echt nett. Als ich sagte, dass ich Angst davor habe, meinen Eltern zu beichten, dass ich ein Kind erwartete, bot er mir an, mich zu begleiten. Meine Mutter flippte total aus, aber Tom versprach, er würde uns finanziell unter die Arme greifen. Meine Mutter meinte erst noch, Leute wie er machten immer Versprechen, die sie dann nicht halten könnten. Aber so ist Tom nicht. Er ist ein wirklich guter Großvater für Mattie. Sie liebt ihn.«

Ich verspüre stechende Eifersucht. Doch gleichzeitig sehe ich meinen Mann in einem neuen Licht.

»Nach dieser Nacht hat sich mein Leben verändert«, fährt Flick fort. »Nichts war mehr wie vorher. Ich schnitt mir die Haare ab, weil ich eine andere sein wollte.«

Hatte ich nach einer meiner Fehlgeburten nicht das Gleiche getan?

»Ich legte mir auch eine neue Handynummer zu, damit Freddie mich nicht mehr erreichen konnte. Natürlich hätte ich gerne seine Stimme gehört, aber ich hatte Angst, die Polizei könnte das als Beweismittel verwenden und mir mein Baby wegnehmen. Es gibt ein paar Dinge, die man nicht verbergen kann.« Sie schluchzt wieder. »Einen Mord, zum Beispiel.«

Ich rutsche auf meinem Sitz hin und her. Ich weiß genau, was sie meint.

Der Verteidiger fragt: »Was hat Sie dann dazu bewogen, Ihre Meinung zu ändern und sich zu melden?«

»Ich wusste nicht, dass Knuckles wegen des Mordes an dem Tankwart angeklagt wurde, und auch nicht, dass er bereits wegen einer anderen Fahrerflucht einsaß. Ich höre keine Nachrichten und bin auch nicht auf Social Media unterwegs. Dafür hält mich meine kleine Mattie zu sehr auf Trab. Aber dann kam Tom vorbei und erzählte, dass er sich mit Freddies Mutter getroffen und ihr von uns berichtet hatte. Er teilte mir mit, Freddie sei auf der Flucht, weil er vor fünf Jahren bei einem Unfall jemanden getötet hätte. Er fragte mich, ob ich etwas damit zu tun hätte. Ich schwor, dass es nicht so sei. Das musste ich. Wie ich schon sagte, ich hatte Angst, man würde mir Mattie wegnehmen.«

»Und warum gehen Sie dann jetzt dieses Risiko ein?«

»Weil Freddie ins Gefängnis kommen könnte und ich weiß, dass er diesen Mann nicht töten wollte. Er hat sogar versucht, ihn zu retten.«

»Aber wie können die Geschworenen sicher sein, dass Sie die Wahrheit sagen, Miss White?«

Erneut herrscht Schweigen. Das ist es, was wir alle wissen wollen. Woher sollen wir wissen, dass Flicks Aussage inmitten dieses ganzen Lügengespinstes der Wahrheit entspricht? Freddies Verteidiger sieht jedoch unbesorgt aus. Offensichtlich hat er diese Frage aus einem bestimmten Grund gestellt.

»Ich habe ein Video auf meinem Handy. Das war Teil des Plans. Deshalb mussten wir zu dritt in dem Auto sein. Knuckles ist gefahren und sagte, Freddie und ich sollten uns gegenseitig mit dem Handy filmen, wenn wir unsere Mutprobe absolvierten. Danach sollten wir die Videos Knuckles aushändigen, um ihm unsere Loyalität zu beweisen. Freddie hat mich nicht gefilmt, weil er ja zuerst in die Tankstelle gegangen ist. Aber ich habe ihn gefilmt.«

Abermals kommt Unruhe bei den Geschworenen auf. Das hier muss der entscheidende Beweis sein, weswegen Derek so zuversichtlich war.

»Und Sie haben dieses Video aufgehoben?«

Flick zuckt mit den Schultern. »Nachdem alles schiefgegangen war, wurde mir klar, dass es vielleicht noch einmal wichtig sein könnte. Ich lud es herunter, speicherte es auf einem USB-Stick und löschte es dann von meinem Handy. Ich habe den USB-Stick versteckt und einfach versucht, das Ganze zu vergessen.«

Wieder einmal komme ich nicht umhin, tief beeindruckt zu

sein und mich zugleich unbehaglich zu fühlen, dass diese junge Frau so zerbrechlich aussieht und doch so clever ist.

»Für die Geschworenen wird das Video jetzt abgespielt«, erklärt der Verteidiger.

Mir wird heiß und kalt. Es gibt drei Bildschirme im Gerichtssaal, bemerke ich plötzlich, alle an strategischen Positionen platziert.

Ich kann kaum hinsehen. Aber ich muss. Mein Freddie geht in den Tankstellenshop. Dann rennt er wieder heraus, auf das Auto zu, mit dem Tankwart auf den Fersen. Eine Einstellung zeigt Knuckles am Steuer, während er den Motor aufheulen lässt. Freddie schreit ihn an, er solle das sein lassen. Flick schreit ebenfalls gellend und ruft dann: »HALT!«

Freddie greift ins Steuer. »Wir müssen ausweichen!«

Ein Schrei ertönt, und dann ist ein unheilvolles dumpfes Geräusch zu vernehmen. Das Videobild springt hin und her. Dann wird es schwarz.

Fassungslose Stille herrscht im Gerichtssaal. Dann wird Flick aufgefordert, mit ihrer Aussage fortzufahren.

»Ich habe die Aufnahme all diese Jahre sicher in meinem Schlafzimmer aufbewahrt, nur für den Fall, dass wir sie irgendwann mal brauchen. Ich habe es Freddie erzählt, als er zurückkam und ich ihn auf dem Polizeirevier besucht habe, aber er beschwor mich, sie nicht der Polizei zu zeigen ... Er hatte Angst, sie würden mich ins Gefängnis stecken und mir Mattie wegnehmen. Aber dann hatte ich doch irgendwie das Gefühl, ich müsste es tun.«

»Für die Geschworenen kann ich bestätigen«, sagt der Verteidiger, »dass die Polizei von der Echtheit dieses Videos überzeugt ist.«

Flick wendet sich der Richterin zu. »Ich wollte nicht, dass das passiert. Ich schwöre es. Ganz ehrlich. Sie müssen mir glauben. Das tun Sie doch, nicht wahr?

Ihre Augen werden feucht. »Ich will nicht, dass meine Tochter in dem Glauben aufwächst, ihr Dad wäre ein vorsätzlicher Mörder. Denn das ist er nicht.«

Diese junge Frau hat Mut, das merke ich. Dann wendet sie sich den Geschworenen zu. »Er ist ein guter Mann. Das muss er sein, sonst wäre er nicht zurückkommen, um sich zu stellen. Er liebt Mattie, und er liebt auch mich noch immer. Er hat es nicht verdient, verurteilt zu werden.«

62

Mein Herz schlägt mir bis zum Hals, als mein Junge wieder auf der Anklagebank Platz nimmt. Steve ergreift meine rechte Hand. Ich spüre, wie Tom meine linke streichelt. Ich rücke nicht von ihm ab. Mein Ehemann, denn das ist er immer noch, braucht Zuspruch. Den brauchen wir beide. Wir mögen nicht mehr so viel füreinander übrighaben wie früher, aber es gibt ein Band, das uns immer verbinden wird. Unser Sohn. Und nichts kann das ändern. Nicht einmal ein Mord.

Die Geschworenen fällen ihr Urteil. Ich höre wie betäubt zu.

Dann verkündet die Richterin das Urteil.

Meine Gedanken rasen dermaßen, dass ich nur Wortfetzen aufnehmen kann.

Bösartig ...

Manipulativ ...

Unschuldiges Opfer ...

Lügengespinst ...

Ich sitze wieder auf der Anklagebank und höre den Richter, wie er vor all den Jahren sein Urteil verkündet. Emily ... Emily ... Und ich spüre, dass Tom denkt, dass die gleichen Worte auch für ihn und Hugo in Bezug auf Chapmans Tod gelten.

»Paul Harris«, unterbricht die Richterin mit lauter Stimme meine Gedanken. »Ich verurteile Sie hiermit zu acht Jahren, zusätzlich zu der Strafe, die Sie bereits verbüßen. Freddie Wilkins, ich verurteile Sie zu fünf Jahren Haft.«

Ich stoße einen Schrei aus. Ich weiß, es hätte noch übler ausgehen können. Aber fünf Jahre? Die kleine Mattie hat ihren Vater fast genauso schnell verloren, wie sie ihn gefunden hat. und wie sehr fürchte ich um meinen Sohn im Gefängnis. Sein Leben wird nie wieder so sein wie vorher. Aber er hat es verdient. Das weiß ich jetzt. Die wahren Opfer sind die Moheims.

Als Nächstes werde ich an der Reihe sein.

Jetzt, da Freddie verurteilt wurde, muss auch ich die Konsequenzen tragen.

Die Entscheidung, ob mein Leben zerstört wird, liegt nicht mehr in meiner Hand.

Sie wird bei einem Richter liegen.

Ohne Geschworene – ich werde die Wahrheit sagen.

Ich bin schuldig.

HMP Statton

63 Die Verhältnisse haben sich verändert, seit ich das letzte Mal im Gefängnis gesessen habe. Dieses hier ist moderner. Es gibt, zum Beispiel, einen Aufenthaltsraum mit Zeitschriften und Zeitungen.

Auf diese Weise erfuhr ich, dass mein Fall auf der Titelseite gelandet ist.

»*Helikoptermutter überredet Teenagersohn nach tödlicher Fahrerflucht zu gemeinsamer Flucht*«, lautete eine Schlagzeile.

»*Richterin kritisiert Mutter, weil sie das Gesetz in die eigene Hand nimmt*«, verkündete eine andere.

Es folgte ein Artikel darüber, dass Knuckles' Mutter sich von ihrem Sohn distanziert hatte. Ich habe mein Bestes für meinen Sohn gegeben, aber manchmal muss ein Elternteil aufgeben.

Ich habe gelernt, nicht zu verurteilen, aber ich frage mich schon, ob ich anders reagiert hätte, wenn Freddie Knuckles gewesen wäre. Es gibt verschiedene Abstufungen von schuldig.

»Wie kommt es, dass man dir nur zwei Jahre aufgebrummt hat? Das möchte ich mal ich wissen!«, ging mich eines Tages eine der Frauen in der Warteschlange zum Mittagessen an. Ihre Augen funkelten feindselig. »Ich habe fünf für Betrug bekommen, und dabei wurde niemand getötet. Das ist verdammt noch mal nicht fair.«

Da hatte sie nicht ganz unrecht. Aber es schien mir keine gute Idee, ihr auf die Nase zu binden, dass ich einen hervorragenden Anwalt hatte, der offenbar mitfühlen konnte, als ich ihm erklärte, dass ich keinen klaren Gedanken hatte fassen können, sondern nur meinen Sohn hatte retten wollen.

»Ich finde, es ist eine verdammte Scheiße, dass dein Ex nicht angeklagt wurde«, kommentiert eine andere.

Dem stimme ich nicht zu. Ich war diejenige, die Freddie dazu überredet hatte, mit mir das Weite zu suchen. Tom hatte ihn ausliefern wollen. Offensichtlich war es keine Straftat gewesen, dass er unseren Sohn nicht bei der Polizei angezeigt hatte. Das Gesetz geht seltsame Wege. Ich hege keinen Groll – wozu auch? Außerdem wird unsere Scheidung jetzt vollzogen. Zweifellos wird er seine Hilary heiraten und das ruhige, unbeschwerte Leben führen, das er sich immer gewünscht hat.

Glücklicherweise wurde entschieden, dass Flick sich mit ihrem Verhalten nicht strafbar gemacht hatte und dass es »nicht im öffentlichen Interesse liegt, sie wegen der Verabredung zum Diebstahl oder wegen des Mitfahrens in dem von Knuckles gestohlenen Auto strafrechtlich zu verfolgen«.

Ich bin dankbar dafür, dass meine Enkelin bei ihrer Mutter bleiben darf. Ich weiß nur zu gut, wie es sich angefühlt hatte, die meine so jung zu verlieren.

Mattie und Flick besuchen mich einmal im Monat. Am Anfang war ich besorgt darüber, die Kleine dem Gefängnis auszusetzen, aber es gibt hier Familientage und sogar einen Spielplatz. An einem Tag dürfen wir bei schönem Wetter unter strenger Aufsicht nach draußen gehen.

»Schubs mich, Granny!«, ruft Mattie von der Schaukel aus.

Ich kann fast so tun, als wäre ich eine ganz normale Großmutter in einem ganz normalen Park. Und nicht eine, die hinter Gittern sitzt.

Wäre da nicht dieses kleine Mädchen mit ihrem sonnigen Lächeln und den glänzenden schwarzen Zöpfen, würde ich es nicht aushalten. Sie spendet mir Hoffnung. Wenn ich draußen bin – was bei guter Führung in einem Jahr sein könnte –, werde ich als Großmutter besser sein, als ich es als Mutter war. Ich habe meine Lektion gelernt. Bis dahin konzentriere ich mich auf meine Aufgaben im Gefängnis – vom Umgraben des Gartens bis zur Reinigung der Klos.

Ins Detail werde ich hier nicht gehen. Glauben Sie mir, das würde Ihnen nicht gefallen.

Es gibt auch einen Bildungstrakt, in dem einmal pro Woche ein Kunstkurs gegeben wird. »Sie haben das schon mal gemacht, oder?«, fragt die Lehrerin, die ungefähr in meinem Alter ist.

»Ja«, erwidere ich.

Sie hakt nicht nach. Es scheint, als wüsste sie, dass ich nicht über meine Vergangenheit reden will. Aber sie hat einige meiner Bilder an die langen weißen Wände in den Korridoren gehängt, in denen ich vom Bildungstrakt zu meinem Zellentrakt gehe – mit gesenktem Kopf, um Ärger zu vermeiden.

Ich hoffe nur, dass Freddie das auch tut. In seinen Briefen schreibt er, es ginge ihm gut. Wer weiß schon, was wirklich los ist? Ich kann nur auf das Beste für meinen geliebten Sohn hoffen und beten.

»Wie ging es Freddie, als du ihn gesehen hast?«, fragte ich Flick leise, als sie das letzte Mal hier war.

Sie und Mattie besuchen ihn alle zwei Wochen. Das ist nicht so einfach, weil sein Gefängnis weiter weg ist.

»Ganz gut«, sagt sie mit gedehnter Stimme. »Aber er macht sich Sorgen um dich.«

»Bitte sag ihm, das muss er nicht.«

»Weißt du«, sagt Flick und spricht dabei leise, damit Mattie es nicht hört. »Es tut mir so leid, welchen Ärger ich verursacht habe.«

»Du wurdest in etwas hineingezogen, das dann außer Kontrolle geriet«, erwidere ich mit gesenkter Stimme. »Außerdem warst du noch sehr jung.«

Gern hätte ich ihr erzählt, was mir passiert war, aber dafür war es nicht der richtige Zeitpunkt. Vielleicht in ein paar Jahren.

»Aber wie ich schon vor Gericht sagte«, fuhr sie fort, »wenn ich nicht sowohl Knuckles als auch Freddie hätte beeindrucken wollen, wäre es vielleicht nicht so weit gekommen.«

»So darfst du nicht denken«, sage ich, obwohl ich selbst auch schon einige Zeit darüber nachgedacht habe. Wäre ich nicht so verzweifelt bemüht gewesen, auf der Akademie Freunde zu finden – egal welche –, dann hätte ich diese schrecklichen Dinge nicht getan. Unsicherheit bei Heranwachsenden kann schlimme Verbrechen nach sich ziehen.

»Knuckles hat mir aus dem Gefängnis geschrieben«, fügt sie hinzu. »Kannst du das glauben? Er hat mich gefragt, ob ich ihm zurückschreiben würde.«

»Was hast du ihm geantwortet?«

»Ich habe ihm gar nicht geantwortet. Ich will nie wieder an ihn denken.«

Ich möchte ihr sagen, dass ich hoffe, dass sie jetzt reifer ist. Und Freddie auch. Aber wer bin ich, so etwas zu sagen? Ich habe selbst Jahre gebraucht, um erwachsen zu werden und die Fehler, die ich gemacht hatte, zu korrigieren. Ich bin mir nicht einmal sicher, ob mir das auch gelungen ist.

»Wusstest du, dass Tom bei einer Hilfsorganisation für missbrauchte Teenager arbeitet?«, fragt Flick unvermittelt.

»Ja, das weiß ich.«

»Er ist ein guter Mensch, nicht wahr?«

Das hängt davon ab, wie man ihn betrachtet, hätte ich fast geantwortet. Andererseits hat jeder von uns eine gute und eine schlechte Seite.

Und dann bekomme ich eines Tages eine Besuchsanfrage.

Von Mrs Moheim.

64

Wie könnte ich mich weigern, sie zu empfangen? Das ist die Frau, der wir unwiederbringlich Schaden zugefügt haben. Eine unschuldige Frau, jetzt Witwe. Und Mutter.

»Sie könnten ihre Bitte ablehnen«, sagt Derek, der nach wie vor mein Rechtsbeistand ist.

Aber das würde sich nicht richtig anfühlen. Ich weiß, dass ich mit ihr reden muss.

Ich erkenne sie sofort, als ich den Raum betrete. Sie hat Präsenz und Anmut. Das merke ich an der Art, wie sie dort am Tisch sitzt, in dieser aufrechten Position, und meinem Blick standhält. Aber vor allem ist sie höflich.

»Danke, dass Sie mich empfangen«, begrüßt sie mich in dem beengten Besucherraum.

Ich erinnere mich an sie im Gerichtssaal – sie hatte laut aufgestöhnt, als die Details zum Tod ihres Mannes verlesen wurden.

Dann sieht sie mir direkt in die Augen. »Wie werden Sie behandelt?«

Mit dieser Frage hatte ich nicht gerechnet. »So schlimm ist es nicht«, erwidere ich. »Wahrscheinlich verdiene ich viel Schlimmeres.«

Ihre Miene ist weder zustimmend noch ablehnend.

Es herrscht Schweigen, während wir uns über den Tisch hinweg ansehen.

»Es tut mir sehr leid«, sage ich.

»Warum? Sie waren nicht in dem Auto, das meinen Sohn getötet hat.«

»Ihren Sohn?«, wiederhole ich. Sie wirkt so jung, dass ich geglaubt habe, sie sei die Frau des armen Mannes.

Sie geht nicht darauf ein, sondern spricht weiter, als hätte ich gar nichts gesagt. »Meine Schwiegertochter ist zu erschüttert, um Sie zu besuchen. Aber ich wollte Ihnen in die Augen sehen und von Mutter zu Mutter mit Ihnen reden.«

Es verschlägt mir die Sprache, aber ich zwinge mich dazu, zu sprechen. Das bin ich ihr schuldig.

»Alles, woran ich denken konnte, war, wie ich meinen Jungen beschützen konnte«, sage ich, während mir die Stimme bricht.

Sie schüttelt leise den Kopf. »Das ist das, was eine Mutter tut. Ich hätte vielleicht dasselbe getan.«

»Meinen Sie das ernst?«

Unbeirrt hält sie ihren Blick auf mich geheftet. »Ja. Deshalb wollte ich Sie sehen. Ich habe diese Schlagzeilen gelesen. Sie waren grausam.«

»Aber ich habe sie verdient. Ihr Sohn ist gestorben.«

Langsam und bedächtig streicht sie ihren lilafarbenen Sari glatt, als wolle sie sich Zeit zum Nachdenken nehmen. »Ich bin eine Person, die immer versucht, alle Seiten zu sehen. Ihr Sohn stand unter dem Einfluss dieses anderen Jungen. Ich muss gestehen, dass es mir schwerfällt, den beiden zu verzeihen. Aber Sie, Sie sind anders. Niemand sonst kann die Bindung zwischen Mutter und Kind verstehen, nur eine andere Mutter.«

Der Kloß in meiner Kehle ist so dick, dass ich kaum meinen Speichel herunterschlucken kann. »Ihre Schwiegertochter und Ihre Enkelkinder«, bringe ich mit erstickter Stimme hervor. »Wie geht es ihnen?«

Sie sieht mich traurig an. »Was denken Sie denn?«

Es war eine dumme Frage, aber ich musste sie stellen. »Kommen Sie zurecht?«, hake ich nach.

»Wir leben alle unter einem Dach mit meinen Eltern und den Eltern meines Mannes. In meiner Familie kümmern wir uns umeinander.« In ihrer Stimme schwingt ein Hauch von Geringschätzung mit. »Wir schieben unsere Alten nicht ab, damit sich Fremde um sie kümmern.«

Ich denke an Gladys, der es Steve zufolge gut geht. Sagt er das nur, um mich zu trösten?

Schließlich steht sie auf. »Auf Wiedersehen, Mrs Wilkins. Ich wünsche Ihnen alles Gute.«

Und schon ist sie wieder weg. Mir ist klar, ohne dass sie es sagen muss, dass sie nicht die Absicht hat, jemals noch einmal Kontakt mit mir aufzunehmen. Sie hat ihren Teil gesagt. Und was vielleicht noch wichtiger ist: Auch sie hat ihren Frieden gemacht.

Könnte ich doch nur dasselbe tun.

65 Wenn man in die Schlagzeilen gerät, bekommt man eine Zeit lang Briefe von Leuten, die man überhaupt nicht kennt. Wildfremde, die in der Presse über dich gelesen haben und den Drang verspüren, ihre Meinung zu äußern.

So schreibt jemand in unregelmäßigen Großbuchstaben:

DU SCHLAMPE, DU HÄTTEST DIESEN MANN
GENAUSO GUT SELBST TÖTEN KÖNNEN.
DU HÄTTEST DEINEN SOHN SOFORT AN
DIE POLIZEI AUSLIEFERN SOLLEN.

Jemand anderes lädt mich in krakeliger Handschrift nach meiner Entlassung zum Essen ein.

Auf dem Foto gefällst du mir.

Eine Frau schreibt, meine Geschichte habe sie darüber nachdenken lassen, wie sie an meiner Stelle gehandelt hätte. Bei mir stellt sich das Gefühl ein, dass sie in diesem Moment womöglich in einer ähnlichen Situation steckt, worauf sich in mir die Hoffnung regt, dass sie nicht aufgespürt wird. Schließlich fange ich mich wieder. Vielleicht sollte sie doch aufgespürt werden.

Dann ist da ein Brief von einem Doktoranden, der die Auswirkungen auf die Eltern von Mördern untersucht. Im Tonfall stellt er Freddie auf eine Stufe mit Jack the Ripper. »Mein Sohn ist kein Mörder!«, sage ich laut in meiner Zelle, während ich den getippten Brief in Fetzen reiße.

Aber das Endergebnis war das gleiche, erinnere ich mich. Tod.

Auf einem Umschlag klebt eine französische Briefmarke. Der Brief darin ist so gefaltet, dass ich die Unterschrift am Ende sehen kann, bevor ich ihn herausnehme.

Liebste Sarah, ich habe in der Zeitung von Deinem Prozess gelesen. Ich konnte es kaum glauben! Was für eine schreckliche Zeit, die Du da durchmachen musstest. Aber ich hätte dasselbe für meine Mädchen getan. Wenigstens weiß ich jetzt, wo Du bist, damit ich mich wieder bei Dir melden kann. Ich hätte mich viel mehr bemühen müssen, Dich aufzuspüren, nachdem Tom mir erzählt hatte, dass Du ihn verlassen hast. Aber Alex hat mich überredet, es zu unterlassen, weil er meinte, ich müsste mit der Vergangenheit abschließen. Ich glaube, er hatte Angst, dass ihr mich alle dazu überreden könntet, zu Hugo zurückzukehren.

Ich weiß, was Du jetzt denkst. Das ist nicht die Olivia, die Du kanntest. Du hast recht. Wie sich herausstellte, war Alex ein ziemlicher Kontrollfreak. Man weiß erst dann, wie der andere wirklich tickt, wenn man mit ihm zusammenlebt, nicht wahr?

Zu den Mädchen war er auch nicht so toll. Er konnte sich nicht in Teenager hineinversetzen. Aber ich wollte unbedingt, dass es klappt. Ich schämte mich zu sehr, zuzugeben, dass ich mich schon wieder auf den Falschen eingelassen hatte. Schließlich und endlich brachte ich dann doch den Mut auf, ihn zu verlassen. Inzwischen waren die Mädchen auf der Uni, und so nahm ich mir ein Jahr Auszeit und reiste durch Europa, nur mit dem Rucksack.

Ich halte einen Moment inne und versuche, mir meine glamouröse Freundin mit Wanderschuhen und Regenjacke vorzustellen statt mit einer voll aufeinander abgestimmten Garderobe und einer prall gefüllten Schminktasche mit dem »Notwendigsten«. Das bringt mich zum Lächeln.

Ich weiß schon, was Du jetzt wieder denkst! Das ist nicht Olivia. Aber in Wirklichkeit war es das. Ich hatte mein wahres Ich gefunden. Ich war vorher noch nie ohne einen Mann durchs Leben gegangen, und es war seltsam befreiend. Dieses Jahr, in dem ich tun konnte, was ich wollte, und dorthin fahren konnte, wo ich Lust hatte, war der Himmel. Ich postete ein paar Bilder auf Facebook, in der Hoffnung, Du würdest mich entdecken. Ich habe Dir sogar eine Nachricht geschickt.

Mich überkommt ein Stich des Bedauerns. Olivia konnte ja nicht ahnen, dass ich mich nicht mehr auf Social Media bewegte, seit wir nach Cornwall geflohen waren, aus Angst, aufgespürt zu werden.

Aber dann meldete sich ein alter Freund bei mir. Erinnerst Du Dich noch, wie wir eines Abends in einer Weinbar über unsere ersten Lieben gesprochen haben?

Fast kann ich Olivias mädchenhaftes Kichern hören.

Ich habe Dir dabei doch von diesem gut aussehenden, jungen französischen Freund erzählt, den ich mal hatte – den Sohn von Freunden der Familie. Und dass ich ihn gegoogelt und dabei herausgefunden hatte, dass er fett und glatzköpfig geworden war und zwei Ehen hinter sich hatte.

Warum weiß ich, was jetzt kommt?

Tja, er schickte mir eine Nachricht und lud mich auf einen Besuch in seinem Schloss in der Dordogne ein. Und ich dachte, warum denn eigentlich nicht? Und hier bin ich nun, all diese Jahre später! Tatsächlich haben wir letztes Jahr geheiratet. Du würdest Dominic lieben, er ist witzig. Er ist übergewichtig, und es ist ihm egal. Er liebt die Mädchen, und sie lieben ihn und alle seine sechs Kinder aus früheren Ehen. Tatsächlich hat er immer noch Kontakt zu seinen ehemaligen Ehefrauen, und wir veranstalten lustige Familiengrillabende. Du musst uns unbedingt mal besuchen kommen, wenn du wieder draußen bist.

Olivia hatte mich tief verletzt. Aber ich kann sie auch verstehen.

*So eine Freundin wie Dich hatte ich noch nie. Und werde es nie wieder haben. Du und ich, wir sind miteinander verbunden, Sarah. Wir wussten beide, wie es war, während dieser langen Jahre, in denen wir beide mit dem falschen Mann verheiratet waren und um unserer Kinder willen durchhielten. Bitte komm und besuch uns mal. Bis dahin hoffe ich, dass es Dir an diesem furchtbaren Ort gut geht.
Alles Liebe, Olivia xxxxxx*

Das ist Olivia, wie sie leibt und lebt. Eine geborene Überlebenskünstlerin. Aber sie hat recht. Wir waren durch die Jahre der Kindererziehung miteinander verbunden. Eine Freundschaft wie die unsere hält ewig. Ich möchte sie wiedersehen. Und vielleicht werde ich das auch.

Und dann, etwa eine Woche später, kommt ein weiterer Brief, wunderschön geschrieben, die Buchstaben sind mit runden Schnörkeln verziert, von einer Frau namens Marigold.

Ich lese ihn nachts auf meiner schmalen Pritsche.

Die erste Zeile bringt es direkt auf den Punkt:

Du erinnerst dich vielleicht nicht an mich.
Ich habe den Anhänger erkannt, den Du auf einem der
Fotos trägst. Sie hat auch mir einen ähnlichen aus
Muscheln und Buntglas gefertigt. Was für ein unver-
wechselbarer Stil!

Was?

Deine Mutter war meine beste Freundin. Wir lernten uns
auf der Kunstakademie kennen – dein Dad war im selben
Jahrgang. Danach gründeten wir mit noch ein paar
anderen Freunden eine Künstlergruppe, um unseren
eigenen Schmuck herzustellen und Bilder zu verkaufen.
Du warst das erste Baby, das in der Kommune geboren
wurde! Das werde ich nie vergessen. Als Du geboren
wurdest, standen wir alle um Dich herum und haben
gechantet, gesungen und geklatscht. Deine Mum machte
mich zu deiner Patentante. Wir hatten es nicht so mit
Kirche, aber ich habe meine Pflichten sehr ernst genom-
men. Als Du noch ganz klein warst, habe ich Dir gezeigt,
wie man Zucchini aus Samen zieht.

War das der Grund, warum ich dieses Gefühl der Vertrautheit gehabt hatte, als ich Gladys' Garten übernahm? Die Zeilen wecken in mir eine vage Erinnerung aus meiner Kindheit an eine Frau mit goldenem Haar. Aber mehr als das gibt es nicht.

Ich möchte, dass Du weißt, dass Deine Mutter Dich sehr geliebt hat. Aber sie war jung, und keiner von uns war so verantwortungsbewusst, wie wir es hätten sein sollen. In der Nacht, in der sie ums Leben kam, hatte ich sie ermutigt, mit jemandem auszugehen. Sie wollte eigentlich lieber bei Dir bleiben, aber ich sagte ihr, sie solle sich zur Abwechslung mal etwas Zeit für sich als Erwachsene nehmen. Hätte ich das nicht getan, dann wäre sie vielleicht nicht bei diesem schrecklichen Autounfall umgekommen. Es tut mir so leid. Es war ein furchtbarer Schock. Ich werde nie Dein kleines, verwirrtes Gesicht vergessen, als ich versuchte, Dir zu erklären, dass Mummy nicht mehr zurückkommen wird. Ich habe das Jugendamt angebettelt, dass ich Dich großziehen darf.

Die Freundin meiner Mutter hatte mich gewollt? Meine Augen füllen sich mit Tränen.

Aber sie befanden mich nicht für geeignet und sorgten stattdessen dafür, dass Du zu Deiner Tante kamst. Ich habe versucht, mit Dir in Kontakt zu bleiben, aber sie hat meine Briefe nie beantwortet. Ich habe oft an Dich gedacht, liebe Sarah.

Ich schlucke den dicken Kloß in meiner Kehle herunter. Marigold klingt so entzückend! Hätte man ihr doch nur gestattet, mich großzuziehen, statt mich zu meiner Tante und meinem Onkel zu bringen! Dann wäre mein Leben vielleicht völlig anders verlaufen.

Ich weiß nicht, ob man Dir im Gefängnis diese Fotos aushändigen wird, aber ich lege Dir zwei in den Umschlag. Das größere wurde aufgenommen, als wir alle einen Ausflug auf die Scilly Islands machten. Das war vielleicht ein Abenteuer! Wir waren eingeladen worden, einige unserer Bilder dort auszustellen – sämtliche Kosten wurden übernommen.

Ein weiteres Puzzlestück fügt sich nun an seinen Platz.

Ich habe noch ein Bild, das Deine Mutter von der Insel Tresco gemalt und mir geschenkt hat. Ich gebe es Dir, wenn Du entlassen wirst.

Die Fotos stecken noch im Umschlag. Ich ziehe beide heraus. Das erste zeigt ein Paar. Instinktiv weiß ich, dass es sich um meine Eltern handelt. Mum ist hellblond und trägt ein langes, cremefarbenes Kleid aus indischer Baumwolle. Dad hat mein kohlrabenschwarzes Haar und sieht in seiner Jeansjacke aus wie ein junger Elvis Presley. So, wie sie sich anblicken, sind sie eindeutig vernarrt ineinander. Zum ersten Mal sehe ich, wie mein Dad aussah. Sein Weggang nach meiner Geburt hatte immer eine klaffende Lücke in meinem Herzen hinterlassen.

Das andere Bild ist kleiner. Es zeigt ein Kind, das schätzungsweise etwas älter als Mattie ist. Ich weiß das, weil ich mich daran erinnere, wie meine Mutter es aufgenommen hat. »Lächle«, sagte sie zu mir. »Zeig mir dein schönes Lächeln.«

Auf der Rückseite steht in schräger Schrift eine Notiz mit Bleistift.

Mein liebes kleines Mädchen. Wie glücklich ich bin!

Jetzt muss ich weinen. Denn der Brief von Marigold ist der Beweis dafür, dass ich einmal geliebt wurde. Wirklich geliebt.

66

Der Brief von Marigold hat alles verändert. Durch ihn habe ich jetzt Wurzeln. Er bestätigt verschiedene Erinnerungen, die bisher nur diffus in meinem Unterbewusstsein vorhanden waren. Er ermöglichte es mir, mir selbst allmählich zu vergeben. Welche Chance hatte ich denn, als ich in diesem Alter zur Waise geworden war? Es gab niemanden, der mir gesagt hat, dass ich erwünscht war. Natürlich gibt es viele Menschen, die einen noch viel schlechteren Start ins Leben hatten und trotzdem nicht solche schrecklichen Fehler begehen, wie ich es getan habe. Nichts kann Emily jemals zurückbringen.

Doch aus einem unerklärlichen Grund spüre ich, wie sich ein gewisser Frieden über mich zu legen beginnt.

Ich habe die Kunstlehrerin im Gefängnis gebeten, die Fotos zu fotokopieren, damit ich sie Freddie schicken kann. Wir schreiben uns regelmäßig, auch wenn die Gefängnispost wegen der Sicherheitskontrollen bis zu drei Wochen oder länger unterwegs sein kann. In seiner Antwort drückt er seine üblichen Sorgen um mich aus – und sein Erstaunen über den Brief.

Es ist auch für Mattie wichtig, schreibt er. *Ich möchte, dass sie ihre Familiengeschichte kennt.*

In Freddies Brief steht noch etwas anderes: *Steve hat mir geschrieben. Er sagt, dass Du ihn nicht sehen willst. Bitte überleg es Dir noch einmal, Mum.*

Ich kann nicht. Ich schäme mich zu sehr. Ich habe an einem guten, freundlichen Mann Verrat begangen. Ich war ihm so gut wie untreu gewesen. Meine Vergangenheit vor ihm zu verschweigen war genauso schlimm wie Betrug. In meinem Fall vielleicht noch schlimmer.

Dann fällt mein Blick auf Freddies nächste Zeile.

Er sagt, dass er Dir etwas Wichtiges mitzuteilen hat.

Als dann das nächste Mal eine Anfrage für einen Besuch von Steve Leather kommt, nehme ich an, wenn auch nicht ohne Befürchtungen.

Es ist jetzt vier Monate her, dass ich ihn das letzte Mal gesehen habe, doch ich denke jeden Tag an ihn. Er hätte mich auf der Stelle verlassen können, als ich ihm erzählte, was Freddie und ich getan hatten. Aber das hat er nicht. Er hat seinen Bruder gebeten, mich zu verteidigen. Er hat während der Gerichtsverhandlung meine Hand gehalten.

Er sagt, dass er Dir etwas Wichtiges mitzuteilen hat.

Als ich den Besucherraum betrete, erblicke ich als Erstes diese Cowboystiefel unter einem der kleinen Tische mit Metallrahmen. Seine freundlichen Augen sind immer noch dieselben, mögen sie auch ein wenig erschöpft wirken. Nach seinen scharf hervortretenden Wangenknochen zu urteilen, scheint er auch ein bisschen abgenommen zu haben. Kann es sein, dass er sich Sorgen um mich macht? Ich frage mich, wie ich wohl für ihn aussehe. Mein Pony muss geschnitten werden. Meine Gefängnisuniform, bestehend aus einem marineblauen Trainingsanzug im Schlabberlook und einem Oberteil, betont nicht gerade meine Figur. Und ich bin mir bewusst, dass ich ein bisschen müffle. Die Duschen sind schon seit einer Weile außer Betrieb, und ich warte immer noch auf meine Zuteilung von Deo. Aber immerhin werden in diesem Gefängnis nicht so viele Gewalttaten verübt wie in dem Gefängnis, in dem ich einsaß, als ich jünger war.

»Danke, dass du mich empfängst«, begrüßt er mich.

Die Atmosphäre zwischen uns ist furchtbar steif. Förmlich.

Aber was hatte ich erwartet?

»Geht es Jasper gut?«, platze ich heraus.

»Alles bestens.«

Vor Erleichterung wird mir ganz wohl ums Herz.

»Er vermisst dich natürlich, aber er muntert Gladys ständig auf. Ich nehme ihn immer mit, wenn ich sie besuche. Sie lässt dich auch herzlich grüßen.«

»Wirklich?«

»Ja, wirklich.«

»Freddie schrieb mir, du hättest mir etwas Wichtiges mitzuteilen.«

Er rutscht auf seinem Stuhl hin und her. Ich spüre, dass etwas nicht stimmt.

»Bitte, sag es mir einfach«, fordere ich ihn auf.

»Ich kümmere mich in deiner Abwesenheit um das Cottage«, sagt er. »Gladys hat mich darum gebeten. Sie will es nicht anderweitig vermieten, so lange du hier bist, für den Fall, dass du dorthin zurückkehren möchtest.«

»Wie kann ich an einen Ort zurückkehren, an dem sich alle das Maul über mich zerreißen werden?«

»Du würdest dich wundern, wie schnell die Leute vergessen. Sie sagt, sie kann es kaum erwarten, dich wieder in ihrer Nähe zu haben.«

»Verzeiht sie mir?«

»Danach habe ich sie nicht gefragt. Aber sie redet die ganze Zeit von dir und macht sich Sorgen um dich.«

»Bitte sag ihr alles Liebe von mir und dass es mir gut geht.«

»Sie wollte dich besuchen, aber sie ist jetzt gar nicht mehr mobil.«

Das hört sich nicht gut an. »Ich werde ihr schreiben.«

»Darüber würde sie sich freuen.«

Wieder herrscht Schweigen. Ich bin zu ängstlich, um es zu brechen. Dann spricht Steve.

»Die Sache ist die ... beim Aufräumen in deinem Zimmer habe ich etwas gefunden.«

Mein Herzschlag beschleunigt sich. Drogen, die Freddie versteckt haben könnte? Nein, bitte nicht. Die hätte ich beim Aufräumen doch bestimmt selbst gefunden. Außerdem hat er immer geschworen, dass er clean ist.

Steve hält mir mein altes Skizzenbuch entgegen, das ich bei unserer Flucht aus London unmöglich hatte zurücklassen können. Es ist voll mit meinen Zeichnungen.

»Die sind toll, Sarah. Ich wusste gar nicht, dass du auch Akt zeichnest.«

Ich spüre, wie mir die Farbe in die Wangen steigt, als ich mir ein Selbstporträt ansehe, das ich vor dem Spiegel gezeichnet hatte. »Das war ein Teil meines alten Lebens. Es kommt mir jetzt albern vor, aber ich versuchte zu entscheiden, ob Freddie und ich Tom verlassen sollten oder nicht. Wenn du jemanden nackt zeichnest, wird er entblößt. Es kann dir helfen, einer Person auf den Grund zu gehen. Ich versuchte auch, dies bei mir selbst zu tun. Aber dann, als wir nach Cornwall kamen, stellte ich fest, dass ich mich nicht mehr fürs Aktzeichnen interessierte.«

»Warum nicht?«

Es fällt mir schwer, es ihm zu erklären. »Ich mochte die Person nicht, zu der ich geworden war. Ich hatte schon wieder gegen das Gesetz verstoßen. Es war eine Erleichterung, mich stattdessen der Töpferei zu widmen.«

Er nickt. »Das verstehe ich. Bei mir gab es auch einen Bruch im Leben.«

»Wirklich?«

»Ich war einmal Anwalt.«

Ihm scheint unbehaglich zumute zu sein. Wann immer ich Steve nach seiner Vergangenheit gefragt hatte, hatte er etwas Vages über einen langweiligen Bürojob gesagt und dass er die »richtige Karriere« seinem Bruder überlassen habe.

»Ich weiß, wir haben uns darauf geeinigt, nicht über Vergangenes zu sprechen, aber ich wünschte, du hättest das mit mir teilen können.« Er sieht mich so voller Liebe, Scham und Bedauern an, dass ich losheulen könnte. »Mir geht es genauso, ich finde es schade, dass ich es dir nicht gesagt habe. Die Wahrheit ist: Es war mir peinlich, dass ich meine Karriere hingeschmissen habe. Derek hat es zu etwas gebracht, und obwohl ich stolz auf ihn bin, bereue ich doch, dass ich es vermasselt habe.«

»Vermasselt?«, wiederhole ich.

Steve sieht mich unverwandt an. »Deshalb wollte ich dich sehen. Um mein Geheimnis mit dir zu teilen, so wie du deines mit mir geteilt hast.«

»Erzähl weiter«, bitte ich ihn.

Er seufzt. »Ich hatte eine Mandantin, die beschuldigt wurde, ihr Kleinkind vernachlässigt zu haben. Eine Nachbarin gab an, sie habe nebenan ständig Kreischen und Schreien gehört. Die Sache war nur die, dass es keine handfesten Beweise gab. Diese Nachbarin war als Wichtigtuerin verschrien. Die Leute gegenüber sagten, sie hätten nichts gehört. Und dann ...«

Er bricht mitten im Satz ab.

»Erzähl weiter«, fordere ich ihn erneut auf.

»Dann ›fiel‹ das Kind in ein heißes Bad und zog sich Verbrennungen dritten Grades zu. Die Mutter sagte aus, sie habe vorher immer zuerst kaltes Wasser einlaufen lassen, habe es bei dieser Gelegenheit aber ›vergessen‹. Sie wirkte total verzweifelt. Ich glaubte ihr. Die Geschworenen auch. Sie wurde freigesprochen und durfte ihr Kind behalten.«

Ich ahne, dass jetzt etwas Schreckliches kommt.

»Ein Jahr später«, fährt er zögernd fort, »stand sie wieder vor Gericht. Diesmal wegen Totschlags.«

»Was war passiert?«, flüstere ich.

»Sie hatte ihrem Sohn ohne ersichtlichen Grund mit einer

Pfanne auf den Kopf geschlagen. Sie sagte aus, sie sei einfach ausgerastet, aber sie war zur betreffenden Zeit total zugedröhnt.«

»Das ist ja schrecklich.« Ich nehme Steves gequälten Gesichtsausdruck war. »Aber das war nicht deine Schuld.«

»Doch. Das war es. Ich war mir so sicher, dass sie unschuldig war. Ich hätte ihren Fall gar nicht angenommen, wenn ich es nicht gewesen wäre. Ich war mir sicher, dass meine Mandantin ein Opfer von übler Nachrede war.«

»Aber du hast nicht auf der Geschworenenbank gesessen. Es lag nicht an dir, zu entscheiden, ob sie eine geeignete Mutter war oder nicht. Und selbst wenn du ihren Fall nicht angenommen hättest, hätte es ein anderer Anwalt getan.«

»Ich weiß. Das sagte Derek damals auch. Aber ich konnte die Verantwortung nicht mehr verkraften. Ich konnte nicht damit umgehen, dass ein Kind gestorben war. Und ich zweifelte an meiner Menschenkenntnis.«

Ich schweige.

»Danach hängte ich meinen Beruf an den Nagel und nahm Gelegenheitsjobs an. Ich begann zu trinken, zu viel zu trinken. Meine Frau verließ mich. Ich war anscheinend nicht mehr der Mann, den sie geheiratet hatte. Wenn Derek mir nicht geholfen hätte, nach Cornwall zurückzugehen, mich zusammenzureißen und die Finger vom Alkohol zu lassen, weiß ich nicht, was ich getan hätte.«

Das also hatte er gemeint, als er gesagt hatte, dass das Scheitern seiner Ehe »seine Schuld« gewesen war.

»Das tut mir leid.«

»Du und er, ihr seid die Einzigen, die es wissen«, erklärt er, »abgesehen vom Rest des Dorfes.« Er schneidet eine Grimasse. »Aber sie sind anständig genug, nicht darüber zu tratschen. Und wenn es dir nichts ausmacht, wäre es mir am liebsten, wenn du das auch nicht tust, wenn du zurückkommst.«

»*Falls* ich zurückkomme«, werfe ich ein.

»Bitte. Gib mich nicht auf. Aber vor allem gib dich nicht selbst auf. Wir werden auf dich warten, Jasper und ich. Genau wie deine hübsche kleine Enkeltochter. Mattie braucht dich, Sarah. Wir alle brauchen dich.«

Ich bin immer noch aufgewühlt. »Du hast vorhin gesagt, dass deine schreckliche Erfahrung dich an deiner Menschenkenntnis zweifeln ließ.«

Er nickt.

»Ich muss dich das fragen, Steve: Gilt das auch für mich?«

Er zögert. Es sind nur ein paar Sekunden, aber es genügt. »Ich hatte schon so meine Zweifel, als die Sache mit Freddie ans Licht kam. Aber sie verflogen fast sofort wieder. Was du getan hast, war etwas anderes. Du liebst dein Kind.«

Vielleicht zu sehr.

Ich bin so gerührt, dass ich nichts hervorbringe.

»Am Ende wird alles gut«, sagt er. »Übrigens hast du eine Postkarte von jemandem namens Zac bekommen.«

Ich hatte Steve gebeten, sich um meine Post zu kümmern. Ich wollte, dass er weiß, dass ich nichts mehr zu verbergen habe.

»Zac war ein alter Freund auf der Akademie«, sage ich.

»Er möchte, dass du ihn anrufst. Willst du dir die Nummer notieren?«

Vom Gefängnis aus zu telefonieren, ist alles andere als eine Privatangelegenheit. Es gibt eine halb offene Kabine auf einem der Flure in jedem Flügel. Und es gibt immer eine Warteschlange davor. Jeder sperrt die Ohren auf.

Dessen bin ich mir bewusst, während ich es läuten lasse.

»Woher hast du meine Adresse?« frage ich.

Seine Stimme hat immer noch den rauen Klang des Rauchers. »Ich habe dich mithilfe der Angaben in der Zeitung ausfindig gemacht. Ich versuche schon seit Jahren, dich zu erreichen.«

»Ich weiß. Bitte lass es. Wir beide sind Geschichte.«

»Nein, das sind wir nicht. Weißt du ... es gibt da etwas, das ich dir nie erzählt habe. Es geht um Emily.«

Meine Brust schnürt sich zu. »Was?«

»An diesem Abend ... das war nicht nur deine Schuld. Emily hat mich immerzu wegen der Pillen bedrängt. Ich war selbst high. Also habe ich ihr ein paar gegeben.«

»War das bevor oder nachdem sie meine Tasche gefunden hat?«

»Vorher.«

»Aber es war meine Charge, die verunreinigt war.«

»Vielleicht stammten sie aus meinem Vorrat. Oder vielleicht hatten wir sie von der gleichen Quelle bekommen. Ich selbst habe auch darauf reagiert, aber nicht so schlimm wie sie.«

»Und du hast nie jemandem davon erzählt?«

»Es tut mir leid, Sarah. Ich hatte Angst. Aber die Sache ist die ... Ich bin genauso schuldig wie du.«

Zwei Jahre später

67

»Granny, hilf mir doch mal bei der Sandburg! Sie stürzt mir immer ein.«

Wenn meine Enkelin mich so anlächelt, mit ihrem Zahnlückenlächeln und den langen, schwarz glänzenden Zöpfen, die sie sich über die Schulter wirft, während sie spricht, würde ich alles für sie tun. Ich weiß noch, dass ich mich genauso verhalten habe, als ich Tom zum ersten Mal traf.

Wir sitzen am Strand von Shell Cove. Mattie, Steve, Tom, Hilary, Flick und ich. Wir machen ein Picknick mit Hummus, Pitabrot und selbst gemachtem Nussbraten. Kein Alkohol. Keiner von uns trinkt, aus ganz unterschiedlichen Gründen.

Für einen Außenstehenden sehen wir womöglich wie eine ganz normale Familie aus. Das Komische daran ist, dass ich mich wegen der Anwesenheit von Hilary nicht unwohl fühle. Das sollte ich eigentlich. Aber meine zweite Zeit im Gefängnis hat mich dazu bewogen, andere Menschen mehr zu akzeptieren. Außerdem scheint sie eine ziemlich nette Frau zu sein, und ich spüre, dass sie Tom viel mehr guttut, als ich es je konnte.

Ich bin jetzt seit einem Jahr draußen. Am Anfang hatte ich Angst davor, ins Dorf zurückzukehren. Als Gladys beschloss, ihr Cottage zu verkaufen, fragte sie mich, ob ich Interesse hätte, es zu erwerben. Daraufhin verwendete ich den Rest meines Geldes aus dem Verkauf des Londoner Hauses, das anzurühren ich vor lauter Nervosität nicht gewagt hatte. Es ist gut, Wurzeln zu schlagen. Ich fühle mich hier zu Hause und betrachte es als Rückzugsort für meine Enkelin in den kommenden Jahren. Ich habe sogar neben der Haustür ein getöpfertes Schild in meinem typischen Marineblau aufgehängt, auf das ich GLADYS' COTTAGE geschrieben hatte.

»Das wird es immer für mich sein«, versicherte ich Gladys. »Dank dir habe ich zum ersten Mal einen Ort gefunden, an dem ich mich wirklich zu Hause fühle.«

Sie umarmte mich innig. Ich roch ihren Lavendelseifenduft. »Ich kann mir niemand anderes vorstellen, den ich dort wohnen lassen würde«, flüsterte sie mir ins Ohr. »Und denk immer daran: Niemand ist perfekt. Wir versuchen nur unser Bestes.«

Einige Leute – so ist es leider – machen einen großen Bogen um mich. Und andere begegnen mir mit gemischten Gefühlen. »Ich war erst sauer auf dich, als ich erfuhr, was dein Junge getan hatte«, erklärte Blockie. »Ich hatte dir geholfen, weil ich dachte, dein Mann hätte dir wehgetan. Aber dann gab mir meine Frau zu bedenken, ich selbst wäre sicher auch bereit, sämtliche Regeln zu brechen, wenn das unseren Jungen zurückbringen würde.«

»Es tut mir leid«, flüsterte ich und ergriff die Hand, die er mir entgegenstreckte.

Steve übernachtete in der ersten Woche bei mir und legte mir dann nahe, mir etwas Zeit für mich alleine zu gönnen.

Ich erwiderte: »Ehrlich gesagt: Hättest du nicht Lust, noch ein bisschen zu bleiben?«

»Ich dachte schon, du würdest nie fragen!«

Er ging nicht wieder.

Inzwischen besuche ich Freddie jede Woche. Er absolviert ein Fernstudium an der Open University. Ich hatte ihm von Mrs Moheims Besuch erzählt. Er schrieb der Familie einen Brief mit einer Entschuldigung. Sie antworteten nicht. Obwohl meine Besucherin versichert hatte, sie versuche, alle Seiten zu sehen, gibt es dennoch Verbrechen, die man nicht vergeben kann.

Einmal stand ich zur gleichen Zeit in der Besucherschlange, um Freddie zu sehen, wie mein Ex-Mann. »Ich wusste nicht, dass du kommst«, sagte ich, peinlich berührt.

»Ich besuche ihn heute zum ersten Mal«, antwortete Tom. »Ehrlich gesagt, bin ich ziemlich nervös. Unbeholfen knetete er seine Finger. »Aber er ist unser Sohn. Ich muss ihn besuchen.«

»Was denkt Hilary darüber?«, kam ich nicht umhin zu fragen.

»Sie versteht, wie wichtig Freddie für mich ist. Sie meint, vielleicht habe ich seine Abwesenheit und dann den Schock der Verhandlung gebraucht, um das zu erkennen.« Er wurde rot.

»Das hört sich so an, als hättest du die richtige Frau gefunden.«

»Ja«, stimmte er zu. »Das habe ich, auch wenn es für uns beide einen hohen Preis hatte.«

Das war so typisch für Tom! Er sprach immerzu von Zahlen und Mengen.

»Ich bin froh, dass du auch dein Glück gefunden hast«, fuhr er fort.

»Danke.«

»Habt ihr vor, zu heiraten, jetzt, da unsere Scheidung durch ist?«

»Nein. Keiner von uns hat das Gefühl, dass wir es brauchen. Wir fühlen uns stark genug, so wie wir sind. Was ist mit euch?«

»Nächsten Monat, um genau zu sein. Hilary und ich wollen unsere Beziehung in eine feste Form bringen.«

Ich wartete darauf, dass sich ein stechender Schmerz einstellte, aber das tat es nicht.

»Ich habe von Olivia gehört«, sagte ich. »Du weißt wahrscheinlich, dass sie mittlerweile mit einem Franzosen verheiratet ist.«

»Ehrlich gesagt, nein.«

»Hat Hugo es dir nicht erzählt?«

Tom verzog den Mund auf diese Art, wie er es immer tat, wenn er etwas oder jemanden nicht mochte. »Ich habe keinen Kontakt mehr zu ihm.«

»Warum nicht?«

»Wir haben uns zerstritten.«

»Weswegen?«

Tom trat von einem Bein auf das andere. Ihm war sichtlich unbehaglich zumute. »Nachdem du gegangen warst, hatte ich viel Zeit, darüber nachzudenken, wie das mit Chapman gelaufen ist. Ich habe Hilary davon erzählt. Sie schlug vor, ich solle zu Hugo gehen und ihm mitteilen, dass ich ihn nie wieder sehen will.«

»Und das hast du getan?«

»Ja. Ich weiß gar nicht, warum ich es nicht schon vorher getan habe. Vielleicht war es das alte verängstigte Kind in mir.«

»Ich muss sagen, du scheinst jetzt mehr mit deinen Gefühlen in Kontakt zu stehen.«

»Das ist Hilarys Einfluss.«

Das freut mich natürlich, zugleich kann ich jedoch nicht umhin, mich daran zu erinnern, dass er Emotionen für eine »schwache Nachgiebigkeit« hielt, als er mit mir verheiratet war.

»Ich habe auch Chapmans Witwe besucht. Aber sie wollte nicht mit mir sprechen.«

Ich sog den Atem ein. »Das muss hart gewesen sein.«

»Das war es. Aber auch verständlich.«

»Ich bin stolz auf dich, dass du das getan hast.«

»Danke. Das war Hilary auch.«

Es war Zeit für mich, ihn endgültig gehen zu lassen. Er und Hilary waren ein »wir«, genau wie Steve und ich. Doch Tom und ich würden immer durch unseren Sohn und unsere Enkelin verbunden sein.

Natürlich besuche ich Mattie, so oft ich kann. Sie und Flick leben nach wie vor bei ihren Eltern. Die scheinen anständige

Menschen zu sein. Ich frage mich, was sie wohl von mir halten. Und ich bin ein bisschen eifersüchtig, dass meine Enkelin sie besser kennt als mich.

»Meine Tochter hat das Glück, sechs Großeltern zu haben«, erklärt Flick, während wir durch den Park in der Nähe ihres Hauses gehen.

Sie arbeitet jetzt für ein smartes Tech-Unternehmen. Es ist einer dieser modernen Jobs, die ich nicht einmal beschreiben kann, geschweige denn verstehen. Ich mag Flick wirklich. Wäre sie nicht so mutig gewesen, dann hätte mein Sohn vielleicht lebenslänglich bekommen.

»Es ist wichtig für Mattie, ihre Wurzeln zu kennen«, fügt sie hinzu.

Mir selbst geht es genauso. Deshalb treffen Marigold und ich uns regelmäßig.

Ich habe ihr mittlerweile von Emilys Tod erzählt und von der Rolle, die ich und Zac dabei spielten. »Das befreit mich nicht von meiner Schuld«, erkläre ich, »aber zu wissen, dass ich nicht allein dafür verantwortlich war, hilft mir.«

»Das verstehe ich«, versichert sie und drückt meine Hand. »Ich habe mich auch schrecklich gefühlt wegen deiner Mutter.«

Eines Tages ruft aus heiterem Himmel Tom an. »Wir veranstalten einen offenen Abend für unsere Mittwochsgruppe«, teilt er mir mit. »Wir wollen den Leuten zeigen, was wir machen. Hilary kommt auch. Sie hat vorgeschlagen, dass du ebenfalls dabei sein könntest.«

Es öffnete mir in mehr als einer Hinsicht die Augen. Viele der Jungen hatten über ihre Missbrauchserfahrungen als Kinder geschrieben, und ihre Geschichten hingen an der Wand. Aber was mir wirklich einen Kloß im Hals verursachte, war die Zahl derer, die auf mich und Hilary zukamen und uns erzählten, wie sehr Tom ihnen geholfen hatte.

»Er hat mir klargemacht, wie wichtig es ist, sich zu wehren und sich nicht selbst die Schuld zu geben«, erklärte einer von ihnen.

»Unglaublich, nicht wahr?«, äußerte Hilary.

Diese Frau mit den zweckmäßigen Schuhen und der Kurzhaarfrisur ohne jeden Schnickschnack wird niemals meine beste Freundin sein. Schließlich hatte sie eine Affäre mit meinem Mann. Aber es ist gut, zu wissen, dass sie jetzt eine feste Größe in seinem Leben ist – und auch im Leben meines Sohnes und meiner Enkelin.

Mattie ist unser Neuanfang. Sie ist das Kind, das uns alle zusammengebracht hat. Wir müssen ihr helfen, damit zurechtzukommen, dass sie einen Vater bekommen und ihn dann ans Gefängnis verloren hat. Und wir müssen Flick und Freddie Raum geben, wenn mein Sohn entlassen wird, damit sie die Chance haben, zu einer Familie zusammenzuwachsen.

Unsere Enkelin hat zudem eine entspannte Seite von Tom zum Vorschein gebracht. Mein Ex-Mann ist, so denke ich jetzt, da er gerade auf allen vieren geht und »Tiere« mit ihr spielt, besser als Großvater denn als Vater.

Steve erweist sich als toller »Bonus-Großvater«. Er denkt sich lustige Gedichte für Mattie aus. Das Lieblingsgedicht der Kleinen handelt von einem Frosch, der in einem Sumpf lebt.

Ist das Leben, so wie es sich entwickelt, nicht seltsam?

»Freddie und ich werden zusammenziehen, wenn er rauskommt«, vertraut mir Flick an, während wir am Strand spazieren gehen. Mattie läuft neben uns her und durchforstet den Sand nach Muscheln.

»Vielleicht klappt es«, fügt sie hinzu, »vielleicht auch nicht. Das werden wir erst wissen, wenn wir es ausprobiert haben, oder?«

Dann umarmt mich Flick herzlich. »Mach dir keine Sorgen. Selbst wenn Freddie und ich nicht zusammenbleiben, würde ich dich nie daran hindern, Mattie zu besuchen. Du bist ihr Fleisch und Blut. Nichts kann daran etwas ändern. Außerdem ist sie künstlerisch begabt. So wie du. Sie kann es kaum erwarten, mal Hand an deinen Ton und deine Töpferscheibe zu legen.«

Die Arbeit mit der Töpferei gibt mir Halt. Rund und rund dreht sich die Scheibe. Rund und rund dreht sich mein Verstand. Töpfe in Wulsttechnik entstehen, wobei jede Tonwurst eine Phase meines Lebens symbolisiert.

Daphne vom *Women's Institute* hat mir vorgeschlagen, ich solle einen Vortrag über meine Zeit im Gefängnis halten. Sie gibt nicht auf, das muss ich ihr lassen.

»Ich glaube nicht, dass das gut ankommen würde«, gab ich zu bedenken.

»Du wärst vielleicht überrascht«, antwortete sie. »Es heißt doch: ›Denn ohne die Gnade Gottes könnte auch ich dieser Sünder sein‹, und so weiter. Ich plane dich dann für den nächsten Monat ein, ja?«

Ich habe das Gefühl, dass in Daphne mehr steckt, als es den Anschein hat. Wie bei uns allen.

»Granny!«, ruft Mattie und unterbricht damit meine Gedanken. »Guck mal, die hier! Sie ist innen lila.«

»Das ist eine Miesmuschel«, erkläre ich.

»Ich werde sie Daddy zeigen, wenn wir ihn besuchen. Das wird ihm doch gefallen, oder?«

»Ja«, bestätige ich, bücke mich und hebe Mattie hoch in die Luft, bevor ich sie behutsam wieder absetze.

Das mache ich bei jeder Gelegenheit. Ich habe so viel Zeit aufzuholen. Dann legt meine süße kleine Enkelin – die jedes Mal einen Wachstumsschub gemacht zu haben scheint, wenn ich sie sehe – ihre linke Hand in meine und ihre rechte in die ihrer Mutter.

Zu dritt schlendern wir den Strand entlang zurück, zu den

anderen und zu dem, was vor uns liegen mag. »Ich mag es, wenn du so lächelst, Granny«, verkündet Mattie.

Ich war mir gar nicht bewusst gewesen, dass ich gelächelt habe. Vielleicht liegt das daran, dass mein Lächeln nicht mehr eine Mimik ist, die ich aufsetze, um meine Ängste zu verbergen. Stattdessen ist es eine natürliche Reaktion darauf, wenn ich wirklich glücklich bin. Ich verstelle mich nicht mehr. Es gibt keine Lügen mehr.

Natürlich werde ich die Familie Moheim nie vergessen. Und Freddie wird es auch nicht, das weiß ich. Wie schon so oft frage ich mich, was meine Enkelin wohl von uns denken wird, wenn sie die Wahrheit erfährt. Wird sie sich schämen oder – schlimmer noch – nichts mehr mit uns zu tun haben wollen? Oder wird sie uns unsere Verbrechen verzeihen, so wie ich gelernt habe, meiner Mutter für meine seltsame Kindheit zu verzeihen, und meinem Vater, dass er mich verlassen hat?

Was meine eigene Reue angeht, so ist das Urteil darüber noch nicht gefällt. Würde ich alles noch einmal genau so tun? Würde ich versuchen, meinen Jungen vor den Folgen seines Handelns zu bewahren?

Ja.

Nein.

Vielleicht.

Ich dachte immer, es ist die Aufgabe einer Mutter, ihr Kind zu schützen.

Aber die echte Wahrheit ist, zumindest so, wie ich es sehe: Wenn es um die Liebe einer Mutter geht – diese grenzenlose, fast undefinierbare, ursprüngliche, über die Nabelschnur hinausgehende Bindung, die nicht gekappt werden kann –, gibt es keine Regeln.

Und noch etwas habe ich gelernt: Letztendlich sind wir alle für unser eigenes Handeln verantwortlich. Ein Kind muss seine eigenen Fehler machen – und daraus lernen –, um ein verantwortungsvoller Erwachsener werden zu können. Deshalb können wir unsere Kinder nicht ein Leben lang beschützen. Aufgabe der Eltern ist es, sie loszulassen und ihnen gleichzeitig eine sichere Hand anzubieten, wenn sie uns brauchen.

Leichter gesagt, als getan.

»Darf ich dir deine Großmutter mal stehlen?«, fragt Steve. Er hat ein Surfbrett unter jedem Arm.

Mattie runzelt die Stirn. »Stehlen ist böse.«

»So habe ich das nicht gemeint«, sagt Steve schnell. »Ich wollte sie mir bloß mal ausleihen.«

»Nur, wenn du sie wieder zurückgibst«, erklärt meine Enkelin mit ernster Miene.

»Natürlich werde ich das. Wir wollen dir etwas zeigen. Stimmt's, Sarah?«

»Ja«, bestätige ich und beuge mich hinunter, um Mattie einen Kuss zu geben. »Wir üben. Na ja, ich zumindest.«

Ich laufe zum Wasser hinunter. *Du schaffst das,* sage ich mir.

Die Wellen sind perfekt. Nicht beängstigend hoch. Aber groß genug zum Surfen.

Wie diese jetzt. Sie rollt auf mich zu. Nimmt Tempo auf. Für einen Moment kommen all meine alten Ängste zurück und schnüren mir die Kehle zu.

Sie hat mich jetzt fast erreicht. Ich halte mich mit meinem Brett bereit, so wie Steve es mir beigebracht hat. Ich warte auf die Welle. Sie macht mir immer noch Angst, aber ich weiß, was zu tun ist. Das Wichtigste von allem: Ich habe das Selbstvertrauen.

»Los, Granny, los!«

Sie ist da.

Und ich fliege los.

DANK

Mit wem soll ich anfangen?

Meine wunderbare Agentin Kate Hordern von KHLA, die mich bei Penguin vorstellte und deren freundliche, umsichtige Ratschläge mir ein wahrer Fels in der Brandung waren.

Meine Lektorin bei Viking Penguin, die außerordentlich talentierte Katy Loftus, die ein magisches Auge dafür hat, meinen Plot und meine Charaktere sofort zu verstehen, und mir hilft, sie zum Leben zu erwecken.

Ihre hervorragende Assistentin Vikki, die vorschlug, Olivia solle aus dem Schatten treten und eine zentralere Rolle einnehmen. Vielen Dank dafür! Ich hatte so viel Spaß mit Sarahs neuer bester Freundin.

Die kluge, freundliche Jane Gentle, die immer auf Draht und die Sorte Publizistin ist, von der jeder Autor und jede Autorin träumt.

Die unglaublich technikaffine Ellie Hudson, die mir akribisch rund um Social Media half.

Die immerzu sonnige Olivia Mead, die so gut Veranstaltungen organisiert, seien sie virtuell oder physisch.

Sam Fanaken und das gesamte Vertriebsteam, das mir immer tolle Verkaufsstellen für meine Romane organisiert.

Das erstaunliche Foreign-Rights-Team, das meine Bücher in über zweiunddreißig Länder verkauft hat.

David Grogan für das wunderschöne Coverdesign.

Die Teams von *Dead Good* und *Page Turners* bei Penguin, die meine Romane immer online unterstützen.

Natalie Wall, die mein Buch mit so viel Geschick durch die Produktion geleitet hat.

Mein scharfsichtiger Lektor Trevor Horwood, der mich daran erinnert, dass Mittwoch nicht nach Donnerstag kommt. Fehler wie diese macht man leichter, als Sie vielleicht denken. (Übrigens: Herzlichen Glückwunsch, Trevor und Bev!)

Vielen Dank an meine Korrektorinnen Sally Sargeant und Sarah Barlow.

Meine Film- und Fernsehagentin, Italia Gandolfo, die eine erstaunliche Hartnäckigkeit und ein fantastisches Netzwerk an Kontakten hat.

Richard Gibbs, Richter im Ruhestand, den es nie zu stören scheint, wenn ich ihm eine Gerichtsszene mit der Frage »Könnte das so vorkommen?« zumaile.

Die *Law Society*, die mir den Kontakt zu Anwalt Richard Atkinson von *Tuckers Solicitors* vermittelt hat, und an Richard selbst, der mir großzügig rechtliche Orientierungshilfe in Bezug auf Gerichtsverfahren und Straftaten gab. (Jedwede Fehler gehen auf mich zurück. Ich habe mir erlaubt, ein gewisses Maß an künstlerischer Freiheit in Anspruch zu nehmen.)

Dank an Kim Macdonald für ihre Hilfe, einem der Charaktere einen Namen zu geben. Der zweite Preis geht an ihren Schwiegervater Robin.

Die legendäre Betty Schwartz, die in den Anfängen meiner Laufbahn als Schriftstellerin Vertrauen in mich setzte.

Harry Anderson, der begnadete Töpfer der *Town Mill Pottery* in Lyme Regis in Dorset, der mir von seiner Arbeit erzählte. Jedwede Fehler gehen auf mich zurück!

Das *Institute and Faculty of Actuaries Research* (auch hier gehen etwaige Fehler auf mich zurück).

Die *Prime Writers*, eine Gruppe von wunderbaren veröffentlichten Erstautoren von über vierzig, die meine Freundinnen und Freunde geworden sind. Gott sei Dank gab es diese Zoom-Meetings während des ersten Lockdowns.

Die *Freelance Media Group*, Bev Davies und der *University Women's Club*.

Meine treuen Leserinnen und Leser, von denen viele ebenfalls Freunde geworden sind.

All ihr fabelhaften Blogger und Bloggerinnen, die ihr so hart arbeitet. Ich bin euch wirklich dankbar.

Alle, die Bücher verkaufen. Wo wären wir ohne euch?

Meine Hörbuchlektorin Sian Brooke.

Beste Freundinnen und Freunde überall – die immer an mich denken.

Crystal Williams und Steve Leather, die sich freundlicherweise bereit erklärt haben, dass ihre Namen zugunsten von *CLIC Sargent* verwendet werden.

Und natürlich meine Familie, vor allem mein Mann und meine Kinder.

Denn schlussendlich ist es die Liebe, die zählt.

Zitatnachweise

Seite 378: *Das Herz mir hüpft, wenn auf ich schau*, aus:
   http://www.william-wordsworth.de/translations/
   my%20heart%20leaps%20up.html
Seite 407: *Lyrik von John Masefield*
Übersetzung entnommen aus:
   https://de.wikipedia.org/wiki/John_Masefield
Seite 522: *For the Grace of God .../*
   Denn ohne die Gnade Gottes ...
Diese Textstelle ist John Bradford zugeschrieben.